소유

소유
Possession

앤토니어 수전 바이어트 장편소설 윤희기 옮김

POSSESSION
by A. S. BYATT

Copyright (C) A. S. Byatt 1990
Korean translation copyright (C) The Open Books Co. 2010
Korean translation rights arranged with Intercontinental Literary Agency
through Eric Yang Agency, Seoul.

이 책은 실로 꿰매어 제본하는 정통적인 사철 방식으로 만들어졌습니다.
사철 방식으로 제본된 책은 오랫동안 보관해도 손상되지 않습니다.

어느 작가가 자신의 작품을 로망스라 부른다면, 이는 그 작품의 형식이나 소재를 어느 정도 자유롭게 취했다고 주장하는 것과 다를 바 없다. 단순히 소설을 쓴다고 했을 때, 그는 그런 자유를 당연한 것으로 여기지 못했을 것이다. 소설은 있을 수 있는, 그리고 있을 법한 평범한 인간 경험사를 작은 부분 하나하나 놓치지 않고 충실히 묘사하는 것을 목표로 한다. 반면에 로망스는 — 그것이 예술 작품인 이상 그런 소설의 법칙을 엄격히 따라야 하고, 또 그것이 인간성의 진실에서 벗어난다면 도저히 용서할 수 없는 죄를 저지르는 것이긴 하지만 — 어느 정도는, 작가 자신의 선택이나 창조의 범위 안에서 인간 감정의 진실을 충분히 자유롭게 표현할 권리가 있다……. 로망스의 범주에 드는 이 이야기의 관점은 지나간 과거와 순식간에 스쳐 지나갈 현재를 한데 엮어 보려는 시도에 놓여 있다.

너대니얼 호손의
『칠박공의 집』서문 중에서

만일 이따금씩 비눗방울이 너무 크게 부풀어 올라,
거의 터질 지경이 되면, — 만일 당신이 거짓을 통해
실제 세계를 본다고 한다면, — 당신 눈에 보이는 것이 무엇입니까?
그렇게 멸망한 옛것? 이렇게 말하면 어떨지 모르겠지만, 당신은
젊고, 진지하고, 정열적인 — 또한 재능있고, 아름답고,
지위도 있고, 부유한 사람들 가운데 있습니다.
그리고 모든 이들이 자신들의 타고난 권리도 내버리고 당신을 환영합니다.
(그게 바로 접니다, 선생.) 그들의 친구로, 동료로,
그리고 같이 거짓말의 향연에 참가합니다. — 아니, 내 자신의 거짓말을 키워
그들을 모두 내 품 안으로 거둡니다.

모든 것이 그랬을 겁니다. 지금도, 작은 거짓말이
큰 힘이 되니 그럴 수밖에. 그래서 거짓말 씨가 거짓말을 합니다!

아니, 그래도 그는 당신의 시인입니다. 존재하지도 않았던 그리스인들이
존재하지도 않았던 트로이에서 어떻게
이런저런 불가능하고 위대한 일들을 했는지……!

그런데 왜 나는 시인의 대열에 오르려는 걸까요? 쉽게 말해서 —
상식을 팔아먹고 사는 사람들, 이런저런 거짓말을 퍼뜨리는 사람들,

그들의 그 유용한 거짓말이 없으면 그들이 할 수 있는 일이 뭡니까?

모두가 사물의 법칙과 사실성과 얼굴을 얘기합니다.

마치 그것을 소유라도 한 듯이, 자신들의 생각에 적합한 것만을 찾아내고,

어울리지 않는 것에는 눈감아 버리고, 자신들의 주장만을 기록하고,

나머지는 무시해 버립니다.

이것이 바로 세계의 역사입니다. 도마뱀 시대,

초기의 인디언들, 유럽의 전쟁,
제롬 나폴레옹, 그 모든 것의 역사입니다.
작가가 원하는 것으로서의 역사입니다. 그런 작가에게
당신은 칭찬을 아끼지 않으며 돈까지 내밉니다. 돌에 생명을 불어넣고
연기 속에 불꽃을 피웠다고, 과거를 당신의 세계로 만들어 주었다고.
이런 얘기가 많습니다. 〈이 미로 속에서 당신을 인도했던
그 가느다란 빛줄기를 어떻게 포착할 수 있었느냐?
공기로부터 어떻게 그 단단한 구조물을 세웠느냐?
어떻게 그렇게 빈약한 근거에서 이 이야기와
전기, 혹은 내러티브가 이루어질 수 있느냐?〉 아니, 이렇게 말하죠.
〈당신이 지금 우리에게 제시하는 그 당당한 진실을 엮어 내기 위해 얼마나 많은 거짓말이 필요했습니까?〉

로버트 브라우닝의
「〈거간꾼〉 거짓말 씨」

이소벨 암스트롱을 위하여

소유 상

1

그곳에 있네. 정원과 나무
그 뿌리의 뱀, 황금 과일,
나뭇가지 그늘 속의 여인,
흐르는 물과 푸르른 초원이
그곳에 있고 예전에도 있었네. 고대의 경계,
헤스페리데스 요정들이 지키는 숲,
영원의 가지 위에 과일이 황금빛으로 빛나는 그 낙원을
라돈 용이 지켰다네. 보석으로 빛나는 볏을 곧추세우고,
황금 발톱을 비벼 대고 은빛 이빨을 날카롭게 세우며,
영겁의 시간 속에 감기는 눈 치켜뜨며 지켰다네.
교활한 영웅 헤라클레스가
그를 축출하고 황금 과일 빼앗을 때까지.
— 랜돌프 헨리 애쉬,
『프로세르피나의 정원』(1861) 중에서

책은 두툼하고 검은색이었으며 온통 먼지로 뒤덮여 있었다. 당대에 손을 잘못 탔는지 표지는 휘어진 채 곧 부러질 것

같았다. 떨어질 듯 너덜너덜한 책등은 그 꼴이 책갈피 밖으로 톡 튀어나온 책 가름표와 다를 바 없었다. 때 묻은 하얀 테이프를 붕대를 감은 듯 몇 번이고 둘러 붙인 그 책은 그래도 말끔한 나비 매듭으로 묶여 있었다. 항상 5번 금고 안, 『프리아포스[1]의 심술』과 『그리스인들의 사랑의 기술』 사이에 꽂혀 있는 그 책을 런던 도서관의 사서가 열람실에 앉아 기다리고 있는 롤런드 미첼에게 건네주었다. 1986년 9월 어느 날 아침 10시였다. 롤런드는 사각기둥 뒤, 벽난로 위의 시계가 한눈에 들어오는 조그마한 1인용 테이블에 앉아 있었다. 그 자리는 그가 제일 마음에 들어하는 곳이었다. 오른쪽에는 햇빛이 가득 비치는 키 높은 창이 하나 있고, 그 창으로 성 제임스 광장에 서 있는 거목들의 푸른 나뭇잎들이 롤런드의 눈을 시원하게 해주기 때문이었다.

런던 도서관은 롤런드가 즐겨 찾는 장소였다. 오래되어 누추한 곳이긴 하지만 역사의 숨결이 살아 숨쉬고 문명의 편린들이 녹아 있는 터전이었으며, 더욱이 선대의 시인들과 사상가들이 보란 듯이 한 자리씩 차지하고 있는 문화의 보금자리였다. 서고의 철제 서가 위에 쪼그리고 앉아 있거나 혹은 층계 모퉁이에서 만족스러운 표정으로 논쟁을 즐기는 당대의 문인들과 철인들. 칼라일[2]이 이곳에 온 지도 이미 오래였고, 조지 엘리엇[3] 역시 벌써 여러 번씩 서가를 전전하였다. 롤런드에게는 교부(敎父)들 사이를 비집고 스치듯 지나가는 그녀의 검은 실크 스커트와 길게 끌리는 벨벳 옷자락이 눈에

---

[1] 그리스 신화의 남성 생식력의 신.
[2] Thomas Carlyle(1795~1881). 스코틀랜드 태생의 영국 사상가이자 역사가. 특히 프랑스 혁명에 관한 연구로 유명함.
[3] George Eliot(1819~1880). 영국 빅토리아조의 여류 소설가. 『아담 비드』, 『미들마치』 등의 작품이 있다.

보이는 듯하고, 독일 시인들 사이로 철제 서가를 당차게 울리며 지나가는 그녀의 발자국 소리가 귀에 들리는 듯하였다. 그런 이곳에 랜돌프 헨리 애쉬도 있었다. 그는 역사와 지형학에서 별것 아닌 것으로 치부되는 사사로운 사항들, 그리고 과학과 잡학을 연결시켜 주는 항목들을 알파벳 순서로 엮어 자신의 유연한 정신과 기억 속에 꼭꼭 채워 두고 있었다. 춤, 청각 장애와 시각 장애, 죽음, 치의학, 악마와 귀신학, 분포도, 개, 하인, 꿈 등이 그것들이었다. 그 당시에는 진화에 관한 저술들이 〈아담 이전의 인간〉이란 목록에 분류되어 있었다. 아무튼 최근에 들어서야 비로소 롤런드는 애쉬가 소유하고 있던 비코[4]의 『신(新) 학문의 원리』라는 책이 런던 도서관에 소장되어 있다는 사실을 알게 되었다. 유감스럽게도 애쉬가 소유하고 있던 대부분의 서적들은 유럽과 미국 곳곳에 흩어져 있었다. 지금까지 그의 책을 가장 많이 보유하고 있는 곳은 미국 뉴 멕시코 주에 있는 로버트 데일 오언 대학의 스탄트 컬렉션이었고, 그래서 그곳에서 모티머 크로퍼가 그의 기념비적인 편서인 『랜돌프 헨리 애쉬의 서한집』을 펴냈던 것이다. 책이 빛과 소리처럼 천공을 오갈 수 있는 오늘날 미국에서 그런 연구를 한다고 해서 문제될 것은 하나도 없었다. 그러나 애쉬가 소유하고 있던 비코의 저서에는 끈기있게 파고드는 크로퍼조차도 미처 찾아내지 못한 주석이 적혀 있을 가능성이 충분히 있었다. 더욱이 롤런드는 애쉬의 『프로세르피나[5]의 정원』의 출처 자료들을 찾고 있던 참이었다. 애쉬가 읽었고, 그의 손길이 닿았으며, 그의 눈길이

---

4 Giambattista Vico(1668~1744). 이탈리아의 역사 철학가. 사회의 성장과 쇠퇴라는 주기 이론 속에서 인문학의 여러 분야를 하나의 인문 과학으로 체계화시키려 노력함.
5 로마 신화의 주피터와 케레스 사이에서 태어난 딸로 하계의 여왕이 됨.

훑고 지나갔을 문장들을 살펴 나가는 그 기쁨을 무엇에 견줄 수 있을까.

그 책이 아주 오랫동안, 아니 이 런던 도서관에 소장된 이래로 한 번도 열람되지 않았다는 사실이 드러났다. 책을 꺼낸 사서는 우선 먼지떨이를 가져오더니 표지에 쌓인 먼지를 털어 내었다. 검고 두텁게 쌓인 완강한 빅토리아 시대의 먼지. 대기오염 방지법이 발효되기 이전에 축적된 스모그와 안개 입자들로 구성된 먼지들이었다. 롤런드가 매듭을 풀자 책은 갈가리 벗겨지며 푸른색, 크림색, 회색의 변색된 쪽지들을 토해 냈다. 쪽지에는 철필로 휘갈긴 듯한 글씨들. 녹이라도 슨 듯 누렇게 변해 버린 글씨들. 롤런드는 흥분의 소용돌이에 휩싸여 그 육필들을 살펴보았다. 도서 청구서와 편지지 뒷장에 써넣은 비코에 관한 애쉬 자신의 글이었다. 사서는 그 쪽지들이 원래 끼여 있던 모습 그대로 보존된 것임을 확인해 주었다. 책갈피 속에 끼여 있던 그 종잇조각들은 마치 검은 테를 두른 카드처럼 가장자리가 변색되어 있었으며, 변색된 모서리 부분과 책장이 맞닿은 부분이 정확히 일치된 모양으로 보아 원래의 위치 그대로 보존되어 왔음을 쉽게 알 수 있었다.

롤런드는 자신이 1951년 이후부터 애쉬의 『전집』을 편집하고 있는 블랙커더 교수 밑에서 시간제 연구 조교로 일하고 있는 사람이라고 신분을 밝히면서, 사서에게 그 쪽지들을 연구용으로 열람할 수 없겠느냐고 물었다. 사서가 신분을 확인하기 위해 발끝으로 살며시 걸으며 전화기가 있는 곳으로 다가가는 동안 책갈피 속에 끼여 있던 낙엽들이 구속에서 해방된 듯 바스락거렸다. 애쉬가 끼워 넣은 것들이었다. 잠시 후 돌아온 사서는 쪽지들을 원래 책갈피 속에 끼여 있던 그 순서대로 잘 간수한다는 조건으로 열람을 허락하면서, 혹 중요한 사실을 발견한다면 자기로서도 굉장히 기쁜 일이라는 말을 잊지 않았다.

그때가 10시 30분이었다. 이후 30분 동안 롤런드는 여기저기 비코의 책을 뒤적이며 프로세르피나에 관련된 사항들을 찾고, 또 한편으로는 애쉬가 쪽지에 끼적인 주석들을 살펴보았다. 애쉬의 주석을 읽는 일이 그리 쉬운 것은 아니었다. 여러 언어로 씌어진데다 글씨도 아주 작은 활자로 인쇄한 듯이 깨알 같아서 시를 쓰거나 편지를 쓸 때의 인심 좋은 커다란 글씨와는 달리 금방 알아보기가 힘들었다.

11시에 롤런드는 비코의 글에서 자신이 찾고자 하는 구절을 찾아내었다. 비코는 신화나 전설의 시적 메타포에서 역사적 사실을 찾으려 하였다. 시적 메타포와 역사적 사실을 서로 연결시키는 것이 바로 그의 〈신 학문〉이었다. 그런 그에게 프로세르피나가 교역과 공동체의 바탕이 되는 곡식으로 이해되었음은 어쩌면 당연한 일인지도 몰랐다. 랜돌프 헨리 애쉬는 프로세르피나를 빅토리아조의 종교적 회의에 대한 반성, 즉 부활의 신화에 관한 명상으로 이해했다. 한편 리튼 경은 프로세르피나를 암흑의 터널 속을 미친 듯이 방황하는 황금빛의 인물로 그렸다. 그리고 블랙커더 교수는 랜돌프 헨리 애쉬에게 있어서 프로세르피나는 초기 신화 시대의 역사 그 자체를 육화된 모습으로 보여 주는 인물이라고 믿고 있었다. (애쉬는 아주 상이한 성격의 두 역사가인 기본과 부주교 베데에 관한 시를 각각 한 편씩 쓰기도 했었다. 한편 블랙커더 교수는 애쉬와 그를 둘러싼 여러 역사적 사실들에 관한 논문을 한 편 쓰기도 한 학자였다.)

롤런드는 애쉬 소유의 비코 저서와 번역본을 서로 비교해 가며 부분부분을 색인 카드에 옮겨 적었다. 그는 토마토색과 진한 초록색의 색인 카드를 두 통 갖고 있었다. 카드를 꺼낼

때 마치 용수철이 튕기듯 젖혀지는 빳빳한 플라스틱 고리의 울림이 고요한 도서관의 공기를 흔들어 놓았다.

황금 사과란, 곡식의 이삭이었다. 그리고 그것이 바로 금이라는 광물이 발견되기 이전 세상 최초의 황금이었음에 틀림없다. 이런 점에서 볼 때, 헤라클레스가 헤스페리아 숲에서 처음 가지고 왔다는 황금 사과 역시 곡식이었음에 틀림이 없다. 그리고 그 골인Gaul人 헤라클레스가 자신의 입에서 엮여 나오는 황금 고리로 인간들의 귀를 사슬처럼 묶었으며, 이것이 후대에 와서 경작지에 관한 신화로 알려졌다. 이런 연유로 헤라클레스는 보물을 찾으려는 인간들이 추종하고 비위를 맞춰야 하는 신격자로 남게 되었다. 프로세르피나[6]를 하계로 끌고 간 것도 바로 그의 신인 디스[7]였다. 시인들이 묘사하는 그 하계의 첫 이름은 스틱스였고, 두 번째 이름은 죽음의 땅, 그리고 세 번째 이름은 밭고랑이었다. 고대 영웅 시대에 가장 학식이 풍부한 시인 중의 한 사람이었던 버질은 아이네이아스가 지옥 또는 하계로 가져간 것이 황금 가지였다고 생각했지만, 그것도 사실은 바로 이 황금 사과였던 것이다.

〈어둠 속에서 황금빛으로 빛나던〉 랜돌프 헨리 애쉬의 프로세르피나는 바로 〈황금빛으로 익어 가는 곡식〉이었다. 또한 〈황금 고리〉라는 것도 보석 장신구 혹은 목걸이를 지칭하는 것이었다. 롤런드는 곡식, 사과, 고리, 보물이라는 제목 아래 여러 사항들을 서로 교차 대조해 가며 인용할 만한 참조

---

[6] 곡물과 땅의 여신인 데메테르의 딸. 처녀라는 뜻을 지닌 코레Kore라고도 한다.
[7] 로마 신화의 저승신으로 그리스 신화에서는 플루토로 불림.

문들을 가지런히 적어 내려갔다. 비코의 그 구절이 적혀 있는 뒷장은 양초 대금 청구서였다. 청구서 뒷면에 다음과 같은 애쉬의 글이 적혀 있었다. 〈개체는 잠시 출현하여 사상의 공동체에 참여하고 그 공동체를 변모시키지만 이내 소멸되고 만다. 그러나 종족은 결코 소멸하지 않으며, 더욱이 자신의 덧없는 존재가 이룩한 결실을 거둬들이기까지 한다.〉 롤런드는 이 글을 카드에 옮겨 적고는 또 한 장의 카드를 꺼내 의문 사항들을 적어 내려가기 시작했다.

〈의문 사항: 이것은 인용문인가, 아니면 애쉬 자신의 생각인가? 프로세르피나는 종족을 말하는 것인가? 정말 19세기적 생각이다. 그렇다면 프로세르피나는 개체를 의미하는가? 애쉬는 언제 이 종이들을 책 속에 끼워 둔 것일까? 『종의 기원』이 나오기 이전? 아니면 그 이후? 결론 유보 — 어쩌면 그는 전반적인 진화 개념, 그 자체에 관심이 있었는지도 모른다…….〉

11시 15분이 되었다. 째깍거리는 시계의 초침 소리를 들으며, 햇빛 속에 춤추는 먼지 입자들을 바라보며, 롤런드는 한편으로 따분하면서도 또 한편으로는 자꾸 마음이 끌리는 끝없는 지식 탐구에 빠져 있었다. 한 죽은 시인의 책 읽기를 회복시키며, 자신의 탐구 시간을 도서관의 시계 소리와 위장 수축의 느낌으로 재가며 그는 의자에 앉아 생각했다. (런던 도서관에서는 커피를 판매하지 않았다.) 어쩌면 새롭게 발견한 이 귀중한 물건을 블랙커더 교수에게 보여 주어야 할지도 모른다. 그러면 교수는 우쭐한 기분과 언짢은 기분을 동시에 내보일지 모른다. 그래도 이 보물과 다름없는 자료가 5번 금고 속에 잘 보존되어 있고, 더구나 미국 하머니 시에 있는 로버트 데일 오언 대학으로 흘러 들어가지 않았다는 사실만으로도 그는 분명 득의의 기분을 느낄 것이다. 그러나 롤런드는 이 모든 사실을 블랙커더 교수에게 말하고 싶지 않았다. 자신이 발견한 새로운 사실을 자신만이 소유하고픈 마음뿐이었다. 프로세르피나는 288쪽과 289쪽 사이에 기록되어 있었다. 그리고 300쪽에서 롤런드는 온전하게 잘 접힌 채 끼워져 있는 두 장의 편지지를 발견했다. 그는 조심스럽게 편지지를 펼쳤다. 둘 다 유려한 필체로 애쉬 자신이 직접 쓴 편지였으며, 그가 살았던 러셀 가의 주소와 6월 21일이라는 날짜가 적혀 있었다. 또한 둘 다 〈경애하는 여인에게〉라고 시작하고 있었지만 서명도 없었고 연도도 적혀 있지 않았다. 하나는 비교적 짧은 편지였지만 다른 하나는 길었다.

경애하는 여인에게,

우리가 서로 각별하게 대화를 나눈 이후로 저는 아무것도 생각할 수가 없었습니다. 그런 기꺼운 공감과 위트와 판단력을 한꺼번에 향유하는 경험이 시인인 저에게는 아주 드문 일이었습니다. 아니, 다른 모든 사람들에게도 드문 경험일 것입니다. 저는 우리의 대화가 계속되어야 한다는 절실한 심정에서 이 편지를 쓰고 있습니다. 그리고 우리의 그 각별한 경험에 저만큼이나 그대도 깊은 감명을 받았을 거라는 생각에, 무작정 다음 주 어느 날 제가 그대를 방문해도 괜찮은 것인지의 여부를 알고 싶습니다. 저는 그대와 나 사이의 대화가 반드시 다시 이루어져야 한다고 느끼고 있습니다. 그리고 이러한 제 느낌이 결코 그릇된 판단에서 비롯된 것은 아닐 겁니다. 저는 그대가 사람들과 잘 어울리지 않는다는 사실을 알고 있습니다. 그러니 크랩 씨가 당신을 그의 조찬 모임에 초대한 것이 저로서는 얼마나 큰 행운이었겠습니까. 생각해 보십시오. 학부 학생들의 웃음소리와 크랩 씨가 멋지게 꾸며 대는 재미있는 일화들과 흉상에 관한 이야기를 들으면서, 우리 두 사람이 서로에게 아주 중요한 이야기들을 나눌 수 있었다는 사실이 얼마나 흥겨운 것이었나를. 저는 혼자라는 느낌이 전혀 들지 않았습니다.

두 번째 편지의 내용은 다음과 같았다.

경애하는 여인에게,
기대치 못했던 즐거운 대화 이후로 저는 줄곧 한 가지 생각에만 사로잡혀 있었습니다. 우리의 대화를 다시 이을 수 있는 방법은 없을까? 좀더 한가한 시간에 더욱 친밀한 대화를 나눌 수 있는 길은 없을까? 그대가 좀처럼 사람들과 어울리지 않는다는 것을 저는 잘 알고 있습니다. 그러니 크랩 씨가 그대를 그의 조찬 모임에 애써 참석시켰다는 사실이 저로서는 얼마나 커다란 행운이었겠습니까. 여든 둘의 연세에도 불구하고 그렇게 아침 일찍 시인들과 학생들과 수학과 교수들과 정치 사상가들을 초대하여 유쾌하고 흥겨운 자리를 마련하시는 그분의 열정. 그리고 여느 때도 마찬가지이지만, 흉상에 관한 일화를 전해 주실 때의 그 정열. 더욱이 때맞춰 나오는 토스트. 저는 그분의 변함없는 건강에 많은 은혜를 입은 셈입니다.
우리 두 사람이 그렇게 빨리 서로를 잘 이해할 수 있었다는 사실이 묘하게 느껴지지는 않으십니까? 정말 우리는 특이하다 싶을 정도로 서로를 잘 이해했다고 생각지 않으십니까? 혹 이런 제 생각이, 세인들의 주목을 받지 못하던 중년의 한 시인이 아무도 이해해 주지 못한, 그래서 자기 자신조차 생각하지 못했던 그런 은밀하고 명쾌한 자기 시의 의미들을 마침내 현명한 안목으로 이해해 준 어느 한 분별력있는 독자를 만났다는 기쁨 속에, 너무 흥분된 마음에서 비롯된 것은 아닐는지요. 알렉산더 셀커크[8]의 독백에 관한 그대의 언급, 존 버니언[9] 식의 산만한 제 생각들에 대한 그대의 이해, 잉에즈 드 카스트로의 열정, 섬뜩한 부활에 관한 그대의 이해. 그러나 이는 제 자신의 이기적인 중얼거림에 불과한 것인지도, 아니면 그대가 잘 지적하셨듯이 결코 저의 마스크가 아닌 제 작품 속의 인물들이 그저 떠들어 댄 것인지도 모릅니다. 저는 그대의 인식력과 감각이 저보다 월등히 뛰어남을 솔직히 인정하고 싶습니다. 그 웅대한 〈요정 주제〉를 그대가 충분히 소화해 내리라 저는 확신합니다. 무척 생소하면서도 독창적인 것을 만들어 내실 수 있을 겁니다. 이와 연관해서 한말씀 더 드리면, 원시 종족의 역사에 관한 비코의 글을 읽어 본 적이 있으십니까? 고대의 제신들과 후대에 나타난 영웅들이란 바로 똑같은 공통의 정신을 지니고 태어난 인간들의 운명과 여망을 의인화시킨 것이라는 비코의 생각 말입니다. 이 점에 주목하면 그대의 요정 전설도 실제의 성(城)과 진정한 농업 개혁에 그 뿌리를 두고 있다는, 뭐 그런 식의 이야기가 성립될 법도 합니다만 — 현대의 독자들에게는 굉장히 기묘한 요정의 이야기가 되겠지요. 하지만 어쨌거나 그대는 그 주제를 제시할 가장 최선의 방법을 이미 정하신 겁니다. 그대가 은거하며 터득한 현명함과 지혜로.

〈이해〉라는 유쾌한 마약 때문에 생겨난 환상인지는 모르겠습니다만, 우리 두 사람 사이에 더 많은 대화가 이루어진다면 분명 서로에게 많은 도움을 줄 것이니 우리는

---

[8] Alexander Selkirk(1676~1721). 태평양의 한 섬에 표류했던 스코틀랜드의 선원으로 로빈슨 크루소의 원형.

[9] Jhon Bunyan(1628~1688). 『천로역정』으로 유명한 영국의 설교자.

〈반드시 만나야 한다〉는 저의 열망을 그대가 저버리지 않으리라고 생각합니다. 또한, 지난번 우리의 만남이 그대에게도 매우 중요하고 유쾌한 만남이었을 거라는 저의 믿음이 잘못된 것이라고는 생각지 않습니다. 그대가 그대의 은둔을 아무리 소중한 삶의 양식으로 생각한다 할지라도.

저는 그대가 그 작은 모임에 참석한 일이 그저 크랩 씨에 대해 예의를 갖추기 위해서라는 것도 알고 있습니다. 그분이 유명하신 그대의 아버님을 도와주신 분이고, 또 그대 아버님의 작품을 높게 평가하신 분이니 당연한 일이겠지요. 그러나 어쨌든 그대가 나타났고, 그래서 저는 그대의 그 조용한 삶에도 변화가 일어날 수 있다는 희망을 품게 되었답니다.

저는 확신합니다. 그대가 이해하리라는 것을.

롤런드는 이 두 장의 편지에 정신이 멍할 정도의 충격을 받았으며, 곧이어 학구적인 호기심으로 인해 전율마저 느끼지 않을 수 없었다. 자동적으로 그는 애쉬가 미지의 여인과 나누었던 대화가 언제, 어느 곳에서 이루어진 것인지 열심히 머리를 굴리기 시작했다. 편지에는 어디에도 연도가 적혀 있지 않았지만 애쉬의 극시인 『신과 인간과 영웅들』이 출판된 이후임이 틀림없었다. 1856년에 나온 그 작품은 애쉬의 희망과 기대와는 달리 평론가들로부터 좋은 반응을 얻지는 못했다. 모호한 의미, 비뚤어진 감각, 과장되고 비현실적인 인물들……. 대체적인 평가의 경향이 이러했다. 고도(孤島)에 표류한 한 수부의 고독을 다룬 「알렉산더 셀커크의 고독한 상념」, 그리고 신의 은총에 관한 버니언의 옥중 명상을 본 뜬 「수선공의 은총」이 바로 그 작품의 일부였다. 또한 1356년 살해된 자신의 아내 잉에즈 드 카스트로의 방부 처리된 시체의 해골에 레이스와 금 조각이 주렁주렁 달린 왕관을 씌우고, 목에는 다이아몬드와 진주 목걸이를 매달고, 뼈만 남은 손가락에 온통 반지들을 끼운 채 여기저기 끌고 다니며 반미친 상태에서 기괴한 사랑 선언을 한 포르투갈의 페드로에 관한 이야기도 들어 있었다. 애쉬는 광기의 상태에 놓인 인물들을 즐겨 그리며, 여러 경험의 파편에서 나름대로의 신념과 생존 체계를 세워 나간 시인이었다. 롤런드는 편지에 기록된 그 조찬 모임이 어떤 류의 모임인지 쉽게 추측할 수가 있었다. 분명, 새로 생긴 런던 대학교 학생들에게 활발한 토론의 장을 마련해 주려고 했던 크랩 로빈슨의 노년의 노력 가운데 하나임이 틀림없었다.

크랩 로빈슨에 관한 기록은 고돈 스퀘어에 있는 닥터 윌리엄스 도서관에 보관되어 있었다. 그 도서관은 원래 로빈슨이 일반 학생들에게 대학 생활을 만끽할 수 있는 장소를 제공하기 위해 유니버시티 홀로 만들려고 했던 건물이었다. 아무튼 그곳에 있는 로빈슨의 일기를 조사해 보면 애쉬가 러셀 가 30번지에서 수학과 교수, 정치 사상가(배젓?),[10] 그리고 속세를 등진 채 시를 생각하고 시를 쓰고 있던 한 미지의 여인과 함께 아침 식사를 한 때가 언제인지 알 수 있을 것 같았다.

그러나 그 여인이 누구인지, 추측조차 할 수가 없었다. 크리스티나 로세티?[11] 가능성이 없었다. 로세티는 애쉬의 신학 체계나 성의 심리학을 받아들였을 법하지 않았다. 그리고 편지에 언급된 요정 주제라는 것도 확인할 수 없었다. 늘 그렇기는 하지만 롤런드는 마치 안개 속에 반짝이는 돔이나 건물의 호

---

10 Walter Bagehot(1826~1877). 영국의 정치 경제 저널리스트이자 비평가.
11 Christina Rossetti(1830~1894). 영국 빅토리아조의 여류 시인으로 종교적 색채가 짙은 시를 씀.

릿한 지붕 모습만을 보듯, 그저 사물의 뿌연 윤곽만을 볼 수 있을 뿐인 자신의 무지가 안타까울 따름이었다.

서신 교환은 계속되었을까? 만일 계속되었다면 나머지 편지들은 어디서 찾을 수 있을까? 혹 찾는다면 애쉬의 〈아무도 이해해 주지 못하던 은밀하고 명쾌한 시의 의미들〉에 관한 값진 단서들을 손에 넣을 수 있지는 않을까? 학자라면 확실성에 이르는 모든 방법과 길을 모색하고 찾아야 한다. 아니, 어쩌면 편지가 실제로는 전달되지 않았는지도 모른다. 혹은 애쉬가 자신의 간절한 마음을 제대로 표현하지 못해 애만 태우다 만 것은 아닐까? 그러나 롤런드의 마음을 사로잡은 것은 바로 그러한 애쉬의 간절함이었다. 그는 애쉬를 아주 잘 알고 있다고 생각했다. 마치 그의 생애에 관한 일이라면 다 외우고 있을 정도라고 여기고 있던 참이었다. 애쉬는 40년 동안 조용하고 모범적인 결혼 생활을 했던 사람이었고, 또 많은 편지들을 남겼지만 거의 대부분이 정중하고 조심성있는 그의 성품을 반영하듯 신중하고 점잖은 내용들이었다. 개인적인 감정을 있는 그대로 다 토로한 것들은 찾아볼 수가 없었다. 롤런드로서도 애쉬의 그런 점이 마음에 들었다. 그러니 자신의 감정을 추스르지 못하고 단숨에 쓴 듯한, 또 거침없이 자신의 작품을 언급한 편지를 보고 어찌 흥분되지 않을 것인가. 너욱이 그렇게 평화롭고 침착한 인물로 여겨졌던 사람이 자신의 개인적 감정을 숨김없이 다 드러내다니, 너욱 흥미로울 뿐이었다.

그는 다시 한 번 편지를 읽었다. 이 내용을 깨끗이 정서해서 보냈을까? 아니면 시간이 지나 편지를 쓸 때의 충동적인 감정이 사라지자 그냥 내버리고 말았을까? 롤런드는 점점 알 수 없는 야릇한 호기심에 사로잡혔다. 돌연, 이 살아 숨쉬는 듯한 글들을 다시 비코의 책 300쪽에 집어넣어 5번 금고 안으로 들어가게 할 수는 없다고 생각한 롤런드는 가만히 주위를 살폈다. 아무도 보는 사람이 없었다. 그는 얼른 자신이 항상 가지고 다니는 옥스퍼드 판 애쉬 선집에 그 편지들을 슬쩍 끼워 넣었다. 그러고는 다시 비코의 주석 가운데 흥미로운 부분들을 골라 색인 카드에 옮겨 적기 시작했다. 얼마 후 열람 시간이 끝났음을 알리는 종소리가 계단 공간을 통해 울려 퍼졌다.

점심도 거른 채 계속 앉아 있었던 롤런드는 애쉬 선집과 그 위에 올려진 초록색과 토마토색의 카드 상자를 챙겨 열람실을 나섰다. 롤런드를 익히 알고 있던 직원들이 대출 책상 너머에서 목례를 했다. 도서의 훼손이나 절취에 대한 경고문들이 있긴 했지만 롤런드는 자신과는 아무런 상관도 없는 것이라 생각했다. 그는 평소와 다름없이 가운데가 볼록한 다 찌그러진 가방을 한쪽 팔에 끼고 도서관을 나섰다. 그러고는 피카디리에서 아무도 모르는 노획물을 가슴에 꼭 껴안은 채 14번 버스를 타고 2층으로 올라갔다. 푸트니의 다 쓰러져 가는 빅토리아풍 한 주택 지하실에 살고 있던 그는 여느 때처럼 꾸벅꾸벅 졸다가 버스가 피카디리와 푸트니 중간쯤에 이르자 잠에서 깨어났다. 그러곤 점점 발에 대한 걱정에 사로잡히기 시작했다.

2

 한 인간은 그의 숨결과 사상, 행동, 원자와 상처, 사랑, 무관심과 혐오의 역사이며 또한 그의 종족과 민족의 역사이며, 그와 그의 조상들에게 식량을 제공한 토양과 그가 잘 아는 바위와 모래들의 역사이며, 이미 오래전 함성과 비명이 그친 전장이나 양심과 갈등의 역사이며, 소녀들의 미소와 할머니들의 낮은 중얼거림의 역사이며, 온갖 사건과 냉혹한 법의 역사이며, 이 모든 것과 그 밖의 다른 모든 것의 역사이며, 불의 법칙에 따라 한순간 타올랐다가는 다음 순간 꺼져서 다시는 되피어날 수 없는 허망한 불꽃의 역사이다.

 1840년경, 랜돌프 헨리 애쉬는 12권으로 된 장시 『신들의 황혼』[1]에서 이렇게 썼다. 어떤 이들은 그 작품을 고대 북유럽의 신화를 기독교적으로 번안한 것이라 보았으며, 또 어떤 이들은 절망이 가득한, 무신론적이고 악마 숭배적인 작품이라고 보았다. 그러나 랜돌프 헨리 애쉬에게 있어서 중요한

---

1 Ragnarök, 신과 악마와의 대결 끝에 만물이 모두 사라진다는 북유럽의 전설에서 따온 제목.

것은 인간이 무엇인가 하는 물음이었다. 물론 그가 다른 낱말과 구절과 리듬으로 많은 것을 담고 있는 한 문장의 글을 쓸 수도 있었겠지만, 그래도 결국은 다양한 해석이 가능한 모호한 은유로 자신의 생각을 표현할 수밖에 없었을 것이다. 이런 생각은 후기 구조주의의 해체적 방법론에 익숙한 롤런드로서는 당연한 것이었다.

1986년 롤런드는 29세였다. 그는 1978년 런던의 프린스 앨버트 칼리지를 졸업하고 1985년 같은 대학에서 「역사와 역사가와 시?: 랜돌프 헨리 애쉬의 시에 나타난 역사적 〈증거〉에 관한 연구」라는 논문으로 박사 학위를 받았다. 제임스 블랙커더 교수의 지도 아래 씌어진 논문이었다. 하지만 롤런드에게는 그 논문을 쓸 때가 가장 의기소침하고 기가 꺾여 있던 시절로 기억 속에 남아 있었다. 블랙커더 교수도 실망의 빛을 분명히 드러냈지만, 사실 그 교수는 다른 사람들의 기를 꺾어 놓는 것으로 유명했다(그는 물론 엄격한 학자였다). 현재 롤런드는 블랙커더 교수의 〈애쉬 공장〉(발은 한때 애쉬램이라고 부르는 게 더 낫지 않느냐고 묻기도 했다)이라고 불리는 연구소에서 시간제로 근무하고 있다. 그곳은 애쉬 사망시 그의 아내인 엘렌 부인으로부터 많은 육필 원고들을 기증받은 대영박물관이 위탁을 해서 운영되고 있는 연구소였으며, 재정은 런던 대학교에서 일부 부담하고 상당 부분은 알버퀘크 소재 뉴좀 재단에서 제공하는 기금에서 충당하고 있었다. 그런데 모티머 크로퍼가 뉴좀 재단의 재단이사 가운데 한 사람이기 때문에 많은 사람들은 블랙커더 교수와 크로퍼가 애쉬 연구를 위해 같이 협력하여 일하고 있는 것이 아닌가 하는 착각을 하기도 했다. 하지만 사실은 전혀 그렇지 않았다. 블랙커더 교수는 대영도서관에 소장된 ─ 도서관 소유는 아니었다 ─ 애쉬의 육필 원고에 눈독을 들이고 있는 크로퍼가 원고 소유자에게 선심도 쓰고 여러 가지 도움도 주면서 환심과 신뢰를 얻어 원고의 내용을 캐내려 한다고 믿고 있었다. 스코틀랜드 태생인 블랙커더 교수는 영국인의 작품은 영국에 있어야 하고 또 영국인의 손에 의해 연구되어야 한다는 나름대로의 소신을 지니고 있는 사람이었다. 여기서 롤런드 미첼에 관한 이야기를 하다가 갑자기 블랙커더와 크로퍼, 그리고 애쉬, 이 세 사람 사이의 복잡한 관계를 이야기하는 것이 묘하게 여겨질는지도 모르겠다. 그러나 롤런드가 자신의 존재를 생각할 때면 반드시 이 세 사람 사이의 관계가 부각되는 것을 어쩌랴. 물론 발과의 관계 속에서 자신의 존재를 생각하는 때도 있었지만······.

롤런드는 스스로 시대를 잘못 태어난 사람이라고 생각했다. 늦게 세상에 나왔기 때문에 활력과 쾌활과 여행으로 대변되는 1960년대의 젊은 기운을 맛보지 못했다는 생각이었다. 물론 그런 60년대의 기운이 간헐적으로 표출되고 있긴 했지만 전반적으로는 그런 분위기가 다 사라져 버렸다는 느낌을 지울 수가 없었다. 그 60년대를 그나 그의 동료들은 젊은이들이 자기들의 이상을 마음껏 그려 볼 수 있는 백지와도 같은 시대의 열림으로 보았던 것이다. 그런데 그 도취와 환락의 시대에 롤런드는 리버풀의 소란이나 런던의 소요에 전혀 아무런 영향도 받지 않고 있었던 랭커스터의 한 작은 목화 재배촌에서 학교를 다니고 있었다.

그의 아버지는 군의회의 하급 관리였고, 어머니는 대학에서 영문학을 전공했지만 그 꿈을 펼치지 못한 좌절의 여인이었다. 롤런드도 스스로를 생각할 때면 직장이나 생활 방편을 구하기 위한 지원서와도 같은 학위에 목매달고 있는 존재라고 여기지만, 어머니를 생각할 때면 그런 비유를 얼른 머릿속에서 지워야 했다. 어머니는 당신 자신은 물론 남편에게나

아들인 롤런드에게나 실망과 좌절을 느낀 여자였다. 그런데 그런 어머니가 당신의 좌절에 대한 돌파구를 롤런드의 교육에서 찾았던 것이다. 그녀는 아들인 롤런드를 그래스데일 그래머 스쿨과 성 토머스 아 베케트 중등학교, 그리고 직물 길드 실업학교를 한데 합친 애뉴린 베번 스쿨에 다니게 하면서 이것저것을 배우게 하였다. 독한 술을 마시는 그의 어머니의 등쌀에 롤런드는 금속 세공을 배우다 라틴어를 배우고, 도시학을 배우다가는 불어를 배워야 했다. 또 롤런드에게 신문배달을 시킨 어머니는 그 월급으로 수학 가정교사까지 붙여주었다. 그리고 선생이 남아돈다든지 학교가 소요에 휩싸일 때면 틈틈이 구식의 고전 교육도 받게 하였다. 롤런드는 항상 이런 어머니의 희망대로, 어머니가 시키는 대로, A레벨에서 4개의 A학점, 수석, 그리고 마침내 박사 학위까지 취득했다. 그러나 그는 지금 시간 강사로, 블랙커더 교수의 뒤치다꺼리를 하는 조수로, 레스토랑 접시닦이로 근근이 생계를 꾸려 가는 처지였다. 모든 것이 발전적이고 개방적이었던 1960년대였다면 그는 아마 가만히 앉아 있어도 빠르게 출세의 길을 걸었겠지만 지금은 스스로를 실패자로 보고 있으며, 자신이 이런 지경에까지 처하게 된 데 대한 자책감도 느끼고 있는 터였다.

그는 놀랄 정도로 검고 부드러운 머리카락에 단정한 이목구비를 지닌 자그마한 사람이었다. 발은 그런 그를 두더지라 불렀다. 그 별명이 듣기 싫었지만 롤런드는 한 번도 듣기 싫다는 말을 한 적이 없었다.

그가 발을 만난 것은 18세 때 학생 회관에서 열린 신입생을 위한 티파티에서였다. 지금도 그는 자신이 학부 학생이었을 때 공적인 자리가 아닌 사적인 자리에서 자기가 최초로 말을 건넨 사람이 바로 발이었다고 믿고 있었다. 또 그렇게 믿어야만 옛 기억들이 부드럽게 풀려 나올 수가 있었다. 그는 발의 조금은 멍한 듯한, 부드러운 갈색 눈이 좋았다. 그 표정이 좋았다. 그때 그녀는 자신의 찻잔을 앞에 받쳐 들고 혼자 서 있었다. 눈길이 주변을 둘러보고 있지도 않았다. 어느 누구도 접근하지 말았으면 하는 태도로 시선을 창밖에 고정시키고 있었다. 그 모습이 그녀 주위에 고요와 평온을 투사시키고 있는 듯하다고 느낀 롤런드가 그녀에게 다가갔다. 그리고 그때 이후로 그들은 따로 떨어져 있은 적이 거의 없었다. 똑같은 과목을 수강 신청하고, 같은 서클에 가입하고, 세미나에서도 옆자리에 같이 앉고, 국립 영화관에도 같이 가고, 섹스도 하고, 그러다 2학년이 되어서는 방 하나짜리 연립 주택에서 같이 살기 시작했다.

그들은 정말 검소하게 살지 않을 수 없었다. 생활을 전적으로 장학금에 의존할 수밖에 없었던 그들은 죽과 렌즈 콩과 요구르트를 거의 주식으로 삼다시피 했으며, 맥주 한 잔도 홀짝홀짝 아껴 가며 마셔야 했으며, 책도 한 권을 사서 같이 보아야 했다. 사실 그들이 받는 장학금만으로는 런던에서의 생활이 불가능했다. 휴일이 되면 일을 해서 보충하기도 했으나 그나마 석유 파동으로 인해 일자리조차 구하기가 힘들었다. 롤런드는 자신이 수석을 차지한 데는 발의 역할이 컸다고 확신하고 있었다. (물론 그외 어머니의 성화와 랜돌프 헨리 애쉬에 대한 자신의 관심도 상당 부분 작용했음은 말할 것도 없었다.) 발은 그가 당연히 수석을 하리라 기대했었고, 그로 하여금 항상 어떤 생각을 하고 있는지 말하게 했으며, 주요한 사항에 관해서는 나름의 주장도 폈으며, 또 그녀, 아니 그들 두 사람이 정말 열심히 공부하고 있는지 늘 걱정하며 신경을 썼다.

두 사람이 말싸움을 벌인 적은 거의 없었다. 있다고 해봤자, 항상 밖에 나가 침묵과 자제로 일관하는 발의 태도를 두고 롤런드가 걱정스럽다는 투로 말을 걸기 때문에 시작되는 가벼운 다툼 정도였다. 실제로 발은 교실에서 자신의 의견을 내놓는 경우가 거의 없었으며, 나중에는 롤런드에게조차도 말을 붙이지 않았다. 돌이켜 보면 두 사람이 만나 같이 지내게 된 초기에는 발도 나름대로 많은 생각과 견해를 지니고 있었다. 그리고 그러한 견해를 마치 미끼를 던지듯 조심스럽게, 수줍어하며, 어떻게 보면 엉큼스러울 정도로 슬며시 내놓기도 했었다. 그녀가 좋아하는 시도 있었다. 한번은 침침한 롤런드의 하숙방에서 벌거벗은 채 앉아 로버트 그레이브즈[2]의 시를 암송한 적이 있었다.

> 슬며시 잠에 빠져 들어가며 그녀는 사랑을 말하네,
> 어둠이 내려앉은 시간,
> 나지막이 웅얼거리는 작은 목소리
> 꿈틀거리며 겨울잠에서 깨어난 대지는
> 풀과 꽃들을 내어놓네
> 눈이 내려도,
> 떨어지는 눈에도 아랑곳 않고.

다소 거친 목소리를 애써 부드럽게 하며, 마치 런던과 리버풀의 어투가 뒤섞인 듯한 목소리로 그녀는 시를 암송했다. 암송이 끝나자 롤런드는 뭐라 말을 하려 하였으나 그녀가 한 손으로 그의 입을 막았다. 사실 달리 할 말이 없었던 롤런드에게는 차라리 다행이었다. 그 후로 롤런드는 이런저런 일에서 자기가 하는 일이 잘되어 감에 따라 발의 말수가 점점 줄

---

2 Robert Graves(1895~1985). 현대 영국 시인 중의 한 사람으로 모더니즘적 현대 영시의 경향에서 벗어난 개성있고 독특한 시를 썼음.

어드는 것을 감지할 수 있었다. 그녀가 무슨 의견을 내놓을 때도, 대개가 그녀의 생각이 아닌 그의 생각을 대변하는 데 불과했다. 심지어 그녀는 「남성 복화술: 랜돌프 헨리 애쉬의 여성에 관한 한 연구」라는 제목의 논문을 쓰기도 했다. 그녀가 논문에서 애쉬를 다루는 것이 못마땅했던 롤런드는 그녀에게 그녀 자신의 생각을 찾아내고 남들로부터 주목을 받도록 애쓰는 쪽이 어떠냐고 제안을 해보았지만 그녀는 그가 자신을 〈비웃고 있다〉는 비난의 말만 할 뿐이었다. 〈비웃고 있다〉니, 그게 무슨 소리냐고 그가 다그쳤지만 그녀는 논쟁을 벌일 때면 늘 그렇듯이, 또다시 입을 꽉 다물고 아무 말도 하지 않았다. 롤런드에게도 침묵이 자신의 상한 기분을 나타내는 유일한 방식이었기 때문에 그들은 그렇게 아무 말도 하지 않고 며칠씩 지냈으며, 더욱이 롤런드가 그 「남성 복화술」에 관해 직접적으로 비판하고 나설 때면 몇 주일씩 아무 대화도 나누지 않았다. 그러나 그런 피 말리는 침묵에 서로가 지칠 때쯤이면 그들은 간단한 한두 마디의 말로 입을 열기 시작하고, 그러고는 다시 예전처럼 정상적인 공존의 생활로 되돌아올 수밖에 없었다. 최종 시험이 다가왔을 때 롤런드는 예상했던 대로 잘 해내었다. 발의 논문도 자신에 넘치는 큼지막한 글씨로 씌어진 것이, 비록 단순하긴 하지만 구성이 잘 짜인 글로 완성되었다. 심사 위원들은 그녀의 「남성 복화술」을 훌륭한 논문이라고 평가하면서도 분명 대부분을 롤런드가 작성했으리라는 의혹에서 평가절하해 버리고 말았다. 그러니 그 논문은 이중으로 공정하지 못한 대접을 받은 셈이었다. 왜냐하면 사실 롤런드는 그 논문을 쳐다보지도 않았으며, 또 그녀가 제시한 중심 주제에 동의하지도 않았기 때문이었다. 발은 랜돌프 헨리 애쉬가 여성들을 좋아하지도 않았지만 이해하지도 못했으며, 그의 작품에 등장하는 여성 화자들은 시인 자신의 두려움과 공격적 성향의 토대에서 빚어진 인물이라고 생각했다. 또한 그녀는 『아스크와 엠블라』[3]라는 시집조차도 사랑에 관한 작품이 아니라 시인이 자기 자신의 아니마[4]와 대화를 나누는 나르시시즘의 작품이라고 보았다. (애쉬의 전기를 연구하는 비평가들도 아직 엠블라가 누구인지 만족스러운 해답을 못 내리고 있다.) 결국 발은 서투른 논문을 하나 내놓은 꼴이었다. 롤런드는 그녀가 이런 결과를 미리 예상했으리라 추측했지만 사실은 전혀 그렇지 않다는 것이 판명되었다. 그녀는 눈물을 흘렸다. 밤새도록, 목이 메일 정도로 눈물을 쏟았다. 게다가 처음으로 버럭 화를 내기도 했다.

그들이 한집에서 함께 살게 된 이후 처음으로 발이 롤런드의 곁을 떠나 자기〈집〉에 잠깐 다니러 갔다. 그녀의 집은 크로이돈에 있었고, 그곳의 한 시영 아파트에서 그녀는 이혼한 어머니와 함께 살았다. 생활은 사회보장 연금으로 꾸려 나갔고, 또 이따금씩 그녀 아버지가 생각날 때마다 생활에 보태 쓰라며 약간의 돈을 보내 주기도 했다. 다섯 살 때 아버지와 헤어진 발은 그때 이후로 아버지가 상선 회사에 근무한다는 말만 들었을 뿐 한 번도 본 적이 없었다. 또한 발은 롤런드와 함께 지내는 동안 한 번도 자기 어머니를 찾아뵙자는 말을 한 적이 없었다. 물론 롤런드는 두 번이나 발을 데리고 자기 부모님이 살고 있는 그래스데일에 간 적이 있었다. 그곳에 가면 발은 롤런드 아버지의 몸도 씻겨 드리고, 그런 식으로 살아 뭐하겠느냐며 한심스럽다는 듯 쳐다보는 롤런드 어머니의 비웃음도 다 감내하였다. 그러고는 롤런드에게 이

---

3 스칸디나비아 전설에서 신이 창조한 아스크Ask는 최초의 남성이며 엠블라Embla는 최초의 여성임.
4 융의 심리학에서 남성에 내재된 억압된 여성적 특성을 말함.

렇게 말한 적이 있었다. 「걱정하지 마, 두더지 양반. 전에도 내내 이런 찌든 모습만 보고 살았어. 다 내 팔자지 뭐. 앞으로 당신이 우리 부엌에 성냥불만 붙일 수 있게 된다면 금방 활활 타오를 거야.」

발이 떠나고 나자 롤런드는 마치 종교적 개종의 순간에 찾아오는 충격과도 같은 깨달음처럼 이런 식의 생활을 더 이상 계속하고 싶지 않다는 생각이 얼핏 떠올랐다. 그는 이리저리 뒹굴다가 겨우 침대에서 일어나 창문을 열고, 혼자 테이트 갤러리로 가서는 푸른색과 황금색이 한데 섞여 묘한 분위기를 자아내는 터너[5]의 「노햄 성(城)」이란 제목의 그림을 감상했다. 그러고는 같은 과의 경쟁자인 퍼거스 월프를 불러 꿩요리도 해주었다. 비록 고기가 질기고, 또 먹지 못하고 버리는 부분이 많았어도 그는, 요리란 무척 즐겁고 세련된 행위라고 생각했다. 또한 그는 계획도 세웠다. 아니, 계획이라기보다는 앞으로의 전망이나 예상이었다. 이제부터는 무엇을 하더라도 혼자서 해야 한다는 생각과 자유롭게 사람들의 행위와 사물을 관찰할 수 있게 되었다는 느낌 같은 것들이었다. 그런데 일주일 후 발이 돌아왔다. 초췌하고 눈물 가득한 얼굴로 돌아온 그녀는 이제부터는 자기 밥벌이는 자기가 하겠다고, 그래서 속기 타이프를 배우겠다고 선언했다. 발은 눈물로 촉촉이 젖은, 그래서인지 더욱 반짝이는 얼굴로 롤런드에게 말했다. 「적어도 당신이 나를 원하는 한…… 왜 당신이 나를 원하는지는 모르겠어. 나, 그리 잘난 여자도 아닌데…….」 롤런드는 이렇게 대답했다. 「물론 난 너를 원해. 정말이야.」

---

5 Joseph Mallord William Turner(1775~1851). 영국의 풍경화가.

***

롤런드의 DES 장학금이 끝나자 발이 생활 전선에 뛰어들었고, 그동안에 롤런드는 박사 학위 논문을 완성하였다. IBM 볼 타자기를 구입한 발은 저녁에는 집에서 다른 학생들의 논문을 타이프해 주었고, 낮에는 보수가 괜찮은 일을 찾아 나섰다. 그녀는 시청, 의과대학 부속병원, 선박 회사, 화랑 등에서 일을 했다. 주위에서는 한 곳에만 붙어 있으라고 권유했지만 그녀로서는 그럴 형편이 아니었다. 또한 자신이 무슨 일을 하는지 전혀 입 밖에 내려 하질 않았다. 혹 말을 할 때도 그저 〈천한〉 일이라는 말뿐이었다. 가령, 「나 오늘 자기 전에 몇 가지 천한 일을 해야 해」라든가, 아니면 「오늘 아침에 그 천한 일을 하러 가다가 하마터면 차에 치일 뻔했어」 등이 고작이었다. 그런데 한 가지 분명한 사실은 그녀의 목소리에 자조가 섞여 있다는 것이었다. 롤런드는 그런 어투에 이미 익숙해져 있었다. 어머니가 아버지와 자기에게 실망을 할 때도 바로 그런 식의 어투였기 때문이었다. 아무튼 밤마다 들리는 타자기 소리에 롤런드는 잠을 설쳐야 했다. 아랑곳하지 않고 잠을 잘 만큼 부드러운 소리는 분명 아니었던 것이다.

이제 발의 모습은 두 가지로 대별되었다. 하나는 집에서 낡은 청바지에 검은색과 자주색의 칙칙한 꽃무늬가 군데군데 새겨진 쭈글쭈글하고 긴 크레이프 셔츠를 입고 아무 말 없이 앉아 있는 모습이었다. 지하방에서 사는 사람들의 전형적인 파리한 얼굴에 풀어헤친 윤기없는 갈색 머리카락. 그래도 가끔은 손톱에 진홍색 매니큐어가 칠해져 있을 때도 있었다. 물론 그것은 또 다른 발의 모습에서 남은 잔재였다. 또 다른 발의 모습이란 꽉 끼는 검은 치마에 핑크색 실크 셔츠를 입고, 그 위에 어깨 패드가 달린 검은 재킷을 걸친 모습이었다. 그녀는 핑크색과 갈색으로 눈화장을 하고, 뺨에는 화사한 기운이 감돌도록 부드러운 색으로 화장을 하고, 또 입술에도 자주색의 루즈를 칠한 밝은 모습으로 자신이 얘기하는 그 〈천한〉 일을 하러 나서는 것이다. 그러나 어딘가 쓸쓸한 기색이 엿보이는 모습이었다. 또 그럴 때는 굽 높은 구두를 신고 검은 베레모도 썼다. 집에서 청바지를 입고 있을 때는 보이지 않던 아름다운 발목도 드러났다. 그리고 머리카락은 적당히 어깨 부분에서 안으로 말아 올렸으며, 간혹 검은 리본으로 묶기도 했지만, 향수까지는 뿌리지 않았다. 그렇다고 발의 몸매가 남자를 홀릴 만큼 매력적인 것은 아니었다. 그런 발을 두고 이따금씩 롤런드는 그녀가 매혹적인 여자였으면, 그래서 어떤 은행가가 그녀를 데리고 나가 저녁을 사먹인다든지, 아니면 어느 엉큼한 사내 녀석이 플레이보이 클럽에 데리고 간다든지 했으면 하는 희망 아닌 희망을 가지기도 했었다. 당연히 롤런드로서는 그런 점잖지 못한 생각을 하는 자신이 혐오스럽기까지 했으며, 게다가 자신이 그처럼 못된 환상을 애써 부풀리고 있는 것은 아닌지 혹시 발이 의심을 품게 될까 봐 염려스럽기도 했다.

롤런드는 직장을 구하기만 한다면 사정을 호전시키는 데 있어 자신이 주도적으로 나서는 일이 그리 어렵지는 않으리라 생각했다. 그래서 그는 여기저기 지원서를 제출하였으나 결과는 뻔했다. 자기 과에 자리가 하나 났을 때 무려 600명이 지원을 했다. 롤런드도 최대한의 예의를 갖춰 면접에 응했으나 자리는 퍼거스 월프에게 넘어가고 말았다. 월프의 성적이 그렇게 일정한 수준을 유지해 온 것은 아니었다. 때로는 뛰어나기도 했지만 때로는 평범했다. 머리가 우둔하지는 않았지만 공정치 못한 구석도 없지 않았다. 그는 선생들을 화나게 하면서도 매료시키는 재주가 있어 대부분의 선생들로부터 사랑을 받았다. 하지만 롤런드는 착실하다고 인정을 받은 것 이외에 별달리 선생들의 호감을 산 적이 없었다. 또한 문학 이론을 전공한 퍼거스는 시류에 맞게 전공도 잘 택한 셈이었다. 그런데 이 일에 대해 발은 롤런드보다 더 화를 냈다. 퍼거스를 좋아하고 또 그와 계속 사귀기를 바라는 롤런드로서는 발의 분개에 당황하지 않을 수 없었다. 더군다나 발은 퍼거스를 경멸할 때마다 늘 이런 말을 했다. 〈금발의 잘난 체하는 홍두깨 같은 놈〉이라든가 〈잘난 체 뻐기는 색골〉이라고. 욕설로 하는 말이었지만 그런 말을 들을 때면 롤런드는 곤혹스러웠다. 온당치 못한 용어일뿐더러 또 퍼거스는 그런 표현을 이미 초월해 있는 존재였기 때문이었다. 실제로 퍼거스는 금발에다가 성적인 매력이 대단하였다. 그러나 그것으로 끝이었지, 그 이상 뭐 별다른 문제가 있었던 것은 아니었다. 퍼거스는 더 이상 롤런드의 집에 식사하러 오지 않았으며, 롤런드는 혹 자기가 화를 내고 기분 나빠할까 봐 퍼거스가 그러는 것이 아닌가 생각했다.

***

그날 저녁 집에 돌아온 롤런드는 발이 어떤 기분 상태에 있는지 짐작할 수 있었다. 지하실로 내려서는 순간 양파 튀기는 냄새가 코끝을 찔렀는데, 이는 그녀가 뭔가 복잡한 요리를 하고 있다는 증거였다. 그녀는 아무 기분도 아닐 때, 그냥 무감각하고 무덤덤할 때면 깡통이나 따고 달걀을 삶든지, 아니면 기껏해야 아보카도 샐러드 정도를 만들었다. 그러나 기분이 아주 좋거나 무척 화가 날 때면 습관적으로 요리를 했다. 싱크대 곁에 서서 쿠르젯 호박과 가지를 썰고 있던 그녀는 롤런드가 들어서는데도 고개를 들지 않았다. 발이 기분 나쁜 상태에 있음을 눈치 챈 롤런드는 아무 말 없이 가방을 내려놓았다. 그들이 살고 있는 지하실 방은 토굴과도 같은 곳이었지만 살구색과 흰색으로 색칠을 다시 하여 어느 정도 환하게 보였다. 방에는 2인용 쿠션 의자 하나, 둥근 팔걸이에 머리 받침대가 있는 짙은 보라색의 낡은 안락의자 두 개, 롤런드가 공부할 때 쓰는 중고 사무용 오크 책상 하나, 그리고 새로 니스를 칠해 타자기를 올려놓은 너도밤나무 책상 하나가 있었다. 모두가 벽을 따라 서로 등을 마주 댄 모양으로 설치되어 있었다. 반대편 뒷벽에는 벽돌을 쌓고 그 위에 널빤지를 층층이 깔아 만든 책꽂이가 있었는데, 책의 무게에 눌려서인지 가운데가 처져 있었다. 물론 대부분의 책들은 공동 소유였으며, 그 가운데는 복사본도 끼어 있었다. 또 곳곳에 그들은 갖가지 포스터도 붙여 놓았다. 그중에는 정교하게 기하학적으로 그려진 대영박물관의 포스터도 있었고, 터너의 전시회를 선전하는 테이트 갤러리의 포스터도 있었다.

롤런드에게는 랜돌프 헨리 애쉬의 초상화 사진이 세 장 있었다. 하나는 그의 책상 위에 세워져 있는 것으로, 하머니 시의 스탠트 컬렉션이 소장한 귀중한 자료인 애쉬의 데스마스크를 찍은 사진이었다. 그러나 두툼한 눈썹에 너무 휑하다는 느낌을 줄 정도로 말끔하게 면도를 한 애쉬의 얼굴 모습이 어떻게 세상에 나왔는지 수수께끼 같은 일이었다. 왜냐하면 애쉬가 영면할 당시의 얼굴을 찍은 또 한 장의 사진이 있었는데, 그 사진에는 정말 인자한 할아버지의 얼굴처럼 수염이 나 있는 상태 그대로의 얼굴 모습이 나타나 있기 때문이었다. 누가 그리고 언제 면도를 해주었을까? 롤런드는 그것이 궁금했다. 모티머 크로퍼도 자신이 쓴 애쉬의 전기 『위대한 복화술사』에서 그런 의문을 던지긴 했지만 해답은 찾지 못했었다. 나머지 두 장의 사진은 국립 초상화 갤러리에 소장된 애쉬 초상화 두 점을 사진 복사 주문해서 얻은 것이었다. 발은 이 사진들을 홀의 어두운 구석에다 처박아 두었다. 삶의 조그만 한 부분이라도 애쉬와 공유하고 싶지 않은 마당에 애쉬가 자신을 빤히 쳐다보고 있는 꼴이 싫다고 한 짓이었다.

어두운 홀 안에서 그 사진들은 잘 보이지 않았다. 하나는 마네[6]가 그린 것이었고, 나머지 하나는 G. F. 워츠[7]가 그린 것이었다. 마네가 그린 애쉬의 초상화는 1867년 그가 영국에 있을 때 그린 것으로, 그 자신이 그린 에밀 졸라[8]의 초상화와 비슷한 데가 많았다. 그전에 파리에서 애쉬를 만난 적이 있는 마네는 영국에서 애쉬를 만나 책상을 앞에 두고서 조각 무늬가 새겨진 마호가니 의자에 앉아 있는 애쉬의 모습을 3/4 프로필로 그렸던 것이다. 애쉬의 뒤에는 마치 세 폭의 병풍처럼 양치 식물의 잎들이 왼쪽과 오른쪽 끝으로 작은 연못을 에워싸는 모양으로 둘러져 있었고, 연못의 잡초 사이로는 물고기들이 붉은빛과 은빛으로 반짝이고 있었다. 어떻게 보면 그 초상화는 시인이 어느 숲가에 앉아 있는 것 같은 인상을 주었다. 그러나, 모티머 크로퍼가 지적했고 또 나중에 그렇게 판명되었듯이, 그림의 배경은 빅토리아조 사람들이 식물과 어류의 생리학을 연구하기 위해 실험용으로 식물도 심고 모형 연못도 만들어 놓곤 하던 유리 용기였다. 아무튼, 마네의 애쉬 초상화는 다소 어두운 분위기를 자아냈지만 강한 인상을 주는 작품이었다. 짙은 눈썹 아래 움푹 들어간 눈하며, 펄펄 날릴 듯한 수염과 은밀한 내면의 환희를 머금은 듯

[6] Edouard Manet(1832~1883). 인상파 운동의 기초가 된 그룹 결성을 주도한 프랑스의 화가.

[7] George Frederick Watts(1817~1904). 영국의 화가이자 조각가.

[8] Emile Zola(1840~1902). 프랑스의 자연주의 소설가.

한 표정이 더욱 그러했다. 결코 서두를 것 같지 않은 신중하고 지적인 표정이었다. 그의 앞에 놓여 있는 책상에는 여러 가지 물건들이 널려 있었다. 강한 느낌을 주는 시인의 머리와 불안정한 듯 보이는 식물을 더욱 돋보이게 하면서 그림의 완결미를 더해 주는 우아하고 멋진 정물이었다. 지질 표본 조사에서 수거한 것인 듯 작은 대포알처럼 생긴 검은색과 유황색의 돌멩이, 암모나이트와 삼엽충 몇 개, 큼직한 수정 구슬 하나, 녹색의 잉크병 하나, 접합시킨 고양이 해골, 쌓여 있는 책들(그중 두 권은 『신곡』과 『파우스트』라는 제목이 금방 눈에 띄었다), 그리고 나무로 만들어진 모래시계 하나가 책상 위의 물건들이었다. 이들 중에서 잉크병과 수정 구슬과 모래시계, 제목을 금방 알 수 있는 두 권의 책, 그리고 자세히 들여다보면 『돈키호테』와 라이엘[9]의 『지질학』이란 제목이 적혀 있는 또 다른 두 권의 책 등은 현재 스탄트 컬렉션에 전시되어 있다. 그곳에서는 방 하나를 따로 마련하여 식물 재배용 유리 용기 및 애쉬가 앉았던 의자와 책상을 수집해서 마네가 그린 초상화의 배경과 흡사하게 배치하여 전시하고 있었다.

워츠가 그린 초상화는 색조도 희미한데다 그렇게 권위있어 보이는 작품도 아니었다. 1876년에 그려진 그 그림은 마네의 초상화에 나타난 얼굴보다 더 늙은 시인의 얼굴을 보여 주고 있었다. 워츠가 그린 여타의 초상화에서처럼 어렴풋이 검은 몸뚱어리에서 솟아난 머리가 어떤 영혼의 불빛을 받고 있는 듯한 느낌을 주면서 묘한 분위기를 자아내는 작품이었다. 배경도 있었지만 알아보기가 힘들었다. 진본의 초상화에서는 바위투성이의 거친 들판이 희미하게 배경으로 나타나 있지만

---

9 Sir Chatles Lyell(1797~1875). 영국의 지질학자.

사진 복사판에서는 검은 바탕에 그저 흐릿한 부분으로 보일 뿐이었다. 이 초상화에서 가장 중요한 부분은 커다랗게 반짝이는 두 눈, 그리고 다빈치의 거친 붓놀림을 보듯 은색과 크림색의 수많은 물줄기가 한데 섞여 흐르는 것처럼 그려진 수염이었다. 사진에서도 수염은 가장 밝게 빛나는 부분이었다. 롤런드는 이 초상들이, 사진으로 찍어 두었기에 더욱 위엄있고 실감나게 애쉬의 얼굴을 보여 준다고 생각했다. 실제 물감으로 그려진 그림에서 찾아볼 수 있는 활력은 없었지만 현대적인 감각에서 볼 때는 더욱 사실적인 분위기를 제공하기 때문이었다. 집이 깨끗하지 못한데다가 습기도 많이 차기 때문인지 사진들은 다소 변색되고 더럽혀 있었다. 그러나 사진을 다시 새롭게 복원시킬 만한 돈이 그에게는 없었다.

***

방의 한쪽 끝에는 작은 뜰을 향해 뚫린 창문이 하나 있었고, 뜰에는 정원으로 오르는 층계가 있었다. 정원은 창문 상층의 세 번째 창틀 사이로 보였다. 그들이 처음 집을 보러 왔을 때 그 집은 정원 주택이라고 불렸지만 그들이 정원에 들어갈 수 있었던 것은 그때가 처음이자 마지막이었다. 집주인은 그들에게 정원을 드나들 권리가 없다고 말했다. 심지어 뒤뜰에다 뭘 심는 것도 허락하지 않았다. 여기에 무슨 특별한 이유가 있었던 것은 아니었다. 그저 80줄의 집주인인 어빙 부인이 단호하게 안 된다고 거부했을 뿐이다. 어빙 부인은 그들 위의 3개 층을 사용하고 있었으며, 고양이를 많이 키워서인지 각 층마다 사향 고양이 냄새가 진동하였다. 또한 그녀는 엉망인 거실과는 대조적으로 정원을 살뜰히 가꾸는 부인이었다. 발의 말에 의하면, 그 부인이 마치 늙은 마녀처럼 척척 감기는 목소리로 조용한 정원에 그들을 끌어들여서는 둥근 벽돌담을 따라 지주로 받쳐진 살구나무에서 황금색의 작은 열매를 따주기까지 하며 꼬드겼다는 것이다. 정원은 폭이 좁긴 했지만 제법 길고 나무 그늘도 많았다. 햇빛이 잘 드는 곳에는 작은 나무 울타리가 쳐진 잔디밭이 있었으며, 주변 공기는 거무스레한 다마스커스 장미, 두툼한 아이보리, 하늘거리는 패랭이꽃 등의 향기가 그득했다. 그리고 그 경계를 따라서는 검은 점과 줄무늬가 환상적인 조화를 이루고 있는 백합꽃들이 심어져 있었다. 금지된 정원. 그러나 어빙 부인이 갈라지는 목소리를 애써 상냥하게 가다듬어 그 높은 벽돌담의 내력을 들려주기 전까지는 롤런드나 발 모두 마음의 결정을 내리지 못하고 있었다. 어빙 부인의 설명에 의하면, 그 담은 찰스 1세와 의회가 전쟁을 하던 내란의 시기나, 아니면 그 이전에 세워진 것으로, 독립된 마을로 떨어져 있던 푸트니에서 잘 훈련된 크롬웰의 무리들이 집회를 갖고, 또 다리 위의 성 마리아 교회에서 양심의 자유를 놓고 푸트니 사람들이 토론을 벌이고 있을 당시 페어팩스 장군[10]의 영지를 둘러싸고 있던 경계선이었다고 한다. 그런데 한 가지 흥미로운 사실은 랜돌프 헨리 애쉬가 이 푸트니의 한 농부를 화자로 등장시켜 시 한 편을 썼다는 것이었다. 시인의 부인인 엘렌 애쉬의 일기에도 그들 부부가 닭고기와 파슬리 파이를 싸들고 간조시의 이곳 강가로 소풍을 온 적이 있다는 사실이 나와 있었다. 바로 이 사실, 그리고 시인 마벌[11]의 후원자였던 페어팩스 장군이 과

---

10 Thomas Fairfax(1612~1671). 영국의 장군으로 영국 내란시 의회파의 총사령관을 맡음.

11 Andrew Marvell(1621~1678). 영국 청교도 출신의 시인으로 페어팩스 장군의 촌장에 머물면서 자연에 관한 많은 시를 쓰고 또 크롬웰을 주제로 한 애국시와 왕정 복고 이후에 쓴 풍자시로 유명한 형이상학파 시인 중의 한 사람.

실수와 꽃들이 가득한 이 정원의 소유주였다는 사실이 롤런드와 발을 이 금지된 정원의 주택으로 끌어들였다.

봄이 되면 그들의 창가에는 위에서부터 수선화의 노란빛이 비쳐 오고, 버지니아 산 덩굴손이 창틀 아래까지 기어 내려와서는 다시 창유리를 따라 그 유혹의 손길을 둥글게 휘감아 올렸다. 집 둘레 화단의 자스민이 갑갑한 듯 이따금씩 정원으로 통하는 난간까지 고개를 내밀어 향긋한 내음을 뿌리기도 했다. 그러나 그럴 때면 어김없이 어빙 부인이 처음 롤런드와 발을 유혹했을 때의 그 모습 그대로 웰링톤 부츠와 엉덩이 부분을 덧댄 다 낡은 트위드 복장에 앞치마를 두르고 나타나서는 덩굴손과 자스민을 원래의 위치로 거둬들였다. 한번은 롤런드가 필요할 때마다 정원 손질을 도와드릴 테니 가끔씩 정원에 앉아 있게 해줄 수는 없겠느냐고 물어보았지만, 그가 들은 대답이란 고작 젊은이들은 일의 순서도 모르며 어떻게 모두 파괴적이고 부주의한지 모르겠다는 말뿐이었다. 어빙 부인으로서는 롤런드가 자신의 내밀한 삶까지 훔쳐보려는 의도를 가진 것이 아닌가 못 미더웠던 모양이었다. 발은 그런 어빙 부인이 아니꼬운 듯 「조심하셔야겠어요. 고양이들이 정원을 다 망가뜨릴지도 모르잖아요」라고 빈정댔지만, 그 말이 씨가 됐는지 그 후 그들은 자신들의 부엌과 욕실 천장에 얼룩이 더덕더덕 생기는 모양을 보고 있을 수밖에 없었다. 손가락을 대서 냄새를 맡아 보니 틀림없는 고양이 오줌이었다. 어빙 부인이 고양이들 역시 정원 출입을 금지시키고 집 안에만 가둬 두었던 것이다. 롤런드는 어디 다른 집을 찾아봐야겠다고 생각했지만 그런 자신의 생각을 입 밖에 내지는 못했다. 자신이 돈을 벌어 생계를 유지하는 것도 아니었고, 또한 자신과 발의 관계에서 스스로가 나서 어떤 결정을 내리고 싶은 마음도 없었기 때문이었다.

***

 발은 향기 좋은 매리네이드에 담갔다가 그릴에 구운 양고기와 프랑스 식 야채 스튜, 그리고 따끈따끈한 그리스 빵을 내놓았다.「포도주 한 병 꺼낼까?」롤런드가 물었지만 발은 마땅치가 않은 모양이었다.「진작에 그 생각을 했으면 모를까……음식이 식어서 안 돼.」그들은 평소에는 접어 두었다가 식사를 할 때만 펼쳐 놓는 카드 테이블에서 식사를 했다.
「나 오늘 굉장한 걸 발견했어.」
「그래?」
「런던 도서관에 갔었어. 그곳에 애쉬가 소유하고 있던 비코의 책이 있더군. 금고에 보관되어 있더라고. 그런데 애쉬가 적어 놓은 쪽지들이 잔뜩 끼여 있어서 책등이 다 뜯어질 정도였어. 무슨 청구서 종이 같은 것들이야. 분명한 것은 그 쪽지들을 애쉬가 책 속에 끼워 둔 이래로 아무도 본 사람이 없다는 거야. 책갈피 속의 그 쪽지들이 책장과 맞닿은 부분에 생긴 변색 모양이 쪽지들의 테두리와 정확히 일치한 점으로 보아 틀림없어…….」
「재미있군.」 마지못해 꺼낸 듯 덤덤한 대꾸였다.
「애쉬 연구의 방향을 바꿔 놓을지도 몰라. 그렇게 될 거야. 도서관 직원이 열람을 허용하더군. 따로 치워 두지도 않았어. 그곳에 그런 귀중한 것들이 있는지 아무도 모르는 게 틀림없어, 정말이야.」
「나도 그러길 바래.」
「블랙커더 교수에게 얘길 해야겠지? 애쉬 연구에 얼마나 중요한 단서가 될지 알고 싶어할 테지. 더구나 크로퍼가 알고 있는지 확인도 해보고 싶을 테고…….」
「물론, 그렇겠지.」

발의 기분이 더욱 안 좋아지는 것 같았다.

「미안해, 발. 하지만 흥미롭잖아?」

「당신이야 관심이 많겠지. 그러나 우린 서로 즐거움이나 관심의 방향이 다르잖아.」

「그 자료를 잘 이용해서 논문을 한 편 써야겠어. 확실한 증거고 발견이야. 잘만하면 더 좋은 일자리가 보장될지도 모르고.」

「무슨 일자리가 있겠어? 혹 있다 하더라도 퍼거스 월프에게 가겠지.」

그는 발을 잘 알고 있었다. 이런 얘길 그녀도 애써 입 밖에 꺼내지 않으려 했다는 사실을 그는 잘 알 수 있었다.

「당신이 정말로 내가 하는 일이 시덥잖다고 생각한다면……」

「아냐, 당신은 당신이 관심있는 일을 하면 돼. 누구나 다 그렇잖아. 자기 자신이 관심 갖는 방향을 좇아가는 거지, 뭐. 당신은 그 죽은 시인한테 관심을 갖고 있고, 또 죽은 사람들에게 관심있는 사람들 모두가 다 그렇잖아. 아무 상관 없어. 하지만 그런 데에 모든 사람들이 다 관심을 두지는 않아. 나도 비록 천한 일을 하지만 나름대로 뭔가를 발견하고 관찰한다고. 지난주, 내가 어떤 요업 제품 수출 회사에 있을 때의 일이야. 사장의 책상에 있던 어떤 파일 아래 사진 몇 장이 있었어. 꼬마 아이들에게 사용하는 물건들 — 쇠사슬, 농담, 그리고……. 정말 추잡해. 이번 주엔 또 어땠는지 알아? 수술 기록을 정리하다가 우연히 작년에 다리가 잘려 나갔다는 열여섯 살짜리 한 아이를 보게 되었어. 의사들이 의족을 결합시키고 있더라고. 그런데 그렇게 해서 걸어다니려면 얼마나 많은 시간이 지나야 하는지 그 아이는 모르고 있었어. 하지만 나는 알아. 나도 알 건 다 안다고. 아마 지금쯤은 그 아이의 나머지 한쪽 다리가 경련을 일으켰을 테지. 아무도 이해할 수가 없어. 다이아몬드를 사기 위해 암스테르담으로 간 사람이 하나 있었어. 나는 그 사람 비서를 도와 1등석 항공권 구입이며 리무진 대절 등의 일을 다 봐주었단 말야. 그런데 그 사람이 운하를 따라 걸으면서 늘어선 집들의 전경을 감상하고 있을 때 누군가가 뒤에서 칼로 찔렀어. 그래서 그 사람 신장이 터져 탈저 현상이 생기더니 죽었다는 거야. 죄다 그런 식이야. 나의 그 천한 봉사를 받는 사람들이 오늘은 여기 있다가 내일이면 사라지는……. 랜돌프 헨리 애쉬는 먼 옛날에 시를 쓴 시인이야. 그 시인이 비코의 책에다 뭐라고 끼적였든지 간에 내가 아무런 관심도 보이지 않는다고 기분 나빠하지는 말아 줘.」

「아니, 발. 어떻게 그런 끔찍한 말들을…….」

「굉장히 재미있잖아. 천한 일을 하지만 그래도 나름의 시각으로 관찰한 것들이야. 있는 그대로지. 그런 것들이 의미가 없다면 나의 존재 의미도 없는 거야. 애쉬의 세계관을 짜 맞추는 당신이 부럽기도 해. 하지만 그래서 얻은 당신의 위치는 뭐야? 당신의 세계관은? 고양이 오줌이 뚝뚝 떨어지고 서로 포개어 자야 하는 이곳에서 벗어날 무슨 방법이 있어?」

뭔가 대단히 심사가 뒤틀려 있음을 롤런드는 직감으로 알 수 있었다. 그녀가 여러 차례나 〈당신의 관심〉이라며 말하는 투도 전에 없는 일이었다. 누군가가 그녀를 자극한 것은 아닌지, 아니면 아무도 관심을 보이지 않아서인지……. 하지만 롤런드는 자기가 괜한 생각을 하고 있다고 느꼈다. 그녀가 단지 화도 나고 언짢아서 그러는 것임을 그는 알고 있었다. 그가 다가가 목덜미를 쓸어 주자 발은 훌쩍이더니 이내 풀어지는 듯했다. 잠시 후 그들은 침대 속으로 들어갔다.

***

 그는 발에게 책 속에 끼여 있던 편지를 몰래 훔쳐 왔다는 얘기를 하지도 않았고, 할 수도 없었다. 밤이 깊어지자 그는 욕실에 가서 다시 한 번 그 편지들을 꺼내 보았다. 〈경애하는 여인에게. 우리가 서로 각별하게 대화를 나눈 이후로 저는 아무것도 생각할 수가 없었습니다.〉〈경애하는 여인에게. 기대치 못했던 즐거운 대화 이후로 저는 줄곧 한 가지 생각에만 사로잡혀 있었습니다.〉 서둘러 쓴 미완성의 사연. 충격이었다. 사실 롤런드는 주검으로 남아 있는 랜돌프 헨리 애쉬의 육신에는 별 관심이 없었다. 러셀 가에 있는 그의 집을 방문해서 그가 앉았던 곳에 앉아 보고, 또 그 집 정원의 돌의자에 앉아 보는 식의 일에는 하등 흥미가 없었다. 그런 일은 크로퍼의 스타일이었다. 롤런드의 마음을 사로잡은 것은 단지 복잡한 문장 속에 감추어진, 그러다가 어느 어구에서 돌연 분명한 의미로 나타나는 애쉬 사상의 흐름이었다. 그러나 그동안 묻혀 있던 이 편지들이 그의 마음을 흔들어 놓았다. 이제 단지 시작일 뿐이라는 생각에 그는 알 수 없는 전율에 휩싸이기도 했다. 편지지 위에서 잽싸게 펜을 놀리는 랜돌프 헨리 애쉬의 모습보다는, 이 완성되지 못한 편지를 구겨 내버리는 대신에 곱게 책갈피 속에 끼워 둔 시인의 긴 손가락들의 떨림이 더욱 절실한 느낌으로 와 닿았다. 〈누구일까?〉 반드시 알아내고야 말겠다는 생각뿐이었다.

3

이 어두운 곳
살금살금 기어다니던 니드호그가 검은 미늘로
거대한 나무의 뿌리를 갉아 내더니 몸을 휘감아
소용돌이치는 미로 속에 보금자리를 튼다.
— R. H. 애쉬, 『신들의 황혼 Ⅲ』

다음 날 아침 일찍 롤런드는 자전거에 몸을 싣고 블룸즈베리로 갔다. 길게 늘어선 차량의 행렬을 곡예하듯 이리저리 피해 푸트니 교를 건너고, 제방을 따라 의회 광장을 가로질렀다. 물론 대학에 자신의 연구실이 있는 것은 아니었다. 그러나 시간 강사로 몇 시간 강의를 하는 덕택으로 학교측의 묵인 하에 연구실 하나를 사용하고 있는 터였다. 자전거에 싣고 온 물건들을 적막한 연구실에 풀어놓고 난 뒤 그는 휴게실로 올라갔다. 찻자국이 얼룩진 싱크대 옆, 퀴퀴한 찻잔닦이 행주가 걸려 있는 곳에 제록스 복사기 한 대가 놓여 있었다. 복사기가 나지막한 소리를 내며 가열되는 동안 롤런드는 두 장의 편지를 꺼내 다시 한 번 읽어 보았다. 그런 다음 복사기의 검은 유리판 위에 편지지를 올려놓았다. 곧이어 푸른빛을 발산하는 불빛 막대가 스치고 지나가자 복사기는 화학 약품 냄새가 물씬 풍기는 뜨거운 용지 두 장을 토해 냈다. 거의 한 세기 동안 미세한 먼지로 뒤덮여 있던 편지 원본의 테두리는 빈 공간으로 검게 복사되었다. 롤런드는 정직한 사람이었다. 그는 배수관 판자에 걸려 있는 과 사무실용 공책에 복사기 사용 내역을 적어 넣었다. 〈롤런드 미첼, 두 장, 10펜스.〉 그러나 다른 한편으로 그는 부정직한 사람이었다. 편지를 그대로 깨끗이 복사한 그는 그 편지들을 몰래 다시 런던 도서관의 비코 책에 끼워 놓을 수도 있었다. 하지만 그는 전혀 그러고 싶지 않았다. 편지가 자기 소유라는 느낌이 들었기 때문이었다. 물론 그는 위대한 사람들의 손때가 묻은 물건이라면 무턱대고 갖고 싶어 안달하는 사람들을 경멸했다. 가령 발자크[1]의 요란한 장식 지팡이나 로버트 루이스 스티븐슨[2]의 구멍이 여섯 개 뚫린 피리, 혹은 한때 조지 엘리엇이 입었다는 검은 레이스가 달린 망토 등등을 자기 소유로 하고 싶어하는 사람들을 얼마나 혐오했던가. 모티머 크로퍼도 물론 그런 혐오의 대상이었다. 그 사람은 마치 자신의 시간과 애쉬의 시간을 맞춰 보기라도 하듯 바지 속주머니에서 랜돌프 헨리 애쉬의 큼직한 금시계를 꺼내 보이며 자랑하던 사람이었다. 아무튼 복사된 편지가 누렇게 변색된 원본보다 더 깨끗하고 선명했다. 복사기의 롤러에 잉크를 새로 갈았는지 진한 검은색으로 반짝이는 복사 잉크의 선명함, 그러나 그는 원본도 소유하고 싶었다.

닥터 윌리엄스 도서관이 문을 열자 그는 크랩 로빈슨의 일

---

[1] Honoré de Balzac(1799~1850). 프랑스의 소설가로 근대 사실주의 문학의 대표 작가. 『인간 희극』, 『고리오 영감』 등이 주요작이다.
[2] Robert Louis Stevenson(1850~1894). 영국의 소설가로 낭만적 성격의 소설 『보물섬』, 『지킬 박사와 하이드 씨』 등으로 유명하다.

기를 볼 수 없겠느냐고 물어보았다. 전에도 여러 번 온 적이 있었지만 그는 또다시 블랙커더 교수의 이름을 빌릴 수밖에 없었다. 그렇다고 자신이 발견한 것을 블랙커더 교수에게 보여 주고 싶은 마음도 없었다. 적어도 자신의 호기심이 충족되고 편지의 내용이 밝혀지기 전까지는 자기만의 비밀로 간직하고 싶었다.

그는 애쉬의 『신과 인간과 영웅들』이 발간된 해인 1856년부터 시작해서 일기를 읽어 내려갔다. 역시 기대했던 대로 크랩 로빈슨은 그 작품을 읽고 평을 적어 놓았다.

6월 4일. 랜돌프 헨리 애쉬의 새 작품집에서 극시 몇 편을 읽었다. 특히 주목을 끄는 작품은 『천로역정』에 나오는 히포의 성 아우구스틴, 9세기 색슨의 수도승, 고테스살크, 그리고 〈유순한 이웃〉이 하는 말로 구성된 시편이었다. 또한 비엔나 대공 궁전에서 유리 하모니카를 불어 묘한 소리와 신비스러운 분위기를 자아내던 프란츠 메스메르와 젊은 모차르트를 되살려 낸 작품도 굉장히 뛰어난 수작이었다. 루터의 스승 격이었던 고테스살크는 세간의 비난에도 아랑곳하지 않고 예정설을 신봉하는 비타협적인 태도로 훗날 몇몇 복음주의자들이 탄생하리라 예시한 인물로 그려진 듯했다. 그리고 〈유순한 이웃〉은 빵 한 조각에도 신성이 깃들어 있다는 우상 숭배적 신앙이나 다섯 가지 항목의 형이상학적 신앙이 기독 정신은 아니라고 생각하는 나 같은 사람들에 대한 풍자임이 틀림없다. 애쉬는 〈유순한 이웃〉에 더 공감했을지도 모른다. 그러나 제멋대로 지껄여 대는 헛소리에도 뭔가 알 수 없는 숭엄함이 깃들어 있는 그 기괴한 수도자보다는 이 〈유순한 이웃〉을 더 원망하는 듯한 필체로 작품을 써내려 간 것 같기도 하다. 아무튼 랜돌프 헨리 애쉬를 어떻게 이해해야 할지, 어려운 일이다. 그는 인기있는 시인이 되지 못할지도 모른다. 가령「고테스살크」편의 〈검은 숲〉[3]에 관한 환기는 굉장히 훌륭한 부분이긴 하지만 과연 얼마나 많은 독자들이 그의 그 신학적 엄격함을 받아들일 수 있을지 의문이다. 그는 힘찬 운율과 어디서도 찾아보기 힘든 기묘한 비유들을 많이 사용하며 멜로디가 소용돌이치듯 상승하게 만들어 놓음으로써 오히려 의미를 불분명하게 만들어 놓은 잘못을 범하지나 않았는지 모르겠다. 애쉬의 작품을 읽을 때면 초기의 콜리지[4]가 떠오른다. 콜리지는 존 던[5]에 대해 다음과 같은 대담한 풍자시를 읊었다.

단봉낙타 걸음과 같은 운율을 골똘히 생각한 단처럼
부지깽이를 휘휘 돌려 진실한 사랑을 혼란에 빠뜨려라.

이 시구는 애쉬를 연구하는 학자들에겐 이미 널리 알려져 있으며, 또 곳곳에 인용이 되기도 했다. 롤런드는 진득하니 사람들에게 호의를 베풀고, 지적인 호기심이나 더 나아가 문학과 학문에서 즐거움을 찾는 크랩 로빈슨이 좋았다. 하지만 크랩은 자기 비하가 심한 사람이었다.

〈나는 문학적 소양이 부족해 위대한 영국 작가들의 반열에 오르려는 나의 소망이 결코 실현될 수 없음을 일찍부터 깨달았다. 그러나 나는 이 시대의 저명한 인사들에 관해 많은 것을

[3] 독일 서남부의 삼림 지대.
[4] Samuel Taylor Coleridge(1772~1834). 영국 낭만주의 시대의 대표 시인이자 비평가.
[5] John Donne(1573~1631). 영국 엘리자베스 시대의 시인으로 당대의 전통과 인습을 무시한 기발한 시풍으로 17세기 형이상학파 시인들에게 대단한 영향을 끼친 시인으로 유명함.

알게 되는 기회를 가졌고, 또 그들과의 대담과 대화를 기록에 남김으로써 뭔가 뜻있는 일을 할 수도 있다고 생각했다.〉 그는 두 세대에 걸쳐 많은 문인들과 학자들을 사귀었다. 워즈워스, 콜리지, 드 퀸시, 램, 스탈 부인, 괴테, 쉴러, 칼라일, G. H. 루이스, 테니슨, 클라우, 배젓⋯⋯. 롤런드는 1857년 일기를 읽어 내려갔고, 이제 1858년 일기로 들어섰다. 그해 2월 로빈슨의 일기에는 다음과 같은 글이 적혀 있었다.

지금이 내 인생의 마지막이라면(이제 80줄의 마지막도 얼마 남지 않았다) 그동안 훌륭한 사람들을 많이 접할 수 있게 해준 데 대해 신께 감사해야 하리라. 여성들을 보자면, 나는 시돈스 부인에게서 영웅적 위대함을 보았고, 조던 부인과 마스 양에게서는 매혹적인 아름다움을 보았다. 또한 나는 황홀감에 휩싸여 콜리지의 그 꿈꾸는 듯한 독백 〈노수부의 웅변〉에 귀도 기울여 보았다. 우리 시대의 가장 뛰어난 서정 시인이자 철학 시인인 워즈워스와 더불어 여행도 하였다. 또 찰스 램의 위트와 페이소스도 맛보았으며, 당대 자기 모국에서 최고의 천재였던 괴테와도 그의 테이블에 마주 앉아 자유롭게 대화를 나누었다. 워즈워스가 시인이 되고자 결심했을 때 그가 두려워했던 대상은 오로지 초서, 스펜서, 셰익스피어, 그리고 밀턴이라고 했듯이, 괴테는 자신은 오로지 셰익스피어와 스피노자, 린네[6]에게만 빚을 지고 있다고 인정하였다.

6월의 일기에서 롤런드는 자신이 찾고자 하는 부분을 발견했다.

6 Carolus Linnaeus(1707~1778). 스웨덴의 식물학자로 식물 분류법의 창시자.

오늘의 조찬 모임도 아주 원만하게 잘 끝났다. 특히 대화를 두고 볼 때 더욱 그러하다. 배젓, 애쉬, 제임슨 부인, 스피어 교수, 그리고 라모트 양과 그녀의 친구인 글로버 양이 자리를 함께했다. 글로버 양은 별로 말이 없었다. 애쉬로서는 라모트 양을 처음 만나는 셈이었다. 라모트 양이 각별히 우리 집을 방문해 준 데 대해 나는 기쁘기 그지없었다. 더욱이 그녀의 아버지 얘길 많이 나누었으니 말이다. 사실 그녀의 아버지가 쓴 『신화들』이라는 책이 영국 대중들 앞에 나오기까지 내가 어느 정도 도움을 주었으니 그럴 만도 했다. 활기있게 오간 대화는 시에 관한 논의였다. 애쉬는 어느 시인과도 비교할 수 없는 단테의 천재성, 그리고 셰익스피어의 천재성, 특히 젊었을 때 그가 쓴 시 속에 나타난 치기만만함 등을 높이 평가하였다. 라모트 양도 내가 예상했던 것보다는 훨씬 활발하게 자신의 의견을 개진하였다. 열심히 이야기 보따리를 풀어 놓을 때 그녀의 아름다움이란 이루 말할 수 없었다. 우리는 또한 바이런 부인이 나에게 보낸 편지에서 대단히 격정적인 필체로 언급하였던 〈영혼〉의 현시에 관해서도 이야기를 나누었다. 물론 샬럿 브론티의 영혼과 대화를 나눴다고 주장하는 스토우 부인에 관해서도 이야기가 있었다. 간혹 대화에 끼어들던 글로버 양은 그 문제에 대해 자신은 그런 일이 일어날 수 있으며, 또 그렇게 믿고 싶다는 견해를 조심스럽게 내보였다. 애쉬는 절대 확실한 실험을 통해서만 확신을 얻을 수 있다며, 자신은 그런 일이 정말 일어날 수 있을지 의문이라고 하였다. 배젓은 영혼의 힘을 믿는 메스메르를 시속에 표현한 것으로 보아, 애쉬는 그 자신이 주장하듯이 그렇게 실증 과학을 엄격히 따르는 것 같지는 않다고 말했다. 그러자 애쉬는, 시인의 역사적 상상력이란 등장인물의 정신 세계에 대한 시적 신뢰 내지 믿음이 있어야 가능하다고 말하면서, 자신의 경우 너무나 그런 성향이 강하기 때문에 어떤 때는 자기 자신의 정신 세계에 대해서 아무런 믿음도 갖지 못하는 당혹감에 처할 때가 있다고 토로하였다. 영혼의 대화를 어떻게 생각하는지, 모든 사람이 라모트 양의 의견을 듣고 싶어했지만 그녀는 그저 모나리자와 같은 미소만 지을 뿐, 아무 대답이 없었다.

롤런드는 이 부분을 옮겨 적은 다음 계속해서 일기를 읽어 내려갔지만 더 이상 라모트 양에 관한 언급을 찾을 수는 없었다. 일기에서 로빈슨은 애쉬 부인이 집안 살림을 잘한다고 칭찬하고, 그러면서 그녀가 이상적인 어머니가 될 수 있을 텐데 아이가 없어 애석하다는 등의 이야기만 적어 놓았지, 라모트 양이나 글로버 양이 애쉬의 시에 대해 어떤 나름의 견해나 지식을 지니고 있었는지에 대해서는 아무런 언급도 하지 않았다. 아무래도 그 대화, 즉 애쉬가 말한 〈기대치 못했던 즐거운〉 대화나 〈각별한〉 대화는 다른 때, 다른 장소에서 있었던 것이 틀림없었다. 롤런드는 깨알 같은 글씨로 로빈슨의 기록을 옮겨 적고 보니 뭔가 어쭙잖고 또 그 기록자의 삶과도 무관한 내용을 베낀 것이 아닌가 하는 느낌이 들었다. 그는 자신이 잘못 베끼는 것이든 아니든 어떤 식으로든 이 일기를, 그 텍스트를 자신이 훼손시킬 수밖에 없다는 사실을 여태까지의 경험으로 보아 어쩔 수 없는 것으로 여기고 있었다. 모티머 크로퍼는 대학원 학생들에게 텍스트 — 대개가 랜돌프 헨리 애쉬의 것이지만 — 의 부분들을 베끼게 하고, 다시 타이프 치게 하고, 그런 다음에는 꼼꼼하게 잘못된 부분이 없는지 훑어보게 하였다. 흠이 없는 텍스트는 존재하지 않는다는 것이 크로퍼의 지론이었다. 그래서 그는 오늘날처럼 무엇이든 힘들이지 않고 사진 복사할 수 있는 시대에도, 보잘것없고 쓸데없어 보이는 그런 훈련을 학생들에게 시키고 있었다. 그러나 블랙커더 교수에게는 그런 훈련 방법이 없었다. 물론 그도 많은 오류들을 발견하고 수정하는 일을 게을리 하지 않았지만, 거기에는 반드시 점점 낮아지고 있는 영문학 교육의 기준에 대한 경멸에 가까운 비판이 뒤따랐다. 그는 자기 시대의 학생들은 철자법에서만큼은 나무랄 데가 없었으며, 더구나 시나 성경은 줄줄 외고 다닐 정도였다고 늘 자랑했다. 묘한 구절이 나오면 혈관을 통해 흐르는 피처럼 그렇게 자기 것으로 만들어 외웠다고 했다. 블랙커더 교수는 워즈워스의 말처럼, 〈심장을 따라 느껴지는〉 식이 되어야 한다고 주장했다. 그러나 최고의 영문학 전통을 이어가고 있다고 자부하는 그가, 부족함이 많은 학생들에게 그들이 갖고 있지 못한 학문 연구의 도구를 갖춰 주는 일을 자기가 해야 할 일로 생각하고 있지 않으니 어쩔 것인가. 도리없이 학생들은 불만과 경멸의 안개 속을 온갖 시행착오를 다 겪으며 알아서 헤쳐 나가야 했다.

***

롤런드는 블랙커더 교수를 찾아 대영박물관으로 갔다. 무슨 말을 할지 아직 마음의 결정을 내리지 않았기 때문에 그는 그냥 열람실에 자리를 잡고 앉아 잠시 시간을 보내야 했다. 열람실의 둥근 천장은 비록 그 높이가 굉장했지만 독서 삼매경에 빠져 있는 열람자들에게 충분한 공기를 제공하기에는 아직도 턱없이 낮아 보이기만 했다. 그래서 그런지 많은 사람들이 마치 기름이 거의 다 타버린 유리갓 속의 가물거리는 불꽃처럼 맥없이 졸고 있었다. 오후였다. 크랩 로빈슨의 일기를 뒤적이느라 오전을 다 보낸 셈이었다. 오후엔 목록실로 둘러싸인 관장의 자리를 중심으로 바퀴살처럼 뻗어 있는 넉넉하고 연한 푸른색의 책상들이 항상 만원이었다. 별수없이 롤런드는 늦게 온 사람들을 위해 책상 사이마다 마련되어 있는 납작한 탁자에 앉는 것으로 만족해야 했다. 그는 문 가까이의 AA 목록 데스크에(애쉬가 그곳에 들어 있기 때문이다) 자리를 잡았다. 언젠가 처음 이곳 학문의 심장부로 들어왔을 때 그는 흥분과 기쁨 속에 이곳을 단테의 『신곡』에 나오는 〈천국〉과 비교했었다. 성자와 장로와 동정녀들이 마치 하나의 거대한 장미처럼 원형으로 질서정연하게 앉아 있고, 한때는 우주 속에 흩어져 있던 곳곳의 책장들이 이제는 한데 모여 한 권의 거대한 책을 이룬 천국의 모습. 게다가 연한 푸른색의 가죽 표지에 새겨진 금빛의 글자들이 중세적 분위기를 한층 돋워 주었으니…….

열람실이 천국이라면 그 건물 내부의 한쪽 깊숙한 곳에 자리 잡은 애쉬 공장은 〈지옥〉이었다. 열람실에서 철제 난간을 따라 내려가는 길이 하나 있는데 그 길을 따라가면 굳게 잠긴 커다란 문이 나타나고, 그곳을 통과하면 눈먼 시선을 한곳에 고정시킨 채 멍하니 있는 파라오들과 웅크리고 앉아 있는 필경사들, 그리고 작은 스핑크스와 텅 빈 미라의 관들 사이에 햇빛도 들지 않는 이집트의 고분과도 같은 애쉬 공장이 나타난다. 그곳은 타자기 소음이 가득하고, 네온 불빛이 겨우 어둠을 막아 주는 유리로 된 작은 독방과 철판으로 칸막이를 한 작은 방들로 이루어져 있었다. 마이크로필름의 푸른 불빛이 새어 나오기도 하고, 이따금씩 사진 복사를 뜰 때면 유황 냄새 같은 것이 나는 곳이었다. 심지어는 구슬픈 울음소리와 묘한 비명 소리가 들리기도 했다. 대영박물관의 하층부는 수고양이 냄새가 진동을 하는 곳이었다. 격자창이나 통

풍구를 통해 들어온 고양이들이 이곳저곳을 배회하다가 사람들에 의해 쫓기기도 하고, 또 용케 사람들의 눈을 피해 음식을 훔쳐 먹기도 했다.

블랙커더 교수는 대단히 혼란스러워 보이는, 그러나 실제로는 차근차근 진행되고 있는 편집일에 몰두하고 있었다. 접힌 한쪽 모서리에 클립이 끼워져 있는 목록 카드들과 수북이 쌓인 알록달록한 파일들 사이에서 가늘고 긴 작은 종잇조각들을 뒤적이며 앉아 있는 그의 모습이 보였다. 그리고 조수인 창백한 얼굴의 파올라가 그의 뒤쪽에서 바쁘게 움직이는 모습도 보였다. 고무밴드로 묶은 긴 생머리, 큼직한 안경, 책먼지가 잔뜩 묻은 채 손가락에 끼워져 있는 회색의 골무, 이것이 그녀의 모습이었다. 타자기가 있는 작은 칸막이 방을 지나면 또 하나의 방이 나타나고, 그 방 안의 파일 캐비닛으로 막아 놓은 작은 토굴 같은 장소에는 엘렌 애쉬의 일기와 편지들이 담긴 상자들에 둘러싸여 베아트리스 네스트 박사가 일을 하고 있었다.

블랙커더 교수는 54세였다. 그가 애쉬 전집을 편집하고자 마음먹게 된 이유는, 정말 홧김에서였다. 그의 부친과 조부는 스코틀랜드에서 학교 교장을 지내신 분들이었다. 그가 어렸을 적, 그의 조부는 저녁마다 난롯가에서 『마미온』, 『차일드 해롤드』, 『신들의 황혼』 등의 시를 들려주셨다. 그리고 그의 부친은 그를 케임브리지의 다우닝 칼리지로 보내 F. R. 리비스[7] 밑에서 공부하도록 하였다. 리비스는 영문학을 공부하는 진지한 학생들에게 으레 내보이는 태도를 그에게도 마찬가지로 보여 주었다. 즉, 영문학이 지니고 있는 그 끔찍하면

---

7 Frank Raymond Leavis(1895~1978). 영국의 문학 비평가. 문학 작품의 도덕적 가치를 중시한 그는 『영시의 새로운 방향』, 『위대한 전통』 등의 명저를 남겼다.

서도 중대한 의미 내지 당면한 문제점을 제시하는 동시에, 학생들이 영문학에 뭔가 기여한다든지 혹은 영문학 연구에 어떤 변화를 일으킬 수 있다는 자신감을 박탈해 버리는 태도였다. 젊은 블랙커더는 리비스가 평을 해주리라 상상하고 몇 편의 시를 썼으나 이내 불태워 버리기도 했다. 그는 또한 스파르타 식의 간결하면서도 다의성과 불가해성을 지닌 에세이 스타일을 창안하기도 했다. 그러나 그의 운명은 한 세미나에서 결정되고 말았다. 그날의 케임브리지 강의실은 바닥이며 의자의 팔걸이며 할 것 없이 학생들로 빼곡이 들어차 있었다. 호리한 몸매에 셔츠의 목단추를 풀어헤친 그 총명한 학자는 창가에 서서 시원한 공기가 들어오도록 창문을 열었다. 싸늘한 케임브리지의 미풍이었다. 학생들에게 배부된 인쇄물에는 음유 시인이 쓴 듯한 서정시 한 편, 재코비언풍의 극시 한 편, 대구(對句)로 이루어진 몇 편의 풍자시, 화산흙에 관한 명상을 보여 주는 무운시(無韻詩) 한 편, 그리고 사랑을 주제로 한 소네트가 한 편 실려 있었다. 조부로부터 시에 관해 많은 것을 익히 배운 바 있는 블랙커더는 금방 그 모든 시들이 다 랜돌프 헨리 애쉬의 작품임을 알 수 있었다. 모두가 애쉬의 복화술과 폭넓은 정신 영역을 보여 주는 작품들이었다. 블랙커더는 두 가지의 가능한 선택에서 고민하지 않을 수 없었다. 자신의 지식을 내보일 것이냐, 아니면 세미나가 그냥 진행되도록 해서 리비스가 학부 학생들로 하여금 시를 잘못 판별하도록 이끈 다음 자신의 뛰어난 분석적 능력, 즉 진실과 허위를 구분 짓고 진정한 감정의 목소리에서 유리된 빅토리아인의 소외를 꼬집어 내는 리비스 자신의 탁월함을 자랑하게끔 하느냐의 선택이었다. 블랙커더는 침묵을 택했다. 시간이 흐르자 애쉬의 이름이 거론되었고, 부족함이 많은 시인으로 노출되었다. 그러자 블랙커더는 자기 자신과 조부, 더 나아가 리비스까지 배신했다고 생각하는 편이 더 옳은 표현인지도 모르겠지만, 아무튼 랜돌프 헨리 애쉬를 배신했다는 생각을 지울 수가 없었다. 그는 그러한 감정에 보상을 했다. 박사 학위 논문을 「의식적 주장과 무의식적 편견: 랜돌프 헨리 애쉬의 극시에 나타난 긴장의 근원」이라는 제목으로 썼던 것이다. 그는 애쉬가 가장 인기였던 시기에 애쉬의 전문가가 되었다. 1959년 초에는 애쉬의 먼 사촌의 후손이자 아직 팔리지 않은 원고들의 소유권을 가진 한 감리교 장로인 애쉬 경이라 불리고 있던 사람으로부터 『시와 극 전집』을 편집해 달라는 부탁을 받기도 했다. 학자로서 대단히 순진했던 그 당시만 하더라도 블랙커더는 전집판을 내는 일이 다른 모든 연구의 물꼬를 트는 결정적인 작업이라고 판단했었다.

그는 때로 그 수에 있어서 변동이 있기는 했지만, 여러 명의 연구 조교를 두어 마치 노아의 비둘기와 까마귀처럼 세계 각지의 도서관으로 보냈다. 조교들은 휴대품 보관소의 물표나 식권처럼 번호가 매겨지고 질문 사항 하나, 인용문처럼 보이는 짤막한 글 하나, 그리고 확인해야 할 사람 이름 하나가 각각 적혀 있는 종잇조각들을 들고 각 도서관으로 달려갔다. 로마 군단 전차의 바퀴축이라는 말은 에드워드 기번이 남긴 여러 각주에서 나오는 말이었다. 〈현자가 꿈에서 본 위험한 멜론〉이라는 표현은 데카르트가 꾼 꿈에서 비롯된 것으로 밝혀졌다. 애쉬는 모든 것에 관심을 지니고 있었다. 아랍의 천문학과 아프리카의 교통 수단, 천사들과 벌레혹, 수력학과 길로틴, 드루이드교의 신부들, 위대한 군대[8]와 중세 이단의 일파인 카타리파 사람들과 인쇄소의 사환들, 심령체와 태양 신화, 얼어 죽은 마스토돈[9]의 마지막 식사와 만나[10]의

8 1812년 나폴레옹의 러시아 원정 군대.
9 제3기 중엽의 코끼리 비슷한 거대 포유동물.

진정한 의미 등. 오히려 각주들이 텍스트 자체를 압도하는 듯했다. 그것들이 애쉬 연구에 하등 쓸모없는 것처럼, 혹은 어울리지 않는 것처럼 보일지라도 언젠가는 필요하리라고 블랙커더는 생각했다. 마치 머리 하나를 자르면 그 자리에 곧 두 개의 머리가 솟아나는 아홉 머리의 큰 뱀 히드라처럼 쉽게 없앨 수 없는 주석들이었다.

블랙커더는 침침한 그의 사무실에 앉아 자신의 현재 위치에 대해 생각할 때가 많았다. 사람들이 자신의 직업에 따라 어떻게 변하는가? 만일 주택 자금이나 할당하는 공무원이 되었다고 한다면, 혹은 머리카락과 살점과 지문이나 조사하는 경찰관이 되었다면 지금쯤 어떤 모습을 하고 있을까? (이는 정말 애쉬에게나 어울리는 생각이었다.) 랜돌프 헨리 애쉬가 채집하고 소화해서 남겨 둔 것을 제외하고 정말 그 자체를 위해, 아니 자기 자신을 위해 모아 둔 지식이 있는가?

가끔씩은 자신이 언젠가는 이 연구 활동, 즉 의식적인 사고로 살아가는 이 삶을 끝내야 한다는 생각을 하기도 했다. 자신의 모든 생각이나 일이 자신의 것이 아닌 다른 사람의 생각이고 일이라는 사실을 분명히 인식하고 있었기 때문이었다. 그러나 그런 것이 크게 문제될 일은 없다고 생각하기도 했다. 어쨌거나 애쉬가 자신의 온 관심을 끌 만큼 흥미로운 시인이라는 사실을 발견하고 난 뒤로는 자신이 애쉬에게 예속되었다 하더라도 그것은 즐거운 구속이었다. 틀림없이 모티머 크로퍼는 스스로를 애쉬의 군주이자 소유자로 생각하고 있을 터였지만 그래도 블랙커더는 자신의 위치를 잘 알고 있는 사람이었다.

한번은 그가 텔레비전에서 어떤 동물학자를 본 적이 있었

---

10 「출애굽기」에 나오는 것으로 옛 이스라엘인이 신에게서 받은 음식.

다. 그 학자를 보는 순간 그는 바로 자신의 모습을 보는 듯했다. 그 동물학자는 주머니 하나를 들고 채집을 나서서는 작은 알같이 생긴 올빼미의 배설물을 주워 온 다음 표시를 해두었다. 그리고 나중에 핀셋으로 그것을 분해해서는 갖가지 세척액이 담긴 유리 비커에 담아 씻어 낸 다음, 그 속에 한데 뒤섞인 음식 찌꺼기와 뼈 조각이나 이빨 조각 혹은 털 조각 등을 분리하고 재배열하였다. 어쩌다 올빼미의 내장 속에 들어가게 된 죽은 뒤쥐나 작은 도마뱀 등을 재구성하기 위함이었다. 그 학자의 모습을 보고 언뜻 블랙커더는 그에 관한 시를 한 편 쓰고 싶은 생각이 들었다. 그러나 나중에 블랙커더는 애쉬가 자기보다 앞서 어떤 고고학자를 소재로 자신이 쓰려는 시와 유사한 시를 썼다는 사실을 알아내었다. 애쉬의 시는 이러했다.

동강난 칼 조각들 혹은 가루가 되어 뿌려진 뼈 조각들,
혹은 박살난 두개골에서 고대의 전흔을 찾아낸다.
피 묻은 갈고리가 스치고 지나가며 그어 낸
부드러운 물살을 따라 떠도는
하얀 죽음, 그 죽음에 밀려 나는,
작은 올빼미가 배설한 말라 버린 덩어리에서
밭쥐나 무족 도마뱀의 죽음을 읽는 성직자처럼…….

애쉬가 그려 낸 이미지에 사로잡힌 블랙커더는 자신도 텔레비전 화면을 통해 이 이미지와 비슷한 동물학자의 모습을 본 적이 있다는 사실마저 까맣게 잊어버렸다.

***

롤런드는 터널처럼 어두컴컴한 서가 사이의 통로를 지나

불빛이 싸늘하게 걸려 있는 블랙커더 교수의 영역으로 들어섰다. 파올라는 그에게 미소를 지어 보였지만 블랙커더는 상을 찡그렸다. 블랙커더는 은빛의 사람이었다. 그는 하얀 피부에 다소 길게 기른, 가는 철사처럼 하얗게 반짝이는 백발의 머리카락을 지니고 있었다. 그리고 아직 숱이 많은 머리를 자랑스러워했다. 그가 입고 있는 옷은 그의 사무실에 있는 여느 물건들과 마찬가지로 칙칙하고 닳아빠진 트위드 재킷과 코르덴 바지였다. 그러나 그 옷에서 어느 정도의 근엄함은 읽을 수 있었다. 그는 웃음도 없는 사람이었으며, 혹 미소라도 지을 때면 부드럽기는커녕 상대방을 깔보는 듯한 분위기만 맴돌 뿐이었다.

롤런드가 말했다. 「하나 알아낸 게 있습니다.」

「벌써 한 스무 번쯤 발견된 거 아닌가? 그래, 뭔가?」

「애쉬가 갖고 있던 비코의 책을 읽었습니다. 그런데 그 속에 애쉬 자신이 직접 쓴 쪽지들이 잔뜩 들어 있었습니다. 각 장마다. 정말 책이 뜯어질 정도였습니다. 런던 도서관에 있습니다.」

「크로퍼가 이미 훑어봤을 것일세.」

「아닙니다. 절대 아닐 겁니다. 검게 변색된 테두리에 먼지가 그대로 쌓여 있는 상태로 봐서 오랫동안, 아주 오랫동안, 정말 아무도 손대지 않은 것 같습니다. 제 추측으로 그렇습니다. 그리고 제가 그 쪽지들을 좀 검토했습니다.」

「쓸 만하던가?」

「예, 매우 귀중한 것들입니다. 대단히.」

블랙커더는 애써 흥분의 빛을 감추며 종잇조각들을 클립에 끼우기 시작했다. 「내가 한번 봐야겠구먼. 직접 확인해야겠네. 내가 한번 가봐야겠어. 그래, 흩뜨려 놓진 않았지?」

「그럼요. 책을 열자마자 종잇조각들이 마구 쏟아지긴 했지만 다시 챙겨 넣었습니다. 틀림없습니다.」

「모르겠단 말야. 크로퍼 그 사람, 귀신 같은 사람인데. 아무튼 자네, 이 사실을 절대 입 밖에 내서는 안 되네. 잘못하다간 모든 게 대서양 건너 저쪽으로 넘어가게 돼. 그렇게 되면 런던 도서관은 카펫도 다시 깔고 커피 자판기도 한 대 설치하게 되겠지만 말야. 크로퍼 그 친구, 우리한테는 선심 쓰는 듯한 팩스를 보내 스탄트 컬렉션을 이용하라고 으스대며 또 필요한 게 있으면 마이크로필름을 보내 도와주겠다고 할 테지. 자네, 자네가 발견한 걸 다른 사람한테 말하진 않았겠지?」

「사서는 알고 있습니다.」

「내가 얼른 가봐야겠군. 돈이나 기금 따위보단 애국심이 앞서야 할 텐데. 자료 유출을 막아야 해.」

「설마요…….」

「난 아무도 안 믿네. 크로퍼의 수표책을 보면 사람들 마음이 달라져. 안 봐도 뻔해.」

블랙커더는 주섬주섬 오버코트를 걸쳤다. 다 낡은 런던 웜이었다. 롤런드는 자기가 훔친 편지에 관해 블랙커더와 상의해야겠다는 생각을 머릿속에서 싹 지워 버렸다. 대신 한 가지는 물어보지 않을 수 없었다. 「라모트라는 작가에 관해 아시는 게 있으시면 좀 말씀해 주시겠습니까?」

「이시도르 라모트. 1832년 작 『신화들』이 있고, 『브르타뉴와 대브르타뉴 토착의 신화들』, 그리고 『프랑스 신화』 등이 있지. 민속과 전설에 관한 위대한 학문적 업적일세. 어떻게 보면, 모든 신화 체계를 여는 데 도움이 되는 열쇠를 찾으려 했던 것이라고도 볼 수 있네. 하지만 결국엔 브르타뉴 사람들의 민족적 정체성과 문화에 관한 집중 연구서인 셈이지. 애쉬도 그 책들을 읽은 게 분명해. 무슨 도움을 받았는지는 모르겠지만…….」

「라모트 양이라고 또 있는 모양이던데요……」

「아, 딸을 말하는가 보군. 그 여자, 아마 종교시를 쓴 여자지?『마지막 것들』이라는 우울한 내용의 자그마한 책도 있고. 그러곤 동화를 많이 썼지.『11월의 이야기』, 오싹한 이야기들이지. 서사시도 한 편 있는데 난해해서 읽기가 어렵다고 해.」

「페미니스트들이 관심을 많이 갖고 있는 것 같아요.」 파올라가 말했다.

「그럴지도 모르지.」 블랙어더가 다시 입을 열었다. 「그치들은 랜돌프 애쉬를 거들떠도 안 봐. 우리 동료가 엘렌 애쉬의 일기를 찾아내 세상에 내놓자마자 그녀의 그 끝없는 일기만 읽으려 하는 사람들이지. 그들은 랜돌프 애쉬가 엘렌의 글쓰기를 억압하고 또 그녀의 상상력을 갉아먹었다고 생각해. 그 증거를 대는 일에 관심들도 없겠지만 입증할 만한 증거를 찾지도 못한 것일세. 조사해 보지도 않고 분명 뭐가 있다고 심증만 굳히는 사람들이지. 그들이 알아야 할 것은 엘렌이 그 당시 부인네들과 마찬가지로 소파에서나 뒹굴며 시간을 축낸 여자라는 사실이야. 그들이 직면한 진짜 문제는, 이건 베아트리스의 문제이기도 한데, 엘렌 애쉬가 우둔한 여성이었다는 점일세. 제인 칼라일하고도 달라. 더 불쌍한 여자라고. 불쌍한 베아트리스가 엘렌이 얼마나 자기 희생적이고 헌신적인 여자였는지 보여 주려고 백방으로 애는 썼지만 지난 25년 동안 한 일이 뭔지 아나? 사람들이 더 이상 자기 희생이니 헌신이니 하는 따위엔 관심도 없다는 사실을 깨달은 거지. 사람들은 엘렌이 반항과 고뇌로 점철된 삶을 살았고 또 아직 드러나지는 않았지만 무한한 재능을 지닌 여자였다는 사실을 입증하고 싶은 걸세. 불쌍한 베아트리스. 그녀 이름으로 출판된 책이 하나 있고,『조력자들』이라는 얄팍한 책이 한 권 있는데 오늘날의 페미니스트들에게는 먹혀들지가 않아. 1950년에는 위대한 작가들의 곁에서 동반자 역할을 했던 여성들의 재치있고 따뜻한 이야기들을 모은 작은 선집을 내기도 했다네. 도로시 워즈워스, 제인 칼라일, 에밀리 테니슨, 엘렌 애쉬가 그 여성들일세. 그러나 늙은 베아트리스가 공식 편집자로 있는 한 여성학에 도움이 될 만한 것들은 찾아보기가 힘들어. 어떤 책이 히트를 치는지 베아트리스는 모르고 있단 말일세.」

롤런드는 베아트리스 네스트가 오랫동안 질질 끌어 온 엘렌 애쉬에 관한 책을 두고 블랙커더 교수가 이러쿵저러쿵 험담하는 것을 더 이상 듣고 싶지 않았다. 그녀를 거론하는 그의 목소리에는 멸시와 조롱의 느낌이 녹아 있었으며, 롤런드에게는 개 짖는 소리가 연상될 뿐이었다. (물론 롤런드가 실제 개 짖는 소리를 들은 것은 텔레비전에서였다.) 다시 크로퍼 생각이 났는지 블랙커더는 알 수 없는 음흉한 표정을 지었다.

롤런드는 블랙커더 교수를 따라 런던 도서관으로 가는 대신 커피를 마셔야겠다고 생각했다. 그다음에는 이제야 어느 정도 정체가 밝혀진 라모트 양을 계속 추적하리라 마음먹었다. 물론 여느 죽은 영혼처럼 도서관 목록에서나 가능한 일이겠지만.

거대한 이집트 조각상을 빠져나온 롤런드는 돌조각상의 큼직한 두 다리 사이로 금발의 사람이 빠른 걸음으로 지나가는 것을 보았다. 퍼거스 울프였다. 그도 롤런드와 마찬가지로 커피를 마시러 가는 중이었다. 퍼거스는 키가 훤칠했고, 1930년대의 헤어스타일을 1980년대에 옮겨 놓은 듯 멋진 금발의 앞머리를 길게 기르고 뒷머리는 짧게 깎은 모습이었다. 그런데다 흰색의 두툼한 스웨터에 헐렁한 검은 바지를 입은 모양이 꼭 일본 무술 선수 같은 생김새였다. 그는 롤런드를 발견하고 웃어 보였다. 초롱초롱한 푸른 눈에 튼튼하고 하얀 치아를 섬뜩할 정도로 반짝이며 반가운 듯 활짝 지어 보인 미소였다. 롤런드보다 나이가 많은 그는 60년대에 청소년기를 보낸 학생답게 잠시 학교를 그만두고는 자유를 부르짖으며 파리 대학생들의 학생 운동을 지지했고, 바르트[11]와 푸코[12]를 추종했다. 그러다가 다시 프린스 앨버트 칼리지로 돌아와 모든 사람들을 감탄케 한 인물이었다. 대체로 호감이 가는 인물이지만 그를 만나 본 사람들은 어딘가 위험한 구석이 있다는 인상을 받기 일쑤였다. 어쨌든 롤런드는 퍼거스가 좋았다. 퍼거스가 자신을 좋아한다고 믿기 때문이었다.

퍼거스는 발자크의 『미발표의 대표작』에 관해 해체주의적 시각에서 글을 쓰고 있는 중이었다. 롤런드도 대학의 영문학과에서 불문학 작품 연구를 지원한다는 사실에 이제 더 이상 놀라지 않는 터였다. 오늘날 그 이외에 다른 연구도 없는 것 같았고, 그 자신 또한 그러한 추세에 물들지 않으리라는 법도 없었기 때문이었다. 롤런드의 불어 실력은 자식 교육에 대한 어머니의 열정적인 간섭 덕택에 제법 상당한 편이었다. 카페의 의자에 자리 잡은 퍼거스는 자신이 선정한 작품이 그저 마구 붓을 휘갈긴 데 불과한 어떤 그림에 관한 글이므로 그 연구는 이미 해체된 것을 다시 해체하는 것에 해당한다고 말했다. 잠자코 그의 말을 듣고 있던 롤런드가 입을 열었다.

「혹시 라모트라는 여자에 대해서 알아? 1850년대쯤 어린이 농화도 쓰고 종교시도 썼다는데 말야.」

잠시 웃음을 짓던 퍼거스는 한마디로 대답했다.

---

11 Roland Barthes(1915~1980). 프랑스의 모더니즘 문학 비평가. 기호학과 구조주의에 지대한 관심을 보였다.
12 Michel Foucault(1926~1984). 프랑스의 철학자. 해체주의 철학자 가운데 한 사람으로 알려져 있다. 역사적 맥락에서 문화를 읽어 내는 노력 속에 『광기와 문명』, 『사물의 질서』 등의 저서를 남겼다.

「당연하지.」

「그 여자가 누구야?」

「크리스타벨 라모트. 신화 수집가인 이시도르의 딸.『마지막 것들』,『11월의 이야기』, 서사시『요정 멜루지나』. 으스스한 작품이야. 멜루지나 알아? 영혼을 얻기 위해 인간과 결혼한 요정이야. 결혼하면서 남편에게 한 가지 다짐을 받아 두었어. 토요일에는 그녀가 무슨 일을 하든 그녀의 모습을 훔쳐봐서는 안 된다는 거였지. 그래서 남편은 수년 동안 그 약속을 지켰대. 그 사이 여섯 명의 아들을 보았어. 그런데 모두가 한 군데씩 기형인 아이들이었어. 요상하게 생긴 귀, 커다란 뼈드렁니, 한쪽 뺨이 툭 불거져 나온 고양이 머리, 세 눈, 뭐 그런 식이지. 이름도 〈커다란 뼈드렁니를 지닌 제프로이〉, 〈괴물 같은 아이〉 등으로 불렸어. 그리고 그 요정은 성도 세웠다나 봐. 진짜 성 말야. 아직도 프와투에 그 성이 있다는군. 아무튼 그러다가 그 요정의 남편이 결국에는 열쇠 구멍으로 그녀의 모습을 훔쳐본 모양이야. 어떤 책에는 그가 뾰족한 칼로 철문에 구멍을 뚫고 봤다고 적혀 있기도 해. 그 여자는 대리석으로 된 커다란 욕실에서 물장난을 치고 있었대. 그런데 허리 아래가 바로 물고기, 아니 뱀이었다는군. 라블레[13]는 이를 일종의 큼직한 소시지 같은 〈순대〉 모습이라고 했어. 틀리지 않은 상징일 거야. 미끈한 꼬리로 물을 찰싹이고 있었으니. 하지만 남편은 아무 말 하지 않았고, 그래서 아무 일도 없었다는 거야. 그러던 어느 날, 난폭한 아들인 제프로이가 수도원에 숨은 자기 동생 프로몽 때문에 몹시 분했던 모양인지, 동생이 꽁꽁 숨어 나오지 않자 나뭇가지를 모아 불을 질렀다는군. 수도승들과 동생 프로몽이 모두 불에 타 죽었어.

---

13 François Rabelais(1494~1553). 비기독교적 사상을 펼치며 종교적 관습을 조롱한 프랑스의 풍자 작가. 인문주의자이자 의사로도 잘 알려져 있다.

이 사실을 안 아버지 레이몬딘(최초의 기사였음)이 아내인 멜루지나에게 이렇게 말했대. 「모두가 당신 잘못이오. 내가 뱀하고 결혼하다니······.」 그러자 요정 아내가 남편을 책망하면서 용으로 변해 성곽의 흉벽을 한 바퀴 빙 돌고는 멀리 사라졌다는 거야. 요란한 소리를 내고 바위들을 부수며 말야. 아참, 그전에 그녀는 남편에게 명령조의 충고를 했대. 아들인 〈괴물 같은 아이〉를 반드시 죽여야 한다고 말야. 그렇지 않으면 그 아들이 모두를 살해할 것이라고. 그래서 남편이 그 충고를 따랐다고 해. 그리고 그녀는 죽음을 예언하는 여인이 되었대. 말하자면 블랑슈 부인, 혹은 파타 비앙카인 셈이지. 이 이야기에 대해서는 온갖 상징적, 신화적, 정신분석학적 해석이 가능해. 1860년대에 크리스타벨 라모트가 바로 이 멜루지나의 이야기를 매우 복잡한 장시로 엮어 1870년대 초엽에 출판했지. 참 묘한 시야. 비극과 로망스와 상징주의가 현란할 정도로 뒤섞여 있어. 어떻게 보면 괴상한 야수들과 숨겨진 의미들, 그리고 기묘한 성적 충동과 관능이 가득한 꿈의 세계라고도 할 수 있지. 페미니스트들이 홀딱 반해 버렸어. 성적으로 무능한 여성들의 드러나지 않은 욕망을 표현한 작품이라고들 말하지. 사실 그 작품은 재발견되기 전에는 그리 많이 읽히지 않았던 모양이야. 버지니아 울프[14]는 그 작품을 알고 있었다는군. 그래서 멜루지나를 창조적 정신 속에 들어 있는 남녀 양성 소유의 이미지로 인용했다지 아마. 하지만 요즘의 페미니스트들은 또 다르게 해석을 해. 목욕하고 있는 멜루지나를 남성을 필요로 하지 않는 여성의 자기 충족적 성의 상징으로 보는 거야. 어때, 그럴듯한 해석이지?

---

14 Virginia Woolf(1882~1941). 영국의 여류 소설가. 블룸즈베리 그룹의 일원으로 소설의 발전에 크게 기여함. 『델러웨이 부인』, 『등대로』 등의 작품을 남김.

초점은 어디에도 맞출 수 있어. 가령, 비늘이 덮인 꼬리에서부터 우주의 전쟁에 이르기까지.」

「도움이 많이 됐어. 나도 한번 찾아봐야겠어.」

「그런데 그건 왜 물어본 거야?」

「응, 랜돌프 애쉬를 보다가 우연히 발견했어. 랜돌프 애쉬에게 관련 안 되는 게 없잖아. 근데 너 왜 웃니?」

「어쩌다 보니까 내가 크리스타벨 라모트의 전문가처럼 됐는데, 실은 그녀에 관해 속속들이 알고 있는 사람이 딱 두 사람 있어. 한 사람은 탈라하세에 있는 레오노라 스턴 교수이고, 또 한 사람은 링컨 대학의 모드 베일리 박사야. 성(性)과 텍스트성을 주제로 열렸던 파리 학술 회의에서 그 두 사람을 만난 적이 있거든. 글쎄, 이 사실을 알아 둬서 좋을지 모르겠지만 내 생각에 그 두 사람은 남자를 싫어하는 것 같아. 그래도 난 그 존경할 만한 모드 교수와 짧은 시간이나마 같이 있었지. 파리에서, 그리고 여기에서.」

퍼거스는 갑자기 말을 멈추더니 얼굴을 찡그렸다. 그러고는 다시 무슨 말을 하려는 듯 입을 여는가 싶더니 그냥 다물고 말았다. 잠시 후 그는 어렵게 말문을 열었다.

「그 여자 말야, 모드 교수⋯⋯. 링컨에서 여성 자원 센터를 운영하고 있어. 그곳에 크리스타벨의 미발표 글들이 많이 있지. 뭐 좀 찾아보려면 그곳에 가봐.」

「그래, 고맙다. 그 여자 어떻게 생겼어? 혹 나를 잡아먹지는 않을까?」

「남자를 오싹하게 만드는 여자지.」 퍼거스의 말에는 비밀스러운 개인적 감정이 잔뜩 서려 있었다.

4

가시덤불이
유리같이 미끈한 탑을 오른다
아담한 비둘기장도 없고
오목한 여인의 내실도 없는 곳

바람이 휘파람 불듯
가파른 대지를 가르고
검은 창가에서
그는 그녀의 하얀 손을 본다

그는 음흉한 늙은이의
떨리는 목소리를 듣는다
라푼젤 라푼젤
너의 머리를 풀어 내리거라

황금 왕관에서 새어 나온
황금의 물결이

반짝이는 조각으로
춤을 추며 흐르고
검은 발톱들이 교대로
움켜잡는다
물을 따라 흐르는 고통이
얼마나 쓰라린가!

두 눈에
고뇌의 눈물 가득 머금은 채
아무 말 없이 그는 지켜본다
허리를 펴는 곱사등이를.

— 크리스타벨 라모트

 기차로 링컨에 도착한 롤런드는 기분이 썩 좋은 편은 아니었다. 시간이 좀 걸리더라도 버스를 타고 왔으면 돈을 조금이라도 아낄 수 있었을 텐데 하는 생각을 지울 수가 없었다. 그러나 베일리 박사가 정오에 도착하는 기차를 타고 왔으면 좋겠다는 뜻을 엽서에 짤막하게 적어 보냈기 때문에 어쩔 수 없는 노릇이었다. 대학 캠퍼스가 교외에 있으니 차라리 그 편이 더 낫다는 것이었다. 한편으론 기차 여행의 이점도 있었다. 오는 동안 크리스타벨 라모트에 관한 책을 편안히 뒤져 볼 수 있었기 때문이었다. 그는 이미 대학 도서관에서 라모트에 관한 책 두 권을 빌린 터였다. 하나는 매우 얄팍하고 여성 취향적인 분위기를 띠는 책으로, 크리스타벨이 쓴 서정시 한 편의 이름을 따서 1947년에 출판된 『하얀 린넨』이었고, 또 한 권은 대개가 미국인인 페미니스트들의 논문을 모은 두툼한 책으로, 1977년에 출판된 『내면으로의 도피, 라모트의 전략』이었다.
 베로니카 호니톤의 책에는 몇 가지 전기적 사실이 기록되어 있었다. 크리스타벨의 조부모인 장 밥티스트 라모트와 에밀리 라모트는 1793년의 공포 정치를 피해 영국으로 도피하였고, 나폴레옹이 몰락한 뒤에도 귀국하지 않은 채 영국에 그냥 눌러앉았다. 크리스타벨의 부친인 이시도르는 1801년 영국에서 출생하였으며, 이후 케임브리지 대학에 진학하여 시를 쓰다가 나중에는 꽤 명망있는 역사가와 신화 수집가가 된 인물이었다.

그는(이시도르) 민담과 성서 이야기의 기원에 관한 독일 학자들의 연구에 많은 영향을 받았다. 그러나 다른 한편, 브르타뉴의 신비주의와 기독교 문화의 융합에 관한 자신의 연구도 소홀히 하지 않았다. 그의 모친인 에밀리는 공화파이며 교권 반대의 성향을 지닌 역사가이자 열렬한 민요학자로서 아직도 케르느메의 집안 장원을 보살피고 있는 라울 드 케르코즈의 언니이다. 1823년 이시도르는 성 바울 성당의 율수 사제인 루퍼트 굼페르트의 딸 아라벨 굼페르트와 결혼하였다. 크리스타벨은 어렸을 적 외할아버지의 종교적 신념에 많은 영향을 받았다 한다. 이시도르는 두 딸을 두었는데, 1830년에 태어난 소피는 이후 링컨셔 고원 지방에 있는 실 코트의 조지 베일리 경과 결혼하였으며, 1825년에 태어난 크리스타벨은 부모와 함께 살다가 1853년 독신 고모인 앙투아네트 드 케르코즈가 그녀에게 물려준 조그만 재산으로 서레이의 리치몬드에 집을 하나 얻었다. 그녀는 그 집에서 러스킨[1]의 강의를 듣다 만난 한 여자 친구와 같이 살았다.

블랑슈 글로버 양은 크리스타벨과 마찬가지로 예술에

---

[1] John Ruskin(1819~1900). 영국의 작가이자 예술 비평가. 대표작으로 『현대 미술가들』, 『건축의 일곱 가지 램프』, 『베니스의 돌』 등이 있다.

대해 조예가 깊은 여자였다. 그녀는 비록 남아 있는 것은 없지만 유화도 그렸으며, 목각 솜씨도 뛰어났다 한다. 특히 그녀의 목각은 크리스타벨의 『순진한 아이들을 위한 이야기』와 『11월의 이야기』, 그리고 그녀의 종교적 서정시인 『기도』를 약간 산만하긴 하지만 그럴듯하게 반영한 작품들이다. 또한 크리스타벨로 하여금 웅장하면서도 난해한 대서사시 『요정 멜루지나』를 쓰도록 부추긴 사람이 바로 글로버 양이었다고 전해진다. 그 작품은 먼 옛날, 반은 여자의 몸이고 반은 뱀이었던 한 요정의 이야기를 그린 것이다. 『요정 멜루지나』에 대한 과거와 현재의 평가는 사뭇 다른 듯하다. 라파엘 전기 시대에는 몇몇 비평가들로부터 대단한 평가를 받기도 했다. 특히 스윈번은 이렇게 말했다. 「차분하면서도 남성적인 힘을 지닌 뱀의 이야기로, 여성이 썼다고 보기 어려울 정도의 활력과 원한으로 가득 찬 작품이다. 물론 이야기의 흡인력은 부족하다. 그러나 상상력을 형상화시킨 콜리지의 뱀처럼 전반적으로 유기적인 의미의 연관을 내보이고 있다.」 오늘날엔 아무도 그 작품을 이야기하지 않는다. 대단한 것은 아니지만 그래도 확고한 크리스타벨의 명성은 섬세하고 감정이 절제된 서정시를 통해 유지되고 있다. 섬세한 감수성, 다소는 우울한 정서, 그리고 흔들릴 것 같으면서도 꾸준히 유지되고 있는 기독교 신앙 등이 빚어낸 아름다운 서정시 — 안타깝게도 글로버 양은 1861년 테임스 강에서 익사했다. 그녀의 죽음은 크리스타벨에게 충격을 주었으며, 결국 크리스타벨은 다시 가족의 품으로 돌아가 나머지 생을 동생 소피와 함께 조용히 보냈다. 『요정 멜루지나』 이후 그녀는 더 이상 시를 쓰지 않았으며, 더욱더 의식적으로 침묵을 지켰다. 그녀는 1890년 66세의 나이로 사망했다.

크리스타벨의 시에 대한 베로니카 호니톤의 평은 주로 그녀의 〈가정적 신비주의〉에 초점이 맞춰져 있었다. 베로니카는 크리스타벨의 그런 면을, 〈방청소를 자신의 법칙으로 여기는〉 가정부의 삶의 태도를 찬양한 조지 허버트의 경우에 비유하기도 하였다.

저는 제 주변이 깨끗한 게 좋아요
빳빳하게 풀을 먹여 곱게 편 주름
꼼꼼하게 하면
잘못될 리 없지요

한 점 티끌 없는 집
손님 맞을 준비가 다 되었어요
그는 눈이 부시도록 깨끗한
하얀 린넨을
우리들이 편안히 쉬도록
곱게 펼쳐 놓겠지요.

30년 후, 페미니스트들은 크리스타벨 라모트를 정신적으로 몹시 흔들리고 흥분된 여성으로 보았다. 그들이 쓴 글들은 이런 것이었다 ─「아리아드네의 끊어진 실: 라모트의 시에 나타난 부서진 물레로서의 예술」, 「멜루지나와 악마적 양성: 선한 모성과 사악한 뱀」, 「길들여진 분노: 크리스타벨 라모트의 가정에 대한 이중적 태도」, 「하얀 장갑: 블랑슈 글로버: 라모트의 분출되지 못한 레즈비언적 성적 충동」. 모드 베일리 박사도 「도시 건설자로서의 멜루지나: 파괴적인 여성의 우주 창조」라는 제목의 논문을 썼다. 롤런드는 베일리 박사의 논문을 먼저 읽어야 예의가 아니겠느냐고 생각했지만 너무 길고 잘 읽히지가 않았다. 그래서 그는 크리스타벨의 곤충시 가운데 한 편을 골라 정말 멋지게 분석한 「아리아드네의 끊어진 실」이라는 논문을 읽기 시작했다. 분석 대상이 된 시 가운데 다음과 같은 부분이 있었다.

>잔뜩 웅크린 얼룩투성이의 벌레로부터
>흉측한 손가락으로
>힘겹게 빠져나온 놀라운 가는 선들
>윙윙대는 길 잃은 것들 주위에
>반짝이는 덫을 놓는다, 물을 꿰고 빛도 잡을 수 있는
>정연하고 세밀한, 눈부신 기하.

***

정신을 집중하기가 힘들었다. 차창 밖으로 미드랜드 지역이 연이어 흘러갔다. 비스킷 공장, 금속 상자 회사, 넓은 들녘, 울타리들, 웅덩이들 ― 보기 좋은 풍경들이었지만 각별히 눈에 띄는 것은 없었다.

호니톤의 책에는 마치 권두 삽화처럼 크리스타벨의 처녀 시절 사진이 색이 바랜 채 반투명의 빳빳한 종이에 덮여 한 면을 차지하고 있었다. 롤런드로서는 처음 보는 사진이었다. 그녀는 삼각형의 커다란 망토를 두르고, 테두리 안쪽에 주름을 잡은 작은 보닛 모자를 쓰고는 턱 아래 큼직한 나비 매듭으로 질끈 동여맨 모습이었다.

그녀의 옷이 먼저 눈에 확 들어왔다. 옷 속에 푹 파묻힌 채 고개를 한쪽으로 살짝 기울인 모습이 어떻게 보면 뭔가 의아해 하는 표정 같기도 했고, 또 어떻게 보면 매우 깜찍한 표정처럼 보이기도 했다. 곱슬거리는 부드러운 머리카락은 관자

놀이 위로 늘어져 있었고, 살짝 열린 입술 사이로 고른 치아가 반짝이는 듯했다. 하지만 사진은 특별한 인상을 주지는 못했다. 그저 일반적으로 얘기하면 빅토리아조의 한 여성, 구체적으로는 수줍음을 많이 타는 한 여류 시인의 모습, 그 이상도 그 이하도 아니었다.

처음에 롤런드는 모드 베일리 박사를 알아보지 못했다. 그 자신도 그리 특징적인 사람이 아니었기 때문에 잘못했다가는 개찰구에 그들 두 사람만이 덩그러니 남아 있을 뻔했다. 다행히 그녀는 한번에 딱 알아볼 수는 없었지만 모르고 그냥 지나쳐 버릴 사람은 아니었다. 그녀는 똑바로 섰을 때 퍼거스 윌프의 눈높이까지 올 만큼, 그러니까 롤런드보다 훨씬 키가 컸기 때문이었다. 게다가 학자로서는 좀 특이하다 싶을 정도로 유별난 데가 있었다. 초록색 스커트에 초록색 긴 튜닉, 그리고 그 안에는 흰색 실크 셔츠, 밝은 초록색 긴 신발에 하얀 스타킹, 하얀 스타킹을 통해 은은히 퍼져 나오는 연한 핑크빛 피부. 머리칼은 이마 아래로 꾹 눌러쓴, 공작 깃털이 달린 실크 터번 안에 꼭꼭 숨어 있어 보이지 않았다. 눈썹과 속눈썹 모두 금발이었다. 우윳빛의 깨끗한 피부, 루주를 바르지 않은 입술, 또렷한 이목구비, 큼직한 체격……. 그녀는 미소를 지어 보이지도 않았다. 다만 롤런드를 알아보고 가방을 들어 주겠다고 했지만 그가 사양했다. 그녀는 반들반들 윤이 나는 초록색 비틀을 몰았다.

「당신 질문에 흥미가 가더군요.」 차를 몰면서 그녀가 먼저 말문을 열었다. 「아무튼 오시느라 수고 많으셨어요. 수고하신 만큼 소득이 있어야 할 텐데.」 그녀의 목소리에서 어렴풋하게나마 귀족적인 분위기를 느낄 수 있었다. 날카로우면서도 애써 내는 듯한 부드러운 목소리, 롤런드는 그 목소리가 싫었다.

「어쩌면 가망없는 추적인지도 모르죠. 꼭 그럴 것 같아요.」
「글쎄요.」

***

 링컨 대학은 고층 건물들로 이루어진 대학이었다. 건물들은 대부분 흰색 타일로 덮여 있었는데 드문드문 자주색과 오렌지색 타일, 그리고 진한 초록색 타일이 섞여 있었다. 강풍이 불면 가끔 타일이 떨어져 내리기 때문에 건물 밑을 걸을 때 주의하지 않으면 안 된다는 것이 베일리 박사의 말이었다. 종종 세찬 바람이 불기도 했다. 캠퍼스는 습지가 많은 평지였다. 마치 장기판처럼 생긴 사각형의 평지에 어느 상상력 풍부한 설계가가 여기저기 수로를 뚫고 연못을 설치해 놓은 것이 보였다. 그런데 지금은 그 연못마다 낙엽이 잔뜩 떠다니고 있었고, 간혹 그 틈새로 코이 잉어들이 반짝이는 주둥이를 내밀고 있을 뿐이었다. 대학은 한창 팽창하던 풍요로운 시기를 지나 이제는 그냥 방치된 듯 다소 지저분하고 누추한 분위기를 역력히 드러내고 있었다. 캠퍼스의 배치는 도회지풍의 산뜻한 모습이었지만 하얀 장방형의 건물들 사이로 모르타르의 갈라진 틈들이 여기저기 입을 벌리고 있는 모습이 보기에도 안쓰러울 정도였다.
 바람에 베일리 박사의 값비싼 모자가 들썩였고, 롤런드의 검은 털목도리도 어지럽게 흩날렸다. 롤런드는 양손을 주머니에 쑤셔 넣고 베일리 박사의 뒤를 따랐다. 학기 중인데도 주변에는 학생들의 모습이 보이지 않았다. 그는 학생들이 다 어딜 갔느냐고 물었고, 베일리 박사는 수요일인 오늘은 학생들 각자의 스포츠 활동과 연구를 위해 수업을 하지 않는다고 대답했다.

「모두 사라지죠. 어디로 가는지 우리도 몰라요. 마술을 건 것도 아닌데……. 도서관에 몇몇 학생들이 남아 있긴 하지만 대부분이 어디론가 가버려요. 어디로 가는지 알 수가 없어요.」

시커먼 물이 바람에 일렁였고, 누런 나뭇잎들이 못의 표면을 여기저기 갈라놓으며 지저분하게 떠다니고 있었다.

베일리 박사의 연구실은 테니슨 타워의 맨 꼭대기에 자리하고 있었다. 「테니슨 타워라고도 하고 메이드 마리안이라고도 불러요.」 유리문을 열고 들어가며 내뱉은 그녀의 말에는 경멸스러운 느낌이 서려 있었다. 「기금을 댄 알더만 가에서 셔우드[2] 사람들의 이름을 따 건물명 짓기를 원했답니다. 이 건물엔 영문과와 예술대학 사무실, 예술사 연구소, 그리고 여성학 연구소가 있지요. 우리 여성 자원 센터는 도서관에 있어요. 구경시켜 드리죠. 커피 한잔 하시겠어요?」

그들은 각 층의 텅 빈 입구들을 크랭크 회전에 의해 규칙적으로 오르락내리락하는 자동 승강기 앞에 섰다. 롤런드는 무척 당황했다. 그가 미처 올라타기도 전에 그녀는 정확히 발판을 딛고 먼저 위로 올랐다. 롤런드가 아차 싶어 뒤따라 오르려고 했지만 승강기는 이미 움직이기 시작했다. 재빨리 베일리 박사가 그를 잡아 끌어올렸다. 자동 승강기에 대해 그녀는 아무런 귀띔도 해주지 않았던 것이다. 승강기의 벽면은 거울처럼 비치는 타일로 되어 있었고, 안에는 노란 등이 켜져 있었다. 미소를 지어 보이던 그녀는 다시 정확한 발놀림으로 내려섰고, 그 역시 그녀가 하는 식으로 승강기에서 내렸다.

그녀의 방은 한쪽 벽이 유리로 꾸며져 있었다. 그리고 다른 벽에는 바닥에서 천장까지 닿을 정도로 책이 가득 쌓여

---

2 옛날 로빈후드가 자주 출현했던 영국 중부의 삼림 지역으로 주로 노팅엄 지역을 말한다.

있었으며, 책들은 주제별로 알파벳 순에 따라 가지런히 정돈되어 있었다. 더욱이 책에 먼지 하나 쌓여 있지 않다는 사실이 이 검소하고 엄숙한 연구실을 그녀가 얼마나 잘 다듬고 있는지 보여 주었다. 그녀의 방에서 돋보이는 것은 단연 그녀 자신이었다. 그녀는 우아하게 한쪽 무릎을 꿇어 주전자에 플러그를 꽂고는 찬장에서 푸른빛과 흰빛이 감도는 커다란 동양식 찻잔 두 개를 꺼냈다.

「앉으세요.」 그녀는 나지막한 하늘색 가죽 의자를 가리키며 또렷한 목소리로 말했다. 학생들이 과제물을 제출할 때 앉는 의자임이 분명했다. 그녀는 그에게 밤색 네스카페를 건네주었다. 그녀는 여전히 실크 터번을 벗지 않고 있었다. 「자, 제가 어떻게 도와드리면 되지요?」 그녀가 책상 안쪽의 자기 의자에 앉으며 말했다. 그 순간 롤런드는 이제까지 자신이 생각해 왔던 것을 실천에 옮기느냐 마느냐 궁리하고 있었다. 사실 그는 그녀를 만나기 전만 하더라도 자신이 훔친 편지의 복사본을 그녀에게 보여 주면 어떨까 생각했던 터였다. 그러나 이제는 보여 주지 말아야겠다는 마음이 앞섰다. 그녀의 목소리에서 따뜻한 기색이라곤 찾아볼 수가 없었기 때문이었다. 그가 말했다.

「편지에 쓰기도 했지만, 저는 랜돌프 헨리 애쉬를 연구하고 있습니다. 그런데 우연히 애쉬가 크리스타벨 라모트와 편지를 주고받은 것이 아닌가 하는 생각을 하게 되었습니다. 이 점을 알고 계신지는 잘 모르겠습니다만, 그들이 만난 것만은 틀림없는 사실일 겁니다.」

「언젠데요?」

롤런드는 그녀에게 크랩 로빈슨의 일기에서 옮겨 적은 내용을 보여 주었다.

「이건 블랑슈 글로버의 일기에 언급되어 있을지도 모르겠군요. 우리 자원 센터에 그녀의 일기 하나가 보관되어 있어요. 바로 그 시기의 일기예요. 그들이 리치몬드로 이사했을 때 쓰기 시작한 거죠. 우리가 기록 보관소에 보관하고 있는 것들은 죄다 크리스타벨이 사망했을 때 그녀의 책상 서랍에 있던 것들이에요. 그녀는 그 물건들을 조카인 메이 베일리에게 물려주길 원했어요. 〈그 아이가 시에 대해 관심을 갖기 바란다〉면서요.」

「그래서 그 조카분이 시에 대해 관심을 가지게 되었나요?」

「제가 아는 한 그렇지 않아요. 그녀는 사촌이랑 결혼해서는 노포크로 건너가 아이 열을 낳았어요. 대가족 살림을 도맡아 한 거예요. 제가 바로 그녀의 후손이죠. 그녀가 제 고조모니까 결과적으로 전 크리스타벨의 4대손인 셈이죠. 저는 이 학교로 온 뒤 제 아버님을 설득해서 그 물건들을 우리 기록 보관소에 보관해 두자고 했어요. 분량이 많진 않지만 아주 중요한 것들이죠. 원고, 날짜가 기록되지 않은 채 조그만 종잇조각에 쓰여진 많은 서정시들, 그리고 『멜루지나』의 수정본들. 그 작품은 여덟 번이나 고쳐 썼다지요, 아마. 그리고 흔히 볼 수 있는 책 한 권, 친구로부터 받은 편지 몇 통, 그리고 아까 말했다시피 블랑슈 글로버가 3년 동안 쓴 일기 한 권. 누가 신경만 썼으면 더 많은 물건들이 보존됐을지도 모르죠. 유감입니다만 이 모든 것들이 아직 빛을 못 봤어요.」

「그런데…… 라모트는 일기를 안 썼나요?」

「제가 아는 한은 그래요. 틀림없을 거예요. 어느 조카에게 쓴 편지를 보면 일기를 쓰지 말라고 충고했을 정도니까요. 그 편지는 괜찮은 내용이었죠. 〈네가 생각들을 잘 추스려 예술로 형상화시킨다면, 그건 좋아. 네가 매일매일 일기를 써야 한다는 의무감과 애착 속에서 살아갈 수 있다면 그것도 좋아. 하지만 병적인 자기 시험에는 빠지지 말거라. 그런 것은 훌륭한 작품을 만들어 낼 여성에게 좋지 않단다. 의미있는 삶을 사는 데도 물론 적합하지 않아. 삶은 신이 보살펴 주실 테고, 또 기회도 많아. 하지만 예술은 의지의 문제지.〉」

「글쎄요, 무슨 말인지…….」

「재미있는 생각 아녜요? 더욱이 1886년 말에 그런 생각을 했으니. 의지로서의 예술 — 여성에게서는 흔히 찾아볼 수 없는 생각이죠. 아니, 다른 누구에게서도 마찬가지 아녜요?」

「그녀가 쓴 편지들, 가지고 계십니까?」

「많진 않아요. 가족들에게 보낸 편지가 몇 통 있어요. 아까 것과 같은 충고조의 편지, 빵 굽고 포도주 만드는 법을 알려 주는 편지, 불평의 편지 등등. 다른 편지도 물론 있죠. 리치몬드에 살 때 쓴 것은 별로 없고, 브르타뉴를 방문했을 때 쓴 편지가 한 통인가 두 통 있어요. 아시겠지만 그곳에 가족이 있잖아요. 글로버를 제외하곤 친한 친구도 없었다나 봐요. 그리고 그 두 여자는 같은 집에서 살았으니 서로 편지를 쓸 리도 만무하고, 편지들을 잘 정리해 두지도 못했어요. 레오노라 스턴이 어떻게 편집해 보려고 애를 쓰긴 했지만 아직까진……. 제 생각엔 실 코트에 있는 조지 베일리에게도 뭔가 있을 것 같은데 누구에게도 안 보여 주려고 하니. 나보다는 레오노라가 가는 게 더 좋겠다 싶어 그녀를 보냈는데, 글쎄 엽총으로 위협을 했다지 뭐예요. 아시죠? 탈라하세에 있는 레오노라. 이야기를 듣고 보니 실 코트의 집안과 노포크의 집안 사이에 소송과 고소 등 불미스러운 역사가 있었다는군요. 그러니 레오노라가 간 일이 오히려 역효과를 내고 말았죠. 그건 그렇고, 당신은 어째서 랜돌프 헨리 애쉬가 라모트에게 관심을 가졌다고 생각하시는 거죠?」

「그의 책 속에서 어느 여인에게 보내는 미완성의 편지 한 통을 우연히 발견하게 되었습니다. 그 여인이 바로 라모트일지도 모른다고 생각한 거죠. 크랩 로빈슨도 언급하고 있고, 그 여인이 자기 시를 이해하고 있다는 말도 적혀 있더군요.」

「있을 법하지 않은 이야기로군요. 애쉬의 시가 그녀에게 어떤 매력을 주었는지, 저는 전혀 이해가 되지 않아요. 그의 시 모두가 남성다움의 표현 아니에요? 역겨운 반페미니즘적인 시. 뭐더라……. 맞아요, 『악마에 씌인 미라』. 답답하고 지리한 판단 착오. 그녀하고는 안 어울려요.」

롤런드는 괜한 짓을 한 것이 아닌가 하는 심정으로 그녀의 파리한, 그러면서도 가시를 물고 있는 듯 싸늘한 입술을 찬찬히 바라보았다. 괜히 왔다는 마음이 서서히 고개를 내밀기 시작했다. 그녀가 내보이고 있는 애쉬에 대한 적대감 속에 자기 자신도 그 표적이 되고 있는 듯했다. 모드 베일리 박사는 계속 말을 이었다. 「내 목록 카드를 조사해 봤어요. 『멜루지나』에 관한 전반적인 연구를 하고 있던 참이었거든요. 애쉬에 관한 언급은 딱 한 군데 나와 있어요. 윌리엄 로세티에게 보낸 편지 속에 말예요. 지금 원본은 탈라하세에 있는데, 애쉬가 그녀를 위해 쓴 시에 관한 편지죠. 그 편지에 이런 내용이 있어요. 〈이 음울한 11월이면 나는 RHA의 환상적인 작품 속에 나오는 불쌍한 존재와 다를 바 없다는 생각이 들어. 그 끔찍한 수도원 지하 감옥 속에 갇혀 부득이 침묵하며 자신의 죽음을 갈망하는 여자 말야. 그가 공상 속에서 죄없는 자들의 지하 감옥을 구축하며 즐거움을 찾기에는 남성적인 용기가 필요했겠지. 하지만 현실에서 그 생활을 견뎌 내려면 여성의 인내가 필요한 거야.〉」

「그건 애쉬의 『유폐된 여마법사』에 관한 언급인가요?」

「물론이죠.」 다소 조급한 목소리였다.

「언제 쓴 편지죠?」

「1869년이죠, 아마. 틀림없을 거예요. 하지만 무슨 도움이 되겠어요?」

「된다 하더라도 영 다른 방향인데요.」

「맞아요.」

롤런드는 커피를 마셨다. 모드 베일리는 카드를 다시 파일의 제자리에다 집어넣더니 파일 박스를 들여다보며 어렵게 입을 열었다.

「같은 학교에 있는 퍼거스 월프 아시죠?」

「그럼요. 라모트에 관해서는 박사님에게 물어보라고 말해 준 사람이 바로 퍼거스랍니다.」

잠시 침묵이 흘렀다. 그녀의 손가락이 바쁘게 움직였다.

「퍼거스를 잘 알아요. 파리에서 열렸던 한 회의에서 만났지요.」

나이 든 사람의 권위라고는 찾아볼 수 없는 목소리였다. 롤런드로서는 별로 탐탁지 않은 목소리이기도 했다.

「저한테도 얘기하더군요.」 롤런드는 퍼거스가 무슨 말을 했는지 내심 신경이 쓰인다는 듯한 표정을 짓고 있는 그녀를 은근히 주시하며 툭 말을 내뱉었다. 그녀는 입술을 꼭 다물고는 자리에서 일어섰다.

「자, 이제 자원 센터로 가보죠.」

***

링컨 대학의 도서관은 애쉬 공장과 별로 다를 바가 없었다. 커다란 유리 상자 안에 들어 있듯 앙상한 골격을 그대로 드러내 보이고 있었다. 그리고 문을 열면 유리와 파이프로 이루어진 벽들이 다 보이는 모양이 흡사 아이들의 장난감 상자 같았다. 안에는 철제 서가들이 줄지어 있었고, 발소리를 죽이기 위해 깔아 놓은 카펫이 계단 난간과 승강기의 색과 어울리고 있었다. 붉은색과 노란색의 화사함으로 방문객들의 눈길을 끄는 카펫이었다. 여름에는 분명히 화사하고 불에 타는 듯한 분위기를 자아냈겠지만 우중충한 가을에는 잿빛 하늘이 천장의 둥근 불빛이 반사된 유리창 틀 속에 또 하나의 상자처럼 떠 있을 것이었다. 여성 기록 보관소는 높은 벽에 둘러싸여 꼭 어항 모양으로 생긴 곳에 위치해 있었다. 모드 베일리는 마치 유치원 선생과 같은 태도로 롤런드를 엷은 빛이 감도는 오크 테이블 곁의 의자에 앉혔다. 그러고는 그 앞에 여러 상자를 꺼내 놓았다. 〈멜루지나 I〉, 〈멜루지나 II〉, 〈멜루지나 III&IV〉, 〈그 밖의 멜루지나에 관련된 것들〉, 〈브르타뉴 시편들〉, 〈종교적인 시편들〉, 〈기타 서정시들〉, 〈블랑슈〉. 그녀는 〈블랑슈〉라는 타이틀이 붙어 있는 상자에서 장부처럼 생긴 크고 두툼한 녹색의 책 한 권을 꺼냈다. 그 책에는 대리석 무늬의 면지에 다음과 같은 칙칙한 색의 글씨가 적혀 있었다.

　우리 생활의 기록

　리치몬드에 있는 우리 집에서 씀
　블랑슈 글로버

　우리 집을 처음 꾸민 날부터 시작함.
　1853년 5월 1일 메이데이

　롤런드는 조심스럽게 그 일기책을 들어 올렸다. 비록 전에 런던 도서관에서 편지 두 장을 훔쳐 주머니 속에 집어넣을 때의 그런 최면과도 같은 매력을 느끼지는 못했지만 호기심은 있었다.

그는 당일로 돌아가겠다고 끊은 왕복 차표에도 신경이 쓰였지만 자기가 일기를 뒤적이는 동안 모드 베일리가 기다려 줄 것인지도 마음이 쓰였다. 일기에는 짤막짤막한 예쁜 글씨가 가득했다. 그는 대충 뒤적이기 시작했다. 카펫, 커튼, 은거의 즐거움, 〈오늘은 온갖 요리를 했다〉는 내용, 장군풀로 스튜 요리를 하는 새로운 방법, 아기 헤르메스와 그 엄마의 모습을 그린 그림, 그리고 크랩 로빈슨 집에서의 아침 식사.

「여기 있군요.」

「저는 나가 있겠어요. 도서관 문 닫을 때쯤 데리러 오겠어요. 두세 시간 정도 여유가 있을 거예요.」

「감사합니다.」

***

우리는 로빈슨 씨 댁에 아침 식사를 하러 갔다. 재미있는 분이긴 하지만 다소 따분한 느낌을 주는 그 늙은 신사 양반은 월랜드의 흉상에 얽힌 복잡한 이야기를 우리에게 들려주셨다. 무가치한 것으로 사람들의 기억 속에서 사라질 뻔한 얘기를 자신이 복원시켰다며 괴테를 비롯한 유명 문학가들이 무척 좋아했다는 말도 잊지 않았다. 하지만 흥미는 없었다. 다른 때 같았으면 그런 이야기를 귀담아들었겠지만 기분이 그저 그랬던 나는 정말 아무 흥미도 느끼지 못했다. 참석한 사람은 제임슨 부인, 배젓 씨, 부인이 몸이 불편해 혼자 온 시인 애쉬, 그리고 런던 대학의 몇몇 젊은 학생들 등이었다. 우리의 공주가 대단한 찬사를 받은 것은 당연한 일이었다. 그녀는 애쉬를 굉장히 좋게 이야기했다. 나는 그의 시를 좋아하지 않는데 그녀는 무척 좋다는 말을 서슴지 않았다. 자연히 그의 기분을 맞춰 주는 꼴이 되지나 않았는지. 내가 보기에 그는 알프레드 테니슨[3]의 서정적 흐름이나 강렬함을 전혀 지니고 있지 못한 것 같다. 진지함에도 의심이 간다. 특히 메스메르에 관한 그의 시는 더욱 수수께끼 같다. 도대체 동물적 매력에 대한 그의 태도가 무엇인지, 조롱하는 것인지 아니면 지지하는 것인지 도무지 알 길이 없다. 이러한 그의 시적 태도는 다른 작품에서도 마찬가지여서 별것 아닌 것을 두고 공연히 떠드는 것은 아닌지 의심이 갈 정도이다. 또한 나는 진보적 성향의 젊은 대학생이 늘어놓는 트랙트 운동[4]에 관한 장황한 이야기를 끝까지 참고 들어야 했다. 만일 그가 그 문제에 대한 내 자신의 의견을 들었더라면 아마 깜짝 놀랐을 게다. 그를 실망시키고 싶지 않았던 나는 아무 말 없이 미소만 지은 채, 알겠다는 듯 고개를 끄덕이며 잠자코 듣고만 있었다. 내 생각은 마음속에 묶어 둔 채 말이다. 그러나 로빈슨 씨가 워즈워스와 함께했던 이탈리아 여행 당시의 동료들에 대해 이야기를 시작했을 때는 매우 재미있었다. 그분의 말에 의하면, 워즈워스는 수시로 집에 돌아가고 싶다고 채근했으며, 어렵게 어렵게 설득하여 겨우 구경을 할 수가 있었다고 한다.

나 역시 집으로 돌아가고 싶었다. 마침내 로빈슨 씨 댁을 나오게 되었을 때 얼마나 기뻤는지. 고요한 우리 집 작은 응접실에 들어설 때의 기쁨이란.

자기 집이란 참 멋진 곳이다. 비록 로빈슨 씨에게는 실례가 될까 봐 말씀 못 드렸지만 작으나마 자기 집 같은 곳이 어디 있으랴. 나의 과거를 생각해 볼 때, 그러면서 앞으로의 내 인생을 그려 볼 때, 누구 것이든 그 집 거실의 한

---

3 Alfred Tennyson(1809~1892). 영국 빅토리아조의 계관 시인.
4 가톨릭의 부흥을 제창한 초기 옥스퍼드 운동을 말함.

쪽 구석 혹은 하인의 골방 같은 곳이나마 자기 자리를 차지할 수 있다는 것이 얼마나 소중한 일인지. 나는 아무리 작은 것이라 하더라도 그 모든 것에 감사한다. 우리는 때가 훨씬 지나 리자가 마련한 닭고기와 샐러드로 늦은 점심을 먹고, 공원을 거닐고, 작업을 하고, 저녁때는 따뜻한 우유와 설탕을 살짝 뿌린 빵으로 또 한 끼를 때웠다. 아마 워즈워스도 우리와 같은 식사를 하였으리라. 그런 다음 우리는 함께 놀이도 하고 노래도 부르고, 『페어리 퀸』을 소리 내어 읽기도 했다. 우리가 함께 엮어 나간 우리 일상생활의 수수한 즐거움. 우리는 그것들을 당연하게 여길 수 없다. 또한 어느 누구도 금지시키거나 비난하지 못하는, 우리 마음껏 누릴 수 있는 예술과 사상의 지고한 즐거움 역시 그냥 주어진다고 여기지 않는다. 리치몬드는 분명 약속의 땅이 아니냐고 내가 공주에게 물었을 때, 그녀는 이 기쁨 충만한 곳을 몹쓸 요정이 시기나 하지 않았으면 좋겠다고 맞장구를 쳤다.

그다음 3주 반 동안은 별 내용이 없었다. 단순히 가벼운 식사, 산보, 독서, 음악, 그리고 블랑슈의 그림 계획 같은 내용뿐이었다. 그 이후의 일기에서 롤런드는 어떻게 보면 의미있고 또 어떻게 보면 별것 아닌 부분을 발견했다. 정말 자세히 보지 않으면 그냥 지나치기 쉬운 내용이었다.

나는 말로리의 주제를 따라 처녀 니무에 의해 감금된 메를린이나 아스토라트의 고독한 메이드를 유화로 그려볼까 생각했다. 내 머릿속에는 희미한 영상만이 가득할 뿐 뭐 하나 분명한 상을 그릴 수 없었다. 나는 한 주 내내 리치몬드 공원에서 떡갈나무를 스케치했다. 하지만 선을 너무 가늘게 그려 단단하고 묵직해 보이는 나뭇등걸을 제대로 표현하지는 못했다. 왜 우리는 거친 자연의 힘을 표현해야 하는 곳에서도 아름답게만 그리는가? 니무에를 그리든 릴리 메이드를 그리든 모델이 있어야 할 텐데 공주에게 시간을 내달라고 할 수가 없으니. 물론 그녀야 〈레오라인 경 앞에 선 크리스타벨〉의 모델로 허비한 시간을 아깝다고는 하지 않겠지만. 나는 색을 너무 엷게 칠했다. 그래서인지 작품이 마치 위나 뒤에서 조명을 받아야 하는데 아무런 조명도 받지 못해 그 진면목을 드러내지 못한 어두운 스테인드글라스처럼 되어 버리고 말았다. 아무래도 나에겐 〈힘〉이 부족한 듯하다. 그녀가 침실에 걸어 놓아 아침마다 햇살을 듬뿍 받는 그녀의 〈크리스타벨〉은 나의 부족함이 무엇인지를 잘 보여 주고 있다. 오늘 배달된 두툼한 편지 때문에 그녀의 심기가 그리 썩 좋은 것 같지 않다. 보여 달래도 보여 주지 않고 그녀는 그저 미소만 지은 채 접어 버리고 말았다.

그 장문의 편지가 애쉬의 것인지 아닌지는 알 길이 없었다. 다른 사람의 편지일 수도 있었다. 그 후로도 편지를 더 받았을까? 3주 후의 일기에서 롤런드는 의미있는 내용일 수도 그렇지 않을 수도 있는 또 다른 부분을 발견했다.

    리자와 나는 사과와 마르멜로를 섞어 젤리를 만들었다. 우리 부엌은 부드러운 모슬린 천으로 가려져 있으며, 거꾸로 세운 의자 다리 사이로 꽃줄 장식이 마치 거미줄처럼 산뜻하게 드리워져 있다. 리자는 젤리가 다 됐는지 맛을 보려다 그만 혀를 데이고 말았다. 자기가 먼저 맛을 보려고 욕심을 부린 것인지, 아니면 우리를 기쁘게 해주려다 그런 것인지 모르겠다. (사실 리자는 먹는 것을 밝히는 편이다. 한밤중에도 빵과 과일을 먹어 치우는 게 틀림없다. 아침을 먹으러 식탁에 갈 때면 부서진 빵 조각이 널려 있기 때문이다.) 올해는 공주가 우리를 별로 도와주지 않았다. 그녀는 이야기책에 실을 『유리관』을 완성하느라 바쁘다고 핑계를 대지만 사실은 문학 편지를 우송하느라고 그런 것 같다. 내가 보기에 그녀는 요즘 시도 별로 안 쓰는 듯하다. 여느 때와 다름없이 자신의 시를 전혀 보여 주지 않는다. 아마 요즘의 편지 교환이 그녀의 재능을 갉아먹고 있지 않나 싶다. 그녀에게는 편지로 찬사를 보내거나 아첨할 필요가 없다. 자신의 가치를 누구보다도 더 잘 알고 있으니 말이다. 나도 그녀처럼 내 자신의 가치에 대해 확신할 수 있으면 얼마나 좋을까.

2주 후에는 이런 내용이 적혀 있었다.

편지, 편지, 편지들. 물론 나에게 온 편지들이 아니다. 나는 그 내용이 무엇인지 보고 싶지도 알고 싶지도 않다. 하지만 이 아가씨야, 나는 눈먼 두더지도 아니고 그곳에 무슨 말이 적혀 있는지 보려고 고개를 빠끔 내미는 그런 여자도 아니야. 황망히 그 편지들을 치워 바느질 소쿠리에 숨기거나 얼른 위층으로 가지고 올라가 손수건 밑에 감춰 둘 필요 없어. 나는 도둑도 아니고 감시자도 아니고 여자 가정교사도 아니니 말야. 정말 가정교사 같은 건 내 성미에 맞질 않아. 그래, 네가 날 그런 운명에서 구해 줬어. 어느 한순간이라도 나를 불쾌하게 생각하지 말아 줘.

그다음 2주 후.

이제 우리 집에도 좀도둑이 생긴 셈이다. 무엇인가가 우리의 작은 은신처를 배회하며 냄새를 맡고 있다. 그리고 셔터를 만지작거리며 문 안을 기웃거리기도 한다. 옛날에는 창문 가로대 위에 마가목 열매나 떨어져 나간 편자를 올려놓아 요정들을 쫓았다고 하던데. 이젠 나도 못질을 해서 통로를 막아야겠다. 개 밥그릇을 보면 좀도둑들이 신경 쓰이겠지. 개는 발소리만 들려도 으르렁대며 털을 곤추세우고 아무것도 없는 공중에다 사나운 이를 들이댈 테니. 위험에 처한 거처가 얼마나 안전할지, 자물쇠가 아무리 크게 보인다 하더라도 그들이 힘을 주어 부수면 얼마나 무서울까.

그로부터 또 2주 후.

우리들의 솔직함은 어디로 갔을까? 우리가 정말 사이좋게 나눠 갖던 작은 것들은 다 어디 갔는가? 훔쳐보는 사람이 우리 벽의 갈라진 틈에 눈을 대고 정말 뻔뻔하게 안을 들여다본다. 그녀는 웃으며 그가 해를 끼치진 않을 것이고 또 우리가 안전하게 지키고 있는 본질적인 면들은 볼 수 없으리라고 대수롭지 않게 말한다. 물론 당연히 그래야 하고, 언제까지나 그래야 한다. 그런데 그녀는 그가 우리 집 단단한 담 주변을 어슬렁거리고 또 때로는 숨을 헐떡이며 돌아다니는 것이 즐거운 모양이다. 그래도 지금은 그가 유순한 편인데, 그녀는 앞으로도 그런 상태가 지속되리라 생각한다. 내가 그녀에게 철이 좀 들라고 충고할 수도 없다. 나는 뭐가 뭔지 알 수가 없다. 지금까지도 그랬지만 난 아는 것이 별로 없다. 하지만 그녀 일로 인해 두려운 생각이 드는 것은 어쩔 수 없지 않은가. 최근에 얼마나 글을 썼냐는 나의 질문에 그녀는 웃으며, 요즘 많은 것을 배우고 있는 중인데 나중에 가면 새로운 소재를 많이 찾게 될 테고 또 할 얘기도 많아지리라는 말로 대답을 대신했다. 그리고 그녀는 나에게 키스하고는 나를 그녀의 사랑스러운 블랑슈라고 부르며 내가 좋은 사람이며 강하고 현명하다는 것을 알고 있다고 말했다. 나는 그 말에 우리 모두는 어리석은 존재며, 그렇기에 우리가 약할 때 우리를 지탱시켜 주는 신성한 힘을 필요로 한다고 대꾸했다. 그러자 그녀는 요즘 자기는 그런 힘의 존재를, 또 그것이 필요함을 그렇게 심각하게 생각해 보지 않았다고 응수하였다. 나는 내 침실로 건너가 기도를 올렸다. 사실 나는, 예전에 티페 부인 댁을 떠나게 해달라는 기도를 했지만 응답을 받지 못했다고 생각했기에 그 이후 쭉 기도를 하지 않았었다. 촛불이 꼭 쥔 두 손의 그림자를 천장에다 비추는 것 같았다. 니무에와 메를린을 그릴 때도 이런 빛의 그림자를 그려 넣을 수 있을까. 내가 무릎을 꿇고 기도를 올릴 때 그녀가 방에 들어와 나를 일으켜세웠다. 그러고는 〈우리 다시는 말싸움 하지 말자〉고 나를 다독거리며, 다시는, 정말 앞으로 다시는 나의 의혹을 살 만한 행동을 하지 않겠다고 맹세했다. 물론 자신을 조금도 의심하지 말아 달라는 부탁도 하였다. 나는 그녀가 한 말의 진실성을 의심치 않는다. 그녀는 마음이 흔들렸는지 눈물까지 흘렸다. 우리는 정말 한참 동안, 아무 말 없이 함께 있었다.

그다음 날의 일기에는 이렇게 적혀 있었다.

늑대가 문가에서 사라졌다. 나는 아스토라트의 릴리 메이드를 그리기 시작했다. 갑자기 그림이 잘되는 것 같다.

그날의 일기는 그렇게 끝났다. 아니, 그해의 마지막이 된 것도 아닌데 일기책이 갑자기 그냥 여기서 끝나고 말았다. 혹 또 다른 일기책이 있는 것은 아닌지 알 수가 없었다. 그리고 일기에 나오는 좀도둑이 편지를 쓴 사람과 동일인인지 아닌지, 혹 그 편지를 쓴 사람이 랜돌프 헨리 애쉬는 아닌지 궁금증만 더할 뿐이었다. 그러면서도 롤런드는 이 세 인물이 동일인이라는 확신을 떨쳐 버릴 수가 없었다. 그런데 만일 그 세 사람이 동일인이라면 블랑슈가 그런 말을 하지 않았을까? 그는 모드 베일리에게 좀도둑에 관해 물어봐야겠다고 생각했다. 그렇다면 자신도 왜 이 문제에 관심을 갖고 있는지 분명히 밝혀야 하지 않을까. 뭔가 감시하는 듯한 그 거만한 눈초리에 자기 자신을 다 드러내 놓아야 하는가?

모드 베일리가 문가에 모습을 드러냈다.

「도서관 끝날 시간이에요. 뭐 좀 찾아냈어요?」

「글쎄요. 머릿속에서만 맴돌지…… 의문점도 몇 개 있고. 이 원고 좀 복사해도 되겠습니까? 옮겨 적을 시간이 없어서…….」

「소득이 있었던 모양이죠?」 조금은 냉담한 목소리였다. 그러고는 곧 복사해도 좋다는 뜻의 짤막한 말이 이어졌다. 「흥미가 가는군요.」

「잘 모르겠어요. 괜한 일을 하는 것은 아닌지.」

모드 베일리는 블랑슈의 일기를 다시 상자에 집어넣었다. 「제가 도움이 되면 저도 좋겠는데요. 아무튼 우리 커피 한잔하죠. 여성학 연구소에 커피 마시는 곳이 있어요.」

「제가 그곳에 들어가도 됩니까?」

「물론이죠.」 여전히 딱딱한 어투였다.

***

그들은 한쪽 구석의 키 낮은 테이블에 자리를 잡고 앉았다. 테이블 뒤 벽면에는 구내 탁아소를 안내하는 포스터가 한 장 붙어 있었고, 앞쪽으로는 임신 상담 포스터들 — 〈여성은 자신의 신체상의 변화에 대해 스스로 결정할 권리가 있다. 우리는 여성을 우선으로 한다〉 — 과 페미니즘 시사 풍자극의 공연을 알리는 포스터 — 〈와서 보라. 우리의 마녀들과 요부들과 칼리[5]의 딸들, 그리고 모르간 요정[6]을 보라. 그대의 피를 차갑게 만들고, 여성의 재치와 악의가 어떤 것인지 보여 주어 그대의 얼굴에 음흉한 웃음이 일어나도록 할 것이다〉 — 가 한 장 붙어 있었다. 방에는 사람들도 별로 없었다. 반대편 구석에는 청바지를 입은 몇몇 여자들이 웃고 있었으며, 창가에는 두 여학생이 서로 머리를 맞대고 심각하게 얘기를 주고받고 있었다. 이런 곳에서는 오히려 우아한 모습의 모드 베일리가 이상하게 보일 정도였다. 어떻게 보면 그녀는 무슨 일이 벌어지든 눈썹 하나 까딱하지 않을 여자처럼 보였다. 조금 전까지만 하더라도 그녀에게 훔친 편지의 복사본을 보여 줄 것인가 말 것인가로 고심하던 롤런드는 차라리 비밀을 유지하는 쪽이 낫겠다고 생각했다. 그는 몸을 앞으로 숙여 짐짓 다정한 태도로 나직하게 말했다.

「혹시 블랑슈 글로버가 신경을 쓰던 그 좀도둑이 누군지 아십니까? 혹 그 사람에 관해 밝혀진 건 없는지요. 문가의 늑대 말입니다.」

「몰라요. 레오노라 스턴은 그 사람이 리치몬드에 사는 토머스 허스트라는 젊은이라고 잠정적으로 결론을 내렸지요. 그

---

5 시바의 아내.
6 켈트족 전설에 나오는 아서 왕의 누이동생.

사람이 그 여자들과 오보에를 연주하러 자주 놀러 왔거든요. 두 여자는 모두 노련한 피아니스트들이었잖아요. 크리스타벨이 허스트에게 보낸 편지가 아마 두세 통 있을 거예요. 심지어 그녀는 편지에 몇 편의 시를 써서 보내기도 했어요. 다행히 그 사람이 시들을 잘 보관해 두었어요. 허스트란 사람이 1860년에 다른 사람과 결혼하고 나서는 어떻게 되었는지 알려진 게 없어요. 어쩌면 블랑슈가 그 좀도둑 이야기를 꾸며냈을지도 몰라요. 상상력이 풍부한 여자였으니까요.」

「질투심도 많았던 것 같아요.」

「물론이죠.」

「그리고 일기에 언급된 문학 편지라는 것은 뭐죠? 누가 보낸 것인지 아십니까? 혹 그 〈좀도둑〉과 관련된 것은 아닌지요?」

「제가 아는 한은 아닌 것 같아요. 그녀는 많은 사람한테서 편지를 받았어요. 가령, 그녀를 두고 〈매혹적인 단순함〉이니 〈고귀한 체념〉이니 하며 칭송한 코벤트리에 살던 패트모어라는 사람도 있었으니까요. 많은 사람들이 편지를 썼으니 아마 그중 한 사람이겠지요. 당신은 그 사람이 R. H. 애쉬라고 생각하는 모양이죠?」

「아니, 꼭 그렇지만은 않습니다. 제가 갖고 있는 것을 보여 드리는 편이 좋겠군요.」

결국 그는 두 장의 편지 복사본을 꺼냈다. 접힌 복사지를 펴는 동안 그가 다시 입을 열었다.

「설명을 드릴게요. 이 두 장의 편지를 발견했어요. 아직 누구한테도 보여 주지 않았습니다. 이 편지가 있는지조차 모를 겁니다.」

그녀는 편지를 읽어 내려갔다. 「왜죠?」

「모르겠습니다. 그저 제가 가졌습니다. 왜 그랬는지 모르겠어요.」

편지를 다 읽은 그녀가 말했다.

「그래요, 날짜는 그 시기로군요. 잘하면 실제 증거 없이도 이야기를 꾸밀 수 있겠는데요. 그러면 모든 게 다 바뀔 거예요. 라모트 연구도 말예요.『멜루지나』에 관한 생각도. 그 요정 주제, 굉장히 묘미가 있겠는데요.」

「그렇겠죠? 아마 애쉬에 관한 연구에도 새로운 변화가 있을 것 같아요. 그의 편지는 조금 지루하긴 하지만 정확하고, 그러면서도 어느 정도 거리가 있는 것 같기도 하고……. 그게 아주 다른 것 같아요.」

「원본은 어디 있죠?」

이 대목에서 그는 조금 망설였지만 실상 도움이 필요한 그로서는 사실을 말하지 않을 수 없었다.

「제가 가지고 있습니다. 어떤 책 속에 끼여 있었어요. 생각지도 못했던 것이라, 그냥 가지고 나왔어요.」

「왜죠?」 딱딱하긴 하지만 상당히 관심 어린 어투였다.「왜 그랬죠?」

「글 속에 뭔가가 살아 꿈틀거리는 듯했어요. 뭔가 절실한 심정을 표현한 것 같기도 하고……. 그래서 저도 어떻게 해야 하지 않을까 하는 느낌이 들었죠. 충동이랄까, 아무튼 순식간에. 처음엔 그 편지들을 다시 제자리에 갖다 놓으려고 했어요. 정말이에요. 그다음 주에 말예요. 그런데 아직 갖다 놓질 못했죠. 제 물건이라곤 생각지 않습니다. 그렇다고 그게 크로퍼 씨 것도, 블랙커더 교수 것도, 애쉬 경 것도 아니잖습니까. 다분히 사적인 그 무엇. 뭐라 잘 설명할 수가 없군요.」

「아니, 됐어요. 아무튼 당신에게는 굉장한 특종감 아녜요? 학문적으로 말예요.」

「사실 저도 학문적으로 대단한 일을 하는 사람이 되고 싶었어요.」 롤런드는 솔직한 속마음을 털어놓았다. 그러나 순간 그는 자신이 모멸당하고 있는 것이 아닌가 싶었다. 「잠깐만요. 아니, 그게 아녜요. 전혀 아닙니다. 다분히 개인적인 얘깁니다. 잘 모르실 거예요. 전 순전히 구태의연한 텍스트 비평가지 전기 작가는 아닙니다. 이런 종류의 일을 좋아하지도 않습니다. 아무런 득도 없고요. 다음 주에 다시 갖다 놓겠어요. 그저 비밀로 하고 싶었어요. 사적인 것이니까 그렇게 해야겠죠.」

그녀는 얼굴을 붉혔다. 새하얀 얼굴에 피가 묻은 것 같았다.

「미안해요. 제가 왜 그랬는지 모르겠군요. 당연히 그렇게 생각할 수 있잖아요. 또 어느 누가 섣불리 그와 같은 원고를 다른 사람이 못 보게 감추겠어요? 저라도 그럴 배짱은 없었을 거예요. 아, 물론 당신이 꼭 그런 식으로 생각했다는 말은 아니죠. 정말이에요.」

「전 다만 그 이후에 어떤 일이 있었는지 알고 싶었을 뿐입니다.」

「블랑슈의 일기를 복사해서는 안 될 것 같아요. 잘못하면 책장이 뜯어질지도 모르니까 그냥 베껴 쓰도록 하세요. 그리고 여기 있는 상자들도 한번 뒤져 보세요. 뭐가 나올지 누가 알겠어요. 아무도 랜돌프 헨리 애쉬의 뒷조사를 안 했잖아요? 내일까지 어디 객실이라도 하나 잡아 드릴까요?」

롤런드는 잠시 생각했다. 매우 구미가 당기는 말이었다. 발 없이 혼자 잘 수 있는 조용한 곳, 게다가 애쉬에 관해 생각하며 편안히 휴식을 취할 수 있는 곳. 그러나 그런 방을 얻으려면 돈이 있어야 했다. 그는 돈이 없었다. 또한 그날로 돌아가는 차표를 끊지 않았는가.

「하루 왕복권을 끊어 와서요.」

「그건 바꾸면 되죠.」

「됐습니다. 직장도 없는 대학원생이……. 실은 돈이 없거든요.」

그녀는 다시 얼굴이 빨개졌다. 「그걸 미처 생각 못했군요. 그럼, 제 집으로 가면 되겠네요. 한 사람 재울 여유는 있어요. 여기 있다가 또다시 차표를 바꾸는 것보단 나을 거예요. 저녁 대접도 해드릴 테니 그렇게 해요. 내일 기록 보관소의 다른 곳도 살펴보고 말예요. 다른 신경은 안 쓰셔도 돼요.」

롤런드는 누렇게 변색된 종이 위의 반짝이는 검은 글씨들을 보았다. 「좋습니다.」

***

모드는 링컨 시 교외에 있는 조지아풍의 붉은 벽돌집 1층에 살고 있었다. 커다란 방이 두 개 있었고, 옛날에 사무실로 쓰던 작은 방을 개조해서 주방 겸 욕실로 쓰는 방이 하나 있었다. 그녀의 집으로 들어가는 현관문이 옛날에는 무역업자들이 드나드는 출입구였다고 했다. 그 집은 대학 소유이기 때문에 위층도 모두 대학에서 관리하는 아파트였다. 네모꼴의 타일이 깔린 주방에서는 붉은 벽돌로 포장된 마당이 한눈에 들어오고, 마당엔 화분에 담긴 갖가지 상록 관목이 있었다.

거실은 빅토리아조를 연구하는 학자에게서 기대할 수 있는 그런 분위기는 아니었다. 밝은 흰색의 분위기에 램프와 식탁 역시 흰색이었고, 카펫마저 잿빛이 약간 감도는 흰색의 베버 사 제품이었다. 한편, 방에 있는 물건들은 모두가 현란한 색채를 띠고 있었다. 공작의 날개처럼 반짝이고 화사한 색, 해바라기나 붉은 장미를 연상시키는 색 등 부드럽고 엷은 색은 하나도 없었다. 벽난로 옆의 벽감에는 스포트라이트를 받은 듯한 유리잔, 갖가지 병들, 플라스크, 문진들이 진열되어 있었다. 롤런드는 마치 화랑이나 병원의 수술 대기실에 들어선 듯이 눈이 번쩍 뜨이면서 순간 어디 잘못 들어온 것이 아닌가 하는 생각이 들었다. 도와주겠다는 제의도 뿌리치고 혼자 저녁을 준비하겠다고 모드가 주방으로 건너간 사이 롤런드는 푸트니에 있는 자기 집으로 전화를 걸었다. 그러나 아무도 받지 않았다. 잠시 후 모드가 술을 한 잔 들고 들어왔다. 「『순진한 아이들을 위한 이야기』, 한번 읽어 보시지 않겠어요? 저한테 초판이 한 권 있어요.」

거의 닳아 버린 초록색 가죽에 희미한 고딕체 글자가 박힌 책이었다. 롤런드는 벽난로 근처의 커다란 흰색 소파에 앉아 책장을 넘겼다.

옛날 옛적에 한 여왕이 살았어요. 사람들은 그 여왕을 이 세상에서 자기가 바라는 것이면 무엇이든지 다 얻을 수 있는 사람이라고 생각했지요. 어느 날 그 여왕은 어느 나그네한테서 이상한 새에 관한 이야기를 듣고는 그 말없는 새처럼 되고 싶었대요. 그 새는 눈 덮인 산속에 살면서 딱 한 번만 둥지를 틀어 황금빛과 은빛으로 반짝이는 새끼를 낳고는 딱 한 번 노래를 부르고, 남부 저지대의 눈처럼 그렇게 사라졌대요.

옛날에 한 가난한 구두 수선공이 있었어요. 그 사람에게는 세 명의 아들과 세 명의 딸이 있었어요. 아들들은 모두 튼튼하고 잘생겼으며 딸들도 두 명은 예뻤대요. 그런데 나머지 딸이 문제였어요. 제대로 하는 것이 하나도 없었어요. 설거지를 하라고 하면 접시를 깨뜨리고, 바느질을 시키면 실을 마구 엉키게 하고, 우유도 응고시켜 버터를 만들 수 없게 하고, 불을 지피면 매캐한 연기를 방으로 들어오게 하고, 정말 어찌할 수 없을 정도로 못 말리는 딸이었어요. 그래서 엄마는 틈만 나면 그 딸에게 거친 숲 속에서 혼자 살아갈 수 있는 능력도 키워야 하고 또 사람들의 충고에 귀 기울이며 모든 일을 잘해 나갈 수 있어야 한다고 말했어요. 그런데 이런 엄마의 말씀을 듣고 그 심술궂은 딸아이는 숲 속에 들어가고 싶은 마음이 생겼대요. 물론 숲 속에는 설거지할 접시도 없고 바느질을 할 필요도 없었지요. 하지만 그 딸은 점차 숲 속에서 생활하려면 자기 스스로 해야 할 일이 있음을 깨닫게 되었대요.

책의 속표지에는 〈B. G.의 일러스트레이션〉이라는 글 아래 목판화 몇 편이 있었다. 머리엔 스카프를 쓰고 앞치마를 두른 채 커다란 나막신을 신은 한 여자가 검은 소나무숲으로 둘러싸인 넓은 땅에 서 있는 모습을 그린 그림도 있었고, 작은 방울들이 달린 그물 같은 것을 온통 몸에 두른 한 사람이 어느 오두막집 문을 두드리고, 그 오두막집 위의 창문 안쪽에서 울퉁불퉁하게 뭉크러진 얼굴들이 밖을 빠끔 내다보고 있는 그림도 있었다. 또 다른 그림도 마찬가지로 검은 나무들에 둘러싸인 집 한 채가 그려져 있었고, 그 집의 하얀 층계에 먹이를 넣어놓고 한쪽 구석에 마치 용이 감긴 모양으로 길게 드러누워 있는 늑대가 한 마리 그려져 있었다. 그 늑대의 털이 가시 돋친 나뭇가지들과 절묘한 조화를 이루고 있었다.

***

모드 베일리는 롤런드에게 단지에 담긴 새우와 오믈렛, 푸른 야채 샐러드, 브레스 산 빵, 그리고 신 사과가 차려진 그릇을 하나 내놓았다. 그들은 『순진한 아이들을 위한 이야기』에 관해 말했다. 모드는 그 책 속의 이야기들이 그림 형제와 티크[7]의 작품에서 따온 대개가 조금은 무서운 내용들이라고 하면서, 이야기의 중심을 동물과 불복종 혹은 반항에 두고 있다고 말했다. 그들은 어느 여자에 관한 이야기를 함께 읽었다. 이야기 속의 여자는 자신에게 고슴도치같이 생긴 아이든 어떤 아이든, 아이를 낳게 해준다면 무슨 일이든 다 하겠다는 사람이었다. 드디어 그 여자는 아이를 낳게 되었는데 몸뚱이의 반은 고슴도치이고 반은 사람의 모습을 한 괴물 같은 아이였다는 이야기였다. 블랑슈는 빅토리아풍의 테이블 옆, 빅토리아풍의 높은 의자에 앉아 있는 그 고슴도치 아이의 모습을 그려 놓았다. 아이의 뒤로는 찬장의 검은 선반이 보이고, 앞에는 쑥 내민 커다란 손이 접시를 가리키고 있는 모습도 보였다. 털이 보송보송한 아이의 얼굴은 울퉁불퉁하고 온통 찡그린 모양이 금방이라도 울음을 터뜨릴 것 같았다. 그리고 징그러운 머리통에 마치 후광처럼 빙 둘러 박힌 가시바늘이 목없는 어깨를 따라 서로 교차하여 나 있는 모습은 흡사 풀을 먹인 칼라인 양 흥측했다. 또한 짧고 굵은 손에는 뭉툭한 손톱들이 박혀 있었다. 롤런드는 비평가들이 이 작품을 어떻게 평가하는지 모드에게 물어보았다. 모드는 레오노라 스턴 같은 여자는 이 작품이 빅토리아 여성들, 아니 모든 여성들이 기형아를 낳을지도 모른다는 두려움을 나타내는 것으로 해석한다고 말해 주었다. 어떻게 보면 메리 셸리[8]가 산고의 진통과 출산의 두려움 속에 그려 낸 프랑켄슈타인과도 연결된다는 것이었다.

「박사님도 그렇게 생각하십니까?」

「옛날얘기잖아요. 그림 형제의 동화에도 나와요. 고슴도치가 키 큰 나무 꼭대기 위에 앉아 풍적을 울리며 사람들을 속

---

7 Ludwig Tieck(1773~1853). 독일 작가.

8 Mary Wollstonecraft Shelley(1797~1851). 영국 여류 소설가로 윌리엄 고드윈의 딸. 소설 『프랑켄슈타인』으로 유명하다.

이는 이야기 말예요. 제 생각엔 크리스타벨이 그 이야기를 어떻게 각색했는지 잘 살펴보면 그녀에 관해서 뭔가 짚이는 데가 있을 법도 한데. 그저 단순히 아이들을 싫어한 것이 아닐까요? 당시 많은 처녀들이 그랬듯이 말예요.」

「블랑슈는 그 아이를 안타깝게 생각한 모양인데…….」

「그래요? 어디…….」 모드는 그 작은 그림을 찬찬히 들여다 보았다. 「그렇네요. 당신 말이 맞아요. 하지만 크리스타벨은 아녜요. 그 아이는 굉장한 양돈가가 되지요. 숲 속의 열매를 먹여 돼지를 계속 불려 나가고, 결국에는 엄청난 돼지고기 구이를 만들기도 하고, 크리스타벨은 이를 자연의 힘으로 해석했어요. 불가능에 맞서서 승리를 거둔 것과 마찬가지로 말예요. 마침내 그 아이는 어느 공주를 아내로 맞아들이고, 밤에 공주에게 자신의 고슴도치 가죽을 태워 달라고 부탁하지요. 공주는 그 부탁을 들어주었어요. 순간 그녀는 온몸이 온통 검게 그을리긴 했지만 멋진 왕자를 끌어안고 있다는 사실을 알게 된다는 그런 이야기예요. 크리스타벨은 이렇게 말했어요. 〈만일 그가 갑옷처럼 가시 돋친 자신의 피부를 후회하고 또 동물적인 감각을 후회했다면 더 이상의 진전이 없기에 행복한 결말이 없는 불행의 역사로만 끝나고 말 것이다〉라고요.」

「아주 좋은 말인데요.」

「그래요.」

「박사님은 가족적인 관계 때문에 그녀를 연구하셨나요?」

「그렇게 생각할 수도 있겠죠. 하지만 아녜요. 어렸을 때 그녀가 쓴 소품의 시 한 편을 읽은 적이 있었는데 그 일이 밑거름이 되었어요. 베일리 가문은 크리스타벨을 별로 자랑스럽게 여기지 않았어요. 문학적인 취향을 가진 사람들이 없었지요. 그런 면에서 보면 전 돌연변이랍니다. 노포크의 제 할머님은 저에게 여자가 너무 공부를 많이 하면 훌륭한 아내가 되지 못한다고 말씀하시기도 했어요. 그리고 그 당시 노포크의 베일리 가는 링컨셔의 베일리 가와 전혀 말도 붙이지 않았지요. 링컨셔의 집안은 제1차 세계대전 때 아들들을 모두 잃었고 단 한 사람, 그것도 불구의 아들만 남았대요. 자연히 가문이 기울고 말았어요. 반면에 노포크의 베일리 가는 많은 재산을 모았지요. 소피 라모트는 바로 링컨셔의 베일리 가 사람과 결혼을 했어요. 그래서 저 역시 먼 친척이긴 하지만 우리 집안에 시인이 한 사람 있었다는 사실을 모른 채 자랐던 것이지요. 더비 경마 대회에서 우승한 두 사람, 이거 경기에서 기록을 세운 삼촌 등 그런 사람들만이 집안의 중요 인물로 존경을 받았어요.」

「짤막한 그 시는 어떤 신데요?」

「큐메이안 무당에 관한 시예요. 어렸을 때 제가 크리스마스 선물로 받은 『유령과 그 밖의 기괴한 존재들』이란 조그만 책 속에 수록되어 있었지요. 보여 드리죠.」

롤런드는 그 시를 읽었다.

    그대는 누구인가요?
    여기 높다란 선반 위
    거미줄 처진 플라스크에서 나는
    박쥐 가죽처럼 말라 버린
    내 접혀진 자아를 끄집어냅니다.

    그대는 누구였던가요?
    황금신(神)이 나를 부추겼습니다
    째는 듯한 고음으로 노랠 불렀습니다
    그의 열기가 나를 부식시키고
    그의 외침은 나의 것이 아니었습니다.

그대가 본 것은 무엇입니까?
나는 창공을 보았습니다
찬찬히 하늘을 보았습니다
시저의 눈을 덮은
수의를 보았습니다.

그대가 바라는 것은 무엇인가요?
욕망은 물에 꺼진 불길
진정한 사랑이란 거짓말
먼지 뒤집어쓴 자아로 우린 오릅니다
나는 죽음을 갈망합니다.

「굉장히 슬픈 시로군요.」
「젊은 여자들은 어딘가 슬픈 구석이 있어요. 또 그런 분위기를 좋아해요. 그러면서 뭔가 강인한 느낌을 받게 되죠. 호리병 속의 무당은 안전해요. 어느 누구도 그녀를 건드릴 수 없잖아요. 그리고 그녀는 죽음을 기다릴 뿐이고. 저는 그 무당이 무엇을 상징하는지 알 수가 없어요. 그저 이 시의 리듬이 좋아요. 아무튼 제가 의식이 생겨나고 소멸하는 그 경계점이 어딘지에 관해서 연구를 시작했을 때 이 시가 떠올랐어요. 전 빅토리아 여성들의 공간적 상상력에 관해서 논문을 한 편 쓴 적이 있어요.「의식 한계의 존재와 경계의 시(詩)」란 제목이었죠. 광장 공포증과 폐쇄 공포증에 관한 것인데, 말하자면 무한한 공간, 즉 황량한 늪지나 탁 트인 개활지로 나가려고 하면서도 동시에 에밀리 디킨슨[9]의 자의식적인 유폐나 무당의 호리병처럼, 더 이상 무엇 하나 침투할 수 없는

9 Emily Dickinson(1830~1886). 미국의 여류 시인. 23세 때 모든 사회적 접촉을 끊고 은둔 생활로 들어섬. 약 1,000편이 넘는 시를 남겼음.

작은 공간 속에 갇히고 싶은 역설적 욕망, 뭐 그런 거죠.」

「애쉬의 시에 나오는 지하 감옥에 갇힌 여마법사처럼 말입니까?」

「그건 달라요. 애쉬는 그녀의 아름다움을 벌하고 또 그가 사악하다고 생각하는 부분에 대해서도 벌했어요.」

「아닙니다. 그렇지 않습니다. 그는 아름답고 사악하다는 이유로 그녀를 벌해야 한다고 생각한 사람들, 물론 그녀도 포함해서, 그런 사람들에 관해서 쓴 것입니다. 그녀는 그들의 판단에 어긋나는 존재였으니까요. 하지만 애쉬는 판단을 내리지 않았어요. 독자들의 지혜에 내맡겼죠.」

모드의 얼굴에 이제 한바탕 논쟁을 벌여 볼까 하는 표정이 스쳤지만 곧 괜한 짓이다 싶었던 모양이었다.

「예에, 그런데 당신은 어째서 애쉬를 연구하게 되었죠?」

「제 어머님이 좋아했습니다. 영문학 공부를 많이 하신 편이거든요. 전 월터 롤리 경에 관한 애쉬의 생각에 따라 커왔어요. 그의 아쟁쿠르[10] 시도 마찬가지고요.『신들의 황혼』역시······.」 롤런드는 잠시 머뭇거렸다. 「제가 배우고 연구할 때 생생하게 살아 맴도는 것이 그런 것들이었어요.」

모드가 미소를 지었다. 「맞아요. 바로 그거죠. 우리의 교육보다도 더 오래 살아남는 것이 바로 그것이죠.」

***

그녀는 거실에 있는 좀 높아 보이는 하얀 소파 위에 그의 잠자리를 마련해 주었다. 그저 슬리핑 백과 담요를 쌓아 만든 것이 아니라 진짜 침대처럼 깨끗이 세탁한 시트에 에메랄

---

10 북부 프랑스에 있는 마을 이름.

드 푸른색의 면 커버를 씌운 베개, 소파 아래 감춰진 서랍에서 끄집어낸 하얀 오리털 이불까지 깔려 있었다. 모드는 포장도 뜯지 않은 새 칫솔을 롤런드에게 건네주며 말했다.

「조지 경은 안됐어요. 정말 구두쇠 같은 사람이고 까다로운 사람이죠. 그 사람이 무엇을 소유하고 있는지 아무도 몰라요. 실 코트에 가본 적 있어요? 어느 작은 골짜기 깊숙한 곳에 온통 그물 무늬 같은 장식의 첨탑과 첨두 아치들이 있는 빅토리아조의 고딕 건물이에요. 시간이 되면 그곳에 가봐도 괜찮을 거예요. 전 크리스타벨의 생애 따위엔 아무런 호기심도 없어요. 조금은 이상하게 들릴지 모르겠지만 그녀의 손길이 닿았던 물건을 보거나 그녀가 있었던 장소에 가면 메스꺼움 같은 것을 느끼기까지 하죠. 중요한 것은 〈언어〉죠. 안 그래요? 그녀의 정신 속을 흐르던 언어……」

「예, 맞습니다.」

「저는 블랑슈가 말하던 좀도둑이 누군지, 거기에도 전혀 관심이 없어요. 그게 중요한 게 아니라 뭔가가 존재한다고 느낀 그녀의 생각, 그게 중요해요. 그런데 당신은 뭔가를 자꾸 파헤치려 하니……」

「이것 좀 보세요.」 롤런드는 그의 가방에서 편지 봉투를 꺼냈다. 「제가 그 편지들을 가져왔습니다. 이 편지를 읽고 제가 어찌할 수 있었겠습니까? 색은 바랬지만……」

우리가 서로 각별하게 대화를 나눈 이후로 저는 아무것도 생각할 수가 없었습니다. …… 저는 그대와 나 사이의 대화가 반드시 다시 이루어져야 한다고 느끼고 있습니다. 그리고 이러한 제 느낌이 결코 그릇된 판단에서 비롯된 것은 아닐 겁니다……

「예, 글들이 살아 있군요.」 그녀가 말했다.

「완전히 끝난 것도 아니죠.」

「그렇군요. 시작에 불과한 편지로군요. 그녀가 살았던 곳을 한번 가보고 싶으세요? 그리고 어디서 생을 마감했는지 보시겠어요?」

롤런드는 고양이 오줌이 묻은 천장과 전망없는 자신의 방이 머릿속에 떠올랐다.

「그러죠, 뭐. 이왕 여기까지 왔는데……」

「그럼 먼저 욕실을 쓰세요.」

「감사합니다. 이렇게 일일이 폐를 끼쳐서 어떡하죠? 그럼 안녕히 주무십시오.」

***

롤런드는 경쾌한 걸음으로 욕실로 들어갔다. 앉아서 책을 보거나 드러누워 몸을 푹 담글 만한 곳은 못 되었지만 푸른색이 시원한 느낌을 주는, 유리처럼 깨끗하고 환한 곳이었다. 푸른 물색의 두꺼운 유리 선반엔 마개가 달린 검푸른색의 큼직한 병들이 놓여 있었고, 바닥은 유리 타일로 되어 있어 순간적이나마 타일 아래 깊은 곳까지 다 드러나는 듯한 느낌을 주었다. 그리고 흔들거리는 샤워 커튼은 유리벽을 따라 물이 흘러내리는 듯한 분위기를 자아냈고, 창문에 드리워져 있는 물색의 블라인드가 더욱 산뜻한 색감으로 시원한 빛을 발하였다. 타월 건조대에는 격자무늬의 커다란 푸른색 타월이 차곡차곡 접혀 있었다. 바닥은 탤컴파우더 가루 하나, 비누때 자국 하나 남아 있지 않았다. 롤런드는 이를 닦으며 엷은 청록색의 세면대에 비치는 자신의 얼굴을 보았다. 자기 집 욕실이 생각났다. 벗어 놓은 속옷, 뚜껑이 열린 색조 화장품병, 아무데나 걸려 있는 셔츠와 스타킹들, 너절하게 널려 있는 끈적끈적한 헤어 컨디셔너 병과 면도용 크림 튜브들······.

한참 뒤, 이제는 모드가 욕실에 있었다. 그녀는 뜨거운 물이 나오는 샤워기 아래서 자신의 늘씬한 몸을 이리저리 움직였다. 그녀의 머릿속에는 온통 정돈되지 않고 헝클어진, 시트마저 마치 휘저은 달걀처럼 여기저기 구겨져 있는 큼직한 자신의 침대만이 떠오를 뿐이었다. 퍼거스 월프가 생각날 때마다 떠오르는 것이 바로 그 텅 빈 전쟁터였다. 그리고 생각을 더 이어 나가면 침대 너머에 놓여 있는 씻지 않은 커피잔, 그들이 벗어 놓은 바지들, 와인잔 자국이 선명한 먼지 묻은 종이들, 먼지와 담뱃재로 지저분해진 카펫, 그리고 양말 냄새와 그 밖의 냄새들이 떠올랐다. 자신의 하얀 다리를 힘차게 문지르며 모드는 프로이트가 옳았다고 생각했다. 혐오의 또 다른 편엔 욕망이 자리하고 있었다. 그녀가 퍼거스를 처음 만났던 파리의 학술 회의는 성(性)과 자율적 텍스트를 논하는 자리였다. 그녀는 의식 작용이 발생하고 소멸하는 경계점에 관해서 이야기했고, 그는 「거세된 남자 가수: 발자크의 양성 주인공의 남근 중심적 생체 구조」라는 권위있는 논문을 발표했다. 그의 논의의 흐름은 페미니즘적이었다. 그리고 발표의 목표는 비웃음과 뒤집음이었다. 그는 자기 자신마저도 희화화시켰다. 그는 모드가 자신의 침대로 오기를 바랐다. 〈여기 참석한 사람들 가운데 우리가 가장 지적인 편입니다. 그리고 당신은 지금까지 제가 본 여성 가운데 가장 아름다운 사람입니다. 꿈에 그리던 바로 그런 사람입니다. 저는 당신을 원합니다, 당신이 필요합니다. 그런 느낌 안 드십니까? 거역할 수 없는 느낌입니다.〉 모드로서는 왜 그것을 거역할 수 없었는지, 아무리 이성적으로 생각해 봐도 알 수가 없었다. 그러나 그가 옳았다. 그리고 논쟁이 시작되었다. 모드는 몸을 떨었다.

그녀는 소매가 길고 편한 나이트 드레스를 걸치고 샤워캡을 벗었다. 그러고는 노란 머리를 빗으로 힘차게 빗어 내리며 거울 속에 비친 자신의 균형 잡힌 몸매를 찬찬히 뜯어보았다. 시몬느 월의 말이 떠올랐다. 아름다운 여성은 거울 속에 비친 자신의 모습을 보며 〈그래, 이게 바로 나로구나〉 하고 생각하지만 못생긴 여자는 아주 단호히 〈이건 내가 아냐〉라며 부인한다고 했다. 물론 너무 단순한 이분법적 사고임을 모드는 잘 알고 있었다. 그리고 그녀가 보고 있는 이 인형과도 같은 마스크는 본래의 자신과 아무런 관계도 없었다. 그녀가 어느 회의 석상에서 발언을 하기 위해 일어섰을 때, 한때는 여성의 긴 머리에 대해 야유나 퍼붓고 비난이나 하던 그녀가 자신의 매혹적인 긴 머리를 시장에 내놓은 상품인 양 자랑하려는 것이 아닌가 하고 페미니스트들이 의심했을지도 모를 일이었다. 사실 그녀는 처음 강의를 시작하던 시절에는 머리를 거의 면도한 듯이 짧게 깎고 다녔다. 그런데 그녀가 인형과도 같은 예쁜 모습을 하고 다니기를 꺼려한다는 사실을 눈치 챈 퍼거스가 아일랜드인의 억양으로 예이츠 시를 인용하며 그녀에게 머리를 기르라고 주문했던 것이다.

어느 젊은이든 결코
그대 귀를 둘러싼
꿀빛의 그 커다란 성벽에
상심하지 않습니다.
오로지 그대 자신 때문에 그대를 사랑하지
그대의 노란 머리카락 때문은 아닙니다.

퍼거스는 이렇게 말했다. 「아니, 다른 점에 있어서는 그렇게 현명하고 똑똑하신 양반이 어떻게 그런 생각을 하다니……」

이 말에 모드는 이렇게 대꾸했다. 「아무려면 어때요. 전혀 상관없어요.」 그래서 그는 그녀에게 머리를 기르라고 했고, 그녀는 그의 말대로 따랐다. 눈썹에서 귀로, 목덜미를 흘러내려 어깨까지 덮이도록 머리를 길렀다. 그리고 거의 정확하게 그들의 관계가 계속될 때까지, 머리를 기르는 것도 계속되었다. 그들이 헤어질 무렵 그녀의 긴 머리는 척추까지 내려올 정도였다. 이제 그녀는 자존심 때문이라도 머리를 자르지 않았다. 대신 항상 스카프와 같은 머리 덮개로 가릴 뿐이었다.

***

롤런드는 키 높은 모드의 소파에 누워 있자니 뭔가 붕 뜨는 듯한 느낌이 들었다. 방에는 포도주와 계피 향이 은은하게 스며 있었다. 그는 위로는 푸른빛을 발하고 안쪽으로는 크림빛이 아른한 청동 갓등 아래 흰색과 에메랄드색이 한데 어우러진 보금자리에 누워 있었다. 그의 머릿속 어딘가에는 두툼한 매트리스에서 몸을 뒤척이며 잠 못 이루는 진짜 공주가 있었다. 껍질을 벗어 던지고 밖으로 나오려는 완두콩처럼 몸부림치는 존재. 블랑슈 글로버는 크리스타벨을 공주라 불렀다. 모드 베일리는 투명한 피부의 공주였다. 그리고 그는 랜돌프 헨리 애쉬처럼 그녀들의 금남의 요새에 침입한 불청객이었다. 롤런드는 『순진한 아이들을 위한 이야기』를 꺼내 읽어 내려가기 시작했다.

유리관

옛날, 마음씨 착한 한 작은 양복장이가 있었어요. 어느 날 그는 일거리를 찾아 숲 속을 여행하게 되었어요. 그때만 하더라도 보잘것없는 생활이지만 그래도 생계를 유지하기 위해선 사람들이 먼 거리를 돌아다니며 일자리를 구해야 했대요. 더욱이 우리 주인공처럼 좋은 기술을 가지고 있는 사람들한테는 일거리가 별로 없고, 그저 값싸고 대충대충 아무렇게나 해주는 싸구려 일꾼들만 사람들이 찾았나 봐요. 하지만 성격이 워낙 낙천적인 그 사람은 자신의 재주를 필요로 하는 사람을 언젠가는 만나리라는 믿음을 갖고 있었어요. 그래서 자신에게 행운을 가져다 줄 사람과의 만남을 머릿속에 그리며 이리저리 발걸음을 옮겼대요. 그렇더라도 그런 사람을 만나기가 쉽지는 않았어요. 마침내 그는 수풀이 우거진 깊은 산속으로 들어서게 되었어요. 깊은 숲 속이라서 그런지 작은 나뭇가지 사이로 달빛이 푸르른 빛을 비추고는 있었지만 앞이 잘 보이지 않았지요. 점점 더 깊은 숲 속으로 들어가던 그는 골짜기 깊숙한 곳, 조금 평평한 곳에 작은 집 한 채가 서 있는 것을 발견했어요. 창문 사이로, 그리고 창문 아래로 노란 불빛이 은은한 분위기를 자아내고 있었지요. 그가 그 집으로 가서 세차게 문을 두드리자 부스럭거리는 소리와 삐걱이는 소리가 들리고 문이 빠끔 열리더니 한 작은 사람이 서 있는 모습이 보였어요. 아침 햇살을 받은 먼지처럼 뿌연 얼굴에 기다란 흰 수염을 날리는 사람이었지요.

「나그네인데 숲 속에서 길을 잃었습니다.」 키 작은 양복장이가 먼저 입을 열었어요. 「저는 일거리를 찾으러 돌아다니는 기술자이기도 합니다.」

그러자 집주인이 말했어요. 「이 집엔 일거리가 없소이다. 그리고 댁이 도둑일지도 모르는데 어떻게 집 안에 들어오라고 하겠소?」

「만일 제가 도둑이라면 강제로 밀치고 들어가든지 아니

면 몰래 숨어 들어갈 수도 있지 않겠습니까? 저는 도움이 필요한 정직한 양복장이에 불과합니다.」

그때 그 작은 집주인 뒤에 커다란 회색 개가 한 마리 나타났어요. 키는 주인만큼이나 크고 붉은 눈에 더운 입김을 뿜어 대는 개였어요. 처음에는 그 개가 양복장이를 보고는 으르렁거렸지만 점차 소리를 멈추고는 꼬리를 천천히 흔드는 게 아니겠어요? 그러자 흰 수염에 키가 작은 집주인이 이렇게 말하는 것이었어요.

「우리 오토가 꼬리를 흔드는 것을 보니 당신이 정직한 사람임에 틀림없구려. 그렇다면 하룻밤 묵어 가도록 하시오. 그 대신, 우리 집 저녁 일을 좀 도와주시오. 음식을 만들고 청소하는 일이며, 그 밖에 누추한 곳이지만 손볼 데가 있으면 좀 봐주도록 하시오.」

그래서 그 양복장이는 집 안으로 들어가게 되었어요. 그런데 참 묘한 집이었어요. 흔들의자가 하나 있었는데, 글쎄 그곳에 화려한 깃털의 수탉과 하얀 암탉이 앉아 있는 게 아니겠어요? 그리고 아궁이가 있는 한쪽 구석엔 못생긴 작은 뿔에 노란 유리알 같은 두 눈을 가진 흰색과 검은색이 섞인 염소 한 마리가 있었고, 부뚜막에는 정말 커다란 고양이 한 마리가 누워 있었어요. 그 고양이는 다양한 색깔의 미로 같은 얼룩 무늬를 하고 있었는데 양복장이를 쳐다보는 눈이 싸늘한 푸른빛을 발하는 보석 같았어요. 한편 식탁 뒤에는 섬세한 회갈색의 젖소가 젖을 축 늘어뜨린 채 따뜻한 숨을 내쉬며 큼직한 갈색 눈을 껌벅이고 있었지요. 양복장이는 이 모든 동물들에게 「안녕하시오, 친구들」 하고 인사를 했어요. 예의 바른 사람이었거든요. 그러자 집 안의 동물들은 그를 마치 심문이라도 하듯 찬찬히 뜯어보는 것이었어요.

그때 집주인이 말했어요.「부엌을 뒤지면 음식이 있을 거외다. 자, 저녁을 한번 준비해 보시오. 그런 다음 같이 들기로 합시다.」

그래서 양복장이는 저녁 식사를 준비했어요. 그는 부엌에 있는 밀가루와 고기와 양파를 가지고 멋진 파이를 만들고 그 위에다 가루 반죽으로 아름다운 잎사귀와 꽃을 만들어 장식했어요. 비록 자기가 가지고 있는 재봉 기술은 사용하지 못했지만 워낙 손재주가 좋은지라 음식도 잘 만들었나 봐요. 게다가 파이를 굽는 동안 동물들도 보살펴 주었어요. 젖소와 염소에게는 건초를 갖다 주고, 닭들에겐 황금빛 옥수수를 갖다 주고, 고양이에겐 우유를, 그리고 커다란 회색 개에게는 음식하다 남은 뼈다귀와 고기를 갖다 주었대요. 그런 다음 양복장이와 집주인은 파이를 나눠 먹었어요. 파이의 구수한 냄새가 온 집 안에 은은히 퍼지게 되었지요. 집주인이 말했어요.

「오토가 옳았군요. 당신은 정말 착하고 정직한 사람이오. 이 집에 있는 모든 동물들에게 골고루 신경을 써주고 엉망진창인 살림을 모두 손보아 주었소. 그 대가로 내 당신에게 선물을 하나 주고 싶소. 자, 이중에서 어떤 것을 갖고 싶으시오?」

집주인은 양복장이 앞에 세 가지 물건을 내놓았어요. 첫 번째 것은 부드러운 가죽으로 만든 작은 지갑이었는데 바닥에 내려놓자 짤랑이는 소리가 났대요. 두 번째 것은 음식할 때 쓰는 단지였어요. 겉은 검은색이지만 안쪽은 반짝거리고 빛이 나는 것이 꽤 단단하고 넉넉해 보였어요. 그리고 마지막으로 세 번째 것은 유리로 만든 작은 열쇠였어요. 금방 깨질 듯이 보이지만 굉장히 아름다운 모양의, 무지개색으로 빛나는 열쇠였답니다. 양복장이는 어떤 것을 골라야 할지 몰라 도움을 받을 생각으로 동물들을 쳐다봤지만 모두가 슬쩍 고개를 돌리는 게 아니겠어요? 그래서 그는 속으로 이렇게 생각했어요. 〈깊은 숲 속의 사람들이 이런 식으로 선물을 준다는 얘기를 전에 들어 본 것 같아. 저 지갑 속엔 분명히 뭔가가 들었을 테고, 두 번째 저 단지는 원할 때마다 맛있는 음식을 내놓을 것이 틀림없어. 이런 선물을 받았다는 사람들 얘기를 들은 적이 있거든. 하지만 저 세 번째 열쇠는 본 적도 들은 적도 없는 선물이야. 대체 어떤 때 쓰는 열쇠지? 자물쇠에 집어넣기만 해도 금방 깨질 것 같은데 말야.〉 그렇지만 그는 그 작은 유리 열쇠를 갖고 싶었어요. 자신이 기술자였기 때문에 단단히 채워진 문이나 물건을 금방 깨질 듯이 보이는 그 작은 열쇠가 어떻게 여는지 보고 싶은 마음도 있었고, 또 대체 이 열쇠가 어떤 물건인지 아니면 무슨 일에 쓰이는 물건인지 알고 싶은 호기심이 많았거든요. 그래서 그는 집주인에게 말했어요. 「전 저 예쁜 유리 열쇠를 갖고 싶습니다.」 그러자 키 작은 집주인이 대답했어요. 「그리 신중한 선택은 아닌 것 같소. 하지만 대담한 선택이구려. 이 열쇠는 모험의 세계로 들어가는 열쇠요. 당신이 모험을 즐기는지는 모르겠지만 말이오.」

양복장이가 말했어요. 「모험을 즐기지 못할 이유가 없습니다. 이 황량한 숲 속에 제 기술을 써먹을 데도 없고, 또 이왕 이 열쇠를 선택했으니…….」

그러자 동물들이 가까이로 다가왔어요. 건초와 여름의 냄새가 은은히 퍼지는 따뜻한 입김을 내쉬며 말예요. 그러곤 비록 사람의 눈길은 아니지만 위로해 주는 듯한 따뜻한 시선으로 그를 바라보았어요. 개는 양복장이의 발에 무거운 머리를 올려놓으며 바닥에 누웠고, 고양이는 그가 앉은 의자 팔걸이에 살며시 다가와 앉았지요.

곧이어 흰 수염의 키 작은 집주인이 입을 열었어요. 「이제 이 집에서 나가 서풍(西風)을 부르시오. 바람이 불면 당신이 가진 열쇠를 보이시오. 그러면 바람이 당신을 싣고 갈 것이오. 바람에 실려 가는 대로 가만히 있어야 하오. 괜히 발버둥치며 버티거나 괜한 생각을 하게 되면 그 서풍이 당신을 가시밭 위에 내던질지도 모르오. 얌전히만 있으면 바람이 당신을 관목이 무성한 황야의 어느 커다란 바위 위에 내려놓을 것이오. 화강암의 그 바위가 비록 태초 이래로 전혀 움직이지 않고 단단히 고정된 듯이 보이지만, 그 바위가 바로 모험의 세계로 들어가는 문이오. 그 바위 위에다 여기 이 수탉의 꼬리 깃털을 올려놓으면 문이 열린다오. 그러면 당신은 무서워하지 말고, 주저하지도 말고 지하로 계속 내려가야 하는 거요. 이 열쇠를 앞에 들고 가면 당신이 가는 길을 밝혀 줄 것이오. 그렇게 한참 내려가다 보면 석조로 된 문간방 같은 곳이 나타나고 문이 세 개 나타날 것이오. 두 문은 샛길로 통하는 문인데 그리 가면 안 되지. 나머지 하나의 문은 커튼이 낮게 드리워져 있는데 아래쪽으로 이어지는 문이오. 그런데 그 커튼에 절대 손을 대서는 안 되오. 여기 이 암탉의 흰 깃털을 하나 뽑아 가서 그 커튼에 대면 커튼이 천천히 열리면서 그 너머로 활짝 열린 문이 하나 나타날 것이오. 그 문을 통과해 들어가면 홀이 하나 나타나고 거기에서 당신이 찾아야 할 물건을 발견하게 될 것이오.」

이 말을 들은 양복장이가 말했어요. 「제가 땅 아래 빛이 없는 어두운 지하를 무서워하긴 하지만 기꺼이 한번 모험을 해보겠습니다.」 양복장이의 말이 끝나자 수탉과 암탉이 자신들의 몸뚱어리를 내밀어 그 양복장이가 검은 깃털과 우윳빛 흰 깃털을 뽑아 가도록 했어요. 닭의 깃털을 뽑은 양복장이는 모두에게 작별 인사를 하고 집 밖으로 나왔어요. 그러고는 열쇠를 들고 서풍을 불렀답니다.

서풍이 길고 아스라한 팔을 나무들 사이로 내리뻗어 그를 들어 올렸을 때 양복장이는 황홀한 느낌이 들었어요. 바람이 스치자 모든 나뭇잎들이 흔들거렸고, 집 앞의 갈대들이 춤을 추었으며, 흙먼지가 일어 샘물가로 흩날렸어요. 그가 바람에 실려 위로 오를 때 주위의 나무들이 작은 손들을 뻗어 그를 움켜잡고는 바람 속에 이리저리 흔들었어요. 곧이어 양복장이는 자신이 공기로 만든 부드러운 베개를 베고, 길게 뻗은 바람의 포근한 가슴에 편안히 누워 있는 듯한 느낌을 받았지요. 그는 소리를 지르지도 발버둥을 치지도 않았어요. 그러자 보슬비와 반짝이는 햇살과 길게 뻗은 구름과 몰려가는 별빛으로 가득한 서풍의 노래가 그를 겹겹이 에워쌌답니다.

흰 수염의 키 작은 집주인이 얘기한 대로 바람은 양복장이를 커다란 회색의 화강암 바위 위에 올려놓았어요. 곰보가 된 얼굴처럼 여기저기 울퉁불퉁하긴 했지만 그래도 평평한 바위였지요. 바람이 울부짖는 듯한 소리를 내며 휙 지나가자 양복장이는 무릎을 꿇고 바위 위에 수탉의 깃털을 올려놓았어요. 그러자 바위가 둔중한 굉음과 맷돌 가는 듯한 소리를 내면서 공중으로 치솟았다가 땅에 떨어져서는 마치 커다란 팽이처럼 빙빙 돌며 흙과 관목을 파내려 가는 것이었어요. 곧이어 관목의 뿌리 아래, 그리고 가시금작화의 울퉁불퉁한 뿌리 아래 어둡고 눅눅한 통로가 나타났어요. 양복장이는 아주 용감하게 그 안으로 들어갔어요. 그래도 내내 어쩌면 머리 위로 무거운 바위들과 흙이 무너져 내릴 수도 있다는 사실을 잊어버릴 수는 없었겠지요? 지하 통로 안의 공기는 서늘하면서도 습기가 많았어요. 그리고 발 아래 땅은 대부분이 물에 흠뻑 젖어 있었고요. 그때 그는 작은 유리 열쇠를 생각해 내고는 얼른 꺼내 용감하게 앞으로 내밀었어요. 순간 그 열쇠에서 은은한 은빛의 빛이 뿜어져 나오며 발걸음을 한 번에 한 발자국씩 비춰 주는 게 아니겠어요? 그렇게 해서 그는 그 집주인이 얘기한 문간방까지 내려갔답니다. 정말 그곳에는 문이 세 개 있었어요. 커다란 두 문 아래 틈 사이로는 온화한 빛이 마치 유혹이라도 하는 듯 새어 나왔으며, 나머지 세 번째 문은 잔잔한 가죽 커튼으로 가려져 있었어요. 그는 암탉의 부드러운 깃털을 꺼내 그 끝으로 커튼을 살짝 문질렀어요. 곧 커튼이 마치 박쥐 날개처럼 양쪽 모퉁이로 스르르 접히면서 어두컴컴한 작은 문 뒤로 조그만 구멍이 하나 나타나는 게 아니겠어요? 그 구멍으로 어깨를 비집고 들어가야 하는 것이었지요. 그러자 양복장이는 겁이 나기 시작했어요. 왜냐하면 그 흰 수염의 집주인이 이 작은 구멍에 대해선 아무 말도 하지 않았기 때문이었어요. 양복장이는 이 구멍에 머리를 집어넣고 기어들어 가면 영영 다시는 밖으로 나오지 못하는 것이 아닌지 두려웠던 거예요.

그래서 그는 다시 돌아갈까 하고 뒤를 돌아다보았어요. 하지만 그 뒤에는 온통 구불구불하고, 벌레도 많고, 물도 뚝뚝 떨어지고, 또 나무 뿌리가 여기저기 얽혀 있는 많은 통로가 있어서 그는 자신이 어느 통로로 내려왔는지 알 수가 없었어요. 돌아갈 길이 막막했던 거죠. 이왕 이렇게 된 바에야 그는 앞에 있는 작은 구멍으로 비집고 들어가 무슨 일이 벌어질지 한번 두고 보는 것이 더 낫겠다고 생각했어요. 그는 있는 힘을 다해 구멍으로 자신의 머리와 어깨를 쑤셔 넣었어요. 그러곤 눈을 감고 몸을 이리저리 비틀어 앞으로 기어갔어요. 한참 그렇게 기어가던 그는 드디어 어느 커다란 돌로 만든 방 안으로 굴러 떨어졌지 뭐예요. 그 방은 그의 열쇠에서 나오는 빛마저도 무색하게 할 정도로 환하고 은은한 방이었어요. 그는 그 좁은 구멍을 비집고 억지로 기어 나왔는데도 유리 열쇠가 깨지지 않고 전과 다름없이 밝은 빛을 발하고 있는 것이 기적과도 같은 일이라 생각했어요. 옷을 툭툭 털고 일어난 그는 주위를 살펴보았어요. 그곳에는 세 가지 물건이 있었어요. 하나는 온통 먼지와 거미줄로 뒤덮인 유리병과 플라스크 무더기였어요. 또 하나는 사람 크기만한, 우리 주인공인 양복장이보다는 약간 큰 듯한 유리돔이었어요. 그리고 나머지 하나는 황금빛으로 반짝이는 버팀목을 덮은 화려한 벨벳보 위에 올려져 있는 빛나는 유리관이었어요. 이 모든 물건들에서 부드러운 빛이 퍼져 나오는 모양이 바닷속 깊은 곳에서 진주가 반짝이는 것과 같았고, 남쪽 바다 컴컴한 수면 위에서 반짝이는 인광 같았으며, 모래톱 주변에서 반짝이는 햇살 같았고, 은빛 화살에서 빛나는 은빛 광채 같기도 했어요.

양복장이는 생각했어요. 〈그래, 이들 중 하나, 아니면 모두가 내 모험에 관계되는 것일 거야〉 하고 말예요. 처음에 그는 병들을 바라보았어요. 형형색색의 병들이었어요. 빨간색, 초록색, 푸른색, 은은한 황옥색······. 하지만 병 속에는 별것 아닌 무슨 찌꺼기와 실밥 같은 것이 담겨 있었어요. 어떤 병에는 연기가 모락모락 피어 오르고, 또 어떤 병에는 증류수 같은 것이 일렁이고 있었고요. 그리고 모든 병은 죄다 코르크 마개 같은 것으로 꼭꼭 봉해져 있었어요. 양복장이는 아주 조심스러운 사람이었기 때문에 좀더 두고 보기로 하고 병들을 건드리지 않았어요.

그다음에 그는 유리돔 가까이 다가갔어요. 그 유리돔은,

속에 온갖 종류의 새들이 진짜 앉아 있는 것처럼 가지 비슷한 데 모여 있으며 신비스러운 나방이나 나비들이 날아다니는 마술 보자기와 비슷했어요. 아니면, 조금만 흔들어도 반짝이는 흰 눈이 막 흩날릴 듯한 작은 집을 담고 있는 수정 구슬 같은 것이라고 상상하면 돼요. 그 유리돔 속에는 아름다운 공원에 자리 잡은 성이 들어 있었어요. 나무와 테라스와 정원과 물고기들이 있는 연못과 담을 올라가는 장미꽃들, 그리고 성벽의 작은 탑마다 걸려 있는 깃발들. 정말 장대하고 아름다운 성이었어요. 수많은 창문과 꼬불꼬불한 층계들, 넓은 잔디밭, 나무에 매달려 있는 그네, 그 밖에도 대궐 같은 집에 있을 수 있는 것은 모두 있었어요. 한 가지 흠이 있다면 실내 조각과 장식들이 어떤 것인지 살펴보려면 확대경으로 봐야 할 만큼 아주 작다는 점이었어요. 앞에서도 얘기했지만 우리 양복장이는 최고의 기술자였기 때문에 이 아름다운 모델을 찬찬히 뜯어보았어요. 하지만 대체 어떤 연장을 써서 그렇게 아름답게 만들었는지 알 수가 없었어요. 먼지를 조금 더 털어 내어 다시 한 번 그 아름다움을 감상한 양복장이는 마지막으로 유리관이 있는 쪽으로 걸음을 옮겼어요.

여러분은 세차게 흐르는 물이 작은 폭포가 되어 떨어져서는 다시 유리같이 부드러운 물결을 이루며 잔잔히 흐르는 모습을 본 적이 있죠? 그리고 그 수면 아래 식물의 가느다랗고 긴 줄기들이 고요히 흐르는 물살을 따라 조금은 떠는 듯 길게 이어져 일렁이는 모습을 본 적이 있을 거예요. 그런 모습처럼 두꺼운 유리관 안에는 황금 실타래들이 관의 빈 구석구석을 가득 채우고 있었어요. 그래서 처음에 양복장이는 이것이 황금옷을 만들기 위해 황금실을 잔뜩 담아 놓은 상자인 줄 알았어요. 그런데 가만히 보니 그 황금실 사이로 사람 얼굴이 하나 보이는 게 아니겠어요? 고요히 잠자는 듯 누워 있는 하얀 얼굴, 정말 지금까지 본 사람 가운데 가장 아름다운 얼굴이었어요. 금빛의 긴 눈썹에 뽀얀 뺨, 새하얀 입. 여자의 얼굴이었어요. 금빛 머리카락들이 마치 망토처럼 그녀의 몸을 감싸고 있었던 거예요. 그런데 그녀의 얼굴을 덮고 있던 머리카락들이 조금씩 움직였어요. 그녀가 숨을 쉬고 있었던 거죠. 그래서 양복장이는 이 여자가 살아 있다는 사실을 알게 되었죠. 그리고 또한 — 모든 이야기가 그렇듯이 — 자신의 모험이란 바로 이 잠자는 미녀를 구출하는 일이라는 것도 직감적으로 알게 되었어요. 그리고 구해 준 보답으로 이 미녀가 자신의 아내가 되고……. 하지만 양복장이는 너무 아름답게 또 너무 평화롭게 잠들어 있는 이 여자를 어떻게 깨워야 할지 몰랐어요. 그는 생각했어요. 어떻게 이 여자가 이곳에 오게 되었을까, 언제부터 이렇게 잠들어 있는 걸까, 그녀의 목소리는 얼굴처럼 아름다울까 등등 여러 가지 생각을 다 했지요. 그러는 사이 그녀의 숨결에 따라 그녀의 금빛 머리카락들이 조금씩 들썩이곤 했지요.

이런저런 생각을 하고 있던 양복장이는 얼마 후, 어디 한군데 갈라진 틈도 없고 깨진 곳도 없이, 마치 푸르스름한 빛을 발하는 커다란 얼음 달걀 같은 그 유리관 한쪽에 열쇠 구멍이 있는 것을 발견했어요. 그 순간 그는 자기가 가지고 있는 유리 열쇠와 그 열쇠 구멍이 한짝일지도 모른다는 생각이 들었어요. 그래서 그는 호흡을 가다듬어 천천히 숨을 내쉬고는 작은 유리 열쇠를 구멍에 집어넣고 어떻게 되는지 기다렸어요. 그런데 열쇠 구멍으로 들어간 열쇠가 스르르 녹아 버리는 거였어요. 구멍이 있던 자리도 다 메워지며 감쪽같이 없어져 버렸어요. 그러나 잠시 후, 종소리처럼 짤랑이는 소리가 들리더니 유리관이 기다란 고드름처럼 갈라져 쨍 하는 소리와 더불어 땅바닥에 떨어져 버렸어요. 동시에 관 속의 잠자고 있던 미녀가 눈을 떴어요. 파란 꽃 페리윙클과도 같고, 맑은 여름 하늘과도 같은 눈이었지요. 양복장이는 자신에게 주어진 모험이 바로 이것이었다고 생각하고는 무릎을 굽혀 그녀의 아름다운 뺨에 키스했어요.

그러자 그 아리따운 아가씨가 말했어요.「오, 바로 당신이었군요. 제가 오랫동안 기다려 왔던, 저를 마법에서 풀어 줄 분이 바로 당신이었군요. 당신은 저를 구해 주신 왕자님이시죠?」

우리의 주인공 양복장이는 깜짝 놀라 대답했어요.「아니, 아닙니다. 당신이 잘못 봤습니다. 저는 양복장이에 불과합니다. 먹고살려고 여기저기 일거리를 찾아 돌아다니는 기술잡니다.」

예쁜 아가씨는 재미있다는 듯이 막 웃었어요. 몇 년인지는 모르지만 아무튼 오랫동안의 침묵 끝에 터진 목소리여서 그런지 그녀의 웃음소리는 천장을 타고 맑게 울려 퍼졌어요. 땅바닥에 널려 있는 유리 조각들도 깨진 종소리처럼 이상한 소리를 냈어요.

「저를 이 어두운 곳에서 나가게만 해주신다면 당신은 영원히, 정말 앞으로 먹고살 걱정은 안 하셔도 될 거예요. 저기 유리돔 속에 있는 아름다운 성을 보셨지요?」그 예쁜 아가씨의 말이었어요.

「예, 봤습니다. 어떻게 저토록 아름다운 성을 만들었는지, 대단한 기술입니다. 정말 놀랐습니다.」

「저건 어느 공예가의 기술도 아니고 어느 정밀화가의 기술도 아녜요. 악마의 마술 때문에 저렇게 되었을 뿐이에요. 저 성은 제가 살던 성이랍니다. 성 주변의 숲과 초원은 제가 사랑하는 동생과 함께 마음껏 뛰놀던 곳이고요. 그런데 어느 날 밤, 험상궂은 날씨를 피해 악마의 마술사가 우리한테로 오게 되었지요. 저와 제 동생은 쌍둥이랍니다. 화창한 날씨처럼 아름답고, 새끼 사슴처럼 부드러우며, 갓 구워 낸 빵처럼 건강하고 튼튼한 동생이었어요. 동생은 저를 즐겁게 해주고 저 또한 동생을 기쁘게 해주며 사이좋게 지냈답니다. 그래서 우린 서로 맹세를 했어요. 각자 결혼도 하지 말고 우리끼리 저 성에서 함께 사냥도 하고 놀이도 하며 싸우지 않고 영원히 함께 살자고 말예요. 그런데 그 낯선 사람이 모자와 망토가 온통 비에 젖은 채 숨을 가쁘게 내쉬며 입가에 미소를 띠자 제 동생이 얼른 안으로 들어오게 한 거예요. 불쌍하게 보여서 그랬나 봐요. 그러곤 그 사람에게 고기와 포도주를 주고 잠자리도 마련해 주었답니다. 함께 노래도 부르고 카드 놀이도 하고 난롯가에 나란히 앉아서는 바깥 세상과 모험에 관해서 다정하게 얘기를 나누는 게 아니겠어요? 저는 그런 모습이 못마땅했어요. 또 제 동생이 다른 사람을 만나 재미있게 지내는 것을 보니 조금은 슬펐고요. 그래서 일찍 제 침실로 들어갔어요. 서풍이 성의 작은 탑 주위를 감도는 소리를 들으며 누웠어요. 그러곤 얼마 후 잠이 들었지요. 그러다가 저는 주위에서 울려 퍼지는 이상하면서도 매우 아름다운 노랫소리에 잠을 깨고 말았어요. 저는 일어나 앉았어요. 이 노래가 어디서 흘러나오고 있으며, 대체 누가 노래를 부르고 있는지 알아내려고 했죠. 그때 제 방의 문이 스르르 열리면서 그 사람이 곱슬곱슬한 검은 머리에 입가에는 음흉한 웃음을 띠며 들어오는 게 아니겠어요? 저는 일어나려고 했지만 몸을 움직일 수가 없었어요. 마치 온몸이 붕대로 감긴 듯했어요. 제 얼굴에도 붕대가 감긴 것 같았고요. 그 사람이 말하더군요. 저에게 해를 끼치고 싶은 마음은 없다고요. 그리고 그 노랫소리를 울리게 한 사람이 바로 자기며, 자신은 마술사라고 했어요. 그 사람은 저와 결혼을 해서 이 성에서 제 동생과 함께 행복하게 살고 싶다고 했지요. 그래서 저는 대답했어요. 말은 할 수 있었으니까요. 저는 결혼하고 싶은 마음도 없고, 오로지 제 동생과 함께 행복하게 살고 싶을 뿐이라고 말예요. 그랬더니 그 사람이 그렇게는 안 된다고 하면서 제가 원하든 원치 않든 자기는 나와 결혼을 해야겠으며, 제 동생도 자기 의견에 동조할 거라고 했어요. 그래서 저는 정말 그런지 한번 보자고 했어요. 그러자 그 사람은 보이지 않는 악기로 온 방 안에 노랫소리를 울리며 뻔뻔스럽게 이렇게 말했어요. 〈그래, 볼 수는 있겠지. 그렇지만 너는 여기에서 있었던 일을 한마디도 다른 사람에게 말할 수는 없을걸. 목이 잘려 없어진 것처럼 내가 네 목소리를 나오지 못하게 만들어 버릴 테니 말야.〉

다음 날 저는 동생에게 간밤에 있었던 일을 털어놓고 조심하라고 일러 주고 싶었지만 정말 그 악마의 마술사가 얘기한 대로 말이 나오지 않았어요. 말을 하려고 했지만 실로 꿰맨 듯 양 입술이 벌려지지 않았고, 입속의 혀도 움직이지 않았어요. 심지어 그 마술사 얘기는 빼고 그냥 소금 좀 집어 달라는 말이나 날씨가 궂다는 얘기를 하려고 해도 마찬가지였어요. 동생은 전혀 아무런 눈치나 낌새도 알아차리지 못하고 저를 난롯가에 혼자 앉혀 둔 채 그 사람과 함께 사냥을 하러 갔지 뭐예요. 저는 무슨 일이 일어날까 걱정을 하며 그렇게 혼자 앉아 있는 수밖에 없었어요. 오후 늦게 성의 그림자가 주위 잔디밭에 길게 드리우고 태양의 마지막 햇살이 황금색으로 변하며 조금씩 싸늘해질 때쯤 저는 틀림없이 무슨 끔찍한 일이 벌어졌으리란 생각을 하게 되었죠. 그래서 성을 뛰쳐나와 어두운 숲 속으로 내달렸어요. 어두운 숲을 지나자 그 악마의 마술사가 보였어요. 그 사람의 한쪽 옆에는 말이 끌려오고 있었고, 다른 쪽 옆에는 굉장히 슬픈 표정의 커다란 사냥개가 목줄을 잡힌 채 끌려오고 있었어요. 마술사는 제 동생이 갑자기 사라졌다고 말해 주었어요. 나를 혼자 남겨 놓고, 우리 성을 자기에게 맡긴다고 하고는 사라져 돌아오지 않는다고 했죠. 그 사람은 그런 사실을 제가 믿든 안 믿든 그건 별문제 아니라는 투로 아주 즐거워하며 말했어요. 하지만 저는 아주 분명하게 대답했어요. 절대 그와 같은 술책에 굴복하지 않겠다고 말예요. 그러고는 저 자신도 깜짝 놀랐어요. 이런 말이 제 입 밖으로 나오지 않으리라 생각했는데 아주 분명하고 자신에 찬 목소리로 울렸으니까요. 아무튼 제가 그런 말을 하자 그 커다란 사냥개의 두 눈에서 눈물이 떨어지더니 점점 더 많이, 더 커다란 눈물이 뚝뚝 흘러내리는 것이었어요. 그 순간 저는 알았어요. 이 불쌍한 개가 바로 제 동생이라는 생각이 번뜩 들었죠. 저는 마술사에게 막 화를 냈어요. 절대로 우리 성에 발도 들여놓지 말고, 가까이 오지도 말라고 했어요. 그랬더니 그 사람은 절대 제 동의 없이는 아무런 나쁜 짓도 하지 않겠다고 하더군요. 저는 다시 한 번 말했어요. 그런 호의는 바라지도 말고, 절대 그런 일은 일어나지도 않을 거라고요. 그러자 이번에는 그가 막 화를 내며 저를 위협했어요. 만약 자기 말을 안 들으면 또다시 영원히 말을 못하게 만들어 버리겠다고 말예요. 하지만 저는 겁을 내지 않았어요. 동생도 없는데 제가 어디에 있든 상관없으며, 또 이제는 어느 누구하고도 얘기하고 싶지 않다고 분명하게 말했어요. 그는 제가 백 년 동안 유리관에 갇히고도 그러는지 두고 보겠다며 앞으로 몇 발자국 걸어갔어요. 그러자, 당신도 보셨듯이, 우리 성이 점점 줄어들었고, 또 그가 한두 발자국 앞으로 걸어가자 저렇게 유리돔 속에 갇히게 되더군요. 그리고 저한테 무슨 일이 있나 싶어 달려 나온 우리 하인들도 그 사람이 저렇게 유리병 속에 가둬 놓았고, 마침내 저마저 이 유리관에 가두었죠. 자, 그러니 당신이 저를 아내로 맞이하고 싶다면 어서 이곳에서 저를 벗어나게 해주세요. 그 악마의 마술사가 돌아오기 전에요. 어서.」

「물론 그렇게 하겠습니다. 당신이 제게 약속한 것도 있고, 또 제 열쇠로 당신이 구출되었으며 그리고, 전 이미 당신을 사랑하게 되었으니……. 당신이 왜 제 아내가 되겠다고 하는지, 그 이유가 단지 제가 유리관을 열어 당신을 마술에서 풀어 주었기 때문인지, 그리고 당신이 당신의 성으로 되돌아갈 수 있을지, 또 당신의 집과 땅과 하인들이 다시 당신 소유가 될지 모르겠습니다. 더 나아가 이 모든 것이 언제 이루어질지, 정말 모든 것이 저에게는 아직 의문으로 남아 있습니다. 아무튼 저는 당신이 이 모든 문제를 마음 편하게 다시 생각하도록 여유를 주겠습니다. 혹 원하신다면 당신은 결혼하지 않은 채로 혼자 계셔도 됩니다. 아무런 부담 느끼지 마십시오. 사실 저로서는 당신의 멋진 금발 머리를 본 것으로도, 그리고 당신의 뽀얗고 부드러운 뺨에 제 입술을 댄 것만으로도 만족합니다.」

자 여기서, 순진한 독자 여러분은 그 예쁜 아가씨가 자기 마음대로 모든 것을 다 줄 수 있다고 했기에, 그리고 또 지금은 그녀가 살던 성이 아주 작게 줄어든 상태지만 그래도 그녀 말대로라면 정말 살기 좋은 곳이었기 때문에 양복장이의 말이 겸손에서 나온 말인지 아니면 더 깊은 속셈에서 나온 말인지 궁금하실 겁니다. 하지만 진정한 마음에서 나온 말임엔 틀림없겠죠? 아무튼 우리의 그 아름다운 아가씨는 하얀 뺨이 홍당무처럼 빨개졌어요. 유리관이 깨진 다음에 자신이 원했든 원하지 않았든 키스를 받았다는 것은 하나의 약속과 다름없다고 생각했어요. 그런데 그들이 이 문제를 놓고 서로 정겨운 실랑이를 하고 있는 동안, 바람이 휘몰아치는 듯한 소리와 음악 소리가 들려오는 게 아니겠어요? 아가씨는 깜짝 놀라 악마의 마술사가 오는 중이라고 얘기했어요. 우리의 주인공도 무섭긴 마찬가지였지요. 사실 그 집주인이 이런 일이 있으리라고, 또 이런 경우 어떻게 해야 한다고 아무 말도 해주지 않았거든요. 그는 생각했어요. 잘한 짓인지 못한 짓인지는 모르겠지만 어쨌거나 자기가 마술에서 풀어 준 이 아가씨를 있는 힘 다해 보호하겠다고 말예요. 하지만 그에게는 자기가 늘 가지고 다니는 뾰족한 바늘과 가위를 제외하곤 아무런 무기가 없었어요. 순간 머릿속에 번뜩 멋진 생각이 떠올랐어요. 관이 깨지면서 생긴 긴 유리 조각으로 무기를 만들 수 있었거든요. 그는 가장 길고 예리한 유리 조각을 집어 한쪽 끝을 천으로 말아 손잡이를 만든 다음, 자기가 일할 때 걸치는 가죽 앞치마 속에 살짝 넣고는 악마의 마술사가 오기를 기다렸어요.

드디어 악마의 마술사가 검은 망토를 몸에 칭칭 두른 채 입가엔 잔인한 미소를 지으며 입구에 나타났어요. 양복장이는 몸을 떨면서 그 날카로운 유리 조각을 쳐들었어요. 물론 양복장이는 악마의 마술사가 요술을 부려 그 유리 조각을 물리치거나 아니면 그의 손을 꽁꽁 얼게 만들어 꼼짝 못하게 할지도 모른다는 두려움이 있었지요. 그러나 악마의 마술사는 아무것도 모른 채 앞으로 걸어오더니 예쁜 우리 아가씨를 어떻게 하려는지 손을 쑥 내밀었어요. 그때, 우리의 주인공이 있는 힘을 다해 준비해 둔 유리 조각으로 악마의 마술사 가슴을 찔렀어요. 가슴 깊숙이 유리 조각에 찔린 마술사는 땅바닥으로 푹 고꾸라지고 말았지요. 그리고 어떻게 됐는지 아세요? 그 나쁜 마술사는 양복장이와 아름다운 아가씨가 보는 앞에서 사그르르 찌그러지더니, 글쎄 한 줌의 먼지로 변해 버렸답니다. 그러니까 그 예쁜 아가씨는 눈물을 글썽이며 자신의 목숨을 두 번씩이나 구해 준 양복장이에게 거듭 감사하다고 하면서 꼭 은혜를 갚겠다고 말했어요. 그러고 나서 그녀가 손뼉을 치자 갑자기 모든 것이 공중에 떴어요. 하인들, 성, 유리 플라스크, 먼지 더미, 그리고 그들이 있는 곳은 시원한 바람이 부는 언덕으로 변했지요. 그런데 그곳엔 흰 수염의 그 집주인과 오토라는 개도 있는 것이 아니겠어요?

우리 똑똑한 독자들은 오토가 바로 유리관 속에 갇혔던 예쁜 아가씨의 동생이 변해서 된 개라는 사실을 금방 이해할 수 있을 거예요. 그 아가씨는 개로 변한 동생을 보고 흰 털이 보송보송한 그의 목을 어루만지며 맑은 눈물을 뚝뚝 흘렸어요. 그런데 또 한 가지 신기한 일은 아름다운 누나의 눈물이 동생인 그 커다란 개의 눈에서 흐르는 눈물과 섞이자 마술이 풀린 것이었어요. 동생은 사냥 복장에 금발을 휘날리는 모습으로 다시 돌아와 그녀 앞에 우뚝 서 있었어요. 너무나 기쁜 나머지 그들은 한참 동안 서로 껴안고 있을 뿐이었어요. 그러는 사이 양복장이는 흰 수염의 집주인 도움을 받아 수탉과 암탉의 깃털로 성을 가둬 놓은 유리돔 위를 쓱쓱 쓸었어요. 그러자 곧 바람이 휘몰아치는 듯한 소리와 무언가 무너지는 듯한 소리가 들리면서 유리돔 속의 성이 원래 모습대로 장엄한 층계와 수많은 문이 달린 진짜 성으로 되돌아오는 것이었어요. 이번에는 양복장이와 흰 수염의 집주인이 유리병들의 마개를 따기 시작했어요. 유리병들과 플라스크들, 그리고 액체와 연기가 든 병의 마개를 차례로 따자 여러 남녀 하인들이 나타나고 집사와 정원사, 잔심부름 하녀 등이 제 모습을 드러냈어요. 모두가 자신들이 들어가 있던 병을 보고는 무척 놀라는 표정들이었죠.

그때 그 예쁜 아가씨가 자기 동생에게 말했어요. 우리의 주인공 양복장이가 자신을 마법의 잠에서 구출하고 악마의 마술사를 죽인 사람이며, 그런 인연으로 자신과 결혼할 사람이라고요. 동생 역시 자신에게 친절을 베푼 양복장이에게 감사하다고 인사하고는 앞으로 자기네 성에서 영원히 함께 살자고 했어요. 그렇게 해서 그 세 사람 모두는 행복한 삶을 살았어요. 사냥을 좋아하는 두 오누이는 낮이면 사냥을 하러 숲으로 들어가고, 원래 사냥에 취미가 없던 양복장이는 집에 머물다가 저녁때면 사냥에서 돌아온 오누이와 즐거운 시간을 보냈지요. 아참, 한 가지 빠뜨린 얘기가 있어요. 양복장이가 자신의 기술을 써먹을 데가 없으면 얼마나 심심했겠어요. 그래서 그는 아주 부드러운 비단 옷감과 눈부시도록 빛나는 실을 가져오게 해서는 예쁜 옷들을 많이 만들었대요. 옛날이라면 별수없이 먹고살기 위해서 그런 일을 했겠지만 이제는 재미로 옷을 만드니 정말 행복한 사람이었겠지요?

5

칙칙한 흙더미를 뒤집는 농부는
(주린 배에서 나온 한숨이 그의
머리에서 현기증이 되어 흔들릴 때면)
밭갈이를 두툼한 눈썹과 황금눈을 가진
악령을 추방하는 일로 보리라. 그러나 악령은
갈색의 입을 열어 약속을 주는 존재 — 탐욕의 꿈이 아니라 —
완두콩 단지를 살 수 있는 황금 단지의 약속
그것이 바로 농부가 꿈꾸던 것 아닌가. 그렇게 그녀도 느끼리라
그녀의 치마 밑을 스쳐 지나가는 빗질,
늙은 꼬마신의 까칠한 발로 느끼리라.
부드러운 먼지 사이로 자국을 남기고
요람에서 웃는 듯 경쾌한 목소리의 꼬마신,「사랑해 주세요,
저를 흔들어 주세요, 그러면 그대의 보물을 찾을지니,
두려워 마세요. 그 오래된 신들은 그들의 선물을 지키며
그들의 것을 나누어 줄지니.」

이 작은 악령들에게서 우리는 무엇을 두려워하는가?
— R. H. 애쉬, 『유폐된 여마법사』 중에서

링컨셔의 고원 지방은 작은 놀라움, 그 자체였다. 테니슨이 바로 그 좁고 꼬불꼬불한 골짜기에서 자란 시인이었다. 그래서 그가 그 불멸의 카멜로 보리밭을 그려 냈는지도 모른다.

강 양쪽으로 길게 뻗어
고원에 옷 입히고 하늘과 만나는
보리밭과 귀리밭.

롤런드는 이 시에서 〈만나는〉이라는 단어를 쓴 것이 얼마나 정확하고 놀라운 용어 선택인가를 알게 되었다. 그들은 차를 타고 평원을 건너 꼬불꼬불한 도로를 타고 올라 골짜기를 빠져나왔다. 모두가 깊고 좁은 골짜기들이었으며, 어떤 곳은 나무가 우거지고, 어떤 곳은 풀이 무성하게 자라 있었으며, 또 어떤 곳은 쟁기질되어 밭으로 일구어져 있었다. 하늘을 가로지른 듯 쭉 뻗어 있는 능선은 어느 곳이든 벌거벗은 상태였다. 그리고 꿈꾸는 듯 고요한 나머지 지역은 늪지거나 소택지 혹은 평평한 농경지였다. 이 완만한 구릉들은 마치 지표면을 벗겨 내 한 번 접어 놓은 모양으로 보였지만 사실은 고원의 잘린 부분들이었다. 그리고 마을들은 좁은 골짜기 한쪽 끝에, 흡사 골짜기에 파묻혀 있는 것처럼 보였다. 그들이 탄 초록색 차는 나뭇가지처럼 여기저기 뻗어 있는 능선길을 따라 바삐 내달렸다. 롤런드는 도시인이라서 그런지 주위 색채에 더 눈길이 갔다. 쟁기로 파헤쳐진 검은 흙, 고랑에 드러난 하얀 석회질 가루, 은빛으로 빛나는 하늘, 하얀 구름…… 반면에 모드는 숲 속에 난 승마 도로와 손질하지 않은 채 그대로 방치된 대문들, 그리고 분노로 이를 악문 듯 다 찌그러져 가는 생울타리들에 더 오래 시선을 두었다.

그녀가 먼저 입을 열었다. 「왼쪽으로 내려가면 실 코트예요. 움푹 들어간 골짜기에 있어요.」

비록 균일하진 않지만 카펫처럼 쭉 이어져 있을 나뭇가지 끝들, 힐끗 보이는 낮은 담과 둥글고 작은 탑, 그리고 또 한 바퀴 돌면 보일 망루. 아마 그런 곳이리라.

「땅은 물론 사유지예요. 마을로 곧장 내려가죠. 크리스타벨이 그곳에 묻혀 있어요. 성 에셀드레다 교회 묘지죠. 마을 이름은 크루아상 르 올드라고 해요. 어떻게 보면 이제는 다 폐허가 된 마을이죠. 이 언덕 밑에는 거의 폐허가 된 마을이 여기저기 흩어져 있어요. 단지 시골에서 가끔 볼 수 있는 대저택 한 채와 교회 하나만이 아직 그대로 유지되고 있을 뿐이죠. 요즘에도 크루아상 교회가 사용되고 있는지는 모르겠어요. 크리스타벨은 크루아상이란 마을 이름이 믿음이나 신앙을 뜻하는 불어의 〈크루아양스〉에서 따온 말이라고 생각한 모양인데, 그건 사실 19세기의 잘못된 어원 연구에서 나온 그릇된 추측에 불과해요. 사실은 초승달을 의미하는 〈크루아상〉에서 따온 말이에요. 골짜기에 굴곡을 이루고 있는 부분이 있는데 그곳에 강이 흐르거든요. 그녀는 성 에셀드레다를 좋아했어요. 비록 결혼을 두 번이나 했지만 처녀 여왕으로 알려졌거든요. 에셀드레다는 나중에 엘리의 여수도원장이 되고 대가문을 세웠으며, 거룩한 향내음 속에 묻힌 사람이랍니다······.」

롤런드는 성 에셀드레다에게는 별 관심이 없었다. 이날 아침 롤런드에게 모드는 또다시 마치 먼 후원자라도 되는 듯 행동하는 사람으로 보였다. 그들은 오르막과 내리막이 많은 도로를 따라 내려가서는 골짜기에서 옆길로 빠져 교회가 있는 곳으로 차를 몰았다. 교회는 담이 쳐진 묘지 안에 단단한 사각형의 탑 모양으로 서 있었다. 문 바깥에는 납작한 웨곤이 한 대 주차해 있었다. 모드는 그곳에서 조금 떨어진 곳에 차를 세웠고, 그들은 함께 교회로 걸어 들어갔다. 땅은 젖어 있었다. 대문 근처 너도밤나무에서 떨어진 듯 보이는 검은 잎들이 작은 공동묘지로 통하는 길을 온통 뒤덮고 있었다. 그리고 묘지에는 눈에 띌 정도로 비쭉비쭉 자란 잡초들이 사뭇 황량한 느낌마저 주었다. 육중해 보이는 석조 현관 양옆에는 두 그루의 커다란 주목나무가 짙은 그림자를 드리우며 서 있었다.

머리엔 스카프를 쓰고 트렌치코트에 웰링턴 부츠를 신어 더욱 산뜻하게 보이는 모드는 현관을 지나 굳게 잠긴 철문을 향해 뚜벅뚜벅 걸어갔다. 푸르뎅뎅한 침전물이 섞인 빗물이 홈통을 따라 빗물받이 돌 위로 떨어지고 있었다.

「베일리 가의 묘는 교회 안에 있어요. 하지만 크리스타벨은 비바람 맞는 바깥 구석이 좋다고 해서 그쪽에다 묻었다나 봐요. 저쪽이에요.」

그들은 덤불을 지나 작은 언덕을 올랐다. 그러고는 토끼들이나 지나다닐 법한 묘지 사이의 작은 사잇길로 접어들었다. 그곳에는 덩굴잎의 해란초가 앙칼지게 붙어 있는 어깨 높이의 돌담이 이어져 있었다. 크리스타벨의 묘비는 약간 기울어져 있었다. 대리석은커녕 이 지역에서 출토되는 석회암으로 만들었다는 그녀의 비석은 세월의 풍상 속에 더욱 볼썽사나운 모습이었다. 어느 땐가는 모르겠지만 여하간 얼마 전에 누군가가 묘비의 글자를 깨끗이 닦아 놓은 흔적이 아직도 역력했다.

여기, 역사가인 이시도르 라모트와
그의 사랑하는 아내인
아라벨 라모트의 딸이자
크루아상 르 올드에 있는
실 코트의 조지 베일리 경의 부인
소피 베일리의 유일한 자매
크리스타벨 라모트가
누워 있습니다

1825년 1월 3일 출생하여
1890년 5월 8일 영면하다

고단한 삶의 여정이 끝났으니
저를 조용히 잠들게 해주십시오
언덕 너머로
바람이 넘실대고 구름이 흐르는 이곳에
수많은 풀잎들이
천상의 자비로운 뜻에 따라
이슬과 빗방울을 머금고
또다시 녹아내리는 눈을
살포시 감싸 안은 이곳에.

 이제는 많이 깨지고 허물어진 나지막한 돌섬에 둘러싸인 이 묘지에 누군가가 찾아와 벌초를 하고 간 것이 틀림없었다. 풀로 뒤덮인 흙둔덕 위에는 커다란 꽃다발이 놓였던 흔적도 있었다. 말라 버린 국화와 카네이션 꽃송이들, 그리고 변색된 장미의 앙상한 잎사귀들 — 누군가가 남겨 놓은 이 추모의 파편들을 빗물과 흙으로 더럽혀진 초록의 새틴 리본이 꼭꼭 붙들고 있었다. 그 리본에 카드가 한 장 붙어 있었고, 카드에는 타자로 친 글자들이 희미한 모습으로 남아 있었다.

> 그대를 진정 영광스럽게 생각하고
> 그대에 대한 기억을 새롭게 하고
> 그대의 일을 계속하려는
> 탈라하세의 여인들이
> 크리스타벨에게
> 「내가 모양 지은 돌들이 영원하리.」
> 　　　　　　　　　　『멜루지나 XII』, 325

「레오노라가 여기에 왔었어요.」 모드가 말문을 열었다. 「여름에요. 조지 경이 산탄총으로 그녀를 위협했을 때죠.」

「그럼, 그녀가 벌초를 한 모양이군요.」 롤런드는 묘지의 습함과 음산함에 오싹한 기분이 들었다.

「레오노라는 분명히 묘지가 이런 지경인 것에 대해 대단한 충격을 받았을 거예요. 아마 처음에는 낭만적인 분위기가 아닐까 생각했을 테지요. 제가 보기엔 이런 상태도 괜찮은 것 같아요. 서서히 자연과 망각의 영역으로 복귀하는 이치라고 할까…….」

「저 시는 크리스타벨이 쓴 겁니까?」

「예. 그저 조용한 삶의 결과이지 무슨 동기가 있어서 쓴 것은 아닐 거예요. 비문에 그녀 아버지의 직업은 적혀 있는데 그녀에 관해서는 한마디도 없죠?」

롤런드는 인간이 자기 자신에 대해 가하는 억압이 어떤 것인지 다소 섬뜩함을 느끼지 않을 수 없었다. 그는 차분한 목소리로 다시 말을 이었다.

「저 시, 잊을 수 없을 것 같군요. 기분이 좀 묘한데요.」

「마치 풀잎이 크리스타벨의 영혼을 빨아먹는 듯한.」

「예, 맞아요. 저도 그런 생각을 했어요.」

그들은 주위의 풀들을 바라보았다. 시들어 버린 덤불 속에 물기 촉촉한 채 누워 있는 풀들이었다.

잠시 후 모드가 말했다. 「자, 이제 언덕으로 한번 올라가 보죠. 멀긴 하지만 실 코트가 다 내려다보여요. 크리스타벨도 이 길로 자주 왔다갔다했을걸요. 아주 열심히 교회를 다녔으니까요.」

교회 뒤에는 밭이 비스듬한 지평선을 형성하며 하늘과 만나고 있었다. 그리고 언덕 꼭대기에서는 잿빛 하늘을 배경으로 사람의 형체가 희미하게 비치고 있었다. 롤런드는 처음에 그 모습이 마치 헨리 무어[1]가 조각한 왕관을 쓴 채 옥좌에 앉아 있는 군주의 모습이 아닌가 생각했다. 그런데 그 사람이 머리를 숙여서는 땅바닥을 향해 애써 팔을 내젓고 있는 것이 아닌가. 다시 한 번 찬찬히 살펴본 롤런드는 그 모습이 바로 휠체어에 탄 사람의 모습이고, 뭔가 곤란한 상태에 빠져 있음을 알 수 있었다.

「저기 좀 보세요!」 그가 모드에게 말했다.

모드는 그가 가리키는 대로 위쪽을 쳐다보았다.

「뭐가 잘못된 모양이에요.」

「누군가가 분명히 같이 있을 텐데……. 그렇지 않으면 어떻게 저기까지 올라갔을까요?」 모드가 말했다.

「그렇군요.」 롤런드는 이렇게 대답하고서 진흙이 묻어 무거운 신발을 끌고 언덕을 오르기 시작했다. 그의 머리카락이 바람에 날렸다. 그는 건강한 편이었다. 일산화탄소와 납으로

---

1 Henry Moore(1898~1986). 원시 아프리카와 멕시코 예술에 심취한 영국의 조각가. 풍경과 자연의 암석에서 찾을 수 있는 유기적인 형태의 스타일로 유명하다.

오염되어 있다는 런던 거리의 공기 속에서나마 그래도 자전거를 열심히 타고 다닌 덕택이었다.
 휠체어를 타고 있던 사람은 여자였다. 그녀는 얼굴을 가릴 정도로 챙이 넓은 초록색 펠트 모자를 눌러쓰고 있었고, 짧은 망토에 목에는 페이즐리 실크 스카프를 두른 모습이었다. 휠체어는 언덕을 따라 나 있는 길에서 벗어나 가파른 돌길로 접어드는 비탈진 가장자리에 비스듬히 걸쳐 있었다. 그녀는 가죽 장갑을 낀 손으로 휠체어의 커다란 바퀴를 돌리려고 땀을 뻘뻘 흘리고 있던 참이었다. 부드러운 가죽 구두를 신은 그녀의 발은 휠체어의 발판에 가지런히 놓여 있었다. 롤런드는 휠체어 바퀴 뒤쪽 진흙 더미에 커다란 돌멩이가 하나 박혀 있어 휠체어를 오도 가도 못하게 하고 있는 것을 보았다.
 「도와드릴까요?」
 「오오.」 긴 한숨과도 같은 대답이었다. 「아, 예. 고마워요. 무언가에 걸려서 꼼짝도 못하게 돼버렸다오.」 늙고 주저하는 목소리였지만 그래도 귀족적인 어투였다. 「이러지도 저러지도…… 그러니 어떻게 할 수가 없군요. 수고스럽지만……」
 「바퀴가 돌멩이에 걸렸어요. 잠깐만 기다리세요. 자, 꼭 잡으세요.」
 그는 진흙길에 무릎을 꿇지 않을 수 없었다. 바지에 진흙이 묻어 엉망이 됐지만 별도리가 없었다. 그는 휠체어를 꼭 잡고 앞으로 당겨 보았다.
 「휠체어가 똑바로 됐습니까? 잘못했다간 뒤집힐 뻔했어요.」
 「괜찮아요. 내가 브레이크를 밟고 있으니.」
 어떻게 위치가 제대로 된 건지 롤런드는 순간 걱정이 되지 않을 수 없었다. 조금만 잘못 움직여도 그녀가 고꾸라질 판이었다. 그는 진흙 속에 손을 넣어 마구 흙을 긁어 내기 시작했다. 별 쓸모 있어 보이지는 않지만 주위에 있던 나뭇가지 하나를 주워 그것으로도 흙을 파냈다. 그러고는 원시적인 방법이나마 다른 돌멩이를 지렛대로 사용하고, 두 손으로 방해가 됐던 돌멩이를 잡아 빼버렸다. 순간 그가 뒤로 엉덩방아를 찧으면서 바지 엉덩이 부분이 진흙 속에서 엉망진창이 되고 말았다.

「휴우, 이제 됐습니다. 이 뽑듯이 뽑아 버렸어요.」

「정말 고맙수.」

「큰일 나실 뻔했어요. 옆으로 미끄러지면서 저 돌에 걸리신 모양이죠?」 순간 롤런드는 그녀가 떨고 있는 것을 보았다. 「아, 잠깐만요. 제가 길 쪽으로 휠체어를 밀어 드리죠. 손이 온통 진흙투성이라······.」

롤런드는 그녀의 등 쪽으로 몸을 기울여 휠체어를 다시 원래의 길로 들어서게 하는 동안 힘이 드는지 숨을 몰아쉬었다. 휠체어의 바퀴가 구르면서 진흙 더미가 떨어졌다. 그녀는 얼굴을 들어 롤런드를 쳐다보았다. 갈색의 반점과 턱밑의 주름이 눈에 띄었지만 그래도 둥근 얼굴에 달처럼 하얀 살갗이었다. 옅은 갈색의 큰 두 눈에는 눈물인지 뭔지 알 수 없는 물기가 고여 있었다. 그리고 모자 양쪽으로 곱게 빗어 내린 머리 사이로 비치는 목덜미에는 커다란 땀방울들이 송송 매달려 있었다.

「고맙수. 내가 왜 그런 바보 같은 짓을 했는지. 넘어졌더라도 싸지. 남편이 봤더라면 멍청이라고 했을 거유. 고른 땅에 그대로 있어야 하는 건데. 난 다른 사람에게 신세 지는 것이 싫은데 그만······.」

「물론 그러시겠죠. 그리고 또 그러실 수도 있죠, 뭐. 다만 누가 곁에 있어야죠.」

「그래, 마침 젊은이가 왔기에 망정이지. 산책하시는 중이었수?」

「아닙니다. 어딜 찾아가는 중입니다. 그리고 동행도 있고요. 공기가 참 좋아요. 먼 곳도 다 보이고.」

「그래서 내가 이리 나온 거라우. 그놈의 개가 나랑 같이 있어야 하는 건데 늘 다른 데로 달아나고 만다우. 그리고 우리 남편은 숲 속을 이리저리 뒤지고나 다니고 말이오. 그래, 어디로 가는 참이었소?」

「저는 모르고, 같이 온 친구가 알아요. 제가 좀 밀어 드릴까요?」

「몸이 좀 안 좋은 것 같기도 하고, 손도 떨리고……. 그래 주시겠수? 저 언덕 밑, 이 길이 끝나는 곳에 내 남편이 있을 텐데.」

「그럼, 그렇게 하죠, 뭐.」

그때 모드가 올라왔다. 트렌치코트에 웰링톤 부츠를 신은 그녀의 모습이 산뜻해 보였다.

롤런드가 모드에게 말했다. 「휠체어를 좀 끌어 주었어요. 돌에 걸려 움직이질 않더라고요. 이제 막 언덕 아래로 같이 내려가려던 참이죠. 내려가면 남편 되시는 분이 계시다고 하길래, 좀 놀라신 모양입니다.」

「예, 그랬군요.」

롤런드가 뒤에서 휠체어를 밀며 세 사람이 함께 언덕 아래로 내려갔다. 언덕을 내려서자 나무들이 빽빽이 들어선 숲이 나타났다. 나무들 사이로 롤런드는 또다시, 좀더 여유있게, 흐린 날씨 속에 하얗게 드러난 성의 작은 탑과 흉벽을 볼 수 있었다.

「저기가 실 코트인 모양이죠?」 그가 모드에게 물었다.

「예, 맞아요.」

「낭만적인데요.」 그가 다시 말을 덧붙였다.

「음침한 곳이라우.」 휠체어의 부인이 끼어들었다.

「저 성을 짓기 위해 돈도 많이 들었을 거예요.」 모드의 말이었다.

「유지하는 데도 많이 든다우.」 다시 휠체어의 부인이 말을 붙였다. 가죽 장갑을 낀 그녀의 손이 무릎 위에서 춤을 추듯 움직였지만 목소리만은 착 가라앉아 있었다.

「그럴 것 같아요.」 롤런드가 맞장구를 쳤다.

「옛 저택에 관심이 있는 모양이죠?」

「아뇨, 꼭 그런 것은 아닙니다. 그냥 보고 싶어서요.」

「왜요?」

모드가 부츠를 신은 발로 롤런드의 복숭아뼈를 슬쩍 걷어 찼다. 롤런드가 하마터면 소리를 지를 뻔했다. 그때, 숲 속에서 더러운 라브라도 개 한 마리가 나타났다.

「어유, 저놈의 머치, 거기 있었구먼. 몸집만 컸지 아무 쓸모도 없는 놈 같으니. 정말이야. 그래, 네 주인은 어디 있냐? 또 오소리나 쫓고 있는 것 아니냐?」

개가 노란 털이 복슬복슬한 배를 진창에 비벼 대는 꼴이 뭔가 위엄을 떠는 것 같았다.

「성함들이 어떻게 되지요?」 휠체어를 탄 부인의 물음에 모드가 얼른 대답했다.

「이 사람은 미첼 박사예요. 런던 대학에서 왔고요. 저는 링컨 대학 선생이에요. 베일리라고 해요, 모드 베일리.」

「내 성도 베일리지. 조안 베일리. 실 코트에 산다우. 우리, 친척 아닌가 모르겠수.」

「노포크 가문이에요. 아마 먼 친척뻘이 되겠죠. 그리 가깝진 않을 거예요. 두 집안이 서로……」

모드의 목소리에는 뭔가 숨기고 있는 듯 다소 냉랭한 기운이 서려 있었다.

「재미있구려. 아, 저기 조지가 오는군요. 조지…… 큰일 날

뻔했는데 여기 이 기사가 와서 구해 줬다우. 독수리 언덕 꼭대기에서 바퀴가 돌에 걸려 옴짝달싹 못했어요. 금방 굴러떨어질 것 같더라고요. 끔찍했죠. 그때 여기 미첼 씨가 오셔서, 그리고 이 여자분도 오시고. 성이 베일리래요.」

「내가 길에서 벗어나지 말라고 했지 않소.」

조지 경은 키가 조그마하고 좀 성깔있게 생긴 사람이었다. 그는 정강이받이가 달린 반드르르한 가죽 부츠를 신고 주머니가 많이 달린 고동색 사냥 조끼에 납작한 고동색 트위드 캡을 쓴 모습이었다. 목소리도 쩌렁쩌렁했다. 롤런드는 기품 있게 화를 내는 그의 모습을 보고 만화 속 주인공 같다고 여겼다. 롤런드나 발의 세계에서 그런 사람은 땅에 발을 디디고 사는 사람이긴 하지만 전혀 현실감없는 존재였던 것이다. 모드도 역시 그를 하나의 전형으로 생각하였다. 그녀에게 있어 조지 경은 호젓한 시골에서 주말을 사냥과 탐험과 스포츠에 관한 대화 등으로 보낼 수밖에 없는 권태롭고 제한된 세계를 대표하는 사람이었다. 사람들이 거리를 두고 회피하는 존재와 다를 바 없었다. 그는 사냥총을 들고 있지는 않았다. 어깨가 물기로 축축이 젖어 있었으며, 부츠 사이의 양말에도 아직 물방울이 반짝이고 있었다. 그는 아내가 염려스러웠던 모양이었다.

「아니, 뭘 어떻게 하려고 그랬단 말이오? 내가 언덕 위까지 데려다 주었으면 됐지, 뭐가 부족해서 그랬단 말이오. 아니, 그만둡시다. 그래, 다친 데는 없소?」

「조금 어지러울 뿐이에요. 미첼 씨가 마침 와줘서……」

「운이 좋은 것이지, 그게 어디……」 조지 경은 롤런드에게 다가가 손을 내밀었다. 「고맙소이다. 베일리라고 하오. 저 멍청한 개가 조안하고 같이 있어야 하는 건데 그러질 않았던 모양이오. 가시금작화숲을 여기저기 돌아다녔을 거요. 내가 같이 있어야 하는 건데, 그렇지 않소?」

롤런드는 앞으로 내민 그의 손을 잡아 악수를 하고는 뒤로 주춤 물러섰다.

「당연히 그랬어야 하는 건데, 워낙 내가 내 것밖에 모르는 사람이라……. 하지만 조안, 오소리가 있어서 말야. 가만히 있다가는 그 야생 동물을 보호한다는 놈들이 와서 괜히 법석대며 불쌍한 동물들에게 겁이나 주지 않을까 해서 그랬지. 여보, 이젠 그 오래된 일본산 향나무도 괜찮아졌소. 보면 기분 좋을 거요. 완전히 회복되었지.」

그가 이번에는 모드에게 다가갔다.

「안녕하시오. 베일리라고 하오.」

「이분도 알고 있어요.」 그의 부인이 말했다. 「성도 똑같아요. 노포크 가라고 하더군요.」

「아, 그렇소? 그쪽 사람들 이곳에 자주 오진 않는데. 오소리보다도 덜 눈에 띄는 사람들이지. 그래, 어떻게 여기까지 오셨소?」

「전 링컨 대학에서 일하고 있어요.」

「아, 그렇소?」 그러나 그는 어디서 일하는지 구체적으로 물어보지는 않았다. 그것보다는 아내가 더 신경이 쓰이는지 자기 아내를 빤히 쳐다보았다.

「당신, 어딘가 안 좋아 보여, 조안. 안색도 나쁘고 말야. 어서 집으로 갑시다.」

「전 두 분이 괜찮으시다면 미첼 씨와 베일리 양이 우리 집에 같이 가서 차나 한잔 하고 가시라고 하고 싶어요. 더구나 미첼 씨는 좀 씻어야 되지 않겠어요? 또 실 코트에도 관심이 있으신 모양인데…….」

「실 코트에 뭐 볼 것이 있다고.」 조지 경이 얼른 말을 막았다. 「아시는지 모르겠지만 실 코트는 사람들에게 공개하는 장소가 아닙니다. 이젠 정말 손볼 데도 많고. 어떻게 보면 내 잘못이기도 하지. 하지만 돈이 없어서 그런 거요. 몰락의 길로 접어든 곳이오.」

「이분들 그런 건 신경 안 쓸 거예요. 젊은 사람들이잖아요.」 베일리 부인은 꼭 데려가야겠다는 마음이 섰는지 그 커다란 얼굴에 굳은 표정을 지어 보였다. 「저는 초대하고 싶어요. 그게 예의잖아요.」

모드의 얼굴이 환해졌다. 롤런드도 일이 어떻게 돼가고 있는지 알 수가 있었다. 모드는 구태여 실 코트에 들어가고 싶은 마음은 없다고 빼기듯이 말하고 싶었다. 물론 그녀는 그곳에 가고 싶었다. 크리스타벨 때문에도 그렇고, 또 레오노라 스턴이 들어가지 못한 곳이기에 더욱 그러했다. 그녀가 그곳에 들어가고 싶어하는 이유를 분명히 미리 말하지 않은 것을, 롤런드가 조금은 꺼림칙해 하는 듯했다.

롤런드가 말했다. 「가서 좀 씻을 수만 있다면 정말 고맙겠습니다. 폐를 끼치는 게 아니면 말입니다.」

***

듬성듬성 잔디가 나 있는 자갈길을 따라 대저택의 뒤로 돌아 들어간 그들은 차고 마당에 차를 세웠다. 롤런드는 조지 경을 도와 휠체어를 내리고 베일리 부인을 차에서 내려 주었다. 낮이 짧아서인지 벌써 어두워지고 있었다. 돌출 현관 아래 뒷문이 육중한 소리를 내며 열렸다. 현관 위에는 잎사귀 하나 없는 장미 덩굴이 길게 뻗어 있었다. 그리고 그 위에는 고딕풍으로 조각된 창틀에 불 꺼진 창문들이 일렬로 늘어서 있었다. 모두가 어둡고 을씨년스러웠다. 문으로 올라서는 길은 휠체어가 들어갈 수 있도록 계단이 없었다. 그들은 어둡고 길게 이어진 석조 회랑을 따라 계속 나아갔다. 식기와 식료품을 넣어 두는 작은 방들을 지나고 위로 통하는 층계 밑을 지나 그들이 들어선 곳은 옛날 하인들이 쓰던 홀이었다. 물론 지금은 전체 겉모양도 그렇고 부분적으로도 현대식으로 개조한 거실 비슷한 곳이었다.

조금 어두워 보이는 방 한쪽 구석엔 안이 훤히 들여다보이는 벽난로가 하나 있었다. 벽난로 안에는 하얀 재 속에 아직 불이 붙어 있는 통나무 몇 개가 있었다. 그리고 벽난로 양쪽으로는 육중해 보이긴 하지만 부드러운 곡선의 팔걸이 의자가 하나씩 놓여 있었다. 방석이 하나씩 놓인 그 의자들은 마치 〈세기말〉의 아름다운 메꽃으로 장식된 것처럼 진한 자주색 꽃무늬가 그려진 어두운 초콜릿색의 벨벳으로 덮여 있었다. 방바닥은 붉은색과 흰색의 큼직한 비닐 타일로 덮여 있었는데, 얼마나 잘 닦아 놓았는지 그 밑의 판석 모양이 그대로 다 드러날 정도였다. 창문 아래에는 다리가 두툼하고 한쪽에 희미한 체크 무늬 방수천이 깔린 묵직한 테이블이 하나 놓여 있었다. 그리고 부엌과 가사실로 통하는 방의 반대편 끝에는 조그마한 두 줄 전기난로가 설치되어 있었으며, 조금 낡은 듯한 의자 몇 개와 무성히 자란 화초들이 심어진 반들거리는 화분들이 있었다. 모드가 조금 어둡다고 생각한 바로 그 순간 조지 경이 불을 켰다. 벽난로 근처 테이블 위에 놓인 중국 노자기로 만든 포근한 느낌의 램프였다. 하얀 도료로 칠해진 환한 벽에는 유화와 수채화, 혹은 엷은 색조의 사진, 말과 개와 오소리의 그림들이 걸려 있었다. 그리고 벽난로 옆에 거친 해군 담요를 깔아 놓은 커다란 바구니가 하나 눈에 띄었는데 머치의 잠자리임에 분명했다. 커다란 방에 비해서 가구가 거의 없는 편이었다. 조지 경은 커튼을 걷더니 롤런드와 모드에게 난로 옆의 벨벳 의자에 앉으라고 손짓을 하였다. 그런 다음 그는 부인의 휠체어를 밀고 같이 나갔다. 롤런드도 이제는 도와주겠다는 제의가 입 밖으로 나오지 않았다. 사실 그는 이 집의 집사나 웃음 가득한 남자 하인 정도, 아니면 적어도 하녀쯤은 나와서 그들을 반갑게 맞이하며 하얀 실크 카펫이 깔린 밝은 방으로 안내해 주지 않을까 생각했었다. 한편, 난방이 잘 안 되는 방이나 낡은 것에 어느 정도 익숙한 편인 모드는 아직도 조명이 그리 밝지 않은 데 대해 불편해 하는 듯 보였다. 그녀는 손짓으로 머치를 불렀고, 개는 다가가서 그녀와 이지러지는 난롯불 사이에서 떨면서 지저분한 몸뚱어리를 그녀의 다리에 비벼 댔다.

조지 경이 다시 방으로 들어오더니 새 장작으로 난로의 불을 피웠다. 장작 타는 소리가 노랫소리처럼 고요한 방 안을 메웠다.

「조안은 차를 끓이고 있소이다. 불편하지나 않을지 모르겠소. 우린 일층만 쓰고 있소. 조안을 위해서 특별히 부엌을 만들어 주었다오. 가능하면 편하게 해주어야 되겠기에. 문도 그렇고 층계도 그렇고. 할 수 있는 만큼 했는데, 모르겠소이다. 원래 이 집은 하인들이 운영해야 하는 건데…… 우리 두 늙은이가 흉내 내서 하곤 있지만 잘되고 있는 건지……. 숲은 내가 관리하고 조안은 정원을 가꾼다오. 아참, 그리고 빅토리아 식의 연못 정원도 하나 있지요. 조안이 특별히 좋아하는 곳이라오.」

「책에서 읽은 적이 있어요.」 모드가 조심스럽게 입을 열었다.

「아, 그래요? 집안일에 관심이 많으신 모양이죠?」

「조금은요. 우리 가문에 대해서 특히 관심이 있어요.」

「토미 베일리하고는 어떻게 되는지? 저기 저 큰 말이 바로 그의 말이었소. 한스 앤더슨이란 말이오. 개성이 있는데다

기력도 센 말이었소.」

「그분은 제 증조부세요. 어렸을 때 말을 타고 놀았는데 그 말이 한스 앤더슨의 자손일 거예요. 그리 썩 좋은 말은 아니었죠. 머리가 돼지처럼 못생긴데다 고양이처럼 아무데나 뛰어넘으려 했으니까요. 좋아하는 것도 없었고, 또 저를 잘 태우려 하지도 않았어요. 이름은 코펜하겐이었죠.」

그들은 말에 관해서 얘기했고, 또 가끔은 노포크의 베일리가에 대해서도 이야기를 주고받았다. 롤런드는 모드가 주절주절 말도 잘한다는 사실을 알았으며, 또 어떻게 보면 여성학 연구소에 전혀 어울릴 법하지 않은 여자라는 생각을 하게 되었다. 그때 부엌에서 벨이 울렸다.

「차가 다 준비된 모양이오. 내가 가서 가져오겠소. 물론 조안도 같이 올 거요.」

차는 스포드 회사에서 만든 아주 진기한 찻잔에 담겨 나왔다. 그리고 또 하나 특이한 것은 휠체어의 팔걸이에 낄 수 있게끔 고안된 커다란 멜라민 접시였고, 그 접시 위에는 하얀 설탕 단지와 젠틀맨즈 렐리쉬나 꿀을 바른 듯이 보이는 갓 구운 따뜻한 토스트가 조그만 접시에 올려져 있었다. 베일리 부인이 차를 따랐다. 조지 경은 모드에게 죽은 사촌들에 관해, 더 오래전에 죽은 말들에 관해, 그리고 노포크 영지에 있는 나무들의 상태에 관해 상세히 물어보았다. 조안 베일리가 롤런느에게 말을 붙였다.

「조지의 고조부님께서 여기 숲의 나무들을 심었다우. 목재로 쓰시겠다는 이유도 있었겠지만 사실은 나무를 무척 좋아하는 양반이었던 모양이우. 능력이 닿는 한 모든 걸 키워 보겠다는 의욕이 있으셨던 게지. 진기한 나무일수록 더욱 열심이셨다고 하더군요. 그래서 조지가 지금 그 나무들을 보존하는 거요. 죽지 않게 해야지, 안 그러우? 빨리 자라는 침엽수는 아니고, 갖가지 나무들이 섞여 있다우. 몇몇 보기 드문 나무들은 굉장히 오래된 것들이라우. 요즘은 숲이 많이 사라졌어요. 생울타리도 마찬가지고. 농토를 확보한다고 숲을 점점 훼손하고 있는 거라우. 조지가 이리 뛰고 저리 뛰고 하면서 나무들을 보호하곤 있지만…… 마치 옛날 악귀처럼 말이오. 그래도 누군가가 그런 역사 의식은 있어야 하는 것 아니우?」

조지 경이 끼어들었다. 「18세기까지만 하더라도 이 지역의 주요 산업이 토끼 사육이었다는 사실을 아시오? 땅이 모래땅이고 척박해서 다른 것에는 맞지 않아 온통 가시금작화뿐이었다오. 이 땅에서 키운 토끼들은 가죽이 정말 아름다운 은빛이라 런던이나 북부 지방에서 모자를 만드는 데 쓰였지. 겨울에는 집에서 키우지만 여름에는 먹이를 찾아다니도록 방목을 하니까 이웃의 불평도 있었던 모양이지만, 아무튼 토끼들은 계속 늘어 가기만 했소. 어떤 곳에서는 양으로 바꿔 키우기도 했다고 하더군. 하지만 이제는 다른 많은 것들과 함께 다 사라져 버렸소이다. 사람들이 양을 키우거나 옥수수를 심는 편이 더 싸게 먹힌다는 사실을 알게 된 거지. 그러니 토끼들이 다 없어질 수밖에. 이제는 나무들도 같은 운명에 처하게 되지나 않았는지 모르겠소.」

롤런드는 토끼에 관해서 별달리 할 말이 없었다. 그러나 모드는 소택 저지대의 토끼 사육에 관하여 통계까지 들먹이며 얘기를 거들었고, 더 나아가 노포크 베일리 영지의 토끼 사육장에 관해 장황한 설명을 곁들이기도 했다. 조지 경은 차를 더 따랐고, 베일리 부인이 롤런드에게 물었다.

「그래, 미첼 씨는 런던에서 뭘 하시우?」

「예, 대학에서 연구하는 학생입니다. 가르치기도 하고요. 현재는 랜돌프 헨리 애쉬에 관한 책을 쓰고 있는 중입니다.」

「그 사람, 좋은 시를 많이 쓴 시인 아니오. 학교 다닐 때 배웠소.」 조지 경이 다시 입을 열었다.「내가 무슨 시에 대해 취미가 있었던 것은 아닌데, 아무튼 그 시인은 좋아했소이다. 〈사냥꾼〉이라는 시를 아시오? 덫을 놓고, 돌을 갈고, 개와 애기하며 바람 속에서 날씨 냄새를 맡는 석기 시대 사람에 관한 시잖소. 그 시를 읽으면 정말 〈위험〉이 뭔지 현실감있는 이해를 얻게 되는 것 같소. 하지만 다른 사람이 쓴 시를 연구하면서 평생을 보낸다, 좀 우스운 얘기 아니오? 이 집에도 한때는 시인이라고 하는 사람이 한 사람 있었소. 당신은 그녀를 잘 모를 거요. 신과 죽음과 이슬과 요정에 관해 아주 감상적인 시를 썼다오. 어떻게 보면 구역질나는 작품들이기도 하고······.」

「크리스타벨 라모트.」 모드가 말했다.

「맞소. 매사에 조심스러웠던 사람이었소. 최근에는 그 사람 작품이 뭐 없나 하고 물으러 오는 사람들이 많이 있었소. 그래서 내가 혼쭐을 내서 돌려보내곤 한다오. 조안과 나는 우리 것은 우리가 보존해야 한다고 생각하는 사람들이오. 지난 여름에는 어떤 한 미국인이 불쑥 나타나서는 정말 지긋지긋하게 캐묻고, 또 〈그 여인의 유물들을 보존하고 있으니 정말 대단하신 분들입니다〉 하고 온갖 아양을 다 떨었다오. 더덕더덕 화장을 한 모습에다 치렁치렁 장신구를 달고 다니는 꼴이 가관도 아니었소. 내가 정중하게 돌아가 달라고 해도 영 말을 듣지 않았소. 할 수 없이 총을 겨누어 쫓아 버렸다오. 그 여자, 크리스타벨을 기억하며 조안의 겨울 정원에 앉아 보고 싶다고 했었소. 되지도 않는 소릴 한 게지. 당신이 연구한다는 그 랜돌프 헨리 애쉬 같은 진정한 시인이라면 사정은 달랐을 거요. 집안에 그런 사람이 있다는 게 얼마나 좋은 일이겠소. 어떻게 보면 테니슨 경도 너무 감상적인 노인네였소. 비록 링컨셔 방언에 관해 괜찮은 작품 몇 편을 쓰기는 했지만 말이오. 하지만 마벨 피코크에 비하면 어림도 없소. 그녀에게는 링컨셔 방언을 들을 수 있는 예민한 귀가 있었소. 고슴도치 이야기를 그린 뛰어난 언어. 그게 진짜 역사요. 그런데 지금은 그런 언어들이 점점 사라지고 있고 배우는 사람들도 거의 없는 셈이오. 사람들이 온통 〈달라스〉나 〈다이내스티〉, 아니면 비틀즈의 노래에만 빠져 있으니······.」

「조지, 미첼 씨와 베일리 양이 당신을 구식의 촌뜨기 노인네로 생각하겠수. 그래도 이분들은 훌륭한 시를 좋아하는 그런 분별은 있으시단 말예요.」

「그래도 크리스타벨 라모트는 좋아하지 않을 거요.」

「아, 아녜요. 좋아해요.」 모드가 얼른 말을 받았다. 「제가 읽은 실 코트의 겨울 정원에 관한 글도 크리스타벨이 쓴 거예요. 그녀가 쓴 편지에 있었어요. 여러 가지 상록수들, 빨간 베리와 말채나무, 그늘진 벤치와 작은 연못의 은빛 물고기들······. 그리고 얼음 밑의 움직이지 않는 물고기들······.」

「그 고기들을 잡는 늙은 수고양이가 한 마리 있었다오.」

「고기들을 다시 사들였지······.」

「그 겨울 정원을 한번 보고 싶어요. 실은 제가 크리스타벨 라모트에 관해서 책을 한 권 쓰고 있는 중이거든요.」

「그래요? 전기? 재미있겠군요.」 베일리 부인의 말이었다.

「전기를 쓸 만큼 뭐가 있나?」 조지 경이 말을 틀었다. 「그녀는 뭐 한 게 아무것도 없소이다. 그냥 이곳의 동쪽 어딘가 있으면서 요정들에 관한 시나 쓴 데 지나지 않소. 그건 진정한 삶이 아니오.」

「사실은요, 제가 쓰고 있는 게 전기는 아녜요. 비평서예요. 그렇지만 그녀의 삶에도 관심이 많아요. 그녀 묘지에도 가보고 왔어요.」

마지막 말은 하지 말았어야 했다. 조지 경의 얼굴이 어두워지면서 연한 갈색 눈썹이 통통한 코 위로 내리깔렸다.

「여기 왔었다는, 거론조차 하기 싫은 그 여자 말이오. 건방지게 나를 위협하려고 했소. 나에게 강의를 했단 말이오. 묘지의 상태가 어떻구 하면서, 자기는 충격을 받았다고 합디다. 기념비라도 세워야 할 곳이라며……. 그래서 내가 말했소. 당신네 것이 아니니까 걱정 말라고 말이오. 소유자는 원하지도 않는데 괜히 와서 집적대지 말라고 했소이다. 그 여자가 원예용 가위를 빌려 달라고 하길래 내가 가서 총을 가지고 나온 거요. 그랬더니 그 여자, 링컨에서 가위를 사가지고 그다음 날 다시 와서는 무릎을 꿇고 앉아 잡초들을 깨끗이 다 깎았다오. 그리고 교구 목사도 그 여자를 봤다고 했소. 한 달에 한 번씩 오셔서 교회에서 저녁 기도를 올려 주고 가시는 분인데, 그 여자가 교회 뒷자리에 앉아서 설교도 들었다는 거요. 큼직한 꽃바구니도 사가지고 오고 말이오. 괜히 허세 부리는 거지 뭐겠소?」

「저희도 봤습니다……」

「조지, 왜 아무 죄도 없는 베일리 양에게 소릴 지르고 그래요?」 그의 부인이 말했다. 「이분이 무슨 책임이 있다고. 또 베일리 양이 크리스타벨에게 관심을 가져선 안 된다는 법이 어디 있어요? 이 두 분에게 크리스타벨의 방을 보여 드리는 게 어떻겠수? 미첼 씨, 잘 모르겠지만 그 방은 여러 세대 동안 굳게 잠겨 있다우. 그 방이 어떤 상태로 있는지 나는 잘 모르지만 그녀 물건이 아식 그대로 있을 거라는 생각이 든다우. 두 번씩이나 세계대전을 치르면서부터는 집안사람들이 이곳을 차지하는 면적도 점점 줄어들게 되었지. 식구들도 자꾸 줄어드니까 말이우. 동쪽 구석에 있는 크리스타벨의 방은 1918년 이후로 내내 잠겨 있는 상태라우. 물론 가끔씩 지저분한 물건을 쌓아 두는 곳으로 이용하기는 했지만 말이우. 그리고 우리는, 내가 움직이는 게 불편하니까 아래층만 사용하지. 전반적으로 손 좀 봐야 할 거유. 지붕은 튼튼하고 바닥을 봐줄 목수도 있긴 한데……. 아무튼 내가 이 집에 1929년에 시집온 이후로는 아무도 그 방을 건드리지 않았다우. 적어도 내가 아는 한 그렇지. 여기 중앙 부분만 우리가 사용하고 있으니까. 물론 그쪽에 못 들어가는 것은 아니지만 사용하질 않으니까 말이우.」

「어두워서 잘 보이지 않을 거요.」 조지 경이 입을 열었다. 「그쪽엔 전기도 없으니 손전등 같은 것이 있어야 해요. 불은 여기 일층 복도에만 들어오니까 말이오.」

롤런드는 목덜미 아래를 가시로 콕 찔린 듯한 느낌을 받았다. 조각 무늬 창문을 통해 그는 상록수의 젖은 가지들에 어둠이 점점 더 쌓이는 것을 보았다. 그리고 자갈이 깔린 도로에는 희미한 전등불만이 쓸쓸히 비치고 있을 뿐이었다.

「한번 볼 수만 있다면 영광이겠습니다.」

「어떻게 감사해야 할지…….」

「아, 뭐 못 볼 건 없소이다.」 조지 경이 말을 받았다. 「집안 일인데……. 자, 나를 따라오시오.」

그는 폭풍 대비용으로 간수하고 있던 손전등을 찾아오더니 부인을 향해 말했다. 「여보, 혹 귀중한 것이 있으면 찾아올 테니 조금만 기다려.」

그들은 전깃불이 희미하게 비치는 타일이 깔린 복도를 따라 걸어갔다. 그런 다음에는 먼지가 수북한 카펫을 밟으며 셔터가 내려진 어두운 곳을 지나 돌계단을 오르고, 검은 먼지가 잔뜩 쌓인 회전 나무 계단을 따라 위로 더 올라갔다. 그동안 모드와 롤런드는 서로 쳐다보지도 않았고 말도 하지 않았다. 크리스타벨의 방으로 통하는 작은 문에는 두툼한 판자무늬에 육중해 보이는 자물쇠가 걸려 있었다. 두 사람은 조지 경을 따라 방으로 들어섰다. 조지 경이 어둡고 비좁아 보이는 둥근 방 안에 손전등 불빛을 이리저리 비추자 어느 정도 방 안의 윤곽을 알 수 있었다. 반원형의 적갈색 창문, 나뭇결 무늬의 아치와 나뭇잎 모양을 흉내 낸 중세풍의 상아 장식이 조각된 잔뜩 먼지가 붙어 있는 천장, 아직도 드리워져 있는 커튼의 뒤쪽에 장막이 둘러쳐져 있고 그 아래 옅은 붉은색으로 보이는 상자형 침대, 레이스 무늬 테두리 장식과 여러 개의 두루마기가 덮인 환상적으로 조각된 나무 책상 하나, 포도와 석류와 백합을 싸놓은 다발들, 작은 의자 또는 기도대로 쓰였음직한 물건, 옷감 더미, 낡은 트렁크 하나, 끈으로 묶여 있는 상자 두 개, 그리고 베개로 받쳐져 일렬로 누운 형태로 앞을 빤히 쳐다보는 하얀 얼굴들이 하나, 둘, 셋. 롤런드는 숨을 멈추었고, 모드는 작은 탄성을 내질렀다. 「아, 저 인형들!」 그러자 조지 경이, 가장자리가 금빛 장미꽃 무늬로 장식된 휑한 거울을 비추던 손전등을 얼른 그 세 얼굴에 갖다 대었다. 침대 덮개 아래 반쯤 누워 있는 모습으로 가지런히 놓여 있는 얼굴들.

그것들은 나름대로의 얼굴과 작은 고무팔을 지니고 있었다. 하나는 먼지가 덮여 조금은 허옇게 변해 버렸지만 섬세한 금발 머리를 하고 있었고, 또 하나는 테두리에 레이스가 달린 격자무늬의 하얀 능직포 캡을 쓰고 있었다. 그리고 나머지 하나는 둥글게 쪽진 보양의 뒤로 땋은 검은 머리를 하고 있었다. 모두 먼지가 끼긴 했어도 아직 반짝이고 있는 푸른 유리알 눈으로 앞만 응시하고 있었다.

「그녀는 인형에 관해서 여러 편의 연작시를 쓴 적이 있어요.」 모드의 목소리는 떨리고 있었다. 「『순진한 아이들을 위한 이야기』처럼 아이들을 위해 쓴 시예요. 하지만 실제는…….」

롤런드는 눈을 돌려 어둠 속에 놓여 있는 책상을 바라보았다. 그는 이 방 안에서 죽은 시인의 모습을 느낄 수가 없었다. 그러나 막연하나마 이 방에 있는 책상이나 트렁크, 아니면 상자 속에, 자신의 가슴 안주머니에 있는 빛 바랜 편지와 같은 소중한 물건이 감춰져 있을지도 모른다는 기대를 하고 있었다. 어떤 단서가 될 만한 쪽지나 아무렇게나 휘갈겨 쓴 메모, 혹은 편지에 대한 답장 비슷한 것이 있을지도 몰랐다. 또 어떻게 보면 허튼 생각일지도 모른다는 느낌도 들었다. 만일 그녀가 답장을 썼다면 랜돌프 헨리 애쉬가 어디 다른 곳에 두었을지도 모르는 일이었다.

롤런드는 조지 경을 바라보며 물었다. 「혹시 여기에 무슨 편지나 글을 적어 놓은 종이 같은 것은 없을까요? 책상에 뭐 남아 있는 게 없나요? 그녀가 남겨 놓은 것 말예요.」

「그녀가 죽었을 때 책상은 깨끗이 다 비워졌소.」 조지 경의 대답이었다.

「좀 봐도 괜찮겠습니까?」 롤런드는 혹 비밀 서랍 같은 것이 있을지도 모른다는 막연한 상상에 빠져 있었다. 조지 경은 아무 거부감 없이 불빛을 책상으로 비추어 주었다. 인형의 작은 얼굴들은 원래대로 다시 어둠 속에 묻혔다. 롤런드는 아무 장식도 없이 횅뎅그렁한 작은 궤짝의 뚜껑을 들어 올렸다. 그 속에는 뒤켠에 마름모꼴 모양으로 조각된 아치형의 텅 빈 칸막이가 있었고, 마찬가지로 텅 빈 작은 서랍이 두 개 있었다. 그러나 그는 그 칸막이나 서랍들을 감히 두드려 보거나 뽑아 볼 수가 없었다. 또한 트렁크를 한번 열어 보자고 조를 수도 없었다. 그는 자신이 남의 비밀을 엿보고 있는 듯한 느낌을 받았으며, 어떤 억제할 수 없는 호기심의 발동으로 마구 뒤져 보고 싶은 마음은 굴뚝같았으나 실상 그럴 수도 없는 처지였다. 정말 그의 마음에는 욕심이 아닌 호기심 — 실제로 섹스보다도 더 근본적인 욕망, 지식에의 욕구 — 이 가득했지만 혼자 나설 수는 없었다. 오히려 그는 뒤쪽에 꼼짝없이 서서 손가락 하나 까딱하지 않는 모드가 원망스러울 뿐이었다. 어떻게 해보라는 말도 없이 어둠 속에 그냥 서 있기만 한 모드는 어쩌면 더 차분하게 숨겨진 비밀이나 귀중한 물건을 머릿속에서 찾고 있는 것인지도 몰랐다.

조지 경이 물었다. 「그래, 뭐 좀 찾아냈소?」

롤런드는 아무 대답도 하지 못했다.

그때, 그의 뒤에서 모드가 또렷하고 서늘한 목소리로 마치 무슨 주문을 외듯 시를 읊기 시작했다.

> 인형은 비밀을 지켜요.
> 친구보다도 더 믿음직스럽게
> 그녀의 말없는 동정은
> 영원히 계속되지요.
>
> 친구들이 우릴 배신할 수 있고
> 사랑 역시 허물어질 수 있지만
> 인형의 신중한 마음씨는
> 우리 죽을 때까지 계속될 거예요.
>
> 인형이 우리에 관해 말할 수 있을까요?
> 밀랍으로 봉해진 그녀의 입.
> 그녀, 많은 것을 명상하지만
> 많은 것이 — 아 — 많은 것이 감춰져 있어요.
>
> 영원히 잠자지 않는 인형
> 뜬눈으로 지켜본답니다.
> 우리 잃어버린 사랑이 남겨 놓은

여러 조각들과 파편들.
그녀의 작은 손가락들이
움직일 순 없어도.

인형은 짓궂지 않아요.
나쁜 짓을 저지르는 우리들
그녀가 따뜻한 만큼 우리는
싸늘하게 되겠지요.
장난기있는 매력으로
영원을 꿈꾸는 그녀.

조지 경은 얼른 손전등을 인형들이 누워 있는 작은 침대로 돌렸다.

「아주 훌륭하군요. 정말 굉장한 기억력이오. 나는 뭐 하나 외우는 것이 없으니. 키플링[2]하고 아까 말한 링컨셔 시편들을 제외하곤 아무것도 모르오. 그런데 그게 어떤 시요?」

「여기에 뭔가 감춰진 비밀이 있는 것 같지 않으세요?」 모드의 목소리는 여전히 맑았다. 「인형이 뭔가 감추고 있을 것 같아요.」

「뭘 감추고 있단 말이오?」 조지 경이 물었다.

「거의 모두요.」 뭐 하나라도 놓치기 싫었던 롤런드가 얼른 말을 받았다. 「유품들이겠죠.」 그는 모드가 뭔가를 추리하고 있음을 알 수 있었다.

「1890년 이후로 아마 아이들이 이 인형들을 밖으로 가지고 나가기도 했을 텐데……」 별것 아닐 거라는 투로 조지 경이 말했다.

---

2 Rudyard Kipling(1865~1936). 영국 빅토리아 시대의 세기말을 대표하는 시인.

모드는 먼지투성이 위에 무릎을 꿇었다. 「제가 한번 들춰 볼까요?」 조지 경은 아무 말 없이 그녀에게 불을 비추어 주었다. 어두운 구석에 고개를 숙이고 있는 그녀의 모습이 마치 라투르[3]가 밀랍을 먹이고 있는 모습과 흡사했다. 그녀는 작은 침대로 손을 뻗어서는 금발 인형의 가슴을 잡고 들어 올렸다. 그 인형은 목둘레에 작은 장미꽃 무늬들이 수놓여 있고 조그마한 진주 단추들이 달린 핑크색 실크 가운을 입고 있었다. 그녀는 인형을 롤런드에게 넘겼고, 그는 새끼 고양이를 안듯이 인형을 팔에 안았다. 그런 다음에는 차례로 영국식 자수를 놓은 하얀 주름옷에 캡을 쓴 인형과 수수한 차림을 한 검은 공작 무늬의 까만 머리 인형을 가지런히 그의 팔에 뉘었다. 작으면서도 묵직한 머리들, 그리고 길게 뻗어 조금은 섬뜩한 느낌을 주는 팔다리들. 모드는 베개를 들어 올리고 침대 덮개를 걷었다. 그러고는 그 아래에 덮여 있던 가는 순모 담요 세 장과 코바늘로 뜬 숄을 접어 제친 다음 푹신한 매트리스를 하나, 그리고 또 하나 들어 올렸고, 마지막으로 짚을 넣은 요를 들어 올렸다. 그녀는 그 아래에 손을 뻗어 나무 상자 속을 더듬더니 마침내 무엇을 덮고 있던 나무 판자를 하나 걷어 냈다. 그러고는 얇고 부드러워 보이는 흰색의 린넨으로 싸서 테이프로 둘둘 감아 묶어 놓은 꾸러미를 하나 집어 올렸다.

침묵이 흘렀다. 모드는 숨을 죽이고 서 있었고, 그녀가 서 있는 쪽을 향해 롤런드는 한 발자국 앞으로 다가섰다. 그는 하얀 천으로 싸인 것이 무엇인지 한눈에 알 수 있었다.

「아마 인형옷인가 봐요.」 모드의 말이었다.

「한번 들춰 보구려.」 조지 경이 입을 열었다. 「이런 곳에 뭐

---

[3] Georges de La Tour(1593~1652). 프랑스 화가.

가 있을 줄이야. 당신 생각이 맞은 것 같소. 어서 열어 보시오.」

모드는 미끈한 손가락을 움직여 다 낡은 매듭을 당겼다. 그런데 매듭은 밀랍으로 얇게 봉해져 있었다.

「작은 주머니칼이라도 하나 줄까요?」 조지 경이 말했다.

「자를 필요까진 없을 것 같아요.」 모드가 대답했다. 롤런드는 자기가 나서서 좀 도와주고 싶었지만 모드가 혼자 알아서 다 했다. 테이프가 풀어지고 여러 겹으로 둘린 린넨 천도 벗겨졌다. 그 안에는 기름을 먹인 실크로 곱게 싸서 검은 리본으로 묶은 작은 소포 꾸러미 같은 것이 두 개 들어 있었다. 모드는 그 리본도 풀었다. 실크가 벗겨지자 이제는 마치 손수건을 접어 놓은 듯이 가지런히 접은 두 묶음의 편지 다발이 나타났다. 롤런드는 다시 앞으로 다가섰다. 모드가 두 묶음에서 각각 맨 위쪽에 있는 편지를 집어 들었다. 〈크리스타벨 라모트 양, 베서니, 마운트 아라라트 로드, 리치몬드, 서레이.〉 가늘지만 꼭꼭 눌러 쓴 고동색 글씨였다. 그리고 더 작은 글씨에, 좀더 짙은 자주색 글씨도 보였다. 〈랜돌프 헨리 애쉬 귀하, 29, 러셀 스퀘어, 런던.〉 롤런드가 입을 열었다. 「애쉬가 편지를 보냈군요.」

모드가 말을 받았다.

「양쪽 모두예요. 항상 그런 것 같아요.」

조지 경이 끼어들었다. 「그게 뭐요? 인형 침대에 그런 것이 들어 있는지 어떻게 알았소?」

모드가 조금 높고 또렷한 어조로 말했다. 「저도 몰랐어요. 그냥 서 있다가 아까 그 시가 생각났고, 순간 혹시나 하는 느낌에……. 순전히 운이 좋았던 거죠, 뭐.」

롤런드가 말했다. 「저희들은 두 사람 간에 편지가 오갔으리라 생각했었습니다. 제가 런던에서 편지 한 통을 발견했거든요. 그래서 제가 베일리 박사를 만나러 갔던 것이고요. 그

뿐입니다. 그리고 이것은…….」 그는 〈굉장한 겁니다〉라는 말을 하려다 입을 다물어 버렸고, 다시 〈아주 중요합니다〉라고 말하려다 이것마저도 스스로 억제했다. 또한 그는 학문의 연구 방향이 바뀔 수도 있다는 말을 입 밖에 낼 뻔하였으나 그것 역시 가까스로 억누를 수 있었다. 모두가 본능적으로 진실을 감추는 것이 더 나을지도 모른다는 느낌에서 나온 유보였다. 「우리 두 사람이 각각 연구하는 주제에 많은 변화를 가져다 줄 것 같습니다. 크리스타벨과 애쉬가 서로 알고 지냈다는 사실은 아직까지 알려진 바가 없거든요.」

조지 경이 말했다. 「으음, 그 꾸러미를 나한테 주시오. 고맙소. 아래로 내려가서 조안에게 한번 보여 줍시다. 중요한 것인지 아닌지……. 어디 다른 곳도 좀더 뒤져 보겠소?」 그는 둥근 벽면을 따라 손전등을 비추었고, 그 불빛에 비스듬히 인쇄된 레이튼 경의 프로세르피나와 먼지에 덮여 글씨를 알아보기 힘든 자수 제품 하나가 눈에 띄었다.

「아뇨, 됐어요.」 모드가 대답했다.

「예, 지금은…….」 롤런드의 말이었다.

「다시는 이 방에 못 들어올지도 모르오.」 문 밖으로 나가 돌아선 채 손전등 불빛 뒤에서 내뱉은 조지 경의 말은 농이 섞였다기보다 사뭇 위협적인 데가 있었다. 아무튼 그들은 방에서 나왔다. 조지 경은 편지를 쥐고, 모드는 풀어헤쳐진 린넨과 실크를 들고, 그리고 롤런드는 세 인형을 팔에 안은 상태였다. 롤런드가 인형을 그대로 안고 나온 이유는 어둠 속에 그냥 남겨 두는 것이 잔인하다고 느꼈기 때문이었다.

베일리 부인은 몹시 흥분했다. 그들은 벽난로를 중심으로 둘러앉았다. 조지 경이 편지 꾸러미를 부인의 무릎에 올려놓았고, 부인은 두 학자의 빛나는 눈길 아래 편지들을 하나씩 들춰 보기 시작했다. 롤런드는 자신이 런던에서 입수한 편지에 관해 대체로 사실 그대로 들려주었다. 그러나 언제, 어디서 그 편지를 손에 넣게 되었는지에 관해서는 여전히 입을 꼭 다물었다. 「그럼, 그 편지가 연애 편지인 모양이죠?」 베일리 부인은 아주 솔직하게 직접적으로 물어보았다. 롤런드가 대답했다. 「아, 아닙니다. 하지만 굉장히 재미있는 편지였어요. 그리고 중요한 편지 같아 보였고요. 첫 편지의 초고였던 모양이에요. 중요한 편지라고 생각되어서 제가 베일리 박사님을 찾아 크리스타벨 라모트에 관해서 물어본 겁니다.」 아무튼 롤런드는 지금 베일리 부인의 손에 있는 편지에 관해서 궁금한 것이 한두 가지가 아니었다. 애쉬에게서 온 첫 편지의 날짜가 어떻게 되는지, 과연 자신이 가지고 있는 편지와 같은 내용의 편지인지, 왜 이 편지들이 한데 다 모아져 있는 것인지, 서신 교환은 얼마나 오랫동안 지속되었는지, 그녀가 어떤 답장을 보냈는지, 그리고 블랑슈와 그 좀도둑에 관해서는 어떤 언급이 있는지······.

「자, 어떻게 시작해야 되겠소?」 조지 경이 천천히, 그러면서도 뭔가 으스대는 투로 입을 열었다. 「젊은이, 당신 의견은 어떻소? 또 베일리 양은?」

「누군가가 읽어 봐야겠지요.」 모드가 대답했다.

「당신 생각은, 당신도 당연히 읽어 봐야 한다는 거요?」 조지 경이 다시 물었다.

「저는, 아니 우리는 꼭 읽어 봤으면 해요. 정말 그래요.」

「그럼, 그 미국인도 마찬가지요?」

「물론 그녀도 읽어 보고 싶겠지요. 만일 편지들이 남아 있다는 것을 안다면 말예요.」

「당신이 그녀에게 얘기할 거요?」

그는 난로 불빛을 받아 이글거리는 푸른 눈으로 모드를 주시했다. 모드는 머뭇거렸다.

「아녜요. 아직은…….」

「그럼 당신이 제일 먼저 보고 싶단 말이오?」

모드의 얼굴이 빨갛게 달아올랐다. 「물론이죠. 누구라도 그럴 거예요. 저의, 아니 우리의 입장은…….」

「왜 이 편지들을 읽으면 안 된다는 거죠, 조지?」 조안 베일리가 물었다. 그녀는 첫 번째 편지의 겉봉을 열고 편지를 꺼내 훑어보았다. 무엇을 찾아내기 위해서가 아니라 단순한 호기심에서 그러는 것 같았다.

「첫째는, 내 신조가 죽은 사람은 조용히 그대로 놔둬야 한다는 것이기 때문이지. 왜 불쌍한 우리 여류 시인의 스캔들을 들추겠다는 거요? 불쌍한 사람이오. 그냥 편히 잠들게 놔둬야 해요.」

「저희들은 무슨 스캔들을 찾고 있는 게 아닙니다.」 롤런드가 끼어들었다. 「그런 것이 있었다고 생각하고 있지도 않습니다. 다만 바라는 것은…… 애쉬 자신이 시에 관해서, 역사에 관해서 생각하고 있는 바를 그녀에게 얘기했기 때문에……. 그때가 그에게 있어서는 가장 왕성한 창작 시기였거든요. 그는 그렇게 편지를 잘 쓰는 사람이 아니었어요. 너무 정중하다면 정중하달까, 그리고 그 편지에서 보면 그녀가 그를 이해하고 있다고 했거든요. 그래서 저는…….」

「둘째는, 주안 당신, 이 두 분이 어떤 사람들인지 정말 잘 알고 있는 거요? 과연 이 사람들이 그렇지, 이 문서들을 봐도 될 만한 사람들이냐 하는 점이오. 이 편지들을 편안히 다 읽으려면 이틀은 족히 걸릴 것이오. 그런데 나는 이 편지들이 내 손에서 밖으로 유출되는 것이 싫단 말이오.」

「이분들이 이리로 다시 오실 수도 있잖수?」 베일리 부인의 말이었다.

「아마 이틀도 더 걸릴 거예요.」 모드가 말했다.

「그럼……」 조지 경이 무슨 말을 하려다 그만두었다.

「베일리 부인.」 롤런드가 얼른 끼어들었다. 「제가 본 것은 첫 편지의 초고였어요. 그게 첫 편지 아닌가요? 뭐라고 씌어 있습니까?」

그녀는 적이 만족해 하는 표정을 짓고는 둥근 얼굴에 돋보기를 썼다. 그리고 편지를 읽어 내려갔다.

라모트 양에게,

크랩 씨 댁 조찬 모임에서 그대와 얘기를 나누었다는 사실에 얼마나 기뻤는지 모릅니다. 학부 학생들이 온갖 재치로 떠들어 대도 그대의 감각과 지혜를 따라가지 못했고, 더 나아가 그대의 그런 면은 월랜드의 흉상 발견에 관한 크랩 씨의 설명보다도 뛰어난 것이었습니다. 저는 그대도 우리의 대화에 많은 즐거움을 느꼈으리라 생각합니다……. 제가 그대를 방문해도 괜찮겠는지요? 물론 그대가 매우 조용한 삶을 살고 있다는 사실도 알고 있습니다. 하지만 저도 조용한 사람입니다. 저는 다만 그대와 함께 단테, 셰익스피어, 워즈워스, 콜리지, 괴테, 실러, 웹스터, 포드, 토머스 브라운 경 등등의 사람들에 관해서 논의하고 싶을 뿐입니다. 물론 크리스타벨 라모트와 그녀의 야심에 찬 요정 주제를 잊어서는 안 되겠지요? 답장 바랍니다. 그대가 긍정적인 답장을 보내 주신다면 저에게는 더없는 기쁨이겠습니다.

그대의 다정한
랜돌프 헨리 애쉬

「답장은요?」 롤런드가 성급히 물었다. 「아, 죄송합니다. 너무 궁금해서요. 그녀가 답장을 보냈을 것 같은데 뭐라고 했는지 한번 봐주세요.」

베일리 부인은 나머지 한쪽의 편지 꾸러미에서 제일 위에 놓인 편지 하나를 꺼냈다. 겉봉을 열고 편지를 꺼내는 그녀의 손길이 마치 텔레비전에서 올해의 최고 여배우상 수상자를 발표하는 어느 여배우의 손길과도 같았다.

애쉬 씨께,

저는 진심으로, 당신이나 저 자신의 명예에 손상이 가는 일을 하고 싶지 않습니다. 당신도 당신 자신의 품위를 손상시키고 싶지는 않으시겠지요. 저는 스스로를 자제하면서 저만의 경계 속에서 살고 있습니다. 저로서는 최선의 삶입니다. 이런 어울리지 않는 비유를 써서 어떨지 모르겠습니다만, 저는 어떤 숲 속의 공주는 결코 아닙니다. 어쩌면 반짝이는 거미줄을 치고 그 가운데서 통통히 살찐 모습으로 자족해 하는 한 마리 거미인지도 모르죠. 저하고 마음이 아주 딱 맞는 아라크네라는 한 여인이 있어요. 옷감의 본을 거의 완벽에 가깝게 잘 뜨는 재주를 지닌 아주 정직한 기술자예요. 하지만 그녀는 낯선 사람이 방문한다든지 혹은 불쑥 찾아오면 몹시 별나다 싶을 정도로 마구 화를 내곤 해요. 물론 거리를 분명히 두자는 것은 아니지요. 저는 정말 말주변도 없고 우아한 데도 없는 여자예요. 그리고 우리가 만났을 때 당신이 감지했다고 하는 그 재치는 분명 울퉁불퉁한 죽은 달의 표면으로부터 반사되어 나온 것 같은 당신의 총명함의 빛이 아닐는지요. 애쉬 씨, 저는 제 펜의 창조물입니다. 제 펜은 저의 최선이고요. 여기, 당신에 대한 제 진심이 담긴 호의의 표시로 시 한 편을 보냅니다. 부족한 점이 많은 시지만 맛을 잘 내고, 정성껏 자른 오이 샌드위치보다야 더 낫지 않겠어요? 당신은 당연히 시 한 편을 더 좋아하겠지요. 저도 마찬가지랍니다. 하지만 그 시 속의 거미가 은빛으로 빛나는 제 자아는 아니에요. 오히려 거칠고 냉랭한 제 자아의 누이뻘쯤 되겠지요. 그래도 만일 시라는 것이 명주실처럼 자연스럽게 술술 나오는 것이라면 그 편안하고 부지런함에 찬사를 보내야 하지 않을까요? 쓸데없는 말을 많이 한 것 같아요. 당신이 다시 글을 쓰고 싶으시면 영원한 부정, 혹은 슐라이어마허[4]의 환상의 장막, 낙원의 밀크, 혹은 당신 의지가 닿는 것에 관해 무게있는 글을 쓰시도록 하세요.

당신의
크리스타벨 라모트

베일리 부인은 천천히, 더듬거리며 편지를 읽었다. 단어들도 잘못 발음하고, 더욱이 아라크네라는 이름을 읽을 때는 더욱 심하게 더듬거리기도 했다. 그러니 애쉬와 라모트가 이 편지들을 썼을 때의 감정이 제대로 잘 전달될 리가 없었다. 롤런드와 모드는 마치 성에 낀 유리가 그 두 시인과 그들 사이에 가로놓인 것 같은 느낌을 받지 않을 수 없었다. 하지만 조지 경은 대단히 만족스러워하는 것 같았다. 그는 자신의 시계를 보더니 입을 열었다.

「이제 나는 딕 프란시스와 늘 하던 일을 해야 하는 시간이오. 편지가 어떻게 진행될지 모두 조마조마할 테니 마지막 편지를 한번 보도록 합시다. 그리고 나머지는 내가 입장을 정리할 때까지 유보하는 게 어떻겠소. 여기저기 사람들 얘기도 들어 봐야겠소. 어쨌든 나중에 다시 한 번 와야 되지 않겠소?」

그러나 다시 한 번 와달라고 요청하는 투는 아니었다. 그는 자기 아내의 얼굴을 빤히 쳐다보았다.

---

4 Friedrich Schleiermacher(1768~1834). 독일의 신학자이자 철학자로 현대 신학 이론의 창시자로 알려져 있다.

「자, 조안. 맨 마지막 편지를 한번 읽어 보구려.」

그녀는 편지 원문을 한번 쓱 훑어보며 말했다. 「그녀가 자기 편지를 모두 돌려달라고 했어요. 그리고 이건 그 편지에 대한 그의 답장이구요.」

    랜돌프에게,

    이젠 정말 모든 게 다 끝났어요. 그리고 저는 정말, 정말 기뻐요. 당신도 마찬가지겠지요? 그렇지 않으세요? 마지막으로, 전 제가 보낸 편지들을 모두 돌려받고 싶어요. 한 장도 빠뜨리지 않고 말예요. 제가 당신을 못 믿어서가 아니라 그 편지들이 제 것이기 때문이에요. 이젠 더 이상 당신의 소유가 아니잖아요. 이해해 주시리라 믿어요. 적어도 이 문제만큼은요.

크라스타벨

    사랑이여,

    여기, 그대가 요구한 대로 그대의 편지들을 보냅니다. 요구한 대로 전붙입니다. 그런데 두 장은 제가 이미 태웠고, 또 비슷한 운명에 처하게 될 편지들이 있을지도 모르겠습니다. 하지만 그 편지들이 제 손에 있는 한 더 이상 없애 버리지는 않겠습니다. 그대가 쓴 그 어떤 것이라도 말입니다. 그것들은 한 뛰어난 시인의 편지들입니다. 그리고 그 편지들이 저와 관련되는 한, 즉 그것들이 제 것인 한, 제가 그것들을 바라볼 때 교차하는 느낌들 가운데 진실의 빛이 빛나고 있는 것 또한 부인할 수는 없습니다. 이제 30분만 있으면 그것들은 제 손에서 떠나게 됩니다. 그대 손에 전달되도록 이미 다 꾸려 놓았기 때문입니다. 그대는 그 편지들을 불태우실 건가요? 하지만 이걸 생각해 보십시오.

만일 아벨라르가 엘로이즈의 그 멋진 편지들을 다 없애 버렸다면,[5] 그리고 포르투갈 출신의 수녀가 침묵을 지켰더라면, 그렇다고 해서 우리가 얼마나 더 정신적으로 풍요로워지고 얼마나 더 현명하게 되었을 거냔 말이지요. 저는 생각합니다. 그대는 분명 그 편지들을 다 없애 버릴 것이라고. 그대는 정말 잔인한 여인입니다. 얼마나 그대가 잔인한지 이제야 알 것 같습니다. 그렇지만, 혹 앞으로도 우정의 이름으로 그대가 저에게 바라는 것이 있으면 주저하지 마시고 저를 찾아 주시길 바랍니다.

저는 지난 일들을 결코 잊지 않을 것입니다. 원래 망각의 성격을 지니고 있지 못합니다. (이제, 그대와 나 사이에 용서라는 말은 아무 문제도 되지 않는 거죠?) 이제 그대는, 그대가 한 말이나 그대가 쓴 무엇 하나라도 제 단단한 기억의 울타리 안에 꼭꼭 가둬 놓을 테니 안심하셔도 될 것입니다. 정말 사소한 것 하나라도, 모두를 말입니다. 그러나 만일 그대가 이 편지들을 다 태워 버린다면 그것들은 제가 살아 있는 한 제 기억 속에서 다시 살아나게 될 것입니다. 다 타버린 불꽃이 여전히 응시하는 망막 속에 자취를 남기듯 말입니다. 저는 그대가 편지를 태워 버리리라고는 믿을 수 없습니다. 그렇다고 그렇게까지는 하지 않으리란 확신도 없습니다. 그대가 어떤 결정을 내리든 저에게 말씀해 주지 않으리라는 점도 알고 있습니다. 그리고 이젠 저도 더 이상 그대의 답장을 기대하며 편지 쓰는 일을 그만두어야 하겠지요. 지난날, 항상 저에게 충격과 변화와 그리고 많은 경우 희열을 가져다 주었던 그대의 편지를 말입니다.

[5] 프랑스의 철학자이자 신학자인 아벨라르와 엘로이즈의 사랑은 역사상 가장 멋진 로맨스로 알려짐.

저는 우리가 서로 친구가 될 수 있으리라 기대했었습니다. 물론 그대가 단호한 결정을 내리신 것, 저도 잘 알고 있습니다. 하지만 좋은 친구를 잃는다는 것이 얼마나 섭섭한지……. 혹 그대에게 어떤 곤란한, 어려운 일이 생기면, 이 얘긴 이미 드렸으니 잘 아시겠지요. 마음 편히 하십시오. 그리고 좋은 시, 많이 쓰십시오.

그대의 R. H. A.

「스캔들 같은 것은 없으리란 당신 말, 틀렸지 않소?」 조지 경이 롤런드에게 말했다. 만족과 비난의 감정이 뒤섞인 어투였다. 롤런드는 속으로 더욱 초조해질 수밖에 없었다. 마음을 차분히 가라앉혀야 한다는 것을 잘 알고 있었지만, 랜돌프 헨리 애쉬의 편지를 희미하게 더듬거리며 읽고 있는 베일리 부인의 목소리를 듣고 있자니 여간 실망스러운 것이 아니었다. 게다가 이 접힌 종이 시한폭탄들을 자기 손에 쥐고 탐구해 볼 수가 없으니 더더욱 실망과 불만의 감정이 북받쳤다.

「전부를 다 읽어 볼 때까지는 알 수 없는 것 아닙니까?」 그는 겨우 감정을 억제하며 그의 말을 받았다.

「하나 잘못하다가는 비둘기 떼 한가운데 고양이 한 마리를 던져 넣는 격이 될 거요.」

「반드시 그렇지는 않습니다. 중요한 것은 문학성이지.」

모드는 머릿속에서 적당한 비유를 생각해 내었지만 이내 너무 자극적이지 않나 싶어 지워 버렸다. 그래도 이것은 제인 오스틴[6]의 사랑 편지와 다를 바 없지 않은가?

---

6 Jane Austen(1775~1817). 영국의 여류 소설가. 『오만과 편견』, 『엠마』, 『맨스필드 파크』 등의 유명 작품을 남겼다.

「누구든 어느 작가의 서한집이나 전기를 읽으면 항상 뭔가 빠진 듯한 느낌을 받지 않을 수 없어요. 전기 작가들도 몰랐던, 아니 수집할 수 없었던 그 무엇이 진짜 중요한 것이에요. 그리고 이 경우 그 여류 시인에게 진짜 중요한 게 바로 그런 것이지요. 항상 없어진 편지가 있게 마련이고요. 편지란 늘 그렇잖아요. 이 편지들이 바로 크리스타벨의 생애에 있어서 그런 종류의 편지에 속할 거예요. 그 사람, 애쉬도 그런 점을 생각했겠지요. 편지에도 그렇게 씌어 있잖아요.」

「정말 재미있구려.」 조안 베일리가 말했다. 「아주 흥미로워.」

「그래도 어디서든지 자문은 구해 봐야겠소.」 조지 경은 여전히 고집을 부렸으며, 또한 두 사람을 믿지 못하겠다는 투였다.

「당연히 그러셔야죠.」 그의 아내가 거들었다. 「그렇지만 이 소중한 물건을 찾아낸 사람이 바로 여기 똑똑한 베일리 양이라는 것을 잊지는 말아야죠? 그리고 미첼 씨도 마찬가지고요.」

「언제든지, 만일 저희가 편지들을 볼 수 있게 배려해 주신다면 그 안에 담긴 의미를 죄다 말씀 드리겠어요. 가령 학문적으로 어떤 의의가 있는지, 그리고 책으로 출판이 가능한지 등등. 이미 이 편지들에 적힌 내용으로 보아 크리스타벨에 관한 지금까지의 제 연구도 상당 부분 수정이 불가피해졌어요. 이 편지들을 고려치 않고서는 계속 불안하고 찜찜할 것 같아요. 그리고 이런 점은 애쉬를 연구하는 미첼 씨의 경우에도 마찬가지일 거예요. 정말이에요.」

「아, 예, 그렇습니다.」 롤런드가 말했다. 「제 생각을 송두리째 바꿔야 할지도 모릅니다.」

조지 경은 두 사람을 번갈아 바라보았다.

「글쎄요, 그럴지도 모르겠소만 당신들이 과연 최적임자들인지, 말하자면 이 편지들을 보여 줘도 괜찮은 사람들인지…….」

그러자 롤런드가 나섰다. 「그러나 이 편지들이 존재한다는 사실이 일단 알려지고 나면 온갖 사람들이 다 찾아오고 야단법석일 겁니다. 어중이떠중이들이 다 찾아올 겁니다.」

바로 이런 가능성을 걱정하고 있었던 모드가 불쾌한 얼굴로 롤런드를 쳐다보았다. 그러나 롤런드가 추측한 대로 조지 경은 크로퍼나 블랙커더 교수 같은 사람이 찾아올 가능성보다는 레오노라 스턴이 죽자사자 덤벼들 일을 더 걱정하는 듯 보였다.

「그런 식으로 되어선 절대 안 되오.」

「저희가 선생님을 위해서 일일이 다 목록으로 작성해 드릴 수도 있습니다. 자세한 설명을 붙여서 말이지요. 그리고 옮겨 적더라도 허락을 받아서 하겠습니다.」

「아니오, 서두를 필요 없소. 내 여기저기 좀 알아봐야겠소. 내가 할 수 있는 말은 이게 전부요. 또 그게 옳은 일인 것 같기도 하고 말이오.」

「그렇다면, 적어도 선생님께서 어떤 결정을 내리시든지 저희에게 알려 주세요.」 모드의 말이었다.

「물론 그렇게 하지요.」 조안 베일리가 대답했다. 「당연히 그래야겠지요.」

그녀는 자기 무릎 위의 편지 꾸러미들을 가지런히 챙기기 시작했다.

***

어둠 속에 다시 차를 타고 돌아오면서 롤런드와 모드는 잠시 활발하게 이야기를 나누었지만 그들의 머릿속에서는 서로 다른 각자의 상상이 날개를 펴고 있었다.

「우리는 똑같은 본능을 지니고 있는 것 같군요. 이제 한풀 꺾어야겠지요?」 모드가 말했다.

「그 편지들, 정말 상당히 가치있는 것들이에요.」 롤런드의 말이었다.

「만일 모티머 크로퍼가 이 사실을 안다면……」

「내일쯤 그 편지들이 하머니 시에 가 있겠지요.」

「그러면 아마 조지 경은 상당한 부자가 되겠지요? 집도 수리할 수 있을 거예요.」

「어느 정도로 부유해질지 전 잘 모르겠습니다. 돈이 얽힌 문제에는 맹탕이거든요. 블랙커더 교수에게 말해야 되지 않을까요? 당연히 그 편지들은 영국 도서관에 있어야 해요. 어떻게 보면 민족의 유산인데……」

「연애 편지죠?」

「예, 그런 것 같아요.」

「어쩌면 조지 경이 블랙커더 교수나 크로퍼에게 물어보라는 말을 듣게 될지도 몰라요.」

「크로퍼에게 넘어가게 해서는 안 돼요. 아직은 안 돼요.」

「만일 조지 경이 어디선가 대학에 가져가 보라는 말을 들으면 나에게 올지도 몰라요.」

「만일 그가 소더비에 가보라는 말을 들으면 편지들은 미국 혹은 그 밖의 다른 곳으로 사라져 버릴 겁니다. 혹 운이 좋으면 블랙커더 교수 손에 들어가게 될 테고요. 왜 자꾸 나쁜 쪽으로만 생각하게 되는지 모르겠어요. 그리고 왜 그 편지들에 대해 소유욕이 생기는지 모르겠어요. 제 것도 아닌데 말입니다.」

「우리가 발견한 것이잖아요. 그리고 아마 개인이 소유한 것이라서 더욱 그럴 거예요.」

「하지만 그 편지들을 찬장 같은 곳에 두는 것은 우리가 원하는 바가 아니잖습니까?」

「그래도 우리가 어떻게 할 수 있어요? 어쩌면 지금쯤 정말 찬장 속에 들어가 있는지도 모르죠.」

「자, 그럼 우린 일종의 협약 같은 것을 맺은 셈이죠? 둘 중의 누구라도 뭔가 발견하는 것이 있으면 서로 상대방에게 알려 주는 게 어때요? 다른 사람한테는 알리지 말고 말예요. 다른 사람들도 우리와 마찬가지로 그 두 시인에 대해서 관심이 많기 때문에, 그리고 또 관심을 끌 만한 다른 것들도 많기 때문에……」

「레오노라는……」

「만일 박사님이 그녀에게 말한다면 이미 반쯤은 크로퍼나 블랙커더 교수에게 넘어갔다고 봐야 해요. 그리고 그 두 사람은 그녀보다 더 독한 데가 있어서……」

「딴은 그렇군요. 아무튼 우리, 조지 경이 링컨 대학 쪽에 물으러 오길 바랍시다. 그러면 사람들이 저한테 그 사람을 보낼 테니 말예요.」

「지금도 궁금해 죽겠어요.」

「그분이 빨리 결정 내리기를 바라는 수밖에 없죠, 뭐.」

***

그러나 그 편지들에 관해서, 그리고 조지 경의 결정에 관해서 어떤 얘기를 듣기까지에는 상당한 시간이 흘러야 했다.

6

그의 정열과 다름없는 취향에 이끌려 그는
매력적인 미소를 짓는 유태인의 뒤를 따라
열왕들의 차 내음이 물씬 풍기는 부르주아 응접실로,
회색의 음산한 뒷방으로 들어섰다.
장식 가구 혹은 서랍장처럼 보이는 현란한 마호가니와
남색과 엷은 밤색과 짙은 갈색의 줄무늬 천에 덮여
안식일의 고요한 분위기 속의
더욱 산뜻해 보이는 단단한 테이블 사이로
그는 보았다.
세 번씩이나 잠갔지만 평범하게 보이는 두툼한 서랍에서
부드러운 동방의 비단으로 만든 작은 가방에서
하나씩 하나씩 끄집어내 가지런히,
부드러운 소리를 내며 조화롭게 놓인
스무 개의 고대 다마스커스의 빛나는 타일들,
그 타일들의 태곳적 자수정 푸르른 빛을.
천상의 왕국처럼 밝고,
공작 목덜미에 빛나는 살아 있는 광휘처럼 오묘한 빛을,

이제 더 이상 바랄 것이 없는 그의 영혼,
감미로움을 맛본 그는 다시 살아난 고대의 빛 속에서
자신의 삶을 보았다. 그러곤 시선을 떼지 않고 응시하며
자신의 황금을 내놓았다……
— R. H. 애쉬, 『위대한 수집가』

 욕실은 공간을 적절히 잘 활용하여 만들었는지 폭이 좁은 긴 사각형 모양이었으며 달콤한 아몬드와 같은 색이 칠해져 있었다. 붙박이 장식은 회색빛이 감도는 진한 핑크색이었고, 타일을 깐 바닥은 엷은 자주색이었다. 그리고 어떤 타일에는 드문드문 흰 나리꽃 무늬가 그려져 있었다. 이것은 이탈리아식의 디자인이었다. 이 타일들은 벽면 중간까지 이어져 있고, 그 위로는 매우 밝은 자주색과 핑크색의 페이즐리 비닐 종이가 벽면을 메우고 있었다. 또한 욕실에는 엷은 핑크빛의 자기로 만들어 단단한 느낌을 주는 세라믹 장식 가구, 휴지걸이와 티슈걸이, 아프리카인들의 큼직한 입술 장식물처럼 생긴 판 위에 올려진 칫솔통, 자주색과 핑크색이 한데 섞인 계란 모양의 비누를 담은 조가비 껍질 등이 있었다. 깨끗이 닦은 미늘창살 모양의 비닐 블라인드를 통해 뭉게구름과 함께 핑크빛으로 물든 새벽이 찾아 들고 있었다. 뒤편엔 고무를 대고 앞면은 무명실로 엮어 만든 욕실용 깔개는 연보라색이었다. 그리고 변기통 받침에 꽉 맞물리도록 설치해 놓은 초승달 모양의 발판이나, 변기 뚜껑 때문에 이제는 많이 닳아 버린 무명실로 짠 엉덩이 깔개 역시 연보라색이었다. 집 안의 소리에 귀 기울이며, 그리고 몹시 긴장한 모습으로 그 엉덩이 깔개 위에 웅크리고 앉아 있는 사람은 바로 모티머 P. 크로퍼 교수였다. 새벽 세 시였다. 그는 두툼한 종이 뭉치와 검은색 회중전등을 들고 있었으며, 칙칙

한 느낌을 주는 검은 상자 하나를 자기 무릎 위에 올려놓고 있었다. 그 검은 상자는 무릎 위에 올려놓을 수 있는 적당한 크기의 물건이었다.

이것이 그의 환경은 아니었다. 그래도 그는 어느 정도 어울리지 않는 금지된 분위기가 주는 짜릿한 맛을 즐기는 편이었다. 그는 진홍색의 가두리 장식이 있는 검은 실크 파자마 위에 소매의 접힌 부분이 진홍색이고 가슴 부위의 윗주머니에 모노그램 무늬가 그려져 있는 긴 실크 가운을 입고 있었다. 그리고 그가 신고 있는 검은 벨벳의 슬리퍼에는 확산되는 광선 같기도 하고 흩날리는 머리카락 같기도 한 것에 빙 둘러싸인 한 여인의 모습이 금실로 수놓여 있었다. 슬리퍼들은 그가 특별히 런던에 주문을 해서 만든 것이었다. 여인의 머리는, 〈뮤즈들의 새장〉이라는 뜻의 고대 알렉산드리아 아카데미의 이름을 따서 붙인 로버트 데일 오언 대학의 하머니아 박물관 입구 기둥 위에도 조각되어 있었다. 바로 뮤즈들의 어머니이자 기억의 여신인 므네모시네Mnemosyne였다. 오늘날엔 그 여신을 금방 알아보는 사람이 거의 없었으며, 또 제법 안다는 사람들도 수박 겉 핥기 식의 교육을 받아서인지 그녀를 종종 메두사로 오인하는 경향이 있었다. 그 여신의 모습 또한 그렇게 눈에 확 띄는 것은 아니지만 크로퍼 교수가 쓰는 모든 공식 문서 용지 머리에도 새겨져 있었다. 하지만 그가 끼고 다니는 오닉스로 만든 도장 반지에는 여신의 모습 대신 날개 달린 말의 모습이 새겨져 있었다. 원래 랜돌프 헨리 애쉬의 것이었던 그 반지가 이제는 크로퍼 교수가 막 손을 씻었던 핑크색 세면대 위에서 그 자태를 뽐내고 있었던 것이다.

거울에 비친 그의 얼굴은 아주 깨끗하고 꼼꼼한 인상을 풍겼다. 특이한 모양으로 짧게 깎은 흰머리, 보통 안경의 반만 한 작은 금테 안경. 입은 잔뜩 오므리고 있었지만 보통 영국인의 그런 모습보다는 그래도 조금 다정한 어투로, 입을 크게 벌리고 모음을 발음하기 전의 여유있는 미국인 특유의 표정이었다. 키가 큰 그는 쭉 빠진 몸에 단정한 모습이었다. 엉덩이 역시 옛날 권총 벨트를 두르고 다녔던 전형적인 미국인들의 모습 같았다.

그가 줄 하나를 잡아당기자 욕실의 히터가 천천히 작동하는지 쉿 소리를 내기 시작했다. 곧이어 그가 검은 상자의 스위치를 내리자 그것 역시 쉿 소리를 내면서 잠시 불이 반짝였다. 그는 회중전등의 불을 켜고, 그것을 세면대 위에 올려놓았다. 그런 다음 욕실의 불을 끄고는 어둠 속에서 익숙한 솜씨로 작업을 시작했다. 그는 섬세한 손놀림으로 봉투에서 편지 한 장을 꺼냈다. 그러고는 편지지를 곱게 펴서 상자 속에 집어넣고 뚜껑을 닫아 잠근 다음 스위치를 올렸다.

그는 그의 검은 상자를 몹시 애지중지하였다. 1950년대에 자신이 고안해서 완성시킨 그 상자는 오늘날 훨씬 성능이 좋고 미끈하게 생긴 신형의 기계들이 많이 나왔지만 쉽게 내버리지 못하는 물건이었다. 지난 수십 년간 가지고 다니면서 사용하다 보니 상당한 애착이 갔기 때문이었다. 그는 애쉬의 손때 묻은 유품이나 기록이 발견되는 곳이면 어느 곳이든 마다 않고 찾아가는 사람이었다. 아무리 가능성이 없어 보여도 그의 집요함이 결코 물러서게 하질 않았던 것이다. 그렇게 해서 일단 어느 집이든 찾아가면 그는 사전에 마음을 단단히 굳히는 것이 상례였다. 즉 소유자가 그 발견된 물건을 팔려 하지 않거나 복사마저 허락하지 않는 경우를 대비해서 자기 스스로가 몰래 기록하거나 복사해야 한다고 다짐하는 것이었다. 스스로는 학문의 발전을 위해서 어쩔 수 없는 일이라고 자위할 수밖에 없었다. 어떤 때는 그렇게 해서 몰래 찍은 사진이나 복사물이 완전히 흔적도 없이 사라져 버린 문서의 유일한 기록물로 남는 경우도 있었다. 물론 이번은 그런 경우가 아니었다. 그는 데이지 웝쇼트 부인이 그녀의 죽은 남편이 남겨 놓은 소중한 물건이 얼마만큼의 수표와 교환할 수 있다는 사실을 알기만 한다면 기꺼이 그 물건을 내주리라는 희망에 차 있었다. 그는 적당한 액수면 모든 일이 잘 풀리게 되리라고 생각했다. 그러나 잘못하다가 일이 뒤틀린 경우도 많았다. 그녀가 고집을 부리며 전혀 흔들리지 않는다면 그는 기회를 잡지 못할 수 있다. 아무튼 내일이면 그는 피카디리에 있는 그의 편안한 호텔방으로 돌아가리라.

그 편지들은 그렇게 귀중한 것이 아니었다. 옛날에 소피아라고 불리던 데이지 웝쇼트 부인의 시어머니가 쓴 편지들이었다. 그런데 그 웝쇼트의 시어머니는 바로 랜돌프 헨리 애쉬의 대자(代子)였던 것이다. 나중에야 크로퍼 교수는 그녀가 누구인지 알아낼 수 있었다. 그는 그가 잘 아는, 남의 일에 참견하기 좋아하는 한 서적상으로부터 웝쇼트 부인에 관한 이야기를 들었다. 지방에서 경매 세일을 하고 있던 비그스라는 서적상이, 차를 나르며 자신을 도와주던 웝쇼트 부인에게서 〈어느 시인이 쓴 그루머의 나무 편지〉 이야기를 들었고, 비그스 씨는 그 이야기를 우편엽서를 통해 크로퍼에게 알려 주었다. 그래서 크로퍼 교수는 6개월 동안이나 여러 가지 질문서를 보내며 웝쇼트 부인의 관심을 끌다가 마침내 〈우연히 지나가는 길에……〉라는 말과 함께 찾아왔던 것이다. 물론 이는 거짓말이었다. 그는 의도적으로 피카디리를 지나 프레스톤 교외까지 왔다. 그리고 지금 그는 네 개의 작은 메시지를 들고 무명 자수에 둘러싸여 있는 것이다.

소피아에게,
편지 고맙다. 그리고 보내온 오리 그림들도 고맙다. 나는 자식도 없고 또 손자들도 없기 때문에 내가 설령 나한테 아주 귀중하고 예쁜 것을 보내 준 친구에게 쓰듯 그렇게 너에게 편지를 쓰더라도 용서해 줄 수 있겠지? 그림 중에 연못 바닥의 나무 뿌리와 수풀 사이를 똑바로 서서 바삐 오가는 오리 새끼들 말야, 정말 세심하게 관찰했더구나.

나는 너처럼 그림을 잘 못 그린단다. 하지만 본디 선물이란 서로 주고받는 것이라 생각하기에 여기 내 이름하고 똑같이 애쉬나무라고 하는 한쪽으로 기울어진 물푸레나무 그림을 하나 보내마. 흔히 볼 수 있는, 그러나 신기한 나무지. 마가목이 신기한 것처럼 그런 것이 아니라 옛날 북구의 우리 조상들이 믿었던 전설 때문이야. 그때 사람들은 그 나무가 지하 세계에 뿌리를 내리고 하늘까지 가지를 뻗어 이 세상을 떠받치고 있다고 믿었거든. 그 나무는 창의 손잡이로 쓰기에 좋고 또 사람들이 기어오를 수도 있지. 그리고 그 열매는 테니슨 경이 말했듯이 아주 까맣단다.

내가 너를 소피라고 부르지 않고 소피아라고 불러도 기분 나빠하지 않기를 바란다. 소피아라는 말은 아담과 이브가 낙원에서 어리석은 죄를 저지르기 이전에 모든 것을 질서 속에 유지시켰던 천상의 지혜, 바로 그런 뜻의 지혜를 의미한단다. 너도 분명 지혜롭게 자라리라 믿는다. 아, 이제 네가 놀 시간이 되었구나. 네가 좋아하는 오리들과의 즐거운 시간. 이만 줄이자꾸나.

랜돌프 헨리 애쉬

이러한 감정 표현은 정말 귀중한 가치를 지니고 있었다. 모티머 크로퍼가 아는 한 애쉬가 어린아이에게 쓴 편지는 이것이 세상에서 유일하다고 할 수 있었다. 더구나 애쉬는 어린아이를 별로 좋아하지 않았다는 세간의 평이 있었다. (그는 자기 아내의 조카나 사촌들도 싫어했다고 한다. 거의 병적으로 몸을 사렸다는 얘기도 있었다.) 그렇다면 이제 이러한 지금까지의 평판을 수정해야 하지 않는가. 크로퍼는 느릅나무, 삼목나무, 너도밤나무 등이 그려져 있는 다른 편지들도 사진에 담았다. 그러고는 욕실문에 귀를 갖다 댔다. 혹 웝쇼트 부인이나 그녀의 애완용 개인 통통한 테리어가 깨지 않았나 걱정되었기 때문이었다. 잠시 후 웝쇼트 부인과 개가 모두 코를 골며 잠에 빠져 있음을 확인한 그는 발끝을 들고 살며시 층계참을 올라 리놀륨을 밟고 지나 웝쇼트 부인이 손님인 자신에게 내준 방으로 들어갔다. 그런 다음 그는 암갈색의 공단과 하얀 망사를 거듭 씌우고 그 위에 유리를 깔아놓은 달걀 모양의 사이드 테이블 위, 치자나무로 장식된 하트 모양의 접시에 랜돌프 애쉬의 주머니 시계를 올려놓았다.

다음 날 아침, 그는 데이지 웝쇼트 부인과 식사를 했다. 커다란 몸집에 프랑스 비단으로 만든 드레스와 핑크색 앙고라 카디건을 걸친 그녀는 사람들에게 편안한 느낌을 주는 여자였다. 그녀는 크로퍼가 사양하는데도 불구하고 기어코 한 접시 가득 햄에그와 버섯, 토마토, 소시지, 그리고 구운 콩을 내왔다. 그는 삼각형으로 자른 토스트를 먹고, 흔들거리는 뚜껑의 얇은 커트글라스 접시에서 스푼으로 마멀레이드를 퍼먹었다. 그다음에는 진한 차를 한 잔 마셨다. 찻잔은 은색이었으며, 알을 품고 있는 암탉 모양의 자수가 놓인 찻잔 씌우개가 그 위에 살짝 얹혀 있었다. 사실 그는 차를 싫어했다. 그는 블랙커피를 즐겨 마시는 편이었다. 하지만 웝쇼트 부인에게 차맛이 좋다고 거듭 공치사하지 않을 수 없었다. 그의 집 창문에서 보면 잘 가꾼 정원이 나타나고, 그 너머로 주변이 절벽으로 둘러싸인 평평한 대지 위에 샐비어와 향나무가 보이고, 또 사막 위로 불쑥 솟은 산마루들이 한눈에 들어왔을 테지만, 웝쇼트 부인의 집 창밖으로는 길게 뻗은 잔디와 그 잔디를 따라 세워진 플라스틱 울타리만이 눈에 띌 뿐이었다.

「간밤에 아주 편안히 잘 잤습니다.」그는 웝쇼트 부인에게 감사의 말을 하지 않을 수 없었다.「이거 폐를 많이 끼쳐서 어떻게 하지요.」

「교수님, 그래도 교수님이 로드니의 편지에 관심을 보여 주신 것만으로도 전 기쁘답니다. 그 편지들, 시어머니가 물려주신 거지요. 아들을 믿어서 그랬을 거예요. 저는 시집 식구들을 만나 본 적이 없어요. 전쟁 중에 그 사람이랑 결혼했거든요. 소방 활동을 하던 중 만났지요. 당시 저는 어느 귀부인의 시중을 드는 여자였고, 그 사람은 어느 누가 봐도 잘생긴 신사였지요. 그런데 남편은 어느 일이고 흥미가 없는 사람이었어요. 정말이랍니다. 우린 잡화점을 내서 살림을 꾸려 가고 있었는데, 일은 저 혼자서 다 하고 그이는 오는 손님에게 그저 미소만 지을 뿐이었지요. 물론 조금은 창피한 얼굴을 하면서 말예요. 그 편지들을 그이가 어디서 구했는지는 정확히 몰라요. 아무튼 시어머니가 남겨 준 것은 분명해요. 시어머니는 늘 그이가 문학을 하는 사람이 될 거라고 말씀하셨고, 그리고 그 편지들은 어느 유명한 시인이 쓴 편지잖아요. 아무튼 남편이 편지들을 교구 목사님에게 보여 드렸는데, 목사님은 별로 중요한 것이 아니라는 투로 말씀하시 모양이에요. 하지만 전, 그 편지들이 한 아이에게 보내진 나무에 관한 이야기들로 별 중요한 것이 아니라 하더라도 결코 다른 사람에게 넘기지 않을 작정이랍니다.」

모티머 크로퍼 교수가 입을 열었다.「하머니 시에 있는 저희 대학의 스탄트 컬렉션은 랜돌프 헨리 애쉬의 편지를 모아 둔 곳으로 세계 최대, 최고입니다. 그가 무엇을 했으며, 그에게 중요했던 사람이 누구이며, 아무리 사소한 것이라도 그가 신경을 쓰며 몰두했던 것이 무엇인지, 가능한 한 모조리 알아보자는 것이 저의 목표이기도 합니다. 웝쇼트 부인, 부인이 가지고 계신 그 짤막한 편지들, 그 자체로는 아마 별 중요한 것이 아닐 수도 있습니다. 하지만 전 세계적인 관점에서 보면 얘기가 달라집니다. 한 인물의 삶을 반추하는 데 중요한 단서를 제공하며 작은 부분이나마 도움이 되는 것이죠. 부인께서 그 편지들을 스탄트 컬렉션에 맡겨 주시면 정말 고맙겠습니다. 그러면 그 편지들은 최적의 상태에서, 정화된 공기와 적절히 조절된 온도 속에서 영구히 보존될 겁니다. 그리고 아무나 와서 볼 수도 없지요. 오직 그 분야에서 인정받고 있는 학자들만이 볼 수 있을 뿐입니다.」

「제 남편은 그 편지들을 캐티에게 물려주길 원했어요. 우리 딸이죠. 물론 그 아이가 문학가가 되기 바라는 심정에서였죠. 교수님이 주무신 그 방이 바로 우리 딸아이가 쓰던 침실이랍니다. 집을 떠난 지가 오래됐어요. 지금은 아들 하나 딸 하나, 그렇게 두 아이를 둔 엄마죠. 하지만 전 우리 딸이 혹 일에 지쳐 쉬러 올 때가 있을까 봐 항상 방을 옛날처럼 그대로 꾸며 두고 있어요. 딸아이도 그런 점을 고맙게 생각하고 있고요. 아이들에게 영어를 가르치는 영어 선생이에요. 그 아이가 종종 그루머의 나무 편지들에 관심을 표한답니다. 아참, 우리는 그 편지들을 그루머의 나무 편지들이라고 불러요. 아무튼 저로서는 딸아이에게 물어보지 않고서는 교수님뿐만이 아니라 그 누구에게도 편지들을 넘길 수가 없어요. 어떤 의미로는 그 편지들이 딸의 것이라 할 수 있거든요. 제가 하는 말, 무슨 의미인지 아시겠죠?」

「물론 당연히 따님에게 물어보셔야지요. 하지만 저희들이 그 편지들의 대가로 그에 상응하는 조치를 취한다는 말씀도 전해 주셔야 합니다. 따님에게 말씀하실 때 꼭 전해 주세요.

윕쇼트 부인, 저희는 기금이 아주 풍부한 기관입니다.」

「기금이 풍부하시다고요……」 그녀는 그의 말을 되뇌었다. 크로퍼는 자신이 제시할 수 있는 금액이 대충 얼마나 되는지 그녀가 직접 물어보지는 않을 것이라 생각했다. 그녀가 그런 일은 점잖지 못한 일이라 생각하고 있는 것을 눈치로 알 수 있었기 때문이었다. 그렇다면 그로서는 일을 진행시키기가 훨씬 수월해지는 셈이었다. 이런 태도로 보아서는 그녀가 기껏 욕심 부리며 생각하는 금액이 그가 공개 입찰에서 기꺼이 제시할 수 있는 수준에 못 미칠 것이 뻔했다. 크로퍼는 이런 경우에 실수하는 법이 없었다. 더욱이 그는 어떤 시골 부목사나 학교 선생이 전문가로부터 자문을 받기 전이나 후 어느 경우에도, 그들이 요구할 수 있는 금액을 거의 1달러까지도 알아맞히는 실력을 보유한 사람이 아닌가.

「좀더 두고 생각해 봐야겠어요.」 그녀의 마음이 흔들리고 있음이 목소리에 그대로 나타났다. 「무엇이 최선인지 좀더 생각해야죠.」

「그러세요. 서두르실 필요는 없습니다.」 그는 그녀를 안심시키며 남아 있는 마지막 토스트를 먹고는 능직으로 만든 냅킨으로 손가락을 닦았다. 「그런데 이거 한 가지만은 유념해 주셨으면 합니다. 혹 누구 다른 사람이 그 편지들에 관심을 보이며 접근을 하더라도 최초의 관심을 보인 사람이 저라는 사실을 기억해 주셨으면 하는 겁니다. 다름 아니라 우리 같은 사람들은 어느 정도 학자로서의 예의를 갖추고 있습니다만 간혹 남의 뒷전에서 못된 행동을 하는 사람들이 있거든요. 저로서는 부인께서 먼저 저하고 아무런 상의 없이 그 편지들을 어떻게 하지 않겠다는 약속을 해주셨으면 더 바랄 게 없습니다. 물론 부인께서 그럴 기분이 내켜야 하겠지요. 하지만 자신있게 말씀 드릴 수 있는 것은, 부인이 모든 자문을 저에게 구한다면 분명 여러 가지로 득이 된다는 겁니다.」

「그런 생각은 안 해봤어요. 혹시나 그런 사람이 있다손 치더라도 접촉하지 않을 거예요. 그리고 또 한 가지 교수님께 분명히 말씀 드릴 수 있는 것은 지금까지, 교수님이 여기 오시기 전까지는 어느 누구하고도 접촉이 없었다는 점이에요.」

***

크로퍼 교수가 그 작은 집 현관에서 차를 몰고 나오자 근처의 이웃 사람들이 창밖으로 얼굴들을 내밀었다. 그의 차는 검은색의 대형 메르세데스였다. 철의 장막으로 둘러싸인 나라에서는 정말 정부 고관이나 타고 다님직한 종류의 차였다. 영국에서는 그런 차가 그가 입고 있는 트위드 재킷과는 달리 세인의 눈길을 끌며, 또 사람들이 과대평가할 수 있는 종류의 것임을 그 역시 잘 알고 있었다. 그러나 그는 개의치 않았다. 차가 멋지고 힘도 세며, 타기에 편안하니 타고 다니는 것 아닌가. 게다가 그에게는 남들한테 좀 멋지고 현란하게 보이고 싶은 마음이 늘 있었다.

차도로 접어든 그는 다음 방문지를 생각했다. 애쉬의 4행시와 자필 서명이 실린 사인첩이 소더비에서 판매되고 있으니 그곳에 가봐야 했다. 또한 그는 대영박물관에서도 며칠을 보내기로 마음먹었다. 순간 제임스 블랙커더가 떠오르자 그의 얼굴 표정은 혐오스러움으로 일그러졌다. 그리고 그는 베아트리스와 점심도 한번 같이해야 했다. 물론 이것 역시 즐거움보다는 역겨움이 더한 일이었다. 그가 이 세상에서 가장 못마땅하게 생각하는 것이 하나 있다면 그것은 바로 베아트리스의 선취 특권, 즉 엘렌 애쉬의 일기를 그녀가 거의 독점적으로 소유하고 있다는 사실이었다. 만일 그 자신이나 그의 연구 조교팀이 그 일기에 접근할 수만 있다면 주석도 달고 목록화해서 지금쯤은 상당 부분이 인쇄되어 나왔을 테고, 또 여기저기 참조하여 짜맞추다 보면 그의 연구에 한층 빛이 더했을 터였다. 그러나 베아트리스는, 정말 그가 보기에도 인색하고, 어설픈 지식이나 도락을 즐기는 전형적인 영국인의 모습에서 크게 벗어나지 않았다. 베아트리스는 늘상 자리에 앉아 목록 카드를 이리저리 섞으며 의미와 사실들의 관계를 규명하려고 애를 쓰지만 결과는 전무였다. 그러면서도 겉으로는 아무렇지도 않다는 듯이 앉아 있는 그녀의 모습은 『거울 속의 앨리스』에 나오는 심술쟁이 양의 모습과 다를 바가 하나도 없었다. 그는 여러 가지 확인해 봐야 할 사항을 가득 적은 노트 한 권을 지니고 있었다. 그녀가 그 일기를 보여 줄 때를 대비해서 대서양을 건너올 때마다 그는 어김없이 늘 그 노트를 끼고 다녔던 것이다. 아무튼 엘렌 애쉬의 일기가 그의 스탄트 컬렉션에 있어야 한다는 것은 변함없는 신념이었다. 하지만 그것이 없다고 그의 지적인 의문이 해결되지 않는 것은 아니었다. 그저 뭐 하나가 빠져 있으니 어딘가 마음이 편치 않다는 식의 감각적 결핍 정도로 느껴질 뿐이었다.

이따금씩 모티머 크로퍼는 자기도 자서전을 한번 써보면 어떨까 하는 생각에 빠질 때가 있었다. 또한 가족사를 쓰고 싶은 생각도 있었다. 역사와 글쓰기를 생각하고, 자기 의식, 즉 랜돌프 헨리 애쉬의 생애에 관한 모든 사항들, 가령 그의 수입과 지출, 저녁 약속, 도보 여행, 하인들에 대한 지나칠 정도의 동정과 유명 인사들에 대한 반감 등을 일일이 기록하고 조사했다. 그는 비록 상상의 것이긴 하지만 애쉬의 모습에서 자신의 모습을 보고, 자신의 생애도 기록으로 남겨 두고픈 마음이 생겼던 것이다. 그는 중요 인물이었다. 그는 권력도 휘두르는 인물이었다. 약속이나 약속의 파기도 자기 마음대로

할 수 있었다. 수표책도 마음대로 쓸 수 있었다. 그리고 스탄트 컬렉션이라고 하는 비밀 처소도 마음대로 드나드는, 이집트 지혜의 신인 토트나 메신저로서의 역할을 했던 로마 신 머큐리와도 같은 힘을 지닌 인물이었다. 그는 자신의 몸에 신경을 쓰는 외향적인 사람이었지만, 때로 자신은 누구인가라는 생각을 하고, 또 모든 것이 다 밝혀졌다고 느낄 때면 자기 자신에게 몰두하며 내적 인간으로서의 면모를 갖추는 세심함도 있었다. 물론 그런 생각은 지금처럼, 자신이 컴컴한 고독 속에 갇혀 움직일 때 간혹 떠오르는 생각이기는 했다.

나의 어린 시절

나는 성장 초기 단계에서부터 나중에 내가 어떤 사람이 될지를 알고 있었다. 뉴 멕시코 주, 치조우 가 — 그곳에서 그리 멀지 않은 곳에 지금 로버트 데일 오언 대학이 아름답게 자리 잡고 있다 — 의 멋진 우리 집에서 보물 진열장을 보고 자란 아이로서는 어쩌면 당연한 귀결인지도 모른다.

에버블레스트 하우스(영원히 축복받은 집)라 불리던 우리 집에는 우리 조부님과 증조부님이 수집하신 아름답고 진기한 물건들이 가득했다. 비록 아무 원칙 없이 그저 진기하기에 수집하고, 또 어떤 유명한 인물이나 혹은 과거의 인물과 관련이 있어서 모으긴 했지만 모두가 하나같이 박물관에 내놓아도 손색없는 뛰어난 물건들이었다. 그중에는 제퍼슨 자신이 그의 뛰어난 기술적 재능에 따라 모서리와 각도 등에 신경을 쓰고 직접 만들었다는 마호가니 악보대도 있었고, 천재적인 일기 작가이자 많은 위인들과 교분을 맺었던 크랩 로빈슨이 그의 뛰어난 감별안으로 그냥 잡동사니로 묻혀 버릴 물건 가운데서 찾아낸 (윌랜드의) 흉상도 있었다. 또한 뉴 하머니의 개척 시절에 로버트 오언이 사용했다는 새롭게 고안된 괭이, 스베덴보리[1]가 사용했다는 천체 관측기, 찰스 웨슬리[2]가 쓰던 찬송가 책, 라파이예트가 벤자민 프랭클린에게 선물로 주었다는 괘종시계, 다소 과도하다 싶을 정도로 아무 멋 없이 보석을 박아 놓은 발자크의 지팡이 등이 있었다. 특히 우리 조부님은 이런 물건들 가운데서 벼락출세한 발자크의 그 현란한 지팡이와, 진실성과 소박성을 보여 주는 오언의 괭이를 곧잘 비교하시곤 했다. 물론 그 괭이가 원시적인 상태의 괭이이기 때문에 우리 조부님이 상상하신 것만큼 그렇게 유용성이 있었는지는 의문의 여지가 있지만 심정적으로는 대단히 소중한 것으로 생각하셨다. 그리고 또 우리 집에는 여러 가지 정갈한 물건들도 많았다. 그중에는 세브르 산 도자기, 베네치아 유리, 그리고 동방의 타일 등도 있었다. 이러한 물건들의 대부분은 — 거의가 유럽 산 물건들인데 — 우리 조부님께서 수집하신 것이었다. 그분은 4개 대륙을 돌아다니시며 남들이 주목하지 않는 사소한 물건들을 묵묵히 찾아내시는 분이셨다. 어디 나갔다 돌아오실 때면 항상 새로운 보물들을 들고 오셔서 당시 절벽으로 둘러쳐진 고원을 마주하고 있던 하얀 우리 집에 더욱더 밝은 빛을 비추시곤 했다. 보물 진열장 안에 들어 있는 앞면이 유리로 된 케이스들은 바로 그분이 고안하신 것이었다. 이상주의적 성향을 지닌 초기 정착민들의 후예인 그분은 유니테리언 조상들이 쓰시던 옛날 가구들의 단순성과 스페인 계통 사람들의 물건이 보여 주던 거칠고 투박하지만 힘있고 단단한 특성을 조화롭게 혼합하여 그 물건들을 만드셨던 것이다.

1 Emanuel Swedenborg(1688~1772). 스웨덴의 과학자이자 신비주의자로 유명함.
2 Charles Wesley(1707~1788). 영국의 복음주의자이자 찬송가 작가.

나의 부친은 요즘 흔히 말하는 우울증으로 많은 고통을 겪으셨던 분이다. 그 증상 때문에 부친은 하버드 대학의 신학부를 우등으로 졸업하시고도 어떤 일도 마음먹은 대로 잘하실 수가 없었다. 그런데 그 부친께서 이따금씩, 당신께서 맑은 정신이 드신 날 정리해서 목록화시킨 보물들을 나에게 점검해 보라고 이르곤 하셨다. 물론 부친도 어떤 원칙 하에서 정리를 해둔 것은 아니었다. (언제 만들어진 것인지, 또는 언제 손에 넣은 것인지 연대순으로 정리하는 것이 가장 단순한 방법이기는 했다. 그러나 부친께서는 그런 단순함을 별로 좋아하지 않으셨다.) 아무튼 부친께서는 그런 경우 나에게 이런 말을 해주시곤 했다.「자, 봐라, 모티야. 여기 네 손안에 역사가 있다.」당시 나는 19세기 유명 인물들의 초상 스케치와 자필 서명된 사진에 대단히 매료되어 있었다. 초상화는 주로 리치몬드와 위츠가 그렸고, 사진은 줄리아 마거릿 캐머런[3]이 찍은 것을 나의 증조모님이신 프리실라 펜 크로퍼가 선물로 받거나 간청을 해서 얻은 것들이었다. 특히 그 초상화들은 내가 생각하기에 이 세상 어떤 초상화들보다 훌륭한 작품들이며, 그래서 내가 소장으로 있는 로버트 데일 오언 대학 스탄트 컬렉션에서도 초상화 부분의 경우 가장 핵심이 되는 작품들로 취급되고 있다. 어렸을 적, 그 초상화들은 자연히 내 친구가 되었고, 나는 상상 속에서 그 엄숙한 얼굴들이 따뜻한 미소를 지으며 웃고 있는 모습을 볼 수 있었다. 나는 칼라일의 험상궂은 얼굴을 보며 넋을 잃었었고, 엘리자베스 개스켈[4]의 부드러운 얼굴

---

3 Julia Margaret Cameron(1815~1879). 인도 태생의 영국 사진 작가.
4 Mrs. Elizabeth Gaskell(1810~1865). 런던 태생의 영국 작가. 중년이 되어 작품을 쓰기 시작해 『매리 바턴』, 『아내와 딸들』 등의 작품과 샬럿 브론티의 전기를 남겼다.

에서 시선을 떼지 못했으며, 뭔가 심각한 생각에 빠져 있는 듯한 조지 엘리엇의 무거운 얼굴에 경외감을 느끼고, 또 에머슨[5]의 성스러운 얼굴에서는 영혼의 빛 같은 것을 느낄 수가 있었다. 나는 몸이 허약한 아이였으며, 그래서 주로 집에서 교육을 받아야 했다. 처음에는 닌니라는 여자 가정교사가 나를 돌봐 주었고, 나중에는 하버드 대학 출신의 한 남자 가정교사가 나를 가르쳤다. 그는 나의 부친께 시인으로 추천된 사람인데 대작을 쓰기 위한 발판으로 가정교사를 해서 돈을 버는 것이라 말했다. 그의 이름은 홀링데일, 아서 홀링데일이었다. 그는 내가 쓴 글에서 상당한 문학적 자질을 발견할 수 있다며 나를 많이 격려해 주었다. 특히 에즈라 파운드[6]에 푹 빠져 있었던 그 선생은 나의 관심이 현대 문학 쪽으로 기울도록 무척 많은 노력을 기울였다. 하지만 나의 기호와 적성은〈과거〉로 기울어져 있었다. 지금 생각하면 홀링데일 선생은 자신이 꿈꾸었던 대작을 전혀 쓰지 못한 것으로 기억된다. 그는 사막 속에 뚝 떨어져 사는 우리 집의 분위기에 잘 적응하지 못했다. 그래서 마치 여느 시인들이 그러하듯 멕시코산 증류주인 데킬라에 중독되다시피 하더니 마침내 우리 곁을 떠나고 말았다. 물론 서로에게 섭섭함 같은 것은 없었다.

우리 가족이 소유한 귀중한 물건 가운데 또 하나 빼놓을 수 없는 것이 있다. 그것은 아주 중요한 의미를 지닌 한 통의 편지이다. 바로 랜돌프 헨리 애쉬가 나의 증조모이신 프리실라 펜 가문 출신의 프리실라 펜 크로퍼에게 보낸 편

---

5 Ralph Waldo Emerson(1803~1882). 미국 초절주의 사상가. 많은 시와 에세이를 남겼으며, 작품을 통해 정신적 개인주의를 강조한 사상가이다.
6 Ezra Pound(1885~1972). 미국 태생의 시인이자 비평가. T. S. 엘리엇과 더불어 현대 영시의 선구자로 평가받는다.

지였다. 메인에서 도망친 노예들의 거처를 마련해 주고, 또 당시 뉴 잉글랜드 지역에서 움트고 있던 새로운 사상과 생활방식에 열렬히 참여했던 한 헌신적인 노예 제도 폐지론자의 딸로 출생하신 증조모님은 아주 억센 분으로, 어떻게 보면 〈별난〉 성격을 지니신 분이라고도 할 수 있었다. 가문의 핏줄을 이어받았는지 그분은 여성 해방 운동의 열렬한 옹호자가 되었으며, 당시 인권을 위해 투쟁한 많은 맹렬 운동가들과 마찬가지로 그 밖의 많은 운동에도 가담하셨다. 또한 그분은 당신이 커다란 효험을 봤다는 최면 치료에 대해 대단한 믿음을 지니고 계셨고, 그 당시 폭스족 인디언 출신의 자매가 최초로 신령의 소리를 들었다는 이야기가 퍼진 이후로 미국 전역에서 활발하게 확산되고 있던 심령주의 실험에도 많은 관심을 보이기도 하셨다. 그러곤 『우주의 열쇠』를 지은 신비가 앤드류 윌슨을 집으로 (그때는 뉴욕에 있었다) 초대해 스베덴보리, 데카르트, 베이컨의 영혼과 대화를 나누기도 하셨다. 여기서 덧붙여야 할 점은, 그분이 비록 퀘이커 교도들인 펜실베이니아 사람들과의 혈족 관계를 인정하기는 했어도 내가 연구해 본 바에 따르면 그렇게 대단한 관계가 있지는 않다는 사실이다. 그리고 한 가지 더 언급하자면, 그분이 역사적으로는 프리실라 펜의 재생 파우더를 만든 사람으로 기록되어 있는데 그분의 다재다능함과 발명심을 고려한다면 다소 공정치 못하게 취급 받은 것이 아닌가 하는 점이다. 내가 알기에 그 약은 특허권까지 얻은 약품으로 그 약을 먹고 사망했다는 사람은 없으며, 오히려 우리 증조모님이 주장하시듯 적어도 많은 사람의 목숨을 구했는지도 모른다. 물론 진정한 약효가 있었다기보다는 환자를 안심시키는 데 더 큰 효과를 보였겠지만 말이다.

아무튼 그 파우더는 놀랄 정도로 잘 팔려 증조모님께 상당한 부를 안겨다 주었으며, 그 결과 우리의 영원한 축복의 집인 〈에버블레스트 하우스〉가 건축될 수 있었던 것이다. 에버블레스트 하우스는 처음 방문하는 낯선 사람들에게는 놀라움의 대상이었다. 왜냐하면 그 집은 남북전쟁시 나의 친고조부님이신 모티머 D. 크로퍼에 의해 파괴된 미시시피의 한 팔라디오 양식의 저택을 그대로 모방한 것이기 때문이었다. 그런데 그 고조부님의 아들이신 샤먼 M. 크로퍼가 그 혼란의 시기에 생계를 위해 말을 타고 북부 지역을 돌아다니던 중, 흔히 가족의 전설이 그러하듯, 한 옥외 집회에서 많은 대중들에게 연설을 하고 있던 증조모님을 만나게 되었던 것이다. 당시 증조모님은 일치와 화합이라는 푸리에[7]의 공상적 사회주의 원리와 개인의 사사로운 정욕과 쾌락의 추구를 과감히 억제해야 할 필요성에 관하여 연설하던 중이었다. 그때부터 어떤 열정 때문인지 아니면 개인적인 믿음 때문인지 잘 모르겠지만 증조부님은 증조모님을 따라다니셨으며, 급기야는 1868년 뉴 멕시코에까지 건너가 그곳에서 한 무리의 사람들과 함께 사회주의적 공동 생활촌을 건설하기 시작하셨다. 그때, 공동 생활촌 건설에 참여한 사람들 중에는 로버트 오언과 그의 아들이자 『이 세상과 저 세상 사이의 분쟁지』의 저자인 로버트 데일 오언이 건설하려다 실패한 모델 공산촌과 장방형의 마을에서 이탈되어 나온 이른바 소수 분파에 속하는 사람들도 있었다.

오언의 마을 건설보다 그다지 진지하지 못했던 그분들의 공동 생활촌 구상은 실패로 끝나고 말았다. 이유는, 인

---

[7] Charles Fourier(1772~1837). 프랑스 태생의 사회 이론가. 사회를 자급자족의 공동체 단위로 재편해야 한다고 주장한 공상적 사회주의자.

간에게 있을 수 있는 모든 정욕의 변수를 대표한다는 신비의 수인 1,620에 주민 수를 맞추었지만 그만한 숫자의 사람들이 모이지 않았기 때문이었으며, 또한 그곳에 모여든 열렬한 신봉자들 가운데 농사를 잘 짓거나 아니면 사막의 환경을 잘 아는 사람이 한 사람도 없었기 때문이었다. 그럴 즈음, 개인적으로 꿈꾸던 미래가 있었던 남부 신사이신 나의 증조부님은 때를 기다렸다가 증조모님께 합리적이고 조화로운 삶을 강조하는 그녀의 삶의 원칙을 토대로 잃어버린 청춘의 낙원을 다시 한 번 세워 보면 어떻겠냐고 제의하셨다. 다시 말해, 그분들의 행복을 너무 분열적이고 관리할 수 없는 열정적인 집단 사랑이 아닌 실천 가능한 가정생활의 즐거움(물론 노예를 부리는 것은 아니지만 살림을 돌봐 주는 사람은 두면서)에서 찾아보자는 얘기였다. 그 결과로 재생 파우더의 판매 수익금이 지금 나와 나의 모친이 살고 있는 이 아름다운 집을 짓는 데 쓰였고, 그 이후로 나의 증조부님은 진기한 물건 수집에 몰두하셨다.

우리 집에는 프리실라 펜 크로퍼의 초상화가 많이 남아 있다. 그 초상화들을 보면 그분은 정말 상당한 미인이신데다 매력적인 데도 많았던 분이셨던 것 같다. 1860년대와 70년대에 그분의 집은 심령주의자들의 연구소 역할을 하였으며, 늘상 열성적인 태도로 개화된 세계의 유명 사상가들을 초대하려고 무진 애를 쓰셨다고 한다. 아마 그러한 노력 가운데 하나가 바로 랜돌프 헨리 애쉬로 하여금 당신에게 편지를 쓰도록 이끌었는지도 모른다. 아무튼 그 편지가 알 수 없는 이유로 나의 관심을 끌게 되었고, 그 결과 지금은 내 평생의 관심사로 자리 잡게 되었다. 그렇지만 그분이 애쉬에게 보냈을 편지도 분명히 있을 텐데 아무리 찾아다니고 탐문을 해도 그것은 아직 찾아내질 못했다. 어쩌면 그 편지는 그분께서 직접 없애 버렸을지도 모르는 일이다. 어쨌건 우리 집의 많은 진기한 물건들 가운데 왜 유독 그 편지가 나의 마음을 흔들었는지 모르겠다. 정말 신의 손길이 나의 마음을 움직였는지도 모르는 일이다. 아니면, 내 조상의 관심사에 대한 랜돌프 헨리의 반박이 나의 흥미를 불러일으켰는지도 모른다. 나의 아버님이 얇은 천에 싸여 보관되어 있던 그 육필 편지를 처음 건네주셨을 때, 나는 내가 과연 그 글의 의미를 판독해 낼 수 있는지 알아보고 싶은 욕심이 생겼다. 그때의 기분이란 마치 키츠의 시에 나오는, 다리엔 봉우리에 말없이 서서 태평양을 응시하는 코르테즈의 흥분,[8] 그것이었다. 그리고 그 편지를 손에 쥐었을 때 나는, 테니슨의 말대로 죽은 자가 과거에서 되살아나 나를 만지고 있다는 느낌을 지울 수가 없었다. 바로〈아직도 푸르름을 간직하고 있는 그 낙엽들 / 죽은 자들의 숭엄한 글자들〉속에서 나는 나의 삶을 지탱해 온 것이 아닐까.

우리의 보물 진열장은 보통의 유리로 된 둥근 지붕에 작지만 정교한 뾰족탑이 세워져 있었다. 그리고 그 진열장이 있는 방은 손잡이를 돌려 조명을 조절할 수 있는 블라인드가 쳐져 있었다. 그런데 바로 그날, 평상시와는 달리 부친께서 창문의 덧문뿐만 아니라 초록색의 블라인드까지 다 열자 방 안이 태양 광선으로 가득해졌다. 그 환한 햇빛의 고요 속에서 나는 로버트 데일 오언 대학의 하머니아 박물관을 더욱 아름답게 꾸며 주고 있었던 스탄트 컬렉션을 머릿속에 떠올렸던 것이다. 물론 그 박물관 역시 우리 조상 가운데 한 분이신 샤먼 크로퍼가 기금의 일부를 출원하신

---

[8] 키츠의 시「채프먼의 호메로스를 처음 읽고서」에서 서구인으로서 태평양을 처음 발견한 사람으로 그려진 코르테즈를 말함.

것이었으며, 더욱이 그 재생 파우더가 박물관의 초석을 다지는 데 큰 역할을 담당했던 것이기도 하다.

나는 여기, 우리 증조모님이 소유하시던 편지 전문을 싣는다. 그 편지 내용은 내가 편집한 서한집 제9권(No. 1207, 883쪽)에도 수록되어 있으며, 런던 대학의 제임스 블랙커더 교수가 책임 편집을 맡고 진행 중인 RHA 전집에 일종의 심령시로 수록된 『악마에 씌인 미라』라는 시의 주석에도 그 일부가 발췌되어 나온다. 하지만 나는 그 시에서 남의 말을 잘 믿는 가공의 인물로 그려진 에클레버그 부인을 내 증조모님과 동일시하려는 블랙커더 교수의 견해는 인정하고 싶지가 않다. 확연히 일치하지 않는 부분이 눈에 띌 정도로 많이 나타나기 때문이다. 그 점을 나는 「잘못된 인물 파악의 본보기」라는 제목의 논문(PMLA, LXXI, 1959년 겨울호, 174~180쪽)에서 상세히 거론하였다.

크로퍼 부인에게,

부인의 플란셰트[9]에 관한 이야기 정말 고맙습니다. 새뮤얼 테일러 콜리지의 펜 끝에서 나온 그 어떤 것에도 제가 흥미를 느끼리라는 부인의 생각은 맞습니다. 하지만 부인에게 솔직히 말씀 드리면, 어떻게 그 뛰어난 정신의 소유자가 우리의 찌들고 억압적인 세속적 삶에서 어렵게 빠져나온 뒤 마호가니 테이블을 들어 올리거나, 난로가 있는 거실을 어떤 생각에 잠긴 듯 살며시 오가거나, 아니면 그의 해방된 지성을 부인이 저에게 보내 주신 것과 같은 무의미하고 쓸데없는 고통스러운 글쓰기로 전환시키는 일 등에 자신의 삶을 구속시키는 생각을 했는지, 혐오스럽기

---

9 바퀴 두 개와 연필 한 자루로 받친 심장꼴의 점판으로 손끝을 가볍게 대면 판이 움직이며 그에 따른 연필의 궤적으로 점을 침.

까지 합니다. 그렇다면 그 사람은 지금쯤 꿀이나 먹으며 아무 말 없이 있다든지 낙원의 우유나 마셔야 하는 것 아닙니까?

제가 결코 비웃는 것은 아닙니다.

부인, 저 역시 부인이 말씀하신 그런 심령의 물질화 현상을 보여 주는 시범 전시회에 참석해 본 적이 있습니다. 그러나 제 생각에는 아무리 그럴듯한 설명이라도 대담한 사기와 공동 히스테리를 한데 섞어 놓은 것에 불과하다고 봅니다. 말하자면 우리 점잖은 사회를 병들게 하거나 티파티에서의 우리 대화를 흥분이나 자극으로 몰고 가는 불안한 분위기 혹은 정신적 흔들림과 발열적인 동요 같은 것이지요. 순수한 논리적 사고와 이론적인 기질을 지닌 사람이라면 점점 증대되고 있는 우리 사회의 물질주의 현상에서 그 불길한 분위기의 원인을 찾을 수 있을 겁니다.

또 현재 우리의 지성 발달 단계에서는 당연하고 불가피하게 여겨질지 모르겠습니다만, 우리의 역사적 종교적 줄거리를 크게 의심하는 데서도 그 원인을 찾을 수 있겠지요. 모든 것은 정말 불확실합니다. 더구나 역사가나 학자는 우리의 단순한 신념을 잠식할 수도 있습니다. 비록 우리가 끊임없이 행하는 줄기찬 연구의 최종 결과가 그런 신념을 강화하는 것이라 한지라도 그것이 아주 수월하게, 더구나 우리 시대에 이루어질 법하지는 않습니다. 그렇다고 확실성을 목마르게 바라는 불안한 대중들에게 대단한 효험이 있는 특효약이나 묘약이 있는 것은 아니지요.

역사가나 학자들은 죽은 것들과 긴밀히 내통한다고들 말합니다. 퀴비에[10]는 다 죽은 메가테리움에게 육신과 움

---

10 Georges Cuvier(1769~1832). 프랑스의 동물학자로 고생물학의 선구자.

직임과 생리적 욕망을 나누어 주고, 반면에 미슐레[11]와 레낭,[12] 칼라일과 그림 형제의 살아 있는 귀는 소멸된 것의 생기없는 외침 소리를 듣고 그들에게 목소리를 주었습니다. 저 역시 상상력의 도움으로 그런 방면의 연구를 조금 했으며, 복화술도 하고, 또 과거의 목소리와 과거의 삶에 제 목소리를 빌려 주고 저의 생명을 나누었습니다. 우리의 삶 속에 그 과거의 목소리와 과거의 삶을 하나의 경고나 모범으로 소생시켜, 우리의 삶 가운데 끈질기게 죽지 않고 살아 있는 과거의 생명으로 간직하는 것이 모든 남녀 사상가들의 임무일 겁니다. 그러나 부인도 잘 아시겠지만 그런 일을 수행하는 데는 많은 방법들이 있으며, 그 가운데는 시험하고 시도해 볼 만한 것도 있지만 또 많은 위험과 실망이 뒤따르는 온당치 못한 것들도 있습니다. 우리가 읽고 이해하고 골똘히 생각하고 또 지적으로 파악해야 하는 것은 우리의 현재적 삶입니다. 사실 우리가 평생 동안 연구를 해도 우리는 우리 인간이 형성되기 전의 영겁의 세월은 내버려 두고라도 우리 조상들의 과거 가운데서도 오직 작은 한 부분만을 알 수 있을 뿐입니다. 그러나 그 작은 파편과도 같은 부분을 우리는 철저히 소유하고 또 그것을 후손들에게 물려주어야 할 것입니다. 그런 일이 물론 쉽지는 않겠지요. 그리고 그 목표에 지름길도 없겠지요. 천국의 도시로 들어가는 문 곁에서 지옥으로 향하는 길을 찾아낸 버니언의 무지와 무엇이 다르겠습니까?

부인, 죽은 것들과 이야기를 나누려고 애쓰는 가운데 과연 부인이 하는 일이 무엇인지 한번 생각해 보십시오. 그런 시간 낭비 속에 과연 죽은 것들에게 어떤 지혜를 나누

---

11 Jules Michelet(1798~1874). 프랑스의 역사학자.
12 Ernest Renan(1823~1892). 프랑스의 문헌학자이자 역사가.

어 줄 수 있는지? 할머니가 할아버지의 시계 속에 그녀의 새 브로치를 넣어 두었다. 혹은 이미 고인이 된 고모가 가족 묘지의 자기 관 위에 어느 아기의 관이 얹히는 데 대해 분개했다. 혹은 부인이 신봉하는 S.T.C.가 부인에게 확신시켜 주었듯이 저 세상에서 〈그들이 하지 못한 일에 대해 죄값을 달게 받으려는 자들에게 영원한 축복이 있을지니〉, 뭐 이런 식으로 말한들 무슨 의미가 있습니까. 그리고 부인, 이런 얘기를 하는 데 무덤에서 나온 영령이 무슨 필요가 있습니까?

어떤 보이지 않는 임무를 띠고 우리 근심의 물줄기를 타고 건너오는 방황하는 영혼이나 지상의 환영, 바람의 자식 등이 있을 수 있습니다. 어떤 무서운 장소에 정신의 형태를 띤 어떤 고통스러운 회상이 내재해 있다는 것이 그 증거일 수도 있습니다. 정말 우리 철학에서 꿈꾸는 것보다 더한 것이 천상과 지상에 있을 수도 있습니다. 그러나 그런 것들이 영혼의 두드리는 소리나 영의 신호, 혹은 두 눈에 빤히 보이는 서투른 조작, 혹은 부인이 말씀하신 그 플랑셰트의 연필 궤적을 통해 나타나는 것은 아닙니다. 오히려 그것은 죽은 정신과 살아 있는 유기체 간의 복잡한 상호작용에 대해 인내심을 가지고 오랫동안 명상하는 가운데, 그리고 지상을 떠나지 못하는 망령들의 심문이 아닌 현미경이나 분광기를 통해 앞뒤를 내다볼 수 있는 지혜를 터득함으로써 가능한 일이라고 저는 믿습니다.

편지를 너무 길게 쓴 것 같습니다. 저를 생각해 주는 부인의 호의를 무시하거나, 부인에게 적대적인 모욕감을 안겨 주려는 생각은 추호도 없습니다. 하지만 저에게는 분명한 확신이 있습니다. 저 자신의 경험과 어긋나지 않는 그 신념에 의해 저는 부인이 말하는 영혼의 소통을 인정할 수가 없군요. 이제는 그런 류의 글을 보내지 않았으면 합니다. 하지만 부인에게는, 그리고 진실을 추구하려는 부인의 사심없는 노력에는 진심으로 경의와 박수를 보냅니다. 여성을 위한 당신의 투쟁은 정말 숭고한 정신이며, 언젠가는 반드시 성공을 거둘 것입니다. 앞으로 그런 부인의 노력이 어떤 결실을 맺을지, 좋은 소식이 들리길 바라며.

부인을 진심으로 존경하는
R. H. 애쉬 드림

모티머 크로퍼의 자전적 스케치에 있어서 이 편지 내용은 항상 중요한 위치를 차지하고 있었다. 이것에서부터 그의 평범한 어린 시절의 기억이나 그 후 랜돌프 헨리 애쉬와의 만남의 기록이 차례차례 꼬리를 물고 이어져 나오기 때문이었다. 정말 이따금씩 그는, 처음 이 파닥거리는 편지지와 잉크 자국을 접한 이후로 자신의 실체나 자기만의 독립적인 경험은 전혀 존재하지 않는다는 식의 느낌 속에 이 편지를 떠올리곤 했었다. 마치 이 편지를 언급하고 수록하기 위해, 그리고 편지를 정독하고 번뜩이는 어느 한 인식의 순간에 도달하기 위해 자신의 옛이야기를 이끌어 냈다가는 돌연 그 충동과 긴장이 사라지면서 글을 끝마치는 것이 그의 어린 시절과 이 편지와의 상관관계인 듯했다. 물론 별다른 의미 없이 그는, 그의 할머니가 그 사막으로 도입한 향료와 장미꽃잎, 백단과 사향의 옛 내음 속에 연기처럼 피어 오르는 어린 시절의 기억을 첨가시키기도 하였다. 그러나 그럴 때면 그는 또한 그런 식의 글쓰기를 계속할 수 없다는 생각에 빠지기도 하였다. 계속 글을 이어 가다 보면 자신의 어머니에 관해, 또 어머니와 함께한 미국의 가정생활에 관해, 그리고 자신이 집을 떠나 해외에 나가 있을 때 어머니에게 보내 드렸던 애정이

듬뿍 담긴 장문의 편지에 관해 언급해야 하는데 그는 그런 것들을 차마 들추어내고 싶지 않았기 때문이었다. 사실 우리 모두도 애써 밝히고 싶지 않은 그 무엇을 우리 삶 속에 간직하고 있는 것이다. 다만 우리는 크로퍼 교수와 그의 어머니와의 관계를 모호하긴 하지만 간단히 이렇게 서술하는 것으로 끝을 내는 것이 좋을 듯하다. 크로퍼 부인은 사막에 앉아 자신의 의지와 돈의 힘으로 꽃을 자라게 하였다. 어머니가 자신을 어떻게 생각했는지 떠올릴 때마다 크로퍼 교수는 균형 감각을 잃어버리곤 했다. 그녀는 그의 널찍한 현관에 커다란 모습으로 나타나거나 아니면 그의 방목지에 우뚝 선 모습으로 출현하는 것이었다. 그녀는 자기 아들에게 많은 것을 기대했다. 그리고 그가 그 기대를 만족시켜 드리지 못한 것도 아니었다. 그러나 그는 언제나 어머니의 기대에 부응하지 못한다는 두려움에 휩싸여 있는 사람이었다.

***

크로퍼는 흡족한 마음을 안고 바레트 호텔로 돌아왔다. 그가 바레트 호텔을 택한 것은 그곳이 편하기 때문에서뿐만 아니라 과거에 애쉬를 방문한 많은 미국 작가들이 그곳에서 묵었기 때문이기도 했다. 많은 편지들이 그를 기다리고 있었다. 그중에는 어머니한테서 온 편지도 있었고, 아이슬란드의 풍경에 관한 크로퍼의 발견에도 불구하고 『아스크와 엠블라 Ⅲ』에 자신이 붙인 주석을 수정할 의사가 없다는 블랙커더의 메시지도 있었다. 또한 옛 빅토리아조 시대의 물건을 판다는 크리스티 상점의 카탈로그도 있었는데, 그 안에는 한때 엘렌 애쉬의 소유였다고 여겨지는 바늘 단지와 베니스에 있는 한 미국인 미망인이 소유하고 있다는 반지도 있었다. 특히 그 반지에는 수정알이 박혔던 구멍에 애쉬의 머리카락 몇 가닥이 끼여 있다는 것이었다. 스탄트 컬렉션에는 애쉬의 머리카락을 그의 삶의 궤적에 맞춰 잘라서 수집해 놓은 것이 있었다. 검은 머리카락에서 반백의 머리카락, 그리고 마지막으로 사후의 흰머리가 그대로 보존되어 있었던 것이다. 분명, 블룸즈베리의 애쉬 저택에 있는 애쉬 박물관측에서도 그 물건들을 탐낼 터이지만, 결국에는 그 바늘 단지와 애쉬의 머리카락이, 애쉬의 유품뿐만이 아니라 그의 아내와 친지들의 유품까지도 잘 조절된 고요한 공기 속에 보존되고 있는 스탄트 컬렉션에, 그것도 그 심장부라 할 수 있는 육각형의 유리방 속에 들어가게 될 것이리라. 크로퍼는 바의 이글거리는 난로 근처 키 높은 가죽 의자에 앉아 자신에게 온 편지들을 읽기 시작했다. 그러고는 곧 사막의 열기 속에 빛나는 자신의 하얀 신전을 생각했다. 그 신전을 둘러싸고 있는 서늘한 정원, 높은 계단들, 유리로 된 벌집 모양의 고요한 방들, 햇빛 환한 개인 열람석과 서로 연결된 서고, 일반 열람석, 금빛으로 반짝이는 창틀들, 그리고 그 모든 것을 위에서 감싸 안고 있는 듯한 전등 불빛 아래에서 마치 휘황찬란한 베틀북 속에 들어 있는 듯 아무 말 없이 자신이 할 일을 찾아 움직이는 학자들…….

크로퍼는 자신이 바라던 물건 구매를 마치고 나서 베아트리스 네스트와 점심을 같이하리라 생각했다. 또한 블랙커더도 만나 보기로 하였다. 그는 자신의 아이슬란드에서의 관찰에 대해 블랙커더가 분명 무시하는 투의 말을 할 것이라 예상했다. 그가 아는 바에 따르면 블랙커더는 빅토리아 시에 관한 국제 학술 회의가 열리는 경우를 제외하곤 여러 해 동안 거의 영국 밖으로 나가 본 적이 없는 사람이었다. 그리고 국제 학술 회의라는 것도 동일한 호텔에서 묵고 또 그곳에서 차를 타고 가면 도달할 수 있는 거리의 동일한 세미나실에서 열리는 것이 보통이었다. 반면에 크로퍼는 일찍부터 기회가 주어질 때마다 랜돌프 애쉬의 족적을 따라 애쉬의 여행길을 찾아 나섰던 것이다. 그의 첫 번째 여행은 애쉬가 1859년 일단의 아마추어 해양 생물학자들과 더불어 도보 여행을 즐겼다는 요크셔 북부의 늪지대와 해안 지역이었다. 1949년에 크로퍼는 그와 똑같은 코스의 여행을 떠나 선술집을 찾고, 암석의 구조를 살펴보고, 로마인들이 건설한 도로와 산산이 부서지는 진주알처럼 영롱히 빛나는 계곡물도 둘러보고, 로빈후드 만에 머무르며 별맛이 없는 따뜻한 흑맥주를 마시고, 양고기의 목덜미살로 만든 스튜와 기름에 볶아 물에 넣고 끓인 고기 찌개를 먹기도 했다. 그 음식 때문에 속이 뒤집히기는 했지만 말이다. 나중에 그는 애쉬의 자취를 따라 암스테르담과 헤이그에도 가봤으며, 아이슬란드로 건너가서는 애쉬의 발자국을 따라 걸으며 간헐천과 부글부글 끓는 용암을 구경하고, 애쉬가 아이슬란드 문학에서 영감을 얻어 쓴 두 편의 시를 생각했다. 한 편은 빅토리아인들의 회의와 절망을 그린 서사시 『신들의 황혼』이었으며, 또 한 편은 연작의 형태로 된 신비스러운 사랑의 서정시로서 1872년에 출간되었지만 그보다 훨씬 이전에, 즉 애쉬가 칼버리의 대성당 주임 사제의 딸인 엘렌 베스트에게 구혼을 할 때쯤에 씌어진 것으로 여겨지는 『아스크와 엠블라』였다. 애쉬는 엘렌 베스트를 15년 동안 사랑하다 마침내 그녀와 그녀 가족의 허락을 받아 1848년에 결혼식을 올릴 수 있었다. 어쨌거나 블랙커더가 1960년대에 이루어진 모티머 크로퍼의 아이슬란드에서의 관찰을 이제야 생각했다는 것은, 그의 책임 아래 이루어지고 있는 전집 출판의 지지부진한 진척 사항을 눈감고도 뻔히 알 수 있는 단적인 예였다. 1969년 크로퍼는 애쉬의 자기 구현 혹은 자기 희화화를 보여 주는 독백시 가운데 한 편에서 제목을 따 『위대한 복화술사』라고 제목을 붙인 애쉬의 전기를 출판하였다. 그런데 그전에 그는 애쉬의 주요 여행 경로를 따라 베니스, 나폴리, 알프스 산맥, 검은 숲, 그리고 브르타뉴 해안을 다 방문한 터였다. 그 가운데 마지막 여행은 바로 1848년에 이루어진 랜돌프 애쉬와 엘렌 애쉬의 신혼여행길을 재현하는 것이었다. 애쉬 부부는 폭풍우가 휘몰아치는 가운데 우편선을 타고 영국해협을 건너 프랑스로 건너가서는 마차를 타고 파리로 갔다(그 길을 크로퍼는 자동차로 여행했다). 그런 다음 그들 부부는 파리에서 기차를 타고 리옹으로 갔으며, 리옹에서 보트를 타고 론 강을 따라 엑상 프로방스까지 갔었다. 그들은 심한 폭우 속에서 여행을 하였다. 그러나 임기응변의 재주가 있었던 크로퍼는 송진과 기름 냄새가 진동하는 목재 운반선을 얻어 탈 수 있었으며, 더욱이 운이 좋았던지 날씨도 좋아 밝은 햇살에 황금빛으로 일렁이는 강물을 즐기고 팔뚝까지 검게 그을리며 여행을 만끽할 수 있었다. 엑상에서 애쉬가 묵었던 호텔에 여장을 푼 크로퍼는 애쉬가 지나간 코스를 따라 이곳저곳 돌아다니다가, 마침내 이탈리아의 시인인 페트라르카[13]가 그의 이상적 사랑의 여인인 로르 드 사드[14]를 생각하며 16년 동안이나 고독 속에 파묻혀 살았다는 보퀼르즈 샘을 방문함으로써 그의 여행에서 가장 절정의 순간을 맛보기도 했다. 그 여행에서의 소득은 『위대한 복화술사』에서 크로퍼 자신이 설명한 샘물에 관한 이야기를 살펴보면 잘 나타난다.

13 Francesco Petrarca(1304~1374). 이탈리아의 시인이자 학자. 1327년 아비뇽에서 처음 만난 로르에게 영감을 받아 지조와 순결에 관한 연애시를 많이 씀. 르네상스 초기 인문주의자이자 고전학자임.
14 Laure de Sade(1310~1348). 보통 로라Laura라고 함. 페트라르카가 로라에게 보내는 사랑의 서정시로 유명하다.

그래서 1848년 6월 어느 맑은 날, 시인과 그의 신부는 그늘진 강둑을 따라 소르그의 원천이 있는 동굴까지 나아갔다. 그 광경은 아무리 낭만적인 여행가가 보더라도 경이롭고 숭엄했다. 더욱이 기사도적인 사랑의 실천가 페트라르카가 그 속에서 헌신적 사랑의 나날을 보내고, 그의 애인이 역병에 걸려 죽었다는 소식을 듣고 난 뒤에 고통의 나날을 보냈다는 기억을 떠올리니 더욱 인상적일 수밖에 없지 않는가.

흙면이 말라 버린 그 강둑이 지금은 사람들이 많이 지나다니는 바람에 잘못하다가는 미끄러지기 십상이다. 그리고 북쪽에서부터 내려온 그 여행자는 자신이 목표로 한 곳에 가려면 많은 관광객들과 짖어 대는 프랑스 개들, 손뼉을 치며 아장아장 걷는 아이들, 솜사탕을 파는 상인들 등 많은 사람들의 틈바구니를 뚫고 지나가야 하며, 게다가 조잡하기 이를 데 없는 싸구려 기념품이나 공예품들을 사라는 행상들의 유혹도 뿌리쳐야만 했다. 옛날 한때 사나웠던 물살은 둑과 많은 파이프들로 잠잠해져 있었다. 안내 책자를 보면 옛날에는 강물이 어찌나 사나웠던지 한번 불어나면 그 동굴뿐만 아니라 주변 지역까지 범람했다고 한다. 하지만 그 문학의 순교자는 결코 굴하지 않았다. 그가 모든 역경을 뚫고 사물의 이치상 옛모습 그대로, 거의 변하지 않은 채 도도히 흐르고 있을 푸르른 물과 강 아래로 낮게 드리운 커다란 바위들을 시야에 가득 담으면 그것으로 충분히 보상이 되지 않겠는가.

강물은 매우 빠르게 일어나 동굴 안으로 들어왔다. 어떤 보이지 않는 힘에 의하여 지하의 물이 불어나고, 또 보퀼르즈 평원과 랜돌프 애쉬가 편지에서 밝혔듯이 방투산 ― 페트라르카는 바람의 산이라고 불렀던 산 ― 의 바위들

위에 쌓였던 빗물이 한데 합쳐지면서 불어나 그렇게 되는 것이다. 그 웅장한 물줄기를 보고 그는 분명, 그렇게 애착을 갖고 있는 시인 페트라르카와 자신의 엠블라 시에 많은 영향을 미쳤던 페트라르카의 로라에게 보내는 소네트를 생각했을 터이고, 시와 연관 지어 콜리지의 신성한 강과 시신(詩神)들인 뮤즈들의 샘물을 머릿속에 그려 봤을 터이다. 무화과나무들과 환상적인 식물들이 가장자리를 둘러싸고 있는 동굴의 전면에는 급류를 이루고 있는 강물의 수면 위로 하얀 바위들이 그 모습을 드러내고 있었다. 그렇게 빠르게 흐르던 물줄기는 이내 잔잔히 물결치는 푸른 수초들 속으로 빨려 들어가고 있었다. 분명 밀레나 홀만 헌트[15]가 화폭에 담았음직한 멋진 풍광이었다. 엘렌은 그 아름다움을 〈정결하고 깨끗하고 부드럽다〉고 표현했다. 랜돌프는 우아한 동작으로 자기 신부를 들어 올려 양팔에 안고는 물길을 건너, 강물을 가르는 하얀 바위 위에 그녀를 내려놓았다. 옥좌와도 같은 하얀 바위 위에 앉아 있는 그녀의 모습은 인어, 아니 물의 여신이었다. 우리는, 보닛 모자를 쓰고 물에 젖지 않도록 치맛자락을 살짝 들어 올린 채 새침한 미소를 지으며 앉아 있는 그녀의 모습을 충분히 그려 볼 수 있다. 반면에 랜돌프는, 바로 이 장소에서 가망없는 연정의 꿈을 꾸며 16년 동안이나 머물렀던 페트라르카처럼 자신도 같은 기간 동안 멀리서만 경배하던 여인을, 그러나 많은 난관과 어려움을 극복하고 이제는 페트라르카와는 달리 자신의 품에 안을 수 있는 여인을, 그저 바라만 보고 있었다.

애쉬는 당시의 많은 동시대인들과는 달리, 특히 시에 있

---

15 William Holman Hunt(1827~1910). 영국의 화가.

어서 그의 아버지 격이라 할 수 있는 게이브리얼 로세티[16] 교수와는 달리, 늘 다음과 같은 주장을 폈었다. 즉, 페트라르카의 로라나 단테의 베아트리체, 그리고 피아메타와 셀베지아, 더 나아가 모든 기사도적 사랑의 대상이 되었던 여인들이야말로 그네들이 죽기 전 육체적 사랑을 나누기는 했지만 정숙한, 진정 살아 있는 여인들이었지, 무슨 이달리아 정치 상황이나 교회에 대한 알레고리, 혹은 그 여인들을 그린 작가들의 영혼에 대한 알레고리라고 해석하는 것은 잘못이라는 것이었다. 페트라르카는 1327년 아비뇽에서 처음 로르 드 사드를 보고 사랑에 빠졌으며, 그녀의 휘고 드 사드에 대한 정절이 결코 흔들리지 않고 있음에도 불구하고 이후 계속 그녀에 대한 연모의 정을 포기하지 않았던 것이다. 애쉬는 몹시 분개한 투로 러스킨에게, 〈순수함과 도덕적 정열을 한 몸에 육화시키고 있는 한 개인에 대해 그들이 내보인 인간적 따뜻함〉에서 진실을 찾지 못하고, 그것을 그저 알레고리로 추상화시키는 것은 시적 상상력이 무엇인지 모르는 오해에서, 그리고 사랑의 본질에 대한 그릇된 판단에서 비롯된 것이라고 편지를 쓰기도 했다. 또한 그는 덧붙이기를, 자신의 시는 〈그런 인간화된 진실, 어디에서도 찾아볼 수 없는 그런 독특한 삶〉에서 시작해서 그것으로 끝날 것이라고 하였다.

페트라르카의 사랑에 대한 애쉬의 공감을 염두에 둔다면, 애쉬가 엘렌 베스트나 그녀 아버지의 기독교인으로서의 주저함이나 망설임에도 불구하고 헌신적으로 끈질기게 그의 사랑을 기다렸다는 사실이 그리 놀라운 것은 아니다. 그들이 처음 서로를 알게 되었던 시절에 엘렌은, 그녀의

---

16 Dante Gabriel Rossetti(1828~1882). 영국의 시인이자 화가로 라파엘 전파(前派)의 선구자.

가족과 애쉬 자신의 말이 사실이라면, 연약하고 섬세한 아름다움을 지니고 지고한 정신에 돈독한 신앙심을 지닌 여자였다. 내가 이미 밝혔듯이, 애쉬의 부양 능력에 대한 엘렌 아버지의 걱정은 나름대로 근거가 있는 것이었으며, 또 애쉬의 『신들의 황혼』에 나타난 회의론적 경향에 대해 엘렌 자신이 종교적인 이유에서 우려를 표명한 것도 그녀 아버지의 걱정을 더욱 심화시키는 것이었다. 그들이 연애 시절에 쓴 편지를 보면 — 애석하게도 남아 있는 것이 거의 없는데, 그것은 엘렌이 죽고 나서 그녀의 여동생인 페이션스가 주제넘게 나서서 관리하겠다고 해놓고는 제대로 잘 관리하지 않았기 때문이었다 — 그녀가 애쉬를 따라다니며 유혹한 것은 아니었지만 그래도 그녀의 그에 대한 애정은 상당히 깊었던 것으로 생각된다. 그러나 애쉬의 청혼을 받아들일 때쯤 해서 엘렌은 자신이 미혼으로 있는 동안 행복한 결혼생활을 영위하고 있던 여동생 페이션스와 페이스를 생각하니 조금은 난처한 입장에 있었던 것 같다.

이런 모든 점을 고려할 때, 당시 30세였던 시인이 32세의 성숙한 여인이자 자기 조카들에게 모든 사랑을 쏟으며 이모로서의 역할을 충실히 해내고 있던 엘렌을 순진한 새 신부로 맞아들이면서 느꼈던 감정이 어떠했을까 하는 의문이 제기된다. 과연 그 자신도 그녀처럼 순수했을까? 20세기를 살아가는 사람이라면 당연히 의문시될 텐데, 과연 그는 어떻게 그 긴 기다림을 견뎌 냈을까? 빅토리아 지하 세계의 화려함, 피카디리 서커스에서 온갖 쑥덕공론을 자아내던 화장기 진한 유혹적인 여자들, 운이 좋으면 안젤라 버뎃 코우츠[17]나 찰스 디킨스[18]에 의해 도움을 받았을 길 잃은 재봉사나 꽃 파는 여자, 그리고 타락한 여자들에게 빅토리아조의 많은 유명 인사들이 심심풀이로 눈길을 주었음은 이미 잘 알려진 사실이다. 빅토리아조 시의 입장에서 보면 애쉬의 시는 성(性)의 규범에 관해, 관능이나 음란에 관해 시사하는 바가 많다. 그의 시에 나오는 르네상스 귀족들은 대단히 육감적인 데가 있으며, 그의 루벤스는 현실적인 인간형을 감식하는 인물이고, 『엠블라』 시편 속에 나오는 화자는 상상의 연인이면서 동시에 현실의 연인이 아닌가. 그런 사람이 어찌 순수한 이상적인 욕망에만 만족하며 있을 수 있었을까? 이제는 전성기가 지난 엘렌 베스트의 단정한 우아함 뒤에 과연 애쉬의 사랑에 대한 정열적인 화답이 숨겨진 것일까? 아마도 그랬던 것 같다. 초기에 랜돌프가 어떤 사소한 잘못을 저질렀다는 기록은 없다. 물론 그 후에도 그에게 무슨 잘못이 있었던 것은 아니다. 우리가 말할 수 있는 것은 그가 항상 사나이다운 기사 그 자체였다는 점이다. 그가 두 손으로 그녀의 허리를 감싸 안고 그녀를 하얀 바위의 옥좌에 올려놓았을 때 그 두 사람은 서로에게서 무엇을 보았을까? 그들은 기쁨의 밤에서 나온 사람들인가? 엘렌은 집으로 보낸 편지에서 그녀의 남편은 〈모든 점에 있어서 세심한 사려를 보여 주는〉 사람이라고 하였다. 그것을 우리는 읽을 수 있어야 한다.

나 개인적으로 마음이 끌리는 또 다른 설명이 있다. 그것은 오늘날에도 마찬가지로 찾아보기 힘든, 그러나 아주 강력한 두 힘, 즉 예의 바른 시인들의 관념적 성향과 지그문트 프로이트가 상세히 설명한 숭고함의 이론에 토대를

---

17 Angela Burdett-Coutts(1814~1906). 영국 태생의 박애주의자로 조부로부터 물려받은 유산으로 각종 사회 봉사 활동을 함.
18 Charles Dickens(1812~1870). 19세기 영국 소설가로 당시의 사회악을 고발하는 사회성 짙은 소설을 많이 씀. 『올리버 트위스트』, 『데이비드 커퍼필드』, 『두 도시 이야기』 등 유명 작품을 남김.

둔 것이다. 아주 간단한 것이다. 바로 그 사랑의 시기 동안 랜돌프 헨리 애쉬는 많은 작품을 쓴 것이다.

12권으로 된 서사시 한 편, 태초에서부터 현대의 신학적 지질학적 논쟁까지를 포함하는 35편의 극적 독백, 125편의 서정시, 그리고 드루어리 레인[19]에서 공연은 했지만 그리 성공하지는 못한 3편의 시극 『크롬웰』, 『성 바솔로뮤 축제 전야』 및 『카산드라』를 포함한 총 28,369행의 운문이 그때 나온 것들이다. 애쉬는 밤을 새우다시피 하며 아주 열정적으로 글을 썼다. 그는 행복했다. 그는 엘렌을 순결의 샘으로, 여성 아름다움의 비전으로 보았기 때문이었다. 또한 애쉬에게 그녀는 피로 물들고 온갖 병이 만연된 그의 상상력의 공간보다도, 보르자 가문[20]의 난잡한 침실보다도, 그리고 『신들의 황혼』에 나오는 〈유황 냄새 진동하는 진흙탕의 멸망의 지상〉보다도 이루 비할 데 없을 만큼 깨끗이 정화된 공기를 마시며 사는 존재로 와 닿았다. 그러니 그가 자신이 택한 고독 속에 순결한 마음으로 기다림을 견뎌 낸 일은 지극히 당연했는지도 모른다. 그는 열심히 일했고, 그녀의 마음을 사로잡으리라 생각했다. 그리고 실제 그의 소원대로 되었다. 만일 캔버스에 영원히 고정되어 변하지 않는 아름다움의 이미지를 담고 있는 『막혀 버린 샘물』이나 『화장한 여인』 같은 후기의 시가, 나중에 랜돌프가 기다림의 대가로 생각했다는 것을 보여 주는 시라고 생각한다 하더라도 나의 생각이 틀린 것은 아니리라. 그 시들은 사실

---

19 헨리 8세 때 윌리엄 드루어리 경이 지은 건물 이름을 따서 붙인 영국 런던에 있는 한 거리 이름으로 극장가로 한때 유명했음.

20 15, 16세기 이탈리아의 군사 지도자였던 체사레Cesare Borgia와 그의 누이로 체사레의 정치 앞잡이이며 예술 후원자였던 루크레치아Lucrezia Borgia, 그리고 그들의 아버지였던 로드리고Rodrigo Borgia를 말함.

이제 막 결혼한 신혼부부인 그들이 햇빛 창창한 맑은 날 보 퀼르즈 샘이 있는 그 어두운 동굴 밖에서 어떤 느낌을 받았는지, 우리의 추측에 아무 도움도 안 되는 시들이다.

모티머 크로퍼는 자기 방으로 올라가 편지들을 다시 읽었다. 그리고 그는 베아트리스 네스트에게 전화를 걸었다. 그녀의 목소리에는 어딘가 무거운 기분이 깔려 있었다. 그녀는 늘 그렇듯이, 처음에는 주저하며 거절을 하다가는 끝에 가서 동의하였다. 그는 네스트 양에게 붙어 봐야 별 소득이 없으리라는 점을 잘 알고 있었지만, 우선은 자꾸 호의를 베풂으로써 그녀로 하여금 미안한 감정을 갖도록 하자고 생각했다.
「제가 한두 가지 물어볼 게 좀 있는데, 당신이 아니면 대답해 줄 수 없는 문제입니다……. 당신을 위해서 특별히 시간을 냈는데, 정 시간이 안 나신다면……. 베아트리스 양, 당신이 올 수 없다면 저로서는 다른 약속을 해야겠습니다. 바쁘실 텐데 괜히 불편을 끼쳐 드리고 싶지는 않군요…….」 시간이 꽤 걸렸다. 이미 결론이 난 일이라면 전화를 걸지 말걸 그랬다 싶은 생각이 들었다.

그는 잠가 둔 가방을 열고 랜돌프 애쉬가 그의 대자에게 보낸 편지들을 치운 다음, 그가 이것저것 모아 수집한 사진들을 꺼냈다. 사진이란, 색조나 각도나 세밀함 등을 조절하여 다양하게 만들 수 있는 것이어서 본질적으로는 아주 단순한 작업이지만 몰두할 만한 가치가 있는 것이었다. 그는 나름대로 고상함을 터득하는 방법을 지니고 있었다.

7

사람은 어느 곳에서든
순교할 수 있다
사막이든, 성당이든,
아니면 북적대는 광장이든.
서두르지 않고 천천히
어두운 방 안에서
지리한 삶을 질질 끌어내는 것이
우리의 운명 아니던가.

— 크리스타벨 라모트

어떤 사람들이 베아트리스 네스트를 떠올린다면 — 그녀를 떠올릴 사람은 많지 않으며, 설혹 있다손 치더라도 그녀 생각을 하는 경우는 거의 드물었다 — 그들의 상상을 사로잡는 것은 그녀의 내적 삶이 아니라 그녀의 외모이리라. 그녀는 단단한 여자였다. 이는 누구도 부인 못할 사실이었다. 하지만 그녀는 뚜렷한 특징이 없는 펑퍼짐한 여자였다. 의자에 앉을 때의 큼직한 엉덩이, 풍만한 가슴, 늘 유쾌한 표정의 얼굴, 머리 위에 쓴 앙고라 털로 짠 모자나 아니면 두툼한 양모로 북슬북슬하게 만든 모자, 그리고 모자 밖으로 삐져나와 사방으로 흐트러진 머리카락, 이것이 그녀의 전형적인 모습이었다. 그녀를 아는 몇 안 되는 사람들 — 크로퍼, 블랙커더, 롤런드, 애쉬경 — 은 그녀를 좀더 찬찬히 생각할 때면 나름대로 비유적인 대상을 놓고 생각하는 경향이 있었다. 크로퍼는 그녀를 캐롤의 글에 나오는 심술쟁이 흰 양으로 생각하며, 블랙커더는 그리 썩 좋지 않은 감정에서 그녀를, 어둠 속에 숨어 거미줄을 쳐놓고 가운데 자리 잡고 앉아 누가 걸려들지 않나 우쭐대며 기다리는 흰 거미로 생각했다. 한편, 그녀가 소유하고 있는 엘렌의 일기에 접근하고자 이따금씩 찾아오는 페미니스트들은 그녀를, 자신의 처소를 꼬리로 흐물흐물 감아서는 불투명한 먹물이나 물연기를 뿜어내 자신이 어디 있는지 모르게 하는 일종의 수호자 문어, 혹은 바다의 파프니르[1]로 보았다. 한때 그녀를 알던 사람들이 또 있다. 그중에서도 특히 주목해야 할 사람은 벵트슨 교수였다. 그녀는 1938년에서 1941년 사이에 런던에서 그 벵트슨 교수의 제자로 공부한 적이 있었다. 당시는 매우 어려운 시기였다. 학부에 다니는 남학생들은 모두 군인이 되었고, 여기저기 폭탄이 떨어지고, 먹을 것이 부족했던 시기였다. 그 시기에 어떤 여성들은 예기치 못했던 천박한 일을 경험하고 또 자유를 누리기도 했었다. 그 시기에 베아트리스는 벵트슨 교수를 만났다. 그는 프린스 앨버트 칼리지의 영문과를 좌지우지하는 교수였다. 그의 주된 관심은 에다 문학[2]

---

[1] Fafnir. 스칸디나비아 전설에 나오는 용.
[2] 고대 아이슬란드의 2대 문학 작품으로, 하나는 신화와 종교적 주제를 다룬 시선집인 『시(詩) 에다 Elder Edda(혹은 Poetic Edda)』를 말하고, 나머지 하나는 고대 스칸디나비아의 신화와 전설, 그리고 시작법에 관한 규칙 등을 모은 『신(新) 에다 Younger Edda(혹은 Prose Edda)』를 말한다.

과 고대 스칸디나비아 전설에 있었다. 베아트리스도 그것을 공부했다. 그녀는 문헌학을 연구하고, 앵글로색슨어와 룬 문자와 중세 라틴어를 연구했다. 그리고 메이스필드[3]와 크리스티나 로세티, 데라메어[4]의 작품을 읽었다. 벵트슨 교수는 그녀에게 『신들의 황혼』을 읽어야 한다고 말했다. R. H. 애쉬는 그의 시대에도 만만찮은 학자였으며, 더구나 현대시의 선구자로 여겨지던 시인이었다. 벵트슨 교수는 키가 크고 호리호리했으며, 턱수염을 기르고 다녔다. 스칸디나비아 혈통의 꼼꼼함에다 날카로운 눈과 정열적인 에너지를 지닌 사람이었지만 여학생들을 가르치는 일에는 다소 어울리지 않는 교수였다. 그렇다고 그가 자신의 에너지를 여학생들의 육체는 물론이고 영혼에 쏟아 부은 것도 아니었다. 대신 그는 매일 아룬델[5] 암스라는 바에서 자기 동료들과 어울리며 그 에너지를 남용하는 편이었다. 아침에는 헝클어진 금발 머리에 하얀 얼굴의 반짝이는 표정이었지만, 오후만 되면 그는 붉은 얼굴에 알아듣지도 못할 말을 중얼거리며 그의 갑갑한 연구실에서 맥주 냄새를 풍기는 사람이었다. 베아트리스는 『신들의 황혼』과 『아스크와 엠블라』를 읽었다. 그녀는 일등을 했으며, 곧 랜돌프 헨리 애쉬에게 푹 빠지고 말았다. 당시로서는 그런 일이 드문 것은 아니었다. 베아트리스는 기말 논문에서 이렇게 썼다. 〈사랑의 시를 쓴 시인들이 있다. 여기서 내가 말하는 사랑의 시들은 어디 멀리 떨어져 있는 어느 여인에 대한 칭찬이나 원망을 담은 것이 아니라 남녀 간의 진정한 대화를 담고 있는 시들이다. 비록 어떤 기분에서인지는 모르지만 완벽한 성을

---

3 John Masefield(1878~1967). 영국의 시인으로 1930년에서 1967년까지 계관 시인을 지냄.
4 Walter De la Mare(1873~1956). 영국의 시인이자 소설가.
5 영국 서남부 위섹스에 있는 한 마을 이름.

경멸한 적이 있던 존 던도 그런 시인이다. 여러 가지 상황이 좀더 행복했더라면 메러디스[6]도 그런 시인에 속했을 작가다. 사랑에서 지성의 나눔을 기대했던 또 다른 〈사랑〉의 시인을 찾는다면 단연 랜돌프 헨리 애쉬를 들 수 있다. 그의 『아스크와 엠블라』 시편들은 친교의 모든 상황, 그리고 의사 소통의 대립과 실패를 보여 주기도 하지만, 항상 독자들에게 그들의 대화 상대인 여성의 존재를 어떻게 진실되게 생각하고 느낄 것인가를 확실하게 보여 주는 작품들이다.〉

베아트리스는 글쓰기를 혐오했다. 그녀가 쓴 정확하면서도 다소 지루한 논문에서 스스로 자랑하는 유일한 단어가 있다면 그것은 〈대화*conversation*〉라는 단어였다. 그녀는 〈dialogue〉보다는 〈conversation〉이라는 단어를 더 선호했다. 당시 그 〈conversation〉을 위해서라면 그녀는 모든 것을 다 주었을 여자였다. 그녀는 그런 시들을 읽을 때마다 개화된 대화와 다듬어지지 않은 원색적인 정욕이 묘하게 결합되어 있는 것을 어렴풋하게 느낄 수 있었다. 그러한 결합은 분명 거의 모든 사람이 소유하길 원하는 것이지만 그녀를 둘러싸고 있는 작은 세계를 둘러볼 때, 감리교 신자로서 진지한 성품을 지닌 그녀 부모나, 여학생들을 위한 티 클럽을 운영하고 있는 벵트슨 부인이나, 댄스 파티에 초대된 것을 놓고 고민하는 동료 여학생들이나, 그 어느 누구도 소유하지 못한 것 같은 느낌이었다

어떤 말들이 우리에게 의미가 있는지 그리고
현재적 가치만이 그들의 차가운 대화가 되는 타인들에겐
어떤 말들이 의미가 있는지 아는 우리 두 사람이, 이 세
상에

---

[6] George Meredith(1828~1909). 영국의 시인이자 소설가.

새 이름을 지어 새로 만듭시다 — 우리는 나무와 연못을 말하고,
하늘의 불, 태양, 우리의 태양, 모든 사람들의 태양,
온 세계의 태양을 봅니다. 그러나 지금, 여기
특히 우리의 태양은…….

애쉬가 그녀에게 말하고, 그녀는 그의 말을 듣기만 했다. 그녀는 어느 누구에게서도 그런 말을 들으리라 기대하지 않았다. 그녀는 벵트슨 교수에게 자신의 박사 학위 논문을 애쉬의 『아스크와 엠블라』를 중심으로 쓰고 싶다고 말했다. 그는 이 점에 대해서 매우 염려스러운 태도를 취했다. 셰익스피어의 소네트처럼 불확실한 기반을 지닌 작품이라는 것이었다. 마치 푹 꺼지는 늪지와도 같이 확실한 평가를 받지 못하는 작품이기 때문이었다. 그녀가 대체 지식 세계에 어떤 기여를 할 수 있을까? 확신은 있는가? 벵트슨 교수는 이런 의문을 가지고 있었다. 그의 견해로 보면 가장 안전한 박사 학위 논문은 어느 작가의 작품을 편집하는 것이었다. 그리고 그는 실제 R. H. 애쉬를 권하고 싶은 마음도 없었다. 그러나 그의 친구 한 명이 대영박물관에 애쉬 소유의 여러 문서들을 위탁한 애쉬 경을 아주 잘 알고 있었으며, 엘렌 애쉬가 일기를 썼다는 사실이 밝혀졌다. 그는 그 일기를 편집하는 작업이 가장 적당하다고 생각했다. 이는 분명 새롭고, 어느 정도 유용한 작업이며, 또 애쉬와 관련해서 충분히 다루어 볼 수 있는 것이기도 했다. 또한 그 일을 다 끝마친다면 네스트 양은 따로 독립해서 학문 연구를 해도 될 만한 충분한 자격을 갖추는 셈이 될 테니…….

그래서 작업은 시작되었다. 네스트 양은 불안한 마음을 안고 갖가지 종이들이 가득 담긴 많은 상자들 앞에 앉았다 —

상자 안에는 편지, 세탁물품 명세서, 영수증철, 일기책, 생각날 때마다 쓴 글들을 모은 얄팍한 책 등이 담겨 있었다. 그녀가 원한 것은 무엇이었는가? 그것은, 시를 쓴 시인과의 만남이며, 그 섬세한 정신과 정열적인 성격을 이해하고 친밀한 관계를 맺는 것이었다.

    오늘 밤 랜돌프가 단테의 『신곡』에 나오는 소네트를 큰 소리로 읽어 주었다. 정말 아름다운 시였다. 랜돌프는 단테의 언어가 지니고 있는 남성다운 에너지와 활력을 얘기하며, 동시에 그의 사랑에 대한 이해가 지니고 있는 정신적인 힘이 어떤 것인지 설명해 주었다. 천재 시인이 쓴 그 시들은 아무리 읽어도 질릴 것 같지가 않았다.

랜돌프는 아내인 엘렌과 한집에 사는 동안 매일 큰 소리로 그녀에게 시를 읽어 주었음을 알 수 있었다. 젊은 베아트리스 네스트는 애쉬가 아내에게 시를 읽어 줄 때의 극적 효과가 어땠을까 머릿속에 그려 보려고 애를 썼다. 하지만 엘렌의 그 모호하고 수사적인 말씨로는 별 도움이 되지 않았다. 사물에 대한 엘렌의 반응에는 감미로움과 성실하고 일관된 즐거움 같은 것이 엿보이지만, 베아트리스는 처음에 그런 그녀의 반응이 마음에 들지 않았다. 그러나 나중에 엘렌의 글에 몰입하면서부터 차츰 당연한 것으로 받아들이기 시작했다. 그때쯤 그녀는 엘렌에게서 종전에 비해 덜 따뜻하긴 하지만 또 다른 어조의 목소리를 발견하였기 때문이었다.

    나의 연약함과 부족함에도 불구하고 항상 변하지 않는 호의와 인내로 대해 주는 랜돌프의 행동에 어떻게 감사해야 할지 모르겠다.

이런 투의 말이 마치 규칙적으로 울리는 종소리마냥 일기 여기저기에 나타났다. 어떤 일이나 주제 혹은 사람을 좀더 폭넓게 알아보고자 할 때면 늘 그렇듯이, 베아트리스는 처음에는 찬찬히 관찰을 하고 그런 다음 거리를 두고 개인적인 판단을 내렸다. 그러는 사이 그녀는 엘렌 애쉬가 좀 산만하고 우둔한 여자가 아닌가 생각했다. 그러나 사정은 곧 달라졌다. 엘렌에게 깊이 빠져 들어간 베아트리스는 어두운 방 안에서 좌절의 긴 나날을 보내는 엘렌의 심정에 공감을 느끼기 시작했고, 또 이미 오래전에 시들어 버린 담홍색 장미꽃에 곰팡이가 슬면 어쩌나 하는 엘렌의 걱정을 함께 나누었다. 또 억압받는 사제보의 회의도 같이 걱정했다. 이러한 삶이 점점 그녀에게 중요한 의미로 와 닿기 시작했다. 그래서 블랙커더 교수가, 가능한 모든 삶의 양식에 치열한 관심을 내보였던 한 시인의 파트너로서 엘렌은 적합하지 않은 여자라고 제시했을 때 자기도 모르게 방어 심리가 작용했던 것이다. 그녀는 프라이버시의 신비로움에 차츰 눈을 뜨게 되었고, 엘렌은 일상의 그런 면을 일기에다 유창하게 늘어놓긴 했지만 그 신비를 나름대로 잘 지킨 여자였다.

이런 내용을 다룬 박사 학위 논문은 하나도 없었다. 페미니즘에 관심이 있는 사람이나 완곡 어법을 연구하는 사람들이라면 찾아냈을지도 모를 주제였다. 그러나 네스트 양은 영향과 아이러니에 관심을 가졌으며, 그런 쪽으로는 아무도 연구한 바가 없었다.

벵트슨 교수는 그녀에게 엘렌 애쉬의 아내로서의 자질을 제인 칼라일과 테니슨 부인, 그리고 험프리 워드 부인[7]의 자질과 비교해 보라고 제의했다. 벵트슨 교수는 말했다. 「네스

---

7 Mrs. Humphry Ward(1851~1920). 영국의 소설가.

트 양, 단단히 마음먹고 이른 아침 얼음에 빛나는 것과 같은 논문을 만들어 내야 해요. 제대로 잘하고 있다는 증거 없이는 일자리를 줄 수 없어요.」 네스트 양은 2년 만에 한 천재의 아내가 겪은 일상생활을 주제로 『조력자』라는 작은 책을 펴냈다. 곧이어 벵트슨 교수는 그녀에게 조교 자리를 마련해 주었다. 그녀로서는 대단한 기쁨이자 두려움이었다. 아니, 두려움보다는 기쁨이 더 컸다. 그녀는 학생의 대부분을 차지하는 여학생들과 50년대 스윙스커트와 립스틱에 관해, 60년대 미니스커트와 길게 끌리는 인디언 코트에 관해, 70년대 라파엘 전기파의 헤어스타일과 검은 립스틱에 관해, 그리고 베이비 로션과 블루 그라스 컨트리 뮤직, 캐너비스[8]와 사향, 순진한 페미니스트 스웨터와 시대 변화에 따른 소네트의 변화, 서정시의 본질과 여성 이미지의 변화 등에 대해 열띤 토론을 했다.

그때는 참 좋은 시절이었다. 그녀는 암담한 시절에 대해 전혀 개의치 않았다. 그 시기가 오기 전에 일찍 학교를 그만두었기 때문이었다. 지금 그녀는, 옛날 자신이 다니던 대학 근처에는 발도 들여놓지 않는다. (1970년에 은퇴한 벵트슨 교수는 1978년에 세상을 하직했다.)

그렇다고 그녀가 가능한 한 자기만의 삶을 유지하려고 애쓰는 여자는 아니었다. 그녀는 모트레이크에 있는 한 작은 집에서 여러 해를 살고 있었다. 옛날에는 종종 그곳으로 학생들을 불러들여 많은 이야기를 나누었지만, 벵트슨 교수의 뒤를 이어 블랙커더 교수가 학과 일을 맡고 나서 자신이 점차 소외되고 있다는 느낌을 받은 이후부터는 그 횟수도 줄어들었다. 1972년 이후, 그녀 집을 찾아온 사람은 한 사람도 없었다. 그전에는 커피와 케이크와 달콤한 백포도주, 그리고

---

[8] 인도산 대마.

토론을 곁들인 파티를 자주 열었지만 이제는 그러지도 않았다. 1950년대와 60년대 여학생들은 그녀를 어머니처럼 생각했었다. 그러나 그 후 세대들은 그녀를 레즈비언이라고 생각했으며, 심지어는 이념적으로 억압받는 완고한 레즈비언이라고 여겼다. 하지만 실제로 그녀가 자신의 성(性)에 대해 생각할 때가 있다면 그것은 자신의 풍만한 가슴을 의식할 때뿐이었다. 처녀 시절에 그녀는 어느 유명한 의사의 충고에 따라 헐렁한 블라우스에 보디스를 걸치고는 젖가슴이 자유롭게 커지도록 그냥 내버려 두었는데, 그것이 이제는 어떻게 바로잡을 수 없을 정도로 커지고 만 것이다. 다른 여자 같았으면 그런 가슴을 자랑스레 여기며 옷깃 너머로 유방 사이의 오목한 부분을 보란 듯이 드러내고 다녔겠지만 베아트리스 네스트는 그렇지 못했다. 그녀는 자신의 젖가슴을 할머니들이나 입고 다닐 법한 헐렁한 버스트 보디스로 숨기고는 그 위에 작은 눈물 방울 같은 구멍이 망사처럼 줄줄이 이어져 있는 수제품 스웨터를 걸치고 다녔다. 그래도 스웨터가 앞가슴 쪽에서 입을 벌린 모양으로 벌어지는 것은 어쩔 수 없었다. 밤에 침대에 드러누울 때면 그녀는 자신의 젖무덤이 갈비뼈 부분의 양쪽으로 무겁게 축 늘어지는 것을 느꼈다. 그리고 그녀의 아늑하고 작은 방에서 엘렌 애쉬의 일기를 읽을 때면 따뜻한 털옷 속의 큼직한 젖무덤이 테이블 머리에 살며시 부딪치며 살아 꿈틀거리는 듯한 묘한 기분을 느끼기도 했다. 그녀는 그로테스크하게 부풀어 오른 자신의 모습을 생각할 때마다 살며시 고개를 숙이고는 어느 누구와도 눈길을 마주치지 않았다. 사실 그녀가 어머니 같은 포근한 느낌을 준다고 하는 것은 바로 그 풍만한 젖가슴 때문이었다. 그녀의 둥근 얼굴과 불그레한 뺨을 보고 자상하다고 느끼는 것도 바로 그 젖가슴에서 얻은 인상 때문이었다. 하지만 어느 정도

나이를 먹자 자상한 느낌을 주었던 그런 인상이 사람들에게 위압적이고 억압적인 느낌을 주었다. 베아트리스는 자신을 바라보는 동료나 학생들의 시선이 바뀌었음을 알고 내심 놀랐다. 하지만 그것 역시 받아들일 수밖에 없었다.

***

모티머 크로퍼가 점심을 같이 먹자고 했던 날, 롤런드 미첼이 그녀를 방문했다.
「바쁘실 텐데 방해가 안 될지 모르겠습니다.」
베아트리스는 어떤 사람이 찾아와도 늘 그렇듯이 얼굴에 미소를 띠었다. 「아녜요, 뭐 특별한 일도 없어요. 뭐 좀 생각하는 중이었어요.」
「사실은 문제가 하나 있어서요. 선생님이 도움을 주지 않을까 해서 찾아왔습니다. 혹시 엘렌 애쉬가 크리스타벨 라모트에 관해 언급해 놓은 글이 어디 없는지 모르십니까?」
「내 기억으론 없는 것 같아요.」 베아트리스는 자신의 기억에 없다는 것으로 이야기를 끝내려는 듯 미소를 지으며 앉아 있었다. 「없는 것 같아요.」
「어떻게 조사해 볼 수는 없겠습니까?」
「내 색인 카드를 뒤져 볼 수는 있겠죠.」
「그래 주시면 감사하겠습니다.」
「근데, 뭘 찾아보려는 거지요?」
롤런드는 얼굴에 계속 호들갑스러운 미소를 지으며 기념비처럼 꼼짝 않고 앉아 있는 베아트리스를 바늘로 쿡 찌르듯이 깜짝 놀라게 해주고 싶었다.
「아무거나요. 우연히 애쉬가 라모트에게 관심을 가졌었다는 사실을 알게 되었어요. 그래서 궁금한 거죠.」

「색인 카드를 한번 보죠. 점심때는 크로퍼 교수가 온다고 했으니…….」

「여기에 얼마나 있겠답니까?」

「모르겠어요. 그런 말 없었으니. 그냥 크리스티 상점에 들렀다가 온다고 했어요.」

「제가 색인 카드를 볼까요, 베아트리스?」

「아, 아녜요. 그건 내 일에 간섭하는 거예요. 롤런드, 난 무엇을 기록하든 나 나름의 〈체계〉 같은 것이 있어요. 내가 보는 게 더 나을 거예요. 또 상형문자 같은 내 글씨는 나밖에 이해할 사람이 없어요.」

그녀는 독서용 안경을 썼다. 안경의 금줄이 당황해 하는 그녀의 표정을 어느 정도 감춰 주고 있었다. 그녀는 롤런드를 제대로 쳐다볼 수 없었다. 그녀로서는 그러는 편이 나아 보였다. 그녀는 왕년에 자기가 근무했던 학과의 모든 남성들을 박해자로 보았기 때문이었다. 롤런드가 처해 있는 위치가 얼마나 불안정한지, 또 그가 자기 학과에서 그렇게 잘생긴 남자도 아니라는 사실을 그녀가 알 턱이 없었다. 그녀는 책상 위에 널려 있던 나무 손잡이의 무거운 편물 핸드백과 회색 꾸러미에 포장된 채 아직 개봉되지 않은 책 서너 권을 치웠다. 그런 다음 먼지가 두껍게 쌓이고 오래되어 모서리가 너덜너덜할 정도로 닳은, 색인 카드가 한가득 들어 있는 상자들을 올려놓고 혼자 중얼거리며 카드를 뒤지기 시작했다.

「아냐, 이건 연대기를 모아 둔 목록이고, 이것은 독서 습관에 관한 카드, 그래, 이것도 아냐. 이건 집안 살림에 관한 거야. 모든 문제를 해결해 주는 마스터 상자가 있겠어요? 모든 노트들을 다 카드화시키지는 못했어요. 그 점은 이해해야 할 거예요. 색인 카드를 만든다곤 했지만 아직 덜 됐지요. 너무 많아서, 연도순으로 나누고 제목에 따라 분류하긴 했지만…….

이건 캘버리 가에 관한 카드고……. 소용이 없겠죠……. 그리고 이건 아마……. 라모트에 관한 목록은 없네요. 없어요. 잠깐만요. 서로 대조 점검하면 혹시…… 문집 카드를 살펴봐야겠어요. 문집 카드는 다분히 신학적이에요. 여기엔…….」 그녀는 모서리가 접힌 노란 카드를 한 장 꺼냈다. 흐릿한 표면 위에 잉크로 쓴 글씨가 번져 있었다. 「여기엔 그녀가 1872년에 『요정 멜루지나』를 읽었다고 나와 있군요.」

그녀는 카드를 다시 상자 속에 집어넣고는 의자에 등을 기대고 앉았다. 그러고는 다시 한 번 그 알 수 없는 묘한 미소를 지으며 롤런드를 바라보았다. 롤런드는 크리스타벨 라모트에 관한 기록되지 않은 많은 관찰들이, 베아트리스가 쳐놓은 거미줄을 벗어나 그녀가 보관하고 있는 노트들에 잔뜩 수록되어 있을 것 같은 느낌을 받았다. 그는 다시 한 번 모질게 물고 늘어지기로 했다.

「뭐라고 적혀 있는지, 좀 봐도 되겠습니까? 어쩌면…….」 그는 〈중요하다〉는 말을 하려다 멈추고 말았다. 「어쩌면 재미있는 게 있을지도 모르겠어요. 저는 『멜루지나』를 읽어 보지 못했어요. 흥미가 되살아날지도 모르겠군요.」

「나도 옛날에는 한두 번 읽어 보려고 했어요. 굉장히 길게 늘어진데다 쉽사리 접근할 수 없는 작품이에요. 고딕, 맞아요. 빅토리안 고딕 작품이죠. 여자가 쓴 시라고 보기엔 좀 섬뜩하다고 할까…….」

「베아트리스, 애쉬 부인이 뭐라고 했는지 제가 좀 봐도 될까요?」

「내가 보지요.」 베아트리스는 자리에서 일어났다. 그녀는 1년 단위로 묶어 놓은 일기책들이 들어 있는 카키색 캐비닛을 열고 그 금속물의 어둠 속에 머리를 파묻었다. 오늬 무늬 트위드 아래 드러난 그녀의 큼직한 엉덩이가 롤런드의 시야를 가렸다. 「내가 아까 1872년이라고 했지요?」 베아트리스의 목소리가 캐비닛 안에서 메아리되어 울려 나왔다. 그녀는 별로 내키지 않는 듯한 태도로 대리석 무늬의 진홍색과 자주색 면지가 붙은 가죽 장정 책 한 권을 꺼내 들었다. 그녀는 롤런드 앞에서 책을 받쳐 들고 책장을 넘기기 시작했다.

「여기군요. 1872년 11월. 여기서부터 시작이에요.」 그녀는 큰 소리로 읽어 내려갔다. 「오늘 나는, 월요일에 하차드 상점에서 산 『요정 멜루지나』를 읽기 시작했다. 이 책에서는 무엇을 발견할 수 있을 것인가? 지금까지 나는 다소 현학적인 냄새가 풍기는 긴 서문을 읽은 격이다. 이제는 레이몬딘 기사가 갈증의 샘에서 눈부시도록 아름다운 여인을 만나는 부분에 이르렀다. 나는 이 부분이 지금까지 읽은 것 중 가장 마음에 든다. 라모트는 안 읽고는 못 배기도록 몸을 달아오르게 만드는 뛰어난 재능을 지닌 여자다.」

「베아트리스.」

「이게 당신이 찾던 건가요?」

「베아트리스, 제가 직접 읽어 보면 안 될까요? 노트도 좀 해야 되고요.」

「사무실 밖으로 가지고 나가면 안 돼요.」

「테이블 한쪽 구석에 앉아서 보면 되겠지요? 혹 방해가 되지는 않을까요?」

「아니, 괜찮아요. 저쪽 의자에 앉아서 보세요. 그 위의 책들은 내가 치울 테니.」

「제가 하겠습니다.」

「그쪽 테이블을 치워 줄 테니 내 맞은편에 앉으면 되겠군요.」

「예, 감사합니다.」

그들이 책을 치우며 테이블을 정리하고 있을 때 모티머 크로퍼가 문가에 나타났다. 베아트리스의 칙칙한 사무실에 그의 우아하고 세련된 모습이 더욱 돋보였다.

「네스트 양. 다시 만나서 반갑습니다. 내가 너무 일찍 온 건 아니지요? 아니면 이따가 다시 와도……」

갑자기 베아트리스가 당황하기 시작했다. 한 무더기의 종이가 테이블에서 미끄러져 바닥에 날렸다.

「오, 아녜요, 교수님. 다 됐어요. 그냥 미첼 씨가 와서 뭐 좀 물어볼 것이 있다기에……」

크로퍼는 옷걸이에 걸려 있는 네스트의 볼품없는 방수 외투를 벗겨 내어 그녀에게 건네주었다.

「만나서 반갑소, 미첼 군. 잘 돼가오? 그래, 뭘 찾고 있는 거요?」

윤곽이 또렷한 그의 얼굴에 호기심이 잔뜩 서려 있었다.

「애쉬 부인이 읽은 시를 조사해 봤을 뿐입니다.」

「아, 그래요? 어떤 시입니까?」

「롤런드 씨가 크리스타벨 라모트에 관해서 물어봤어요. 제 기억에는 아무것도 없는 것 같은데…… 사소하긴 하지만 참조할 만한 게 있긴 있더군요…… 난 크로퍼 교수님하고 점심 식사를 하고 올 테니, 롤런드 씨, 저기 앉아서 보실래요? 대신 책상 위의 물건들을 어지럽히면 안 돼요. 그리고 무엇 하나 사무실 밖으로 가지고 나가지 않는다고 약속해요.」

「도움이 필요할 겁니다. 네스트 양. 당신 일은 너무 막중한 거라……」

「아뇨, 혼자 하는 게 더 좋아요. 전 도움 같은 것 몰라요.」

「크리스타벨 라모트라……」 크로퍼는 무슨 생각이 났는지 입을 열었다.

「스탄트 컬렉션에 사진이 하나 있소. 아주 희미한 사진이오. 시간이 흐르면서 탈색이 돼서 그런지 아니면 인화할 때 잘못해서 그런 것인지는 모르겠지만, 아마 후자일 거요. 아무튼 애쉬가 그녀에게 관심을 가졌다고 생각하는 거요?」

「거의 가능성이 없겠죠. 전 그저 조사만 할 뿐입니다. 늘 하는 일이니까요.」

***

크로퍼가 베아트리스를 데리고 나가자 롤런드는 테이블 구석에 앉아 랜돌프 애쉬 부인의 일기를 넘겼다.

> 아직까지 『멜루지나』를 읽고 있다. 인상적인 작품이다.
> 『멜루지나』 제6권까지 읽었다. 우주적 명상에의 목표가 동화의 속성과는 잘 어울리지 않는 것 같다.
> 아직 『멜루지나』를 읽고 있다. 얼마나 끈기있게 읽어야, 얼마나 확신을 가져야 그 작품의 구상에 이를지 모르겠다. 라모트는 평생을 이곳에서 살았지만 세상을 바라보는 시각은 본질적으로 〈프랑스적〉인 데가 있다. 물론 아름답고 대담한, 정말 도덕적인 이 시에 대해 아무런 불만은 없다.

몇 장을 더 넘기자 놀랄 만한 감정의 폭발이 나타났다.

> 오늘 나는 『멜루지나』를 내려놓았다. 이 놀라운 작품을 끝까지 다 읽고 나니 온몸이 떨렸다. 이 작품을 어떻게 이야기해야 할 것인가? 비록 일반 대중들은 이 작가의 천재성을 쉽게 판별해 낼 수 없겠지만, 이 작품은 정말 창조적이라는 생각이 들었다. 허약하고 저속한 상상력이 개입할 여지가 없기 때문이며, 허약한 여성이 쓴 시라고 보기에는 너무나 많은 강점을 지니고 있기 때문이다. 이 작품에는

황홀한 감정도 없고, 소극적인 순수도 없으며, 장갑 낀 여인이 부드럽게 톡톡 두드리는 듯한 감수성의 자극도 없다. 대신, 힘과 활기에 넘친 기운찬 상상력이 있을 뿐이다. 이 시의 특징을 뭐라고 말해야 할까? 어떻게 보면 이 작품은 어두운 석조 건물의 홀에 깔린 커다란 태피스트리 같다. 가시나무숲 속, 혹은 꽃이 만발한 숲 속 빈 터를 드나들고 있는 온갖 종류의 새와 짐승과 요정과 악귀들의 모습이 복잡하게 수놓인 양탄자, 바로 그것이었다. 어둠과 햇빛과 별빛 속에서 금색의 가는 조각들이 두드러지고, 보석이나 사람의 머리카락 혹은 뱀의 비늘이 반짝였다. 가물거리는 불빛, 햇빛을 받아 반짝이는 샘물. 영원히 살아 움직일 것 같은 모든 요소들 — 집어삼킬 듯한 불길, 흐르는 물, 불어오는 바람, 한 꺼풀씩 벗겨지는 땅……. 나는 「프랭클린 이야기」[9]와 『페어리 퀸』이 생각났다. 이런 작품들을 읽으면 독자들은 살아 움직이는 비전 속에 몰입되어, 그림 속의 칼에 피가 묻어나고 그림 속의 나무에 바람의 손길이 움직이는 것을 볼 수 있다.

그리고, 아내를 믿지 못하고 반신반의하는 남편이, 목욕통 속에서 장난치는 〈바다의 요정〉인 아내를 문틈을 통해 바라보는 장면은 또 어떻게 얘기해야 할까? 만일 누가 나에게 물어본다면, 콜리지가 제럴딘을 〈말할 것이 아니라 꿈꾸어야 할 모습〉으로 남겨 두었듯이, 이를 상상의 영역에 그냥 맡겨 두는 편이 최선이라고 대답했을 것이다. 그러나 라모트는 비록 뭔가 명랑하고 쾌활한 것을 찾는 영국 여성들로서는 쉽게 받아들일 성 싶지 않은 묘사이긴 하지만 많은 이야기를 들려주고 있다.

9 초서의 『캔터베리 이야기』에 나오는 이야기로 어떤 약속 때문에 남편을 두고 다른 사람에게 자신을 바쳐야 하는 어느 사랑스러운 아내의 이야기.

결국 요정 멜루지나는 인간이 아니지만 아름답고 섬뜩하고 비극적인 존재가 아닌가.

꾸불꾸불하게 말린 근육의 섬뜩한 그녀 꼬리가
찰랑이는 통 속의 물을 다이아몬드처럼 섬세하게 빛나는
물방울로 튀겨 낸다. 숨도 쉬지 않은 공기 속에
늘어진 몸뚱어리로 춤을 추는 물의 장막.

백옥같이 아름다운 하얀 그녀의 살갗을,
눈 위에 그물처럼 퍼진 푸른 혈관을 그는 잘 알지만
은빛의 비늘과 둘둘 감긴 짙은 청회색의 지느러미,
그 광채 속에 숨겨진 아름다움은 보지 못하니…….

뱀 혹은 물고기의 몸뚱어리를 이처럼 아름답게 묘사한 놀라운 필치를 보라.

롤런드는 이 부분을 베껴 모드 베일리에게 보여 줘야겠다는 생각에 점심마저 걸렀다. 모드 베일리는 자신이 칭찬해 마지않는 시를 두고, 당시의 한 여인이 이렇게 열정적인 태도를 보인 데 대해 분명 몹시 흥분하고 나설 것이 틀림없었다. 롤런드로서도 마음이 들뜨기는 마찬가지였다. 그는 자신이 이미 애쉬의 애인이라고 생각하고 있는 이 여자 시인에 대해 애쉬의 부인이 그런 감탄을 하리라고는 미처 예상하지 못한 것이었다. 자신이 필요로 하는 부분을 다 베낀 롤런드는 다시 천천히 일기장을 넘겼다.

최근에 책을 읽고 나서 나는, 옛날 중세 로망스를 읽고 내가 모든 기사들의 사랑의 대상이 되었으며, 나도 그런 이야기를 쓸 수 있는 작가가 되었으면 하고 꿈꿨던 처녀 시절의 내 모습을 생각해 봤다. 나는 시인이면서 동시에 한 편의 시가 되고 싶었다. 그러나 지금, 그 어느 것도 못 되었다. 그저 나이 든 시인(물론 그는 따뜻하고 부드러우며, 나에게 아무런 걱정거리도 주질 않는다)을 남편으로 모시고 마음씨 좋은 하인들과 함께 지내는 조그만 가정의 안주인이 되었을 뿐이다. 나는 페이션스와 페이스가 매일매일 자기 자식들을 돌보느라 정신이 없고 일에 치어 피곤한 일상을 보내면서도 끊임없는 사랑과 아낌없는 보살핌으로 삶을 더욱 빛나게 하고 있는 것을 본다. 그들은 이제 무조건적인 사랑을 주고 또 사랑을 받는 어머니이자 할머니가 되었다. 최근에 나는 나도 모르는 사이, 이전엔 전혀 느끼지 못하던 생기가 내 주위를 감싸고 있음을 느낄 수 있었다(물론 여러 해 동안의 심한 편두통과 신경쇠약 증세에서 벗어난 뒤이기는 하다). 정말 나는 새로 깨어난 느낌이었고, 유쾌한 기분으로 내가 몰입할 수 있는 것이 없을까 해서 주변을 살피기 시작했다. 60줄에 들어선 나는, 주임 사제의 관할 구역에 기거하는 한 소녀가 여느 계집애들처럼 달빛 같은 모슬린 옷을 입고 춤을 추거나, 보트를 함께 탄 멋있는 젊은이가 그녀의 손에 키스해 주는 광경을 머릿속에 그리면서 그 소녀의 꿈이 무엇일까 상상해 본다.

 내가 시인이 되고 시가 되고 싶다고 했을 때 머릿속을 스치고 지나간 것이 있다. 그것은 어쩌면 책을 읽는 모든 여성들의 바람인지도 모른다. 책을 좋아하는 남성들은 시인이 되기를 갈망하고 또 영웅이 되기를 바란다. 그리고 그들은 이처럼 평화로운 시기에 시를 쓰는 일이 충분히 영웅적인 행위라고 여길지도 모른다. 그러나 그 어느 누구도 남성이 한 편의 시이기를 바라는 사람은 없다. 반대로 모슬린 옷을 입은 그 소녀는 한 편의 시였다. 바로 내 사촌인 네드가 자기 얼굴의 아름다움과 걸음걸이에서 풍기는 선한 마음씨에 대해 한 편의 소네트를 썼던 것이다. 조금은 역겹기도 하지만……. 그러나 나는 생각해 본다. 내가 시인이 되겠다는 욕심을 버리지 않고 그대로 고수하는 쪽이 더 좋았을까, 아니면 지금 이대로가 더 좋은가? 나는 랜돌프만큼 시를 잘 쓸 수는 없었을 것이다. 그러나 그때나 지금이나 그이만큼 시를 잘 쓰는 사람은 없기에 그 점이 걸림돌이 될 수는 없었을 텐데…….

내가 그이의 생활을 어렵게 만들었다면 그는 아마 글을 많이 쓰지도 못했을 테고, 또 자유롭게 쓰지도 못했을 것이다. 그렇다고 내가 천재를 탄생시킨 산파 역할을 했다고 주장하는 것은 아니다. 하지만 내가 그의 글쓰기를 적극 도와준 것은 아니더라도, 다른 많은 여자들도 마찬가지였겠지만, 적어도 방해는 하지 않았다. 이는 자신의 온 생을 참고 견딘 한 여성이 그나마 내세울 수 있는 작은 미덕이 아니겠는가? 소극적이나마 여성이 자랑스레 주장할 수 있는 작은 성취가 아니겠는가? 이 글을 랜돌프가 읽는다면 그 사람은 웃으며 지금도 늦지 않았다고 말하면서, 그의 그 거대한 상상력을 작지만 단단한 내 열정의 영역에 집어넣으려 할 것이고, 또 어떻게 해야 하는지 열심히 가르치려고 할 것이다. 그러나 그는 이 글을 결코 볼 수 없으며, 또 나는 내 나름의 길을 — 좀더 나은 길을 — 스스로 찾을 것이다. 그리고 그곳에서 외치리라, 마음껏.

롤런드는 애쉬 공장을 빠져나와 얼른 집으로 향했다. 점심 식사를 끝내고 돌아오는 크로퍼나 블랙커더 교수를 마주치면 여러 가지로 난처하리란 생각에서였다. 게다가 롤런드는 크로퍼에게 크리스타벨의 이름을 거론한 일이 몹시 후회되었다. 사소한 무엇 하나라도 놓치지 않는 그의 예리한 관찰력이 그 이름을 안 이상 그냥 둘 리 없었기 때문이었다.

푸트니에 있는 그의 지하방은 침묵에 싸여 있었다. 지하에서 풍기는 고양이 악취가 대영박물관의 지하와 다를 바 없었다. 스산한 겨울이 찾아오고, 벽에는 때가 낀 듯한 시커먼 얼룩과 벌레가 나타나기 시작했다. 방을 따뜻하게 하는 것이 여간 힘든 일이 아니었다. 중앙 난방 장치도 없는데다 가스불도 하나밖에 없었기 때문에 방 안은 고양이 냄새와 눅눅한 곰팡내에 기름 냄새까지 진동하는 때가 많았다. 롤런드가 집으로 돌아왔을 때는 기름 냄새가 났지만, 그것은 불을 피웠을 때의 냄새가 아니라 싸늘하게 식은 스토브에서 새어 나오는 냄새였다. 양파 볶는 냄새나 따뜻한 카레 냄새 등 음식 냄새가 없는 것으로 보아 발이 외출했음에 틀림없었다. 그들은 부재중 방 안의 스토브에 불을 그대로 켜둘 만큼 여유있는 삶을 살지는 못했다. 롤런드는 코트를 입은 채 성냥을 찾았다. 연기에 그을린 자국이 그대로 남아 있는 뿔 모양의 투명한 스토브 등피 속에 심지가 있었다. 롤런드는 심지를 올려 불을 붙이고는 얼른 뚜껑을 닫았다. 푸른 불길이 솟아올랐다. 초록빛과 자줏빛이 어우러진 맑은 불길에는 늘 신비스러운 그 무엇이 있었다.

방에는 여러 통의 편지들이 주인을 기다리고 있었다. 두 통은 발에게 온 것이었고, 세 통은 그에게 온 것이었다. 하나는 도서관 책을 반납해 달라는 독촉장이었고, 또 하나는 그가 어느 학술지에 보낸 논문을 잘 받았다는 논문 수령 확인서였다. 나머지 하나는 낯선 글씨의 편지였다.

미첼 박사 보구려,

우리가 그동안 아무 연락도 안 했다고 무례하다든지 아니면 괘씸하다고 느낀 것은 아닌지 모르겠수. 우리 바깥양반이 그동안 여기저기 좀 물어보고 다니느라 연락을 못했던 것이니 이해 바라오. 그 양반이 자기 사무 변호사, 교구 목사, 그리고 우리의 아주 친한 친구로 전에 군도서관의 부관장으로 있다 은퇴한 제인 안스티 등에게 여러 가지 물어보았으나 그리 썩 명쾌한 대답을 듣지 못한 모양이우. 그런데 안스티 양은 베일리 박사의 연구와 특히 그녀가 보관하고 있는 옛 기록들을 굉장히 높게 평가하면서 베일리 박사에게 우리의 귀중한 발견품을 읽게 해서 일단 그녀의 의견을 듣는 편이 좋겠다고 했어요. 더구나 그녀가 그 편지들을 찾아냈으니 그렇게 하는 것이 당연하다고 하면서 말이우. 당신도 그 물건들을 발견할 때 현장에 있었고 또 랜돌프 헨리 애쉬에게도 관심이 많은 듯해서 내가 이렇게 편지를 쓰는 거요. 그러니 베일리 박사와 함께 오셔서 그 편지들을 한번 검토해 주시겠수? 괜히 시간 낭비라고 생각되면 당신 대신에 누구 다른 사람이 있겠는지……. 베일리 박사야 이곳 크루아상 르 올드 가까이에 거주하고 있으니 어려움이 없겠지만 당신이 런던에서 이곳까지 오는 일이 얼마나 힘든지, 나도 잘 안다우. 비록 우리 집이 누추하고 1층만 쓰고 있어서 불편한 점도 많은데다가, 집이 낡아 겨울이면 몹시 추워서 어떨는지는 모르겠지만 여기서 며칠 묵어도 괜찮아요. 당신 생각이 어떤지 모르겠구랴. 아 참, 그 물건들을 자세히 다 살펴보는 데는 얼마나 걸리겠소? 한 일주일이면 충분할까요? 크리스마스쯤에는 우리 집에 찾아오는 손님들이 많아서 좀 그렇고, 신년 초에는 찾아오는 사람이 없으니 그때쯤 링컨셔 올드를 찾아 주시는 게 어떻겠수?

　나는 아직도 그때, 그 길가에서 정말 신사답게 많은 도움을 준 당신에게 어떻게 감사해야 할지 모른다우. 아무튼 당신 생각이 어떤지, 조만간 알려 주시구랴.

조안 베일리

　롤런드의 머릿속에는 동시에 여러 가지 상념이 교차했다. 우선은 그냥 묻혔을 편지 다발이, 잠에서 깨어나 푸드덕거리는 거대한 독수리마냥 살아 꿈틀거리게 되었다는 데서 오는 흥분이었다. 그다음은 자신이 훔친 편지 때문에 생긴 일에 모드 베일리가 주도권을 쥔 듯한 느낌에서 비롯된 울화통이었다. 그리고 또 하나는 요모조모 따진 결과 생긴 일종의 우려 같은 것이었다. 말하자면 상대방이 간절히 바라는 것 같지도 않은 이 초대를 자신의 위치를 고려치 않고 그냥 받아들여도 되는 것인지 알 수가 없었다. 더욱이 자신을 신뢰해도 될 만큼 무게있고 영향력있는 사람으로 보고 있는지, 그 점도 알 길이 없었다. 발에게는 또 뭐라고 말해야 할지……. 모드 베일리에 대한 두려움, 그리고 크로퍼와 블랙커더와 베아트리스 네스트에 대한 우려……. 또 궁금한 점은 왜 베일리 부인이 다른 사람을 추천해도 괜찮다고 말했는지. 자신을 믿지 못하겠다는 우스운 발상에서 나온 것은 아닐까? 그녀가 감사하다고 한 말을 정말 아무 생각 없이 따뜻하게 받아들여야 할까? 과연 모드는 자기와 같이 가기를 원할까?

　그는 지하실의 위쪽 창문을 통해 주홍색 포르셰 한 대가 멈추는 것을 보았다. 그 차의 멋진 후미 안정판이 창틀 윗부분에 바싹 다가선 모양이었다. 곧이어 깨끗이 닦아 반드르르하게 윤이 흐르는 검은 구두에 흠잡을 데 없이 줄을 곧게 세운 검은색 바지와 말쑥한 차림의 재킷, 그리고 그 검은 재킷의 터놓은 부분으로 살짝 드러난 주홍색의 실크 안감, 재킷 안쪽으로 드러난 붉은색 가는 줄무늬의 하얀 셔츠, 그 안의 단단해 보이는 앞가슴이 롤런드의 눈에 들어왔다. 그 뒤를 이어 엷은 청회색의 스타킹에 짙은 청색 구두를 신은 발의 다리가 보이고, 달 모양의 꽃무늬가 새겨진 짙은 황색 크레이프 치마가 보였다. 다리 네 개가 앞으로 나가다 다시 멈추고, 멈췄다간 다시 앞으로 나갔다. 남자의 다리는 지하 계단으로 향하려고 애를 쓰는 것 같았지만 여자의 다리는 자꾸 피하면서 거부하는 것 같았다. 롤런드는 문을 열고 계단으로 나섰다. 늘 그를 사로잡는 순수한 호기심, 그저 나머지 반쪽, 남자의 얼굴이 보고 싶었을 뿐이었다.

남자의 어깨와 가슴은 예상했던 대로였다. 그는 붉은색과 검은색이 한데 섞인 수제품 실크 넥타이를 매고 있었다. 둥근 얼굴이었다. 뒷머리와 옆머리는 매우 짧게 깎았지만 앞머리는 눈썹을 덮을 만큼 기른, 변형된 1920년대 헤어스타일의 검은 머리에 뿔테 안경을 낀 사내였다.

「이제 오는군.」 롤런드가 말했다.

「아니, 당신 아직 박물관에 있을 줄 알았는데……. 이분은 유안 맥킨타이어 씨예요.」

유안 맥킨타이어는 몸을 굽히고는 정중하게 롤런드가 서 있는 아래쪽으로 손을 내밀었다. 그에게서 강력한 힘 같은 것을 느낄 수 있었다. 지하계의 입구로 페르세포네를 안내한 플로투와 같은 존재일까?

「발을 집까지 데려다 줘야 할 것 같아서……. 기분이 썩 안 좋은 모양입니다. 집에 들어가 좀 누워야 할 겁니다.」

그의 목소리는 맑게 울렸다. 스코틀랜드 사람의 목소리는 아니었다. 어딘가 으스대는 투가 스며 있어서, 계급적 적대감을 품은 상태에서는 듣기만 하여도 자기도 모르게 화가 치밀어 오르지만, 어렸을 때에는 모방하려고 애를 썼던 바로 그 목소리였다. 그는 안으로 들어오라는 말이 나오기를 기다리는 것 같았다. 그의 그런 능청스러운 태도가 옛날 소설에서는 정말 신사다운 태도로 그려졌을지 모르겠지만 지금의 롤런드에게는, 그리고 발에게는 그들의 시끄러움과 치부를 엿보려는 듯한 태도로밖에 보이지 않았다. 발은 천천히 발걸음을 옮겨 롤런드에게로 다가갔다.

「이젠 괜찮아요. 부축해 주셔서 고마워요.」

「아닙니다. 언제라도……」 그는 롤런드에게 얼굴을 돌렸다. 「나중에 다시 뵙기로 하죠.」

「예, 그러죠.」 롤런드는 어정쩡하게 대답을 하고는 발의 뒤를 따라 계단으로 내려갔다. 포르셰가 떠났다.

***

「그 사람 나를 좋아하나 봐.」 발이 먼저 말을 꺼냈다.

「어디서 튀어나온 작자야?」

「그 사람의 일을 맡아서 타자 쳐주고 있잖아. 동산 처분에 관한 유언장이나 약관 혹은 계약서, 그리고 이런저런 의견서 등……. 그 사람 사무 변호사야. 그렇게 예리한 사람은 아니지만 꽤 명성도 있고 성공도 했나 봐. 사무실에 말 사진이 많이 있더라. 자기는 그중 한 마리의 다리 하나를 소유하고 있다고 우스갯소리도 하더군. 나더러 뉴마켓[10]에 같이 가자고 했어.」

「그래, 뭐라고 했어?」

「내가 무슨 말을 했는지 신경이 쓰이는 모양이지?」

---

10 영국 동부 케임브리지 북동쪽에 있는 도시. 경마로 유명함.

「하루쯤 떠나 있는 것도 좋을 테지.」 롤런드는 말은 이렇게 했지만 사실 자기가 바라는 바는 아니었다.

「자기 자신에게 하는 얘기야? 당신이나 그러면 좋을 거야. 마치 날 위해 주는 척하지 마.」

「나에겐 너를 제지할 권한이 없어, 발.」

「그 사람한테 당신이 싫어할 거라 얘기했어.」

「오, 바알.」

「차라리 당신은 조금도 신경을 안 쓸 거라고 얘기할 걸 그랬지? 정말 가버릴 걸 그랬어.」

「정 그렇다면 가지 그랬어?」

「오, 그래? 정말이야?」

「정말 왜 그러는 거야?」

「구속된 삶, 가난, 너무도 많은 근심, 아직은 젊다는 생각. 당신은 내가 없었으면 한다고.」

「그렇지 않다는 거 잘 알면서 왜 그래. 잘 알잖아. 널 사랑해, 발. 단지 남들처럼 행복하게 해주지 못해서 그렇지.」

「나도 당신을 사랑해. 미안해. 갑자기 화가 나서 그랬어.」

그녀는 잠자코 있었다. 롤런드는 그녀를 껴안았다. 그러나 그런 행동이 의지와 계산에서 나왔을 뿐이지 욕망에서 비롯된 것은 아니었다. 여기에서 벗어나는 길은 두 가지였다. 하나는 한바탕 언쟁을 벌이며 싸우는 것이고, 나머지 하나는 사랑의 행위를 하는 것이었다. 물론 두 번째가 더 바람직하긴 했다. 그래야 나중엔 저녁 식사도 하고, 저녁 일도 순조롭게 잘할 수 있으며, 또 링컨셔에 가는 문제를 아무 부담 없이 자연스럽게 꺼낼 수 있을 것 같았기 때문이었다.

「저녁 시간 다 됐어.」 발의 희미한 목소리였다.

롤런드는 시계를 바라보았다.

「아직 안 됐어. 어쨌든 그런 데 신경 쓰지 말자고. 우린, 아주 자연스럽게 우리가 하고 싶은 대로 잘 해왔잖아. 시간 따위는 잊어버리자고. 가끔씩은 우리 기분을 먼저 생각할 때도 있어야지.」

그들은 옷을 벗고 누워 바짝 달라붙어서는 서로를 꼭 껴안았다. 추울 때는 그렇게 서로의 체온을 느끼는 것도 나쁘지 않았다. 그러나 처음에 롤런드는 잘될 것 같지 않다는 생각이 들었다. 의지력만으로 되지 않는 일도 있었다. 독수리로 변한 편지의 따뜻한 깃털들을 생각하니 마음의 동요가 일었고, 그것이 한 곳에만 정신을 쏟는 일을 방해했다. 발이 입을 열었다. 「나는 당신 말고는 어느 누구도 원치 않아. 정말이야.」 그리고 발의 이 말이 다시 산란한 정신을 추스려 주었다. 순간 롤런드의 머릿속에 하나의 이미지가 떠올랐다. 어느 도서관에 있는 한 여인의 이미지. 벌거벗은 여인이 아니라 살랑이는 실크와 페티코트에 몸을 숨기고, 몸에 꽉 끼는 검은 실크 보디스와 스커트가 만나는 곳에 손가락을 곱게 포개 얹은 여인. 고운 얼굴에 어딘지 슬픈 기운이 서려 있는 보닛 모자의 여인. 리치몬드의 스케치로 살아나, 크로퍼의 『위대한 복화술사』 속에 재현된 엘렌 애쉬. 리치몬드의 그림 속에 나오는 여인들은 모두가 공통된 특유의 입 모양을 하고 있었다. 단단한 인상을 풍기면서도 섬세하고 인자한, 그리고 또 한편으로는 심각한 느낌을 주는, 어떻게 보면 이상적인 여인의 입 모양이었다. 환상을 보는 듯, 거꾸로 찍힌 사진을 보는 듯, 그의 머릿속에 그려진 이 여인의 모습은 대단히 효과적이었다. 그들은 서로에게 순응하며 하나가 되었다. 나중에 롤런드는 링컨셔에 관한 그녀의 생각을 떠볼 수가 있었다. 물론 정확히 그가 가는 곳이 어딘지, 그리고 왜 가는지, 한마디 설명도 덧붙일 필요는 없었다.

8

온종일 눈이 내렸다
밤새 내렸다
어느 창조물 내부에
하얗게 막혀 버린
내 말없는 창살 —
깃털이 달리고 눈부시게 빛나는 —
백설 같은 하얀 용모
빛나는 눈이
뿜어내는 — 환희.

— 크리스타벨 라모트

 그들은 서재에서 편지 꾸러미를 놓고 마주 앉았다. 지독하게 추운 날씨였다. 추위가 더하면 더했지 전혀 누그러질 기미가 없다고 느낀 롤런드는 털장갑, 털모자 등 자신이 한 번도 착용해 본 적이 없던 물건들이 더욱더 그립기만 했다. 일찍 차를 몰고 나섰는지 아침 식사가 끝나기 전에 긴장된 모습으로 도착한 모드는 추위에 완전히 대비한 차림이었다. 지난밤 베일리 부부의 얼음장 같은 홀에서 저녁 식사를 할 때와 같은 그 멋진 머리에, 트위드 재킷과 털 스웨터로 몸을 감싸고 녹색 실크 스카프로 목을 완전히 덮은 모습이었다. 서재는 나뭇잎 무늬가 마치 덩굴숲을 이룬 듯 조각된 둥근 천장의 석조방으로, 대단히 위압적인 분위기를 자아내는 곳이었다. 방 안에는 커다란 벽난로가 하나 있었는데, 내부는 깨끗이 청소된 상태였으며 난로 앞의 석면에는 베일리 가의 문장인 튼튼한 탑과 조그만 나무 덤불 모양이 조각되어 있었다. 또한 고딕풍의 창문들은 서리가 덮인 잔디밭으로 향해 있었다. 그 창문들은 납으로 만든 듯한 창틀에 그냥 깨끗한 유리가 끼워져 있기도 했고, 또 어떤 것들은 착색 유리가 끼워져 있기도 했다. 그 착색 유리는 금방이라도 펄럭일 것 같은 깃발들을 꽂아 한껏 위용을 더하면서, 푸른 언덕 위의 위풍당당한 황금성으로 기사들과 귀부인들이 말을 타고 입성하는 모습이 그려진 화려한 켈름스코트였다. 그리고 창문 꼭대기를 따라서는 흰 꽃과 붉은 꽃이 어우러져 있고 검붉은 열매가 달린 무성한 장미나무가 뻗어 있었다. 그 주변은 칭칭 감긴 덩굴과 선명한 잎 사이로 황금빛의 빛나는 줄기에 큼직큼직한 자색 포도송이를 잔뜩 매달고 있는 풍성한 포도나무들이 차지하고 있었다. 서가 유리 뒤편에 깔끔하게 정리되어 있는 책들은 모두가 가죽 장정본이었다. 여태껏 어느 누구의 손실도 닿지 않은 채 오랜 세월을 그냥 그대로 방치해 둔 듯한 모습이었다.

서재 중앙에는 엉덩이 부분에 가죽을 댄 안락의자 두 개와 가죽으로 덮어씌워 묵직해 보이는, 그러나 잉크 자국과 긁힌 자국이 볼썽사납게 나 있는 테이블이 하나 있었다. 원래는 붉은색인 듯 보이는 의자의 가죽도 이제는 다 닳아 누렇게 되고 가죽 보풀이 일어 그곳에 앉는 사람의 옷에 묻어날 것만 같았다. 또한 테이블 중앙에는 도금이 벗겨진 은색의 빈 필기구통이 달린 잉크 스탠드와, 푸석푸석한 검은 분말 가루가 담긴 초록의 유리그릇들이 놓여 있었다.

테이블 주위를 한 바퀴 빙 돌던 조안 베일리가 편지 꾸러미를 테이블 위에 올려놓았다.

「편안하게 생각하슈. 그리고 뭐 필요한 게 있으면 말씀들 하시고. 불을 피워야겠는데 굴뚝 소제를 한 지가 하도 오래되어서 어떨지 모르겠수. 연기에 숨이 막히지나 않을는지……. 연기만 안 나면 온 집 안에 불을 활활 지필 텐데 말이우. 어떻게, 좀 따뜻하슈?」

모드는 생기가 도는지 따뜻하다고 말했다. 그녀의 상아색 뺨에 불그레한 기운이 감돌았다. 어쩌면 추위 때문에 오히려 더 기운이 나는지, 그리고 그런 상태가 적이 만족스러운지도 몰랐다.

「그럼, 내 두 분께 맡겨 두리다. 잘하시길 빌겠소. 11시쯤 돼서 커피를 내오리다. 내가 직접 가져올 테니 가만히 일들이나 하슈.」

모드가 일의 진행 방식에 관해 자신의 생각을 제시했을 때 두 사람 사이에는 냉랭함이 감돌았다. 그녀는 두 사람이 각자 그 시인의 편지 가운데 관심이 있는 것들을 골라 읽은 다음, 자신이 이미 여성 자원 센터에서 사용한 바 있는 시스템에 따라 각자의 조사 소견을 색인 카드에 기록하자고 제안했다. 롤런드는 그녀의 제안이 썩 마음에 내키지 않았다. 한편으론 자신이 그녀에게 끌려가고 있다는 느낌이 들었기 때문이며, 또 다른 한편으론 조금은 우스꽝스럽고 로맨틱한 생각이긴 하지만, 두 사람이 서로 머리를 맞대고 편지들을 읽으며 서로의 감정을 공유할 수 있지 않을까 하는 허황된 생각을 했었기 때문이었다. 롤런드가 그녀의 시스템에 따라 일을 진행시키면 이야기 전개의 의미를 좇아갈 수 없다고 지적하자 모드는 대뜸, 지금 그들이 살고 있는 시대는 이야기의 불확실성에 더 많은 가치를 두는 시대며, 이야기 전개에 관해서는 서로 나중에 교차 대조를 통해 확인할 수 있다고 했다. 또한 시간이 그리 많지 않고, 더욱이 그녀 자신이 관심을 두고 있는 부분은 주로 크리스타벨 라모트에 관련된 내용들이기 때문에 자신의 방법이 더 적절하다고 주장했다. 이 말을 들은 롤런드로서도 시간이 제한되어 있다는 사실이 매우 중대한 문제라는 것을 깨닫고는 그녀의 제안에 따를 수밖에 없었다. 곧이어 그들은 아무 말 없이 각자의 시선을 끄는 편지들을 골라 읽어 내려갔다. 그사이 베일리 부인은 커피가 담긴 보온병을 가져와서 무슨 중요한 정보라도 발견하지 않았을까 궁금해 하며 그들이 무엇을 찾아냈는지 좀 알려 달라고 추근대기도 했다.

「블랑슈가 안경을 썼던가요?」 롤런드가 물었다.

「모르겠어요.」

「여기, 그녀의 눈길을 담고 있는 반짝이는 표면에 관한 언급이 있어요. 분명 복수형의 물질 표면을 뜻하는 것 같은데······.」

「안경을 썼을지도 몰라요. 그렇지 않으면 그가 그녀를 잠자리나 다른 곤충에 비유했을 거예요. 애쉬는 그녀의 곤충시를 읽은 것 같아요. 그 당시 사람들은 곤충에 많은 관심을 보였거든요.」

「블랑슈, 실제 그녀 모습은 어땠을까요?」

「아무도 잘 몰라요. 내가 생각하기에는 얼굴이 무척 파리한 여자였을 것 같은데······. 그냥 이름으로 봐서 그렇다는 거예요.」

***

처음에 롤런드는 대단한 호기심에서 편지들을 읽어 내려갔다. 랜돌프 헨리 애쉬의 작품을 읽을 때마다 그의 정신을 사로잡았던 호기심과 같은 것이었다. 말하자면 어느 친숙한 글을 대할 때 글쓴이의 마음의 흐름을 미리 읽고 있다든지 아니면 독특한 습성을 지닌 문장과 강세를 잘 알고 있어 글의 흐름까지도 미리 예측할 수 있는 데서 나오는 홍미였다. 따라서 그는 작가가 머릿속에서 쓰고자 하는 글의 리듬을 구성하듯이 아직 읽지도 않은 글의 리듬을 미리 알 수 있었다.

그러나 편지를 조금 읽어 내려가던 그는 이내 걷잡을 수 없는 압박감으로 인해 인식과 통찰에서 습관처럼 찾아오는 즐거움마저 잃어버리고 말았다. 관심을 쏟아야 할 대상이 누구인지 아니면 무엇인지, 당혹감을 느낀 그는 사물을 바라보는 자신의 구도에 무엇 하나 제대로 집어넣을 수가 없었기 때문이었다. 분명하고 명확한 해답을 찾는 그에게 황당함만 남을 뿐이었다. 더욱이 편지 꾸러미의 나머지 반을 소유하지 못한 그로서는 무엇이 그를 그렇게 난감하게 만드는지, 그것조차 분간할 수가 없었다. 사정이 그러하니 테이블 반대편에 아무 말 없이 앉아 열심히 카드에 무언가를 기록하면서 미간을 살짝 찡그린 채 그 카드들을 핀으로 함께 묶고 있는 모드를 보자 더욱 당혹감을 느껴 그는 괜스레 스스로에게 짜증이 났다.

롤런드는 편지라는 것이 어떤 결과나 어떤 결말을 꾀하는 형태의 이야기가 아님을 깨달았다. 그가 살고 있는 시대는 이야기(내러티브)에 관한 여러 이론들이 무성한 시대였다. 편지는 어떠한 줄거리도 내보이지 않는 이야기 형태에 속했다. 한줄 한줄이 어느 방향으로 나아가는 것인지 알 수가 없기 때문이다. 만일 모드가 좀더 다정한 태도를 보여 주었더라면 롤런드는 이 점을 — 일반적인 관심사로 — 그녀에게 알려 주었을지도 모르는 일이었다. 그러나 그녀는 단 한 번도 그에게 눈길을 주지 않았다.

결국, 편지란 공저자나 예언자 혹은 추측하는 사람으로서의 독자뿐만 아니라 단순한 독자마저도 배제하는 것인가? 그러나 진정한 의미의 편지라면 그것은 어느 한 독자를 상정하고 씌어진 것이 아닌가? 롤런드는 랜돌프 헨리 애쉬의 편지가 진정한 편지로서의 특성을 상실한 것이 아닌가 생각했다. 그의 모든 편지들은 세련된 글솜씨의 사려 깊은 내용과 재치와 기지가 넘쳤다. 그러나 다른 한편 그의 편지들은 편지를 받아 보는 사람들에 대해 마음에서 우러나오는 깊은 관심 없이 씌어졌다. 이는 편지의 대상이 출판사 사람이든 동료 문인이든 아니면 그와 라이벌 관계에 있는 사람이든, 심지어는 그의 아내이든 — 비록 그가 자기 아내에게 쓴 편지로서 남아 있는 것이 짤막한 메모 형식에 불과하긴 하지만 — 마찬가지였다. 누군가가 그의 마음의 많은 부분을 빼앗아 갔음에 틀림없었다. 엘렌 애쉬는 이렇게 쓴 적이 있었다.

누가 그의 그 탐욕스러운 손길을 참고 견딜 수 있겠는가. 오로지 그 자신의 개인적인 글들을 위해, 그리고 개인적인 감성의 기록을 위해 디킨스의 책상을 가르고 나가는 그의 그 손길을 누가 인내할 수 있겠는가. 비록 그의 그 훌륭한 작품들을 매우 주의 깊게 거듭 읽어 보지 못한 사람들이라 할지라도, 편지 속에서 소위 그의 생명력이 무엇인지 흡족히 맛볼 수는 있겠다. 그러나 그의 글들은 대중들을 위한 글이 아니다.

롤런드가 어렵사리 깨달은 것은 이 편지들, 급히 써내려간 이 정열적인 편지들이 『신들의 황혼』이 그렇듯, 『악마에 씌인 미라』가 그렇듯, 그리고 라자러스 시가 그렇듯, 그에게 읽으라고 씌어진 것이 아니라는 사실이었다. 그 편지들은 크리스타벨 라모트를 위해 씌어진 것들이었다.

……그대의 지성, 순간적인 놀라운 재치 — 그래서 제가 혼자 있을 때 글을 쓰듯, 어느 한 사람이 아닌 모든 사람을 위해 진실한 글을 쓰듯, 그대에게 편지를 쓸 수 있는 것인지도 모릅니다. 또한 그렇기에, 여태 어떤 개인적인 대상에게도 말 한번 붙이지 못했던 제가 그대에게 편안함을 느끼는 것인지도 모릅니다. 제가 〈편안함〉을 느낀다고 말했는데, 이것이 얼마나 어리석은 것이겠습니까. 그대는 저로 하여금 몹시 서먹서먹함을 느끼도록 하고, 정말 전혀 편안함을 느끼지 못하도록 하는 데서 즐거움을 찾는 것과 달리, 저는 항상 불안하고, 항상 실패에 대한 두려움을 느끼고, 또 그대의 놀라운 생각과 번뜩이는 재치를 다시는 음미할 수 없다는 생각에 빠져 있으니 말입니다. 하지만 시인들이란 가정과 같은 편안함을 구하지 않습니다 — 그렇지 않은가요? — 그들은 벽난로와 장작 받침대의 피조물이 아니라 관목과 배회하는 사냥개의 피조물입니다. 지금 저에게 말해 주십시오 — 저의 이 말이 진실이라고 생각되십니까, 아니면 거짓이라고 생각되십니까? 모든 시는 이런저런 것 혹은 우주에 대한 보편적인 사랑의 외침일지도 모릅니다. 그러기에 시는 그 일반성이 아니라 모든 구체성 속에 살아 있는 보편적인 생명 때문에 사랑받아야 마땅합니다. 저는 항상 시를 충족되지 못한 사랑의 외침이라고 생각해 왔습니다. 그리고 실제로 그럴지도 모릅니다.

만족이라는 것이 시를 식상케 하여 시 그 자체마저 부인할지도 모르기 때문입니다. 저는 고양된 마음의 상태에서만 시를 쓴다는 많은 시인들을 알고 있습니다. 그리고 그런 시인들은 그러한 마음의 상태를 사랑에 비유하기도 합니다. 하지만 그들이 사랑에 빠졌을 때도 그저 단순히 그들이 사랑을 하고 있다느니, 아니면 사랑을 구한다느니 따위의 진술을 할 수는 없을 것입니다. 그들은 새롭고 신선한 메타포를 찾기 위해, 혹은 사물 그 자체에 대한 좀더 분명한 시각을 구하기 위해 해맑은 소녀나 생기발랄한 젊은 여성을 찾는 것입니다. 그리고 제가 그대에게 진실을 말하자면, 저는 항상 한 쌍의 검은 눈, 어느 것에도 관심을 보이지 않는 듯한 푸른 눈, 혹은 우아한 몸가짐이나 마음 상태, 혹은 1821년에서 1844년까지 22년 동안 살아온 어느 한 여성의 이력과 같은 항목에 자극되어, 흔히 시인들이 각별한 것으로 간주하는 그런 사랑에 빠졌을 때 그것이 어떤 상태인가를 진단할 수 있다고 믿어 왔습니다. 그리고 저는 이런 사랑이 사랑을 주는 사람이나 사랑을 받는 사람 모두가 지닌 독특한 형식 속에 감추어진, 가장 추상적인 그 무엇이라고 믿어 왔습니다. 시인은 바로 사랑을 주고받는 두 사람의 역할을 모두 떠맡고 또 그들의 마음을 전달하는 존재인 것입니다. 그런데 제가 그대에게 감히 말하자면, 우정이란 이런 사랑보다도 더 진귀하고 보다 특별하고, 보다 개인적이며, 그리고 모든 점에 있어서 더 지속적이고 영원한 것입니다.

　이런 감정이 없으면 시인들은 서정시를 쓸 수가 없습니다. 그래서 시인들은 다른 편리한 수단을 강구하여 시를 쓰는 것인지도 모릅니다 — 물론 그럴 때도 그들의 진실성에는 추호의 의심도 없지만, 하지만 시란 젊은 여성을 위해 있는 것이 아닙니다. 바로 젊은 여성이 시를 위해 존재하는 것이지요.

그대는 지금 제가 포크로 스스로를 찌르고 있다고 생각하실 겁니다. 하지만 저는 그 일을 계속 반복할 것입니다. 왜냐하면 어느 한 여성의 이상에 대한 남성의 헌신이나 시인들의 이중성에 대한 저의 혹평을 그대가 무턱대고 비난하는 대신, 그대가 그대 마음속에 있는 아주 현명한 시인의 눈으로 바라보리라는 것을 제가 알고 있기 때문입니다. 그러기에 저는 혼자 있을 때 글을 쓰듯, 제 마음속의 시심과 더불어 그대에게 편지를 씁니다. 그 밖에 제가 무엇을 쓸 수 있겠습니까? 저는 그대가 잘 알고 있으리라 믿습니다. 저로 하여금 이 글을 쓰도록 만드는 것이, 아니 창조자가 누구인지 그대가 알고 있으리라 믿습니다.

덧붙일 말은, 제 시들은 서정적 충동에서 나온 것이 아니라는 점입니다. 이는 어떤 누그러뜨릴 수 없는 수만 가지 마음에서 나온, 불완전하긴 하지만 사물을 관찰하고 분석하는 호기심 많은 마음에서 비롯된 시들입니다. 그리고 그런 마음이란 산문의 대가인 발자크의 정신과 유사한 것입니다. 물론 그에게 프랑스 여인이란 영국 상류 귀부인들보다 도덕적 금기 사항에 덜 엄격한 여인들로 보였으니 얼마나 행운이었겠습니까. 저를 소설가가 아닌 시인으로 만든 것은 언어 그 자체를 노래하는 것과 관계가 있습니다. 왜냐하면 시인이 언어의 생명력을 위해 시를 쓰는 것이라면 소설가는 세상을 좀더 살기 좋은 곳으로 만들기 위해 글을 쓴다는 데 그 차이가 있기 때문입니다.

그리고 그대는 평범한 사람들에게 미처 생각해 보지도 않은 낯선 세계를 보여 주기 위해 글을 쓰는 것이겠지요. 그렇지 않습니까? 파이즈*Par-is*와 정반대되는 이즈의 도시 *the City of Is*, 공중으로 치솟은 것이 아닌 물속의 탑, 익사한 장미와 날아다니는 물고기, 그 밖의 다른 역설적인 요소들 — 저는 그대를 이해합니다. 장갑 낀 손이 느끼는 감각처럼 그대의 사고 속으로 들어선 느낌 — 그대의 메타포를 훔치고, 그것에 잔인한 박해를 가하기 위해 그대의 생각 속으로 파고들고 싶습니다. 물론 그대는 그대의 장갑을 깨끗이 하고 향수도 뿌려 곱게 접어 보관할 수도 있겠지요. 그대는 그저 단순히 저에게 편지를 쓰는 것이겠지요. 저는 그대 잉크의 도약과 갑작스러운 출발을 보고 싶을 뿐입니다…….

롤런드는 고개를 들어 자신의 파트너인 모드를 쳐다보았다. 그녀는 확신에 찬 표정으로 점점 더 속도를 내어 읽어 내려가는 듯했다. 그저 부러울 뿐이었다. 가는 주름살이 그녀의 이마에 부채살처럼 퍼져 있었다.

서재의 스테인드글라스가 그녀를 더욱 낯선 존재로 만들었다. 그 색유리의 오묘한 빛에 의해 그녀는 싸늘하고 밝게 빛나는 불꽃으로 나뉘었다. 그녀의 한쪽 뺨은 자줏빛이 감도는 작은 연못으로 들어섰다 다시 나온 듯한 느낌을 주었고, 이마는 녹색과 황금색의 꽃이 활짝 핀 모양이었다. 그녀의 파리한 목과 턱과 입에는 장밋빛 붉은색과 딸기빛 빨간색이 물들어 있었고, 눈까풀에는 자줏빛 그림자가 드리워져 있었다. 그리고 녹색 실크 스카프는 망루가 있는 자줏빛 능선과도 같은 음영의 무늬가 그려져 있었다. 움직이는 그녀의 머리 주위로 먼지들이 어슴푸레한 후광을 그리듯 춤을 추었다. 롤런드가 입을 열자 그녀는 고개를 들었다. 마치 휘황찬란한 무지갯빛을 뒤로 하고 모습을 드러낸 사람처럼 보였다. 그녀의 하얀 피부가 다양한 빛들을 한데 엮어 내고 있었다.

「방해해서 미안합니다. 궁금한 게 하나 있어서요. 이즈란 도시에 대해서 들어 보신 적이 있나요? 이즈? 아이 에스?」

그녀는 마치 개가 몸에 묻은 물을 흔들어 털어 내듯 그동안의 정신 집중을 잠시 털어 내었다.

「그건 브르타뉴 전설이에요. 타락한 도시였어요. 그래서 물에 잠기게 되었지요. 여마법사이자 그래들론드 왕의 딸인 다후드 여왕이 지배하던 도시였죠. 일설에 의하면 그곳의 여자들은 투명 인간들이었다고도 해요. 크리스타벨이 그것에 관해 시를 한 편 썼어요.」

「제가 한번 봐도 되겠습니까?」

「얼른 보세요. 저도 이 책을 봐야 하니까요.」

그녀는 책을 롤런드가 있는 쪽으로 밀었다.

『탈라하세 여류 시인들. 크리스타벨 라모트: 설화와 서정시 모음』. 레오노라 스턴 편, 사픽 출판사, 보스턴.

자주색 표지에는 네모난 작은 샘을 사이에 두고 서로 포옹하려고 몸을 숙인 두 중세 여인의 모습이 가늘고 하얀 선형의 스케치로 그려져 있었다. 두 여인은 머리에 베일을 두르고 무거운 장식띠에 머리는 길게 땋아 늘어뜨린 모습이었다.

롤런드는 『물에 잠긴 도시』를 훑어보았다. 레오노라 스턴이 쓴 서문이 눈에 띄었다.

「우뚝 선 돌들」이란 시에서처럼 이 시에서 라모트는 그녀가 어릴 적부터 알고 있었던 토착 브르타뉴 신화를 끌어내고 있다. 테마는 여류 작가에게서 드물게 찾아볼 수 있는 것으로 두 문명 사이의 문화적 갈등을 그린 것이다. 즉, 그래들론드 왕이 내보이는 인도 유럽적인 가부장적 문명과 그의 딸이자 여마법사인 다후드가 내보이는 보다 원시적이고 본능적이며 세속적인 이교도 문명 사이의 갈등이

다. 다후드는 그녀의 아버지 그래들론드가 쿰퍼에서 마른 땅으로 자유롭게 도약을 할 때 여전히 물에 잠긴 상태로 있었다. 수중 도시 속의 여성의 세계는 남성이 지배하는 파리 혹은 파-이즈 *Par-is*의 공학적 산업 세계와 대조되는 세계이다. 브르타뉴인들은 파리가 그 죄악으로 인해 물에 잠길 때 이즈*Is*가 표면으로 부상하리라 믿고 있었다.

라모트가 이른바 다후드가 저질렀다는 죄악에 대해 취한 태도는 매우 흥미롭다. 그녀의 아버지인 이시도르 라모트는 그의 『브르타뉴 신화와 전설』에서 주저없이 다후드의 타락을 지적하였다. 물론 그 내용이 무엇인지는 자세히 설명하지 않았다. 그것은 라모트도 마찬가지였다……

롤린드는 책장을 획획 넘겼다.

이즈의 여인들이 내보이는 것과 같은 홍조가
지상에는 없습니다.
붉은 피가 그들의 피부 속에서 흐릅니다
갈 길을 더듬어 안으로 안으로 흐릅니다
남성들은 유리를 통해 들여다보듯
심장에서 목까지, 입에서 눈까지
실타래처럼 얽혀 있는 정맥과 동맥의
구불구불한 길을 볼 수 있습니다
거미줄처럼 퍼져 있는 유리 피부,
붉은 실이 엮어져 있는 은빛 물결입니다
먼 옛날, 그들의 치유할 수 없는 사악함으로 인해
이런 고통이 찾아온 것입니다
모든 이들의 눈에
전혀 감출 수 없는 고통이.

그래도 그들은 아직 자긍심을 지니고 있습니다.
높이 치켜뜬 눈썹에 황금빛이 감돕니다…….

물에 잠긴 이즈의 고요, 그 깊숙한 곳의
흔들거리는 벼랑 아래
두껍고 푸른 바닷말에 둘러싸인 교회의 첨탑이
수면을 찔러 잔물결을 일으킵니다
그리고 그 수면 아래로는 빛나는 원추형의
거울 같은 첨탑이 스스로를 조롱하듯 아른거립니다.
이 두 첨탑 사이로 헤엄쳐 나가는 고등어 한 마리,
골짜기 사이로 여름 공기를 헤쳐 날으는
제비의 날갯짓과 같습니다. 그 또한
스스로의 또 다른 모습과 만나는 나무들 사이에서
거울에 비친 듯 아른거리는 또 다른 자아를 봅니다
이곳에는 모든 것이 이중의 모습, 맑고
두툼한 원소도 역시 이중으로 형태가 지워지고
시야 또한 제한됩니다
마치 지붕과 바위의 세계가
유리 상자 속에 갇힌 듯.
저주받아 물에 잠긴 모든 투명한 사물들이
침묵 속에 서로를 만납니다…….

물에 잠긴 이 세계는 유동하는 물의 표면 아래
놓여 있습니다. 유리같이 맑은,
주름진 수면 아래
비탄에 잠긴 여인들의 정열이 잠겨 있습니다
흐르는 물 따라 해초와 바위 사이로
섬세한 하얀 뼈 사이로

진홍빛으로 밀려왔다 밀려가는
그들의 고통스러운 열정이.

그렇게 그들은 베일리 부인이 저녁 식사를 하러 오라고 할 때까지, 추위 속에 흥분된 마음을 애써 감추며 시간을 다투어 편지를 읽어 내려갔다.

***

그 첫날 저녁, 모드가 차를 몰아 집으로 돌아갈 때쯤에는 이미 날씨가 더욱더 험상궂게 변해 있었다. 하늘엔 검은 구름들이 몰려오고 있었다. 나무들 사이로 보이는 보름달도 두터워진 공기층의 조화 때문인지 아주 멀리 떨어진 곳에 응축된 모습으로, 조그맣고 무딘 둥근 물체로밖에 보이지 않았다. 그녀는 공원을 지났다. 공원의 나무들은 대부분 크리스타벨의 자매인 소피와 결혼했던 조지 경이 그 옛날에 심어 놓은 것들이었다. 조지 경은 세계 도처의 유명하다는 나무들에 대단한 열정을 보인 사람이었다. 페르시아 자두나무, 히말라야 소나무, 코카서스 호두나무, 유다나무 등 그는 많은 나무들에 관심을 보였었다. 그는 그의 세대가 지니고 있었던 대단히 장기적인 시간 감각을 지닌 인물이었다. 백 년 묵은 오크나무와 너도밤나무를 물려받았던 그는 대단위 산림 지대를 조성하기도 했었다. 숲 속의 승마 도로나 키 작은 관목숲 같은 것은 눈을 뜨고 보지 못한 사람이었다. 모드의 초록색 차가 지나가는 동안 괴물같이 보이는 크고 울퉁불퉁한 나무들이 전조등 불빛에 하얗게 모습을 드러냈다가는 이내 다시 어둠 속으로 사라져 갔다. 숲 속의 도처에는 딱딱 부러질 듯한 냉기가 감돌았다. 모드가 앞마당으로 나섰을 때 싸늘한 공기가 그녀의 수축된 목구멍 속으로 들어가 그녀의 심금을 울릴 것만 같은 그 무엇인가를 억눌렀으며, 그녀의 따뜻한 손과 발은 팽팽한 조직의 긴장을 보일 뿐이었다.

고집 센 크리스타벨이 자신의 감정에 이끌려 조랑말 이륜마차를 타고 이 길을 내려와 모스만 목사의 성찬식으로 길을 재촉하였으리라. 하루 종일 모드는 크리스타벨이 그렇게 쉬운 상대가 아니라는 점을 깨달았을 뿐이었다. 그녀는 자신을 압박하는 위협에 나름대로 조직적으로 대응했었다. 명확히 정의를 내리고, 분류하고, 배우는 방법이었다. 그러나 일단 밖으로 나오자 또 다른 느낌이 찾아 들었다. 베일로 얼굴을 가린 손님을 태우고 이륜 마차가 미끄러져 내려왔다. 빽빽이 우뚝 솟은 나무들이 더욱 단단하게만 느껴질 뿐이었다. 그 나무들이 어둠 속으로 사라질 때마다 어떤 소리가 나는 듯했다. 모두가 오래된, 흰색과 녹색의 단단한 나무들이었다. 그러나 이런 전원에서 생기는 모드의 진정한 관심은 나무가 아니라 여성들이었다. 산성비를 맞으며, 혹은 보이지 않는 오염된 공기의 돌풍 속에서 시들어 가고 죽어 가는 이 태곳적 피조물들에 대한 생각이 바로 그녀 세대가 느끼는 절박감과 다를 바 없다는 생각이었다. 순간 그녀에게, 백 년 전 어느 화창한 봄날 빛나는 초록으로 유연하게 춤을 추던 어린 묘목들의 모습이 떠올랐다. 울창한 숲, 금속성의 소리를 내며 달리는 그녀의 차, 그리고 크리스타벨의 생활에 관한 것이라면 무엇이든지 꼬치꼬치 캐물어야 직성이 풀리는 그녀의 호기심은 과거의 젊은 생명력을 희생하여 살아가는 유령과도 같았다. 죽은 나뭇잎들이 촉촉이 젖어 있는 나무와 나무 사이의 땅에는 짙은 어둠이 깔려 있었다. 그녀 앞, 아스팔트의 구부러진 표면 위에도 검은 나뭇잎들이 얼룩처럼 흩어져 있었다. 어느 작은 동물이 그녀의 앞으로 뛰어나왔다. 희미한 붉은 불꽃처럼 빛나던 그 동물의 눈이 반구형으로 굴절되어 빛나더니 어디론가 사라졌다. 그 동물을 피하기 위해 차를 갑자기 돌리는 바람에 하마터면 그녀는 육중한 참나무의 그루터기를 들이받을 뻔하였다. 젖은 물방울 — 아니면 눈송이? — 이 자동차의 바람막이 위로 떨어졌다. 모드는 차 안에 있었고, 차 밖의 세계는 또 다른, 살아 있는 생명들이었다.

***

늘 그렇듯이 유난히 밝고 깨끗한 그녀의 집은, 우편함의 한쪽 끝에 꽂혀 있는 두 통의 편지는 그렇다 치고, 그날따라 더욱 아늑한 분위기로 그녀를 한층 따뜻하게 맞이하는 것 같았다. 우편함에서 편지를 꺼낸 그녀는 방을 한 바퀴 휘 둘러보고는 커튼을 치고 불을 환하게 켰다. 두 통의 편지들 역시 하루 종일 그녀가 읽은 편지들만큼 다소 위압적인 데가 있었다. 하나는 푸른색이었고, 또 하나는 누런 갱지로 만든 편지였는데, 요즘 모든 대학들이 새로운 긴축 정책으로 인해 옛날에 쓰던 하얀 고급지 대신 이 누런 종이를 쓰고 있었다. 푸른색의 편지는 레오노라 스턴에게서 온 것이었다. 그리고 나머지 하나는 프린스 앨버트 칼리지 마크가 찍힌 것으로 보아 그 대학에 있는 누군가가 보낸 것이 틀림없었다. 그녀는 혹시 롤런드가 아닌가 생각해 보았지만 그는 지금 이곳에 있지 않은가. 사실 그녀는 롤런드에게 따뜻하게 대해 주지 않았었다. 심지어 그 앞에서 으스대기까지 했다. 모든 일이 그녀의 신경을 곤두서게 만들었기 때문이었다. 왜 밝고 안전한 거처인 이 집에서 혼자 일할 때를 제외하곤 모든 일을 편안하게 생각하지 못하는 것일까? 크리스타벨, 다분히 자기 방어적인 크리스타벨이 모드를 초조하게 만들고 있었다.

여기 수수께끼가 하나 있습니다. 아주 오래된, 그리고 아주 쉬운 수수께끼입니다. 어쩌면 당신이 구태여 생각할 필요가 없는 문제인지도 모릅니다. 아주 연약한 것입니다. 안은 하얗고, 중앙에는 생명과 관계있는 황금이 있습니다. 부드러운 황금의 쿠션, 실제로는 눈을 꼭 감고나 상상할 수 있는 그 광택. 감각적으로 그것을 보고, 당신 마음의 손가락 사이로 미끄러져 나가게 해보십시오. 그리고 그 황금의 쿠션은 자체의 수정과도 같은 상자에 둘러싸여 있답니다. 어디가 끝인지 알 수 없는 원형의 반투명 상자. 뾰족한 모퉁이도 없고 돌출부도 없으며, 오직 월장석과 같은 우윳빛의 청명함만을 보여 주는 외피입니다. 그리고 이 모든 것이 엉겅퀴의 관모처럼 섬세하고 철처럼 단단한 비단에 싸여 있으며, 그 비단은 장례식의 유골 단지 같은 것으로 생각할 법한 하얀 석고의 내부를 감싸고 있답니다. 유해가 없기에 비문도 없으며, 박공이 새겨진 것도, 하늘거리는 양귀비와 무늬가 그려진 것도 아닌, 모든 것이 밀폐되어 있고 매끈하며 당신이 몰래 들여다볼 뚜껑조차도 없는 유골 단지와 같은 각피. 어쩌면 당신이 몰래, 아무 탈 없이, 들여다볼 날이 올지도 모릅니다. 아니, 차라리 그 내부가 저절로 열릴지도 모르죠. 그러나 내부로부터 그 뚜껑이 열리는 것은 생명의 탄생을 말하고, 당신이 억지로 그 뚜껑을 들춘다면 이는 오직 경직과 죽음을 의미한답니다.

그 답은 달걀입니다. 물론 처음부터 쉽게 알아차리셨겠지만 말예요. 달걀, 완벽한 원형, 살아 있는 돌, 문도 없고 창도 없는 — 깨어날 때까지, 어쩌면 펼칠 날개가 있다는 사실을 깨달을 때까지 잠자고 있는 생명, 현재에는 존재하지 않는 생명, 오…….

달걀이 저의 대답입니다. 무슨 수수께끼인가요?

바로 저 자신의 수수께끼랍니다. 당신은 저의 고독을 치유하고 저의 고독을 가지고 달아나는 친절을 베푸실 필요가 없습니다. 우리 여성이 두려워하는 게 바로 이것입니다. 오, 무시무시한 탑, 그 탑을 둘러싸고 있는 숲, 누구와 같이 나눌 수 있는 처소도 아닌 그저 내성(內城)에 불과한 곳.

하지만 그들은 다른 점에 있어서도 마찬가지지만 이 점에 대해 우리들에게 거짓말을 해왔어요. 내성은 우리에게 불쾌감을 주고 또 우리를 두렵게 만드는 곳이에요. 그러나 우리를 안전하게 지켜 주는 곳이기도 해요. 그 정해진 영역 안에서 우리는 어느 정도 자유롭답니다. 물론 세상을 마음대로 돌아다니는 당신이야 구태여 그런 곳을 생각하실 필요도 없겠지만 말예요. 저 역시 당신에게 그런 곳을 상상하라고 권하지도 않겠어요. 하지만 저의 믿음은 인정해 주세요. 허위의 주장이라고 탓하지 마세요. 저의 고독은 보물입니다. 제가 소유한 최고의 것입니다. 밖으로 나서기가 싫습니다. 설혹 당신이 그 작은 문을 연다고 해도 저는 뛰어나가지 않을 것입니다. 하지만 제 황금 우리 안에서 어떻게 노래를 불러야 하나요.

달걀을 깨뜨리는 일은 당신에겐 의미없는 일입니다. 남성들에겐 어떤 오락거리도 되지 못합니다. 당신 손안에 있는 그 무엇을 엄청난 힘을 발휘하여 부숴 버리려고 할 때 그것이 단단한 돌이라고 한번 생각해 보세요. 미끄럽고 차가운, 그리고 못생긴 돌이라고 말예요.

모드는 레오노라의 편지를 뜯어 보고 싶지 않았다. 느낌으로 보아 거만하고 비난하는 투의 글씨들이 적혀 있을 것 같았기 때문이었다. 그래서 그녀는 갈색의 편지를 개봉하였다. 그러나 그것은 더 심한 편지였다. 퍼거스 월프로부터 온 편

지였다. 그녀는 거의 1년 넘게 그와 아무런 연락도 하지 않았
다. 사람이 쓴 글씨 가운데 어떤 것은 1년이 지나든 5년이 지
나든 혹은 25년이 지나든 계속 어떤 이의 마음을 뒤틀리게
만들기도 한다. 대부분 남자들의 필적과 다름없이 퍼거스의
필적은 알아보기 힘들었으며, 그렇다고 독특한 특징이 있지
도 않았다. 모드는 역겨움을 느꼈다. 옛날 그 고통스럽던 침
대의 광경이 마음속에 떠오르자 더욱 그랬다. 그녀는 손으로
머리를 쓸어 올렸다.

결코 잊을 수 없는, 보고 싶은 모드. 안개 자욱한 링컨셔
에서의 생활은 어떻습니까? 그곳의 소택지가 혹시 당신을
우울하게 만들고 있는 것은 아닌지요. 크리스타벨은 어떻
습니까? 저는 요크에서 열릴 메타포에 관한 학술 회의에서
크리스타벨에 관한 논문을 하나 발표하기로 마음의 결정을
내렸답니다. 기쁘지 않으십니까? 제 생각엔 아마 「성(城)
의 여왕: 그곳에 숨겨진 것은 무엇인가?」라는 제목으로 강
연도 할 것 같습니다.

혹시 놀라진 않으셨나요? 당신의 승인을 받을 수 있을
까요? 당신이 가지고 계신 여러 기록들을 참조할 순 없을
까요?

저는 성을 지은 요정 멜루지나의 행위를 보여 주는, 서로
대조를 이루면서 모순되는 메타포들을 다루려고 했습니다.
자크 르 고프가 쓴 『개척자 멜루지나』라는 좋은 글도 있습
니다. 새 역사가들에 따르면 그녀는 대지의 영혼, 혹은 지
방의 풍요의 여신, 혹은 작은 세레스(풍작의 여신)와 같은
존재입니다. 그러나 보존과 유지의 이미지로서의 성(城)을
라캉의 모델로 해석할 수도 있습니다. 라캉은 이렇게 말했
습니다. 〈자아의 형성은 어느 요새나 경기장(크리스타벨에

게도 경기장 같은 곳이 떠올랐을까요?)에 관한 꿈에서 상징적으로 나타난다. 습지와 쓰레기 더미로 둘러싸여 있으면서 서로 경쟁을 하고 서로 대립되는 두 영역으로 나누어진 그곳에서, 주체는 아득한 곳에 있는 당당하고 위엄있는 내부의 성을 찾으려고 발버둥치는 것이다. 그 내부의 성의 형태가 바로 놀라운 방식으로 이드(본능적 충동의 원천)를 상징하는 것이다.〉 저는 몇몇 보다 현실적인 실제의 성과 상상의 성을 예로 들어 이런 식의 해석을 더 복잡하게 만들 수도 있습니다. 거기에다 아직 완성된 것은 아니지만 당신의 그 의식의 한계에 관한 글을 참조한다면 더욱더 복잡한 얘기가 되겠지요. 어떻게 생각하십니까? 잘될 것 같습니까? 제가 마이나데스[1]에 의해 갈기갈기 찢기지나 않을까요?

제가 글을 쓰고자 마음먹게 된 이유는 부분적으로는 이런 나름대로의 구상에 대한 열정도 있었지만, 또 다른 한편으로는 당신과 롤런드 미첼(좀 우둔하긴 하지만 그래도 괜찮은 편의 동료입니다)이 뭔가를 발견했다는 제 스파이의 보고가 있었기 때문입니다. 제 심복 — 상황이 전환되는 것을 싫어하는 젊은 여성입니다 — 이 말하길, 당신들 두 사람이 뭔가를 조사하면서 새해를 함께 보내고 있다고 하더군요. 그러니 제가 무슨 일인지 알고 싶어하는 것은 당연한 게 아니겠습니까? 조만간 그곳으로 찾아가 당신이 갖고 계신 기록들을 한번 들춰 볼 작정입니다. 당신이 어린 미첼을 어떻게 대하고 있는지 궁금하군요. 그를 잡아먹진 마세요, 모드. 그는 당신과 같은 계층의 사람이 아닙니다. 학문적으로도 그는 지금까지 당신이 알고 있을 그런

---

[1] Maenades. 디오니소스를 따르는 신성한 박케들. 보통 미쳐 날뛰는 여자들을 말함.

부류의 사람이 아닙니다.

반면에 당신과 저는 수중과 수면 위의 탑에 관해, 뱀의 꼬리와 날으는 물고기에 관해 아주 유쾌한 대화를 나눌 수가 있습니다. 날으는 물고기와 작은 공기 방울의 학대에 관한 라캉의 글을 읽으셨습니까? 때때로 당신이 그립습니다. 당신은 저를 친절하게만 대해 주진 않았습니다. 물론 저도 마찬가지겠지요. 언제 우리가 다시 함께 있을 수 있을까요? 당신은 남성의 결점에 대해 너무 가혹한 것 같군요.

제가 심혈을 기울인 논문에 좋은 평가를 내려 주시길 기대하며,

항상 당신을 사랑하는
퍼거스

친애하는 모드,

거의 두 달 동안 아무 연락도 없으니 무슨 일이 있는지 궁금합니다. 물론 잘 지내리라 믿고 있고, 또 무소식이 희소식이라는 말처럼 당신의 일이 잘되고 있고, 당신 역시 그 일에 온 신경을 써서 몰두하고 있으리라 믿고 있어요. 하지만 아무 소식이 없을 땐 정말 걱정이 되기도 합니다. 당신이 평소 그렇게 행복해 하지 않았다는 것을 잘 알고 있기 때문이죠……. 당신이 뭔가 발전적인 모습을 보일 때면 나는 많은 사랑으로 당신을 생각한답니다.

지난 마지막 편지에서 나는 『멜루지나』에 나타난 물과 우유와 양수에 관해서 글을 한번 써보겠다고 했었지요. 가령, 왜 물은 늘 여성으로 취급되는가? 하는 등의 문제죠. 이 문제에 대해선 우리도 토의를 했었죠. 그런데 이제는 위험천만한 여성으로 취급되는 운디네, 닉스, 멜루지나 등

물의 요정들에 관해 야심작을 한번 내고 싶군요. 어떻게 생각하세요? 그리고 그 글을 『물에 잠긴 도시』에까지 연결시키고 싶고요 — 특별히 여성의 성을 나타내는 비생식기적 이미저리를 주로 언급하면서 말예요 — 우리는 이제 남성의 성기뿐만 아니라 여성의 성기로부터도 벗어날 필요가 있어요 — 물에 잠긴 도시의 여성들이 그들을 둘러싸고 있는 액체를 에로티시즘을 나타내는 것으로 본다면 하나의 총체화된 성감대로서 여성 신체의 모든 부분을 대표한다고도 할 수 있어요. 그리고 이것은 커다란 대리석 욕조에서 물을 튀기는 여자, 에로틱한 모습의 용의 전신, 혹은 라모트가 재미있게 묘사했듯이 욕조 속에 미끄러져 들어가는 그녀의 몸뚱이와도 연결시킬 수 있겠죠. 어떻게 생각하세요, 모드?

1988년 호주에서 열리는 사포 학회에 논문을 하나 발표한다고 하던데 준비는 잘되는지요. 나는 우리가 그 학회 기간 동안 19세기 시에 나타난 여성의 에로티시즘과 그것을 드러내는 시의 책략과 전략을 파헤치는 데 온 신경을 다 집중시켜야 한다고 생각합니다. 그리고 의식의 영역과 그 영역의 와해에 관한 당신의 생각을 얼마나 확대시켰는지 궁금하군요. 또한 라모트의 작품에서 강하게 나타나는, 그녀의 동성애에 관한 당신의 연구가 얼마나 많이 진전되었는지도 모르겠고요. (저 역시 그녀의 금욕적 삶의 태도가 그녀를 더욱 빛나가게 하고 비밀스러운 존재로 만들었다는 점은 인정합니다. 하지만 당신은 라모트의 완곡한 표현에도 불구하고 그녀가 지니고 있는 장점을 그렇게 신뢰하고 있지 않는 것 같더군요.)

나는 지난 여름 당신과 함께 보냈던 그 짧은 시간을 자주 머리에 떠올립니다. 올드를 향한 우리의 긴 여행, 늦은 시간까지 계속되었던 도서관에서의 연구, 그리고 당신 집 난로 곁에서 함께 떠먹던 미국산 아이스크림……. 그리고 사려 깊고 친절했던 당신……. 나는 당신의 그 여성다운 분위기 속에 끼어들어서 영국식 사생활을 보호하기 위해 설치해 놓은 작은 장막과 칸막이를 어쭙잖게 쓰러뜨리려고 한 것이 아닌가 하는 생각이 들어요. 하지만 당신은 행복해 보이지 않았어요. 그렇죠, 모드? 당신 삶에는 무언가 알 수 없는 공허 같은 것이 있다고 느꼈어요.

당신, 이곳에 와서 미국 여성학 연구의 열기와 분위기를 경험하지 않으시겠어요? 당신이 원한다면 언제든지 곧 자리 하나를 마련해 줄 수도 있어요. 아무 문제 없어요. 한번 생각해 보세요.

그동안 라모트의 묘에 나의 사랑이나 전해 주세요. 시간이 있으시면, 그리고 마음이 내키시면 벌초도 좀 해주시고요. 나는 그녀가 무시당하는 것을 보면 피가 끓는답니다. 그리고 내 이름으로 꽃도 좀 갖다 놓아 주시고요. 잔디가 들이마실 수 있도록 말예요. 그녀의 안식처가 사람들의 무관심에 참지 못하여 꼭 꿈틀거리는 것만 같았어요. 나는 그녀가 사랑받아야 하는 만큼 사랑받을 날이 꼭 오리라고 믿어요.

나의 모든 사랑을 당신께 보냅니다. 그리고 이번에는 답장이 꼭 있으리라 믿고 있겠습니다.

레오노라

어떻게 보면 이 편지는 도덕적인 문제를 제기한 편지였다. 자신이 발견한 것에 관해 레오노라에게 언제 얘기하면 좋을까? 그리고 얘기한다고 하면 그것이 과연 얼마나 현명한 일일까? 레오노라는 그 일을 별로 탐탁지 않게 여기리라. 그녀는 R. H. 애쉬를 좋아하지 않았다. 하지만 그녀가 크리스타벨의 성적 특질에 관해 자신만만하게 계속 논문을 발표한다고 가정한다면, 그녀 자신만이 그 발견을 모르고 넘어가는 데 심히 불쾌해 할 것은 뻔한 일이었다. 아마 배신감 같은 것을 느끼고, 같은 여성으로서의 동료 의식이나 자매 관계도 끊으며 서로 등지게 될지도 모르는 일이었다.

다음은 퍼거스다. 퍼거스에 관해 말하면, 그는 이전엔 그 두 사람을 한데 묶어 주었지만 이제는 끊어져 버린 거미줄이나 꼭두각시 줄을 살짝 조금씩 당겨 보는, 흔히 연인들에게서 찾아볼 수 있는 보통의 습관을 지닌 남자였다. 그러나 모드는 그런 데 익숙지 못했다. 그녀는, 자신을 얼마나 화나게 만드는 일인지 알지도 못하면서 심혈을 기울인 논문 얘기나 지껄이는 데 무척 화가 나 있었다. 거기에다가 라캉이 어떻고, 날으는 물고기와 작은 공기 방울의 학대가 어떻고 하는 그의 애매모호한 언급도 이제는 귀찮게만 여겨졌다. 그녀는 그것이 대체 어떤 것인가 한번 밝혀 보기로 마음먹었다. 화가 났을 때 오히려 하나하나 차근차근하게 풀어 나가는 것이 최선의 자기 방어라고 그녀는 생각했다. 그리고 또 그녀는 제대로 그것을 찾아낼 수가 있었다.

나는 내 환자 중의 한 사람이 꾸었다는 꿈을 기억한다. 사실 그의 공격적인 태도는 강박관념에서 비롯된 환상의 형태를 띠고 있었다. 꿈속에서 그는 자신과 복잡한 관계에 있는 한 여자와 함께 차를 타고 있었다. 그들은 날으는 물고기에게 추적을 당하고 있는 중이었다. 물고기의 살은 너무도 투명해서 그 몸뚱이를 통해서 수평선이 다 보일 정도였다. 그것은 사실 명료하게 드러난 해부학적 실체의 소냥학대 이미지인 것이다……

그녀 마음속에 또다시 고통스럽던 침대의 모습이 떠올랐다. 그것은 더러운 눈송이처럼, 부패된 달걀 반숙처럼 혐오스러운 이미지로 떠올랐다.

퍼거스 월프가 롤런드 미첼을 질시하는 것이 아닌가 싶었다. 분명하게 얘기해서 그가 롤런드를 모드와 〈같은 계층〉의 사람이 아니라고 한 말은 맞는 얘기였다. 그녀는 퍼거스가 그런 말을 한 의도를 잘 알고 있었지만, 그래도 등급의 구분이 잘못된 것은 아니었다. 그리고 그녀 역시 롤런드가 자신과 같은 부류의 사람이 아니라는 사실을 이미 알고 있었던 터였다. 좀더 세련된 행동을 보여 줄걸 그랬다는 생각이 그녀의 뇌리를 스쳤다. 사실 롤런드는 친절한 사람이었으며 그렇게 위압적인 분위기를 풍기지도 않았다. 그녀는 불을 끄면서 아련한 생각에 빠져 들기 시작했다. 그래, 그는 유순한 사람이야. 정말 유순한 사람이지······.

다음 날도 그녀는 실 코트를 향해 차를 몰았다. 광대한 황야 지대는 온통 하얀 눈천지였다. 그녀가 차를 몰고 나갔을 때 눈은 더 이상 내리지 않았지만 순백의 가루처럼 하얀 하늘이 아스라한 하얀 산등성이를 무겁게 짓누르고 있었다. 온 천지가 거꾸로 선 듯, 하얀 구름 위로 검은 물이 흐르는 듯한 모습이었다. 조지 경의 나무들도 온통 화려한 장식처럼 매달린 고드름으로 환상적인 자태를 뽐내고 있었다. 그녀는 무심코 축사가 있는 마당 밖에 차를 주차시켰다. 소피 베일리를 위해 꾸며 놓은, 크리스타벨 라모트가 그렇게 좋아했다는 겨울 정원. 그곳을 둘러보고 싶은 충동이 그녀의 마음을 사로잡았다. 그 겨울 정원을 꾸민 사람들이 원래 의도했던 대로 보고 싶었고, 혹 레오노라와 만나 겨울 정원에 관한 얘기라도 하려면 뭔가 기억 속에 남겨 둬야 할 필요가 있다고 느꼈던 것이다. 그녀는 부엌으로 통하는 정원의 담을 따라 터벅 터벅 걸어, 눈꽃으로 이어진 주목나무들의 오솔길을 지나 상록수들이 — 감탕나무, 만병초, 월계수 등 — 겹겹이 둘러싸고 있는 세 잎 토끼풀 모양의 정원으로 들어섰다. 정원의 중앙에는 연못이 있었다. 그곳에서 크리스타벨은 어둠 속에서도 반짝이는 금빛, 은빛의 얼어붙은 물고기를 보았다. 〈물살을 가르며 헤엄치는 정원의 수호신들〉, 크리스타벨은 이렇게 말했었다. 돌의자가 하나 있었고, 그 위에 방석처럼 곱게 눈이 내려앉아 있었지만 그녀는 그 고요를 깨뜨리고 싶지 않았다. 적막. 다시 눈이 내리기 시작했다. 모드는 의식적으로 고개를 숙이고는 이곳에 서서 얼어붙은 연못을 바라보았을 크리스타벨을 생각했다. 바람에 날린 눈이 있던 곳, 어둠 속에서도 반짝이던 연못의 얼음…….

> 그리고 연못에서 헤엄치는 물고기 두 마리
> 푸르름을 뒤로 하고, 하얀 하늘을 뒤로 하고
> 은빛과 붉은빛으로 항상 빛나던 그들
> 한여름의 햇살을 받아 반짝이네.
>
> 그리고 깊은 겨울밤이 되면
> 뜬눈으로 잠을 자는 그들,
> 은빛과 붉은빛으로 빛나는 눈
> 얼음에 가리신 어스름한 빛
>
> 싸늘한 불꽃의 역설
> 죽음 속의 삶, 억압된 욕망
> 아무런 힘도 없이, 한숨 돌릴 힘도 없이
> 서리가 물리갈 때까지 정지된 삶.

물고기가 있을까? 모드는 연못 가장자리에 웅크리고 앉았다. 가방을 눈 위에 세워 둔 채 그녀는 장갑 낀 손으로 얼음 위의 눈을 쓸었다. 울퉁불퉁한 반투명의 얼음. 그 아래, 아무것도 보일 듯하지 않았다. 그녀는 작은 원을 그리듯 얼음 위를 문질렀다. 순간, 얼음 위로 희미하고 창백한 한 여자의 얼굴이 나타났다. 마치 조개구름 아래 희미하게 비치는 달처럼 그녀를 향해 아른거리는 자신의 얼굴. 물고기가 있을까? 그녀는 몸을 앞으로 더 숙였다. 바로 그때, 하얀 얼음 위로 거무스름한 한 얼굴이 비치더니 누군가가 그녀의 팔을 잡았다. 그녀는 전기 쇼크를 받은 것처럼 깜짝 놀랐다. 롤런드였다. 모드는 비명을 질렀다. 그리고 다시 비명을 지르며 다리를 끌어 모았다. 화가 솟구쳤다.

그들은 서로 얼굴을 마주 보았다.

「죄송합니다.」

「미안해요.」

「꼭 넘어질 것 같아서요.」

「난 누가 있는지도 몰랐어요.」

「저 때문에 놀라셨군요.」

「오히려 더 놀랐죠?」

「괜찮습니다.」

「저도 괜찮아요.」

「당신 발자국을 따라왔어요.」

「겨울 정원을 한번 구경하고 싶어서.」

「베일리 부인이 혹 무슨 사고라도 난 게 아니냐며 걱정하시더군요.」

「눈이 그렇게 깊지 않았어요.」

「아직도 눈이 내립니다.」

「들어갈까요?」

「괜히 방해나 하지 않았는지 모르겠군요.」
「괜찮아요.」
「고기가 있습니까?」
「반사와 불투명, 그것뿐이에요.」

***

그들의 작업 시간은 곧 침묵의 시간이었다. 그들은 고개를 푹 숙이고는 무언가를 열심히 읽었다 — 그들이 무엇을 읽었는지는 나중에 밝혀지리라 — 그러곤 이따금씩 고개를 들어 무심한 표정으로 서로의 얼굴을 쳐다보는 것이 고작이었다. 눈은 계속해서 내리고 있었다. 서재의 유리창을 통해 눈에 덮인 하얀 잔디밭이 한눈에 들어왔다. 아직도 냉기가 가득해서 그런지 더욱 사물의 윤곽이 명료하게 드러나 보이는 방으로 베일리 부인이 커피를 들고 조용히 들어섰다.

***

점심은 소시지와 으깬 감자, 그리고 버터와 후춧가루를 섞어 버무린 순무였다. 그들은 하얗게 성에가 낀 슬레이트 창을 뒤로 하고 활활 타오르는 통나무 난로 주위에 둘러앉아 식사를 하였다. 소지 경이 말했다.

「베일리 양, 어서 링컨으로 돌아가는 게 낫지 않겠소? 차에 스노 체인도 끼우지 않았을 것 아니오. 영국에서는 보통 체인을 안 끼우니까. 눈이 이렇게 내리는데도 아무 장비 없이 그냥 다니는 모습을 보면 다른 사람들은 영국인들이 눈구경도 못 해봤다고 생각할 거요.」

「조지, 제 생각에는 베일리 박사가 여기 그냥 있는 게 좋을 것 같은데요.」그의 부인이 말했다.「이런 날씨에 그 황야 지대로 차를 몰고 가다간 어느 누구도 안전을 책임지지 못할 거예요. 옛날에 밀드레드가 쓰던 방에다 잠자리를 하나 마련해 드리죠, 뭐. 다른 물건이 필요하면 제가 쓰던 것을 드려도 되고. 어서 잠자리 좀 보고 뜨거운 물도 준비하는 게 좋을 듯하군요. 그렇게 생각하지 않아요, 베일리 박사?」

모드는 그럴 수 없다고 말했고, 베일리 부인은 자기 말을 들어야 한다고 고집을 부렸다. 그러자 모드는 애초에 이렇게 눈이 올 줄 알았다면 오지 말았어야 했다고 말했고, 베일리 부인은 이왕 이렇게 되었으니 다른 말은 하지 말라고 하였다. 모드가 부담스럽다고 말하자, 조지 경은 사정이야 어떻든 조안의 말이 옳다며 자기가 위층으로 올라가 밀드레드의 방을 보고 오겠다고 했다. 롤런드가 돕겠다고 하자 모드는 괜찮다며 극구 사양했다. 조지 경과 모드가 위층으로 시트를 찾으러 간 사이 베일리 부인은 주전자에 물을 담아 롤런드를 데리고 부엌으로 갔다. 그녀는, 롤런드는 그저 이름을 부르고 모드는 베일리 박사라고 불렀다. 부엌으로 가면서 그녀는 롤런드를 쳐다보았다. 불빛을 받아 그녀 얼굴의 누런 점이 더욱더 두드러져 보였다.

「어때요, 기분이 좋았으면 좋겠는데. 그녀가 여기서 자는 것 말이우. 무슨 말다툼 같은 것 없었지요?」

「말다툼이오?」

「당신하고 당신 여자 친구 말이우. 여자 친구, 어떻게 불러야 될지……」

「아, 아닙니다. 말다툼 같은 것 없었습니다. 그리고 그녀는 아녜요……」

「아니라니?」

「제 여자 친구가 아녜요. 전에는 알지도 못했던 여잡니다.

정말 순전히 직업적인 일 때문에 만나게 되었어요. 애쉬와 라모트 때문이죠. 런던에 제 여자 친구가 있어요. 발이라는 이름의 여자죠.」

베일리 부인은 발에 대해 별다른 관심을 보이지 않았다.

「아무튼 베일리 박사 예쁘지 않수? 조금은 냉담하다고나 할까, 아니면 새침을 떠는 거지. 아니면 둘 다고. 우리 어머니가 보셨더라면 차가운 여자라고 했을 거유. 우리 어머니, 요크셔 여자였다우. 촌스러운 여자는 아니었지만 그렇다고 귀부인도 아니었지.」

롤런드는 그녀에게 미소를 지어 보였다.

「옛날에 조지의 사촌들과 같은 가정교사 밑에서 공부했었지. 친구가 되고 싶어서 그랬다우. 이름이 로즈마리 베일리, 마리골드 베일리였지. 지금의 모드와 비슷한 모습이었다우. 그들이 학교에 가고 없을 땐 그 집 조랑말을 운동시키곤 했었지. 그렇게 해서 내가 조지와 만났고, 그 양반이 나랑 결혼하겠다고 마음을 먹은 것이라우. 눈치 채셨겠지만 조지는 한번 마음먹은 일이면 끝까지 실행에 옮겨야 직성이 풀리는 사람이야. 그래서 나도 그 양반이 하도 고집을 피우는 통에 사냥을 배우게 되었수. 그러다가 서른다섯 살 땐가, 울타리에 걸려 말에서 떨어지는 바람에 지금 이 꼴이라우.」

「예……. 낭만적인 얘기이기도 하고, 한편으로는 끔찍한 얘기로군요. 안되셨습니다.」

「지금은 뭐 그리 불편한 게 없다우. 조지가 보통 재주가 많은 사람이 아니라서. 저 병들 좀 주시겠수? 고마워요.」

그녀는 병에 물을 가득 채웠다. 모두가 그녀의 편의를 위해 새롭게 만들어진 것들이었다. 주전자, 주전자 받침, 주차 공간, 고정된 의자 등등.

「두 사람 다 편안하게 마음먹었으면 좋겠수. 조지는 아마 우리 사는 꼴을 남들에게 보이기 싫었던 모양이오. 절약하며 산다곤 하지만 그게 어디 쉬운 일이겠수? 집이며 마당이며 죄다 돈 달라고 입을 벌리고 있으니……. 그냥 썩고 망가지는 것만 막고 있는데도 그렇다우. 그래서 그 양반은 사람들이 찾아와서 구경하는 걸 좋아하지 않는 거지. 하지만 난 얘기할 사람이 있으면 얼마나 좋은지 몰라요. 당신들이 일하는 모습을 보면 기분도 좋고 말이우. 뭐든지 건져야 할 텐데 별로 말들이 없으니……. 그 외풍 센 방에서 몸이나 얼지 않게 조심하슈…….」

「조금 춥긴 춥습니다. 하지만 좋은 방이에요. 마음에 들어요……. 날씨가 지금보다 두 배 정도 더 추우면 방의 분위기하고 맞아떨어질 것 같더군요. 그리고 지금은 일이 어떻게 진행되고 있는지, 뭐라 말씀 드릴 수가 없어요. 나중엔 아마 그 멋진 방에서 그 편지들을 읽었다는 사실이 아름다운 추억으로 영원히 잊히지 않을 겁니다…….」

***

모드가 하룻밤을 보내야 하는 방, 즉 옛날에 밀드레드의 방이었다고 하는 그 방은 롤런드가 자는 조그만 침실과 웅장한 고딕풍의 욕실이 있는 긴 복도의 반대편 끝에 있었다. 아무도 밀드레드가 누구였는지 말해 주지 않았다. 그녀의 방에는 아름다운 조각 무늬의 석조 벽난로가 있었고, 방 한쪽 깊숙한 곳에 벽난로와 같은 스타일의 창문이 하나 있었다. 또한 조금 키가 커 보이는 나무 침대가 하나 있었고, 그 위에는 말총과 튼튼한 이불감으로 만든 매트리스가 깔려 있었다. 롤런드는 뜨거운 물병을 한아름 안고 그 방으로 들어섰으며, 조지 경은 두툼한 전기 열판이 달린 둥근 구리 접시를 하나

들고 들어왔다. 방 안의 잠겨진 작은 장식장에는 담요와 1930년대 어린이용 접시와 장난감들, 올드 킹 콜의 얼굴이 그려진 방수포 매트, 나비 그림이 그려진 등, 그리고 런던 탑과 붉은 제복을 입은 런던 탑 수위가 희미하게 그려진 묵직한 접시 하나가 들어 있었다. 또 다른 장에는 샬럿 M. 영[2]과 안젤라 브라질[3]의 책들이 들어 있었다. 잠시 후 조지 경이 조금 어색한 표정을 지으며 핑크색 융으로 만든 잠옷과 중국 용과 나비 떼의 그림이 금색 은색으로 수놓인 화려한 청색 가운을 들고 들어섰다.

「내 안사람이 이 옷가지들이 어떨지 입어 보라고 하더군요. 그리고 여기 새 칫솔도 있소.」

「이거 폐를 끼쳐서 어떡하죠?」 모드가 말했다.

「다른 때라면 더 편안하게 해드렸을 거요……」 이 말과 함께 조지 경은 그들을 창가로 불렀다.

「저것 좀 보시오. 저 나무들 말이오. 그리고 저 황야에 넓게 깔린 든든한 기운.」

고요한 대기를 뚫고 눈이 계속해서 내리고 있었다. 무엇이든 빨아들여 잠재우는 듯한 적막이었다. 어디가 봉우리고 어디가 등고선인지 분간하기 어려웠으며, 반짝이는 하얀 망토나 담요를 뒤집어쓴 것처럼 축 늘어진 나무들이 몹시 힘겨운 듯 보였다. 모든 사물이 텅 빈 집 가까이로 몰려들어 와 구석구석을 가득 채울 것만 같았다. 잔디밭에 놓인 단지들도 하얀 관을 쓴 채 천천히, 땅속 깊은 곳으로 가라앉는 느낌을 주었다.

「내일도 못 나갈 것 같구려.」 그가 말했다. 「제설기로 눈을

---

2 Charlotte M. Yonge(1823~1901). 영국의 여류 소설가. 『레드클리프의 상속인』으로 큰 인기를 얻음.
3 Angela Brazil(1868~1947). 영국의 여류 소설가로 여학생 취향의 학창 소설을 주로 씀.

치우지 않는 다음에야 어림도 없을 것 같소. 눈이 그치면 군의회에서 제설기로 눈을 치울 것도 같은데……. 사람은 그렇 다치고 개밥이나 충분할는지, 원.」

***

오후에도 그들은 계속해서 편지들을 읽어 내려갔다. 표정으로 보아 오전보다는 좀더 놀라운 부분들을 많이 발견한 것 같았다. 저녁때가 되어 그들은 베일리 부부와 함께 부엌 난롯가에 둘러앉아 냉동 대구와 감자 튀김, 잼을 넣어 만든 소라 모양의 푸딩을 먹었다. 롤런드와 모드는 실제 무슨 토의를 거친 것은 아니지만 암시적으로 당분간은 편지에 관한 어떤 질문도 피하기로 마음먹은 듯했다. 「거, 뭐 읽어 볼 가치가 있소이까? 아니면 별 가치가 없는 것들인지?」 이런 조지 경의 물음에 롤런드는 아직 무슨 가치가 있을지는 모르겠지만 아무튼 흥미로운 구석이 있다고 대답했다. 그러자 베일리 부인은 화제를 사냥으로 돌려 남편과 모드하고만 얘기를 나누었다. 롤런드의 내면의 귀에는 그저 공허한 말과 숟가락 달그락거리는 소리만이 들릴 뿐이었다.

***

롤런드와 모드는 집주인들을 1층에 남겨 두고 일찌감치 그들이 하룻밤을 보내야 하는 2층으로 올라갔다. 아무리 집이 춥다고 해도 1층은 군데군데 따뜻한 온기를 느낄 수 있었지만 커다란 계단과 긴 복도가 있는 2층은 달랐다. 돌계단 위로 하얀 눈이 내리듯 한기가 쏟아지는 것 같았다. 복도에는 백합과 석류 무늬가 그려진 은은한 청동색의 광택 타일이 깔려 있었지만 이제는 부드러운 먼지가 엷게 쌓여 그 분위기가 살아나지 못하였다. 더구나 타일 위에는 길고 우글쭈글하게 주름진 덮개 같은 카펫이 깔려 있었다. 〈융단인가?〉 롤런드는 애써 그 단어를 떠올리며 속으로 생각했다. 사실 그는 R. H. 애쉬의 여러 시에서 〈융단〉이라는 단어를 만난 적이 있었다. 가령 애쉬의 어느 시에서는 누군가가 — 도망가는 어느 성직자였다 — 〈융단 위를 발끝으로 살금살금 걸어가다가 돌길에서는 총총 달아나는〉, 그러다가 급기야는 어느 집 부인네를 깜짝 놀라게 하는 부분이 있었다. 그렇게 도망가는 자들은 항상 겁에 질려 창백한 얼굴들이었다. 그리고 여기저기 발자국들이 미끄러져 있음을 보여 주는 묘사가 나오고, 도망자가 잘 닦은 타일 위에 묻은 자신의 발자국을 황급히 지우는 장면도 있었다.

계단을 다 오르자 모드는 마음먹었다는 듯이 롤런드에게로 돌아서서 다소곳이 머리를 숙였다.

「잘 자요, 그럼.」그녀가 말했다. 그녀의 예쁜 입이 굳게 다물어졌다. 순간 롤런드는 각자 편지를 읽고서 적어 놓은 노트와 발견한 자료들을 서로 비교해 보며 일의 진척 사항을 함께 논의해야 하지 않을까 생각해 보았다. 사실 그는 자신의 감정과 추위 때문에 몹시 지쳐 있었지만 그렇게 하는 것이 학문을 하는 사람의 도리가 아닌가 여겼던 것이다. 마치 가슴받이처럼 양팔로 파일 더미를 꼭 끌어안고 있는 그녀의 모습에서 롤런드는 여자가 본능적으로 지니고 있는 조심스러운 분위기를 읽을 수 있었지만 기분이 썩 좋지만은 않았다. 그는 「그럼, 안녕히 주무십시오」라고 말하고는 복도 끝에 있는 자신의 방으로 발걸음을 옮겼다. 등 뒤에서 어둠 속을 또박또박 걸어가는 모드의 발자국 소리가 들렸다. 복도의 불빛은 굉장히 어두웠다. 고장난 듯 보이는 가스 벽난로와 싸구려 술집에서나 볼 수 있는 60와트짜리 전구가 달린 희미한 갓등이 두 개 있을 뿐이었다. 문득 그는 욕실을 누가 먼저 사용할지 그녀와 얘기라도 나눴으면 좋았을걸 하는 생각이 떠올랐다. 동시에, 그녀가 먼저 사용하도록 하고 자신은 나중에 사용하는 쪽이 그나마 예의가 아닌가 하는 생각도 해봤다. 이렇게 추운 복도에서 잠옷을 입고 계단을 오르내리거나 서성이기는 정말 싫었다. 그는 그녀에게 먼저 45분이라는 시간을 주기로 마음먹었다. 그 시간이면 이렇게 얼음장 같은 곳에서 여자가 어떤 목욕을 하든지 충분하리라 생각했다. 그 사이에 그는 랜돌프 헨리 애쉬의 작품을 읽기로 했다. 편지에 대해 자신이 끼적인 노트가 아니라 애쉬의 『신들의 황혼』에 나오는 토르[4]와 숲 속 거인들의 전투를 읽어 보기로 했다. 그의 방은 지독히 추웠다. 그는 온통 화려한 푸른 장미꽃 무늬가 그려진 오래된 오리털 이불과 침대 덮개를 뒤집어쓰고는 모드의 목욕이 끝나기를 기다렸다.

***

적막에 싸인 복도로 나왔을 때 롤런드는 자신이 현명했다고 생각했다. 빗장이 걸린 육중한 문의 석조 아치 내부로부터 불빛이 새어 나오지 않는 상태로 보아 안에 아무도 없는 것이 분명했다. 물 튀기는 소리나 물 흐르는 소리도 없었다. 하지만 정말로 욕실 안에 아무도 없는지 알 수가 없었다. 이 견고한 오크나무의 욕실문 밖으로는 어떤 소리도 새어 나올 수 없을 것 같았다. 그렇다고 잠겨진 문을 두드려 그녀 자신에게 당혹스러운 일이 벌어지게 하고 싶지는 않았다. 그는

---

4 스칸디나비아 전설에 나오는 천둥의 신.

바닥에 무릎을 꿇고 앉아서는 문의 커다란 열쇠 구멍에 눈을 갖다 대었다. 그런데 바로 그 순간 문이 열리면서 차가운 공기 속에 신선한 수증기의 냄새가 코끝으로 스며들어오는 것이 아닌가. 그의 몸에 걸려 그 위로 쓰러질 뻔한 그녀는 몸의 균형을 잡으려고 손을 내밀어 그의 어깨를 잡았고, 그는 자기도 모르게 한 손을 휘저어 실크 가운 아래 조그만 엉덩이를 꽉 붙잡고 말았다.

그리고 랜돌프 헨리 애쉬가 〈전기적 충격〉이라고 표현했던 것과 같은 짜릿한 자극이 그의 몸을 휘감았다. 롤런드는 마치 무엇에라도 찔린 듯 그녀의 몸에서 얼른 손을 떼면서 일어섰다. 핑크색 기운이 감도는 그녀의 손은 물기에 젖은 듯 축축했다. 어깨와 목까지 흘러내린 머리카락도 젖어 있었다. 분명 화난 표정으로 그를 바라보고 있으리라 예상했던 그녀의 얼굴엔 깜짝 놀란 기색이 더 역력했다. 그는 생각했다. 그녀가 전기 충격을 발산한 것일까, 아니면 그녀도 그런 충격을 느낀 것일까? 그는 육감적으로 그녀도 그런 자극을 받았음을 알 수 있었다. 그는 꼼짝 않고 서 있었다.

「욕실에 불이 켜져 있나 보려다 이렇게 됐습니다. 혹 당신이 안에 있으면 괜히 신경이나 거슬리지 않을까 싶어서……」

「알았어요.」

그녀의 푸른색 실크 칼라도 축축하게 젖어 있었다. 희미한 불빛 아래서 모든 것에 물이 흐르는 듯했다. 허리춤에서 꼭 붙들어 맨 실크 가운은 하늘하늘한 작은 고랑들을 이루고 있었고, 가운 아래로는 물결이 일듯 주름진 연분홍색의 융단과 슬리퍼를 신은 뾰족한 발이 보였다.

「당신이 먼저 욕실을 사용하지 않을까 해서 조금 기다렸어요.」 그녀가 기분이 조금 가라앉았는지 다시 입을 열었다.

「저도 그랬습니다.」

「다친 데 없으니 됐죠, 뭐.」
「저도 그렇습니다.」
그녀는 젖은 손을 내밀었다. 그녀의 손을 잡은 그는 처음에는 싸늘함을 느꼈지만 이내 포근함을 느낄 수 있었다.
「잘 자요.」 그녀가 말했다.
「안녕히 주무십시오.」
그는 욕실로 들어갔다. 그의 뒤에서는 꼬리가 긴 중국 용이 청록색 바탕 위에서 카펫을 따라 희미하게 흔들거리고 있었고, 그 위를 살짝 덮고 있는 그녀의 머리카락들이 차갑게 빛나고 있었다.

욕실 안의 세면대에는 군데군데 증기가 서려 있었고, 카펫 위 한쪽에는 그녀가 있었던 곳인지 물이 흘러 떨어진 자국들과 발자국 모양의 물 흔적이 하나 나 있었다. 욕실은 마치 동굴과 같은 곳이었다. 처마 밑을 따라 경사를 이루는 곳에는 그 밑으로 일종의 벙커가 형성되어 있었고 그곳에는 아마 옛날에 사용했음직한 3, 40개의 물바가지와 세숫대야가 쌓여 있었다. 그리고 벽면은 마치 점을 찍은 듯 박혀 있는 붉은 장미 봉오리 무늬들과 길게 늘어진 인동덩굴 무늬, 그리고 제멋대로 흩어진 꽃다발처럼 그려진 참제비고깔과 플록스가 아름답게 장식되어 있었다. 욕실의 중앙에 기념비처럼 설치된 제법 깊은 욕조는 마치 무엇을 움켜잡으려고 뛰어오르는 사자의 발 위에 큼직한 놋쇠 꼭지가 달린 대리석 석관을 올려놓은 듯 장식되어 있었다. 그 욕조에 물을 채우려 해도 세월이 다 가겠지만 사실 너무 추워서 물을 틀어 놓고 그것을 쳐다보고 있을 수도 없었다. 아무리 성미가 까다로운 모드라 하더라도 욕조에 물을 틀어 놓고 씻었을 리가 없다는 확신이 들었다. 더욱이 세면대 밑의 코르크 매트에 나 있는 물에 젖은 그녀의 발자국으로 판단하건대 그녀는 세면대에 서서 몸을 씻은 것이 틀림없었다. 욕실의 한쪽 끝 깜깜한 곳, 자체 받침대 위에 마치 옥좌라도 세운 듯 받들어져 있는 세면대과 변기는 다분히 영국적이고 또 활짝 핀 꽃잎을 한 움큼 뿌려 놓은 듯이 꽃무늬가 화려하게 장식되어 있었다. 이렇게 화려한 욕실을 처음 대하는 롤런드로서는 당연히 넋이 나갈 수밖에 없었다. 세면대와 변기는, 인공적으로 가꾼 것이 아니라 아주 자연스럽게 흩어져 서로 얽혀 뻗어 있는 다양한 모양의 꽃들 가운데 미끈하게 솟아오른 모습이었다. 세면대에 물을 받으면서 롤런드는 세면대의 흐릿한 수면 아래 들장미, 미나리아재, 양귀비, 초롱꽃, 그리고 찰스 다윈의 야생 강둑은 아니더라도 티타니아[5]의 둑을 거꾸로 세운 듯한 풍경을 볼 수가 있었다. 변기는 세면대보다는 다소 격식을 차린 듯한 모양이었다. 마치 작은 화환과 풀어진 꽃다발들이 고사리 줄기들 위를 흐르는 작은 폭포들을 따라 휘감아 내려가는 모습이었다. 사각형의 마호가니로 된 변기는 앉는 자리도 웅장했다. 너무도 아름다워 감히 그곳에 앉아 볼일을 본다는 것 자체가 격에 어울리지 않는 짓거리처럼 여겨질 정도였다. 하지만 모드는 이런 것들을 본 적이 있을 테고, 그러니 그 화려함에도 별 부담을 느끼지 않았으리라고 롤런드는 추측했다. 그는 몸을 떨면서 양귀비 장식과 푸른 수레국화꽃을 내려다보며 얼른 몸을 씻었다. 스테인드글라스 창 위의 얼음이 갈라지더니 금방 다시 얼어붙었다. 세면대 위에 걸려 있는 반짝이는 거울을 들여다보던 롤런드는 모드가 이 거울을 통해 그녀의 완벽한 몸매를 자랑하지 않았을까 하는 상상에 빠졌다. 그러나 현실의 거울 속에는 털이 보송보송한 자신의 시커먼 몸뚱어리만이 비칠 뿐이었다. 순간 롤런드는 모드에게 미안

---

[5] 셰익스피어의 「한여름 밤의 꿈」에 나오는 요정 나라의 여왕.

하다는 생각이 들었다. 모드는 자기처럼 욕실의 로맨스를 즐기지 못했을 게 뻔할 테니까……

***

자기 방으로 돌아온 롤런드는 창밖을 통해 어둠이 내리깔린 밤의 풍경을 바라보았다. 나무들을 에워싸고 있는 어제의 어둠이 부드럽고 밝게 빛나고 있었다. 사각의 밝은 유리창 밖으로 떨어지는 눈송이들이 한눈에 들어왔다. 추위 때문에 창문의 커튼마저도 다 내려야 했지만 창밖의 생경한 신비로움을 모두 막을 수는 없었다. 그는 불을 끄고 온통 회색으로 변한 사물들을 바라보았다 — 회색과 은빛과 백랍의 백색이었다 — 갑자기 달빛이 시야에 들어왔고, 그 달빛 아래 더욱 더 커다란 눈송이들이 살아 움직이며 천천히 내렸다. 그는 스웨터를 입고 양말을 신은 다음 좁은 침대로 기어들어 가 지난밤처럼 몸을 웅크리고 잠을 청했다. 눈이 계속 내렸다. 새벽녘에 그는 유치한 어린 시절의 공포와 아름다움이 교차하는 꿈의 세계에서 깨어났다. 꿈속에서 그는 밝은색 천을 수없이 꼬아 만든 밧줄에 묶인 채 흐르는 물속에서 버둥대고 있었다. 그리고 그의 몸은, 진짜 꽃인지 아니면 사람의 손으로 만든 것인지, 수놓은 것인지 색칠해 놓은 것인지, 아무튼 온갖 꽃송이로 만든 화환과 화관, 그리고 그 꽃나무들의 잔가지들로 장식되어 있었다. 그 속에서 그는 무엇인가를 잡으려고 바둥대며 손을 내밀었지만 자꾸 미끄러지기만 할 뿐이었다. 무언가를 손으로 잡았지만 손에는 아무것도 잡히지 않았다. 또 그가 팔이나 다리를 들어 올리려 할 때마다 더욱더 무엇인가가 그의 몸을 꼭 붙들고 죄어 올 뿐이었다. 그는 거대한 꿈을 꾸는 사람들이 지니고 있는 현미경적인 눈을 지니고 있었다. 그는 수레국화 주변을 맴돌거나 찔레나무를 관찰할 수 있었으며, 또한 얽히고설킨 고사리 양치류 속에서 자신의 형태 감각을 상실할 수도 있었다. 꿈속에서 사물은 눅눅한 냄새를 풍겼지만 그것은 오히려 풍요롭고 따뜻한 건초와 꿀의 냄새였으며, 여름의 약속이었다. 무엇인가가 빠져나가려고 발버둥치고 있었고, 그가 자신이 꿈꾸고 있는 방의 바닥을 가로질러 움직이고자 했을 때 더욱더 복잡하게 서로 뒤엉킨 행렬이 몇 겹의 원을 그리며 한층 길게 늘어져 그 뒤를 따랐다. 그는 마음속으로 중얼거렸다. 〈쥐어짜 낼 수 있을 정도로 푹 젖었어.〉 엄하면서도 염려하는 듯한 어머니의 목소리였다. 그리고 〈쥐어짜 낸다〉라는 말은 베일에 싸인 손이 더더욱 자신의 몸을 비틀어 짜는 것을 나타내는 듯했다. 그는 어느 시구절이 생각났다. ─〈눈이 내려도, 떨어지는 눈에도 아랑곳 않고.〉 그는 이 시구절이 어떤 중요한 의미를 지니고 있는지 기억해 낼 수 없었다. 어디서, 언제 들어 보았는지도 기억할 수가 없었다. 암담함과 슬픔이 그의 영혼을 사로잡기 시작했다.

9

의식의 경계

 노파는 공자에게 짤막하게, 그러나 아주 정중하게 떠나라고 말했다. 그러고는 오른쪽이든 왼쪽이든 한눈을 팔지 말고 곧장 길을 따라 씩씩하게 나가야 한다고 일러 주었다. 마술에 걸린 땅이기 때문에 따라오라고 소리치며 유혹의 손길을 보내는 것들이 많이 있고, 또 이따금씩 신기한 불빛이 보이기도 하겠지만 절대 그런 것들에 속아 넘어가서는 안 된다는 것이었다. 그리고 그녀는 그의 의지력에 믿음이 안 가는지 다시 한 번 당부를 하였다. 가다가 목초지나 샘물도 보겠지만 그런데 현혹되지 말고 계속 돌길을 따라가야 한다고 말했다. 하지만 공자는 자기 아버지가 말했던 곳에 가고 싶으며, 믿음과 진실로 모든 일을 대하고 싶다며 너무 걱정하지 말라고 노파에게 말했다.
 그러자 주름투성이의 노파가 말했다. 「그래, 흰옷을 입은 여인들이 나타나 너의 손을 잡아끈다든지 아니면 도깨비들이 나타나 너의 갈 길을 막든지 나하고는 아무 상관도 없단다.

이젠 너무 늙어서 너의 모험이 어떻게 끝날지, 그것도 못 보고 죽을 텐데, 뭘. 이 늙은 할미의 눈에는 빛나는 갑옷을 입은 소공자나 하얀 옷을 입은 깡마른 아이나 다 같은 사람으로 보일 테니 말이다. 네가 오게 되면 올 것이고, 그렇지 않다면 관목이 자라는 들녘에서 흰옷을 입은 여인네들의 깜박거리는 등불을 보게 될 테지.」 이번엔 공자가 무뚝뚝하게 대꾸하였다. 「아무튼 할머니의 호의에 감사드립니다.」 그러자 노파는 이렇게 말했다. 「호의라는 말 그렇게 함부로 쓰는 것이 아니란다. 어찌 되었건 내가 귀찮아하기 전에 어서 떠나거라.」 그래서 공자는 자기가 탄 말에 박차를 가하여 따그닥따그닥 소리를 내며 돌투성이의 길로 나아갔다.

일진이 안 좋은 날이었다. 관목이 우거진 황야에는 양치류의 덤불, 그리고 작은 주니퍼 나무들의 뿌리들이 먼지에 뒤덮인 채로 한데 엉켜 있어 좁은 길을 더욱 험하게 만들어 놓고 있었다. 게다가 길도 하나가 아니라 여러 갈래로 뻗어 있었으며, 모든 길이 마치 깨진 항아리의 갈라진 틈처럼 서로 엇갈려 있었다. 공자는 뜨거운 태양을 견뎌 내며 가장 똑바르고, 또 가장 돌이 많은 길을 선택해서 앞으로 나아갔지만 길이 다 비슷비슷하여 이제 길을 또 하나 벗어났구나 하고 생각될 때마다 늘상 자신이 방금 지나온 길로 다시 되돌아온 것이 아닌가 하는 착각에 빠지기 일쑤였다.

잠시 후 그는 해를 등지고 가기로 결심했다 — 그렇다면 적어도 가던 길로 되돌아오는 법은 없을 것 같았다. 그러나 이런 결정을 내렸을 때 사실 그는, 처음 이 모험을 시작했을 때 해의 위치가 어디였는지 분명하게 기억하지 못하고 있었다. 우리네 인생도 그렇지 않은가. 우리는 나중에서야, 그것도 빈약한 근거를 토대로, 길을 바로잡고 다시 한 번 나아가기로 결심하지만 그 길이 그릇된 방향으로 접어드는 경로임을 알지 못한다. 불쌍한 공자의 경우도 예외는 아니었다. 황혼 무렵이 되어서야 그는 자신이 맨 처음 출발한 곳으로 다시 되돌아왔음을 알게 되었기 때문이다. 게다가 그가 피해 왔던 똑바로 뻗은 모랫길의 끝에서 노랫소리가 들리고 또 멀리 떨어진 곳의 덤불과 늪지 수풀 사이에서 짐승들이 바스락대는 소리와 물 흐르는 소리를 듣기도 했지만, 노파가 얘기한 흰옷을 입은 여인들이나 도깨비는 나타나지도 않았던 것이다. 순간 그는 비틀어진 가시나무를 보았고, 그것이 새벽녘에 삼각형 모양으로 서로 얽혀 있었던 가시나무가 틀림없다고 생각했다. 그러나 노파의 오두막은 보이질 않았다. 들녘의 저 먼 곳에서 빠른 속도로 해가 떨어지고 있었다.

공자는 자기가 혹시 잘못 보았을지도 모른다는 일말의 희망을 품고 조금 더 앞으로 나아갔다. 그러자 그의 앞길에 전에는 전혀 본 적이 없는, 희미한 불빛 아래서도 분명히 놓칠 리 없는 돌길이 나타났다. 그런데 그 돌길이 끝나는 곳에 커다란 건물이 하나 나타나는 것이 아닌가. 거대한 기둥과 육중한 돌지붕, 입구를 표시한 듯한 큼직한 돌. 그리고 그 너머로는 어둠이 짙게 깔리고 있었고, 그 어둠을 뚫고 돌기둥 사이로 실크 쿠션 위에 네모난 상자를 받쳐 든 아름다운 세 여인이 당당하게 걸어 나오는 것이 아닌가. 그는 너무나 놀라고 말았다. 여인들이 나타났음을 그는 전혀 눈치도 채지 못했기 때문이었다. 그는 속으로 생각했다. 〈이 여자들이 분명 할머니가 얘기한 그 하얀 옷을 입은 여자들일 거야. 세상의 불빛이 사라지는 순간 나의 갈 길을 가로막으려는 거겠지.〉 확실히 그녀들은 어둠의 존재들 같았다. 그들이 걸을 때마다 환한 불빛을 비추었기 때문이었다. 희미하게 반짝이며 깜박거리고 걸음걸이에 따라 흔들거리는, 보기에도 아름다운 빛이었다.

첫 번째 여자는 황금빛 옷을 입고 있었다. 실크로 수를 놓은 황금색 드레스를 입었으며, 황금색 슬리퍼를 신은 발을 사뿐히 내디딜 때마다 황금빛이 눈부시도록 반짝였다. 그리고 그녀가 들고 있는 쿠션도 황금빛 천으로 만든 것이었고, 그 위의 양각 무늬 상자도 붉은 황금빛으로 물든 석양처럼 황금빛으로 빛나고 있었다.

두 번째 여자는 달빛처럼 은은한 흰빛을 내비치고 있었다. 슬리퍼를 신은 그녀의 발 역시 달빛과도 같은 흰색이었으며, 은빛의 가운데는 화려한 초승달 무늬와 둥근 은빛 무늬들이 빛나고 있었다. 싸늘한 듯하면서도 강렬한 불빛에 휘감긴 듯한 그녀의 모습과 순수한 흰백색의 바늘처럼 촘촘한 은빛 쿠션으로 받쳐 들고 있는 은색 상자가 멋진 조화를 이루고 있었다.

세 번째 여자는 앞의 두 여자보다 조금 뒤에 서 있었다. 그녀는 반들반들하게 닳은 갑옷의 광택처럼 착 가라앉은 빛을 발하고 있었다. 그 모습이 마치 빛을 가린 대신 그 빛의 반사광으로 하얗게 빛나는, 저 높은 곳의 구름과도 같았다. 그녀의 옷은 별빛을 받은, 그러나 커다란 나무 그림자에 드리운 잔잔한 호수의 수면처럼 은은한 빛을 띠고 있었으며, 그녀의 발은 부드러운 벨벳으로 감싸여 있었다. 그리고 앞의 두 여자와는 달리 그녀의 머리는 베일에 덮인 채 뒤로 묶여 있었다. 또한 첫 번째, 두 번째 여자가 석조 기둥의 어두운 그림자 밖으로 찬란한 빛을 뿜으며 걸어 나올 때 공자에게 부드러운 미소를 지어 보였지만, 세 번째 여자는 다소곳이 고개를 숙이고 눈을 내리깐 모습이었다. 파리한 입술과 모세 혈관이 그 불그레한 자취를 드러내고 있는 도톰한 눈꺼풀, 그리고 창백하다 싶을 정도로 하얀 뺨, 마치 나방의 잔털과도 같은 속눈썹…….

그 여자들은 동시에 한목소리로 그에게 말했다. 그러나 그 목소리에는 맑디맑은 소리의 클라리온, 갈대 소리처럼 들리는 오보에, 낮은 휘파람 소리 같은 플루트의 세 가지 음색이 실려 있었다.

「이 길로는 더 이상 가실 수 없습니다. 여기가 바로 길의 끝이랍니다. 저 너머는 또 다른 땅이지요. 그래도 굳이 가시겠다면 우리 가운데 한 사람이 안내자가 되어 드릴 수 있습니다. 그렇지 않으면 그냥 여기서 발길을 돌려 다시 평원으로 돌아가실 수도 있습니다.」

이 말을 들은 공자는 정중한 태도로, 자기는 다시 돌아가야 할 만큼 먼 길을 온 것도 아니고 또 지치지도 않았으며, 게다가 지금 이 자리에서는 밝힐 수 없지만 아버지로부터 부여받은 임무가 있기에 계속 길을 가야 한다고 대답했다. 그러자 세 여자는 기다렸다는 듯이 말했다. 「우리들은 이미 다 알고 있답니다. 당신을 기다린 지 오래됐어요.」

공자는 이번엔 아주 대담하게, 그러나 여전히 공손한 어조로 물었다. 「내가 여러 마을을 지나왔는데 가는 곳마다 마을 사람들이 두려움과 존경의 마음을 동시에 나타내면서 백의의 여인들에 관한 얘기들을 하였습니다. 혹시 당신들이 그 여인들이 아닌가요?」

그러자 여자들은 저마다 웃음을 터뜨렸다. 커다란 소리로 웃고, 나지막한 소리로 웃고, 또 살짝 미소를 짓기도 했다. 곧이어 웃음을 그친 그들은 정말 마을 사람들이 존경의 뜻으로 그런 말을 했는지 믿기지 않는다며, 사람들 사이에서 흰옷을 입은 여자들에 관해 어떤 말을 하든 귀 기울이지 말아야 한다고 공자에게 일러 주었다.

그들은 계속 말을 이었다. 「저희들에 관해서는, 그냥 당신이 우릴 처음 보았던 대로 받아들여야 합니다. 또 당신은 우리가 누구인지, 아니 당신이 우릴 어떻게 여기든지 간에 우리들 가운데서 누가 가장 용감하고 분명한 시각을 지녔는지 판단하시고 선택하셔야 합니다.」

그가 선뜻 대답했다.

「그럼 한번 해보겠습니다.」

「지금 선택하세요. 현명하게 선택하셔야 해요. 당신의 선택에 행, 불행이 달려 있습니다.」

그리고 나서 세 여자들은 차례대로 공자의 앞을 지나갔다. 사뿐사뿐 걷는 그 모습들이 마치 영광의 불빛을 밝히며 하늘거리는 촛불 같기도 했으며, 멀리 떨어진 곳에 광채를 던지는 초롱 같기도 했다. 그리고 세 여자는 지나가면서 각기 노래를 불렀고, 그 노랫소리에 맞추어 어디선가 청아한 악기의 반주 소리가 들리는 듯했다. 붉은 태양의 마지막 광채가 아스라한 천국의 빛으로 어슴푸레한 돌기둥을 비추었다.

먼저 황금빛 여자가 당당한 걸음걸이로 나섰다. 그녀는 태양 광선을 받아 아른거리는 작은 황금 장식의 금관을 쓰고 있었고, 그 금관 아래의 머리카락도 황금빛 양털인 양 밝게 빛나고 있었다. 그녀는 대담하게 들고 있던 황금 상자를 앞으로 내밀었다. 그 황금 상자에서 발산되는 빛이 얼마나 강렬하고 눈부셨는지 공자는 얼른 눈길을 아래로 피해야 했다.

그녀는 노래를 불렀다.

내 땅은 빛나는 황금의 땅
그곳에 자라는 곡식도
황금의 옥좌도 내 것이랍니다
그 땅에 태어난 당신
온갖 아름다운 꽃들에 파묻혀
내 무릎에 누우세요
그리고 지상의 높은 탑들을
다 지배하세요.

싸늘한 황혼 속에서 공자는 손을 뻗어 그녀가 지나갈 때 발산된 열기와 광채에 대보았다. 그는 이 여자가 자신에게 행복을 제시하고 있다고 생각했다. 그러나 선뜻 결정을 내릴 수는 없었다.

「다른 분들도 다 보고 나서 말씀 드리겠습니다.」

이번에는 은빛의 여자가 나섰다. 그녀의 파리한 이마에는 은빛으로 반짝이는 초승달 장식이 붙어 있었으며, 몸에는 끊임없이 반짝거리며 흔들거리는 수많은 은박 장식의 은빛 베일이 감겨 있었다. 그녀의 모습은 마치 걸어다니는 샘물 같았다. 또한 낮이었으면 분명 붉디붉은 뜨거운 햇살 아래 수많은 꿀벌들이 키스를 하고 있었을 테지만 지금은 밤이어서 그런지 싸늘하게 느껴질 정도로 하얗고, 은밀한 달빛이 축복 담긴 은빛을 내리비추고 있는, 온갖 꽃들이 만발한 과수원 같았다.

이제는 그녀가 노래를 불렀다.

저의 땅은 긴 밤의 땅
사랑하는 이들이 서로 만나
자줏빛 어둠 속에
긴 포옹을 하고
은빛의 키스를 나누는
은밀한 곳이랍니다
이곳에서 세상을 잊고
당신의 행복을 누리세요.

공자는 이 여자가 자신의 영혼의 비밀을 알고 있는 것이 아닌가 생각하고는 갈망하듯이 그녀에게 손을 내밀었다. 그는 그녀로 인해 마음의 눈을 통하여 높고 작은 탑의 닫힌 창과 커튼이 드리워진 작은 침실을 볼 수 있었다. 첫 번째 여자가 그에게 햇빛 찬란한 대지를 약속했다면, 이 여자는 그에게 바로 그 자신의 영혼을 보여 주었던 것이다. 그는 황금의 여자에게서 마음을 돌려 이 은빛의 여자를 선택하고 싶었다. 그러나 신중한 결정을 내려야 하기 때문에 그는 마음을 달래었다. 더욱이 마지막 여자가 무엇을 제공할지 무척 궁금하기도 했다.

드디어 마지막 여자가 나섰다. 그녀의 걸음걸이는 앞의 두 여자와는 달리 사뿐사뿐 춤을 추는 듯하지도 않았고 당당하지도 않았다. 그저 스쳐 지나가는 그림자처럼 스르르 다가섰다. 그리고 그녀의 옷 또한 요란스럽지 않았다. 중심 부분이 부드럽게 반짝이는 은은하고 짙은 자주색의, 마치 대리석 조각처럼 주름이 잡힌 긴 장막 같은 옷이었다. 얼굴 역시 그림자에 가리운 듯 밝게 빛나는 얼굴이 아니었다. 공자에게 눈길도 주지 않았다. 그녀는 양팔로 요람을 안듯 작은 상자를 안고 있었다. 물론 작은 상자 역시 화려한 장식도 없고 열쇠 구멍도 없는 우중충한 색의 수수한 상자였다. 그녀는 이마 주위에 양귀비로 장식된 머리관을 쓰고 있었고, 거미줄 무늬의 비단 슬리퍼를 신고 있었다. 그녀의 노래 또한 명랑하지도 슬프지도 않은, 그저 상대방을 부르는 듯한 소리에 불과했다.

그녀는 이렇게 노래 불렀다.

> 우리가 가슴에 품고 있는 욕망은
> 육신에 있지도 않고
> 불길에 있지도 않으며
> 행동에 있지도 않아요
> 그러나 따라오세요
> 마지막이 최상의 것이며
> 저 혼자만이 안식의 풀을
> 돌보고 있답니다.

순간 공자의 마음은 무엇에 찔린 듯한 울림에 사로잡혔다. 그의 아버지가 어떻게 해서든지 끝까지 집에 가져와야 한다고, 자신의 긴 고뇌를 마감시켜 줄 약초로서 꼭 가져와야 한다고 그에게 말한 것이 바로 그 안식의 풀이 아니던가. 물론 공자의 마음 한구석에는 반발의 심리가 없지 않았다. 그로서는 화려한 광채에 둘러싸인 황금빛 여자와 청아하고 맑은 은빛의 여자를 포기하고 대신 부드럽고 조용한, 그리고 다소곳이 고개를 숙인 이 세 번째 여자를 택한다는 것이 별로 마음에 내키지 않았기 때문이었다. 물론 모든 이야기가 다 그렇듯이, 그가 이 마지막 여자를 선택해야 하고 또 아무런 빛도 나지 않는 그 작은 상자를 선택해야 한다는 사실을 누가 모르겠는가? 그러나 잠시나마, 공자가 더 좋아했을지도 모를 그 은빛의 행복과, 꽃이 만발한 햇빛 비치는 땅을 포기해야 하는 슬픔을 한번 느껴 보자. 그러고 나서 우리는 공손하게 순리를 따라야 하리라. 공자 역시 자신의 운명과 아버지의 뜻을 따라 세 번째 여자의 손을 잡으며 「당신을 따라가겠습니다」라고 말했으니…….

물론 우리는 이 이야기를 다르게 쓸 수도 있으리라. 그가 모험을 떠나지 않고 계속 머물러 있었다든지, 아니면 찬란하게 빛을 발하는 앞의 두 여자를 택했다든지, 혹은 그가 운명의 굴레에서 벗어나 자유롭게 살기 위해 다시 평원으로 돌아갔다든지 하는 식으로 쓸 수도 있으리라. 그러나 이제는 당연히 순리대로 일이 진행되고 있음을 독자 여러분들은 인정해야 할 것이다. 그것이 이야기 속에 들어 있는 필연의 힘이 아닐까…….

아무튼 세 번째 여자는 공자의 손을 부드럽게 잡았다. 그녀의 차가운 손가락의 느낌은 힘든 일을 하고 난 뒤 시원한 린넨으로 땀을 닦는 듯한 느낌이었다. 그녀는 다소곳이 숙이고 있던 고개를 공자를 향해 들어 올렸다. 공자는 그녀의 눈을 바라보았다. 그녀의 눈을 빤히 쳐다만 볼 뿐이었다. 그녀의 눈에 대해서 내가 뭐라고 말해야 할까? 이제 더 이상 그는 발아래의 수풀도 보지 않았고, 빛나는 두 여자들도 쳐다보지 않았으며, 또한 그가 어딜 가든지 세상 끝까지 겅중겅중 따라나선 믿음직스러운 자신의 말도 안중에 없었다. 이런 식으로밖에 달리 묘사할 수가 없지 않은가? 내가 꼭 이런 식으로 묘사를 해야 한다면 ― 아니, 그렇게 할 수는 없다 ― 나는 그렇게 해야만 한다. 왜냐하면, 당신의 연대 기록자이며, 당신에게 이야기를 들려주어야 하기 때문에. 그러나 무엇을?

자, 이제 한번 상상해 보라. 한밤중의 두 개의 연못, 외부의 빛을 받아 비추는 것이 아니라 내부 깊숙한 곳의 어떤 빛, 어떤 약속의 빛을 받아 반짝이는 두 연못을. 그리고 또 상상해 보라. 그녀가 고개를 살짝 돌리는 모습을, 마치 건포도알처럼 검은, 그러나 매우 희미하나마 갈색의 빛이 서려 있는 그녀의 모습을, 달빛을 받으며 기다리고 있는 그녀의 모습을……. 「나는 당신을 따라가겠습니다.」 공자가 다시 한 번 말했다. 그러자 그녀가 또다시 고개를 숙이며 부드러운 목소리로 말했다. 「따라오세요.」

그녀는 돌을 세워 만든 입구로 그를 이끌고 갔다. 그의 말이 놀라 소리 내어 울었지만 그는 그 울음소리를 듣지 못했는지 천천히 발걸음을 옮겼다. 세워진 돌들은 단순한 듯 보였다. 그냥 그 너머로 쭉 뻗어 있을 것만 같았다. 그러나 그 입구를 넘어서자 이제껏 공자가 전혀 본 적이 없는, 아니 꿈꿔 본 적도 없는 달콤한 향기의 꽃들이 만발한 둑 사이로, 비탈진 언덕을 내려가는 구불구불한 길이 하나 뻗어 있었다. 그 길에서 불어오는 부드러운 바람. 낮도 아니고 밤도 아닌 분위기. 태양빛도 아니고 달빛도 아닌, 어둡지도 밝지도 않은, 하지만 영원히 변함없는 왕국의 빛…….

― 크리스타벨 라모트

10

편 지

라모트 양에게,

 그대의 편지를 받고 좋아해야 하는지 아니면 실망해야 하는지 모르겠습니다. 그대 편지의 핵심은 〈만일 당신이 또다시 편지를 보내고 싶으시다면〉이라는 구절인데, 그것이 저의 마음을 더욱 들뜨게 만들고 있습니다. 더 이상 얼굴을 안 보이겠다는 그대의 결심 ─ 물론 그런 당신의 마음을 존중해야겠지만 ─을 무시하고 싶은 생각마저 듭니다. 시 한 편을 적어 보내셨더군요. 시가 세상의 모든 오이 샌드위치를 합한 것만큼의 가치가 있다는 그대의 생각, 옳은 얘기입니다. 정말 그렇습니다. 그리고 특히 그대가 쓴 시는 더욱 그렇습니다. 하지만 우리는 왜곡된 시적 상상력을 생각해 볼 수도 있으며, 〈상상의〉 오이 샌드위치를 먹고 싶은 욕망을 생각해 볼 수도 있습니다. 〈상상의〉 샌드위치, 실제로는 얻을 수 없다 하여도 시적 상상력은 영국인 양식으로서의 그 샌드위치의 모습을 ─ 싱싱한 녹색의 둥근 오이, 미묘한 소금맛, 신선한 하얀 버터, 그리고 무엇보다도 부드럽고 하얀 빵 조각과 새로 막 구운 빵의 황금색 껍질의 조화 — 그려 낼 수 있습니다. 그리고 인생이 늘 그렇듯이, 끊임없는 환상은 우리가 어느 한순간에 억눌린 욕망 속에 삼켜 버린 것을 이상화할 수도 있습니다.

그러나 그대는 이 점을 분명히 알아야 합니다. 저는 상상의 것이든 실제의 것이든, 그런 샌드위치 없이도 행복하다는 사실을 말입니다. 그대의 재미있는 시 때문입니다. 그 시는 그대가 말한 대로, 거미들의 습관과 어울리는 그런 야만성 내지 원시성을 지니고 있었습니다. 그대는 덫과 유혹의 메타포를 예술에까지 확장시키고 싶으신가요? 저는 곤충들의 삶을 그린 그대의 다른 시들도 읽어 보았습니다. 그러곤 깜짝 놀랐습니다. 그 날개 달린 것들 — 혹은 기어다니는 것들 — 의 슬기로움과 연약함을, 현미경으로나 볼 수 있을 덥석 물고, 물어뜯고, 삼켜 버리는, 미물들과 결합시키는 방식이 놀라웠습니다. 수세기 동안 모든 경배와 행위의 중심을 남성, 아니 수컷이라고 생각해 왔던 터에 여왕벌, 혹은 암컷의 말벌, 혹은 개미를 찾아내 정말 진실되게 묘사했다면 그 사람은 진정 용감한 시인임에 틀림없을 것입니다. 물론 저는 그대가 그런 생명체에서 여성들의 성적인 반감을 찾으려 했다고는 믿지 않습니다…….

제 머릿속에도 제 나름으로 생각한 곤충의 삶을 한 편의 장시로 그려 보고자 하는 구상이 늘 떠나지 않습니다. 그대의 시처럼 서정시는 아닙니다. 메스메르와 알렉산더 셀커크, 그리고 〈유순한 이웃〉에 관해 쓴 시들과 같은 극적 독백의 시를 생각하고 있습니다. — 아참, 제 시들을 알고 계신지요? 혹 모르시면 제가 보내 드릴 수도 있습니다. 다른 시대를 살았던, 이제는 사라져 버린 정신들 — 그런 정신에 다시 생명을 부여하고, 그래서 상상 속에 다시 복원시키는 데 관심이 있습니다. 머리카락, 치아, 손톱, 접시, 벤치, 가죽 술부대, 교회, 사원, 유대교의 예배당, 그리고 해골 안에서 끊임없이 움직이며 활동했을 뇌 — 이런 다른 시대의 정신 형태를 생각하며, 보고 배우고 믿었던 것의 진정한 의미가 무엇인지 밝혀 보자는 얘기지요. 그리고 중요한 것은 그와 같은 다른 삶의 영역이 제 미약한 상상력이 뻗칠 수 있는 한 더 먼 과거로, 그리고 더욱더 넓은 지역으로 확장되어 있다는 점입니다. 저는 스모그로 덮인 런던에 정착하여 사는 전형적인 19세기 인물로서 — 허약한 시력에, 서가에는 플라톤과 포이에르바하, 성 아우구스틴, 그리고 존 스튜어트 밀의 저서들을 가득 채우고 — 점점 희미해져 가는 관찰력으로 얼마나 멀리까지 볼 수 있는지에 관심을 쏟고 있는 셈입니다.

계속 얘기하다 보니 제 곤충시의 주제는 안 밝히고 다른 얘기만 했군요. 주제는 스바메르담[1]의 짧지만 놀라운 삶, 그러면서도 비극적인 삶입니다. 그는 네덜란드에서 광학 유리를 발명한 사람으로서, 갈릴레오가 광학 망원경을 통해 행성의 움직임과 그 행성 너머 정적 속에 펼쳐진 무한한 우주 공간을 우리에게 보여 주었다면 그는 우리들에게 아주 미세한 존재의 무한한 영역과 끊임없는 움직임을 보여 준 인물이죠. 그의 이야기를 아시는지 모르겠군요. 그 작품을 다 완성하면 하나 보내 드려도 되겠습니까? 물론 제 생각대로 잘 쎠어져야 되겠지요. (그 작품은 인간의 정신 활동 속에 내재하고 있는 관찰력의 범주에서 아주 미세

---

[1] Jan Swammerdam(1637~1680). 네덜란드의 해부학자이자 곤충학자.

한 사실들과 대상들을 그린 것입니다. 물론 그 관찰력의 범주가 저의 것이냐, ─ 아니면 그의 것이냐 하고 ─ 그대가 물으신다면 솔직히 뭐라고 대답할 자신은 없습니다. 그는 곤충의 삶의 본질을 관찰하고 꿰뚫어 볼 수 있는 아주 작은 기구를 창안한 사람입니다. 섬세한 상아로 만들어진 그 기구는 거친 금속 조각보다 훨씬 월등하고 아무런 해도 없는 것이죠. 일종의 아주 작은 바늘, 릴리푸트[2]에서나 쓸 법한 크기의 섬세한 바늘을, 그는 인간이 릴리푸트라는 것을 생각해 내기 전에 만들었습니다. ─ 그리고 저는 언어를 지니고 있습니다. ─ 그 언어가 타인의 언어에서 빌어 온 죽은 껍질에 불과하더라도 저는 제 생각들을 옮기고 싶은 것이죠. 아직은 이 모든 것을 그대로 다 믿어 달라고 하지는 않겠습니다. 하지만 곧 보시게 될 겁니다.)

자, 그대는 내가 〈영원한 부정〉에 관해 어떤 논문을 쓰는 것이 아닌가 생각할 수도 있겠지요. 아니면 슐라이어마허의 「환상의 장막」이나 「천국의 밀크」, 뭐 이런 것들을 생각하고 있는 것은 아닌가 하고 말입니다. 그러나 저는 〈영원한 부정〉에 머무르기보다는 푸르고 시원한 오이 조각 ─ 천국의 밀크뿐만 아니라 값싼 홍차와도 어울릴 수 있는 ─ 에 대한 기대 속에 살아가는 사람입니다. 그대에게서 환상이 아닌 진실을 바랄 뿐입니다. 그리 마음 상하는 일이 아니라면 그대의 요정 주제에 관해 언젠가 말씀해 주시길 바랍니다. ─ 말씀을 하시든 글로 쓰시든 ─ 언젠가는 반드시 도움이 되실 겁니다. 만일 그대가 우리의 대화를 더 이상 지속하고 싶지 않으시다면 그것도 다 필요없는 일이겠지요. 하지만 두서없이 주절댄 글이지만 그대가

---

[2] 스위프트의 『걸리버 여행기』에 나오는 소인국.

반드시 답장을 보내리라 믿습니다. 제가 더 많은 것을 알고 싶어하는 사람에게는 그런 기대를 아무리 많이 해도 괜찮지 않습니까?

진정으로 그대를 생각하는
R. H. 애쉬

애쉬 씨에게,

저를 굉장히 도도하고 막돼먹은 여자라고 여기고 있을 거라고 생각했는데 그렇게 위트에 넘치고 많은 것을 담고 있는 편지를 받아 보니 얼마나 부끄러웠는지 모릅니다. 고맙습니다. 제가 그리 대단치 않게 야채의 영양만을 제공하는 사람이라고 거부했던 사람들이 모두 저에게 그런 풍부한 지적 영양분을 불어넣어 주신다면, 저로서도 그 샌드위치 문제에서만큼은 영원히 제 주장을 고수해야겠지요. 그래도 대부분의 사람들은 한 번의 거절에 다 포기하고 말더군요. 우리 두 고독한 여자가 너무도 조용한 삶을 원하기 때문에, 또 나름대로 작지만 집안을 꾸려 나가고, 누구의 방해도 받지 않는 우리들만의 생활 리듬을 지니고 있기 때문에, 그리고 제한된 작은 영역이나마 자립의 영역을 고수하고 있기에 그런가 봐요. — 그런 우리의 삶이 어떤지 섬세하신 당신은 곧 알게 되시겠지요. — 전에 한 번 말씀 드린 적이 있지요. — 우리는 누구도 방문하지 않고 어느 방문객도 받아들이지 않는다고 말예요. — 당신과 제가 만난 것은 제 아버지의 친구분이신 크랩 로빈슨 씨 때문이죠. 하기야 그분의 친구가 아닌 사람이 어디 있겠어요? 그분의 성함으로 초청을 받았는데 저로서는 거절할 수가 없었어요. 죄송합니다. 워낙 밖으로 나다니지 않기 때문에. — 당신은 웬 여자가 그리 싫어하는 게 많으냐고 말씀하시겠지요. 하지만 당신에게 많은 감명을 받았어요. 그래서 저로서도 될 수 있는 한 만족스러운 답변을 해드리려고 애를 썼습니다. 그런데 그것이 유감이라면, ― 저에게도 유감이고 당신도 마찬가지겠지요.

   제 작은 시에 대한 당신의 좋은 의견, 무척 큰 힘이 되었어요. 예술의 특질로서의 덫과 유혹에 관한 당신의 질문에 어떻게 답변을 드려야 할지 잘 모르겠어요. 허약하고 한순간 번뜩이는 여성들의 작품에 확대 적용시킬 수 있을지는 몰라도 당신의 위대한 작품에는 적용이 안 되는 것이겠지요. 그리고 당신의 메스메르에 관한 시를 제가 알지 못할 것이라 생각하셨는데, 사실 조금은 충격이었어요. 어떻게 제가 모를 리 있겠어요? 끔찍한 섬에서 무섭게 내리쬐는 태양을 마주하고 또 응답없는 창조주를 원망하며 살았던 셀커크에 관한 시도 그렇고, 다방면의 종교적 능력, 혹은 변절의 능력을 지니고 있는 유순한 이웃에 관한 시도 그렇고, 제가 어찌 모르겠습니까. 아니, 거짓말을 해서 그 시들을 모른다고 할걸 그랬나요? 그러면 저자로부터 직접 그 시들을 받아 보는 영광을 누릴 텐데 말예요. 하지만 사람은 큰일에서든 작은 일에서든 진실을 말해야죠. 그리고 또 이 문제는 작은 일도 아닌 것 같아요. 당신이 분명히 아셔야 할 것은 저희들이 당신의 저서를 모두 가지고 있다는 사실이에요. 그리고 바깥의 넓은 세상에서도 그렇겠지만 저희 작은 집에서도 자주 당신의 책을 펼치고 논의한답니다. 또 한 가지 아셔야 할 점은, ― 아마 모르고 계실 거예요. 아니, 제가 당신을 최근에야 알게 되었는데 이런 말을 해도 되는지 모르겠어요. 하지만 방금 전에도 제가 썼듯이 사람은 진실을 말해야 하는 법이니 저도 용기를 내어 감히 말씀 드리겠어요. 다름이 아니라, 당신의 위대한 시『신들의 황혼』이 보잘것없는 종교적 믿음으로 살아가는 저의 삶에 최악의 위기를 가져다 주었다는 사실이에요. 물론 그 시 어디에서도 당신은 기독교를 공격하지는 않았지요. — 아니, 기독교에 관해서는 시적으로 정당하게 언급된 부분도 없다고 봅니다. 더구나 당신은 시에서 자신의 목소리로 말하지 않았어요. 아니 당신 마음에서 우러나와 직접 언급한 데는 하나도 없는 것 같아요. (당신이 던진 질문은 분명한 것입니다. — 이 시대에 중단되지 않고 끊임없이 논의되고 탐구되고 있는 우리 믿음의 바탕이 무엇인지 세세하게 따져 보는 입장에서 볼 때 유순한 이웃, 라자러스, 혹은 이단자 펠라기우스[3]를 창조하신 창조주나 뱀이나 다를 바 없다는 것이지요. 당신은 아우구스틴이 펠라기우스에게 말하듯, — 비판 철학의 둘러서 말하는 방식이나 완곡한 표현에 대해 잘 알고 계십니다. 그 점에 있어서만큼 저는 약합니다. 저에게는 아우구스틴과는 달리 브르타뉴 사람의 피가 섞여 있기 때문이죠. 그리고 그는 죄 많은 남녀들이 더 고상하고 자유로워지기를 바라지 않았던가요……?) 저는 『신들의 황혼』과 그 속에 나오는 이교도들의 심판일, 부활의 신비와 새로운 천국, 새로운 땅에 관한 이교도적 해석에 의견을 크게 달리합니다. 당신은 이런 식으로 말씀하실 수도 있겠지요. 〈그런 이야기는 사람들이 하고 있고 또 해왔던 이야기들이오. 어디다 주안점을 두었느냐에 차이가 있을 뿐 그리 큰 차이가 있지는 않소.〉라고 말예요. 아니면, 〈사람들은 그들의 욕망에 따라, 아니면 그들이 기대할 수 있는 바에 따라 말하는 것이지 당위적인 명제의 신성함과 초월성이 지시하는 바를 말하는 것이 아니잖소.〉라

---

[3] Pelagius(360?~420?). 로마에서 활동했던 영국의 사제이자 신학자로 성 아우구스틴과는 반대되는 종교적 입장을 지님.

고 말씀하시겠죠. 제가 보기에 당신은 성서를 여타 기적서와 다르지 않다고 여기시는 것 같아요. 글쓰기나 상상력에 있어서 말예요. 너무 혼란스러워서 더 쓰진 않겠어요. 만일 제가 한 말이 너무 엉터리여서 이해 불가능하다고 느끼신다면 죄송합니다. 저로서는 너무 많은 의혹에 사로잡혀 있고, 또 앞으로도 그런 의혹 속에 살아야 할 것 같아요. 이제 이 얘기는 그만 하겠어요.

이런 얘기를 쓰려는 의도가 아니었으니 이제 다른 얘기를 하죠. 당신은 제가 당신의 『스바메르담』을 받으면 기뻐할지 어떨지 모르겠다고 하셨죠? 그러나 편지 말미에서도 말씀하셨듯이 혹 당신이 그것을 한 부 이곳으로 보내 주신다면 ― 그렇다고 제가 뛰어난 비평을 약속드리는 것은 아니지만 ― 꼼꼼하게 잘 읽어 볼 거예요. 저는 당신이 현미경의 발명에 관해 들려주신 이야기에 무척 흥미가 있었어요. ― 그리고 미세한 생명체를 조사하는 데 사용되는 상아 바늘에 관한 이야기도 물론이고요. 이곳에서 우리들도 현미경과 유리로 작은 실험을 한 적이 있어요. ― 하지만 여자라서 그런지 생명체를 죽이는 일은 못 하겠더라고요. 그래서 저희 집엔 클로로포름에 담가 핀으로 꽂아 놓은 박제는 하나도 없어요. ― 단지 몇몇 일시적인 방문객들 ― 커다란 집거미 한 마리, 번데기 형태의 나방 한 마리, 그리고 우리가 전혀 알지 못하는, 어쩌면 악령에 사로잡힌 듯한, 아니 원형 교도소와도 같은 유리병을 몹시도 싫어하고, 날개가 많이 달린 탐욕스러운 벌레 한 마리 ― 을 모셔 둔 거꾸로 세운 유리병이 몇 개 있을 뿐이죠.

시 두 편을 더 보냅니다. 「영혼」 시리즈에 속하는 시들입니다. ― 의심 많은 불쌍한 소녀, 하늘의 사랑을 뱀으로 잘못 아는 한 소녀에 관한 다소 현대적인 형식의 시입니다.

제 요정시에 관한 당신의 물음에 아직 답하지 않았습니다. 사실 당신이 그 시를 기억하신 데 대해 기분은 굉장히 좋았어요. — 그리고 마찬가지로 깜짝 놀라기도 했고요. 저는 그저 장난 비슷하게 말씀 드린 것 같은데 — 아무 할 일도 없던 날, 그냥 무엇이든지 해야겠다는 마음에서 되는 대로 지껄였을 뿐인데…….

진실을 말씀 드리자면, 저는 그 시를 서사시로 쓰고 싶은 마음이 있어요. 아니 서사시는 아니더라도 일종의 무용담이나 담시, 위대한 신비시, 뭐 이런 것으로 쓰고 싶어요. 하지만 지구력도 없고 오직 빈약한 지식만을 내세울 수 있을 뿐인 한 불쌍한 여자가 어떻게 『신들의 영혼』의 저자에게 자신의 야망을 고백할 수 있을까요? 그래도 저에게는 묘한 확신 같은 것은 있답니다. 적어도 이 문제에 있어서만은 당신이 믿으셔도 된다는 자신감, 분명 당신이 절 놀리지는 않으실 거라는 안심, 또 우리 겨울 정원의 샘물 이야기를 세상에 범람시키지는 않을 거라는 믿음, 뭐 이런 것이죠.

이제 드릴 말씀 다 드렸어요. 여기 시 두 편을 동봉합니다. 변신을 주제로 한 시들은 여러 편 썼답니다. — 우리 시대의 가장 중요한 문제 중 하나잖아요. — 아니, 어느 시대고 마찬가지겠지요. 열을 올리듯 장황하게 써내려 간 이 편지, 너그럽게 봐주세요. 그리고 시간이 허락될 때, 또 마음이 내키실 때 당신의 『스바메르담』을 한 편 보내주세요.

      진정으로 모든 일이 잘되시길 바라며,
                      C. 라모트

〈동봉한 시 두 편〉

변 신

  잔털을 지닌 은빛의 날것도 잠시
  호흡을 가다듬으며 돌이켜본다, 어떻게 ― 시작을 했는지 ―
  언제부터 부드럽게, 그러나 갑갑하게 기어다녔는지 ―
  인간도
  반짝이며 내뿜어진 영광 속에
  육신의 근원을 돌이켜 보는가,
  자신의 이야기가 언제부터 시작되었는지
  무로부터?

  영겁의 낮과 밤을 통해
  무서우리만치 예리한 눈빛으로
  창조주는 그 두 존재의 육신과 영혼을 불어넣으셨으니 ―
  그들의 생명과 그들의 무덤이 주어졌으니 ―

영 혼

  고대의 이야기에서 ― 피조물들은 ― 힘이 되는 존재였으니
  절망 속에 억눌리고 두려움에 떠는 인간에게.
  그런 사람들에게 세상은 하나, 그러나 지금은
  부조화의 집단에 불과할 뿐.

처녀 개미들의 국가
성난 비너스가 혼내 주고 있는
슬픔에 잠긴 〈영혼〉에게 그들은
여러 가지 잡곡과 식물의 씨앗을 주었으니.

그들은 인간의 노역과 고통에
동정심을 표했으며,
꾸짖고 — 간섭하는 — 비너스에게
여러 집안일을 제공하였으며,
아무 능력도 없는 — 그 영혼이 —
사랑의 — 약속을 — 지킬 수 있도록,
아무 쓸모 없이 — 무더기로 쌓여 있는 것들을 —
골라 내고 — 청소하고 — 가지런히 정돈하였으니.

생각하지 마세요 — 인간이 인정을 해주리라고
우리 착한 일의 보답으로
혹은 질서에 대한 보답으로
키스를 기대치 마세요.
개미의 수고는 어느 주인을 위한 것이 아니니
그들의 필요에 따라 한 것이면 족하니
집을 짓는 일상의 교역
자손을 위한 식량의 저장
그들은 서로 만나 — 메시지를 교환하고 —
하지만 어느 누구에게도 — 굽신거리지 않아요
그들은 — 하나님의 생각대로 — 서로서로 의사 소통을 하며 —
외부의 — 어느 군주도 — 원치 않아요.

라모트 양에게,

그렇게 빨리 긴 답장을 보내 주어서 정말 고맙습니다. 제 편지가 너무 느닷없는 것은 아닌지요. ─ 결코 그대를 물고 늘어져 괴롭히고자 하는 마음은 추호도 없음을 알려 드립니다. 다만, 그대의 편지가 굉장히 재미있었기 때문에 제 생각이 분명하고 새록새록 솟아날 때 얼른 정리하고픈 마음뿐입니다. 그대의 시는 정말 재미있고 창조적이었습니다. ─ 만일 우리가 만나 서로 얼굴을 맞대고 있을 수 있다면 그 「영혼」이란 시가 지닌 난해한 알레고리의 깊은 뜻을 ─ 그것을 흰 종이에 검은 글씨로 감히 무엇이라고 옮기지 못하겠습니다. ─ 한두 가지 추측해 볼 수 있는 기회도 있을 텐데 하는 아쉬움이 있습니다. 그대는 풀이 죽어 있는 공주와 그녀에게 힘이 되는 피조물을 등장시키며 부드럽게 출발했지만, 끝은 정반대로 맺어지더군요. 뭐랄까, 일종의 도덕적 섭리랄까? 그 난해함이 군주 제도에서 나온 것입니까? ─ 아니면 인간에 대한 사랑? ─ 아가페에 반대되는 에로스적 사랑? ─ 비너스의 악의에 찬 행동? 개미 언덕에서 찾아볼 수 있는 군집적인 애정이 남녀의 사랑보다도 더 진실된 것인가요? 물론, 그대가 판단을 내려야 하지요. ─ 그 시는 그대의 작품이고, 또 정말 좋은 시입니다. 그 속에는 탐욕스러운 인간의 변덕 때문에 불타 버린, 인간의 오만함이 세운 탑의 역사에 관한 증거가 충분히 들어 있습니다. 부모의 의지와 혈연의 끈에 의해, 혹은 서로를 죽이는 우정이라는 허울에 의해 강요된 사랑없는 결합, 그리고 그것의 노예가 된 불쌍한 영혼들 ─ 에로스는 사악하고 변덕스러운 작은 신입니다. ─ 그리고 라모트 양, 나는 그대의 사고방식에 관해 여러모로 생각해 봤습니다. 하지만 아직 그것이 어떤 것인지는 전혀 모르고 있습니다.

자, 그대가 쓴 시에 관해 먼저 얘기를 했으니 이제는 제가 쓴 시에 관해 말해야겠습니다. 먼저 제 시가 그대에게 의혹을 불러일으켰다는 얘기를 듣고 얼마나 낙담했는지 말씀 드려야겠군요. 흔들리지 않는 믿음 — 진정한 기도의 정신 — 이런 것들은 정말 아름다운 것이며, 진정한 것들입니다. 그러나 오늘날엔 다시 한 번 해석을 해봐야 할 문제입니다. 그렇다고 R. H. 애쉬의 유한한 두뇌나 그 밖의 다른 복잡한 머리에서 나온 의심, 두서없는 이야기에 혼란스러워하실 필요는 없습니다. 『신들의 황혼』은 제 자신이 성서에 대해 — 그리고 저의 아버님으로부터, 아니 그전의 먼 조상으로부터 물려받은 믿음에 대해 — 일말의 의심도 품지 않았던 시절에 그냥 붓 가는 대로 정직하게 쓴 시입니다. 다른 사람들은 그대와 다르게 그 작품을 보더군요. — 저의 독자 가운데는 제 아내가 된 여자도 물론 포함되어 있었습니다. 제 시가 일종의 불경한 작품으로 해석된 데에 얼마나 놀라고 당황스러웠는지 모릅니다. — 저는 단지 (어떠한 이름으로든) 만인의 아버지이신 주가 현존한다는 보편적인 진실을 다시 한 번 보여 주고 싶었고, 또 어떤 모습으로 나타나는 재앙이든 그런 재앙으로부터 부활이 가능하다는 희망을 보여 주고 싶어 그 시를 썼기 때문입니다. 제 시에서 방랑자로 변신을 한 오딘 신이 거인 와프트루드니르에게, 제신의 아버지가 화장터의 불타는 장작더미 위에 올려진 그의 죽은 아들 발두르 — 나처럼 젊은이였던 — 의 귀에다 대고 무슨 말을 속삭였냐고 물었을 때 그 대답은 바로 〈부활〉이었습니다. 그리고 그 젊은 시인은 — 나 자신일 수도 있고 아닐 수도 있는 — 죽은 북구의 빛의 신을, 기독교에서 얘기하는 하나님 아버지의 죽은 아들과 같은 존재로 상정하고 형상화하여 쉽게 보아 넘겼을 것입니다. 그러나 그대가 인정한 대로 이야기의 진실은 그 의미에 있고 또 이야기는 영원한 진실을 상징화하는 데 불과하다고 말한다면, 즉 모든 이야기는 모두가 동등한 가치를 지닌 것이라고 말한다면, 그것은 양쪽 길을 다 절단해 버리는 무기, 혹은 두 손 달린 엔진이라 할 수 있겠죠……. 그리고 모든 종교에 똑같은 진리가 담겨 있다고 주장하는 것은 한 사람의 지극한 진정성을 인정하는 말일 수도 있고 또는 그에 반대되는 뜻일 수도 있을 겁니다.

이제 제가 고백을 하나 해야겠군요. 저는 그대의 편지에 대한 답장을 진작에 썼다가 찢어 버린 적이 있습니다. 그 편지에서 — 정말 진정으로 — 저는 그대에게 그대의 믿음을 그대로 고수하라고 촉구했습니다. — 제가 말한 비판 철학의 〈둘러서 말하는 방법이나 완곡한 표현법〉에 마음을 두지 말라고 말입니다. 그리고 이렇게 썼었습니다. — 전혀 엉뚱한 얘기는 아닐 겁니다. — 본디 남성들보다는 더 직관적이고 순수하고, 비틀림이나 스트레스에 덜 시달리는 여성들의 정신이, 우리 남성들이 기계적인 유용성에 얽매이다 못해 많은 의심과 의혹 속에 잃어버리는 여러 가지 진실을 더 굳건히 유지할 수도 있다고 말입니다. 〈남성은 도시의 진실을 소유하고 있지만, 결국에는 그것에 굴복하지 않을 수 없게 된다.〉 — 이것은 토너스 브라운[4] 경의 훌륭한 말이지요. 저는 그릇된 주장을 구하기 위해 그대에게 그 도시의 열쇠를 요구하는 그런 사람이 아닙니다.

그러나 저는 그대의 탁월한 직관에 호소한다든지 아니면 제 자신의 분야를 포기함으로써 그대를 논쟁의 장에서

[4] Sir Thomas Browne(1605~1682). 영국의 작가이자 의사로 영적인 삶의 신비에 대한 깊은 통찰을 통한 신앙 고백서를 쓰기도 했다.

면제시킨다고 해서 그대가 아주 기뻐하지는 않을 것이라 생각했습니다. — 제 생각이 옳지 않습니까?

왜, 아니 어째서 그런지 모르겠지만 진심으로 드릴 수 있는 말은 정말 그대를 조금이라도 속이고 싶은 마음이 없다는 겁니다. 더욱이 그런 중요한 문제를 아무런 논의도 없이 그냥 내버려 둘 수도 없습니다. 그대는 — 너무 똑똑하니까 — 금방 이런 말을 하겠지요. 이 편지 어디에서고 『신들의 황혼』의 젊은 시인에 관한 제 나름의 단순한, 아니 순수한 견해도 내세우지 않고 있다고 말입니다. 제 견해를 말한다면, — 그대는 저를 어떻게 생각하시겠습니까? 그대의 생각을 계속 저에게 말해 주실 수 있습니까? 모르겠습니다. — 제가 아는 것이라곤 제 마음 한구석에 진실성에 대한 반발이 일어나고 있다는 사실뿐입니다.

저는 어떠한 부류의 무신론자도 아닙니다. 그렇다고 실증론자도 아니고 또한 휴머니티에서 어떤 종교성을 끄집어내는 사람들과 같은, 극단적인 종교적 입장도 취하지 않습니다. 왜냐하면, 제가 비록 동료 인간들이 잘되길 바라고 또 그들에게 변함없는 관심을 갖고 있기는 하지만, 천상과 지상에는 그들이 생각하는 그 이상의 것이 존재한다고 믿기 때문입니다. 바로 우리들의 은혜, 그것입니다. 종교에 대한 충동은 믿고 싶어하는 욕구에서 비롯되기도 하고, 또 다른 한편 경이로움을 받아들이는 수용력에서 나오기도 합니다. 그런데 지금까지 제 자신의 종교적 느낌이란 항상 후자에 의해 불어넣어진 것이었습니다. 창조주 없이 신념을 바꾸기란 어렵습니다. 우리가 더 많은 것을 보고 더 많은 것을 이해하면 할수록 이 묘하게 얽혀 있는 세상 사물의 더미 — 아직은 그래도 질서를 유지하고 있는 — 속에서 더 많은 놀라움을 찾을 수 있겠지요. 제가 너무 앞질러 가지나 않았는지 모르겠습니다. 저는 매우 혼란되고 일관성도 없고 아직 불완전한, 그리고 애는 쓰지만 아직 완전하게 제 것으로 만들지도 못한 사상과 개념과 불확실한 진리의 체계를 다 털어놓음으로써 그대에게 무거운 짐이나 부담을 주고 싶지는 않습니다.

　라모트 양, 분명한 사실은 우리가 아직은 낡은 세계에 — 지쳐 있는 세계에 — 살고 있다는 점입니다. 다시 말해 이 세상이 추측과 관찰만을 추구하고 쌓아 왔기 때문에 마침내 진리라는 것들이 — 인간의 밝은 아침 햇살 속에 젊은 플로티노스[5]나 파트모스에 유배된 성 요한이 포착할 수 있는 그런 진리들이 — 이제는 양피지 더미에 의해, 우리의 맑은 시야를 가리는 뒤엉킨 가시덤불에 의해 흐려져 버린 것이지요. 그것은 마치 허물을 벗는 뱀들이 탄력있고 빛나는 새 피부가 나오기 전에 그 낡은 껍질 속에서 앞을 못 보게 되는 현상과 비슷하며, 또는 고대 수도원과 사원들의 드높은 첨탑에서 발산되던 아름다운 믿음의 선들이, 세월의 때에 닳아 버리고 산업화된 도시, 우리의 재산과 발견과 진보 등의 더러운 집적물들에 의해 가려지는 꼴과 비슷하죠. 그렇지만 마니 교도가 아닌 저는, 창조주가 만약 존재하신다면 그분이 이 세상을, 그리고 우리를 현재의 모습으로 만들지는 않았을 거라는 생각을 믿지도 않습니다. 그분은 우리를 참으로 호기심 많은 존재로 만드셨습니다. 그렇지 않습니까? 그분은 우리를 의심하도록 만드셨으며,「창세기」의 율법학자들은 모든 인간 고뇌의 근원이 인간 지식에의 욕구 — 그것은 또한 어떤 의미에선 우리 인간의 가장 위대한 동력이 아니던가요. — 에 있다고 하

---

[5] Plotinus(205?~270?). 로마의 철학자.

였습니다. 선과 악의 양면으로 나아가는 길. 현재의 우리는 먼 옛날 우리 선조들보다도 이 두 가지 면을 더욱더 많이 지니고 있는 것이 틀림없습니다. 또 저는 그렇게 믿습니다.

자, 저의 가장 커다란 의문은 이런 것입니다. 창조주께서 우리 인간으로 하여금, 우리들의 성숙된 정신으로 그분의 뜻을 찾아내도록 하기 위해 우리의 시야에서 사라지신 것은 아닐까요? ― 그래서, 우리들에게서 너무 멀리 떨어져 계시기 때문에 ― 우리의 죄 때문이든 아니면 우리가 새로운 변신의 단계로 접어들기 전에 너무 쓸모없는 껍질을 두텁게 쓰고 있기 때문이든 ― 불가피하게 우리 자신의 무지와 소외를 의식하지 않을 수 없는 단계에까지 이른 것은 아닐까요? ― 그리고 이런 단계로의 이행이 우리를 건강하게 하는 것일까요, 아니면 우리를 병들게 하는 것일까요?

저는 『신들의 황혼』 속에 있었습니다. 거기에서 전능의 신 오딘은 의혹 속에 지구 중앙을 방황하는 자로 변해 버렸으며, 결국에는 혹독한 추위가 몰아치는 마지막 겨울의 막바지 전투에서 그때까지 쌓아 올린 그의 모든 업적을 상실하고 맙니다. 저의 느낌도 바로 그런 의문으로 향했습니다. ― 아무것도 알지 못한다는 무지의 고통.

자, 그리고 이제는 ― 그대가 적절히 이름 붙였듯이 ― 어느 기적적인 이야기든 그 속에 전달될 수 있는 진리가 어떤 종류인가 하는 문제가 남았습니다. ― 아니 제가 감히 그대 인내력의 한계를 넘어서지는 않았나요? ― 이제는 이야기를 끝내야 할 때가 되었는지도 모르겠군요. 그대의 그 예리하고 분별력있는 주의력의 한계를 제가 주제넘게 넘어선 것은 아닙니까?

그대가 그대의 서사시에 관해 한 말에 대해 저는 아직 아무런 답변도 하지 않았습니다. 그대가 아직도 저의 의견을 좋아한다면 — 그런데 왜 좋아하죠? 그대는 시인이며, 그러기에 나중엔 결국 당신 자신의 견해만을 소중히 여기게 될 것입니다. 왜 서사시는 안 되겠습니까? 왜 12권짜리 신비극은 안 됩니까? 저는 왜 여자가 남자들처럼 그런 시를 쓰지 못하는지 도대체 이유를 모르겠습니다. — 단지 마음만 먹으면 될 일 같은데 말입니다.

너무 매정한 말인가요? 그 이유는 이렇습니다. 그대같이 재능을 지닌 여성이 그 구상에 대해 이러쿵저러쿵 변호를 해야 되는 것이 아닌가 생각한다는 자체가 실망스러웠기 때문입니다.

아니, 이 편지를 쓰는 저의 말투나 어조를 보면 오히려 변명하고 사과해야 할 사람은 바로 저 자신인 것 같군요. 이 편지, 저는 다시 읽어 보지 않으렵니다. 읽어 보고 내던지면 그것은 제 의지에 벗어나는 일이기 때문입니다. 그래서 이 편지는 담금질도 않은 거친 상태로 그대에게 전달될 것입니다. 그리고 기다리겠습니다. — 체념하면서도 궁금한 마음으로 — 과연 그대가 답장을 보낼지 기다리겠습니다.

그대의 R. H. 애쉬

애쉬 씨,

제가 너무 오랫동안 침묵을 지켰다면 용서해 주세요. 답장을 쓸지 말지 고민한 게 아니라 어떤 답장을 보낼지 곰곰 생각하느라 그랬습니다. — 당신이 영광스럽게도 — 아니, 고통스러울 정도로 영광스럽게 — 이렇게 쓰고 싶었지만 사실은 그렇지 않아요. — 당신이 진실된 의견과 함께 저에게 신뢰를 보여 주셨기 때문이죠. 저는 자신의 의혹을 그토록 정직하게 표현하는 사람에게 열을 내어 반박하거나 거부하는, 복음주의자들의 소설에나 나올 법한 부류의 여자가 아니랍니다. 그리고 또 어느 정도는 당신의 생각에 동조하고 있고요. 의심, 그것은 이 세상을 살고 있는 현재의 우리에게는 전염병과도 같지요. 저는 우리가 처해 있는 역사적 상황에 대해 당신과 논쟁을 벌이고 있는 것이 아닙니다. — 단지, 우리는 빛의 근원으로부터 너무 멀리 벗어나 있고 — 사물에 대한 인지 능력이 있는 우리 — 그러니 소박한 믿음을 지닐 수 있다는 얘기지요. — 비록 붙들기 힘들고, 이해하기 힘들고, 또 지켜 나가기가 힘들어서 그렇지……

당신은 — 그 비유적인 북구 전설의 이야기를 제외하고는 — 창조주에 관한 글을 많이 쓰셨더군요. — 물론 그분을 아버지라고는 부르지 않으셨고요. 그러나 당신은 그분의 아들에 관한 진실된 이야기는 놀랍게도 거의 하질 않으셨어요. — 우리의 살아 있는 믿음의 중심 — 우리 인간을 창조하신 신의 생명과 죽음, 우리의 진정한 친구이자 구세주, 우리 행위의 모델, 우리의 희망이자 죽은 자 가운데서 부활하신 그분, 우리의 미래를 마련해 주신 그분, 그분이 없었다면 실패와 불의로 가득한 이 지상에서 우리의 짧은 생은 견딜 수 없는 웃음거리에 지나지 않습니다. 제가 설교자처럼 글을 쓰고 있군요. — 우리 여성들은 어울리지 않아요. — 이것은 신념입니다. — 전 그저 당신이, 지혜로우신 당신이 이미 충분히 명상을 하셨으리라 믿습니다.

그러나 — 우리가 그 숭엄한 모델, 지극한 희생을 충분히 인지할 수 있을까요? — 만일 그렇지 않다면?

저는 당신에게 반대되는 증거를 제시할 수도 있었습니다. — 당신의 라자러스 시의 근거 — 그 수수께끼 같은 시의 제목을 당신이 언젠가는 저에게 설명하셔야 할 겁니다. 〈데자 뷔(이미 본 것), 혹은 천리안.〉 우리가 어떻게 그런 능력을 지닐 수 있을까요? 제 친구와 저는 최근에 심령 현상에 관심을 가지게 되었답니다. — 우리는 특이한 정신 상태 — 기(氣)의 나타남 — 에 관한 강의를 들으러 다녔어요. — 심지어는 대담하게도 리즈 부인이라는 여자가 주관하는 교령회(交靈會)에도 참석했답니다. 리즈 부인은 〈이미 본 것〉의 현상이 — 그런 현상에 의해 실험자는 자신의 현재 경험이 이미 일어났던 일, 어쩌면 자주 있었던 일의 반복이라는 확신을 갖게 되죠. — 인간을 초월한 시간의 윤회성 혹은 만물이 영원히 변하지 않고 소멸하지도 않는 인접한 또 다른 세계의 증거라고 확신하고 있답니다. 그리고 천리안의 현상 — 선지(先知), 예견 혹은 예언의 능력 — 은 영원히 새롭게 되는 지속성에의 몰입이라고 할 수 있답니다. 그래서 이런 견해에서 보자면 당신의 시는 죽은 라자러스가 영원 속에 들어갔다가 다시 영원에서 나온다는 — 제가 제대로 이해를 했는지 모르겠지만 적어도 영원의 원근법에서 보자면, 그리고 당신도 그 시에서 〈시간에서 시간으로〉라고 쓰시지 않았습니까? — 사실을 암시한다고 볼 수 있어요. 낭신의 그 구절은 정말 당신이 아니면 아무도 내보일 수 없는 지혜죠. — 그리고 저는 당신을 더 잘 알게 되었답니다. — 미세한 생명체의 신비스러운 본성에 대한 당신의 예리한 시각, 염소의 노랗게 흐려진 눈, 접시에 담긴 채 오븐에 들어가길 기다리는 비늘 달린 물고기와 빵, 이 모든 것들이 당신에게는 삶의 본질입니다. — 그리고 당혹해 하는 당신의 내레이터만이 살아 있으면서 죽어 있는 그 사람의 시선을 무감각하게 느낄 뿐이고요. — 진정으로 그가 보고 있는 것은 모든 가치있는 것이기에. 모든 것들⋯⋯.

제가 리즈 부인을 만나기 전에는 당신의 천리안을 좀더 일반적인 시각에서 보았었죠. 가령, 우리가 기다리는 제2의 강림을 예상하는 것으로 말예요. 그때가 되면 죽은 자의 눈으로 우리의 머리칼과도 같은 작은 모래알도 가려내어 셀 수 있겠지요.

당신의 시 속에서 신의 아들은 아무 말도 하지 않습니다. 그러나 로마의 인구 조사 관리이자 변변찮은 정보 수집가인 어느 필경사는 그 이야기를 하고 있습니다. 그는, 자신의 성향에도 불구하고, 흔히 관리들이 지니고 있는 상상력도 없는 평범한 정신 습속에도 불구하고, 그분의 존재가 소규모 믿는 자들의 집단에 미치는 영향력을 보고 — 믿는 자들은 그분을 위해 기꺼이 죽을 수도 있으며, 기꺼이 가난 속에 살 마음의 태세가 되어 있는 것을 보고 — 놀라지 않았을까요? 그는 당황해서 이렇게 썼어요. — 〈당신에게는 모두가 똑같군요.〉 그러나 우리는 놀라지 않습니다. — 그분이 그 모든 사람들을 위해 영원의 문을 열어 주었기 때문이며, 그들 또한 그 문 안에서 빛나는 빛을 보았기 때문입니다. — 빵 조각과 물고기를 비추는 그 빛을 — 그렇지 않나요?

제가 너무 단순한가요? 그분은 — 그렇게 사랑받고, 부재하시며, 무척 잔인하게 죽음을 당하신 그분은 — 인간이 아니던가요?

당신은 가장 극적으로 그분의 사랑을 표현하셨습니다. — 현재는 부재하시는 그분으로부터 우리가 위안을 받아야 할 필요성 — 라자러스 집안의 여자들 가운데 대단히 활동적인 마르타와 비전을 가진 마리는 각기 그녀들 나름대로 그분의 현존의 의미를 알아내었습니다. 비록 마르타는 그것을 집안의 예의범절로 보았고, 마리는 잃어버린 빛으로 보았지만 말예요. 그런데 라자러스는 — 순간적으로 — 그의 눈에 비친 것만을 보았을 뿐입니다.

대단히 불가해한 일이 아닌가요? 이제는 당신의 그 뛰어난 독백을 서투르게 예시하는 저의 글도 끝을 맺어야 할 것 같아요. — 진리의 살아 있음이나 단순한 극화에 지나지 않는다 해도 — 믿음과 결핍이 존재함을 제가 충분히 묘사한 셈이죠?

당신이 의미하는 바를 말씀해 주실 수 있습니까? 사도와도 같은 당신, 모든 이들에게 모든 것을 말씀해 주실 수는 없나요? 어디로 — 저는 어디로, 어디로 나아가고 있는 걸까요?

말씀해 주세요. — 그분은 살아 계십니다. — 당신을 위해.

자, 라모트 양, 저는 기둥에 묶여 있는 기분입니다. 그렇다고 제 입장을 바꾸어서는 안 되겠지요. — 어떻게 보면 맥베스와는 사뭇 다르지요. 처음에는 그대의 편지를 받고, 그리고 제가 그대로부터 파문을 당하지 않았다는 사실을 알고 무척 나행이다 싶었습니다. 그런 다음에는 한참 동안 그대의 편지를 들고 그 내용이 저에게 지옥의 불 같은 노여움이나 회개의 잿더미를 말하려는 것이 아닌가, 이런저런 가늠을 해보았습니다.

그런데 편지를 개봉했을 때, 그 안에는 관대한 정신, 열렬한 믿음, 저의 글에 대한 섬세한 이해가 들어 있었습니다. 저의 그 수상쩍은 편지뿐만 아니라 라자러스 시에 대해 그렇게 치밀한 생각을 하시다니……. 그대는 그대 자신이 시인이기 때문에 잘 아시겠죠. — 작가들은 이런저런 이야기를 쓰고, 또 나름대로 잘 생각하고 — 이 부분은 필치가 아주 좋고 — 이 개념은 무엇을 뜻하고 — 이건 너무 분명해서 일반화시키기엔 어울리지 않는 것 같고 — 또 이런 것은 명명백백한 것을 너무 중복해서 언급하고 있고 — 독자는 너무 명백한 의미에 대해서는 거부감을 느끼고 있고 — 그러면서도 일반 대중들은 그런 의미들을 잡아 아주 소박하게, 또한 대단히 불가해한 것처럼 받아들이고 — 그리고 무엇이든지 타인에게 전달하려고 애를 쓰지만 그 의미의 본질을 이해하지 못하고 미로 속에 빠져 버리고, 그러면 그것은 독자의 마음에서뿐만 아니라 작가 자신의 마음에서 서서히 그 생명을 잃어 가고 — 뭐, 이런 것 아닙니까?

하지만 그대는 잘하셨습니다. 그대의 뛰어난 지혜로 별다른 노력을 기울이지 않고도 전체를 복원하며, 마지막의 그 의심쩍은 물음에 이르기까지, 그분이 이런 일을 하시되 라자러스는 살아나고, 신이자 인간이신 그분이 사망을 이기시며 죽은 자들을 다시 부활케 하시고, 그런데 이 모든 것이, 포이에르바하가 믿었듯이 이야기 속에 구현된 인간 욕망의 산물이 아니던가요?

그대는 저에게 물었습니다. — 저에게 말했습니다. — 그분은 살아 계시고 — 저를 위해서 살아 계신다고.

살아 계십니다. — 그렇습니다. — 그러나 어떻게? 어떻게? 그분이 부패한 라자러스의 시신이 있는 납골당으로 들어가서 일어나 걸으라고 말씀하신 것을 제가 정말 믿어야 합니까?

이 모든 것이 순진한 사람들을 속이기 위해 미화된, 희망과 꿈과 곡해된 민담의 한 부분에 지나지 않는 것이라고 제가 진정 믿고 있을까요?

　우리는 과학적 역사의 시대에 살고 있습니다. ― 우리는 우리가 찾아낸 증거들을 선택합니다. ― 또 우리 두 눈으로 관찰한 것이 얼마나 중요한가를 알며, 그러한 증거들에 우리가 얼마만큼의 신뢰를 두어야 신중한 태도인지도 알며, 그 살아 있으면서 죽은 자(우리의 구세주가 아니라 라자러스)가 보고, 기록하고, 생각한 것들, 그리고 그가 자기의 사랑하는 가족들에게 다짐을 하듯 확인시킨, 그 무시무시한 세계 너머 존재하고 있는 것이 얼마나 중요한가를 압니다. 한 단어로 말할 수 없지요.

　그렇다면 만일 제가 상상의 눈을 통해 목격한 것을 허구로 구성한다고 해서 ― 그럴듯한 설명으로 꾸민다고 할 때 ― 그것이 허구의 힘을 빌어 죽은 진실에 생명을 빌려 주는 것입니까? 아니면, 제 자신의 미친 듯한 상상력으로 엄청난 거짓말에 진실이라는 껍데기를 씌운 것입니까? 제가 복음주의자들처럼 성서의 사건들을 그 후의 역사에다 재구성한 것입니까? 아니면 제가 거짓 예언가들처럼 환영을 불어넣은 것일까요? 저는 ― 맥베스의 마녀들처럼 ― 눈부시게 빛나는 현상으로 진실과 거짓을 뒤섞어 버리는 마법사인가요? 아니면 어느 예언서를 쓴 군소 필경사밖에 못 되는 것인가요? 마치 프로스페로[6]가 캘리밴[7]을 인정했듯이, 제 것이라고 스스로 인정한 그런 허구의 도움으로 거짓말과도 같은 진실을 말한 것인가요? ― 나는 어디에 서고 로마 시대의 감찰관과도 같은 제 불쌍한 고집스러움을 주장하지 않았습니다. ― 진흙으로 빚어진 제 입으로 호각을 불지 않았습니다.

---

6 셰익스피어의 「템페스트」에 나오는 유배된 밀란의 공작으로 마법사임.
7 야수와 같은 모습의 프로스페로의 노예.

그대는 말하겠지요, 대답이 필요없다고. 고개를 한쪽으로 기울이며 마치 지혜로운 새처럼 저에 관해 곰곰 생각할 겁니다. 그러곤 저를 얼버무리며 발뺌하는 자라고 판단을 내리실 겁니다.

그대는 아십니까? — 제가 확신하고 있는 유일한 삶이란 상상력의 삶입니다. 〈죽음 속의 삶이 지니고 있는 절대적인 진리가 무엇이든 — 혹은 비진리가 무엇이든 — 시는 그 삶을 살아 있는 것으로 만들 수 있습니다. 우리들이 그 삶에 부여하는 믿음의 깊이만큼 말입니다.〉 우리 구세주가 생명을 부여했듯이 — 라자러스에게 — 저도 생명을 부여할 수 있다고는 주장하지 않습니다. 그러나 엘리샤처럼 그 죽은 시신에 생명을 불어넣을 수는 있겠지요.

아니면, 복음서를 쓴 시인처럼 할 수도 있겠지요. — 어쨌거나 그도 시인이기에 — 과학적으로 이치를 따지는 역사가이든 아니든 그는 시인이기에.

제가 한 말의 의미를 아시겠습니까? 젊은 키츠의 이 놀랄 만한 말을 기억하십시오. — 나는 아무것도 확신하지 않는다. 그러나 우리 가슴에서 우러나온 애정의 신성함과 상상력의 진실은 확신한다.

저는 지금 〈미(美)는 진리고, 진리는 미다〉[8]라는 식의 궤변을 말하고자 하는 것이 아닙니다. 단지, 시인의 상상력이 없이는 우리들에게는 어떠한 것도 살아 있는 것으로 남지 않으리라는 점을 말하고 싶을 뿐입니다. — 살아 있는 것이든 죽은 것이든, 아니면 한때는 살아 있었지만 지금은 죽은 것이든, 혹은 생명이 되살아나기를 기다리고 있는 것이든, 그 모든 것들이 말입니다.

8 키츠의 「희랍 고병부」에 나오는 구절.

오, 제가 지금 그대에게 저의 진리를 강요하고 있는 것은 아닌지 모르겠군요. — 그저 울적한 기분에 시에 관한 궤변이나 늘어놓은 것은 아닌지. 하지만 그대는 아실 겁니다. — 아실 거라고 저는 믿습니다.

말씀해 주십시오. — 상상력의 진실이 있다는 것, 그것은 단순한 문제가 아닙니다. — 그리고 또 간단하게 거부할 일도 아닙니다.

애쉬 씨,
맥베스는 마법사였습니다. — 그가 자신의 예리한 칼로 목숨을 끊지 못한 것은 여자가 아니라 남자이기 때문이 아닌가요? — 선한 제임스 왕이 그의 그 경건한 악마학 때문에 그의 화형을 원하지 않았던 것은 아닌가요?

지금 당신은 그곳에 조용히 계시면서 호소를 하듯 말씀하십니다. — 오, 그저 한 사람의 시인에 불과한 나 — 가령 제가 생명을 통해서만 진리 혹은 거짓을 받아들여야 한다고 촉구한다 해서 그게 무슨 해악을 끼치는 일일까요. — 우리는 우리 어머니의 젖을 먹고 자란 — 간단히 용해되지 않는 모친의 젖을 먹고 자란 — 인간입니다.

그분은 말씀하셨습니다. — 나는 진리요 생명이니 — 이것이 그냥 하나의 주장에 불과한 것인가요? — 아니면 완곡한 시적 발언인가요? — 무엇이죠? 영원토록 우리 귓전을 울리는 말, — 내가 있으니.

제가 — 지금 저는 제가 오를 수 없는 제단, 저의 설교대에서 내려오고 있습니다. — 당신에게는 당신 나름의 진리가 있다는 사실을 인정하지 않는 것은 아닙니다. 재판관들은 알지 못합니다. — 리어 왕의 고뇌와 글로스터 공작의 고통이 — 비록 그들이 현실 속의 인물이 아니라 하더라도 — 그들의 고뇌와 고통이 얼마나 진정한가를 모릅니다. — 당신은 저에게 말씀하시겠지요, 어떤 의미로는 그들이 실존의 인물이라고, 그리고 현명한 예언가 셰익스피어가 그들에게 엄청난 생명을 부여한 것이라고, 그래서 그 어떤 배우들도 극 속에서 그의 역할을 대신하지는 못하리라고. 대신 극중 인물들에게 살을 붙이고 완성시키는 임무는 당신과 저에게 맡겨진 것이라고.

그렇다면, 위대한 시인들의 시대에, 그리고 앞서 말씀 드린 제임스 왕과 그의 악마학이 맹위를 떨치던 시대에 — 그의 악마학뿐만 아니라 하나님의 말씀을 영어로 옮겨 그 속의 모든 말 하나하나가 믿음과 진리이며, 그래서 수세기 동안, 지금의 무신앙 시대에 이르기까지, 적어도 믿음이라는 것을 이끌어 내려고 애쓰던 시대에 — 시인들은 어떤 존재여야 합니까?

그 당시의 시인들은 — 예언자, 악마, 자연의 힘, 말씀 — 지금, 물질의 두터운 껍질이 온 세상을 뒤덮고 있는 우리 시대의 시인들과는 다른 존재들입니다.

어쩌면 당신의 그 부지런함, 마치 희미해진 프레스코 벽화를 다시 칠하는 것과 같은 복원 노력이 우리가 택해야 할 진리에의 길인지도 모릅니다. 저의 비유를 인정해 주시겠어요?

우리는 최근에 아주 유명하다는 어느 퀘이커 교도가 주관하는, 심령학에 관한 강의에 참석했었습니다. 그 사람은 심령의 생명력에 대한 믿음이 있어야 한다 — 그러나 그것이 어떤 충격이나 놀라운 것을 바라는 속된 욕망이어서는 안 된다. — 는 것에서부터 강의를 시작하더군요. 영국인인 그는 영국인의 특징을 그대로 보여 주었습니다. — 시인인 당신의 스타일과 전혀 다르지 않더군요. 그 착한 사람이 얘기했어요. — 우리들은 이중의 경화 과정을 겪고 있다고 말예요. 교역이라는 것, 그리고 영적 교감이라는 것을 포기해 버린 프로테스탄트들의 태도. 이 두 가지가 우리들 내면의 경직을 촉진시켜 왔다는 거죠. 우리들은 이미 물질주의에 심하게 물들어 있기 때문에 물질적 증거를 제외한 그 어떠한 것에도 만족을 못 느낀다는 겁니다. 말하자면 정신적인 것도 물질적으로 형상화되어 나타나야 믿는다는 거죠. 그래서 심령이 황송하게도, 조금은 천하고 상스러운 방식이긴 하지만, 〈톡톡 두드리는 소리〉와 〈바스락거리는 소리〉, 그리고 〈콧노래를 부르는 듯한 소리〉로 우리에게 말을 한다는 것이죠. 우리의 믿음이 살아 있던 시대에는 전혀 필요없었던 현상이라는 겁니다.

그는 또한 말하길, 영국인들은 특히 안개와 스모그가 많은 기후 때문에 더욱 경화되어 있다고 하더군요. — 성격상 더 신경이 예민하고 활달한 미국인들과는 달리 전기적, 자성적 성격이 부족하다는 거예요. 사회 제도를 구성하는 데 뛰어난 재능을 지니고 있는 미국인들은 인간 본성의 개선과 계발에 대한 믿음을 지니고 있으며, — 따라서 그들의 제도와 마찬가지로 그들의 마음엔 열대 정글에서의 식물의 성장과도 비슷하게 급속한 성장의 불길이 당겨져 있으며, — 그 결과 개방성과 수용성의 태도가 더욱 두드러져 나타난나는 것이 그의 설명이었어요. 그래서 미국에서는 폭스족의 자매들이 등장하고, 또 그녀들이 경험했다는 최초의 소리 메시지도 전달될 수 있으며, 또한 앤드류 잭슨 데이비스의 계시도 있고, D. D. 홈의 천재성을 살리자는 분위기가 조성될 수 있다는 것입니다.

반면에 우리의 〈대지적 조건〉(당신, 제가 하는 말의 의미를 아시죠?)은 심령적 경험을 전파하는 데 굉장히 불리한 방향으로 작용을 한다고 해요.

이런 문제를 당신은 어떻게 생각하시는지, 저는 잘 모르겠어요. — 너무도 바삐 움직이는 우리 사회 — 그 분주한 사회가 리치몬드에 있는 고요한 배수로까지 파문을 일으키게 하는 것은 아닐까요?

저의 이 편지가 키츠와 시적 진실에 관한 당신의 훌륭한 언급에, 그리고 예언가이자 마법사로서의 모습을 드러내는 당신에게 과연 그 값이나 할 수 있는 답장인지 모르겠습니다. 이 편지는 — 다른 모든 편지들과 마찬가지로 — 감정의 백열 상태에서 씌어진 것이 아닙니다. 저의 친구와 저는 사소한 열병에 걸려 다소 정신이 침체된 상태에 있습니다. 오늘 하루를 저는 어두운 방 안에서 보냈습니다. — 그리고 그 쓸쓸한 방 안의 느낌을 마음껏 받아들였습니다. — 그러나 여전히 저는 약합니다.

그런 상황에서는 환상이 머릿속을 쉽게 비집고 들어오죠. 저는 거의 호소하듯 말씀 드립니다. — 다시는 이런 편지를 쓰지 않겠지만 — 저를 저의 순진한 믿음 속에 조용히 살도록 내버려 두십시오. — 당신의 지성과 당신의 놀라운 창작력에서 제가 벗어나 있는 상태 그대로 놔두십시오. — 그렇지 않으면 저는 길 잃은 영혼이 되고 맙니다. — 선생님 — 저는 제가 애써 찾은 자율성 속에서 위협당하고 있는 느낌입니다. 지금 저는 — 정말 완곡한 방법으로 — 호소합니다. 제가 말할 수 있는 것을 마치 가설을 세우듯 드러내면서 말입니다. 제가 그렇게 호소를 하든 — 아니면 진정으로 그렇게 호소를 하든 — 당신의 관대한 판단에 모든 것을 맡깁니다.

라모트 양,

그대는 저에게 다시는 편지를 쓰지 말라고 하시지는 않았습니다. 고맙습니다. 심지어 그대는 완곡한 표현과 불가사의한 힘을 슬쩍슬쩍 건드리면서도 저를 그렇게 심하게 비난하지는 않았습니다. 그 점에 대해서도 감사드립니다. 그리고 — 지금 당장은 — 이제 그런 거친 주제는 그만둡시다.

그대가 아프다는 소식을 접하고는 마음이 몹시 아팠습니다. 이 온화한 봄날씨가 — 아니면 비록 강요적인 면이 없진 않지만 그래도 선의로 가득한 제 편지들이 — 그렇게 불편하게 그대의 심기를 건드렸다고는 생각하지 않습니다. 오히려 그대가 말한 그 퀘이커 교도의 연설에 의심이 가는군요. — 물론 그가 말한 바 사람들의 무기력함에 대한 대지적 조건이나 경직화 현상에 관한 그의 관찰, 그것들은 그대만큼이나 저에게도 흥미가 있는 것이었습니다. 혹시 〈이 대지의 통통하게 부풀어 오른 두꺼운 껍질을 평평하게 내리치는〉 힘을 그 사람이 불러온 것은 아닐까요? 물질주의의 시대를 비난하는 그 사람의 논리가 형편없습니다. 또한 심령의 물질적 재현의 논리도 마찬가지고요. — 그렇지 않습니까?

저는 그대가 자의에 의해 그렇게 자주 외출하는 것을 몰랐습니다. 그저 그대의 그 예쁜 현관문 뒤로 아무도 통과할 수 없는 바리케이드를 쳐놓은 것으로 상상했었죠. 상상으로 — 저는 상상력만 먹고 사는 사람인가 봅니다. — 그 바리케이드를, 장미와 클레마티스로 온통 뒤덮어 감춰둔 것으로만 알았습니다. 만일 제가, 그대가 말한 그 퀘이커 교도의 말을 굉장히 듣고 싶다는 욕망을 드러낸다면, 그대는 뭐라고 말씀하시겠습니까? 그대는 저에게 오이 샌드위치는 먹지 못하게 할 수 있겠지만 영적인 영양마저 섭취하지 못하게 하시지는 않겠지요?

아닙니다. — 걱정하지 마십시오. — 그런 일 없을 테니까 말입니다. 우리의 우정에 금을 긋는 일은 하지 않겠습니다.

그리고 그 심령의 두드리는 소리에 관해 말하자면 — 저는 지금까지 그런 것에 별 관심이 없었습니다. 그렇다고, 다른 사람들도 마찬가지겠지만 저 역시 종교적인 이유 때문인지 아니면 회의적인 태도에서 비롯된 이유 때문인지는 모르겠지만, 그런 현상이 아무것도 아니라고 — 인간의 허약함과 무엇이든지 믿고 싶어하는 심성, 그리고 우리가 상실하고 몹시 그리워하는 것이 아름다운 모습으로 나타나는 것을 두 눈으로 보고 싶어하는, 강한 소망에서 비롯된 환상에 지나지 않는다고 — 는 자신있게 말할 수가 없습니다. 저는 파라셀수스[9]를 믿고 싶습니다. 그는 대기 중에는 이 지상을 영원히 방황하는 작은 영령들이 있는데, 이따금씩 바람이 불거나 불빛이 번쩍일 때 우리가 그 영령들을 목격하거나 만나기도 한다고 말했습니다. (다른 한편, 나는 그런 현상의 상당 부분이 속임수라고 믿고 있습니다. 나로서는 D. D. 홈의 그 뛰어난 재주를 더 믿지, 그가 겪었다고 하는 어느 영적인 현상에 더 많은 비중을 두지는 않습니다.)

문득 — 파라셀수스를 얘기하는 가운데 — 생각이 하나 떠오르는군요. 그대의 멜루지나 요정이 바로 그의 책 속에 나오는 어느 영혼이 아닌가 하는 생각 말입니다. — 그 구절 아시죠? 아실 겁니다. — 굉장히 흥미로운 부분이

---

[9] Paracelsus(1493~1541). 스위스의 의사이자 연금술사.

기 때문에 제가 다시 한 번 써보겠습니다. 그리고 그것이 바로 그 요정에 대한 그대의 관심이 형상화된 것이 아닌지 묻고 싶습니다. 제가 그대 말을 제대로 기억하고 있다면, 그대의 관심을 끈 것은 바로 그 요정이 지니고 있는 성 쌓기의 취향 아니던가요?

멜루지나 요정들은 그들의 죄를 괴로워하는 공주들이었다. 사탄이 그들을 잉태해서는 그들을 유령으로, 악령으로, 무시무시한 망령으로, 무서운 괴물로 변모시켰다. 그들은 환상적인 육체를 지녔지만 이성적인 영혼은 지니지 못한 존재들이며, 단지 원소만을 먹고 살며, 그리고 인간과 결혼을 하지 않으면 마지막 심판의 날 그냥 사라져 없어질 존재들로 생각되었다. 만일 그들이 인간과 결혼을 하는 경우, 그들은 인간과의 결합이라는 것에 힘입어 자연스럽게 살다가 자연스럽게 죽을 수 있었다. 이러한 망령들이 사막이나 숲 속, 폐허나 묘지, 텅 빈 납골당이나 해안에 자주 출몰하는 것으로 사람들은 믿고 있었다……

자, 이제 말씀해 주십시오. 그대의 작업은 어떻게 되어가고 있습니까? 지금까지의 편지에서 저는 주로 제 중심적으로 — 그대의 관대한 배려 덕분이겠지만 — 저의 『신들의 황혼』이나 〈이미 본 것〉에 관한 설명만을 장황하게 늘어놓은 것이 아닌가 싶습니다. 그대가 멜루지나에 관해 글을 쓰고 있다는 사실을 알고 있었으면서도 그것에 관해서는 별로 언급을 하지 않았군요. 사실 따지고 보면, 우리가 처음 서로 편지 교환을 하게 된 것도 그 멜루지나 때문이 아니었던가요? 저는 우리가 나눈 대화 하나하나의 아주 사소한 단어라도 다 기억하고 생각합니다. — 저는 그대의 얼굴도 기억합니다. — 약간 옆으로 기울어진 고개, 그러나 야무진 표정. 저는 그대가 한 말, 그때 그대의 느낌까지도 다 기억합니다. 〈언어의 생명력〉, 그 말 생각나십니까? 그대가 말했습니다. 제가 일상적인 정중한 태도로 말문을 열었다고 말입니다. — 그대는 멜루지나를 주제로 장시 한 편을 쓰고 싶다고 했습니다. — 그리고 그대의 눈은 그 구상에 뭔가 흠을 잡으려는 나를 받아들이지 않으려고 하였습니다. — 저는 물었습니다. — 그 시를 스펜서 시형으로 쓸 것이냐 아니면 무운시나 그 밖의 다른 운율로 쓸 것이냐고 말입니다. — 그때 돌연 그대가 말했습니다. — 운문의 힘과 언어의 생명력에 관해 말입니다. 그리고 그대는 부끄러워하는 표정이나 자기 변호적인 태도를 싹 잊어버리고 — 죄송합니다. — 굉장히 우아한 표정을 지어 보였습니다. 그 순간을 어찌 제가 쉽게 잊어버릴 수가 있을까요.

지금 저는 그대와 글로버 양이 다 회복되었다는 편지를 받으면 더할 나위 없이 기쁘겠습니다. 그래서 그대가 이 밝은 봄날의 햇살을 다시 즐길 수 있게 되기를 바랍니다. 그리고 이제 다시는 그대가 그 심령 강의를 들으러 다니지 않았으면 하는 심정입니다. — 그 강의를 듣는다고 어떤 이로움이 있는 것인지 저는 잘 모르겠습니다. — 그리고 나중에 언제 기회가 되면 시의 운에 관해서 논의를 했으면 합니다. — 그것이 비록 얇게 자른 푸른 공 모양의 평면도를 위한 것은 아닐지라도 말입니다.

애쉬 씨,
저는 지금 어느 한 불행한 집에서 이 편지를 씁니다. 그리고 편지도 짧게 써야 할 것 같아요. — 제가 돌봐야 할 환자가 있기 때문입니다. — 불쌍한 블랑슈 — 지독한 두통과 구역질에 시달리고 완전히 피폐한 모습의 그녀 — 그녀 스스로 삶의 전부라고 생각하는 자신의 작업마저도 수행할 수 없을 정도예요. — 그녀는 멀린과 비비안[10]을 대형 화폭에 담는 작업에 열중하고 있었어요. — 비비안이 유혹의 노래를 불러 멀린의 마음을 사로잡는 바로 그 순간의 모습을 그리는 것이었지요. 우리는 그 작품에 커다란 기대를 하고 있었어요. — 그 작품이 보여 주는 암시와 강렬함 — 그런데 그녀가 너무 아파서 일을 계속할 수가 없답니다. 저도 몸이 별로 좋지 않지만 효험이 있다는 티잔 약초물을 끓이고, 물수건을 마련하는 것이, 제가 할 수 있는 일의 전부라서 그저 안타깝기만 할 뿐입니다.

집 안의 다른 식구들 — 하인인 제인, 트레이라고 불리는 저의 작은 개 한 마리, 도레이토 주교라고 불리는 카나리아 한 마리 — 모두가 아무런 도움이 안 돼요. 제인은 부지런하긴 하지만 병자를 간호하기에는 일이 서투르고 트레이는 무엇을 찾는지 여기저기 마구 헤집고 다니기만 하지 누굴 동정할 줄 모르죠. 그래도 우리가 그를 공원으로 데리고 나가지 못하니 안쓰럽기도 하답니다.

일이 이 지경이니 편지를 길게 쓸 수 없을 것 같군요.

당신이 저의 『멜루지나』에 관해 거의 다 결정된 것처럼 말씀해 주시다니 얼마나 도움이 되고 좋았는지 몰라요. 아직 완성도 안 된 작품인데 말예요. 그 작품의 구상이 어떻게 시작되었는지 말씀 드려도 되죠? — 아주 오래전의 일이랍니다. — 제가 아버지 무릎에서 놀던 때니까 아주 어렸을 적이죠. 그 당시 아버지는 프랑스 신화를 편집하고

---

10 둘 다 아서 왕 전설에 나오는 인물로서 멀린은 대단한 마술사이자 예언가이며, 호수의 여인이라고 알려진 비비안은 바로 그의 정부이다.

계셨어요. — 그때만 하더라도 저는 그저 대단한 작업인 모양이구나 하고 추측만 할 수 있을 뿐이었어요. — 저는 아버지가 우스갯소리로 당신의 〈대작〉이라고 부르는 그것이 어떤 작품인지도 몰랐어요. — 단지 제가 알고 있었던 것은 저의 아버지가 다른 어느 아버지들보다 — 아니 어머니들보다도 — 이야기를 잘하신다는 점이었어요. 당시 아버지는 이따금씩 기분이 좋으실 때마다 습관적으로 저에게 이야기를 들려주시곤 했었죠. — 마치 당신께서 콜리지의 시에 나오는 노수부라도 되신 듯이 말예요. — 그리고 또 때로는 마치 제가 매우 박식하고 사려 깊은 무슨 동료 학자이기라도 한 듯이 말씀하시는 거예요. — 그러실 때면 4개국어로 말씀을 하시지요. — 불어, 영어, 라틴어, 그리고 브르타뉴어로 사고할 수 있는 분이었으니까요. (그런데 아버지는, 제가 나중에 그 이유를 밝히겠지만, 독일어로 생각하는 것은 좋아하지 않으셨어요. 물론 때로는 그러실 때도 있었지만요.) 그런 아버지께서 정말 자주 저에게 들려주신 이야기가 바로 멜루지나에 관한 이야기였답니다. 진정한 프랑스 신화가 과연 존재하느냐 하는 문제에 여러 이견이 있긴 하지만, 만일 그것이 존재한다면 바로 요정 멜루지나의 이야기가 단연 돋보이며, 또 뛰어난 이야기라고 말씀하셨어요. — 아버지는 그림 형제가 독일인들에게 보여 주었던 것과 같은 것을 프랑스인들에게 해주고 싶으셨던 거예요. — 바꿔 말해서 민담과 전설을 파헤쳐 민족의 진정한 선사(先史)를 복원시키는 일과 — 퀴비에 남작이 몇몇 예증적인 뼈 조각과 가설을 통한 연결 작업으로 고대의 멸종 동물인 메가테리움을 복원시켰듯이 당신께서 지니신 기지와 추론의 힘으로 우리 고대 민족의 사상을 재발견하는 일이었답니다. 당신의 『신들의 황혼』에서 알 수 있듯이, 독일이나 스칸디나비아가 그들 나름의 풍부한 신화와 전설을 많이 보유하고 있는 데 비해 우리 프랑스에는 그저 몇몇 지방의 악마 이야기와 계파에 관한 점잖은 이야기들만이 있을 뿐이거든요. 물론 브르타뉴와 지금 영국의 브리튼 섬과 연관이 있고 ― 또 저의 아버지가 매우 중히 여기시던 드루이드 교파의 이야기도 있고, ― 선사 시대의 유물인 수직으로 세워 놓은 거석이나 고인돌도 있지만, 영국에도 있는 난쟁이나 요정에 관한 이야기는 없는 거예요. 그런 가운데 전해 오는 이야기가 흰옷을 입은 여인들에 관한 이야기인데, 멜루지나도 그 가운데 포함된다는 것이 아버지의 말씀이었어요. ― 죽음을 경고하기 위해 나타나는 요정이라는 거예요.

당신이 저의 아버지를 아셨더라면 참 좋았을 텐데요. 아버지가 하시는 말씀 또한 굉장히 재미있거든요. 그분은 ― 그분이 관심을 가지고 있는 분야에서는 ― 모르는 것이 거의 없었어요. 하지만 아버지 생각에 죽은 지식이라고 여겨지는 것에는 조금의 관심도 두지 않으셨고 또 알려고 하지도 않으셨어요. 물론 우리의 삶에 관계되는 것이라면 대단한 열정을 보이시고 또 그런 부분에 뛰어난 재능을 발휘하곤 하셨죠. 아버지는 항상 슬픈 얼굴이셨어요. 주름진 얼굴에 창백한 분위기였죠. 저는 아버지가 슬픈 표정을 짓는 것이 ― 당신께서 하신 말씀을 생각해 볼 때 ― 우리 프랑스의 신화가 빈약하다는 사실에 대한 안타까움의 발산이 아닌가 생각했었어요. 그러나 지금 생각해 보면, 아버지는 국외로 추방당한 느낌 때문에 슬프셨던 것 같아요. ― 고유한 가정이 없다는 느낌이랄까요. ― 아버지가 대단한 관심을 기울였던 것이 바로 따뜻한 가정을 지켜 주는 라르 신과 페나테스 신이었거든요.

제 동생 소피는 그런 문제에 아무런 관심도 기울이지 않았어요. 그냥 보통의 여자들이 좋아하는 것들 — 예쁜 것들 — 을 좋아했지요. 책읽는 것도 좋아하지 않았어요. — 우리가 한적한 곳에 따로 떨어져 사는 것도 무척 싫어했답니다. — 물론 그 점에 있어서는 어머니도 마찬가지셨지요. — 더욱이 소피는 프랑스인이란 항상 품위가 있어야 한다, 세상에 둘도 없는 세련된 사람 — 이라고 믿고 있었으니 당시 우리들의 삶이 어딘가 어울리지 않는다고 생각한 것이 아닌가 싶어요. 제 글씨가 마구 달아나는 것 같군요. — 사실 지난 3일 동안 잠을 제대로 자지 못했답니다. — 당신은 멜루지나 서사시에 관한 저의 생각을 기대했을 텐데 이렇게 집안 이야기만 늘어놓아서……. 하지만 서로 관련이 있으니까 — 당신도 이해해 주시리라 믿어요.

아버지는 동그랗고 작은 철테 안경을 쓰셨어요. — 처음에는 독서를 할 때만 쓰시더니 나중에는 늘 쓰고 계셨지요. 차가운 느낌을 주는 그 동그란 안경을 쓴 아버지의 모습 — 저에게는 가장 다정하고, 편안하게 와 닿았던 모습이 아닌가 싶습니다. — 그리고 그 안경 뒤 아버지의 두 눈은 물속 깊은 곳에 있는 것 같았어요. — 친근한 분위기를 자아내는 슬프고 큰 두 눈. 저는 아버지가 말씀하시는 내용을 받아쓰는, 아버지의 비서가 되고 싶었어요. 그래서 아버지께 졸랐답니다. — 저에게 그리스어, 라틴어, 불어, 그리고 독어까지 다 가르쳐 달라고 말예요. — 아버지는 기꺼이 그렇게 해주셨어요. 물론 저의 바람 때문이 아니라 제가 외국어를 배우는 속도와 그 방법에 재미가 있어서였지요.

이제 제 아버지 얘기는 그만 하겠습니다. 최근에 아버지가 몹시 보고 싶어 혼났어요. — 물론 이유가 있어요. —

제가 제 서사시를 자꾸 지연시키고 있기 때문에 더욱 그런 기분이 들었는지도 몰라요.

당신이 파라셀수스의 글에서 인용하신 부분, 물론 저도 잘 알고 있던 부분입니다. 판단이 뛰어나신 당신, 제가 멜루지나의 또 다른 모습에 관심을 갖고 있다는 사실을 정말 잘 파악하셨더군요. ─ 멜루지나는 두 가지 면을 지니고 있어요. ─ 하나는 기괴한 괴물의 모습이고 또 하나는 아름답고 자신만만한, 〈솜씨있는〉 여성으로서의 모습입니다. 〈솜씨있는〉이라는 단어가 좀 이상하게 들리지나 않을까 모르겠습니다만 다른 적절한 단어가 없는 것 같아요. ─ 그녀의 손이 닿는 것은 무엇이든지 잘되니까요. 궁전도 똑바로 잘 세워지고, 돌들도 하나하나 다 제자리에 똑바로 놓이고. 그녀가 가꾼 밭의 곡식들도 전혀 병드는 법이 없으니까 말예요. ─ 저의 아버지는 어느 전설을 연구하다가 멜루지나가 심지어는 프와투에 콩까지 ─ 진짜 까치콩 말예요. ─ 전파했다는 사실을 발견하기도 했어요. ─ 이런 사실에 비추어 보면, 그녀는 17세기까지 존재했음이 분명하죠. ─ 왜냐하면 그 이전에는 콩이라는 것이 없었잖아요. 그런 멜루지나는 분명 사악한 악마이기도 하지만 어떤 면에서는 풍요의 여신이기도 하지 않겠어요? 프랑스의 케레스, 혹은 당신의 신화 체계에 따르자면 홀다 부인 ─ 혹은 봄의 프레이야[11] ─ 혹은 황금 사과를 지키는 이둔[12]으로 생각할 수도 있지요.

그녀의 후손들은 사실 모두 괴물로서의 특성을 지니고 있기도 합니다. 멧돼지처럼 큰 치아가 입 밖으로 툭 튀어 나왔다는 것도 그렇고요 ─ 키프러스나 아르메니아로 건

---

11 Freya. 스칸디나비아 신화에 나오는 사랑과 풍요의 여신.
12 Iduna. 스칸디나비아 신화에서 사과를 지키는 여신.

너가 왕이 되었다는 다른 후손들 — 큰 술잔의 손잡이처럼 생긴 귀나 짝짝이 눈을 지닌 그들이 그런 사실을 보여 주고 있지요.

그리고 눈이 세 개인 끔찍한 아이를 보세요. — 멜루지나는 그녀가 변신하는 순간 그 아이의 죽음을 급하게 요청했잖아요. — 그 아이는 어떻게 해석해야 할까요?

저는, 할 수만 있다면 멜루지나의 시각에서 조금 벗어나 제 나름의 시각에서 글을 쓸 작정입니다. 당신이 생각하듯 일인칭의 시점에서가 아니라 그녀를 불행한 피조물로 바라보는 시각에서 — 힘과 연약함을 동시에 지닌 — 늘 바람의 영역으로 되돌아가지나 않을까 두려워하는 존재로 — 영원히 사는 것이 아니라 — 마침내 소멸해 버리는, 바람처럼 사라져 버릴 존재로 그릴 작정입니다.

회복기에 접어든 블랑슈가 저를 찾고 있군요. 이젠 더 이상 쓸 수 없을 것 같습니다. 얼른 이 편지를 봉해야겠습니다. 이 글이 우울한 기분에서 쓴 장황한 이야기나 아닌지 모르겠어요. 환자의 마구 지껄여 대는 소리가 또다시 저를 부르고 있어요. 이젠 정말 그만 줄여야 할 것 같습니다. 진정으로 당신을 생각하는…….

라모트 양에게,

지금쯤 그대의 집은 모든 것이 다 정상으로 회복되었으리라 믿고 싶습니다. 그리고 그 작품 — 멀린과 비비안을 그린 그림 — 과 마찬가지로 그대의 환상적인 작품 『멜루지나』 역시 정상대로 진행되고 있으리라 믿고 싶습니다. 저는 스바메르담에 관한 시를 거의 다 완성한 단계에 접어들었습니다. — 전체를 대충 정리하고 있는 중이죠. — 그 작품 속에 무엇이 들어가야 하고 또 반드시 집어넣어야 할 것은 무엇인지, 그리고 불완전한 부분들은 언제쯤 깨끗이 정리할 수 있을는지. 첫 원고가 다 다듬어지고 나면 그대에게 한 부 보내 드리겠습니다.

저는 그대의 부친에 관한 간략한 소개를 읽고 무척 많은 감명을 받았습니다. 그분의 뛰어난 학문 연구를 저 역시 늘 흠모해 오고 있었습니다. 그리고 그분의 작품이라면 읽고 또 읽고 틈이 날 때마다 들춰 보곤 했습니다. 어느 시인이 그보다 더 훌륭하신 부친을 두었겠습니까? 그대가 노수부의 이야기를 언급한 대목을 읽고는 감히 이런 궁금증이 생겼습니다. 콜리지의 미완성 시편 속에 나오는 여주인공의 이름을 따서 그대의 이름을 지은 것이 바로 그대의 아버님이 아닌가 하는 생각 말입니다. 사실 제가 이런 얘기는 그대에게 한 적이 없습니다만 — 하지만 제가 만나는 사람들에겐 자주 들려준 얘기이기는 합니다만 — 어떻게 보면 사람들을 만날 때마다 윌랜드의 흉상을 얻은 것에 대해 크랩 씨가 자랑스레 말하는 것이나 같은 것이겠죠. — 저는 콜리지를 만나 본 적이 있었습니다. 하이게이트에 간 적이 있었거든요. — 아주 어리고 풋내기에 지나지 않을 때 말입니다. 그리고 그때 천사 같은 사람에 관한 이야기를 들었습니다. — 천사들의 존재와 오래 장수하는 주목나무에 관해, 그리고 겨울의 유보된 생명과 여러 가지 징조들과 인간의 (권리가 아닌) 의무, 말타에서 돌아오자마자 이탈리아에서 추적을 당하는 나폴레옹의 스파이에 관해 — 그리고 진정한 꿈과 거짓 꿈, 그리고 더 많은 이야기들. 하지만 『크리스타벨』에 관해서는 전혀 듣지 못했었습니다.

저는 너무 어렸습니다. — 그 수많은 훌륭한 독백 가운데 제 목소리 하나 낄 데가 없으면 어쩌나 하는 조바심도 나더군요. 그러나 설혹 제가 말을 할 수 있었더라도 과연 무슨 말을 했었을까요? 모르겠습니다. 아마 바보 같은 몇 마디나 내뱉었을 테지요. — 그의 삼위일체 원리에 대해 어쭙잖은 몇 마디 질문이나 던지지 않았다면, 아마『크리스타벨』의 마지막 부분을 듣고 싶다는 순진한 바람이나 털어놓았을 겁니다. 원래 저는 어떤 이야기를 들을 때면 끝까지 들어야 직성이 풀리는 성격입니다. 아무리 사소한 것일지라도 — 한번 시작을 했으면 — 그 끝이 입에 달든 쓰든 끝까지 다 〈삼켜야 한다〉는 되지도 않는 욕심을 부리는 편입니다. 그대는 어떤 편이십니까? 저보다는 좀더 분별력있는 독자가 아닙니까? 도움이 되지 않을 성싶은 것은 그냥 내버려 두지 않으십니까? 그 위대한 새뮤얼 테일러 콜리지의『크리스타벨』이 어떻게 끝을 맺어야 하는지, 이 문제에 대해서 그대의 통찰력을 발휘해 보신 적이 있습니까? 정말 어려운 질문입니다. 다른 훌륭한 이야기들처럼, 그 결말이 어떻게 될지 예측한다는 것이 불가능하기 때문입니다. — 예측을 해야 하긴 하지만 — 그러나 우린 모릅니다. — 게으르고 엉뚱한 작가 때문에 남모르게 잠을 자고 있는 작품 — 그 작가가 우리의 조바심에 대해 신경이나 쓸까요?

『멜루지나』에서 그대가 생각한 의미가 무엇인지 대충이나마 짐작이 갑니다. 그렇지만 제가 생각한 바를 무턱대고 쓰고 싶지도 않습니다. 그대의 생각과 어긋날지도 모르고 — 그렇게 되면 저의 둔감한 인식력에 대해 그대가 화를 내거나 — 아니면, 더 나쁘게는 그대 자신의 현명한 사고의 방향에 제가 방해가 될지도 모르기 때문입니다.

멜루지나 신화에서 특이하면서도 놀라운 데가 있다면 그것은 그 신화가 거칠고, 낯설고, 곳곳에 악마적인 요소가 잔뜩 깃들어 있으면서도 또한 동시에 이 지상의 세속적인 이야기들처럼 굉장히 탄탄한 — 현실적인 근거가 단단한 — 이야기라는 점입니다. 가정생활, 사회 건설의 계획, 축산의 도입, 아이에 대한 어머니의 사랑, 이런 것들의 묘사가 그런 점을 잘 보여 주고 있지요.

자, 이제 정말 대담한 얘기를 하겠습니다. 혹 제가 틀렸다 해도 그대가 저에게 경멸의 시선을 보내지는 않으리라 믿으면서 말입니다. 저는 그대의 글에 나타난 그 뛰어난 재능 속에서, 서로 상반되는 두 가지 요소를 적절하게 다듬어서 보여 주는 빼어난 솜씨를 발견했습니다. — 정말 그 이야기는 그대를 위한 것입니다. 그대를 기다리고 있습니다. — 그대, 쓰십시오.

기이한 것들을 그린 그대의 이야기나 섬세한 서정시에서나 — 그대는 정확한 눈과 귀로 여러 가지 세세한 사실들을 놀라우리만치 섬세하게 묘사하였습니다. — 가령 집 안에 있는 린넨이나 섬세한 바느질 행위, 아이에게 우유를 먹이는 모습 — 이러한 뛰어난 묘사를 읽으면 아무리 단순한 사람들이라 하더라도 가정이라는 하나의 작은 세계가 바로 낙원의 세계라는 것을 알게 될 것입니다.

그런데 그대는 이에 만족하지 않고 있습니다. 그대의 세계는 목소리없는 형상들로 가득한 세계입니다. 갈 곳을 찾지 못한 정열…… 그리고 불쑥 찾아 드는 작은 두려움들…… 예로부터 전해 내려오는 박쥐나 빗자루 마녀보다도 더 무시무시한 두려움들.

이러니까 마치 — 그대는 군주나 부인들 혹은 농부들의 삶 속에서 찾을 수 있는, 우리네들의 일상을 다루는 뛰어난 능력도 지니고 있으며, 또한 바람의 목소리 — 흐느낌 — 사이렌의 노래 — 세월의 회랑으로 울려 퍼지는,

인간의 것이 아닌 초자연적인 고통의 울림, 이런 것들도 실감나게 표현하는 능력이 있으신 것 같습니다.

그대는 저를 어떻게 생각하고 있습니까? 저는 그대에게 얘기했습니다. 모든 것을 상상력을 통해 생각한다고 말입니다. 어떤 것이든 제 마음의 눈과 귀를 통해 형상화시키지 않고서는 생각해 볼 수가 없습니다. 그래서, 제가 그대에게 말했듯이, 저는 제 마음의 눈을 통해 전혀 본 적이 없는 그대 집의 현관을 그려 봅니다. 클레마티스 — 아마 짙은 푸른빛이 감도는 자주색 꽃이겠지요. — 와 작은 장미들이 뒤덮고 있을 그 현관 말입니다. 또한 그대 집의 응접실도 그려 봅니다. — 평화로운 표정의 두 사람이 기거하고 있는 곳 — 셰익스피어와 토머스 말로리 경의 작품도 있고 — 그리고 금은 세공으로 만든 둥근 우리 안에 우아한 레몬빛 털을 뽐내고 있을 도레이토 주교 — 그대의 작은 개 — 그 개는 어떤 종자인가요? 제가 감히 추측해 보건대, 킹 찰스 스파니엘은 아닌가요? — 예, 그렇군요. 한쪽 귀는 초콜릿색이고 또 한쪽 귀는 흰색인, 그리고 털이 보송보송한 꼬리, 아니 그런 개가 아니라 작은 사냥개로 — 어쩌면 토머스 와이엇 경[13]이 그의 신비스러운 방 안에서 키우던 우윳빛의 하얀 개와 같은 종자인지도 모르겠군요. 제인이라는 하인에 대해서는 아직 생각해 보지 않았습니다. 아참, 그대의 티잔 약초물 냄새까지도 상상으로 맡아 봅니다. — 버베인과 라임과 나무딸기 잎을 한데 섞은 것은 아닌지요. — 저의 어머니는 그 티잔이 두통과 나른함을 치료하는 데 대단한 효험이 있다고 하셨습니다.

그러나 제 상상의 시선을 그대 집의 의자나 벽지에까지

---

13 Sir Thomas Wyatt(1503~1542). 영국의 시인이자 외교관.

돌릴 수 있다 하더라도, 그 시선을 그대의 작품, 그대의 글쓰기에까지 확대할 권한은 없을 것입니다. 어찌 보면 안타까운 심정에서 우러나온 저의 호기심 어린 상상의 시선을 말입니다. 그대는 그대의 멜루지나를 감히 제가 쓰려 한다고 비난하시겠지요. — 그러나 그렇진 않습니다. — 그저 제 머릿속에 그대의 작품이 어떻게 될지 구체적으로 그려 보고 싶은 심정에서, 저의 불운한 마음이 그런 쪽으로 이끌렸기 때문입니다. — 그리고 아주 흥미로운 여러 가능성이 문득 떠올랐기 때문입니다. — 마치 브로셀리앙드의 신비한 숲 속, 태양빛이 가려진 얼룩의 그림자가 어디까지 그 손을 뻗치고 있는지 알고 싶은 마음과 같은 것이지요. 저는 생각합니다. 그래, 그녀는 이렇게 할 거야. 그래, 이런 식으로 그 구상을 시작했겠지……. 그러나 그대의 작품이 진정으로 창조적인 것이 아니라면 그것은 아무 가치도 없을 수가 있습니다. — 너무 주제넘은 발언인가요? 제가 무엇을 말할 수 있을까요? 여태껏 제 작품의 복잡미묘한 것에 관해 논의하고 싶은 마음을 전혀 가져 본 적이 없습니다. — 어느 다른 시인하고도 말입니다. — 그 시인의 작품에 관해서도 마찬가지였습니다. — 저는 늘 고독한 방식으로, 스스로 만족해 하며 일을 진행해 왔습니다. 그러나 그대를 알고부터는, 처음으로 무엇이든 진실 아니면 거짓이지 그 중간은 없다는 사실을 느끼기 시작했습니다. 그래서 그대에게 말합니다. — 아니 말하는 것이 아니라 글로 씁니다. — 묘하게 혼합된 글로 말입니다. — 저와 비슷한 생각을 하는 사람들 — 셰익스피어, 토머스 브라운, 존 던, 존 키츠 — 에게 말하듯 그대에게 말합니다. — 그러고는 제가 죽은 사람들에게 늘 그렇게 했듯이 살아 있는 그대에게 내 목소리를 빌려 주려 하고 있군요. — 자, 여기 독백의 저자가 있으니 — 〈서툴게나마 대화를 한번 구성해 봐라〉 — 이런 식으로 말입니다. 그러고는 양쪽 모두의 영역을 반반씩 침범하고 말았습니다. 용서해 주십시오.

이것이 진실한 대화라면 — 아니, 이것이 전적으로 그대가 바라는 식의 대화였으면 좋겠습니다.

애쉬 씨,

당신, 정말로 신중히 고려하신 건가요? — 저에게 무엇을 물어보시는 건가요? 당신의 그 예민한 추측에 저의 시신 뮤즈를 맞추라는 것은 아니겠지요. — 왜냐하면 저의 뮤즈는 인간의 죽음을 거부하기에, 오직 바람 속에 용해되어 사라져 버리는 것이기에……. 그런데 당신은 저의 작은 근면함마저도 억누르고 있습니다. 사고와 환상의 오사 산[14]에 펠리온 산[15]을 더 쌓아 올리는 격이랍니다. — 그리고 만일 제가 여기 앉아 당신의 그 모든 질문에 〈반드시〉 대답해야 한다면, 밤을 다 지새우고 아침마저 후딱 지나가고 말 겁니다. — 그러면 저의 유람 여행 준비나 요정 멜루지나는 어떻게 되는 거죠? 그렇다고 그런 이유로 저에게 편지를 쓰지 마시라는 얘기는 아닙니다. 설혹 제가 요정의 이야기를 건너뛰어 — 당신에게 거두절미하고 간단한 답변을 한다 치면, 그래서 멜루지나 얘기가 하루 더 늦어진다면, — 모든 일을 조금씩 그르칠 수도 있을 겁니다.

당신은 제인에 관해서는 상상을 할 수가 없다고 하셨습니다. 그러면 제가 말씀 드리겠습니다. — 그녀는 아주 아름다운 치아를 가지고 있습니다. — 정말 아름다운 치아입니다. 그녀는 조그만 밀크젤리 세트나 맛있는 마카롱 쿠키,

---

14 그리스 동부에 있는 산으로 높이가 1,978m임.
15 그리스 동부 해안 근처에 있는 산으로 높이가 1,600m임.

혹은 브랜디 쿠키 등을 그냥 놔두고 보질 못한답니다. — 억제를 하려 해도 어쩔 수 없는 모양입니다. — 여기서 하나 맛보고, 다시 저기서 스푼으로 툭 떠먹어 보고 하면서 미식가로서의 흔적을 곳곳에 남겨 둔답니다. 그래서 이렇게, 슬픈 제 자신에 관한 이야기와 함께 재미있는 이야기도 쓸 수 있는 것이지요. 하지만 제 마음속에서는 당신의 이런저런 물음에 대한 답변이 하나둘씩 스쳐 지나간답니다. — 그리고 또 혼자서 생각하죠. — 만일 이런 〈논의〉를 어서 그만둔다면(마치 아주 맛있는 고기를 맛만 슬쩍 보고 얼른 내려놓듯이) 저는 다시 마음의 흔들림 없이 제자리로 돌아올 것 같기도 합니다.

아닙니다. 괜히 쓸데없는 이야기를 한다는 것이 얼마나 품위없는 짓인지……. 저는 그냥 제 생각을 주장할 따름입니다. — 저는 당신 생각의 피조물도 아니고, 또 그렇게 될 위험에 처하지도 않았습니다. — 그런 점에서 우리 두 사람은 어느 정도 안전한 상태에 있다고도 할 수 있지요. 그리고 그 의자나 벽지에 관해 말씀 드리자면, 그냥 상상해 버리세요. 당신이 원하시는 대로 말예요. 저는 가끔씩 당신에게 조그만 단서가 될 만한 이야기를 쓰겠습니다. — 당신에게 더 많은 혼동을 가져다 줄 수 있는 단서들을 제공하겠지요. 클레마티스나 장미에 관해서는 아무 말도 하지 않겠습니다. — 대신 말씀 드리면, 저의 집에는 멋진 산사나무 한 그루가 있답니다. — 나긋나긋한 어린 가지들이 무성하고 또 핑크색과 크림색의 꽃들이 만발해 있는 나무죠. 게다가 아몬드와도 같은 향기, 너무나 부드럽고 향기로운 내음, 제 몸의 온 감각을 일깨우는 향기도 뿜어 대고 있죠. 하지만 이 나무가 어느 위치에 있는지, — 어린 나무인지 늙은 나무인지, 키가 큰 나무인지 작은 나무인지 — 아무 말도 하지 않겠습니다. — 그러면 당신은 또 상상하시겠지요. — 실제의 모습과는 다른 모습으로 말입니다. 낙원에 있던 것이든 위험한 것이든 당신이 아셔야 할 점은 〈산사나무의 꽃〉이 저의 집 안으로 결코 들어올 수 없다는 사실이에요.

마음을 조금 추슬러야겠습니다. — 그리고 마구마구 헤집고 돌아다니는 저의 감정을 당신의 그 중요한 질문들에 집중시켜야 하겠지요. — 그렇지 않으면 저희 두 사람은 번지르르한 상상 속에, 그리고 헛된 생각 속에 파묻혀 버리고 말 것입니다.

저 또한 새뮤얼 테일러 콜리지를 본 적이 있습니다. 아주 갓난아이였을 때였지요. — 금발의 제 곱슬머리를 쓰다듬던 그의 통통한 손, 저의 여린 금발에 대해 말하던 그의 목소리 — 그는 말했어요. — 아니, 그때 이후 제 머릿속에서 창조된 그의 목소리였는지도 모르죠. 저 역시 당신처럼 상상을 즐겼기 때문입니다. 사물들을 그냥 홀로 내버려 둘 수가 없었어요. — 그는 이렇게 말했습니다. — 〈아주 예쁜 이름이구나. 정말 좋은 이름이다. 이름에 불길한 징조라고는 전혀 보이지 않는구나.〉 그리고 이것이 바로 제가 『크리스타벨』이라는 시의 마지막에 관해 가지고 있는 유일한 단서랍니다. — 고난의 길을 걸어야 할 운명의 여주인공 — 금방 알 수가 있죠. — 그러나 그 후로 그녀가 어떻게 행복을 얻는지 그 점은 쉽사리 눈에 들어오지 않는답니다.

이제는 지금까지의 제 어조를 싹 바꿔야겠습니다. 좀더 엄중하게 해야 할 것 같습니다. 더 이상 허영의 번드르르한 금속 조각이나 반짝거리게 하면서, 혹은 미혼 여성의 여린 감정이나 내보이면서 당신의 정신을 산란하게 하고 싶지 않습니다. 당신은 『멜루지나』에 관한, 그리고 저의 창작력에 관한 당신의 말을 듣고도 제가 전혀 고마워하지 않으면 어쩌나 하는, 짐짓 두려워하는 — 아니 어쩌면 정말 두려워하시는지도 모르겠지만 — 그런 태도를 보이셨는데 그런 난센스가 어디 있을까요? 당신은 저의 생각을 읽으셨습니다. — 아니면 적어도 저에게 제 사고의 방향이 무엇인지 분명히 해주셨습니다. — 아주 점잖게 예리한 통찰력으로 말입니다. 실제로 그녀 — 제가 그린 멜루지나 — 는 인간적인 질서와 초자연적인 거친 요소가 한데 어우러진 존재입니다. 당신이 생각하셨듯이 따뜻한 가정의 창조자이자 파괴적인 속성의 악마이기도 합니다. (그리고 〈여성〉입니다. 그런데 당신은 이 점에 대해서는 아무런 언급도 하지 않으셨더군요.)

저는 당신이 『11월의 이야기』와 같은 어린아이들이나 읽을 법한 책까지도 보신 줄은 정말 몰랐습니다. 그 이야기들은 저의 아버지가 들려주신 이야기들입니다. — 그것도 제목에서 알 수 있듯이 어두운 겨울에 들었던 이야기들입니다. 아버지는 이런 이야기를 자주 하셨어요. 여름에 — 바다가 미소를 짓는 계절, 그리고 안개도 걷혀 해가 빛나는 계절에 — 브르타뉴로 간 수집가들과 연구가들은 그들이 원하는 바를 얻지 못하리라고 말예요. 진짜 이야기는 오로지 어두운 밤에만 들을 수 있다고 했지요. — 11월 1일의 만성절(萬聖節)이 지나고 난 다음이라야 된다고 했어요. 그런 이야기들 가운데서도 11월의 이야기 — 유령, 악마, 불길한 징후, 바람의 왕자 등에 관한 이야기 — 가 가장 무시무시하다고 하셨어요. 그리고 안쿠 — 무서운 마차를 몰고 다니는 존재죠 — 에 관한 이야기도 있어요. 그 이야기를 들으면 마치 어두운 밤, 관목이 우거진 고요한 들녘에서 무엇이 깨지는 듯하고 신음하는 듯한 마차 소리가 들려올 것만 같았어요. — 게다가 그 마차에는 덜거덕거리는 해골이 잔뜩 쌓여 있을 것만 같은, 소름 끼치는 생각이 떠오르죠. 그리고 마차를 모는 사람도 진짜 사람이 아니라 해골로만 이루어진 존재고, 커다란 모자 아래 텅 빈 구멍 두 개가 뎅그러니 보일 것만 같았죠. — 물론 그는 죽음이 아니라 번뜩이는 낫을 들고 오는 죽음의 사자죠. — 그런데 그 낫은 추수할 때 쓰듯 안쪽으로 날이 나 있지 않고 바깥쪽에 날이 서 있었어요. 왜 그럴까요? (어느 어두운 밤이면 저는 〈왜 그랬겠니?〉 하며 물어보시는 아버지의 목소리가 들리는 듯했습니다. 그리고 지금 제가 그 이유를 당신에게 말씀 드리면 그건 별로 재미가 없을 것 같군요. 낮이 길고 밖에서는 지빠귀가 노래하는 계절이니 어울리지 않기 때문입니다.) 만일 우리가 11월까지 계속 편지를 주고받는다면 — 과연 그렇게 될까요? 그렇게 되지 말라는 법도 없지요. — 제가 얘기해 드리겠어요. — 그것도 저의 아버지가 들려주시던 방식대로 말예요. 11월이 지나면 우리 구세주의 탄생에 관한 온화한 얘기들이 있습니다. 당신이 기억하셔야 할 점은, 성스러운 날이면 모든 짐승들이 마구간이나 외양간에서만 말을 한다는 것이 우리 브르타뉴 사람들의 믿음이라는 사실이에요. 그러니 현명하고 순진한 피조물인 사람들은 그 짐승들의 이야기 — 죽음의 고통에 관한 이야기 — 를 듣지 못하게 되는 것이지요.

제 말 좀 들어주세요. 간섭처럼 들리는, 제 작품에 대한 당신의 관심을 다시는 편지에 담지 않았으면 합니다. 애쉬 씨, 당신은 제가 잘 모르는 넓은 세상에 관해 많은 지식을 쌓았음에도 여전히 모르는 부분이 있는 것 같아요. 우리 여성들의 펜 끝에서 나온 작품들이 — 저희들의 경우를 내버려 두고라도 — 비록 〈완벽하지 못한〉 작품들이라도 얼마나 환영을 받고 있는지 당신은 잘 모르고 계시는 게 아닌가 싶어요. 우리가 바라는 최고의 것이란 — 오, 정말 뛰어난 작품들은 — 바로 여성들을 위한 것이랍니다. 물론 우리 여성들이 다루지 못하는 주제들이 있고 또 우리가 알지 못하는 부분도 많겠죠. 그리고 남성들의 범위와 힘과 우리 여성들의 제한된 의식과 빈약한 이해력 사이에 어떤 본질적인 차이가 분명히 있다는 사실도 인정합니다. 그러나 제가 감히 주장하건대 그러한 한계는 현재적이고, 또 〈잘못 그어진〉 것입니다. 우리 여성들이 남성들의 사고에 촛불이나 비추어 주는, — 그저 순결의 성배나 들고 있는 — 그런 존재는 아니잖습니까? 우리도 생각하고 느낄 줄 알며 찬성도 하고 책도 읽을 줄 아는 사람들입니다. 제가 비록 인간의 성쇠나 부침에 관한 제 나름의 지식을 많은 경우 숨겨 오긴 했지만 그래도 저의 이런 말이 당신에게 충격을 주지는 않길 바랍니다. 그리고 — 왜 제가 이 편지에서 그렇게 고집스럽게 나오느냐고 그 이유를 물으신다면 — 그것은 당신이 여성의 능력 — 실제의 것이든 추정된 것이든 — 을 전혀 인식하지 못하고 계시다는 사실 때문입니다. 저는, 절벽에서 떨어지던 사람이 붙잡은, 깊이 뿌리를 내리고 있는 당찬 풀 한 포기처럼 그렇게 여기 굳건히 존재합니다. — 여기 이렇게 머물러 있습니다.

이야기를 하나 들려드리겠습니다. 깊이 생각할 가치가 없을지 몰라도 당신에 대한 신뢰의 표시로 얘기해 드리겠습니다.

전에 제 작은 시 몇 편을 어느 위대한 시인에게 보낸 적이 있었습니다. — 제가 끼적인 시들 가운데서 정말 떨리는 마음으로 골라낸 것들이었습니다. — 그 시인의 이름은 제가 감히 언급할 수가 없기 때문에 밝히지 않겠습니다. — 그러곤 물었지요. — 이것들도 시라고 할 수 있을까요? 시인으로서 제 목소리를 가졌다고 보세요? 그 사람은 아주 정중하게 즉각 대답을 해주시더군요. 아름다운 글들이라고요. 하지만 정식 시라고는 보기 어렵다고 하더군요. — 〈어울림〉의 관점에서 모든 것이 잘, 그리고 적절히 조절되지 못한 것 같다고 말예요. — 그러나 그분은 저에게 따뜻한 용기를 북돋워 주셨어요. 그 시들이 제가 — 그분의 말을 그대로 인용하면 — 인생에 대해 〈더욱더 아름답고 무게있는 책임감〉을 지닐 때까지 저에게 인생에 대한 관심을 충분히 불러일으킬 만큼 훌륭한 시라고 말예요. 이런 평가를 받았던 제가 이제 다시 어떻게 그런 평가를 받을 수 있겠어요? — 애쉬 씨, 어떻게 해야 하죠? 당신은 제 말을 잘 이해하셨습니다. 〈언어의 생명력〉이란 말 말예요. 제 삶에는 소중한 것이 세 개 있습니다. — 그 세 가지만이 제 인생의 길을 순간순간 살펴 주었어요. — 글을 쓰고 싶은 욕망, — 제가 관찰한 것들, — 그리고 언어와 많은 단어들, 그것들이 바로 제 모든 삶이었어요. 제 삶의 모든 것, 그것은 마치 혼자 힘으로 엮어서 짜야 하는 은빛 실더미를 밀고 가는 거미의 욕망과도 같죠. — 거미에게는 거미줄이 삶이고, 집이고, 안식처랍니다. — 또한 음식이기도 하고요. — 그런데 그 은빛 거미줄이 공격받고 끊겨 버린다면 거미는 어떻게 해야 하나요? 다시 새 거미줄을 엮어 내고 새롭게 구도를 짜야 하지 않을까요? 그러면 당신은 말씀하시겠지요. 그 거미 굉장히 끈기있다고. 예, 그렇습니다. 그리고 그 거미는 또한 흉악한 존재일 수도 있어요. — 그것이 거미의 본성이니까요. — 반드시 그래야 해요. — 그렇지 않으면 지겨움에 지쳐 죽게 되겠지요. — 제 말, 이해하시겠습니까?

 이젠 그만 줄여야겠습니다. 가슴이 북받쳐 오르는 느낌이에요. — 너무나 많은 말을 지껄인 것 같아요. — 제가 이 편지를 다시 읽어 보다가는 분명 당신에게 부치지 못할 것 같아요. 그래서 그냥 끼적인 그대로 고치지도 않고 보냅니다. 당신을 지켜 주시는 하나님의 축복이 내리길 빌며.

크리스타벨 라모트

 나의 소중한 친구에게,

 제가 그대를 친구라고 불러도 괜찮겠습니까? 사실 지난 이삼 개월 동안 저는 다른 누구보다도 그대를 생각하며 많은 시간을 보냈습니다. 그리고 그 생각이 미치는 곳에는 또 항상 제가 있었습니다. — 비록 산사나무의 꽃처럼 그 안까지 들어가지는 못하고 〈입구에서 서성이는〉 모습일지라도 말입니다. — 이 편지, 급하게 쓰는 편지입니다. — 지난번 그대의 편지에 대한 답장으로서가 아니라 — 제가 겪었던 어떤 경험, 하나의 비전을 그대와 나누고 싶은 심정에서, 그 비전의 기묘한 영상이 사라지기 전에 서둘러 쓰는 편지입니다. 물론 그대의 편지에 대한 답장도 받으셔야 하겠지요. 그러나 제 용기가 사라지기 전에 우선 그 비전을 말해야겠습니다. 궁금하지 않으세요?

 먼저 밝혀 두자면 그 비전이 리치몬드 공원에서 승마를 하던 중에 일어났다는 사실입니다. 왜 이 사실을 먼저 밝히느냐고요? 한 시인과 신사 양반이 그가 원하는 곳에서 친구들과 더불어 말을 타는 것도 괜찮지 않습니까? 저는 공원에서 같이 운동하자는 친구들의 초대를 받았습니다. 그런데 막상 공원에 나가 보니 공원의 나무들과 푸른 잔디

밖에 뭐라 말할 수 없지만 그 안으로 들어가서는 안 된다는 느낌, 그런 기운이 서려 있는 듯한 묘한 분위기가 느껴졌습니다. — 그대의 오두막집이 그렇듯이 말입니다. — 마치 이야기 속에 나오는 잠자는 가시나무 덤불숲처럼 말입니다. 그러나 흔히 모든 이야기가 그렇듯이, 그런 금지나 금기는 깨지기 위해서 있는 것이고, 또 깨져야 하는 것 아닙니까? — 그대의 『멜루지나』에서도 그런 금지에 불복하는 한 기사가 불운한 운명에 처하게 되지 않습니까? 어쩌면, 그 폐쇄되고 금지된 곳이 없었더라면 공원에서 승마를 하고 싶은 마음이 안 생겼는지도 모르죠. 물론 19세기를 살아가는 점잖은 신사가 그대 집 앞의 클레마티스와 장미를 지나 서성인다든지 혹은 거품이 이는 듯 꽃을 피운 산사나무 곁을 지나 눈치를 살피는 일은 하지 말아야겠지요. — 그렇지만 공원길은 누구든 마음대로 지나다닐 수 있는 길이 아니겠습니까? 저는, 그대의 집에 초대받기 전까지는, 제 상상의 장미 그늘을 현실로 전환시키지는 않을 것입니다. 아무튼 저는 공원의 경내에서, 울타리가 쳐진 그 안에서 말을 탔습니다. — 그러고는 그 철대문 가까이에 사는 사람들에 관해서 생각해 보았습니다. — 그리고 제가 가는 곳마다 어디서 본 듯한, 숄을 걸치고 보닛 모자를 쓴 여인네들이 — 그대가 말한 그 흰옷의 여인들과도 같은 여자들이 — 돌연 나타났다가는 시야에서 사라지는 듯한 환상 속에 빠지기 시작했습니다. 그 순간 저는 퀘이커 교도라는 양반이 말한 그 대지적 조건이, R. H. 애쉬의 시적 도덕성보다도 더 믿음직스러운 힘을 지닌 것이 아닌가 하는 생각에 덜컥 화가 나더군요.

자, 이야기를 계속하겠습니다. — 모든 이야기 속의 기사들이 그러하듯 — 저는 말을 타고 나가기 시작했습니다. 친구들과 조금 떨어져, 혼자 생각에 잠겨서 말입니다. 제가 간 곳은, 그대가 보았더라면 너무 고요해서 혹 마법에 걸린 장소가 아닌가 하고 여겼을 법한, 잔디를 심은 승마로였습니다. 공원의 다른 곳은 봄기운이 널리 퍼지고 있었습니다. 우리는 마치 깃털과 비늘 그 중간쯤의 피부로 이제 막 태어나 새로 푸르름을 자랑하던, 뱀처럼 안쪽으로 말린 작은 잎사귀 덤불숲 속에서 토끼 가족을 놀라게 하기도 했습니다. 또한 매우 바쁜 듯이 여기저기를 종종걸음으로 오가며, 검푸른 삼각의 부리로 풀뿌리를 쪼아 대던 검은 갈까마귀들도 있었습니다. 공중으로 치솟던 종달새, 반짝이는 기하학적 도형의 그물을 짜내고 있는 거미들, 비틀거리는 듯한 날갯짓으로 날던 나비들, 그리고 푸른 곡선을 그리며 쏜살같이 도망가던 잠자리들. 매우 편안한 자세로 공기의 흐름을 타며 빛나는 대지를 응시하던 황조롱이 한 마리.

저는 길을 계속 갔습니다. — 적막이 감도는 승마로의 긴 터널 속으로 깊이깊이 들어갔습니다. — 제가 있는 곳이 어딘지 알 수 없었지만 그게 무슨 상관이 있겠습니까. 친구들 생각도 다 잊었습니다. 너도밤나무들, 그리고 정말 눈부신 모습으로 이제 막 솟아난 봉오리들, 그 봉오리들을 비추는 더욱 새로워진 빛들 — 반짝이는 다이아몬드와 같은 햇살 — 그러나 그 나무숲 속은 어두웠습니다. 고요한 교회 속에 들어온 느낌이었습니다. 새들의 노랫소리도 없었습니다. 아무 소리도 듣지 못했죠. 나무를 쪼는 딱따구리 소리도 들리지 않고, 지빠귀의 휘파람 소리도 없었습니다. 저는 그저 더욱 두텁게 쌓여만 가는 고요에 귀를 맡기고 있을 뿐이었습니다. 그리고 제가 탄 말은 너도밤나무에서 떨어진 열매 — 비를 맞아 젖어 있었기 때문에 깨어지는 소리도 없고 물방울을 튀기지도 않는 — 를 밟으며 가볍게 발걸음을 옮겼지요. 그때 저는 묘한 감정에 휩싸이게 되었답니다. — 적어도 저에게는 흔히 일어나는 일이지만 — 세속의 시간 밖에 있다는 느낌이었습니다. 그리고 어두운 그림자가 드문드문 깔려 있는 좁은 그 길이 제 앞뒤로 무심하게 뻗어 있다는 느낌, 현재의 저는 바로 과거의 나이고 또 미래의 나라는 — 문득 하나의 실체 속에 모든 나의 모습이 한데 어우러져 있다는 — 느낌에 무심하게 앞으로 나아갔답니다. 앞으로 나아가든 아니면 잠자코 서 있든지 간에 모든 것이 하나라는 일체감……. 지금 생각해 보면 그 순간이 바로 저에게는 시였던 듯합니다. 오해하진 마십시오. — 의젓하게 보이려고 〈시적〉이라는 말을 사용하는 게 아닙니다. — 그러나 시행을 이끌어 내는 힘의 원천인 것만은 틀림없었습니다. — 그리고 시를 쓴다고 할 때 이는 분명 시행을 이어 나감을 의미하기도 하지만 다른 한편으로는, 우리의 내면을 무심하게 흐르는 삶의 모습을 한 줄씩 이어 나감을 뜻하기도 하지요. — 처음부터 끝까지. 아, 그대에게 어떻게 말을 해야 할까요? 그리고 그대가 아니라면 제가 어느 누구에게 말로 표현할 수 없는 그 미묘한 느낌 — 무형의 불가사의한 기분 — 을 말할 수 있겠습니까? 어떤 화가가 그대의 원근법을 고쳐 주기 위해 그렸을 듯한 추상화 한 점을 상상해 보십시오. — 부채꼴 모양, 아니면 선으로 이루어진 터널, 점점 좁아지기는 하지만 끝이 만나지는 않으며 무(無)로 나아가지 않는, 단지 하나의 소멸점 내지 무한으로 이어지는 터널 모양의 그림을 상상해 보십시오. 그리고 그 선들이 부드럽게 빛나는 나뭇잎 위에 형상화되어 나타난다 상상하시고, 또 그 위를 흐르는 여린 햇살과 푸르름을 상상해 보십시오. — 또한 점점 엷어져 가는 회색의 부드러운 껍질에 덮인 키 큰 나뭇등걸과 주름살처럼 땅바닥에 그려진 깊은 고랑들, 갈색, 검정, 석탄, 황색, 회색 등이 섞여 특이한 카펫처럼 펼쳐진 흙, 모든 것이 각기 뚜렷하면서도 또 하나로 보이고, 곧장 이어져 있는 듯하면서도 정지된 것 같은 느낌······. 뭐라 말할 수가 없군요······. 그대는 이런 느낌을 잘 알고 계시리라 믿습니다······.

먼 곳에 못이 하나 나타났습니다. 제 앞길을 가로막고 있는 갈색의 못 — 짙은 색의, 깊이를 알 수 없는 — 어둡고 잔잔한 수면에 하늘을 담고 있는 못. 나는 그 작은 못을 바라보다 눈길을 돌렸습니다. 그리고 다시 그 못에 시선을 주었을 때 그 안에는 생명체가 하나 있었습니다. 그 존재는 어떤 마법으로 인해 그곳까지 왔음에 틀림없었습니다. 좀 전까지만 하더라도 그곳에 없었고, 그렇다고 걸어서 못 안으로 들어갔을 리도 없기 때문에 수면은 여전히 잔잔하고 고요했습니다.

그 생명체는 작은 사냥개였습니다. 우유처럼 하얀 털에 뽀족한 작은 머리와 검은색의 깜찍한 눈을 가진 개였습니다. 개는 물 위에 엎드려 있었습니다. — 아니 웅크리고 있었다는 표현이 더 적절하겠군요. —〈엎드린〉 자세의 스핑크스처럼 몸의 반은 물 위에 나와 있고 나머지 반은 물 아래 잠겨 있어 어깨와 허리 부분이 머리카락처럼 날카로운 수면으로 나뉘어 있었습니다. 그리고 물속에 잠긴 다리들이 흐르는 푸른 물을 통해 어렴풋이 비쳐 왔습니다. 앞발은 앞으로 뻗고 작은 꼬리는 몸뚱이에 붙어 둥글게 말려 있었습니다. 그리고 마치 대리석을 깎아 만든 조각마냥 꿈쩍도 하지 않았습니다. 짧은 순간이 아니라 상당한 시간을 그런 자세로 있었습니다.

개의 목둘레에는 은색 목걸이가 걸려 있었고, 그 목걸이에는 동그란 은색 방울들이 달려 있었습니다. 작은 방울들이 아니라 큼직한 방울들, 갈매기의 알, 아니, 달걀 정도 크기의 방울들이었습니다.

저는 말을 멈추고 개를 바라보았습니다. 그러자 바위처럼 꿈쩍 않던 그 개도 저를 쳐다보았습니다. 전혀 무서워하는 기색 없이, 어떻게 보면 저에게 무슨 명령이라도 내리는 듯한 표정으로 말입니다.

한참을 저는 멍한 상태로 있었습니다. 이것이 어떤 리얼리티를 나타내는 것인지, 아니면 환각인지? 인간의 시간과는 다른, 다른 차원의 시간을 타고 온 것은 아닌지? 그곳에 그렇게 반쯤 물에 잠겨 엎드려 있는 모습이 과연 정말 〈카니스 아콰티쿠스(물의 개)〉의 모습은 아닌지, 아니면 물의 정령이 수면 위로 모습을 드러낸 것인지, 혹은 대지의 정령이 물속에 가라앉은 것인지······.

어찌할 바를 몰랐습니다. 가던 길을 재촉해야 하는지 돌아가야 하는지, 움직여야 하는지, 아니면 그냥 사라져야 하는지 마음의 결정을 내릴 수가 없었습니다. 나는 그 개를 바라보았고, 그 개도 저를 바라보았습니다. 순간 개는 저에게 하나의 구체적인 시로 다가왔습니다. ─ 그리고 〈그대〉가 제 마음속으로 들어왔고, 제 마음속에서는 그대의 작은 개와 그대의 초자연적인 여러 창조물들이 지상의 대지 위를 걸어가고 있었습니다. 또한 토머스 와이엇 경이 쓴 소품 시 몇 편이 생각났습니다. ─ 대개가 사냥에 관한 시였으며, 그 추적의 명수들이 사는 곳은 왕실이었지요. 그런데 그 동물이 당당하게 이렇게 선언하는 것 같았습니다. 〈나를 건드리지 마시오*Noli me tangere*〉 ─ 실제로 저는 앞으로 나갈 수도 없었습니다. 그저 다시 일상의 시간 속으로, 한

낮인 세속의 시간 속으로 돌아오는 수밖에 없었답니다.

　이제까지 저는 제 경험을 써내려 왔습니다. — 어찌 보면 이것이 그대에게는, 아니 어느 누구에게도 별로 중요치 않을 수도 있습니다. 그러나 그렇지 않습니다. 그것은 하나의 징조였습니다. 저는 그 공원에서 작은 사냥개들을 데리고 사냥을 하던 젊었을 적의 엘리자베스 여왕을 생각해 보았습니다. — 처녀 사냥꾼 — 냉혹한 아르테미스[16] — 그리고 상상했습니다. — 앞을 응시하는 싸늘한 그녀의 하얀 얼굴과 그녀 앞으로 달아나는 사슴을 말입니다. (저는 넉넉한 태도로 풀을 뜯어먹던 통통한 사슴들을 지나치기도 했습니다. 그것들은 마치 무슨 조각처럼 멍하니 서서 저를 쳐다보기도 했으며 제가 지나가는 길목을 따라 코를 킁킁대기도 했습니다.) 그대는 아십니까? 야수를 사냥할 때면 흔히 작은 개는 근처 숲 속의 어느 집에 맡겨 두고 떠난다는 사실을 말입니다. 그러면 그 사냥개는 사냥꾼이 돌아올 때까지 그 집의 식량을 축내며 어떤 경우에는 1년을 기다려야 한답니다.

　이제 그 얘기는 그만두기로 하겠습니다. 제가 어리석게도 저의 품위를 그대의 손안에 맡겨 버렸나 봅니다. — 그대가 지난번에 보낸, 결코 잊을 수 없는 편지 속에서 저에게 신뢰의 뜻을 전했듯이, 저 역시 그대를 신뢰하기 때문입니다. 그리고 제가 편지의 서두에서 밝혔듯이 그대의 편지에 대한 답장은 반드시 보내겠습니다.

　제가 경험한 환영을 그대는 어떻게 생각하시는지 알고 싶습니다.

　『스바메르담』은 한두 군데 더 손질을 해야 합니다. 그는

---

16 Artemis. 그리스 신화에 나오는 사냥의 여신.

정말 묘한 지식인이었으며, 동시에 길 잃은 영혼이었습니다. ― 다른 많은 위인들처럼 경멸당하고 배척을 당했던 사람입니다. ― 그의 삶의 여러 조건들이 정말 그의 타고난 그 위대한 집념 ― 아니 사로잡힘, 혹은 들림의 상태 ― 과 완벽하게 일치하기도 했습니다. 소중한 나의 친구이시여, 인간 정신의 다양성과 가변성과 무한한 확대 가능성을 생각해 보십시오. ― 한때는 갑갑한 호기심의 방 안에만 갇혀 있었을 정신 ― 그리고 현미경을 통해 미세한 생명체의 심장을 해부하던 인간 정신 ― 그대여, 맑은 어느 날 물속에 엎드려 있던 비전의 개를 곰곰 생각해 보세요. ― 그리고 르낭과 더불어 그 들녘에 피어 있는 들국화를 바라보며 갈릴리 지방을 거닐어 보십시오. ― 그리고 그대가 글을 쓰고 있는 그대의 그 보이지 않는 방의 비밀을 환상 속에서나마 한번 파헤쳐 보십시오. 그대, 그대의 작품을 보며 미소를 짓고 있겠군요. ― 지금쯤이면 『멜루지나』를 다시 시작하셨을 테고, 갈증의 샘물 근처에서 기사를 만나게 되겠군요.

저의 다정한 친구에게,
저는 당신을 친구라고 불렀습니다. ― 처음이자 마지막인지도 모르겠습니다. 적어도 저는 그런 느낌입니다. ― 우리는 산 언덕을 달려 내려왔습니다. 언덕에서 아주 조심스럽게 내려올 수도 있었는데 ― 아니면 내려오지 않고 그대로 있었을 수도 있었겠지요. ― 우리가 대화를 계속하는 것이 바람직하지 않다는 생각이 문득문득 들기도 했습니다. 이런 말을 좀더 세련되게 할 수도 있을 텐데. 어떻게 탈출해야 할지 모르겠습니다. ― 그렇다고 당신을 비난하는 뜻은 결코 아닙니다. ― 저 자신을 책하는 것도 아닙니다. — 제가 저의 아버지를 사랑하는 이유는 무엇일까요? — 또 무엇이 저로 하여금 서사시를 쓰게 만들었을까요?

세상은 분명 우리의 편지를 곱지 않은 시선으로 바라보겠지요. 친구와 함께 고독의 삶을 사는 한 여성과 한 남자 — 비록 그가 위대하고 현명한 시인이라 할지라도 — 사이의 편지 교환 말입니다.

세상이 무슨 말을 할지 — 그의 아내가 무슨 말을 할지 — 신경 쓰는 사람들이 있습니다. 그들의 그릇된 견해 때문에 상처받는 사람들이 있습니다.

저에게 다음과 같이 지적하는 사람들이 있습니다. 제가 현재처럼 자유로운 삶을 원한다면, — 그리고 내 자신의 삶을 꾸려 나가고 — 내 작업을 수행하려 한다면 세상의 눈과 그의 아내의 눈에 어긋나지 않는, 존중해 줄 만한 삶을 유지하도록 전보다 더욱 조심스러워야 하며, 그의 그릇된 견해를 있는 그대로 받아들이지 말아야 하며, 그래서 제 행동의 자유에 성가신 구속이 뒤따르지 않도록 해야 한다는 것이지요.

그렇다고 제가 당신의 섬세함 — 당신의 판단 — 당신의 신념을 비난하고 공격하는 것은 아닙니다.

이제 우리의 편지 교환을 그만두는 편이 현명한 일이라고 생각하시지 않으세요?

항상 당신을 위해 기도하겠습니다.

크리스타벨 라모트

아름다운 나의 친구여,

그대의 편지는 저에게 충격이었습니다. — 그대도 예상했겠지만 정말 충격이었습니다. 그전의 편지와는 전혀 다른 편지였습니다. — 우리 두 사람 사이에(제 생각인지는 몰라도) 유지되어 왔던 지금까지의 신의와 신뢰와도 전혀 어울리지 않는 편지였습니다. 저는 스스로 질문해 봤습니다. — 제가 그대에게 어떤 놀랄 일을 저질러 왔단 말입니까? — 그리고 스스로 대답도 해봤습니다. — 제가 리치몬드 공원에 간 일이 혹 그대의 사적인 삶의 영역을 침범한 것이 아닌가 하고 말입니다. 그곳에 간 행위뿐만 아니라 거기서 본 광경을 글로 써보내기까지 했으니……. 저는 그것을, 그저 어떤 기이한 현상을 제멋대로 확대해서 해석한 것으로 보라고 그대에게 강요 아닌 강요를 할 수도 있었습니다. — 물론 반드시 제멋대로 확대하진 않았지만 말입니다. — 그래도 다시금 곰곰 생각해 보면 그 일이 이번 사태의 원인이었음에 틀림없는 듯하더군요. 그러나 이제는 그렇지 않습니다. — 그대 편지의 어조로 보아 — 이젠 더 이상 그 일이 원인이 아닌 것 같군요.

고백건대, 처음에는 그대의 편지를 받고서 충격도 받고 화도 났습니다. 그러나 홧김에 답장을 보낸다는 것은 너무나 많은 것들을 — 그대가 말한 그 섬세함과 판단과 신념에 비추어 — 위태롭게 만드는 일이라는 생각이 들었습니다. 그래서 저는 우리들의 편지에 관해 오래도록 생각해 보았습니다. 그리고 그대가 말했듯이 그대가 처하게 될지도 모를 곤경이나 난처함 —〈현재처럼 자유롭게 살기를〉원하는 한 여성이 겪게 될지도 모를 곤혹스러운 상태 — 에 대해서 말입니다.

그러나 제가 반박하고 싶은 것은, 저는 당신의 자유를 해치는 그 어떤 의도도 지니고 있지 않다는 사실입니다. 오히려 그 반대랍니다. 저는 그대의 자유와 그 자유의 산물, 즉 그대의 작품, 그대의 단어, 그대의 언어의 그물을 존중하고 영광스럽게 생각하며 또한 〈경탄〉해 마지않기 때문입니다. 저의 쓰라린 경험으로, 자유의 결핍이 여성에게 가져다 줄 수 있는 불행 — 바람직스럽지 못함, 고통, 여성들에게 가해지는 일상의 제한과 구속 — 이 무엇인지를 알고 있습니다. 저는 정말 그대를 훌륭한 시인으로, 그리고 〈나의 친구〉로 여기고 있었습니다.

그러나 — 어쩔 수 없이 섬세하지 못한 저를 용서하시기 바랍니다. — 그대가 그대 편지에서 밝힌 것 중의 하나는 한 남성과 한 여성 사이에 있을 수 있는 정중하고 솔직한 관계가 무엇인지, 그것에 대한 정의였습니다. 그러한 정의가 내려지지 않았더라면 우리는 영원히 서로 편지를 주고받을 수 있었을지도 모릅니다. — 그저 단순히 대화를 나누며 — 상대방에게 아무런 피해를 주지 않으면서도 자신의 주장을 떳떳하게 펴면서, 그리고 서로에게 정중한 애정을 보이면서, 또한 그러는 가운데 예술과 재능에 관한 순수한 욕망을 펼쳐 보이면서 말입니다. 〈이런 자유〉가 그대가 주장하는 식의 자유가 아니던가요? 도대체 무엇이 그대를 관습의 울타리 안으로 물러서게 만들었습니까?

모든 것을 다시 만회할 수는 없을까요?

저는 두 가지 사실을 발견할 수 있었습니다. 첫째는, 그대가 다시는 서로 편지를 쓰지 말자고 했지만 그것이 그대의 단호한 결심에서 나온 말이 아니라는 사실입니다. 그대는 무엇인가 질문을 던지는 식으로 편지를 썼습니다. — 더욱이 그대의 그런 태도는 그저 단순히 나의 견해가 여성을 경시하는 것이라 여기고, 혹은 그대의 마음 상태에 대한 진정한 사색이라 생각하고 방어적인 자세를 취한 것으로 보이기도 합니다. 분명 이 문제를 확실하게 매듭 짓자는 태도는 아니지요.

안 됩니다. — 라모트 양 — 저는 (그대가 제시한 바로 그 증거로 인해) 그대와의 편지 대화를 그만둘 수는 없습니다. 저는 그 편이 더 낫다고는 생각지 않습니다. — 그렇게 되면 저는 정말 패배자로 남을 수밖에 없습니다. — 저에게 더할 나위 없는 기쁨과 자유를 주었던 우리의 편지 교환을 중지하는 것이 과연 옳은 일인지, 나름의 도덕적 확신도 갖지 못한 채 그냥 패배자로 살아가야 합니다.

저는 또한 그렇게 하는 편이 그대에게도 좋은 일은 아니라고 생각합니다. — 물론 저는 그대가 처해 있는 상황을 전혀 알지 못합니다. — 그러나 자신있게 말씀 드릴 수 있습니다.

앞에서 저는 두 가지 사실을 발견했다고 했습니다. 지금까지 한 얘기는 첫 번째 사실이었습니다. 두 번째 사실은, 그대의 편지를 보면 — 지금까지 제가 그래 왔듯이 — 부분적으로는 누군가 다른 사람이 지시를 내려서 쓴 듯한 흔적이 뚜렷하다는 점입니다. 그런 느낌을 받아 이렇게 말하고 있긴 하지만 저로서는 매우 놀라운 발견이었습니다. 그대의 문장 하나하나에 다른 사람의 목소리가 실려 있는 듯한 느낌 말입니다. 어쩌면 그 사람은 저보다도 그대의 충절과 관심에 더 많은 영향력을 행사하는 사람인지도 모르겠습니다. 그러나 분명히 아셔야 할 점은 그 사람의 관찰이 아무리 정확하고 진실하다 할지라도 다른 것을 고려할 만한 비전은 담고 있지 못하다는 사실입니다. 저는 그대에게 편지를 쓰면서도 그대를 괴롭힌다든지 혹은 저의 애처로운 심정을 내보일 만한 어투를 찾아낼 수가 없었습니다. 모르겠습니다. — 어찌하여 그대가 그리도 빨리 제 삶의 일부가 되었는지. — 그대 없이 어떻게 삶을 이어 나갈 수 있을지…….

어찌 되었든 저는 그대에게 『스바메르담』을 보내고 싶습니다. 그 정도는 허락하시겠죠?

그대의 랜돌프 애쉬

친구에게,

제가 어떻게 답을 해야 할까요? 제가 너무나 순간적인 기분에 사로잡혀 무례하게 행동한 것은 아닌지 모르겠어요. — 사실은 의지가 부족해서, 그리고 〈소용돌이〉 속에서 애처롭게 소리치는 저의 작은 목소리 때문이었어요. — 당신에게는 솔직하게, 어떻게 설명을 드려야 할지 몰랐어요. 분명 당신에게는 설명을 해야 하는데 그럴 수가 없었어요. — 그래도 해야 했겠지요. — 아니면 못되고 배은망덕한 죄뿐만 아니라 저의 부도덕함을 그대로 안고 있든지…….

하지만 그럴 수는 없어요. 그 — 귀중한 — 편지들은 정말 너무나 소중하면서도 아무것도 아닐 수 있어요. — 그리고 무엇보다 저에게는 오점을 남기는 편지일 수도 있어요.

너무나 냉정하고 슬픈 말입니다. 그건 그분의 말씀이었어요. — 세상의 말인 동시에 — 또한 그의 아내의 말이었어요. 그러면서도 자유를 내포하고 있는 말이었어요.

다시 말하자면 자유와 불의에 관한 말이었어요.

불의란 제가 당신으로부터 제 자유를 요구하는 것이었어요. — 물론 당신도 그 자유를 기꺼이 존중하시지만 말예요. 당신은 곧잘 자유에 관해 고상한 말씀을 많이 하셨습니다. — 제가 어떻게 거기서 돌아설 수 있을까요.

글쎄, 증거라고 할 수 있을는지 모르겠습니다만 제가 한 가지 짧막한 역사 이야기를 들려드리겠습니다. 뭐라 이름

붙일 수도 없고 기억 속에 오래 남지도 않는 작은 역사입니다. 바로 우리가 살고 있는 〈베다니〉 오두막의 역사랍니다. — 〈베다니〉란 이름을 붙인 데에는 그럴 만한 이유가 있습니다. 당신에게나 당신의 그 뛰어난 시 속에서는 — 베다니가 그 주인이 죽은 친구를 불러 부활케 했던 장소로 남아 있습니다.

그러나 우리 여성들에게 그곳은, 우리가 어느 누구도 대접할 수 없고, 또 우리도 대접받지 못하는 장소로 남아 있습니다. — 불쌍한 마르타는 음식을 마련하기에 바빴습니다. — 그리고 그녀는 동생인 마리 때문에 괴로웠습니다. 마리는 하나님의 발 아래 앉아 그분의 말씀을 듣고 자신이 필요로 하는 것을 골랐습니다. 이제 저는 조지 허버트처럼 〈마치 자신의 의무인 양 방을 훔치는 사람〉을 믿는 편입니다. 우리는 한 가지 구상을 하였습니다. — 저와 제 친구 둘이서 — 우리의 집을 또 하나의 〈베다니〉로 만드는 것이었습니다. 모든 일이 사랑의 정신과 하나님의 법에 따라 수행되는 곳으로 만드는 것이었습니다. 우리는 수공예와 개인이 하는 일의 숭고함에 관한 러스킨의 그 유명한 강의를 듣던 중 만났습니다. 우리 두 사람은 정신적인 삶을 원했습니다. 우리는 만일 우리가 각자 지니고 있는 것을 조금씩 보탠다면, — 그래서 그림을 가르치고 — 모험담이나 시를 써서 팔아 생계를 유지한다면 — 미천하고 지겨운 일이지만 그것이 바로 예술인 삶 — 러스킨이 가능하다고 믿은 신성한 삶, 주인 없이도 — 물론 만인의 주(主)이시고 실제 베다니를 방문하셨던 우리 주님은 제외하고 말입니다. — 충분히 이루어 나갈 수 있는 삶, 그런 삶을 영위할 수 있다는 사실을 알았던 것이지요. 우리는 포기해야 했습니다. 그러나 우리를 둘러싸고 있던 삶, 어머니와도 같은 세상에 딸로서의 헌신을 다하는 삶을 포기한 것은 아니었습니다. ― 또한 아이들을 가정교육시키는 그런 숭고하면서도 속박된 삶을 포기한 것도 아니었습니다. ― 그런 삶은 상실이 아닙니다. 우리가 포기한 것은 바깥 세상이었습니다. 평범한 여성들이 지닌 희망이었습니다. (물론 그런 여성들이 느끼는 두려움도 떨쳐 버렸습니다.) 대신 우리가 원한 것은 감히 말씀 드리면, 예술이었습니다. ― 우리의 손길이 닿아야 하는 매일매일의 의무였습니다. ― 섬세한 손길로 커튼을 꾸미는 일에서부터 신비의 그림을 그리는 일까지, 설탕을 넣어 비스킷을 만드는 일에서부터 멜루지나의 서사시를 쓰는 일에 이르기까지. 그것은 하나의 서약이었습니다. ― 더 이상 얘기하지 않겠습니다. 그것은 우리가 선택한 삶의 방식이었습니다. ― 그러한 삶 속에서 저는 무척 행복했습니다. 그리고 혼자가 아니었습니다.

(그동안 우리가 썼던 편지들, 저에게는 중독과도 같은 것이었습니다. 당신에게 묻고 싶습니다. ― 물잔 속에 들어 있는 줄무늬의 돌을 그리면서, 자연의 예술에 관해 강의하는 러스킨 씨를 본 적이 있으십니까? 보석처럼 빛나던 그 색채, 정교한 그의 펜과 붓, 우리가 봐야 하는 것들을 정확하게 묘사한 그의 그림, 그만두겠습니다. ― 이쯤에서 그치는 편이 좋을 듯하군요.)

저는 하나의 길을 선택했습니다. 그리고 그 길을 고수해야 합니다. 저를 생각하실 땐 샬럿 부인처럼 생각해 주세요. ― 어떻게 보면 편협된 지혜를 지녔던 그녀 ― 그녀는 바깥 공기 한 모금과 죽음을 향한 서늘한 강가로의 여행을 택하는 대신, 그녀가 만드는 망사의 밝디밝은 색감을 늘 지켜보고, 재봉틀의 북실통을 부지런히 왕복시키고, 무언가를 만들려고 애쓰고, 창틀의 벌어진 틈과 구멍들을 틀어막는 사소한 일들을 하였습니다.

　당신은 그런 일을 결코 방해하거나 위협하지 않겠다고 말씀하시겠지요. 그리고 — 이성적으로 — 당신의 주장을 펼치시겠지요. 우리가 서로에게 — 당신이 그렇게 굳건하게 정의 내린 한 가지를 제외하곤 — 말하지 않은 얘기들이 많이 있습니다.

　저는 알고 있습니다. 저의 본질, 타고난 자아의 힘을 빌려 저에 대한 위협이 있음을 알고 있습니다. 참으세요. 관대해지세요. 용서하세요.

당신의 친구
크리스타벨 라모트

　나의 친구에게,

　최근의 편지들은 노아의 까마귀와도 같은 것들이었습니다. — 수위가 높아진 우기의 템스 강을 가로질러 폐수 위로 치닫는 까마귀들 — 어떠한 생명의 징조도 돌려주거나 제자리에 갖다 놓지 않았습니다. 저는 아직 잉크도 채 마르지 않았을 『스바메르담』과 함께 바로 지난번 보낸 편지에 많은 희망을 걸었습니다. 어떻게 보면, 그대 자신이 그 사람을 불러들였음을 그대도 잘 알고 계시리라 생각합니다. — 그대가 그렇게 뛰어난 인식력을 보여 주지 않았더라면, 미세한 생명체들의 삶에 대한 그대의 정교한 감각이 없었더라면, 그도 어쩌면 더 거칠한 모습으로 보였을지도 모르며, 말라 버린 뼈 조각에 관해 그렇게 분명한 주장을 펴지도 못했을 겁니다. 제가 쓴 시 가운데 어떠한 시도 특정의 독자를 위해 씌어진 것은 없습니다. — 오로지 나 자신을 위해, 더 나아가 뚜렷하지 않은 나 자신의 또 다른 에고를 위해 씌어졌습니다. 물론 그대는 그렇지 않겠지요. — 그것이 바로 그대의 다른 점입니다. ─ 그리고 저의 허영 ─ 아니 그보다 더한 것, 인간의 우정에 대한 저의 생각 ─ 이 상처를 받았습니다. ─ 그대가 제 시를 인정할 수 없다는 사실에 말입니다. ─ 그대가 거들떠보지도 않았다고 말한다면 너무 심한 얘기가 되기에 이런 식으로만 언급하고 있습니다.

만일 제가 오래전에 그대의 마지막 편지를 두고, 모순투성이고 소심한 마음의 발로라고 해서 마음이 상하셨다면 용서하십시오. 그대는 의아해 하실지도 모르겠습니다. 왜 제가, 더 이상 우정의 관계를 지속시킬 수 없다고 선언하며(그대는 또한 자신에게 충실하기로 했다고 선언하였습니다) 침묵과 거부 속에 살기로 결의를 다진 사람에게 이토록 끈질기게 계속 편지를 쓰느냐고 말입니다. 사랑하는 사람이라면 그러한 〈절교〉의 선언도 사랑으로 감싸 받아들이겠지만 그러나 온순하고 소중한 친구인 경우는 어떻게 할 것 같습니까? 제가 멋대로 저의 관심만을 표출했거나, 아니면 그런 얘기들을 마구 휘갈겨 편지에 담은 것은 아니잖습니까? 그렇다고 〈일이 다른 식으로 진행되었다면 모두 잘되었을 텐데……〉 하는 식도 아니고, 또한 〈맑은 그대의 두 눈이 꼼꼼하게 읽었을지도……〉라고 생각해 볼 수도 없는 노릇이고 ─ 아니겠지요 ─ 하지만 모든 것은 저의 〈정직한 사고〉에서 나왔고, 그러한 생각은 터무니없이 기사도 운운하기보다 제 본질적인 자아의 모습에 더 가깝겠지요. 이런 저의 생각을 그대는 지지해 줄 수 없나요?

그리고 왜 제가 이리도 끈질기냐고요? 저 자신도 잘 모르겠습니다. 어쩌면 미래의 스바메르담과 같은 사람들을 위해서인지도 모릅니다. 왜냐하면 저는 저도 모르게 ─ 비웃지 마십시오. ─ 그대를 뮤즈와 같은 존재로 여겼기 때문입니다.

과연 샬럿 부인이라면 빗장이 걸리고 주위가 못으로 둘러싸인 그 탑 속에서 『멜루지나』를 쓸 수 있었겠습니까?

그대는 시를 쓰는 데 너무 바쁘고, 그래서 뮤즈로서의 임무를 다할 수가 없다고 말할지도 모르겠습니다. 허나 저는 그 두 가지를 서로 병행할 수 없다고 생각하지 않습니다. 오히려 서로 보완하는 관계에 놓일 수 있을지도 모르죠. 그러나 그대는 너무 완고합니다.

괜히 저의 이 우스꽝스러운 어조에 오해를 품게 되지나 않으실는지 모르겠군요. 이게 제가 하고 싶은 얘기의 전부인 것 같습니다. 저는 희망에 희망을 쌓고 있으렵니다. ― 바로 이 편지가 희망의 올리브 가지를 갖고 돌아오는 비둘기가 되었으면 합니다. 만일 그렇지 않다면 저도 그대를 더 이상 귀찮게 하지 않겠습니다.

그대의 영원한 친구
R. H. 애쉬

애쉬 씨,

이 편지를 벌써 몇 번째 고쳐 시작하는지 모릅니다. 어떻게 시작해야 할지, 어떤 내용을 써야 할지……. 당신이 말씀하신 그런 상황이 어떻게 일어났는지 ― 아니, 이젠 편지를 어떻게 써야 하는지, 그것마저 잊어버린 것 같습니다. 어떻게 그런 일이 일어날 수 있는지. 아니, 그 동물은 어떤 모습이었을까요? 곰? ― 이런 말로 시작해야 할까요? 모르겠습니다.

저는 당신의 편지들을 받아 보지 못했습니다. 그것은 어떤 한 이유 때문입니다. 당신의 그 갈망하는 듯한 편지들뿐만 아니라 당신이 보내셨다는 시까지도 받지 못했습니다. ― 그 시. ― 이루 말할 수 없는 상실감.

두렵습니다. ― 안 봐도 뻔히 알 듯합니다. ― 누군가가 그 편지들을 가로챘음에 틀림없어요.

오늘 저는 우연히 우편배달부를 만나게 되어 막 달려가 인사를 했어요. 마치 무슨 사소한 실랑이를 벌이듯 제가 편지를 낚아챘지요. 부끄럽긴 하지만 빼앗았어요.

당신에게 요청하고 사정합니다. ― 저는 정말 진실을 말했을 뿐입니다. ― 〈비난〉하지 말아 주세요. 제 명예도 지켜야 하잖아요. 그리고 만일 저만이라도 그런 명예심을 ― 시기에 찬 주의를 야기시키는 그런 자존심을 가지고 있다면 ― 감사해야겠죠. 정말, 감사하고 있습니다.

그러나 도둑질과도 같은 짓을 하다니.

오, 저는 지금 서로 상반된 감정 때문에 괴롭습니다. 말씀 드렸듯이, 감사합니다. 그러나 다른 한편으로는 기만당했다는 느낌에 무척 화가 나기도 합니다. ― 〈당신 편에 서서〉 화를 내고 있는 것입니다. ― 아무리 제가 당신의 그 편지들에 답장을 안 보내는 편이 최선이라 생각했다 하더라도 어느 누가 그 편지들을 방해하고 그 사이에 끼어들 권리를 갖고 있단 말입니까? 어떤 동기에서든 그럴 수는 없죠.

그 편지들을 찾을 수가 없었습니다. 편지들이 조각조각 찢긴 채 버려졌다는 말은 들었습니다. 『스바메르담』도 함께 말입니다. 그런 일을 어떻게 용서할 수 있을까요? 그러나 용서하지 않는다면 그다음은?

지금 우리 집은 ― 한때 그리도 행복했던 집이 ― 울음과 흐느낌으로 가득하답니다. 고통 속에 덮어 놓은 관포처럼 흉악한 두통이 가득합니다. 트레이는 눈치를 살피듯 살금살금 걸어다니고, 도레이토 주교는 아무 말 없이 침묵 중입니다. ─ 그리고 저는 ─ 이리저리 집 안을 서성일 뿐입니다. 그러곤 스스로에게 물어본답니다. 제가 누구에게 의지할 수 있는지를. 또한 저의 친구인 당신을 생각합니다. 무심코 저에게 많은 고통을 안겨 준 당신을 말입니다.

모든 것이 〈오해〉임을 저도 잘 알고 있습니다.

그러나 전, 첫 단계에서 ─ 편지를 더 이상 쓰지 않겠다고 한 그때 ─ 무엇이 옳았고 무엇이 잘못되었는지, 지금 생각해 보면 알 수가 없습니다.

설혹 그것이 ─ 지금은 완전히 뒤죽박죽이 되어 버려, 제 곡조에서 벗어나 거친 불협화음만 내고 있는 ─ 집안의 화목을 지키기 위함이었다 하더라도…….

오, 친구여. ─ 저는 지금 무척 화가 나 있습니다. ─ 눈물에 잠긴 제 두 눈 앞에 기이한 모습의 성난 불빛들이 보입니다.

저는 더 이상 편지를 쓰지 않으렵니다. 이후에도 당신의 편지가 저에게 ─ 훼손되지 않고 ─ 틀림없이 전달되리라 확신할 수도 없습니다.

당신의 시는 분실되었습니다.

제가 포기해야 할까요? 가정과 사회에 등을 돌리고 제 자신의 자율성을 찾기 위해 있는 힘을 다해 노력했던 제가 모든 것을 포기해야 하겠습니까? 아닙니다. 포기하지 않으렵니다. 논리적이지 못하고, 분명하게 말하지도 못하고, 의지도 약하고, 게다가 〈여성〉으로서의 허약함까지 내보이는 저의 이 심약한 태도가 있는 그대로 다 드러난다 하더라도. ─ 저는 당신에게 묻고 싶습니다. ─ 바쁘시겠지만 ─ 다음 3일 가운데 어느 하루, 오전 11시쯤 리치몬드 공원으로 나와 주실 수 있겠습니까? 당신은 날씨가 궂어서 어떨지 모르겠다고 하시겠지요. 정말 요 며칠 동안은 날씨가 험했습니다. 강물의 수위가 높아지고 조수가 밀려올 때마다 템스 강물이 강가와 선착장을 범람했습니다. 사나운 물이 넘쳐 흘러 강둑의 자갈길을 강타하고, 가정집의 정원으로도 흘러 들었습니다. 작은 문이나 나무 울타리들도 아무 소용이 없었지요. 그 사이로 거센 흙탕물이 — 거품을 일으키며 — 구불구불 흘러 들어갔습니다. 지저분한 목화 쓰레기들 — 깃털들, 물에 흠뻑 젖어 너덜너덜한 옷가지들, 조그만 동물의 시체들, 물살을 따라 넘실대는 제비꽃과 물망초들, 때 이른 접시꽃까지 — 이 모든 것들이 물줄기를 따라 흘러갔습니다. 하지만 저는 그곳에 나가렵니다. 트레이와 함께 — 그놈은 밖으로 나오니 무척 고맙다고 꼬리를 치겠지요. — 장화를 신고 우산을 들고 공원의 리치몬드 힐 입구로 나가겠습니다. 그리고 그 근처에서 기다리겠습니다. 혹 당신이 나오신다면 말입니다.

저는 당신을 직접 만나 사과하고 싶습니다.

이 편지가 당신이 원하시는 올리브 가지가 아니던가요? 받으세요.

아, 그 잃어버린 시.

당신의 진정한 친구로부터

그리운 친구에게,

집에는 잘 들어가셨는지요. 그대가 보이지 않을 때까지 지켜보았습니다. — 머뭇거림없이, 뒤도 돌아보지 않고 걸어가던 장화를 신은 그대의 두 발, 그 뒤를 따라 물을 튀기며 껑충껑충 달려가던 회색 발톱의 네 다리. 그대는 정말 뒤도 안 돌아보았습니다. 그러나 트레이는 한두 번 그의 흰 머리를 돌려 저를 바라보더군요. 어떻게, 그렇게 저를 감쪽같이 속일 수가 있었습니까? 저는 주위에서 열심히 킹 찰스 스파니엘이나 우유색의 조그만 사냥개를 찾았습니다. — 그런데 그곳에 그대가 있었습니다. 아일랜드 동화나 늑대 사냥의 이야기를 담은 북구 전설에나 나올 법한, 무시무시하고 거대한 회색의 개 뒤에 몸을 숨기고 있는 그대의 모습이 보였습니다. 어떻게 그렇게 심술궂은 모습을 보일 수가 있습니까? 아무튼 이제, 그대의 〈베다니〉 집에 관한 저의 생각이 매일매일 새롭게 바뀌고 있습니다. 처마도 바뀌고, 창문도 웃음을 띠우듯 길게 늘어지고, 울타리들도 앞으로 나오다 뒤로 물러서는 듯한 모습으로 떠오릅니다. — 모든 것이 끊임없이 모양을 바꾸고 스스로를 조정하는 듯합니다. — 모든 것이 늘 변하고 있습니다. 아, 그러나 저는 그대의 얼굴을 보았습니다. 빗방울이 똑똑 떨어지는 보닛 모자를 쓰고, 다분히 의도적으로 큰 것을 골라 들고 나온 듯한 그 커다란 우산 아래, 살짝 보일 듯 말 듯 숨은 그대의 얼굴을 보았습니다. 그리고 저는 그대의 손을 잡았습니다. — 처음 만났을 때와 마지막 헤어질 때 — 그 순간이 제 마음속에 진실로 남아 있습니다. 영원히 간직하고 싶을 뿐입니다.

그 바람 속에서 함께했던 산책, 결코 잊을 수 없을 것입니다. 이야기를 나누기 위해 몸을 기울일 때마다 들리던 우산살 부딪는 소리, 그 덧없는 덜그럭거림, 우리의 이야기를 싣고 달아나 버리던 바람, 빠른 속도로 비행하던 갈라진 초록의 잎새들, 그리고 산 언저리에서 몰려오는 잿빛 구름을 뒤로 하고 앞으로만 치닫던 사슴 — 제가 왜 이런 얘기를 하는지. — 저와 함께 그대도 이 모든 풍경을 보지 않았습니까? 몰려오는 한 줄기 강풍을, 또 바람이 그칠 때의 그 정적을 같이 나누었듯이 우리는 서로의 이야기들을 나누어 가졌습니다. 우리가 함께 걸어간 곳은 바로 〈그대의〉 세계였습니다. 푸른 초원은 〈이즈〉의 도시처럼 물에 살짝 잠겨 이름 그대로 물의 제국이었습니다. 뿌리 아래로, 또 그 위로 같이 자라던 나무들, 하늘을 향한 잎새와 수중의 잎새를 무심하게 휘돌아 감던 구름들.

또 무슨 얘기를 할 수 있을까요? 그대에게 『스바메르담』을 다시 써서 보내 드리겠습니다. 여기저기 조금씩 잘못된 부분들이 발견되면, 어떤 것들은 수정하기도 하지만 또 어떤 것들은 그냥 걱정을 하면서도 내버려 두기도 하였습니다. 문제점이 많은 작업이었습니다. 아무튼 다음 주쯤이면 받아 보실 수 있을 겁니다. 다음 주에 우리는 다시 산보를 하게 되겠지요? 아닙니까? 이제 그대는 알았을 겁니다. 제가 무슨 낮도깨비 같은 사람이 아니라 온순하고 조금은 근심 어린 신사라는 사실을 말입니다.

우리가 어렴풋이나마 서로를 더 잘 알게 되었을 때 서로 부끄러워했다는 사실은, 아주 자연스러우면서도 묘하지 않습니까? 저는 항상 그대를 잘 알고 있었다는 느낌입니다. 그래서 정중한 문구를 찾아 쓰고 또 관례적인 질문만을 던졌습니다. 그런데 그대를 실제로 만나 보니 더 신비스럽게만 여겨지더군요(우리들 대부분이 다 그렇겠지만). 글이나 그 글 속에 나타난 상징으로 상상한 그대의 모습보다도 실제의 모습이 더 신비스러웠습니다(아마도 우리 모두가 그렇겠지요. 그걸 뭐라고 딱 부러지게 말할 수는 없어도 말입니다)

이제 그만 줄여야겠습니다. 그대가 요청한 대로 이 편지를 리치몬드 우체국 유치 우편으로 부칩니다. 저는 사실 이런 식의 발뺌을 좋아하지는 않습니다. — 모든 일에 누구를 핑계대어 은밀하게 거래하는 식의 방법을 좋아하지 않습니다. — 자연스러운 행동이 아니지요. 빠른 도덕적 분별력과 도덕적 자율성을 지녔다고 자부하는 그대 역시 그런 점을 쉽게 아시리라 믿습니다. 더 좋은 방법은 없을까요? 그렇게 되면 서로의 절박한 심정이 사라지고 말까요? 저는 그대의 손안에 있습니다. 그러나 불안합니다. 가능하다면 이 편지를 받으셨는지 알려 주시기 바랍니다. 또 어떻게 지내시는지, 그리고 곧 다시 만날 수 있는지도 알려 주시기 바랍니다. 트레이에게도 안부 전해 주십시오.

존경하는 친구에게,
당신의 편지는 안전하게 잘 도착했습니다. 당신의 그 말 — 발뺌이라는 단어 — 정말 정곡을 찌르는 말이었습니다. 분명 앞으로 여러 장애물들이 앞을 가로막고 우리를 어지럽게 만들 것이라 생각합니다. — 저는 다짐해 봅니다. — 그리고 두통 그 이상의 무엇도 다 이겨 내기를 바랍니다.

저 역시 물 먹은 대지를 밟으며 함께 걷던 그 순간을 쉽게 잊지는 않을 겁니다. 당신의 말 한마디 한마디, 당신의 그 정중한 태도, 미래의 삶에 대해 당신의 진실을 말하던 그 순간순간들, 어느 것 하나 잊지 않으렵니다. 그리고 저는 리즈 부인의 교령회에 대해 당신이 다시 한 번 심사숙고하시길 바랄 뿐입니다. 그 교령회는 — 깊은 슬픔을 가진 자에게 — 이루 형용할 수 없이 따뜻한 위안을 가져다 줍니다. 지난주에는 톰킨스 부인이라는 여자가 죽은 자기 아이를 무릎 위에 10분 동안 올려놓았답니다. — 그녀는 말했어요. 아이의 몸, 아이의 구부러진 손가락과 발가락에 감각이 느껴지더라고요. — 엄마로서의 사랑 때문이었을까요? — 그의 아버지 역시 잠시나마 생명을 되찾은 아이의 부드러운 머리칼을 쓰다듬었답니다. 그곳엔 또한 이 지상에서 볼 수 없는 신비의 빛이 지나가기도 했습니다. ― 그리고 향긋한 내음의 유령도 나타났답니다.

당신이 말씀하신 대로, 형상화된 심령을 믿고 싶은 마음 때문인가요? ― 그런 당신의 말에 저는 반박의 편지를 보냈었죠. ― 그렇게 시작된 편지의 대화, ― 그것들이 우리의 편지를 불안하게 만들었지요. 무엇을 써야 할지 모르겠습니다. 저의 펜이 망설이고 있습니다. 그리고 저는 당신의 목소리에 위압당하고 있습니다. ― 진실로 ― 현존에 의해. 우리가 다시 만나게 될까요? 만남이 우리에게 이로운지 해로운지. ― 트레이도 당신에게 안부를 전하랍니다. ― 그것이 좋은 일이라고 여기겠지요. 하지만 저는 모르겠어요. ― 돌아오는 화요일로 약속하죠. ― 당신이 오시지 않는다면 저는 선원의 아내들, 멋진 옷을 차려입은 여인들, 그리고 아무 연락을 못 받아 상을 찌푸리고 있는 장사치들과 함께 우체국에 서서 유치 우편함 속이나 뒤지고 있겠지요.

『스바메르담』이 애타게 기다려집니다.

> 당신의 진정한 친구로부터

그대에게,

〈어떻게 사과를 해야 할까?〉 ― 이런 심정에서 편지를 씁니다. ―〈한순간의 미친 짓〉이라 생각하고, 일어난 모든 일에 한술 더 떠서, 자석이 서로 붙는다는 사실을 부정하고, 거짓말이 진실을 지탱케 해주는 일종의 구원의 허구라고 주장했던 것은 아닌지 모르겠습니다. 그러나 자연의 법칙은 그것으로 존중되어야 하며, 또한 자석의 자장보다도 더 강한 인간의 법칙도 있습니다. ― 만일 한 번도 그대에게 거짓말을 해본 적이 없던 제가 그대에게 거짓말을 하게 된다면 — 저는 모든 것을 잃게 됩니다.

저는 당신을 만나야 합니다. 죽는 그날까지 당신을 만날 것입니다. — 나를 향한 그대의 순수하고 작은 얼굴, 나를 향해 내민 그대의 손 — 비 그친 뒤에 나무들 사이로 비치는 햇살을 받으며 나를 향한 그대의 얼굴과 그대의 손. 제가 그대의 손을 잡을 수 있었나요. — 아니면 잡을 수 없었나요. — 잡아선 안 되었나요? 둘 답니까? 나의 온 존재가 어느 때, 어느 한 장소에서, 하나의 대상에 집중된 느낌이었습니다. 축복받은 한순간의 영원함 같았습니다. 그대가 저를 부르는 듯한 느낌이었습니다. — 물론 그대는 무지개에 관해서 뭐라고 말을 했지만 — 저는 그대의 전 존재, 그대 내면의 깊숙한 곳에서 나를 부르는 소리를 듣고 대답을 해야 했습니다. 그대의 그 무언의 부름에 저 역시 무언의 응답을 해야 했습니다. 제가 광기에 사로잡혀 그랬을까요? 제 팔에 그대를 안고(가슴 떨리는 기억입니다) 저는 그렇지 않다고 확신할 수 있었습니다.

그대와 떨어져 있는 지금, 저는 그대가 무엇을 생각하고 무엇을 느끼는지 알 수가 없습니다.

그러나 나는 이야기해야 합니다. 내 마음을 그대에게 털어놓아야 합니다. 그대로서는 도저히 용서할 수 없을 그 포옹이, 순간의 갑작스러운 충동에서 비롯된 것은 아니었습니다. — 순간적인 흥분에서 나온 것이 아닙니다. — 내 마음 깊숙한 곳에서 우러나왔습니다. — 그리고 지금 생각하면 그것이 또 최선의 행동이었던 듯합니다. 그대에게 이 얘기는 꼭 해야겠습니다. — 그대를 처음 만난 이후로 나는, 때로 숨겨 왔던 생각이지만, 그대를 저의 운명이라고 생각했습니다.

매일 밤 그대의 얼굴을 꿈꾸었고, 내 말없는 머릿속에서 노래하는 그대 글의 리듬에 맞추어 일상의 거리를 거닐었습니다. 나는 그대를 나의 뮤즈라 불렀고, 그래서 그대는 나의 뮤즈가 되었습니다. 그대의 시는 노래하고 또 노래하는 영혼의 장소에서 긴급히 불려 나온 메신서였습니다. 더 진실되게 말하자면 그대는 나의 사랑이었습니다. — 나는 한 남성에게 가능한 모든 방법으로, 정말 열렬히 그대를 사랑했습니다. 이 세상 어디에고 머무를 수 없는 사랑 — 점점 희미해져 가는 나의 이성이 우리 둘에게 이로울 것이 없다고 일러 주었던 사랑, 그래서 나의 모든 재능을 다 동원해서라도 그대를 보호하기 위해 교묘하게 감추어 왔던 사랑, 바로 그것이었습니다. (그대가 침묵을 지켰던 경우를 제외한다면, 그것이 나의 능력 밖이라고 했던 그대의 말은 정말 옳았습니다.) 우리는 19세기를 사는 이성적인 존재들입니다. 그러기에 순간적인 사랑의 충동을 낭만주의자들의 것으로 치부해 버릴 수도 있습니다. — 그러나 저는 확신합니다. 그대는 제가 무슨 말을 하는지 다 알고 있으며, 또 일시적으로나마(영원한 순간이겠죠) 적어도 저의 주장이 진실임을 인정하고 있다는 사실을 말입니다.

자, 그럼, 이제 묻고 싶습니다. 우리는 어떻게 해야 하겠습니까? 어떻게 그만둘 수가 있습니까? 자연히 이제 다시 〈시작〉이 아니던가요? 이 편지는 우리가 이제는 더 이상 만나지 말아야 한다. 더 이상 보지 말아야 한다. — 심지어는 우리 자유의 영역으로서의 이 편지를 그만두어야 한다는, 그대의 현명하고 옳은 애기에 정면으로 배치되는 편지일 수도 있습니다. 그리고 우리를 붙들고 있는 하나의 플롯, 우리를 구속하고 있는 관습은 저로 하여금 한 사람의 신사로서 그 사회적 요구에 한순간이나마 순응해야 함을 요구하고 있습니다. 우리의 발걸음 하나하나를 지켜보고 있는 자는 나중의 더 진지한 만남을 선언하며 우연한 재회가 있을 것임을 약속하기도 합니다.

그러나 그대여, 나는 그럴 수 없습니다. 자연의 법칙에 위배되는 행동입니다. 나 자신의 본성에서 벗어나는 것이 아니라 자연의 여신에게서 벗어나는 행동입니다. — 그대 속에서, 그대를 통해 나에게 미소 짓는 이 아침의 미소, 그래서 모든 것이 밝게 빛나고 있습니다. 내 책상 위의 아네모네 꽃들에서부터 창을 통해 들어오는 햇살 속의 먼지 티끌에 이르기까지, 내 앞에 펼쳐진 책 속의 〈존 던의 시〉까지, 그대와 함께, 그대와 함께, 그대와 함께 모든 것이 빛납니다. 저는 행복합니다. — 이런 행복감을 전에는 전혀 느껴 보지 못했던 것 같습니다. — 죄의식으로 가득 찬 마음의 고통 속에 이젠 물러서야겠다고 하는 그대에게 나는 이렇게 글을 쓰며 행복을 느낍니다. 나는 〈난처해 하는〉 표정 속의 그대의 작은 입을 보며 개미와 거미에 관한 그대의 수수께끼 같은 이야기들을 거듭 읽어 봅니다. — 그러곤 미소를 지어 봅니다. — 늘 그곳에 단정한 몸가짐으로 주의를 기울이며 있을 그대를 생각해 봅니다. — 또한 제가 알고 있는 그 이상의 것을 생각해 봅니다. 그대가 과연…….

무엇을 물어봐야 할까요? 그대는 아주 세심하게 그러나 조롱하는 투로 나의 항의를 제안으로 바꾸어 말하라고 요구하겠지요. 모르겠습니다. 어찌 제가 알 수 있겠습니까? 그저 그대의 자비에 제 자신을 맡길 수밖에 없습니다. 단 한 번의 굶주린 키스로 우리의 관계가 멀어지고 단절되어서는 안 되겠지요. 아직은, 지금은 그렇게 되어서는 안 됩니다. 우리, 작은 공간을 찾을 수 있지 않을까요? — 제한된 시간 속에서 우리가 서로에게서 발견한 것이 얼마나 큰 것인지 알 수 있지 않을까요?

기억나십니까? — 아니, 그대는 분명 기억하실 겁니다. — 나무숲 아래에서 우리가 바라보던 산 언저리의 무지개 — 물 먹은 대기의 작은 물방울들을 한껏 비추던 햇살 — 더 이상 불어나지 않던 강물 — 그리고 우리 — 우리는 그 무지개의 아치 아래 새로운 계약에 의해 온 세상이 우리 것이 된 양, 그렇게 서 있었습니다. — 그리고 무지개의 한쪽 끝에서 다른 쪽 끝까지, 비록 우리 시각의 변화에 따라 변하긴 했어도, 모든 것이 하나의 빛, 하나의 곡선이었습니다.

굉장히 복잡한 한 통의 편지가 우체국의 유치 편지함 속에 먼지를 뒤집어쓴 채 누워 있을 것입니다. — 어쩌면 영원히 누워 있을지도 모릅니다. 그리고 저는 가끔씩 공원에서 산보를 하겠지요. 그 똑같은 나무 아래에서 기다릴 것입니다. — 그리고 그대가 저를 용서하리라 믿겠습니다.

그대의 R. H. A.

흔들리고 변화하는 모든 사물들. 모두가 번쩍거리고 불꽃을 튀기며 빛을 내다가 사라집니다. 오늘 저녁 내내 저는 난롯가에 앉아 있었습니다. — 단단한 의자에 앉아 — 피어 오르는 불꽃에, 까맣게 스러지는 잿더미에, 소리를 내며 타는 불길에, 타들어 가는 석탄의 신음 소리에 벌겋게 달아오른 제 뺨을 맡겼습니다. — 그 생명없는 잿더미에 저 자신이 끌려가는 것 같았습니다.

그리고 그때 — 밖에는 — 물에 잠긴 세계의 어두운 하늘에 무지개가 걸려 있었습니다. — 나무를 때리는 번개도 없고, 나무줄기를 따라 대지로 떨어지는 빗방울도 없었지만, 그러나 넘실대는 불꽃이 있었습니다. 모든 것을 에워싸며 춤을 추는 불꽃이 있었습니다. — 타올라서 모든 것을 다 태워 버리는 불꽃.

> 검게 죽어 버린 나무들
> 대기 속의 불꽃은
> 뼈 한 조각, 머리칼 하나,
> 아무런 흔적도 남기지 않으니.

우리의 첫 번째 조상은 힘차게 원을 그리는 나무들 아래 몸을 숨겼습니다. — 그러나 태양이 그들을 보았습니다. — 멋모르고, 자신들에게 죽음을 가져다 준 그 지식의 과일을 먹어 버린 그들.

만일 세상이 다시 물에 잠기지 않는다면, 다음번엔 우리가 어떻게 멸망할지 분명합니다. — 우리는 들어서 압니다.

당신 또한 — 『신들의 황혼』에서 — 워즈워스의 시에 나오는 세상을 삼켜 버린 급류들을 — 지상의 모든 해안들을 에워싸고, 그 딱딱한 껍질들을 마셔 버리고, 그러고는 녹아 버린 금덩이를 붉은 하늘에 뱉어 내는 — 수르트[17]의 화염에 대비시키지 않았던가요.

> 그리고 그런 다음엔 시커먼 재의 비가 내리고.
> 온 천지를 감싸 주던 세상의 나무 애쉬*Ash*, 죽음의 비로 내리는 재*Ash*
> 그래서 다시 먼지*Dust*는 흙*Dust*이 되고, 나무*Ash*는 재*Ash*가 된다.

---

17 Surt. 스칸디나비아 신화에서 불로 세상을 파괴하는 신.

유성의 무리들을 봅니다. 어두워지는 제 눈앞을 스쳐 가는 황금의 화살 — 두통을 예고하고 — 그러나 검게 다 타버리기 전에 조그마한 밝은 공간을 마련하여 얘기하렵니다. 오, 그러나 무엇을 말할 수 있을까요? 저는 당신이 저를 태워 버리게 놔둘 수는 없습니다. 그럴 수 없습니다. 타올라야 합니다. — 이곳에 제가 사랑하는 단란하고 온화한 평화를 남겨 두고 — 그 조그만 희열의 동굴과 함께, 울타리와 곶이 있는 뜨거운 보석 정원과 함께 타올라야 합니다. 건조한 날의 지푸라기처럼 — 휘몰아치는 바람 — 공기의 떨림 — 타는 냄새 — 피어 오르는 연기 — 한순간 그 쓸모없는 형체를 유지하다가 금방 제멋대로 흩어지고 마는 미세한 흰 가루 — 오, 저는 그럴 수 없습니다.

보세요, 저는 명예나 도덕에 관해서 — 비록 그런 것들이 중요한 문제이긴 하지만 — 아무 말도 하지 않았습니다. — 이런 쓸데없는 문제를 논란거리로 만든 것이 무엇인지 그 핵심으로 돌아가 보겠습니다. 문제의 핵심은 저의 고독입니다. 위협당하고 있는 저의 고독, 당신이 위협하고 있는 저의 고독, 그것이 없으면 저는 〈아무것도 아닌〉 존재에 불과할 뿐입니다. — 그러니 명예나 도덕 같은 것이 제게 무슨 상관이 있겠습니까?

애쉬 씨, 저는 당신의 마음을 읽습니다. 당신은 이제 조심스럽게, 조정된 부분의 제한된 타오름에 찬성하실 겁니다. — 가로대와 형식적인 경계선들과 청동의 장식이 있는 난로의 받침쇠 —〈뛰어넘을 수 없는 경계〉입니다.

점점 더 커져 가는 당신의 불의 요정은 불을 뿜는 용입니다. 그러니 대화재가 발생하겠지요.

편두통이 일어나기 직전에는 잠시 동안의 광기가 찾아옵니다. 개활지에서 발생한 화재로부터 퍼져 나온 광기 —

지금 이 순간까지 — 계속 사그라지지 않고 있습니다.

어떤 인간도 불속에서 불에 타지 않은 채 서 있을 수는 없습니다.

저는 불타는 풀무 속을 걸어다니는 꿈을 꾼 적이 있습니다. — 사드락과 메삭과 아벳느고[18]처럼 말입니다.

그러나 후세의 이성적인 존재로서 우리에게는 옛 유대인들이 지녔던 기적을 불러일으키는 정열도 없습니다.

저는 — 눈부시게 빛나는 백열이 무엇인지 압니다. — 그리고 또 한 번의 백열을 내기 위해 내 한 몸 불살라야 합니다.

두통이 빠르게 진행되고 있습니다. 제 머리의 반쪽은 — 고통으로 꽉 찬 호리병입니다.

제인이 이 편지를 부칠 겁니다. 이 편지에 잘못이 있으면 용서해 주십시오. 저를 용서해 주십시오.

크리스타벨

그리운 그대에게,

그대의 편지를 어떻게 이해해야 할까요? — 제가 예측했듯이, 그대의 편지는 화살을 쏘듯 마구 써내려 간 저의 편지와는 분명 어긋났습니다. — 그대가 즐겨 쓰는 메타포를 빌어, 그대의 편지를 차가운 거절이라고 보기보다는 매우 뜨겁게 달아오른 수수께끼 같은 것으로 이해해도 되겠습니까? 그대는 진정한 시인입니다. — 흔들릴 때나 불안할 때나, 혹은 어떤 문제든 비상한 관심을 보일 때 — 그대는 그대의 생각을 메타포로 표현합니다. 그러니 그대의 그런 번

---

18 구약의 「다니엘」 3장 12~30절에 나오는 다니엘의 친구들로 우상에 절을 하지 않았다는 이유로 느부갓네살 왕에 의해 불타는 화덕 속에 던져졌으나 하나님의 능력으로 머리털 하나도 상하지 않고 살아 나온 사람들.

뜩임을 제가 어떻게 이해할 수 있을까요? 그대에게 말하고 싶습니다. — 불타는 장작더미에서 더욱 새롭게, 그러나 전혀 변하지 않은 모습으로 날아오르는 나의 불사조, 그대 — 더욱 빛나는 황금, 더욱 맑아진 그대의 눈 — 그러나 〈영원히 변치 않는 semper eadem〉 모습입니다.

그리고 우리가 인간의 모습이 아닌 유령과도 같은 어떤 신비스러운 자아를 명백하게 드러내듯 서로 나란히 곁에 있고 싶어하는 것은 바로 사랑의 효험이 아니던가요? 그러니 그대가 무섭게 타오르는 풀무에서 나온 존재로서, 불을 뿜는 용으로 변한 불의 요정으로서, 저에게 편지를 쓴다는 것이 당연하고 용이한 일일 수밖에 없겠지요. 또한 그대가 제 이름이 지닌 이중의 의미를 절묘하게 빗대어 말한 것도 — 흩어지는 잿더미 Ash로 변해 버린 세상의 나무 애쉬 Ash — 어찌 보면 당연하고 쉬운 일이었을 겁니다. 제가 그렇듯 그대도 그 엄청난 힘을 느낍니다. 외부로부터 우리에게 밀려오는 모든 창조의 세력들 — 땅, 공기, 불, 물 — 그리고 그곳에 우리가 있었습니다. — 기억해 보십시오. — 빙 둘러서 있는 나무들 가운데, 하늘의 이치 아래, 서로의 팔에 안겨 따뜻한 인간으로 서 있던 우리들의 모습.

이제 그대에게 분명하게 해두어야 할 아주 중요한 것이 있습니다. 저는 그대의 고독을 위협하지 않았습니다. 어떻게 제가 그럴 수 있습니까? 왜, 제가 그래야 합니까? 진정으로 누군가를 해치려는 무엇이 있다면 그것은 바로 혼자 고독을 즐기려는 그대의 축복받은 욕망이 아니던가요?

조금은 한정된 방식이긴 하지만 — 그리고 제한된 공간 속에서 — 사랑 그 자체를 영원한 것으로 여기는 것이 사랑의 본질이긴 하지만, 어떤 커다란 행복을 조금만 — 조금만이라고 제가 썼지만 사실은 그렇지 않을 겁니다. — 훔쳐 내는 일이 불가능할까요? 어쨌든 우리는 애통해 하고 후회해야 합니다. — 그리고 한 인간으로서 나는 차라리 허깨비보다는 실체를, 희망보다는 지식을, 주저함보다는 행동을, 병든 잠재성보다는 진실된 삶을 후회하렵니다. 어떤 윤리적인 원칙이나 원리를 다 동원한다 해도 그 결과는, 그대여, 그 공원으로 다시 되돌아가 제가 다시 그대의 손을 잡고, 웅장한 폭풍우 속을 함께 거니는 것입니다. 여러 가지 이유로 이와 같은 일이 불가능한 경우도 있겠지요. 그러나 제가 알고 느끼듯이, 그대도 알고 또 느낄 것입니다. 지금은, 아직은 그런 불가능의 순간이 아니라는 사실을 말입니다.

지금, 펜을 거두고 편지를 접어 풀로 붙이기가 망설여집니다. — 그대에게 편지를 쓰고 있는 동안은 제가 그대와 함께 있다는 환상에, 그 축복받은 환상 속에 빠져 들기 때문입니다. 우리는 용(龍)과 대화재와 타오름에 관해서 얘기했습니다. — 그런데 그대는 중국에서는 용을 불의 짐승이 아니라 물의 성분으로 이루어진 짐승으로 본다는 사실을 아십니까? 자, 그럼, 대리석 욕조 속에 들어 있는 멜루지나의 조카는 어떻습니까? 제 말은 더 온화한 곳을 찾아다니며 그 속에서 만족을 느끼는 더 싸늘한 몸뚱어리의 용이 있을지도 모른다는 얘깁니다. 중국인들의 접시를 보면 그 위에 번쩍이는 갈기를 달고 푸르른 몸을 휘휘 감은 용의 모습이 그려져 있는데, 그 몸뚱이 주위를 잘못 보면 작은 불꽃 가루들로 오인할 수 있는 물방울의 소용돌이가 일어나고 있는 것입니다.

아무리 생각해도 이 편지는 우체국의 유치 우편함 속에 폭탄처럼 누워 있을 것만 같군요. 지난 이틀 동안 저는 마음이 무척 불안정한 아나키스트가 되고 말았습니다.

저는 — 매일매일 그대가 나오는 시간이 될 때쯤 해서 — 그때의 그 나무 아래에서 기다리렵니다. 그러고는 꺼지지 않고 위로 피어 오르는 불꽃과도 같은 한 여인과 마치 연기처럼 그 뒤를 따라올 커다란 흰 털의 사냥개를 기다리겠습니다.

저는 그대가 나오리라 믿습니다. 저의 믿음은 대체로 이루어져 왔습니다. 이번 일은 제가 일상적으로 경험했던 일은 아니지만 — 그러나 저는 정직한 사람입니다. 사리판단의 능력도 있습니다. — 그대는 올 것입니다(위압적인 모습이 아니라 아주 차분한 모습으로).

당신의 R. H. A.

선생님,

저는 나가지 말았어야 했습니다. — 그런데 나가고 말았습니다. 저는 제 행동을 잘 압니다. — 주위를 빙빙 돌면서 으르렁대는 트레이와 함께 — 아라라트 산[19] 도로에서 유혹의 작은 언덕까지 주저하며 발걸음을 옮겼던 것도 그중 하나입니다. 트레이는 당신을 좋아하지 않습니다. — 그리고 이 문장의 끝을 〈제 느낌이 어떻든 간에〉로 끝나도록 할 수도 있으며, 게다가 〈저도 좋아하지 않습니다〉라고 덧붙일 수도 있습니다. 제가 나가서 당신, 행복하셨나요? 당신이 확신하신 대로 과연 우리는 신성한 존재들이었을까요? 아닙니다. 그저 흙먼지 속에 발끝을 쳐다보며 부지런히 걸음을 옮기던 보행자에 불과하지 않았을까요? 잠시 동안의 전기적인 힘이나 충격은 접어 두고. — 당신은 우리가 서로에게 대단히 부끄러워한다고 말씀하셨

---

[19] 터키에서 제일 높은 산으로 창세기에는 노아의 방주가 머물렀던 산으로 나옴.

죠? 이렇게 서신 교환을 하지 않았더라면 우리는 그저 상대방을 간신히 기억이나 할 수 있을 사이가 아니던가요? 우리는 한낮의 시간을 보냈습니다. — 우주의 시간이 우리의 손안에 잠시 멈추었지요. — 우리는 누구인가요? 누구입니까? — 차라리 하얀 종이 위의 자유를 누리시는 쪽이 더 바람직하다고 생각하지는 않으십니까? 아, 때가 너무 늦어 버리진 않았을까요? 우리의 원초적 순수함은 이제 사라져 버리고 말았을까요?

저는 밖에 나와 있습니다. — 제정신을 잃고 지금 저의 탑 밖에 나와 있습니다. — 화요일 오후 1시쯤, 저는 이 오두막을 혼자 독차지하게 됩니다. 당신, 당신이 상상하는 제 처소의 단조로운 진실을 한번 둘러보지 않으시렵니까? 차라도 한잔 안 하시겠습니까?

오, 대단히 후회스럽습니다. 정말입니다. 그리고 드릴 말씀도 있습니다. — 당장이라도 — 그 순간을 찾겠습니다.

저는 오늘 너무도 슬픕니다. — 기운이 쭉 빠지고 슬프기만 합니다. — 우리가 함께 거닐었다는 사실에, 또한 우리가 계속 걷지 못하고 있다는 사실에, 저는 슬픕니다. 이것이 제가 이 편지에서 말씀 드릴 수 있는 전부입니다. 이제는 뮤즈가 저를 저버렸나 봅니다. — 이 여자가 자신과 함께 빈둥거리는 모든 여성을 조롱하듯 저버릴 수 있듯이, 그리고 사랑도 다 저버릴 수 있듯이 — 뮤즈가 저를 버렸습니다.

당신의 크리스타벨

사랑하는 그대,

지금 저는 그대를 생각하고 있습니다. — 그대의 작은 응접실에서 — 꽃봉오리처럼 예쁘고 작은 컵들을 매만지고 있을 그대를 말입니다. 그대의 도레이토 주교는 제가 추측했던 대로, 피렌체의 피지 궁이 아니라 타오르는 듯한 청동의 타지마할 안에서 자신의 화려한 의상을 뽐내며 지저귀고 있었습니다. 그리고 벽난로 위에 걸려 있는 〈레오라인 경 앞에 선 크리스타벨〉 속의 그대 모습은 아무 표정 변화가 없는 조각 같았습니다. 트레이도 그대와 마찬가지로 냉랭했습니다. 그는 목둘레의 털을 곤두세우고, 일그러진 회색 입술로 계속 으르렁거리는 소리를 내며 무엇인가를 찾아 분주히 주위를 돌아다녔습니다. 정말 그대가 말한 대로, 그놈은 저를 좋아하지 않는 듯했습니다. 한두 번 내 신경을 위협하여, 나의 시선을 맛 좋은 과자와 달그락거리는 컵과 컵받침으로 돌리게 할 뿐이었습니다. 그리고 현관도 나뒹구는 꽃잎들로 장식된 것이 아니라 ─ 모두가 사라지는 공허와 환상일 뿐이죠. ─ 보초를 서듯 경직되어 서 있는 키 큰 장미의 보호를 받고 있었습니다.

제 생각엔 그대의 집 또한 저를 반기지 않았던 것 같습니다. 저는 그곳에 가지 말았어야 했습니다.

벽난로 주변을 가로지르며 그대가 넌지시 말했듯이, 저 역시 집을 가지고 있는 것이 사실입니다. 그 사실을 우리는 한 번도 편지에 쓴 적도, 얘기한 적도 없습니다. 그리고 저에겐 아내도 있습니다. 그대는 저더러 아내 얘기를 해달라고 했지만 저는 아무 말도 할 수 없었습니다. 그런 저의 태도를 그대가 어떻게 받아들였는지 저는 잘 모르겠습니다. ─ 물론 그런 질문을 던지는 것이 그대의 〈절대적인 권리〉임을 인정합니다. ─ 그러나 저는 대답할 수가 없었습니다. (그대가 틀림없이 물어보리라는 사실을 미리 짐작은 하고 있었습니다.)

저에게는 아내가 있습니다. 그리고 저는 아내를 사랑합

니다. 그러나 그대를 사랑하는 것과는 또 다른 사랑입니다. 지금 저는, 이 처량하고 작은 문장들을 쓰면서 30분을 앉아 있었지만 이제는 더 이상 아무것도 쓸 수가 없습니다. 그대를 향한 제 사랑이 아내에게 상처를 주는 것은 아니라고 말한 데에는 그럴 만한 이유가 있습니다. — 뭐라고 장황하게 거론할 수는 없지만 — 완전히 적합한 이유는 못 될지언정 나름대로 충분한 이유가 있습니다. 저의 이 말이 분명 너무 무례하고 또 앞뒤가 안 맞는 얘기로 들릴지도 모릅니다. 많은 남자들, 여자들 꽁무니를 따라다니는 수많은 남자들이 제 앞에서 이 비슷한 얘기를 여러 번 했었습니다. — 모르겠습니다. — 이런 일을 겪은 것도 처음이고, 또 제 자신이 이런 식의 편지를 쓰리라고는 생각지도 못했습니다. 더 이상 아무 말도 못하겠습니다. 단지 저는 제가 지금까지 한 말이 모두 진실임을 믿고 있을 뿐이며, 또 이런 불가피한 불편함으로 인하여 그대를 놓치는 일이 일어나지 않았으면 하고 바랄 뿐입니다. 이런 얘기를 계속한다는 자체가 그대를 배신하는 일이 될 것 같습니다. 만일 이 문제가 어느 누군가와 그대에 관해 이야기하는 자리에서 제기되었다 하더라도 제가 할 수 있는 말은 똑같습니다. 맹목적인 유추 해석은 기운 빠지는 일입니다. — 그대도 그 점을 느끼셔야 합니다. 당신은 당신이고 — 우리가 소유하고 있는 것은 — 그것이 무엇이든 간에 — 우리의 것입니다.

이 편지를 없애 버리십시오. — 나머지 편지들은 그대가 어떻게 하든 — 여하튼 이 편지는 없애 버리십시오. 이 편지 자체가 바로 그대를 배신하는 셈이 될 테니까요.

진실로 뮤즈가 그대를 저버린 것이 아니길 바랍니다. 아무리 잠깐 동안이라도, 차 한잔 마시는 동안이라도 말입니다. 서정시 한 편을 쓰고 있는 중입니다. — 화룡과 중국의 용에 관한 시입니다. — 어쩌면 주문(呪文)이라고 부르는 편이 더 옳은지도 모르겠습니다. 그대와도 관련이 있습니다. — 요즈음 제가 하는 모든 일, 생각하고, 숨 쉬고, 눈으로 보는 모든 행위까지, 그 모두가 그대와 연관이 되어 있듯이 이 시 역시 그대와 관련이 있습니다. — 그러나 이 시는 그대에게 보내지 않겠습니다. 다른 시들은 곧 그대에게 갈 것입니다.

이 못난 편지에 대해 혹 답장이 있다면 저는 그대가 정말 관대한 여성이고, 우리의 작은 공간 역시 우리 두 사람의 것이었구나 하는 사실을 알게 되겠지요. — 불가능의 순간이 도래할 때까지 말입니다.

그대의 R. H. A.

선생님,

당신의 솔직함과 과묵함이 당신에게 명예를 가져다 줄지는 모르겠습니다. 명예라는 말이 우리가 열었던 판도라의 상자나 혹은 우리가 함께 거닐었던 젖은 대지에 적절한 표현으로 여겨진다면 말입니다. 더 이상 편지를 못 쓰겠어요. — 정말 머리가 아픕니다. — 그리고 이 집안의 문제도 — 명예가 걸린 문제니까 자세히 말씀 드리진 않겠어요. — 잘 풀리질 않아요. 목요일에 공원으로 나와 주실 수 있겠습니까? 드릴 말씀이 있습니다.

당신의 영원한 크리스타벨

그대에게,

저의 불사조가 잠시나마 수심에 찌든 초라한 한 마리 새로 보였습니다. — 목소리도 작고 힘이 없더군요. — 이

따끔씩 너무 공손하다고까지 느껴졌습니다. 예전처럼 그대의 밝고 환한 모습을 볼 수만 있다면, 제 마음속의 모든 행복마저 포기할 용의가 있습니다. 그대가 전처럼, 그대의 영역 안에서 반짝이는 모습으로 주위를 밝히도록, 제 힘이 닿는 한 모든 일을 다하고 싶은 심정입니다. ─ 그대를 향한 저의 마음마저도 다 포기할 수 있습니다. ─ 말씀해 주십시오. 그저 슬프다는 말 말고 왜 슬픈지, 그 이유를 말해 주십시오. 진심으로, 제 능력이 닿는 한 그 아픈 상처를 다 치료해 드리겠습니다. 가능하면 곧 답장 주시고, 다음 화요일에 다시 나오십시오.

늘 그대를 향하고 있는 R. H. A.

가장 소중한 분께,

맹세코, 저는 제가 왜 슬픈지 모르겠어요. 아니 ─ 알아요. ─ 그건 당신이 저도 모르는 사이에 저를 빼앗아 갔다가 ─ 아주 초라한 모습으로 ─ 되돌려주었기 때문입니다. 제 눈에선 눈물이 나고 손과 입술도 마찬가지로 젖어 있습니다. 이 순간 저는 자신의 욕망을 진실로 소유하지 못한, 그러나 넘치는 욕망을 지닌 굶주린 한 여성의 파편에 불과합니다. ─ 아 ─ 이건 고통입니다.

당신은 말합니다. ─ 다정하게 ─〈난 그대를 사랑하오, 그대를 사랑합니다.〉─ 그리고 전 믿습니다. ─ 그러나〈그대〉는 도대체 누구입니까? 그녀는 ─ 아름다운 금발 머리입니까? 갈망하는 그 무엇입니까? 한때 저는 다른 사람이었습니다. 외롭지만 지금보다는 더 나은 존재였습니다. 저는 저 자신으로 충분합니다. 그런데 지금 저는 끊임없이 변신을 거듭하며 무엇인가를 찾아 바쁘게 돌아다니고 있습니다. 제 일상의 삶이 행복했다면 조금은 만족감을 느꼈을지도 모릅니다. 하지만 이젠 그 삶이 가엾은 침묵이며, 날카로운 바늘이 비난하듯이 꼭 찔러 버린 하나의 점에 지나지 않습니다. 당당한 표정으로 저는 앞을 응시하고 있습니다. 그렇지만 제가 잘 알고 있는 이곳에서 저는 아무것도 알지 못하는 사람으로 남아 있습니다. 그 대가가 있을 텐데 ─ 쉽지가 않을 텐데 ─ 바람직한 일도 아닐 텐데……

저는 당신의 존 던[20]을 읽어 봅니다.

그러나 사랑에 의해 그토록 순화되어
스스로도 그 이별이라는 것이 무엇인지 모르는 우리는,
서로의 마음을 믿으며,
눈과 손과 입술이 보이지 않아 그리워도 개의치 않으리.

얼마나 멋진 글인가요. ─ 〈서로의 마음을 믿으며〉 당신은 성난 폭풍우 속에서 그와 같은 안전한 정박지를 찾을 수 있다고 믿으세요?

그리고 저는 지금, 제가 가장 싫어하는, 제가 구속을 당하고 있는, 저의 어휘 속에 새로운 단어를 추가합니다. ─ 〈그리고 만일〉, 〈그리고 만일〉 ─ 그리고 만일 우리가 함께 있을 시간과 공간을 갖게 된다면 ─ 우리가 소망했던 대로 ─ 그러면 우리는 함께 자유로워지겠지요. 하지만 지금은 새장 속에 갇혀 있는 신세가 아니던가요?

사랑하는 그대에게,
진정한 자유의 발휘란 ─ 신중하고 현명하고 우아하게

---

20 다음의 시는 존 던의 「고별사: 슬픔을 억누르며」에 나오는 한 부분.

─ 공간으로 제한된 그 내부로 움직이는 행위입니다. 그러면서도 그 공간 밖에 놓여 있는 것이 무엇인지, 만질 수도, 맛볼 수도 없는 그것이 무엇인지 알려고도 하지 않는 것입니다. 그러나 우리는 인간입니다. 그리고 인간이란 어떤 수단으로든 알 수 있는 것을 다 알고자 하는 욕망의 덩어리입니다. 그리고 입술과 손과 눈은 그것들이 좀더 친숙한 곳으로 와 닿을 때, 그리고 전혀 미지의 것으로 남아 있을 때 더욱 잃어버리기 쉬운 것입니다. 〈그리고 만일〉 우리에게 1주일 ─ 혹은 2주일 ─ 만 여유가 있다면 무엇이든 이해하지 못하겠습니까? 아마 이해할 수 있을 겁니다. 우리는 능력있는 지적인 사람들입니다.

저는 절대로 그대를 초라하게 만들지 않겠습니다. 이런 상황에서 계속 〈난 그대만을 사랑합니다〉, 〈나는 본질적으로 그대를 사랑합니다〉 하고 뇌까린다고 별다르진 않겠지요. 그대가 암시했듯이 이는 그대의 입술과 손과 눈을 사랑하는 것일 수도 있습니다. 그러나 그대는 알아야 합니다. ─ 우리는 알고 있습니다. ─ 반드시 그렇지만은 않음을. 나는 그대의 영혼을 사랑하고, 그와 함께 그대의 시를 사랑합니다. 그대의 빠른 사고가 빚어낸 문법과, 멈추었다간 금세 내달리는 문맥 ─ 안토니를 기쁘게 하려는 클레오파트라의 희망이 본질적으로 스스로의 즐거움을 누리고자 하는 그녀의 희망이듯이 ─ 좀더 본질적인 면에서, 모든 입술과 손과 눈이 다소 비슷한 데가 있긴 하지만 (물론 그대의 것들은 더욱 매혹적이고 자력과도 같은 힘을 지니고 있지만), 언어의 옷을 입은 그대의 사고는 바로 독특한 그대의 것이며, 그대와 함께 존재하는 것이며, 그대가 사라지면 함께 사라지는 것들입니다.

제가 이야기했던 여행은 아직 결정되지 않았습니다. 터

그웰은 그의 집에서 자신의 일에 완전히 몰두해 있습니다. — 비록 그 구상이 날씨가 따뜻해질 때를 대비해 오래전에 결정되긴 했습니다만. — 이 시대가 미세한 생명체와 괴물 같은 행성의 행태에 더 많은 지적인 관심이 투자되길 요구하고 있기에 — 지금은 연기된 상태입니다. 그리고 대담한 열정을 보였던 저 역시 지금은 망설이고 있는 중입니다. — 제가 어찌 리치몬드에서 멀리 떨어질 수 있겠습니까?

그럼, 화요일까지.

추신: 『스바메르담』이 이제 다시 완성되었습니다.

가장 소중한 분께,

저의 믿지 못할 뮤즈가 되돌아왔습니다. 그래서 저의 뮤즈가 지시한 대로 받아쓴 (불완전한) 시 한 편을 보냅니다.

> 풀 덮인 작은 언덕이
> 그의 품 안에서, 그의 근육 안에서
> 몸을 떱니다. — 이리저리 구릅니다.
> 사방을 뒹굽니다. — 그의 얼굴이
> 작은 언덕의 자락 위로
> 황금빛의 뜨거운 미소를 던집니다.
> 모든 산줄기 줄기가
> 응축되어 굳어집니다. — 다시
> 그는 힘을 모아
> 빛나는 긴 팔을 뻗어
> 모든 것을 움켜쥡니다. 돌들이
> 짓이겨진 뼈처럼 소리 지르고
> 대지도 — 고통 속에

소리를 지릅니다. — 다시 —
그는 손을 쥐며 미소를 짓습니다.

그대여,

서둘러 편지를 씁니다. — 그대의 대답이 두렵습니다. — 떠나야 할지 말아야 할지 모르겠습니다. — 아니, 그대를 위해 남아 있겠습니다. — 만일 그대가 말했던 그 작은 기회가 진정으로 가능한 것이 아니라면 말입니다. 그런데 어떻게 해서 그렇게 될 수가 있습니까? 어떻게 그대는 그런 것을 그리도 당당하게 설명할 수가 있습니까? 그럼에도 불구하고 제가 희망을 가진다면, 아예 말도 안 되는 소리일까요?

저는 그대의 인생에 돌이킬 수 없는 피해를 주고 싶지 않습니다. 저에게는 아직 이성적인 이해력이 충분히 남아 있습니다. 내 욕망을 억누르고, 자신의 희망과 자신의 진정한 사랑마저도 억누를 수 있는 이성이 있습니다. 어떤 뛰어난 재능으로 잘 생각해 보면, 앞으로 그대는 그대가 원하는 대로 삶을 이끌어 나갈 수도 있겠지요. — 만일 그렇게만 된다면 — 이렇게 편지로 얘기할 문제가 아닙니다. 내일 정오에 교회에 가 있겠습니다.

그대에게 내 사랑을, 변함없는 내 사랑을 보냅니다.

선생님,

이제 다 끝났습니다. 명령에 의해서, 저는 천둥 같은 소리로 말했습니다. — 일이 이렇게 되리라고. — 그리고 더 이상의 문제도 없을 것입니다. — 영원히 — 이 절대적인 제안을 보내며 — 저는 — 모든 폭군들이 그러하듯이 — 더 이상 아무 말 않겠습니다.

늘 그랬던 때와 달리 이제 더 이상의 피해는 없을 것입니다. — 당신의 의지로 인한 — 피해는 없을 것입니다. — 비록 제 자신의 의지 때문에 조금은 피해가 있을 수 있을지 몰라도 말입니다. 저는 매우 화가 났었고 지금도 마찬가지입니다.

11

스바메르담

형제여, 원한다면 더 가까이 숙이게. 괜히
귀찮게 하는 것은 아닌지. 그러나 오래 걸리지 않을 것일세.
고맙네, 나와 함께 이곳, 이 널찍한 흰 방에,
어느 알의 내부처럼 둥근 지붕 아래 밋밋한 흰색의
이 작은 방에 같이 앉아 있으니, 고맙네. 그렇지 않았다면
나의 허약한 재능마저 제대로 발휘될 수 있을지.
나는 오늘 껍질을 깨고 나갈 것일세. 그 맑고
텅 빈 정적의 공간으로. 독일의 그 성스러운 은둔 수녀인
그녀는 아주 잘 알고 있다네.
그녀가 당신에게 나를 보살피라 명한 것이지. 그리고 그녀는
하나님께 말하고 있네. 나의 불쌍한 영혼, 나의 작은 영혼을 위해,
이 일그러진 껍질 내부의 막 안에서 잠시 거주한 나의 영혼.
그분은, 마치 미소 짓는 어린아이처럼 그의 빛나는 손바닥 안의

그 껍질을 보고 계시다네. 그리고 그의 은총의 도구로,
바늘을 찔러 무한한 빛이 그 구멍을 통해
들어가도록 하였지. 그러곤 알아보았다네.
그에게 빨려 들어간 것이 무엇인지, 이제 막 생겨난 액체
혹은 아직 자라지 않은 천사의 어린 날개.

나는 남겨 둘 것이 많지 않다네. 한때는 많이 소유했었지.
아니, 그랬다고 생각하네. 하나 사람들은 달리 생각하지.
거의 3천 개나 되는 날개 달린 것들과 기어다니는 것들
죽었지만 살아 있는 것들, 나의 예술이라는 주사를 맞고
아름다운 모습으로 절개되어 진열된 것들 —
자연의 성경 속에 들어 있는 온갖 종류의 생명들,
 자연의 기묘한 손의 비밀을 보여 주기 위해 등급으로 나누어진 것들.
이제는 아무 문제가 없네. 쓰게나 — 원한다면 — 나의
원고와 펜을 내 유일한 친구에게 남겨 두리니,
누구와도 견줄 수 없는 내 친구, 프랑스인 테브노,
그는 어느 진정한 철학자처럼,
한때 용감했던 정신이 발견한 것들을 중히 여긴다네.
그가 내 현미경과 나사못을 가졌더라면 좋았을걸 —
단단한 팔을 지닌 청동의 조력자
우리는 그를 호문쿨루스[1]라 부른다네. 그는 인간의 손보다도
 더 단단히 렌즈를 붙들고, 거즈 조각을 들어 올려 주고,
혹은 신비의 약 이코르를 내민다네.
사물을 꿰뚫는 인간의 눈에, 인간이란 그 자신의

---

1 Homunculus. 연금술사들이 인체 모형을 본떠 만들었다는 인조 난쟁이.

무력한 영역 너머의 비밀을 감히 탐구하려는 자들.
그러나 그들이 모두 가버렸다네, 우리의 이 위축된
위장이 더 이상 소화할 수 없는 빵과 우유를 구입하러 말일세.

나는 그에게 진 빚을 안고 죽을 것일세. 그는 나의 친구
그러니 나를 용서할 것일세. 그 희망을 써보게나. 그런 다음
그녀를 기리는 글을 쓰게나. 부리그뇽의 안티오네트를 위해
(그녀는 내가 절망에 빠졌을 때 시간과 공간을 초월한
하나님의 무한한 사랑을 가르쳐 주었다네.)

그래서, 그녀를 믿고 하나님도 믿은 나는 텅 빈 벽 쪽으로
얼굴을 돌리고, 내가 그녀를 찾으러 독일에 갔을 때 그녀가
나에게 보여 준 그 작은 것을 위해 이 사물의 세계를 남겨
놓겠네.

자, 이제 사인하게, 스바메르담, 그리고 날짜를 적게나.
1680년 3월, 그리고 내 나이를 적게.
43세. 이제 그의 그 짧은 시간도 끝나 가네. 그의 〈시간〉 —
사물의 맨살갗 위에 그어진 수많은 균열을 통해
누가 무한을 보았는가, 그리고 누가 그것으로 죽었는가?

생각해 보게, 일정한 모양으로 성장해 가는 인간의 생명을.
마치 개미알에서 애벌레가 나오고
붕대에 감긴 듯한 그 애벌레에서 등급을 매기자면
흉악한 여왕개미, 날개 달린 수개미,
그리고 일개미가 나오듯이 말일세.
나는 작은 공간 속에 갇힌 작은 사람이라네.
작은 것, 가장 작은 것,
아무도 눈여겨보지 않고 그냥 지나치는 것들,
신기하면서도 덧없는 것들의 전문가라네.

형제여, 나는 그대의 작은 방이 마음에 든다네. 가난,
흰색, 하나뿐인 창문, 물, 그리고 내 갈라진 입술에
비커를 갖다 대는 그대의 손.
고맙네. 이젠 됐네.
내가 태어난 곳도
아주 작은 공간이라네. 하지만 이곳과는 다르다네,
신비가 가득하고 휘황찬란한, 그러나 먼지 낀 찬장,
진기함이 가득한 캐비닛이라네.
빛나는 내 눈길이 처음 닿았던 곳? 보물함 사이에
작은 침대 하나 놓을 자리도 없었다네.
진기한 마개의 유리병과 늘어진 실크,
깃털과 뼈와 돌과 비어 있는 호리병이
책상과 의자들 위에 온통 뒤범벅되어 쌓여 있었지.
몽땅한 스카라베 보석들이 들어 있는 그릇 속에 쏟아 부은
한 접시 분량의 월장석들, 그리고 먼지 낀 선반에서
형형색색의 눈으로 윙크를 하던 이국의 작은 신들.
밀폐된 유리병 속에서 헤엄치던 인어 한 마리,
유리병의 벽을 긁어 대던 그녀의 앙상한 손가락들,
그리고 찌그러진 머리에서 흘러내리던 가느다란 머리카락들.
둘둘 감은 듯 꼬여 있는 그녀의 하체는 고대의 광택처럼
무딘 빛을 내보였지만 그녀의 치아는 하얀빛으로 반짝였다네.
그리고 그곳엔 전설의 괴물, 코카트리케[2]의 알이 하나 있었다네,
상아색의 둥근 물체, 거의 원형에 가까운 그 알이

---

2 Cockatrice. 전설 속의 괴물로 머리, 다리, 날개는 닭이고 몸과 꼬리는 뱀인데, 이것이 노려보면 상대방이 죽는다고 함.

로마 시대의 술잔 위에 균형을 유지하고 있었지.
아직도 머리에서 발끝까지 시커먼 붕대를 감고 있는
박제된 고양이를 한번 밀어 보게나.
모래처럼 말라 버린 형체지만 포대에 둘둘 감겨 있던
갓난아기 때의 나와 다를 바가 무엇이겠나, 똑같은 모습일 것일세.

자, 이제 곧 그대의 손이 이 껍데기뿐인 몸뚱어리를
수의로 덮어 주고, 내 눈을 감겨 주겠지.
살아 있는 것들의 티끌과 흔적에 너무나 많은
신경을 쏟아 약해진 내 두 눈, 이 눈은
용감하고 자랑스러운 네덜란드의 선장들이
이 지상을 돌며 거둬들인 보물 더미에 이끌려
순진무구한 광채를 내뿜으며 번쩍 뜨였었다네.
이곳 암스테르담의 항구를 떠난 네덜란드의 선박들은
안개와 돌풍 속을 헤치고, 바람을 타고 나아갔다네.
구릿빛 태양 아래 이글거리는 땅까지
때론 푸른 만년설이 덮인 산악 지대까지
때론 나뭇가지 위, 저 먼 곳에서 태양이 작열하는,
푸르른 어둠과 어둠 사이로, 날아가는 창살처럼
은빛의 광선이 스치고 지나가는 경우를 제외하곤
사람이나 그 밖의 다른 동물들이 태양빛을 보지 못하는,
적도의 정글 속
증기를 내뿜는 열대의 어둡고 은밀한 깊은 곳까지.

어렸을 적 나는 한 가지 계획이 있었다네.
이 모든 훔쳐 온 금품들을 목록화하고,
등급을 매기고, 순서대로 정돈하고, 번호를 붙이고,

우리가 생각하는 용도에 따라, 혹은
그 의미에 따라 분류를 하는 것이었다네. 나는
의학과 신화를 구분했다네. 예를 들면, 부적
(순전히 미신에 불과하다네)과 광석들을 구분하는 일이었다네.
장밋빛 석영, 수은, 우리는 이것들을 갈아
말라리아와 열병을 치료할 수가 있었다네. 모든 살아 있는 것들은
그 나름의 분류법을 가지고 있는 법일세.
곤충은 곤충끼리, 칙칙한 새는 새와 함께,
그리고 모든 알은, 큼직한 타조알에서
줄줄이 이어진 부드러운 껍질의 뱀 알에 이르기까지
캘리퍼스로 재어 분류한 다음, 잘 진열해 놓으면 된다네,
얇은 편직천 위에 혹은 나무로 깎아 만든 컵 속에.

나의 부친께서는 약방을 하셨다네.
그리고 일찍부터 대단한 지적 호기심을 내보인 아들을 두어
처음에는 굉장히 기뻐했었지.
나에게 기대가 컸던 것일세. 그분의 생각은
내가 인간에게 도움을 줄 수 있는 직업을 택했으면 하는 거였다네.
사람들의 존경을 받으며, 하나님의 눈에도 겸손한 사람으로, 그리고
진실과 정의를 부르짖는 사람이 되었으면 하는 거였지. 그러나 내가
그분의 희망대로 법률가가 되지 못하리라는 것을 아신 뒤로는
의사라는 직업으로 눈을 돌리셨다네.「사람의 병든 몸을

치료할 수 있는 사람은 그의 영혼까지도 구할 수 있단다.」
신앙심이 돈독하면서도 세속적인 내 부친의 말씀이네.
「그리고 빵과 고기와 포도주를 항상 넉넉히 지닐 수 있단다.
타락한 인간은 반드시 병들기 마련이니, 끊임없이 의사의 치료가

필요할 게다. 이승에서는 말이다.」
그러나 나는 다른 학문들을 배웠다네. 신중한 지성으로
선택한 것일까? 아니면 내 유아방의 주민들이 던진
매혹적인 주문 때문이었을까?
나는, 진정한 해부란
인간의 심장과 손에서 시작되는 것이 아니라
땅을 기거나 몸을 둘둘 말거나 날아다니는 작은 것들의
단순한 조직, 원초적 형태에서부터 시작된다고 생각했네.
생명의 단서는 그 눈먼 하얀 벌레 안에 있었다네.
인간의 복잡미묘한 살을 갉아먹는 벌레,
그러나 그 벌레는 농가의 마당을 날으는 새에 먹히고, 그 새는
또 다른 인간의 풍성한 저녁 식사 거리가 되니,
생명의 순환이 완결되는 것 아니겠나? 생명은 하나라고
나는 생각했네. 그리고 합리적인 해부란
존재의 사다리 맨 밑바닥에서부터, 어머니 대지의
뜨거운 중심에서 가장 가까운 가로대에서부터 시작하는 걸세.
왜 그럴까? 그 깜깜한 캐비닛 속에서
인간의 주먹만큼이나 큰 시커먼 거미, 숯덩이처럼
검은 머리를 지닌 악마의 형체를 한 그 거미에,
혹은 바르바리 산 검은 나방, 인간의 눈을 즐겁게 하기 위해
그 연약한 검은 날개를 뚫고 지나간 핀에 의해

십자가에 못 박히듯 고정되어 버린 그 나방에
나의 영혼이 사로잡힌 것 때문은 아닐까?
기묘한 것들.
그러나 그들도 생명체인 것을, 나와 똑같은 생명체들인 것을.
(내가 좀더 뛰어나고 이해력을 지녔을 뿐이지.)
나의 혈족들, 젊었을 때 나는 그렇게 생각했었네.
모든 것이 다 동일한 모체에서 빚어진 것들이기에.
검은 깃털의 밤에 실려 진공 속에 놓인
고대 이집트 전설에 나오는 지구의 알의 신비스러운
황금빛 노른자위와 유리처럼 빛나는 흰자로부터 빚어진 것들이기에.
그것에서부터 빛나는 날개를 지닌 에로스가 나오고,
그 에로스는 카오스를 수태하고, 그로 인해
이 지상의 살아 움직이는 모든 것들의 바탕이 유래하였기에.
수수께끼처럼 씌어진 그 신비스러운 전설이
우리에게 진리를 가르쳐 주는 것일세.

나는 생명의 기원을 알고 싶었다네.
그것이 또한 합법한 지식이라고 생각했지. 나의 손과 눈을 만드신
하나님이 나에게 재주를 빌려 주신 것이 아닐까?
나의 이 참을성 많은 청동 마네킹을 만드는 기술 말일세.
내가 고개 숙여 수정점을 치고, 그런 다음
축소할 수도 있고 확대할 수도 있는
확대경으로, 계속해서 확대하는
살아 있는 분자들 위로

이리저리 렌즈를 갖다 대는 그 마네킹.
그러니 내가 아른거리는 질서와 복잡성 가운데
일련의 계획과 연결 고리를 보았던 것이 아니겠나?
나는 하루살이의 눈도 해부할 수 있다네.
그래서 각다귀 눈의 각막을 잘 조절하여
그것을 통해 뉴 처치 타워도 볼 수가 있다네,
어느 천사도 춤을 추지 않는 아주 작은 많은 점들처럼
그것을 거꾸로도 보고 확대도 할 수 있다네.
쇠사슬 갑옷 같은 나방의 날개,
파리의 발에 달린 갈고리 같은 예리한 발톱들.
나는 우리들의 이 세계에서 또 하나의 새로운 세계를 보았다네.
기적의 세계, 진리의 세계,
예측하지 못한 생명들이 기괴한 모습으로 몰려드는 신비의 세계를.

그대가 내 입술에 대고 있는 그 물잔,
내게 렌즈만 있다면 그 물잔이
우리가 생각하는 맑은 액체가 아니라 —
순수한 물이 아니라 — 야단법석 들끓는
아주 작은 동물의 무리들을 보여 줄 걸세. 긴 꼬리를 몰아치며,
용수철과 코일이 튕기듯 머리털 같은 엽상체를 휘날리며 내달리는
아주 작은 동물들, 마치 지구의 대양을 가로지르는 고래와도 같다네.
광학 렌즈는 얇게 자르는 칼과도 같은 것일세.
세상을 확대하기도 하고 나누기도 하니.

우리는 그것을 통해 한 사람 속의 다양한 부분들을 보며,
한때는 부드러웠던 것의 거친 조각들과,
여인의 피부 속 거친 구멍과 갈라진 틈,
빛나는 그녀의 부드러운 머리칼과 비늘을 볼 수 있다네.

더욱더 많은 것들이 나에게 드러날수록
나는 더욱더 그 한 사람을 찾으려 애썼다네.
원초적 물질, 끊임없이 변화하는 자연의 형상,
그러나 그런 변신 속에서도 일정한 자연의 불변의 모습.

나는 개미와 나비, 딱정벌레와 벌의 연속적인 모양을 따서
자연의 법칙을 발견했다네.
처음에는 성장의 양상을 가려내었지.
알에서 유충으로의 성장, 그리고 갑옷을 입은 듯한 유충이
조금씩 줄어들더니 그곳에서 형성되는
잠자는 새로운 기관들, 그러고는 마침내 꿈틀거리고
갈라지며 껍질 속을 빠져나오는 하늘하늘한 실크,
곧이어 파르르 떨며 굳어지던 실크는 바람을 맞으며
황갈색, 혹은 푸른 사파이어 광채로 펼쳐지고
공작, 혹은 호랑이 줄무늬의 눈을 만들었지. 혹은 그 날개 사이에
눈이 없는 검은 죽음의 머리가 박히기도 하고.

수정과도 같은 둥근 렌즈로 보면
내 엄지손톱은 코끼리 발바닥이었다네.
나는 외과 의사의 무기로 무장을 했었지.
꼬챙이 같은 핀, 칼, 해부용 메스, 그리고 가늘게 찢어 내는 갈고리.

쇠로 만든 것이 아니라 가장 연한 상아로 만든 것이었다네.
우리 눈으로 분간할 수 없을 정도로 예리하고 정교했지.
그리고 랜싯, 육안으로 구분할 수 없는 것을 렌즈를 통해
가려내는 도구들이었지.
이 무기들로 나는 피조물들의 생명을 탐구하고
생명의 근원, 세대의 근원을 파헤쳤다네.
그들의 사회는 우리가 상상하는 것과 다르다네.
개미 언덕의 군주와 벌집의 왕을 살펴보게.
그들이 먹을 것을 저장하고
그들의 세계를 구축하고 보호하기 위해
바삐 움직이며 만들어 내는 형태의 중심은
바로 사회적 위계질서의 정점이라네.
이 생명체를 광학 렌즈 아래 펼쳐 보게나.
그리고 세대의 중심지를 밝혀 보게나.
새로운 생명체들이 성장하는 그 기관들이
바로 알의 형태가 결정되는 곳이라네. 그녀는 왕이 아닐세.
그저 거대한 모체에 불과하지. 그 거대한 옆구리에서는
그녀보다 작은 자매들이 분주히 기어다니며
자손들을 돌본다네. 그들의 일을 도와주고,
감미로운 음료를 갖다 주고, 그리고 자손들을 위해 필요하다면
자신들의 생명마저 포기한다네. 그녀는 여왕이기에,
종족의 중심이기에.

그 난소를 처음 본 것이 이 두 눈이었다네.
그리고 이 손들이 그 난소들을 그리고, 점점 가뭇거리는 정신이
변형의 법칙을 찾아내어서는

그것을 기록하여 무심한 인간들에게 보여 준 것이라네.
명예가 생기는 일이 아니지. 마음이 편한 일도 아니고.
나의 부친께서는 파산한 나를 거리로 내쫓았다네.
의학을 같이 공부한 동료들도 나를 저버렸지. 그래서
궁핍했기 때문에 서재 가득 모아 둔 슬라이드를 팔기로 했다네.
나의 증거물과 실험물들을 말일세.
하나 사겠다는 사람들이 없더군.
나의 진리의 이미지와 정교한 생명의 비전을
자신들의 희망으로 여겼던 과학자,
철학자, 의사들도 아무도 나서질 않더군.
그래서 나는 가난하게 되었고,
내가 나와 동일한 것으로 발견한 파리들의
구더기와 함께 버려져 있는
빵 조각과 우유와 고깃덩이를 구걸하는 것일세.

한 세기 전, 위대한 갈릴레오는
그의 광학 튜브로 이 지구를
불안의 중심으로부터 끌어내렸다네. 그러곤
이 지구의 유영 궤도와 태양, 그리고 그 너머의
무한한 공간 속을 움직이는 무수한 원형들의 움직임을
판독했다네. 그 무한한 공간 속에서 빙빙 도는 지구,
푸르른 초원과 노란 사막, 하얀 산악 지대와
심연의 짙푸른 바다를 보유한 이 지구는, 옳게 보아
반죽 덩어리의 별에 불과한 이 지구는, 한낱 조그만 점이라네.
이런 식의 말을 했기에 그는 화형을 당했을 수도 있었다네.
그 현자가, 하나님을 두려워하고 굳건하게 생명의 희망을

저버리지 않았던 그가, 자신의 생각을 부인하지 않았다면,
그와는 다른 진리와 신비를 믿는 교회의 성직자들에게
스스로 무릎을 꿇지 않았다면 말일세.

그것이 바로 인간을 만물의 중심에서 끌어내리는
첫 단계가 아니었겠나.
그러나 그것은, 현재의 모습대로 우리를 만드시고, 무서우리만치
놀라운 솜씨로 우리의 지성과
물릴 줄 모르는 우리의 〈지식〉의 욕망을 부여하셨던 하나님께, 또한
우리의 모든 의문이 끝나고 우리의 두뇌가,
내 자신의 혹사된 정신이 덧없는 것들을 해부하다 죽어 가듯,
그렇게 울음 속에 죽어 갈 때, 우리의 따뜻한 안식처가 되는
그분의 신비 속에, 부드럽고 어둡고 무한한 공간 속에 거두어질
우리의 유한성을 명하셨던 그분께
일격을 가하는 또 하나의 단계가 아니겠는가.
나는 춤추는 생명의 점들, 하루살이들,
그들의 형태를 발견했다네. 그리고 그들에게 내 세월을 바쳤다네.
하루 낮의 공간만을 살며 밤을 모르는 그들에게 말일세.

나는 스스로 물어본다네. 과연 갈릴레오는 두려움을
알았을까? 우주 공간 속에서 빛나는 원형들을 보았을 때, 그는
렌즈를 통해 두려움을 느끼던 나처럼 두려움을 느꼈을까?

내가 본 것은 무한한 천공의 싸늘한 영광이 아니라 ―
바글바글 들끓는 티끌들,
바실리스크[3]들, 무장한 코카트리케들,
우리가 어찌 볼 수 있으랴, ― 그저 각자의 분수에 따라 존재할 뿐 ―
왜 볼 수 없는 것일까? ― 나는 감히 말할 수 없다네.
그들이 두려워하기에 ― 왜 인간은,
왜 뽐내며 거만 떠는 불쌍한 인간들은,
거대한 것에서와 마찬가지로, 왜 아주 미세한 것으로부터는
무한성의 의문을 찾지 않는 것일까?

(나머지 부분은 빠져 있음.)

---

3 Basilisk. 그리스 신화에 나오는 전설적인 동물로 노려보거나 입김을 불어 사람을 죽였다고 함.

12

가정이란 무엇일까? 그리도 굳세고 — 그리도 견고하여
비바람 속에서도 온기를 유지할 수 있는 곳
우리는 눈을 내리깔고 조용히
그곳으로 든다. 그 빗살 창문 뒤로

그러나 마음들은 두근거린다. 폭발 직전 폭탄처럼
머릿속도 떨린다.
그 적막 속에서 창문은 고요한 방들로부터 열리고
벽들은 — 한꺼번에 — 무너져 내린다.
— 크리스타벨 라모트

 그들은 보도에 서서 현관 위에 〈베다니〉라고 새겨진 글씨를 올려다보았다. 4월의 화창한 날이었다. 그들은 서로 얼마쯤 떨어져 어색한 듯 서 있었다. 그 집은 새시 창문이 달린 산뜻한 3층 건물이었다. 나뭇가지 무늬가 예쁘게 들어간 커튼이 나무로 조각된 고리에 걸려 황동빛 커튼 걸이에 드리워 있었다. 짙푸른색 현관문에는 돌고래 모양의 문고리가 달려 있었다. 새싹이 움튼 장미나무 아래에는 물망초가 무수히 피어 있었다. 각 층 사이는 해바라기 무늬의 벽돌 벽화로 장식되어 있었고, 벽돌 하나하나는 상쾌한 공기를 들이마시며 숨쉬는 듯했다. 벽돌들이 화염 분사기에 오래된 때가 부풀리고 고속 분무기에 씻긴 듯 본래의 모습을 드러내 보였다.

「훌륭한 복원 작업이군요.」 모드가 말했다.

「우습게 느껴지는데요. 이건 모조품에 불과해요.」

「스핑크스를 유리 섬유로 복제한 것처럼 말이군요.」

「바로 그거예요. 저 안에는 빅토리아조 시대 것과 똑같은 벽난로가 있겠지만 그게 진짠지 고물상에서 날조해 온 것인지 알 수 없을 겁니다.」

그들은 살아 숨쉬고 있는지, 모조에 불과한지 알 수 없는 〈베다니〉라는 이름의 건물을 올려다보았다.

「더 때가 묻어 있고, 더 오래되어 보였겠지요. 과거에는 말예요.」

「포스트모던한 평가시군요.」

정자 축소판 형태의 새로 꾸민 흰색 목조 아치 현관문을 따라 갓 움터 나온 미나리 덩굴이 뻗어 올라가고 있었다.

이곳에서 그녀가 결심한 듯 발걸음을 재촉하며, 검은 스커트 자락을 날리며 뛰쳐나왔겠지. 결심한 듯 입술을 깨물고, 공포와 희망으로 휘둥그레진 눈에 손가방을 움켜쥔 채로. 어땠을까? 그 남자는 높은 모자에 프록코트를 걸친 모습으로 성 마티아스 성당 방향에서 걸어왔을까? 또 다른 여자는 위층 창문에서 이 광경을 안경 너머로 보고 있었을까, 눈물을 머금은 채로?

「전 뭔가를 연상시키는 장소나 사물에 전혀 관심이 없었어요.」

「그건 나도 그래요. 텍스트 연구자니까요. 전 사생활에 대한 현대의 여성학적인 연구 태도를 못마땅해 하는 편이죠.」

「엄격하게 분석적인 태도를 가지려면, 그럴 필요가 있지 않을까요?」 롤런드가 물었다.

「정신분석을 한다고 꼭 사생활을 연구해야 하는 것은 아니죠.」 모드의 대답이었다. 롤런드는 이 말에 아무런 대꾸도 하지 않았다. 다음 할 일을 의논하러 리치몬드에 오자고 한 사람은 바로 그였으나, 그곳에 온 지금 그들은 그 작은 집을 보고 당황스러워 했다. 그는 길 끝에 있는 교회 건물로 들어가자고 했다. 빅토리아 시대에 커다란 창고로 쓰였다는 그 건물 안에는 유리 벽면의 현대식 화랑과 아늑한 분위기의 커피숍이 자리 잡고 있었다. 교회에는 광대와 요정, 발레리나로 화려하게 치장한 아이들의 떠드는 소리에다, 이젤, 귀에 거슬리는 바이올린 소리, 피리 소리가 가득했다. 그들은 과거를 회상시키듯, 스테인드글라스를 통해 햇빛이 들어오는 커피숍에 자리를 잡았다.

***

지난 1월에 고맙다는 인사를 주고받으며 헤어진 후로 조지 경으로부터는 아무 소식도 없었다. 모드는 한 학기 강의를 어렵게 이끌어 갔었다. 롤런드는 홍콩과 바르셀로나, 암스테르담 대학에 일자리를 알아보았다. 그러나 별 희망을 걸지 않았다. 언젠가 그는 블랙커더 교수가 그를 위해 써준 권위있는 추천서 사본이 애쉬 공장에 아무렇게나 놓여 있는 것을 본 적이 있었다. 그의 성실함과 철두철미함, 세심함을 칭찬해 놓은 그 추천서는 다른 한편으론 그를 철저하게 무미건조한 인물로 묘사해 놓고 있었다. 롤런드와 모드 두 사람은 아무에게도 얘기를 하지 않기로, 또 조지 경의 소식을 듣거나 직접 만나기 전에는 아무 일도 하지 않기로 합의했다.

상당히 추웠던 링컨에서의 마지막 날, 롤런드는 모드에게 1859년 6월 랜돌프가 북요크셔 지방으로 자연사 탐구를 떠날 때 크리스타벨이 동행할 것을 고려했던 듯하다는 얘기를 했었다. 그가 생각하기에는 분명 그래 보였다. 그는 모드가 R. H. 애쉬의 행적을 전혀 모르고 있다는 사실을 염두에 두지 않고 말을 꺼낸 것이었다. 그는 자세히 설명을 해나갔다. 애쉬는 한 달 동안 해안과 절벽을 따라 혼자 도보로 여행하면서 지질학과 수중 생물을 연구했다. 『영국 해안의 아네모네 생태』의 저자이며 목사인 프랜시스 터그웰이 그와 동행할 예정이었으나 병 때문에 그럴 수가 없었다. 롤런드가 모드에게 설명하기를, 비평가들은 애쉬의 시 주제가 역사에서 자연사로 바뀌게 되는 계기를 그가 연구에 몰두했던 이 한 달의 기간에서 비롯된 것으로 본다고 했다. 롤런드 자신은 이 견해에 동조하지 않았다. 그것은 당시 일반적인 지적 풍토의 일부분이었을 뿐이다. 『종의 기원』이 1859년에 출판되었고, 애쉬의 친구이며 위대한 역사가이던 미슐레는 이 시기 자연 연구에 몰두해 4원소와 관련된 네 권의 저술을 남겼다. 『바다』(물), 『산』(흙), 『새』(공기), 『곤충』(불, 곤충들은 뜨거운 지하에서 살고 있다고 생각되었기 때문이다) 등이 그것이었나. 애쉬의 〈자연〉시들도 이런 식이었거나 아니면 번갯불을 소재로 한 터너의 후기 그림들 같은 것이었다.

***

애쉬는 이 여행 기간 중 매일은 아닐지라도 거의 날마다 자기 아내에게 편지를 썼다. 그 편지들은 크로퍼가 편집한 서한집에 실려 있었다. 모드와 롤런드는 그 복사본을 가지고 만났다.

사랑하는 엘렌,

기차의 흔들림이며 엔진에서 튀어나오는 검정과 벌건 불꽃(특히 터널을 지날 때 심했소만)에 많이 긁히고 더러워진 표본병들이지만 그것들이 들어 있는 길쭉한 내 바구니가 나와 동시에 로빈후드 만에 도착할 수 있었다오. 피커링에서 로스몬트까지의 기차 노선은 빙하 시대에 형성된 뉴튼데일 협곡을 통과하오. 그곳의 가파른 산길을 오르면서 기차는 쓸쓸한 황무지의 신비한 화산 폭발 같은 장엄한 모습을 깃들여 놓는다오. 이곳을 지나면서 나는 혼돈계의 역청 냄새가 나는 듯한 연기 속을 솟아올라 가는 밀턴의 사탄을 생각했소. 또 빙하에 의해 언덕이 생기고 계곡이 파인다는 내용을 담은 충실하고 영감에 가득 찬 라이엘의 저술이 떠오르기도 했소. 거만한 듯 쓸쓸하게 들려오는 마도요의 울음소리도 들었고, 또 독수리였다고 믿고 싶은 새 한 마리도 보았다오. 그러나 그 새가 눈에 보이지 않는 바람을 타고 다니면서 약탈자 노릇을 한다고는 생각하고 싶지 않소. 가슴이 빈약한 이상한 모습의 양들은 도망가면서 돌을 떨어뜨리고, 바닷속의 해초 더미 같은 복슬복슬한 털을 흩날리고 있소. 그 녀석들은 바위산에서 먼 곳을 쳐다보고 있소. 〈사람과는 다른 모습으로〉라는 표현을 써보려 했으나 너무나 장황한 말 같구려. 그 녀석들의 모습은 거의 악마적이고 적대적이기까지 하다오. 그 눈을 보면 당신도 흥미를 느낄 것이오. 노란색 눈동자에는 검은색 줄이 수직이 아닌 수평으로 그어져 있소. 그래서 그들 모습이 이상하게 보이는 것이라오.

기차는 말이 끄는 방식으로 조지 스티븐슨이 고안했던 것을 현대적으로 계승한 것이라오. 내게는 여행 셔츠를 더럽혀 놓은 이 증기 화차보다는 옛날의 그 품위있던 마차가 더 마음에 드는 듯하오. (그 옷을 집에 보내진 않았소. 내가 묵고 있는 집 여주인인 카미쉬 부인이 세탁도 잘하고 풀도 잘 먹여요.)

이곳의 모든 것은 원시적으로 보인다오. 바위의 생김새나 넘실거리는 넓은 바다, 사람들, 또 고기잡이배들. 이곳의 배들은 일찍이 바이킹족 침입자들이 사용하던 작고 원시적인 배들과 크게 달라진 바가 없는 듯하다오. (이곳 사투리로는 그 배를 〈코블〉이라고들 부르더군.) 아무튼 모든 것들이 원시적이라오. 이곳 북해안은 해협 저편 답답한 프랑스 문명의 벌판과는 사뭇 달리, 한층 더 검푸르고 차가운 바다 건너 북극의 정취를 느낄 수 있소. 이곳은 공기조차 고풍스럽고 신선하다오. 소금기와 관목들의 냄새가 섞여 살을 파고드는 듯한 상쾌함이 꼭 이곳의 물맛을 닮았소. 석회암 구멍에서 솟아오르는 이곳의 물맛은 포도주맛보다 더 좋다고들 하오. 또 이 물은 템스 강으로 흘러든다오.

당신은, 내가 따뜻한 집과 서재, 끽연복과 책상, 그리고 내 사랑스러운 아내의 내조에 대한 미련이라곤 하나도 가지고 있지 않다고 생각할 것 같구려. 항상 끊임없는 사랑으로 당신을 생각하고 있소. 그 점은 의심할 필요 없소. 건강은 어떻소? 산책은 할 수 있는지, 독서하는 데 두통은 없는지 궁금하오. 답장에 당신의 근황을 적어 보내 주시오. 또 편지하겠소. 내가 단순 생물들을 해부하는 일에 얼마나 열심인지 알게 될 것이오. 지금으로서는 이 일이 인간의 격정을 기록하는 일보다 훨씬 만족스러운 천직인 듯하오.

6월 15일

해부 작업을 끝내고 나서 긴 저녁 시간 동안 라이엘의 저서를 열심히 읽었소. 해부는 산책에서 돌아온 후 저녁 식사 시간까지 햇볕이 잘 드는 때 하려고 하오. 기다란 표본병들을 버리고 몇 개의 수수한 접시를 식당의 여유 공간에 늘어놓고 이용하고 있다오. 거기에는 〈에오리스 펠루시다〉, 〈도리스 빌로멜라타〉, 〈아플리시아〉 등과 〈투부라리안〉, 〈플루물라리안〉, 〈세르투라리안〉 등 여러 종류의 산호초들, 또 작고 섬세한 에오리드 같은 몇몇 해초류가 들어 있소. 엘렌, 아름답고 놀라운 기능을 가진 이 생물들을 어떤 이성적 존재가 계획하고 만들어 내지 않았다고는 정말 상상하기 어렵다오. 또 평범한 원인들이 긴 시간에 걸쳐 서서히 작용해서 모든 사물에 변화를 일으켰다는 사실이며 진화 이론을 밑받침하는 수많은 증거를 믿지 않는 것도 어려운 일이라오.

당신의 건강 상태로 정말 헉슬리 교수의 〈동물 형태론〉 강의를 들을 수 있었는지 궁금하구려. 그도 다윈처럼 지구상의 종(種) 하나하나가 성립되는 과정에서 반복적인 창조 행위가 있었다는 주장을 부인하고, 존재하는 종이 차츰차츰 변화했다는 주장을 폈겠지. 노트는 해놓았소? 당신의 열성적인 아마추어 생물학자 남편에게는 적어도 호기심을 채우는 데 그것이 커다란 도움이 될 것이오.

오늘은 스카버러에서 절벽을 따라 내려가 수많은 사람들이 세찬 조류에 처참하게 죽어 갔다는 섬뜩한 플램버러 곶을 구경했소. 오늘처럼 화창한 날에는 철썩이는 높은 파도에 자갈 구르는 모습이며, 그 소리까지 들을 수 있다오. 절벽들은 석회질 암석처럼 하얀 모습의, 비바람에 잘리고, 파이고, 다듬어진 기괴한 형태라오. 미신을 믿는 사람들은 이 모습들을 신이 만들어 놓은 조각, 혹은 고대의 거인들이 돌로 굳어 버린 것이라고 믿을 만도 하겠소. 그중 하나는 마치 문둥병에 걸려 붕대를 감고 선 듯이, 그 무감각하고 위협적인 절단 부위를 바다 쪽으로 치켜들고 있소. 이들 중에는 〈왕〉과 〈왕비〉라고 불리던 두 개의 바위가 있었는데 지금은 〈왕비〉만이 남아 있다오. 라이엘은 이 해변 전체가 점차 침식되어 가고 있다고 기술하면서 플램버러 역시 염수에 의해 깎이고 있다고 적고 있소. 또 해변 저 아래쪽의 침식 과정은 점토질 토양의 구멍에서 뿜어 나오는 물줄기 때문에 더욱 촉진되고 있다고 하오.

내 생각에는 담수와 염수가 서로 경쟁하며 몰려와 끌로 조각하듯 파내고, 혹은 샘에서 솟아오르며 작은 수로를 파내는 물방울의 힘이 강해서 이 하얀 대리석 동굴이며, 교회 모양의 암석, 또 그 기괴한 형상들이 생겨나는 듯하오. 이 광천수의 힘으로 종유석이나 석순이 만들어질 수 있다면, 사람의 귓구멍이나 심실도 수천 년에 걸친 압력과 혈류 때문에 형성된 것이 아닌지 모르겠소.

그렇다면 태어나서 여러 원인들에 의해 점차적으로 형성된 것이 그 개체는 사라지면서도 어떻게 그 형태를, 그 유형을 후대에 전이할 수 있을까? 내가 잘못 알고 있는 것이 아니라면 이 점은 아직 밝혀지지 않고 있다오. 나뭇가지 하나를 잘라 심어도 뿌리부터 가지 끝까지 나무 전체가 다시 자라날 수 있다는 얘기 아니오. 그 일이 어떻게 가능할까? 나뭇가지 하나가 어떻게 뿌리를 내릴 줄 알고 가지를 뻗을 줄 알까?

우리 세대는 파우스트 같은 면을 지니고 있소. 우리는 결코 알아서는 안 될 것을 알고자 노력하고 있다오. 라이엘은 바닷물에 잠겨 버린 알드브러는 물론, 오번, 하트번, 하이드 같은 마을에 대한 기록을 남기고 있소. 그 마을들은 육지 안쪽으로 옮겨 왔다오. 나는 이들 사라진 마을들과 관계된 신화나 전설을 찾아낼 수가 없었다오. 브르타뉴 지방의 신화나 전설의 경우들 같은 것 말이오. 그러나 어부들은 바다 한가운데 모래톱에서 물에 잠긴 집들, 교회들의 잔재를 찾아냈소……. 물속에 잠긴 도시 이즈에서 들려온다는 전설의 종소리 때문에 내내 밤잠을 설쳐야 하는 일은 없을지라도, 이곳에서 영국 전래의 장난꾸러기 요정 얘기는 찾아냈소. 그 요정은 〈요정 동굴〉이라 불리는 강물 속 깊은 굴에서 산다고 하오. 그 귀여운 요정이 백일해를 고쳐 준다고들 하지. (이 지방에서는 백일해를 별난 기침이라고 부른다오.) 이 〈요정 동굴〉은 케틀네스 마을 부근 절벽에 있는 동굴이라오. 1829년 12월의 어느 어두운 날 밤에 이 마을 전체가 바닷속으로 완전히 빠져 들어갔다더군.

당신은 내가 익사하거나, 바닷물이나 모래를 뒤집어쓸 위험 속에 있다고 걱정할지도 모르겠구려. 한번은 필리 브리그의 깊은 웅덩이에서 잘 뽑히지 않는 산호와 씨름하는 사이에 아무렇게나 옆에 놓아두었던 그물이 물살에 떠내려가 버렸다오. 그래도 조개삿갓 껍질과 작은 섭조개를 채집하다가 몇 군데 긁힌 자랑스러운 상처 이외에는 전혀 다친 데라곤 없다오. 이제 2주 후면 당신에게로 돌아가게 될 것이오. ─ 물속 깊은 곳에서 채집한 신기한 내 표본들과 함께 말이오.

「모티머 크로퍼는 자신이 이 여행의 모든 발자국을 뒤따라가 보았다고 주장합니다.」 롤런드가 모드에게 말했다. 「〈로마 시대의 길을 따라 피커링까지 가는 긴 도보 여행으로 시인은 나만큼이나 발이 아팠을 것이다. 비록 시인의 날카로운 관찰력은 후대의 내가 보았던 것보다는 훨씬 더 흥미롭고 즐거운 것들을 발견해 냈을 테지만……〉」

「그가 애쉬에게 동행이 있었다고 생각하지는 않았겠죠?」

「물론이죠. 그 편지들을 읽고 나서 당신이라면 그랬을까요?」
「아니지요. 혼자서 휴가를 떠난 남편이 허전한 저녁 시간에 부인한테 쓸 만한 편지들 같으니까요. 그가 〈당신이 함께 있다면〉, 혹은 〈당신도 이것을 보았다면〉 하는 식의 얘기를 하지 않는다는 사실이 중요한 문제가 아니라면 말이죠. 그건 전적으로 텍스트 연구자들이 밝혀야만 할 문제일 테니까요. 그가 이미 알고 있었던 것으로 우리가 밝혀 냈던, 물에 잠긴 도시 〈이즈〉에 대한 분명한 언급은 별도로 하더라도 말이에요. 한번 생각해 봅시다. 만일 당신이 크리스타벨에게 편지를 쓴 사람의 그 격정적인 상태에 있다면, 매일 저녁 크리스타벨이 보는 앞에서 부인에게 편지를 쓸 수 있었겠어요? 이 여행기를 쓸 수 있으시겠어요?」
「엘렌을 위해서 꼭 그래야 한다고 생각했다면 그랬을 수도 있겠지요.」
「그렇게 하려면 엄청난 자제력과 위선이 필요할 거예요. 그런데 그 편지들은 아주 평온한 상태에서 쓴 것처럼 보이잖아요.」
「이따금씩 그녀에게 확신을 심어 주려 한 듯한 인상을 받게 됩니다.」
「한번 그런 식으로 생각하면 계속 그런 식으로 읽게 되는 법이에요.」
「그러면 크리스타벨의 경우는요? 1859년 6월의 그녀에 대해 알려진 바가 있습니까?」
「기록 보관소에는 아무것도 없어요. 1860년 블랑슈가 죽을 때까지는 전혀 없지요. 어떻게 생각하세요?」
「블랑슈에게 무슨 일이 있었습니까?」
「물에 빠져 자살했어요. 옷을 입고 주머니에는 커다랗고 둥근 돌들을 가득 넣은 채, 푸트니의 다리에서 몸을 던졌어요. 확실히 죽기 위한 방법이었죠. 메리 울스턴크래프트[1]가 바로 그 다리에서 자살을 기도했던 사실이 그녀가 영웅적 행위로 떠받들었다는 기록이 있어요. 그녀는, 울스턴크래프트가 옷이 떠오르는 바람에 물속으로 가라앉기 어려웠다는 점에 주목했던 것이 분명해요.」

「자살 동기는 밝혀졌나요?」

「제대로 밝혀지지 않았어요. 빚을 갚을 능력이 없고, 자신은 이 세상에서 〈쓸모없는〉, 〈무가치한〉 인간이라는 내용의 유서를 남겨 놓았을 뿐이지요. 은행에는 동전 한닢 남은 게 없었어요. 검시관은 여성의 일시적인 정신적 불안정을 자살 원인으로 진단했고요. 그의 말에 따르면 〈여성은 격정적이고 비이성적인 감정의 변화를 겪는다고 알려져 있다〉는 것이죠.」

「여성들이 그렇다? 페미니스트들은 그런 주장을 자동차 사고가 나거나 무슨 시험을 치르는 경우에 이용하잖아요.」

「논의에서 벗어나지 마세요. 무슨 말을 하시려는지 알겠어요. 학자들은 크리스타벨이 항상 집에 있었다고 가정하지만 문제는 그녀가 〈나는 집을 떠나 있었다〉고 하는 증거를 제시했다는 점이지요. 전 그 기간이 하루나 일주일 혹은 기껏해야 이 주일 정도였으리라고 항상 생각해요.」

「블랑슈가 죽은 때는 몇 월이었지요?」

「1860년 6월이었어요. 그 이전 1년 동안의 크리스타벨에 대한 기록은 링컨셔에서 쓴 편지들밖에는 아무것도 없어요. 또 『멜루지나』의 단장(斷章) 몇 개에다, 백일해를 치료해 준다는 장난꾸러기 요정 얘기가 담긴 동화를 포함해서 그녀가 『가정 단신』지에 보낸 동화 몇 편이 있어요. 그렇다고 그것이

---

[1] Mary Wollstonecraft(1759~1797). 영국 낭만주의 초기 여성의 권리와 교육에 상당한 관심을 쏟으며 『여성의 권리를 변호함』이란 유명한 글을 남긴 여류 소설가.

어떤 증거가 된다는 말은 아니지요.」

「애쉬가 그녀에게 그 이야기를 해줬을 수도 있겠군요.」

「다른 곳에서 읽었을 수도 있겠죠. 그랬으리라고 생각하세요?」

「아닙니다. 그러면 그녀가 요크셔에 갔었을까요?」

「예. 그렇지만 그것을 어떻게 증명할 수 있을까요?」

「엘렌의 일기를 조사해 보면 되겠군요. 베아트리스 네스트에게 접근할 수 있겠어요? 이유를 밝히거나, 그 일을 저와 연관시키지 않고 말이죠.」

「어려운 일은 아닐 거예요.」

***

하얀 옷에 납빛 얼굴을 지닌 귀신 같은 느낌의 아이들 한 무리가 커피숍에 뛰어들어 와 주스를 더 달라고 떼를 썼다. 타이즈 차림에, 싸움터 나가는 인디언처럼 화장을 한 아이가 그 애들 옆에서 뛰어다녔다. 그 애 몸의 윤곽이 너무나 뚜렷해서 야만인의 조각상 같은 느낌을 주었다.

「크리스타벨은 어떤 생각을 가졌을까요?」 롤런드가 모드에게 물었다.

「그녀는 많은 요정들을 창조해 냈어요. 그녀는 우리의 진짜 모습을 너무나 잘 알고 있었던 것이죠. 빅토리아 시대의 근엄한 풍조 때문에 어려움을 겪거나 하지는 않은 듯해요.」

「불쌍한 블랑슈.」

「투신하기로 마음먹기 전에 그녀도 이 교회에 왔었어요. 이곳의 교구 목사를 알고 있었죠. 〈그분은 상상의 고통에 시달리는 처녀들을 용서해 주시듯이 저도 용서해 주십니다. 그분의 교회는 여자들로 가득하지요. 교회에서 떳떳이 얘기조차도 할 수 없는 여인들, 작은 강대보를 수놓을 수는 있으나 성화를 봉헌할 생각은 꿈도 꾸지 못하는 여인네들.〉

「불쌍한 블랑슈.」

***

「여보세요?」
「롤런드 미첼 씨 계십니까?」
「안 계세요. 어디 갔는지 잘 모르겠는데요.」
「말씀 좀 전해 주시겠어요?」
「만날 수 있으면 전해 드리지요. 저도 그의 얼굴을 자주 보지 못해서요. 게다가 그이는 메모를 잘 읽지도 않아요. 누구시죠?」
「모드 베일리라고 합니다. 제가 내일 대영도서관에 간다고 좀 전해 주세요. 네스트 박사를 만나러요.」
「모드 베일리 씨라고요?」
「예. 가능하다면 미첼 씨와 먼저 의논을 하고 싶어서요. 조금 미묘한 문제라서 말이지요. 꼭 전할 말도 있고 약속도 해야 하기 때문에……. 듣고 계십니까?」
「모드 베일리 씨라고 하셨지요?」
「그렇습니다. 여보세요? 듣고 계신가요? 여보세요? 누가 중간에서 끊어 버렸나? 이런 젠장.」

***

「발.」
「왜?」
「뭐, 잘못됐어?」

「아니. 뭐 딱히 잘못된 건 없어.」
「당신 행동이 뭔가 잘못된 듯이 보여.」
「내 행동이? 행동이 어떻길래? 내 행동이 잘못되었다는 걸 알아채는 모양을 보니 당신 좀 변한 모양이지?」
「저녁 내내 한마디도 하지 않았잖아.」
「그야 늘 있는 일 아니야?」
「아니야. 아무 말 하지 않는 데에도 차이가 있는 법이야.」
「그만 해. 신경 쓸 필요 없어.」
「좋아. 그만두지.」
「내일 외출 좀 할까 하는데, 괜찮겠지?」
「내일은 늦게까지 대영도서관에서 일할 거야. 괜찮아.」
「즐거우시겠군요. 전화 왔었어. 사람들은 내가 그저 전할 얘기만 받아쓰는 비서인 줄 아나 봐.」
「전화가 왔었다고?」
「정말 무례하더라. 당신 동료 모드 베일리 말이야. 내일 도서관에 있겠다고 하던데 자세한 내용은 기억이 안 나.」
「그 여자한테 뭐라고 했어?」
「내가 무슨 말 했을까 봐 걱정되는 모양이지? 아무 말도 하지 않았어. 그냥 전화를 끊었어.」
「이런, 발.」
「이런, 발, 발, 발. 항상 그런 얘기뿐이잖아. 그만 잘래. 내일 힘들 텐데 이만 자야겠어. 엄청난 소득세 사기 사건이야. 흥미롭겠지?」
「나더러 어떻게 해달라는 말 없었어? 베아트리스 네스트 얘기는 없었고?」
「기억이 안 나. 말했잖아. 모드 베일리, 그 여자가 런던에 있다니.」
그가 애초에 목소리를 높여 〈웃기지 말라〉고 소리칠 뜻이 있었다면 상황이 이렇게 되지는 않았을 것이다.

집에 침대를 하나 더 마련해 두었더라면, 당연히 그는 그 침대를 도피용으로 이용했을 텐데. 그렇게 하지 않았던 것은 일종의 자신감에 넘친 불찰이었다. 그는 어색하게나마 침대 매트리스 끝이라도 지키지 않을 수 없었다.

「당신 생각하고는 달라.」

「난 아무 생각도 안 해. 내 처지에 어디 뭘 생각할 만한 여유나 있어? 아무 얘기도 듣지 못했고, 아무것도 알지 못해. 그래서 아무것도 생각하지 못하는 거야. 난 쓸모없는 인간이라고. 신경 쓰지 마.」

어떤 끔찍한 경우를 예로 들어 이 여자가 발이 아니라면, 또 그녀가 다른 인물이었고 실종되어 찾을 수 없다면, 그는 도대체 무슨 일을 어떻게 했을까? 또 그는 실종된 발에게 어떤 책임이 있었을까?

***

모드와 베아트리스는 시작부터가 나빴다. 그 이유는 서로가 신체적으로도 너무 차이가 난다는 것 때문이기도 했으리라. 베아트리스는 엉켜 있는 털실 뭉치 같았고, 모드는 균형 잡히고 갸름한데다 날카로운 인상이었기 때문이다. 모드는 빅토리아 시대 부인들에 대한 질문지 비슷한 것을 항목별로 작성해서 엘렌 일기의 성격과 관련된 질문을 우회적으로 물어 나갔다.

「전 소위 위대한 인물이라는 분들의 아내들이 어떤 여자들이었는지 정말 알고 싶습니다.」

「제 견해로 그분은 위대한 분이셨죠.」

「그렇지요. 전 그런 분들의 부인이 남편의 명예에 안주하며 만족했는가, 혹은 상황이 좋았다면 자신들 나름대로 뭔가를 성취했을까 알고 싶은 겁니다. 그런 부인들 중 상당히 많은 분들이 높은 수준의 일기나, 아무도 모르는 작품을 썼지 않았습니까? 도로시 워즈워스[2]가 쓴 뛰어난 산문의 경우를 보세요. 그녀 자신이 작가가 될 수 있다고 생각했다면, 대작가의 누이가 아니라 한 사람의 작가로서 어떤 작품인들 못 썼겠습니까? 제가 묻고 싶은 것은 엘렌이 왜 일기를 썼는가 하는 문제입니다. 남편을 기쁘게 해주려고 썼을까요?」

「아, 그런 건 아니지요.」

「남편에게 일기를 보였을까요?」

「아니에요. 그렇지는 않았을 겁니다. 어디에든 그런 말은 없으니까요.」

「그럼, 어떤 형태로든 출판을 하려고 일기를 썼다고 생각하십니까?」

「그건 조금 어려운 질문이군요. 그녀 자신도 그 일기가 읽히리라는 사실은 알았겠지요. 그녀의 일기 속에는 디킨스가 채 묻히기도 전에 사람들이 그의 책상 서랍을 마구 뒤진다는 식의 당대 전기 저술 관례에 대한 신랄할 비판이 몇 군데 있습니다. 비록 빅토리아 시대의 평범한 비판이기는 하지만요. 그녀는 자신의 남편이 위대한 시인이란 걸 알았고, 그녀가 일기를 태우지 않으면 그 무례한 전기 작가들이 곧 들이닥치리라는 점도 알고 있었을 겁니다. 하지만 그녀는 일기를 내우지 않았어요. 아시다시피 편지는 많이 태웠지요. 모티머 크로퍼는 페이션스와 페이스가 태웠으리라고 생각하지만 전 엘렌이 태웠을 것이라고 생각합니다. 몇몇 편지는 그녀와 함께 묻히기도 했지만 말이지요.」

---

[2] Dorothy Wordsworth(1771~1855). 윌리엄 워즈워스의 여동생으로, 그녀의 일기는 자연에 관한 뛰어난 관찰을 담은 작품으로 평가된다.

「그녀가 일기를 쓴 이유가 무엇이라고 생각하십니까? 누군가와 대화를 하기 위해서였을까요? 아니면 양심을 시험해 보기 위해서였나요? 의무감에서였을까요? 왜 일기를 썼을까요?」

「제 나름대로 생각한 이론이 있어요. 약간은 억지처럼 들리겠지만요.」

「어떤 이론이십니까?」

「전 그녀가 따돌리려고 일기를 썼다고 봐요. 예, 그래요. 따돌리려고요.」

그들은 서로를 쳐다보았다. 모드가 다시 물었다.

「누구를 따돌린다는 겁니까? 그의 전기 작가를 말인가요?」

「그저 따돌리기 위해서요.」

모드는 기다렸다. 베아트리스는 별수 없다는 듯이 얘기를 꺼냈다.

「연구를 시작했을 때, 엘렌이 교양은 있지만 정말 재미없는 여자라고 생각했어요. 그런데 언제부턴가 그 견고한 표면 뒤에 언뜻언뜻 내비치는 무언가가 있다는 느낌을 갖게 됐지요. 그 일기가 위장이라고 생각했어요. 유인을 당하고 있었던 것이죠. 언뜻언뜻 내비치는 그게 무엇인지 제 나름대로 상상했어요. 사실은 그 무엇보다 무미건조한 내용인데도 말입니다. 제가 모든 것을 꾸며 내고 있었어요. 그녀가 뭔가 흥미로운 것 — 어떻게 표현하면 될까요. — 뭔가 매혹적인 얘기를 숨기고 있으리라 생각했습니다. 실은 전혀 그렇지 않은데도 말예요. 이런 것이 무미건조한 일기를 편집하는 데 뒤따르는 직업상의 위험이지요. 작가가 의도적으로 나를 따돌리고 있다고 생각하다니…….」

모드는 당황한 표정을 지으며 베아트리스를 다시 쳐다보았다. 홀쭉한 키의 베아트리스가 입고 있는 얼룩무늬 모직

옷과 튼튼해 보이는 허리띠가 한눈에 들어왔다. 원래는 감청색이었을 옷이 이제는 색이 많이 바래 있었다. 베아트리스는 목소리를 낮춰 말했다.

「이 일기를 그렇게 오래 연구하고도 별 성과가 없다고 생각하시겠지요. 정확히는 25년이 되었습니다. 시간이 점점 더 빨리 지나가는군요. 당신 같은 학자들 — 엘렌 애쉬와 그녀의 일기에 대해 관심을 가지고 있는 사람들이 점점 더 많은 관심을 보이고 있는데 연구 성과는 지지부진하다는 사실을 저도 의식하고 있어요. 제가 얻은 것은 그녀가 해낸 배우자로서의 역할에 대한 동정심 같은 것이죠. 정확히 말하자면 랜돌프 애쉬, 그에 대한 존경심 같은 것이었죠. 사람들은 여성으로서의 내 능력에 합당해 보이는 이런 일을 하기 위해서 이런저런 말들이 많았죠. 베일리 박사, 그 당시에는 이름난 여권론자라도 〈엠블라〉 시편을 연구할 분위기였어요.」

「그래요?」

「예, 그랬지요. 〈엠블라〉 시편 연구를요.」 그녀는 머뭇거리다가 다시 말을 꺼냈다. 「베일리 박사, 상상도 못하시겠지만 그때는 그랬답니다. 우리는 없어도 되는 물건쯤의 소외된 존재들이었지요. 제가 햇병아리 시절에는, 사실은 1960년대 후반까지도 그랬지만요, 여성들이 프린스 앨버트 대학의 교수 공동 연구실에 출입하는 일도 불가능했으니까요. 우리는 작고, 조금은 아담하다고나 할 연구실이 따로 있었어요. 그런데 여자들은 들어갈 수도 없고 들어갈 생각도 하지 않는 교수 전용 클럽에서 모든 중요한 일들이 결정됐죠. 전 담배 연기와 맥주 냄새는 딱 질색이에요. 하지만 그렇다고 해서 과의 방침을 논의하는 일에서 제외되어서는 안 되지요. 물론 우리를 채용해 준 것만도 감지덕지해야 했을 때였어요. 젊고 매력적이라는 점이 좋지 못할 수도 있구나 생각했어요. 하지만 나이를 먹으니까 더 힘들어지더군요. 베일리 박사님, 그런 상황에선 단순히 나이를 먹는 것만으로도 마녀가 되어야 하는 때가 있는 법이죠. 그러면 마녀 사냥이 한바탕 벌어지는 거예요. 제가 미쳤다고 생각하실 겁니다. 전 인신 공격 때문에 25년을 지체했다는 변명을 늘어놓으려는 거예요. 당신이라면 20년 전에 이미 연구서를 냈었겠죠. 사실은 제게 그것이 옳은 일이냐 하는 확신이 없었던 거예요. 또 내가 하던 일을 그녀가 흡족해 했을까도 의문이었고요.」

모드는 전혀 예상치도 못했던 동료애가 뜨겁게 달아오르는 것을 느꼈다.

「포기할 순 없으신가요? 독자적인 연구가 가능하세요?」

「책임감을 느끼는 거예요. 제 자신에게, 그 긴 세월들에 대하여, 또 그녀에게도요.」

「제가 일기를 좀 봐도 될까요? 전 1859년 일기에 특히 관심이 있어요. 애쉬가 그녀에게 보낸 편지들을 읽었거든요. 요크서에서 쓴 편지들이요. 그녀가 헉슬리의 강연에 참석했던 모양이죠?」

너무 뻔뻔스러운 요구였나? 결코 그렇지는 않았다. 베아트리스는 천천히 몸을 일으켜 회색의 철제 캐비닛에서 일기책을 꺼냈다. 그녀는 마치 누가 빼앗기라도 하는 듯 잠시 그 책을 움켜잡았다.

「스턴 교수라는 사람이 찾아왔었지요. 탈라하세에서요. 그 여자는 엘렌 애쉬와 남편, 혹은 다른 사람과의 성관계에 대해 알고자 했지요. 이 일기책에 그런 내용은 없다고 얘기해 줬어요. 그런데도 그 여자는 어딘가에 비유적으로 혹은 생략된 부분 속에 숨겨져 있을 것이라고 하더군요. 우리는 생략된 부분을 연구하는 방법은 배우지 않았거든요. 베일리 박사, 제가 단순하다고 생각하세요?」

「아닙니다. 가끔 레오노라 스턴이 오히려 더 단순한 여자라고 느껴지는걸요. 아니, 표현이 틀렸어요. 너무 외곬에다 지나치게 열성적이지요. 하지만 그 여자 말이 맞을 수도 있겠지요. 선생님께서 따돌림당하고 있다는 느낌을 갖게 되는 것도 그 일기에 감춰진 조직적인 생략 때문일지 모르죠.」

베아트리스는 잠시 생각하더니 다시 입을 열었다. 「그렇게 인정할 수도 있겠죠. 뭔가 생략되어 있다? 그래도 그런 종류의 내용이 생략되었다고 생각해야 하는지 이해할 수가 없어요.」 이렇듯 얼굴을 붉히며 완강히 부인하는 태도에서 모드는 또 다른 동료애를 느꼈다. 그녀는 의자를 바싹 당겨 앉으면서 지쳐 있는 주름진 얼굴을 들여다보았다. 모드는 격분한 레오노라의 모습과 악의로 이죽거리는 퍼거스의 모습을 떠올렸고, 20세기 문학 연구의 방향과 노력, 때 묻은 새하얀 침대보를 생각했다.

「맞습니다, 네스트 박사님. 사실 제 생각도 그래요. 우리는 학문의 세계나 우리의 사고 전체를 의문시하지요. 성이 모든 것의 중심이라는 사실만 제외하고요. 불행히도 여성 해방론마저도 그런 문제를 중시하는 태도를 면치 못하고 있으니까요. 저는 때로 지질학을 해볼걸 하는 생각을 한답니다.」

베아트리스 네스트는 웃음 지으면서 일기를 건네주었다.

엘렌 애쉬의 일기

1859년 6월 4일

사랑하는 그이 랜돌프가 없는 집 안은 공허하기 이를 데 없다. 그이가 없는 사이 내 머릿속은 어떻게 하면 그이를 좀 더 편하게 할 수 있을까 하는 생각으로 꽉 차 있다. 서재와 옷 갈아입는 방의 커튼을 떼어 내 빨랫줄에 걸고 깨끗하게 털어야겠다. 위쪽 커튼은 세탁을 해야 좋을지 잘 모르겠다. 세탁을 한 응접실 커튼들의 색상이나 주름 모양이 예전 같지 않기 때문이다. 버사한테 부지런히 먼지를 털고 솔질을 하게 해서 그 결과를 봐야 할 것 같다. 요사이 버사가 조금 게을러졌다. 불러도 금방 오지 않고, 일도 제대로 끝마쳐 놓질 않는다. (가장자리에 시커멓게 때가 묻은 촛대나 그이의 잠옷 단추들이 아직 그대로 있다.) 버사에게 좋지 않은 일이 있는 것은 아닌지 궁금하다. 먼저 있던 하녀들 때문에 항상 불안하고 집 안이 너저분했던 차에 — 그렇다. 그들이 한 일이라곤 심술 부리는 것과 온통 망가뜨리는 것뿐이었다. 버사는 처음 일하러 왔을 때처럼 눈코 뜰 새 없이 계속 부지런히길 바랐는데, 기분이 나쁜 걸까, 건강이 좋지 못한 걸까? 양쪽 다 걱정스러운 일이지만 별로 생각하고 싶지 않다. 내일은 그 아이한테 직접 물어봐야겠다. 이런 일이 내게 얼마나 큰 용기가 필요하고 게다가 얼마나 어려운지 그 아이가 알면 놀라겠지. 그 애의 일상이나 내 생활이 혼란스러워지는 것은 당연할 테니까. 나는 어머니 같은 후덕함을 갖고 있지 못하다. 또 어머니가 적절하게 타고나셨던 많은 장점들이 내게는 없다.

무엇보다도 그이가 집에 없을 때는 저녁나절 서로 나지막하게 책을 읽어 주던 시간들이 그립다. 그가 떠나면서 접은 페트라르카 공부를 계속할까 생각하다가, 그냥 그만두기로 했다. 그 옛날 페트라르카의 열정을 생생하게 되살려 주는 그이의 아름다운 목소리 없이는 잃는 것이 너무 많다. 그이의 연구욕을 함께해 보고자 라이엘의 『지질학 원리』 한두 장(章)을 읽으면서 그의 지적인 진지함에 매료되었고, 그가 지구의 지각이 형성되기까지 걸렸다고 주장하는 그 아득한 시간에 대해 두려움까지 생겼다. 그의 주장이 옳다면 지각은 아직도 계속 생성 중인 것이다. 그이가 시 속에 아름답게 표현했듯이, 인간의 모습으로 오셨던 그분의 사랑이 드러나지 않는 곳이 그 어디겠는가? 나는 보크 목사님과 달리, 모든 것은 기나긴 시간에 걸쳐 생겨났다는 새로운 지식이 우리의 기존 신앙과 상충되지 않는다고 생각한다. 나의 상상력이 부족하거나 내 신앙이 너무 본능적이거나 직관적일지도 모르겠다. 노아의 홍수 이야기가 완전히 시적인 창작이라고 판명된다고 해서, 위대한 시인의 아내인 내가 인간이 범한 죄의 징벌이라는 그 이야기의 교훈을 염두에 두지 않겠는가? 예수님의 그 모범적인 삶과 기쁨에 넘친 신비스러운 죽음을 창작이라고 생각한다면, 그야말로 위험한 일일 것이다.

그러나 그 같은 의심의 풍조를 만들어 낸 시대에 산다는 자체가 허버트 보크 목사에게는 분명히 근심의 원인일 것이다. 그분은 (여성답고 덕스러우며 순수한) 내 직관적 판단에 의해 헛된 것이라고 입증된 의심 때문에 혼란스러워해서는 안 된다고 말씀하신다. 보크 목사님은 구주께서 살아 계시고 그분의 부르심에 응답하는 일이 곧 그분의 권능을 인정하는 것과 같으니, 믿는 자들은 주의 부르심에 응답해야 한다고 말씀하신다. 물론 나는 부르심에 응답한다. 기꺼이 응답한다. 또 나는 구주께서 살아 계신다는 것도 알고 있다. 그러나 허버트 보크 목사가 자신의 지석인 의심을 해결하여, 우리의 기도가 지금처럼 어둠 속에서 헤매기보다는 항상 돌보아 주시는 하나님의 섭리 안에서 정직한 찬양과 건강한 믿음으로 가득 찰 수 있다면 그보다 더 바랄 것이 없겠다.

글을 쓰다 보니 너무 늦었다. 하인들과 떨어져 집에 혼자 있는 것이 아니니 너무 늦게까지 일을 해서는 안 되겠다. 이만 책을 덮고 잠자리에 들어야겠다. 내일은 커튼의 먼지도 털고 힘들더라도 버사에게 무슨 문제가 있나 알아보기도 해야 할 테니까.

6월 6일

오늘 페이션스에게서 편지가 왔다. 이트리트 해변으로 가족과 함께 여름휴가를 가는 길에 이곳에서 며칠 지내겠다고 한다. 그녀를 반겨 맞아야겠다. 멀리 떨어져 있는 사랑하는 사람들의 소식과 그들의 생각을 듣는다는 것은 단순한 기쁨 이상의 것이다. 그러나 세간의 반쯤을 어질러 놓은 상태에서, 도자기의 품목 조사와 세척일도 마무리를 못했으니……. 어떤 의자들은 커버를 씌워 놓았고 또 어떤 의자들은 빌 씨에게 꿰매게 하고 있는 이때에 손님이 찾아온다는 것은 썩 마음에 내키는 일이 아니다. 빌 씨는 랜돌프의 서재 의자 팔걸이와 푹신한 방석 사이에서 2기니의 돈과, 큰 싸움의 원인이 되었던 잃어버린 양초값 청구서, 또 성 스위딘 성당의 부녀회가 선물한 펜촉닦이를 찾아냈다. 「잉크 얼룩 때문에 훌륭한 작품 전부를 더럽히게 될지도 모른다는 생각을 해냈다는 것 자체가 나로서는 이해하기 힘든 신기한 일이다.」 샹들리에를 내려 수정 장식들 하나하나를 깨끗이 닦았다. 어느 정도는 정돈이 되어 있으나 흐트러진 면도 없지 않은 이 집 안을 에니드, 조지, 아서, 도라가 뛰어다닐 것이다. 그 애들이 아무리 조심하고 다녀도 한창 까불며 돌아다닐 때이니 만큼 이 수정 장식에는 위험한 존재들이다. 분명 그 애들은 올 것이다. 오라고 편지를 보냈으니까. 샹들리에를 다시 걸어 놓아야 할까, 아니면 치워 버려야 할까? 내 서재에서 수프와 빵 한 조각으로 식사를 끝냈다.

6월 7일

랜돌프에게서 편지가 왔다. 그이는 건강도 좋고 연구도 상당한 진척을 보이고 있다고 한다. 그이가 돌아오면 토론할 사항이 많을 것 같다. 오늘은 목에 염증이 생겼고, 가끔씩 심한 재채기에 시달렸다. 아마도 청소하느라 생긴 먼지들 때문이리라. 그래서 오후에는 커튼을 치고 잠자리에 들었으나 잠깐씩 졸기만 했을 뿐 충분한 휴식을 취하지 못했다. 내일은 기운을 차려야만 페이션스를 맞이할 수 있을 텐데. 버사가 아이들이 쓰던 방에 잠자리를 마련해 두었다. 그녀에게 무슨 문제가 있는지 아직 물어보지 못했다. 분명 무슨 일이 있는지, 일주일 전보다 훨씬 더 우울하고 무기력하다.

6월 9일

그이가 집에 없다는 사실이 얼마나 다행스러운지, 꼭 24시간 만에 이 집은 완전히 아수라장으로 변해 버렸다. 조지와 아서는 작지만 튼튼한 아이들이다. 이 점에는 감사하지 않을 수 없다. 귀여운 여자애들이 잠을 잘 때 보면 약간은 창백한 피부에 커다랗고 해맑은 눈이 아름답기 그지없다. 페이션스는 이 애들을 자신의 천사들이라고 부른다. 그렇다. 그 애들은 분명 천사들이다. 그러나 이 집이 아수라장이 된 것을 보면 그 애들은 타락한 천사들인가 보다. 네 명의 조카애들이 식탁보를 잡아당기고 꽃들을 여기저기 흩어 놓았다. 조지의 경우는, 내가 우려했던 대로 샹들리에에서 떼어 낸 수정 장식들을 도자기 속에 넣어 마치 시냇가 조약돌 구르는 듯한 소리를 내는 등, 하지 말아야 할 일들만 골라 하였다. 페이션스의 유모는 쉴 새 없이 뽀뽀해 주고 안아 주고 하는 일은 잘할지 모르겠지만, 그렇게 엄격한 사람은 아닌 것 같았다. 페이션스는 환하게 웃기만 하면서 유모인 그레이스가 애들을 무척 사랑해 준다고 말한다. 내가 보아도 그 말은 맞는 듯하다.

나는 페이션스에게 한창 피어나는 듯하다고 말하기는 했으나 사실 그렇지 않았다. 악의없는 작은 거짓말쯤은 하나님께서도 용서해 주시겠지. 그녀가 변한 모습을 보고 나는 약간 놀랐다. 머릿결엔 윤기가 사라졌고, 예뻤던 얼굴에는 주름이 져 있고, 옛날에는 항상 단정하던 옷매무새가 많이 흐트러져 있었다. 자기는 건강도 좋고 행복하다고 말하지만 자주 숨이 차고 허리에 통증이 있고, 계속 이와 머리가 아프다는 등 여러 만성 질환의 고통을 호소했다. 그녀의 말로는 이 증상들이 마지막 아이를 낳은 이후 더욱 심해졌다고 한다. 그녀는 이런 상황에서는 자기 남편 바나바스가 가장 이해심 많은 남편일 것이라고 말한다. 그는 지금 신학 저술에 몰두하고 있다. 그는 허버트 목사와 같은 교파는 아니다. 페이션스의 말에 따르면 곧 성당의 수석 사제가 될 가망성이 높다고 한다.

6월 10일

천사 같은 그 애들이 바람을 쐬러 리젠트 공원에 나가고 없었기 때문에 저녁 식사를 하면서 페이션스와 둘이서만 많은 이야기를 나눌 수 있었다. 우리는 클로스에서 살던 옛날, 과수원에서 뛰놀던 일, 어엿한 여성이 되기를 꿈꾸던 일 등을 아득한 그리움으로 얘기했다. 우리는 또 그 옛날의 부채, 스타킹, 기나긴 설교 시간에 머리를 무겁게 내리눌러 고통스럽기만 하던 둥근 모자, 그리고 15명의 아이들을 낳으시며 어머니께서 겪으셨을 고생을 얘기했다. 그 15명 중에서 우리 네 딸만이 살아남은 것이었다.

여느 때와 마찬가지로 예리한 페이션스의 관찰력은 버사에게 무슨 일인가 있음을 금방 알아냈다. 또 그게 무슨 일일지 추측해 보기도 했다. 나는 버사와 얘기 나눌 좋은 시기를 엿보고 있는 중이라고 말했다. 페이션스는 너무 오래 주저하다가는 버사 자신과 집안일에 해가 될 뿐이라고 말했다. 페이션스는 죄악을 그냥 보고만 있으면 전염될 수 있다는 생각이 뿌리 깊다. 나는 우리가 죄인까지도 사랑해야 한다고 말했으나, 페이션스의 대답은 그렇다고 그것이 명백한 죄악의 증거를 보고도 벌하지 않고 그냥 놓아두는 것을 의미하지는 않는다고 했다. 우리는 어머니가 이런 상황에서 보여 주셨던 당신의 용기와, 잘못을 저지른 젊은 하녀에게 직접 벌주는 것을 의무라고 생각하셨던 일을 회상했다. 특히 터자 콜릿이 생각난다. 그녀는 팔을 치켜들고 쫓아다니시던 어머니를 피해 이방저방 비명을 지르며 도망다녔다. 그 비명 소리를 결코 잊지 못하리라. 나는 절대 내 하인에게는 손을 대지 않을 터이다. 페이션스도 말은 그렇게 하지만 그러지는 않을 것이다. 그렇지만 그녀의 말에 따르면 바나바스는 적절한 상황을 택해 벌을 주는 것이 유익한 일이라 믿는다고 한다. 내 사랑 랜돌프는 데리고 있는 젊은 하녀들에게 매를 들지 않으리라 믿는다. 그이가 돌아오시기 전에 버사에게 나가라고 해야겠다. 그것이 내 의무다.

6월 12일

드디어 그이에게서 편지가 왔다. 건강도 좋고 연구도 잘 되어 가고 있단다. 나는 바빴던 나날의 이야기를 길게 써서 그이에게 부쳤다. 지금으로서는 그이가 신경 쓰기에 알맞지 못한 일들을 적을 시간도, 그럴 의향도 없다. 두 개의 수정 장식에 흠집이 생겼다. 하나는 왕관 모양의 중앙부에 달렸던 커다란 것이고, 또 다른 하나는 가장자리에 있어 눈에 덜 띄던 것이다. 어떻게 해야 할까? 옳은 일은 아니지만 내게는 의심하는 버릇이 있다. 아서와 조지가 잘못해 수정 장식들이 들어 있던 그릇을 차는 바람에 이 두 개가 깨졌음이 틀림없다. 사랑하는 그이에게 이 대청소 얘기는 하지 않았다. 돌아오면 산뜻하게 정돈된 집 안의 모습으로 놀라게 해줄 작정이었다. 흠집이 생긴 수정 장식을 바꿔볼 수도 있겠지만 제 시간 내에 될 일도 아닐 듯싶고, 그러자면 비용도 너무 많이 들 것 같다. 그러나 눈에 보일 정도로 금이 가고 흠집이 난 것을 그냥 걸어 두어야 한다고 생각하니 그것도 영 마음에 걸린다.

버사와 얘기를 나눴다. 내 생각대로, 또 페이션스의 말대로였다. 애 아버지가 누군지는 말하려 들지 않았다. 통곡을 하면서도 그 남자가 결혼이나 다른 방법으로 자기를 돌볼 수 있으리라는 점은 완강히 부인했다. 그녀는 후회의 빛이 전혀 없었고, 그렇다고 항변하지도 않았다. 다만 「어떻게 할까요?」라는 말만 되풀이할 뿐이었다. 나 역시 충분한 대답을 해줄 수가 없었다. 그녀는 〈제 생각이 어떻든 계속될 것〉이라는 이상한 말만 했다. 내가 그 아이 어머니에게 편지를 보내겠다고 하자 그 애는 제발 그 일만은 말아달라고 애걸했다. 「그러면 어머니는 크게 상심하셔서 다시는 절 보려고 하지 않으실 거예요」라고 그 애는 말했다. 그 애는 어디로 가면 될까? 어떤 집에 갈 수 있을까? 인자한 기독교인으로서 그 애에게 무슨 말을 해줄 수 있을까? 이런 문제로 랜돌프의 연구를 방해하고 싶지는 않으나 그의 동의없이 내가 버사한테 해줄 수 있는 일은 그리 많지 않다. 또, 다른 하녀를 구한다는 것은 생각만 해도 끔찍하다. 하인 고르는 일에는 음주, 도벽, 가구 파손, 도덕적 결함 등 염려해야 할 사항들이 항상 따라다니게 마련이다. 내가 아는 몇몇 부인네들은 먼 곳이나 시골에서 하인들을 구하기도 한다. 런던 사람들의 이 잘난 체하며 거들먹거리는 꼴이란 따라하기도 어려운 것이다.

페이션스는 하인들이 교육을 받지 못해서 천성적으로 배은망덕하다고 말한다. 그러나 그들을 만나서 사람됨을 판단하고 질문도 해야 하는 이런 때에는 그들이 증오심을 느끼지 않을까 궁금해진다. 몇몇 사람은 틀림없이 증오심을 느낄 것이다. 진정한 기독교인이 어떻게 주인과 하인의 구별이 있는 세계를 〈당연〉하다고 생각하는지, 나도 모르겠다. 그분은 미천한 사람들 — 아마도 그분께는 이들이 더 중요했을 것이다. — 또 재산이나 영혼이 가난한 사람들을 위해 오셨다.

랜돌프가 집에 있다면 이 문제를 함께 의논할 텐데. 그러나 그가 없대도 상관없다. 이것은 내가 책임지고 결정할 문제니까.

6월

페이션스와 그 가족들이 오늘 아침 도버로 떠났다. — 활짝 웃는 모습에 손수건을 흔들면서. 안전한 여행이 되기를 빈다. 해변에서의 즐거움을 만끽하기를. 그 애들이 떠나고 난 직후 랜돌프에게서 또 편지가 왔다. 바닷바람과 바다 내음, 또 다른 여러 즐거운 감상을 가득 담은 편지였다. 런던은 무척이나 무덥다. 곧 폭풍이라도 닥칠 듯한 느낌이다. 이상할 정도로 조용하고 후텁지근하다. 버사 문제를 허버트 보크 목사님과 의논해 보기로 마음먹었다. 두통이 생길 것 같은 느낌에, 또 집 안이 갑자기 조용해지고 쓸

쓸해졌다는 느낌 때문에 당황스럽기조차 하다. 내 방으로 들어와 두 시간을 자고 나니 현기증이 나긴 했지만 약간 원기를 회복했다.

6월

허버트 보크 목사님께서 오셔서 차를 들며 얘기를 나눴다. 체스를 두자고 내가 말을 꺼냈다. 그렇게 하면 자신의 의혹이나 신념을 표현하는 일에 너무 열을 올리는 그분의 주의를 다른 데로 돌릴 수도 있고, 또 내가 그 작은 말들을 이용해 벌이는 싸움을 즐기기 때문이다. 그분은 내가 여자 치고는 참 잘 두는 편이라고 기분 좋게 말씀하셨다. 나 역시 그 말을 기꺼이 인정했다. 내가 멋지게 승리를 거두었기에.

그분께 버사 문제를 의논드렸다. 그분은 그 애와 같은 처지에 있는 여자들이 해산할 수 있도록 훌륭한 시설을 갖춘 기관이 있다고 내게 말씀해 주셨다. 또 가능한 경우에는 다시 일자리를 얻도록 도와주기도 한다며 그 애를 받아줄 수 있는지 알아보겠다고 말씀해 주셨다. 나는 그 애가 해산할 때까지 나와 랜돌프가 직접 생활비를 대주겠다고 말하기까지 했다. 그렇게 해서 그 애가 그곳에서 해산할 수 있다면 말이다. 그분은 그곳 기숙사가 수용자들 스스로에 의해서 청결하게 운영되고 있으며, 음식은 평범하지만 영양가 높은 것으로 역시 수용자들 자신이 직접 요리한다는 얘기를 들었다고 하셨다.

6월

깊은 잠을 못 자면서도 보크 목사님과 체스를 두는 이상한 꿈만 짧게 꾸었다. 목사님은 나의 퀸도 킹처럼 한 칸씩

밖에 움직일 수 없다고 정해 버렸다. 불공평한 일인 줄은 알면서도 꿈속의 멍한 상태에서, 그 규칙이 뒷줄에 의젓한 모습으로 자리 잡고 있지만 세력을 완전히 상실한 듯이 보이는 나의 빨간색 킹과 관련이 있음을 미처 깨닫지 못했다. 뜨개질이나 레이스의 치밀한 짜임새의 성긴 부분처럼 내 퀸은 이상하게 옮겨 다녀야 할 듯했다. 그러나 그것은 한 번에 한 칸씩, 그것도 답답하게 앞뒤로밖에는 움직일 수가 없었다. 보크 목사님은 꿈속에 나타날 때는 항상 나직하게 「그것 보세요. 이길 수 없다고 말씀 드렸잖아요」라고 말했다. 그렇다는 것을 알고는 있었지만, 나는 이상할 정도로 흥분해 있었고 무엇보다도 내 퀸을 대각선 방향으로 자유로이 움직여 보고 싶었다. 곰곰 생각해 보니 체스에서만은 여성 말들이 크게 움직일 수도 있고 아무 방향으로나 자유로이 가로질러 옮겨 다닐 수 있다는 것이 이상한 일이었다. 현실의 삶에서는 정반대이지 않은가.

오후에 보크 목사님께서 다시 오셔서, 신약 성서에 나오는 기적 이야기들의 동기가 나쁘다는 주장이 사악하기 그지없다며 열변을 토하셨다. 특히 나자로의 부활의 기적에 대해서 그렇다고 했다. 또 버사가 가게 될 기관에 대해 알아보셨는데 일이 아주 잘 진행되고 있다고도 하셨다. 아직 그 애에게는 이 얘기를 하지 않았다. 기대만 부풀려 놓았다가 실망하면 안 될 테니까. 그 애는 뚱한 표정을 지으며 어떤 일에도 도무지 성의가 없어 보인다.

6월

놀랄 일이다! 랜돌프의 선물과 시 한 편을 담은 작은 소포 하나가 도착했다. 모두 나를 위한 것들이었다. 그이는 휘트비라는 어촌 마을에 갔는데 그곳 사람들은 해변에

밀려온 흑옥을 닦아 세공하여 단추와 장식물, 보석으로 만드는 기막힌 기술을 가지고 있다고 편지에 적었다. 그이는 내게 요크셔 가(家)의 장미 문양, 그것도 가시 돋친 가지가 서로 꼬인 모습에 잎새까지 조각된 멋진 브로치를 보냈다. 예술 감각도 있고 놀랄 만큼 사실적인 조각이다. 이 흑옥은 숯보다도 검고, 오목조목 각진 면들마다 빛을 발하는데, 그 자체에서 맹렬한 에너지가 발산되어 나오는 듯한 느낌이다. 흑옥의 특징 중 하나는 그것을 문지르면 자석처럼 가벼운 물체를 끌어당긴다는 것이다. 랜돌프는 이것이 갈탄의 일종이라고 적어 보냈다. 석탄과 마찬가지로 유기 암석인 이 물질에 그이는 상당히 흥미를 느끼는 것이 분명하다. 나는 흑옥 구슬을 몇 개 가지고 있기도 하고 많이 보기도 했지만, 그 검은 정도나 광택에 있어 이에 버금가는 것은 한 번도 본 적이 없다.

여기에 그의 시를 옮겨 적는다. 내게는 아름다운 그 어떤 선물보다 이 시가 더 소중하기 때문이다. 우리는 매우 행복한 생활을 하고 있다. 우리가 서로 떨어져 있기는 하지만 우리 사이의 신뢰와 애정은 더욱더 깊게 자라만 간다.

　나는 역설을 사랑하오
　검은 옥에 요크셔 가의 흰 장미를 새겨
　이곳에 영원히 새겨진 여름 장미의 연약함
　아직은 슬프지 않은 죽음 속에 핀 생명을 그대에게 보내오

　까맣게 죽은 상고의 나무들
　그 사라져 버린 원초의 빛으로 오늘 우리의 화로를 데워 주듯

그대의 마음속, 해악으로부터 안전한 우리 사랑,
백발이 되어도 그 빛으로 우리를 밝히니.

6월

 별로 좋지 않은 날이었다. 버사에게 이제 그만두었으면 좋겠다고, 또 그녀가 동의하면 보크 목사가 마그달렌 숙사에 들어갈 수 있도록 수속을 밟아 줄 것이라고 말했다. 그 애는 한마디 대답도 않고, 내 말을 받아들일 수 없다는 듯 검붉은 안색에 거칠게 숨을 몰아쉬면서 그저 쳐다보기만 했다. 보크 목사님께서 매우 수고하셨다는 얘기와 그 애더러 정말 운이 좋은 거라고 말했으나, 성난 듯한 한숨과 가쁜 숨소리만이 내 작은 거실을 가득 채웠다. 이 제의를 잘 생각해 보고 난 후 대답을 주리라 기대한다는 말과 함께 나는 그 애를 해고했다. 다음 주말까지는 집에서 나가야 한다는 말도 덧붙였어야 했는데 그럴 수가 없었다. 그 애는 어떻게 될까?

 독자들로부터 편지가 점점 더 많이 쏟아져 들어오고 있다. 그중에는 자신의 시를 동봉해 오는 것부터 〈그이〉의 성경이나 셰익스피어 작품집에 꽂으라고 보내는 말린 꽃들, 또 사인을 보내 달라는 요청, 〈주제넘게도〉 어떤 책을 한번 읽어 보라는 내용, 게다가 그이가 관심을 보이리라고, 혹은 그이의 추천이 있으면 도움이 될까 하여 자신이 쓴 서사시나 논문, 심지어는 소설을 읽어 달라고 보내는 경우들도 있다. 그런 편지들에 나는 가급적 부드럽게 행운을 빈다는 내용과 함께 그이는 정말 바쁘다고 답장한다. 사실이 그렇다. 책을 읽고 심오한 생각을 펼 만큼 여유를 주지도 않으면서 어떻게 독자들은 누구 말따나 그이가 끊임없이 그 〈심원한 사상〉으로 자신들을 〈놀랍고 즐겁게〉 해주기를 바랄 수 있겠는가? 이 편지들 가운데 매우 중요한 문제라면서 나와 개인적으로 만나 얘기하고 싶다는 내용의 편지가 하나 있었다. 이런 편지 역시 흔한 것으로 많은 여성들, 특히 젊은 여성들이 그이에게 접근하려는 목적으로 내 주의를 끌어보려고들 한다. 나는 정중하게, 그런 경우가 너무 많기 때문에 모르는 사람과는 개인적으로 만나지 않으며, 특별히 할 얘기가 있으면 그 문제를 우선 편지로 알려 달라고 답장을 했다. 어떻게 나오는지 두고 봐야겠다. 별일 아니겠지.

6월

오늘은 더 형편없었다. 두통에 시달리며 하루 종일 침실에 커튼을 치고 비몽사몽간에 누워 있었다. 말로는 표현할 수 없지만 수시로 느껴지는 감각들에 온몸이 시달렸다. 〈꼭 빵 굽는 냄새나 금속 광택제 냄새처럼〉, 경험해 보지 않은 사람들로서는 알 수 없는 감각이었다. 현기증에 아뜩한 느낌이 오면 몸이 무감각해지면서 곧 두통이 시작될 것임을 알 수 있게 된다. 한번 이러한 상태가 시작되면 언제 끝날지 알 수가 없다. 따라서 이를 견디려면 정말 영원한 인내심이 필요한 듯하다. 저녁때가 되면서 상태가 조금 나아졌다.

다급한 일로 편지를 한다는 그 알 수 없는 여인에게서 또다시 편지가 왔다. 생사가 달린 문제란다. 그 여자는 교육은 제대로 받은 것 같고, 히스테리 증세가 있는 것 같지만 그리 심한 듯하지는 않다. 너무 기력이 떨어져 어떻게 해야 할지 결정할 수가 없었기 때문에 그 편지를 치워 두었다. 두통으로도 사람들은, 살고 죽는 문제가 그리 큰 일이 아닌 것처럼 보이는 두 세계의 아주 신기한 경계 상태를 경험한다.

6월

 오늘은 더 악화됐다. 핌로트 박사님께서 오셔서 아편제를 처방해 주셨다. 그 약을 먹고 나니 조금 나아졌다. 오후에는 누군가가 찾아왔었는데, 정신이 없는 버사가 나를 굳이 만나 보겠다는 그 낯선 여자를 들여보냈다. 그때 나는 일어나서 수프를 조금씩 먹고 있었다. 나는 그 여자에게 내가 회복되면 다시 찾아와 달라고 말했다. 그 여자는 기꺼이, 그러나 약간은 불안정한 표정으로 내 제안을 받아들였다. 나는 아편제를 더 복용하고 컴컴한 내 방으로 들어왔다. 어느 작가도 숙면의 축복을 제대로 다루지는 못했다. 콜리지는 고통스러운 잠에 대해서만 얘기했고, 맥베스는 청해도 오지 않는 잠에 대해서만 탄식했다. 그러나 이 세상에 대한 집착에서 벗어나 살며시 다른 세계로 빠져들어 가는 그 축복은 어느 누구도 얘기하지 않았다. 커튼을 드리우고 따뜻한 담요에 싸인 채 아무런 중압감도 느끼지 못한 듯, 그 축복은 찾아오는데……

6월

 반나절은 두통에 시달렸고 또 반나절은 원기 회복, 상쾌한 기분이었다. 내가 통증으로 멍하니 있던 며칠 동안 가구 청소는 잘 진행되어 안락의자며 테이블보, 램프, 발 등 모두가 새것 같아 보인다.

6월

 시인은 환상을 보는 천사 같은 능력을 갖춘 신적인 존재가 아니다. 랜돌프는 항상 그 같은 타이틀을 거부했다. 그이는 〈사람들을 상대로 이야기하는 사람〉이라는 윌리엄 워즈워스의 정의를 이용하길 좋아했다. 그러나 다양한 인간의 모습과 그들의 어리석은 행동들을 워즈워스보다는 훨씬 많이 알고 있다. 워즈워스는 내면적인 것에만 집착했으니까.

허버트 보크 목사님께서 오셔서 자상하게 버사와 얘기를 하셨다. 그 애는 전에 나와 얘기할 때처럼 얼굴이 벌개져서 아무 말도 않고 서 있을 뿐이었다.

7월

오늘 아침, 버사가 밤새 도망쳤다는 사실을 알게 됐다. 제니의 주장대로라면 자기 물건 전부에다 제니 것 몇 개까지 가지고 나갔다고 한다. 버사가 가지고 갔다는 물건은 제니의 여행 가방과 모직 숄이란다. 서랍과 캐비닛 속에는 은집기가 전부 정돈되어 있어 마음만 먹었으면 가져갈 수도 있었을 텐데 우리 집 물건은 하나도 없어진 것이 없는 듯하다. 그 애가 숄이 자기 것이라고 생각을 했거나, 제니가 잘못 알았을 것이다.

그 애가 어디로 갔단 말인가? 어떻게 하는 것이 최선일까? 그 애 어머니한테 편지를 보내야 할까? 이 방법에는 찬성도 있고 반대도 있다. 그 애는 자기 어머니가 자신의 처지를 몰랐으면 좋겠다고 했으나, 그곳으로 피신해 있을 수도 있으니까.

나는 제니에게 내가 걸치던 숄 하나와 여행 가방 하나를 주었다. 그 애 기분이 훨씬 좋아졌다.

버사는 그 남자에게로 갔을지도 모른다. 그는

(그 다음은 지워져 있었다.)

그 애를 찾아야 할까? 그 애 성격에 길거리로 나섰을 리는 없을 터이다. 그 애를 찾아낸다면 우리가 무슨 보복이라도 하려고 찾아 나선 것처럼 보이지는 않을까? 그렇게 되면 내 의도와는 달라진다.

 나는 그 애의 문제를 잘 해결하지 못했다. 내 처신이 훌륭하지 못했다. 보크 목사님도 재치있는 분은 아니다. 그렇지만 일을 이런 식으로 시작할 때 그건 이미 알고 있었지 않았는가?

7월
 오늘도 앓았다. 하루 종일 커튼을 걸어 놓은 채 누워 있었다. 미신 때문인지는 몰라도 커튼을 드리운 채로 집 안에 너무 오래 있는 일이 두려웠기 때문이다. 이리저리 몰려 다니는 안개 속으로 우중충한 햇빛이 비쳤다. 저녁때에는 뿌연 하늘에 크기도 더 작아 보이고, 우중충해 보이는 달이 떠올랐다. 나는 하루 종일 같은 자세로 꼼짝도 하지 않았다. 가만히 있으면 감각도 통증도 없었으나, 몸을 뒤척일 때마다 심한 통증이 뒤따랐다. 하루가 끝나 잠들기만을 바라며 가만히 누워 있는 일을 며칠이나 계속할 수 있을까. 나는 살아 있으면서도 바깥 세상과는 격리된 채, 숨은 쉬지만 움직이지는 않고, 유리관 속에 들어 있는 백설공주처럼 가만히 누워 있기만 했다.

 바깥 세상에서는 사람들이 더위며 추위, 그 변덕스러운 세파를 겪고 있다. 그이가 돌아오면 상쾌하게 원기를 회복해야만 한다. 반드시 그래야 한다.

모드가 말을 꺼냈다.
「그녀는 작가가 될 수도 있었겠군요. 따돌리려 한다는 당신의 말이 언뜻 이해가 되지 않았어요. 이젠 이해가 가는 것 같아요. 일기책의 이 부분만으로는 그녀가 어떤 여자였는지 머릿속에 분명히 들어오지 않아요. 또 그녀가 내가 좋아할 만한 여자였는지도 잘 모르겠고요. 그녀가 여러 가지 재미있는 얘기를 했지만 그것들로는 전체적인 윤곽이 들어오지 않아요.」

「누군들 알겠어요?」 베아트리스의 말이었다.

「버사는 어떻게 됐지요?」

「알 수가 없어요. 아무런 언급도 없으니까요. 그녀를 찾아나섰는지조차 언급이 없어요.」

「버사로서는 충격적이었겠군요. 엘렌은 이해를 못했던 것 같아요.」

「그녀가요?」

「아, 모르겠어요. 엘렌은 그녀를 분명하게 언급했잖아요. 불쌍한 버사라고요.」

「먼지와 재가 됐겠지요.」 베아트리스는 뜻밖의 얘기를 했다. 「이미 오래전이요. 아이도 그랬겠지요. 태어났다면 말입니다.」

「정말 안타까워요. 알 수 없다는 것이.」

「크로퍼 교수가 그 흑옥 브로치를 찾아냈어요. 바로 그 브로치였어요. 지금은 스탄트 컬렉션에 소장되어 있어요. 물결무늬의 초록색 실크 위에 전시되어 있다고 크로퍼 교수가 전해 주더군요. 난 사진으로 봤어요.」

모드는 브로치 얘기를 무시해 버렸다.

「히스테리 증상이 있다는 그 편지 속의 여인이 누군지 아세요? 아니면 그 여자도 버사처럼 흔적없이 사라졌나요?」

「그녀에 대한 얘기도 더 나오지 않아요. 전혀 없어요.」

「엘렌은 편지를 모두 모아 두었나요?」

「전부는 아니지만, 대부분은요. 다발로 묶어 구두 상자에 보관해 두었지요. 그것들은 모두 제가 갖고 있어요. 엘렌의 표현대로 애쉬에 대한 팬레터들이에요.」

「좀 볼 수 있나요?」

「관심이 있으시다면요. 전 한두 번 전부 살펴보았어요. 빅토리아조 때 이미 소위 팬클럽이란 것의 선구자 노릇을 한 이 편지들에 대해 논문을 한 편 써볼 생각도 있었지요. 그런데 막상 쓰려고 하니까 정말 이런 것이 아니다 싶더군요.」

「보여 주시겠어요?」

베아트리스는 무심한 눈길로 열정에 가득 찬 모드의 상아빛 얼굴을 쳐다보면서 정확히는 아닐지라도 무엇인가를 읽어 낼 수가 있었다.

「물론이죠. 아마……」 꼼짝 않으면서 그녀가 중얼거렸다. 「안 될 이유가 없지요.」

검은색의 거친 판지로 만들어진 구두 상자는 다 말라서 갈라지는 것을 테이프로 붙여 놓은 상태였다. 베아트리스는 한숨을 내쉬면서 상자를 풀었다. 상자 안에는 깔끔하게 묶인 편지들이 차곡차곡 쌓여 있었다. 그들은 편지의 날짜를 살펴본 뒤 봉투를 열어 보았다. 거기에는 자선을 호소하는 내용에서부터 개인 비서 노릇을 자청하는 편지, 열정적으로 흠모의 감정을 토로하는 장문의 편지들이 들어 있었다. 이 편지들은 랜돌프에게 보내는 것들이었으나 수신인은 엘렌으로 되어 있었다. 베아트리스는 날짜들을 살펴보다가, 격정의 상태에서 쓴 듯하면서도 고딕체로 멋지게 적혀 있는 편지 한 장을 찾아냈다. 내용은 다음과 같다.

존경하는 애쉬 부인께,

부인의 귀중한 시간을 빼앗게 되어 대단히 송구스럽습니다. 부인께서는 절 모르시겠지만, 저희 둘 모두에게 절실한 문제이며, 또 저로서는 생사가 달린 문제로 알려 드릴 것이 있어 편지를 드립니다. 제 얘기가 일말의 거짓도 없는 진실임을 믿어 주시기 바랍니다.

아, 제가 이렇게 한다고 부인께서 절 믿어 주실까요? 절 반드시 믿으셔야만 합니다. 폐를 끼치는 일이겠지만 부인을 찾아뵈도 좋을는지요? 긴 시간이 필요하진 않습니다. 그래도 이 문제는 꼭 말씀 드려야 하겠습니다. 부인도 제게 감사해 하실 겁니다. 아, 그런 건 별로 중요하지 않아요. 다만 부인께서 꼭 아셔야 한다는 것뿐입니다.

어느 때고 이 편지 위쪽에 적힌 주소로 연락을 주시면 절 만나실 수 있습니다. 절 믿어 주세요. 꼭 믿어 주세요. 부인의 친구가 되고 싶습니다.

당신을 존경하는 여인으로부터
블랑슈 글로버

모드는 얼굴을 숙여 잉크가 번지지 않도록 편지에 뿌려 놓은 반짝이는 가루를 들여다보았다. 그녀는 무관심한 듯이 목소리를 꾸며 얘기를 꺼냈다.

「이 편지가 그것 같군요. 더 없나요? 이것은 엘렌이 언급한 그 두 번째 편지 같은데 첫 번째 것은 없나요?」

베아트리스는 얼굴을 찡그렸다.

「없어요. 이게 전붑니다. 이게 같은 글씨 맞죠? 같은 종이에 쓴 것 같지요? 이 편지에는 인사말도 없고, 서명도 없어요.」

부인께서 제가 보내 드린 증거를 그대로 가지고 계시다니 잘못하신 거예요. 그것이 제 것이 아니듯 부인 것이라고 할 수도 없어요. 부인께서 좀더 신중히 생각하시기를, 또 저를 좀더 좋게 생각해 주시길 바랍니다. 부인께 제가 어떻게 비쳤으리라는 점도 압니다. 제 어휘 선택이 잘못되었겠죠. 그렇지만 이제 곧 아시게 되겠지만 제가 말씀 드렸던 내용은 사실이면서 긴급한 문제입니다.

모드는 이 편지 한 장을 들고 결정을 내리지 못한 채 안절부절 앉아 있었다. 엘렌이 어떤 증거를 그대로 가지고 있었다는 뜻일까? 또 무엇에 대한 증거였을까? 비밀 편지에 대한 것이었을까, 아니면 크리스타벨이 생물학 연구에 열중하던 시인과 동행해서 요크셔 해안 지방을 여행한 일에 대한 것이었을까? 엘렌은 어떤 사실을 알게 되었으며, 또 무엇을 느꼈을까? 블랑슈는 도난당한 『스바메르담』의 원고를 그녀에게 건네주었을까? 어떻게 하면 베아트리스 모르게 이 기록들을 복사할 수 있을까? 또 베아트리스의 경우는 어떻게 크로퍼와 블랙커더에게 들키지 않고 복사할 수 있겠는가? 교묘하게 부탁을 해보려는 모드의 도도함이 겉으로 드러나려던 순간, 쉰 듯한 베아트리스의 목소리가 이를 가로막았다.

「전 당신이 무슨 일을 하려는지 잘 모르겠군요. 내가 흥미를 가질 만한 것은 아닌가요? 당신은 뭔가를 찾아내러 왔고, 또 찾아내신 것 같은데……」

「맞아요.」 모드는 속삭이듯 작은 소리로 말했다. 그녀는 칸막이 벽을 가리키며 긴 손을 흔들어 조용히 하라는 시늉을 했다. 그 벽 뒤에는 블랙커더와 애쉬 연구소 전체가 도사리고 있었던 것이다.

베아트리스 네스트의 얼굴은 온화한 표정으로 침착하게 무엇인가를 묻는 듯했다.

「그게 저만의 비밀은 아니지요.」 모드는 목소리를 낮춰 말했다. 「그렇지 않았다면 제가 엉큼하게 굴지도 않았을 거예요. 아직은 제가 뭘 찾아냈는지도 모르겠어요. 알게 되면 당신한테 제일 먼저 말씀 드리기로 약속하죠. 블랑슈 글로버가 엘렌에게 무슨 얘기를 했을지 알 듯도 해요. 아마 두세 가지 중에 하나였을 겁니다.」

「중요한 일이었나요?」 그 〈중요성〉이 학문적인 것인지 혹은 사랑에 관련된 것인지, 아니면 우주 만물에 대한 것인지 분명히 밝히지 않고 쉰 듯한 목소리로 베아트리스가 대충 물었다.

「모르겠어요. 아마도 그의 작품에 대한 우리의 견해를 바꿀 수 있는 내용인지도 모르지요. 조금은요.」

「그러면 제가 어떻게 해드릴까요?」

「이 두 장의 편지를 복사해 주셨으면 해요. 또 가능하시다면 이 두 날짜 사이의 기간에 씌어진 일기도 함께요. 크로퍼 교수나 블랙커더 교수께는 아무 말씀 마시고요. 아무튼 이것은 우리가 직접 찾아낸 것이니까요.」

베아트리스 네스트는 얼굴을 양손에 괸 채 한참을 생각하는 듯이 보였다.

「댁이 그렇게 흥분해 하는 모양을 보면 설마 그녀를 웃음거리로 만들거나 독자들이 오해하게끔 하지는 않을 테지요? 전 그녀가 — 웃음거리라는 말이 가장 잘 어울리겠군요. — 웃음거리가 되어서는 안 된다는 입장이에요.」

「이건 일차적으로 그녀와 관계있는 것이 아닙니다.」

「그 말로도 확신이 서질 않는군요.」 미칠 듯한 침묵이 흘렀다. 「당신을 믿어야겠지요. 그래야겠지요?」

***

그녀는 기분 좋은 발걸음으로 블랙커더의 사무실을 지나쳤다. 블랙커더의 사무실에서는 파올라가 나른한 동작으로 손을 들어 인사했다. 블랙커더 교수는 사무실에 없었다. 그러나 어슴푸레한 바깥 복도에서 눈에 익은 아란 산 스웨터를 볼 수 있었다. 또 그 낯익은 금발도 눈에 들어왔다.

「놀랐지?」 퍼거스 월프였다. 「놀랐을 거야.」

모드는 몸을 꼿꼿이 하면서 엄숙한 자세를 취하고 옆으

로 비켜섰다.

「잠깐만.」

「나 지금 바빠요.」

「무슨 일로? 『멜루지나』의 그 복잡한 내용을 해독하느라고? 아니면 롤런드 미첼을 만나러 가느라고?」

「둘 다 아니에요.」

「그러면 잠깐만 있어 봐요.」

「안 돼요.」

그녀가 발을 떼었다. 그러자 그가 옆으로 가로막고 나섰다. 그녀는 다시 반대쪽으로 발을 떼어 놓았다. 또 그가 가로막고 나섰다. 그는 힘센 팔로 마치 수갑을 채우듯 그녀의 손목을 잡았다. 그녀의 눈에는 새하얀 침대가 어른거렸다.

「이러지 마, 모드. 당신과 얘길 좀 하고 싶어. 난 호기심과 질투 때문에 엄청난 고통을 받고 있단 말이야. 난 도대체 당신이 어떻게 해서 그 쓸모없는 롤런드의 달콤한 말에 넘어갔는지, 믿을 수가 없어. 또 당신이 이 〈화장터〉를 들락거리며 무슨 일을 하는지도 모르겠고.」

「화장터라고요?」

「여기 애쉬 공장 말이오.」 그는 이야기를 하면서 그녀의 팔을 당겨 그녀의 몸과 서류 가방을 자신에게 밀착시켰다. 그러자 그의 몸이 기억하고 있던 전기 불꽃 같은 것이 사그라졌다. 「당신과 얘기 좀 해야겠어. 당신과 훌륭한 식사를 할 수 있게 해줘. 그냥 얘기만 하자고. 당신은 내가 아는 여자 중 가장 똑똑한 여자야, 모드. 당신이 정말 그리웠어. 그 얘기를 먼저 했어야 했는데.」

「안 돼요. 난 바빠요. 놔주세요, 퍼거스.」

「그러면 최소한 무슨 일을 하고 있는지, 그것만이라도 얘기해 줘, 어서. 얘기를 해주면 입을 꽉 다물고 있을 테니까.」

「말씀 드릴 게 없어요.」

「얘기해 주지 않으면 내가 알아내지. 내가 알아내는 사항은 내 것이 된다는 사실을 명심해야 해, 모드.」

「이 팔 좀 놔주세요.」

검은 피부에 검은 제복을 입은 몸집 큰 여인이 무표정하게 그들 뒤에 나타났다.「저 경고문 못 보셨어요? 서가 복도에서는 절대 정숙이에요.」

모드는 그 틈에 팔을 빼내 그를 피해 걸어 나왔다. 퍼거스는 그녀를 향해「내가 경고했어」라고 소리치고는 애쉬 공장으로 들어갔다. 덜그럭거리는 열쇠 꾸러미를 든 그 흑인 여자 수위가 그의 뒤를 따랐다.

***

이틀 후 롤런드와 모드는 박물관 거리 끝에 있는 채식가들을 위한 식당인〈우들즈〉에서 만났다. 모드는 베아트리스가 건네준 일기와 편지 복사본들을 들고 나왔다. 그녀는 롤런드에게 전화를 걸어 만날 약속을 하느라 다시 한 번 맥빠지는 경험을 했다. 또 레오노라 스턴으로부터 온 편지로 골머리를 앓고 있었다. 스턴은 태런트 재단에서 연구비를 지원받아 영국에 오게 된 것이었다. 그녀의 편지는 열의로 가득 차 있었다.〈다음 학기에는 당신과 함께 있을 수 있어요.〉

그들은 줄을 서서 전자렌지로 미지근하게 데운 시금치 요리를 샀다. 그러고는 호기심 어린 눈들을 피하려고 음식점 지하로 내려가 자리를 잡았다. 롤런드는 엘렌의 일기와 블랑슈의 편지를 읽었다. 그를 지켜보고 있던 모드가 말을 꺼냈다.

「어떻게 생각하세요?」

「한 가지 분명한 것은 블랑슈가 엘렌에게 뭔가 얘기를 했다는 사실이군요. 도난당한 편지를 보여 주지 않았을까요? 크리스타벨이 애쉬를 따라 요크셔로 갔기 때문에 블랑슈가 그런 일을 하지 않았을까요? 멋지게 맞아떨어지지 않습니까? 그래도 이것은 증거가 못 될 겁니다.」

「어떻게 그 점을 증명해야 할지 모르겠어요.」

「저도 그저 막연한 추측뿐이에요. 애쉬와 크리스타벨이 그 당시에 쓴 시들을 살펴볼까 생각도 해봤어요. 뭔가 밝혀지는 것이 있지 않을까 하고요. 그의 요크셔 여행의 뒤를 따라가 볼까도 생각했지요. 그녀가 그곳에 갔었으리라는 추측에서요. 게다가 시들도 입수했으니 뭔가 밝혀 낼 수 있지 않을까 해서요. 다른 사람들은 전혀 생각하지도 못했을 상관관계를 우리가 이미 찾아내지 않았습니까? 랜돌프 애쉬는 백일해를 치료해 준다는 요정에 대한 얘기를 부인에게 보낸 편지에 썼고 크리스타벨도 그 요정에 관한 동화를 썼다는 사실 말이에요. 더욱이 애쉬는 바닷물에 잠긴 요크셔 지방 마을들의 이야기를 라이엘과는 물론, 이즈라는 도시와 연결시키고 있고요. 사람들의 마음이란 함께 따라다니는 법이지요.」

「정말 그래요.」

「그런 우연의 일치를 여러 가지 찾아낼 수 있을 겁니다.」

「아무튼 그거 재미있겠어요.」

「저는 샘과 샘물에 대한 한 가지 이론도 세웠어요. 1860년 이후 애쉬의 시에는 물·돌·흙·공기라는 4원소의 공통점이 있다는 말씀을 드린 적이 있지요. 애쉬는 라이엘의 저술에 나오는 간헐천 얘기와 북유럽 신화, 그리스 신화의 샘물들을 연결시키지요. 요크셔의 폭포하고도요. 또 저는 『멜루지나』에 나오는 갈증의 샘 얘기도 생각해 봤어요.」

「어떻게요?」

「글쎄요, 여기를 보면 모방의 흔적이 없을까요? 『아스크와 엠블라』라는 작품에 나오는 부분이에요. 이 부분에서는 그 샘물이 성서 「아가서」에 나오는 샘물과 연결이 되는 것 같습니다. 들어 보세요.

> 우리는 보퀼르즈 샘물을 깊이 들이마셨다.
> 고요한 연못에 북풍이 끊임없이 불어 대자
> 물결이 일었다. 우리의 갈증을 녹이려 쉼없이
> 흘러내리던 이 샘물, 멈추는 날 있을까?」

「한 번 더 들려주세요.」 모드가 말했다.
롤런드는 그 시를 다시 들려주었다.
모드가 말했다. 「머리털이 쭈뼛 서는 느낌을 경험해 보신 적이 있으세요? 방금 제 느낌이 그랬거든요. 등줄기가 섬뜩해지고 머리털이 쭈뼛했어요. 레이몬딘은 금기를 깨고 멜루지나가 대리석 욕조에서 목욕하는 모습을 훔쳐보게 돼요. 그러나 멜루지나는 그 사실을 이미 알고 있어요. 이 부분은 그녀가 이미 알고 있다는 말을 들은 후 레이몬딘이 그녀에게 하는 얘기예요. 한번 들어 보세요.

> 아, 멜루지나. 내 그대의 믿음을 저버렸소.
> 보상할 길이 없겠소? 우리 둘은 헤어져야 하는가요?
> 우리 화로의 재는 차갑게 식고,
> 우리 갈증을 녹이려 쉼없이 흐르던 샘물, 끊겨야만 하는가요?」

롤런드도 되뇌어 보았다. 「우리 화로의 재는 차갑게 식고······.」
「화로의 이미지는 『멜루지나』 전반에 걸쳐 사용되고 있어요. 멜루지나는 성과 집을 지었어요. 화로는 곧 가정을 상징하는 것이에요.」

「어느 것이 먼저 씌어졌죠? 애쉬의 시인가요, 크리스타벨의 시인가요?『아스크와 엠블라』의 창작 연대와 관련된 몇 가지 문제가 있지요. 우리는 분명히 지금 다른 무엇보다도 그 문제들을 풀어 가고 있는 중이에요. 꼭 고전 문학 작품들의 단서 같군요. 그녀는 똑똑하고 암시적인 여인이었어요. 그 인형들을 보세요.」

「문학 비평가들은 타고난 탐정들이지요.」모드가 말했다. 「아시다시피 고전적인 탐정 소설은 고전적인 간음 소설과 그 근원이 같아요. 누구든지 아버지가 누구며, 그 출처가 어디고, 비밀은 무엇인가 알고 싶어했거든요.」

「우리 이 연구를 함께 해나가야겠어요.」롤런드가 조심스럽게 얘기했다. 「나는 애쉬의 작품을 알고, 당신은 크리스타벨의 작품을 아니까 우리가 함께 요크셔에 간다면…….」

「이건 전부 미친 짓이에요. 크로퍼와 블랙커더, 그리고 레오노라에게 모두 얘기하고 우리 자료를 정리해 봐야 해요.」

「그러기를 원하십니까?」

「아녜요. 난 그저 절차를 밟아 가고 싶을 뿐이에요. 이 일에 사로잡혀 있는 듯한 기분이에요. 무슨 일이 있었는지 알고 싶고, 내가 무언가 찾아낼 수 있기를 바라는 것이죠. 당신이 도난당한 편지의 한 부분을 가지고 링컨에 나타났을 때, 전 당신이 미쳤다고 생각했었지요. 지금 내가 그런 느낌 그대로예요. 직업적인 욕심이라고는 할 수 없겠지만, 보다 원초적인 욕구지요.」

「이야기에 대한 호기심이랄까요?」

「어느 정도는요. 며칠 동안 횟선타이드에서 현장 연구를 할 수 있으시겠어요?」

「여러 가지 어려움이 있을 겁니다. 저희 집에 문제가 있거든요. 이미 눈치 채셨겠지만요. 만일 당신과 제가 함께 그곳에 간다면 별로 좋아하지 않을 겁니다. 오해를 받게 될 거예요.」

「알아요. 이해합니다. 퍼거스 월프도 의심하겠지요. 그럴 거예요. 그 사람 대놓고 당신과 내가 어떻다고 생각한다니까요……」

「겁나는 세상이에요.」

「그 사람, 도서관에서 우리가 뭘 하는지 알아내겠다고 절 위협했어요. 우리, 그 사람을 조심해야 해요.」

롤런드는 모드가 당황할까 봐 퍼거스 월프에 대한 그녀의 감정을 묻지 않았다. 그들 사이가 격렬했음은 분명했다. 마찬가지로 롤런드는 발의 문제도 얘기하지 않기로 마음먹었다.

「진짜로 주말을 틈타 밀애 여행을 떠나는 사람들은 용케도 핑곗거리를 찾아내지요.」 그가 말했다. 「연막을 쳐라, 그런 일은 언제나 있으니까. 전 가끔 이런 얘기를 듣습니다. 제가 무슨 핑계를 못 대는 건, 왠지 모르겠어요. 돈이 항상 더 문제가 되니까요.」

「당신에게 필요한 것은 요크셔에서 그리 멀지 않은, 또 저나 부인 중 누구에게도 그리 가깝지 않은 곳에서 마음 놓고 연구할 수 있을 정도의 연구비겠군요.」

「애쉬도 요크 성당 도서관에서 한동안 연구를 했었다죠.」

「바로 그런 곳 말이에요.」

〈하권에 계속〉

열린책들 세계문학 106 소유 상

옮긴이 윤희기 1958년 부산에서 태어났다. 고려대학교 영어영문학과를 졸업하고 동대학원에서 박사 학위를 받았다. 고려대학교, 숙명여자대학교, 강원대학교 등에서 강의했다. 옮긴 책으로는 테리 이글턴 『비평과 이데올로기』, 존 스타인벡 『의심스러운 싸움』, 제임스 미치너 『소설』, 노아 고든 『샤먼』, 지그문트 프로이트 『무의식에 관하여』, 폴 오스터 『동행』, 『폐허의 도시』, 『나는 아버지가 하느님인 줄 알았다』(폴 오스터 엮음), 켄트 너번 『일상의 작은 은총』, 마크 털리 『예수의 생애』, 스티븐 비진체이 『연상의 여인에 대한 찬양』, R. W. B. 루이스 『단테』, 윌리엄 B. 어빈 『욕망의 발견』, 앤드루 숀 그리어 『막스 티볼리의 고백』 등 다수가 있다.

지은이 앤토니어 수전 바이어트 **옮긴이** 윤희기 **발행인** 홍예빈
발행처 주식회사 열린책들 **주소** 경기도 파주시 문발로 253 파주출판도시
전화 031-955-4000 팩스 031-955-4004
홈페이지 www.openbooks.co.kr 이메일 literature@openbooks.co.kr
Copyright (C) 주식회사 열린책들, 2010, *Printed in Korea.*
ISBN 978-89-329-1106-9 04840 ISBN 978-89-329-1499-2 (세트)
발행일 2010년 4월 20일 세계문학판 1쇄 2025년 7월 10일 세계문학판 4쇄

이 도서의 국립중앙도서관 출판예정도서목록(CIP)은 서지정보유통지원시스템 홈페이지(http://seoji.nl.go.kr)와 국가자료공동목록시스템(http://www.nl.go.kr/kolisnet)에서 이용하실 수 있습니다.(CIP제어번호:CIP2010001144)